Me voici

Du même auteur

Tout est illuminé
Éditions de l'Olivier, 2003
Points n° P1188

Extrêmement fort et incroyablement près
Éditions de l'Olivier, 2006
Points n° P1746

Faut-il manger les animaux ?
Éditions de l'Olivier, 2011
Points n° P2780

JONATHAN SAFRAN FOER

Me voici

traduit de l'anglais (États-Unis)
par Stéphane Roques

ÉDITIONS DE L'OLIVIER

Stéphane Roques salue la mémoire du « parfait magicien ès lettres » et traductions, son maître et ami Jean-Pierre Carasso, et remercie Jacqueline Huet de lui avoir accordé sa confiance.

L'édition originale de cet ouvrage a paru
chez Farrar, Straus and Giroux en 2016,
sous le titre : *Here I am.*

ISBN 978.2.8236.1016.1

Pour Eric Chinski, qui voit à travers moi,
et pour Nicole Aragi, qui m'aide à voir venir

I

AVANT LA GUERRE

REVENIR AU BONHEUR

Quand la destruction d'Israël commença, Isaac Bloch se demanda s'il valait mieux se tuer ou emménager dans une maison de retraite juive. Il avait habité un appartement aux murs couverts de livres jusqu'au plafond et aux tapis si épais qu'un dé pouvait s'y perdre ; puis dans une pièce et demie au sol de terre battue ; dans la forêt, sous d'impassibles étoiles ; sous le plancher d'un chrétien pour qui, à un continent de distance et trois quarts de siècle plus tard, un arbre serait planté en commémoration de sa vertu ; au fond d'un trou pendant de si nombreux jours qu'il n'arriverait plus jamais à déplier complètement les genoux ; parmi des gitans, des partisans et des Polonais à moitié honnêtes ; dans des camps de transit, de réfugiés et de personnes déplacées ; sur un bateau contenant une bouteille contenant un bateau qu'un agnostique insomniaque avait miraculeusement réussi à fabriquer à l'intérieur ; de l'autre côté d'un océan qu'il ne traverserait jamais vraiment ; à l'étage d'une demi-douzaine d'épiceries qu'il s'était tué à retaper pour en tirer de petits profits à la revente ; aux côtés d'une femme qui vérifiait si souvent les verrous de la porte qu'elle finissait par les casser, et qui mourut de vieillesse à quarante-deux ans sans le moindre propos élogieux dans la gorge, mais avec les cellules héritées de sa mère assassinée qui continuaient à se diviser dans son cerveau ; et finalement, lors de ce dernier quart de siècle, dans un duplex de Silver Spring aussi silencieux qu'une boule à neige : cinq kilos de Roman Vishniac pâlissant sur la table basse ; *Ennemies, une histoire d'amour* se démagnétisant dans le dernier magnétoscope au monde en état de marche ; une salade d'œufs virant au foyer de grippe aviaire dans un réfrigérateur momifié par les photos d'arrière-petits-enfants magnifiques, prodigieux et sans tumeur.

Des horticulteurs allemands avaient élagué toutes les branches de l'arbre généalogique d'Isaac jusqu'au sol de Galicie. Mais avec de la chance et de l'intuition, et sans aucune aide de l'au-delà, il en avait repiqué les racines dans les trottoirs de Washington et avait vécu assez longtemps pour en voir les repousses. Et à moins que l'Amérique ne se retourne contre les Juifs – *jusqu'à ce qu'elle se retourne*, le corrigeait son fils Irv –, l'arbre continuerait à produire des rameaux et des bourgeons. Bien sûr, Isaac serait de retour dans un trou, d'ici là. Il ne déplierait jamais complètement les genoux, mais à son âge indéterminé, guetté par des outrages encore insoupçonnés, il était temps de desserrer ses poings hébraïques et d'admettre que c'était le début de la fin. Ce qui différencie l'admission de l'acceptation, c'est la dépression.

Même en mettant de côté la destruction d'Israël, le moment était mal choisi : on était tout juste quelques semaines avant que l'aîné de ses arrière-petits-fils ne fête sa bar-mitsva, qu'Isaac voyait comme le point final de sa propre existence depuis qu'il avait survécu au point final précédent qu'était la naissance de son dernier arrière-petit-fils. Mais nul ne peut savoir quand l'âme d'un vieux Juif quittera son corps ni quand son corps quittera le deux-pièces convoité par le prochain corps sur la liste d'attente. Nul ne peut non plus précipiter ou différer le moment de devenir un homme. Cela dit, l'achat d'une dizaine de billets d'avion non remboursables, la réservation d'un étage du Hilton de Washington, et le paiement d'un acompte de vingt-trois mille dollars pour une bar-mitsva inscrite au calendrier depuis les derniers jeux Olympiques d'hiver ne garantissent en rien qu'elle aura bien lieu.

Un groupe de garçons traînait dans les couloirs d'Adas Israel, riant, se donnant des coups, le sang affluant de leur cerveau en développement vers leurs parties génitales en développement, et retour, dans ce jeu à somme nulle qu'est la puberté.

« Non mais sérieux, dit l'un d'eux, le *s* de sérieux coincé dans son écarteur de palais. Le seul avantage à se faire tailler une pipe, c'est la branlette lubrifiée qui va avec.

– Amen.

– Sinon autant se cogner un verre d'eau avec un dentier dedans.

– Ça rime à rien, dit un rouquin qui en était encore à frissonner rien qu'en repensant à l'épilogue de *Harry Potter et les Reliques de la Mort.*

– C'est nihiliste. »

Si Dieu existait et jugeait, Il aurait tout pardonné à ces garçons, sachant qu'ils étaient assujettis à des forces extérieures à eux-mêmes à l'intérieur d'eux-mêmes, et qu'eux aussi étaient faits à Son image.

En silence, ils ralentirent le pas pour regarder Margot Wasserman boire à la fontaine à eau. On disait que ses parents garaient deux voitures devant leur garage à trois places parce qu'ils possédaient cinq voitures. On disait que son loulou de Poméranie avait encore ses testicules et qu'ils étaient gros comme des melons.

« Merde, je rêve d'être cette fontaine, dit un garçon qui répondait au nom hébreu de Peretz-Yizchak.

– Je rêve d'être la partie manquante de sa culotte fendue.

– Je rêve de remplir ma bite de mercure. » Un silence. « Ça veut dire quoi, ça ?

– Tu sais, dit Marty Cohen-Rosenbaum, né Chaim ben Kalman. Genre… changer ma bite en thermomètre.

– En lui donnant des sushis à bouffer ?

– Ou en injectant juste le mercure dedans. Ou… bref, tu vois ce que je veux dire, mec. »

Les quatre autres secouèrent la tête, involontairement synchrones, comme les spectateurs d'une partie de ping-pong.

Puis dans un murmure : « *Pour la lui mettre dans le cul.* »

Les autres avaient la chance d'avoir des mères du vingt-et-unième siècle qui savaient que la température se prend en introduisant un thermomètre digital dans l'oreille. Et Chaim eut de la chance que l'attention des garçons soit détournée sans qu'ils aient le temps de l'affubler d'un surnom dont il n'aurait jamais pu se débarrasser.

Sam était assis sur un banc devant la porte du bureau du rabbin Singer, tête basse, les yeux rivés sur ses mains posées, ouvertes, sur ses genoux, comme un moine qui attend son immolation. Les garçons s'arrêtèrent et dirigèrent vers lui leur haine de soi.

« On sait ce que t'as écrit, dit l'un d'eux en lui enfonçant un doigt dans la poitrine. T'es allé trop loin.

– Carrément tordu, *bro.* »

Fait étrange, la sudation excessive de Sam ne se déclenchait généralement pas avant que la menace ne se soit dissipée.

« C'est pas moi qui ai écrit ça, et je suis pas ton (faisant le signe des guillemets) “frère”. »

Voilà ce qu'il aurait pu dire, mais il s'en abstint. Il aurait aussi pu leur expliquer pourquoi il ne faut pas se fier aux apparences. Mais il s'en abstint. Non, il se contenta d'encaisser, comme il le faisait toujours dans la vie quand il était du côté merdique de l'écran.

Derrière la porte du rabbin, face au rabbin à son bureau, étaient assis les parents de Sam, Jacob et Julia. Ils n'avaient aucune envie d'être là. Personne n'avait envie d'être là. Le rabbin devait trousser quelques belles paroles de réconfort au sujet d'un certain Ralph Kremberg avant son enterrement à deux heures. Jacob aurait préféré travailler sur la bible pour *Le Peuple qui n'en finit pas de mourir,* fouiller la maison à la recherche de son téléphone, ou tout du moins puiser sur Internet sa dose de dopamine. Et aujourd'hui, Julia était censée être de repos : or, ça, c'était tout sauf du repos.

« Ne vaudrait-il pas mieux que Sam soit là ? demanda Jacob.

– Je crois qu'il est préférable que nous ayons une conversation entre adultes, dit le rabbin Singer.

– Sam est un adulte.

– Sam n'est pas un adulte, dit Julia.

– Parce qu'il lui reste trois vers à apprendre pour maîtriser les bénédictions qui viennent après les bénédictions qui viennent après la haftara ? »

Sans prêter attention à Jacob, Julia posa la main sur le bureau du rabbin et dit : « Il est clairement inacceptable de répondre à un professeur et nous voulons trouver une sanction adaptée.

– Mais en même temps, dit Jacob, une exclusion temporaire n'est-elle pas une mesure un peu draconienne pour un méfait qui, en fin de compte, n'est pas si grave ?

– Jacob…

– Quoi ? »

Tâchant de faire comprendre qu'elle s'adressait à son mari et non au rabbin, Julia pressa deux doigts sur son front et secoua doucement la tête en dilatant les narines. Elle ressemblait plus à un coach de troisième base qu'à une épouse, une mère de famille et un membre de la communauté qui tente de maintenir les vagues à distance du château de sable de son fils.

« Adas Israel est une *shul* progressiste, dit le rabbin, provoquant chez Jacob un roulement d'yeux aussi songeur qu'ironique. Nous sommes fiers de perpétuer une longue tradition qui consiste à voir, au-delà des normes culturelles imposées au fil du temps, la lumière divine, le *Ohr Ein Sof*, en chaque être. Proférer des injures à caractère racial est pour nous une affaire très grave, en effet.

– *Quoi ?* s'exclama Julia en se redressant sur sa chaise.

– Je n'y crois pas une seconde », dit Jacob.

Le rabbin laissa échapper un soupir de rabbin et fit glisser une feuille de papier sur le bureau vers Julia.

« Il a dit ça ? s'étonna celle-ci.

– Il l'a écrit.

– Écrit quoi ? » demanda Jacob.

Tout en secouant la tête avec incrédulité, Julia lut la liste à voix basse : « Sale Arabe, chinetoque, salope, jap, pédale, espingouin, youpin, le mot en "n"…

– Il a écrit "mot en 'n' " ? s'enquit Jacob. Ou le mot lui-même ?

– Le mot lui-même », dit le rabbin.

Alors que, dans son esprit, le cas désespéré de son fils aurait dû prévaloir sur tout le reste, Jacob fut distrait par le fait qu'il s'agissait du seul mot impossible à prononcer à haute voix.

« Il y a forcément un malentendu, dit Julia, qui tendit enfin la feuille à Jacob. Sam a des animaux domestiques depuis…

– *Cravate de notaire ?* Ce n'est pas une injure à caractère racial. C'est une pratique sexuelle. Je crois. Peut-être.

– Il n'y a pas que des injures, dit le rabbin.

– Vous savez, je suis presque sûr que "Sale Arabe", aussi, est une pratique sexuelle.

– Je vous crois sur parole.

– Ce que je veux dire, c'est qu'on interprète peut-être toute cette liste de travers. »

Sans prêter attention une fois de plus à son mari, Julia demanda : « Comment Sam s'est justifié ? »

Le rabbin se toucha la barbe, cherchant ses mots comme un macaque ses poux.

« Il a nié. Avec force vociférations. Mais il n'y avait rien d'écrit sur cette feuille avant le début du cours, et il est le seul à s'être assis à ce pupitre.

– Ce n'est pas lui qui a fait ça, affirma Jacob.

– C'est son écriture, observa Julia.

– Tous les garçons de treize ans écrivent comme ça.

– Il a été incapable d'expliquer comment c'est arrivé là, dit le rabbin.

– Ce n'est pas à lui de le faire, répliqua Jacob. Et puis d'abord, si c'était Sam qui avait écrit ça, pourquoi aurait-il laissé la feuille sur le pupitre ? Cette effronterie est la preuve de son innocence. Comme dans *Basic Instinct.*

– Sauf qu'elle était vraiment coupable dans *Basic Instinct*, remarqua Julia.

– Ah bon ?

– Le pic à glace.

– Ah oui, c'est vrai. Mais ce n'est qu'un film. De toute évidence, celui qui a tout manigancé est un gamin vraiment raciste, qui a une dent contre Sam. »

Julia s'adressa directement au rabbin : « Nous allons nous assurer que Sam comprenne bien pourquoi ce qu'il a écrit est si blessant.

– Julia, fit Jacob.

– Est-ce que des excuses au professeur suffiraient à repartir sur de bonnes bases pour la bar-mitsva ?

– C'est ce que j'allais suggérer. Mais j'ai bien peur que la rumeur à propos des mots qu'il a écrits ne se soit déjà répandue au sein de notre communauté. Donc... »

Jacob laissa échapper un *pff* de frustration – réaction qu'il avait apprise à Sam, à moins qu'il ne l'ait tenue de ce dernier. « Mais blessant pour qui, au juste ? Il y a un monde entre casser le nez de quelqu'un et boxer dans le vide. »

Le rabbin observa Jacob. Il demanda : « Est-ce que Sam a des soucis à la maison ?

– Il est submergé de devoirs, commença Julia.

– Ce n'est pas lui qui a fait ça.

– Et il se prépare pour sa bar-mitsva, ce qui lui prend, du moins en théorie, une heure supplémentaire chaque soir. Et puis, il y a le violoncelle et le foot. Et son petit frère Max traverse une espèce de crise existentielle, ce qui est difficile pour tout le monde. Et le plus jeune, Benjy…

– Il a un emploi du temps très chargé, semble-t-il, dit le rabbin. Et je compatis, assurément. Nous exigeons beaucoup de nos enfants. Plus qu'on a jamais exigé de nous. Mais je crains que le racisme n'ait pas sa place ici.

– Bien sûr, acquiesça Julia.

– Attendez. Maintenant vous dites que Sam est raciste ?

– Ce n'est pas ce que j'ai dit, monsieur Bloch.

– Si, c'est ce que vous avez dit. Vous venez de le dire. Julia…

– Je ne me souviens pas exactement des mots que le rabbin a employés.

– J'ai dit : "Le racisme n'a pas sa place ici."

– Le racisme, c'est ce que les racistes expriment.

– Vous avez déjà menti, monsieur Bloch ? »

Jacob tapota la poche de sa veste par réflexe, toujours à la recherche de son téléphone.

« J'imagine que, comme tout le monde, il vous est arrivé de mentir. Mais cela ne fait pas de vous un menteur.

– Vous me traitez de menteur ? rétorqua Jacob, le poing serré.

– Vous boxez dans le vide, monsieur Bloch. »

Jacob se tourna vers Julia. « Oui, le mot en "n" est clairement horrible. Horrible, horrible, vraiment horrible. Mais ce n'était qu'un mot parmi d'autres.

– Tu crois que dans le contexte plus général de misogynie, d'homophobie et de perversion, c'est moins grave ?

– Mais ce n'est pas lui qui a fait ça. »

Le rabbin remua sur sa chaise. « Si je peux vous parler très franchement. » Il s'interrompit, se fourrant le pouce dans la narine, dans un geste de plausible déni. « Ça ne doit pas être facile pour Sam d'être le petit-fils d'Irving Bloch. »

Julia s'adossa contre sa chaise et pensa à des châteaux de sable et au portail du sanctuaire shintô qui avait échoué dans l'Oregon, deux ans après le tsunami.

« Pardon, dit Jacob en se tournant vers le rabbin.

– Comme modèle pour un enfant…

– Ce devrait être positif. »

Le rabbin s'adressa à Julia. « Vous voyez ce que je veux dire.

– Je vois ce que vous voulez dire.

– Nous ne voyons pas ce que vous voulez dire, non.

– Peut-être que si Sam n'avait pas l'impression qu'on peut dire n'importe quoi, malgré…

– Vous avez lu le deuxième tome de la biographie de Lyndon Johnson par Robert Caro ?

– Non.

– Si vous étiez un rabbin averti et que vous aviez lu ce classique du genre, vous sauriez que les pages 432 à 435 racontent de quelle manière Irving Bloch a fait plus que quiconque à Washington, ou n'importe où ailleurs, pour s'assurer que soit promulgué le Voting Rights Act[1]. Un enfant ne pourrait pas trouver meilleur modèle.

– Un enfant ne devrait pas avoir besoin d'en chercher un, dit Julia, regardant droit devant elle.

– Bon, est-ce que mon père a écrit des choses regrettables sur son blog ? Oui. Il l'a fait. C'était regrettable. Il le regrette. Un buffet à volonté de regrets. Mais que vous suggériez que sa droiture est tout sauf une inspiration pour son petit-fils…

– Avec tout le respect que je vous dois, monsieur Bloch… »

Jacob se tourna vers Julia : « On s'en va.

– On va plutôt donner à Sam ce dont il a besoin.

– Il n'y a rien ici dont Sam ait besoin. C'était une erreur de le forcer à faire sa bar-mitsva.

– Quoi ? Jacob, on ne l'a pas forcé. Encouragé, à la rigueur, mais…

– On l'a encouragé à se faire circoncire. Pour la bar-mitsva, on l'a forcé, purement et simplement.

1. Loi de 1965 sur la protection du droit de vote des minorités.

– Depuis deux ans, ton grand-père dit que la seule raison pour laquelle il tient bon, c'est la bar-mitsva de Sam.

– Raison de plus pour qu'il ne la fasse pas.

– On voulait aussi que Sam sache qu'il est juif.

– Comment pourrait-il l'ignorer ?

– Qu'il soit vraiment juif, je veux dire.

– Juif, oui. Mais pratiquant ? »

Jacob ne savait jamais quoi répondre à la question « Êtes-vous pratiquant ? ». Il n'avait jamais voulu ne pas fréquenter de synagogue, n'avait jamais cherché à ne pas suivre les lois de la cacherout, n'avait jamais eu l'intention – même dans les moments où Israël, ou son père, ou la communauté juive américaine, ou l'absence de Dieu provoquait en lui un sentiment de grande frustration – de ne pas élever ses enfants avec un certain degré d'éducation et de pratique judaïques. Mais on ne bâtit pas une religion sur des doubles négations. Ou, comme Max, le frère de Sam, le dirait dans son discours de bar-mitsva, trois ans plus tard : « On ne garde que ce dont on refuse de se séparer. » Et Jacob avait beau vouloir une forme de continuité (de l'histoire, de la culture, de la pensée et des valeurs), il avait beau vouloir croire qu'il existait un sens plus profond auquel non seulement lui avait accès, mais ses enfants et leurs enfants aussi à l'avenir – la lumière filtrait quand même entre ses doigts.

Au début de leur relation, Jacob et Julia parlaient souvent d'une « religion pour deux ». Sans le sentiment d'élévation qu'ils en retiraient, ils se seraient sentis gênés. Leur shabbat : chaque vendredi soir, Jacob lisait une lettre qu'il avait écrite à Julia au cours de la semaine, et elle récitait un poème par cœur ; puis à la lueur des bougies, téléphone débranché, montres enfouies sous le coussin du fauteuil de velours rouge, ils prenaient tranquillement le repas qu'ils avaient tranquillement préparé ensemble ; se faisaient couler un bain et faisaient l'amour pendant que la baignoire se remplissait. L'aube du mercredi approchait : le parcours se ritualisait involontairement, effectué semaine après semaine, jusqu'à ce que le trottoir porte l'empreinte de leur chemin – imperceptible, mais bien là. À chaque Roch Hachana, au lieu d'assister aux offices, ils accomplissaient le rite du Tachlikh : jeter des miettes de pain rassis, censées symboliser les regrets de l'année passée, dans le Potomac. Certaines coulaient, d'autres étaient emportées par le courant vers de nouveaux rivages, d'autres encore récupérées par des mouettes pour nourrir leurs petits encore aveugles. Chaque matin, au réveil, Jacob embrassait Julia entre les jambes – pas un geste sexuel (le rituel exigeait que le baiser ne donne pas matière à développement), mais religieux. Ils se mirent à collectionner, au cours de leurs voyages, des objets dont l'intérieur donnait l'impression d'être plus grand que l'extérieur : l'océan contenu dans un coquillage, le ruban usé d'une machine à écrire, le monde dans un miroir au mercure. Tout semblait tendre vers le rituel – Jacob qui passait prendre Julia au travail le jeudi, le café du matin partagé en silence, Julia qui remplaçait les marque-pages de Jacob par de petits mots –, jusqu'à ce que, tel un univers en expansion qui atteint ses limites avant de se contracter vers son commencement, tout se défasse.

Certains vendredis soir finissaient trop tard, et certains mercredis matin commençaient trop tôt. Après une conversation tendue, il n'y avait pas de baiser entre les jambes, et quand on n'est pas d'humeur généreuse, de combien de choses peut-on dire qu'elles sont plus grandes à l'intérieur qu'à l'extérieur ? (On ne peut pas remiser son ressentiment sur une étagère.) Ils se raccrochaient à ce qu'ils pouvaient et tâchaient de ne pas penser au fait qu'ils étaient devenus laïques. Mais de temps à autre, en général dans un moment de défiance qui, malgré toute leur bonne volonté, ne pouvait s'empêcher de prendre la forme d'un reproche, l'un d'eux disait : « Nos shabbats me manquent. »

Ils prirent la naissance de Sam comme une nouvelle chance, de même que celle de Max et Benjy. Une religion pour trois, pour quatre, pour cinq. Ils marquaient rituellement la taille des enfants sur l'encadrement de la porte, le jour de l'an – civil et juif –, à leur réveil, avant que la force de gravité n'entame son travail de compression. Ils jetaient leurs bonnes résolutions au feu chaque 31 décembre ; ils emmenaient Argos pour une promenade en famille chaque mardi après dîner, et lisaient les bulletins scolaires à voix haute en chemin vers le delicatessen Vace où ils allaient acheter des aranciatas et des limonatas interdites le reste du temps. Le coucher se déroulait selon un certain ordre, en suivant certains protocoles complexes, et à chaque anniversaire, tout le monde dormait dans le même lit. Ils observaient souvent le shabbat – tant par souci de témoigner délibérément de leur religion que de la respecter – avec une hallah du supermarché bio, du jus de raisin Kedem, et des bougies, fabriquées avec une cire produite par des abeilles en voie de disparition, plantées dans les chandeliers d'ancêtres déjà disparus. Après les bénédictions, et avant le repas, Jacob et Julia s'approchaient de chaque enfant, prenaient sa tête entre leurs mains et lui murmuraient à l'oreille une chose dont ils avaient été fiers au cours de la semaine écoulée. Le geste d'une extrême intimité consistant à leur passer les doigts dans les cheveux, l'amour qui n'avait rien d'un secret mais réclamait d'être murmuré, faisaient vibrer le filament des ampoules à la lumière tamisée.

Après le repas, ils effectuaient un rituel dont nul ne se souvenait de l'origine ni ne s'interrogeaient sur le sens. Ils fermaient les yeux et faisaient le tour de l'appartement. On pouvait parler, faire l'idiot, rire, mais leur cécité finissait toujours par les réduire au silence. Avec le temps, ils développèrent une tolérance aux ténèbres muettes et tinrent dix minutes, puis vingt. Ils se retrouvaient à la table de la cuisine, puis ouvraient les yeux en même temps. C'était chaque fois révélateur. Deux révélations : l'étrangeté d'une maison où les enfants avaient passé leur vie entière, et l'étrangeté qu'il y avait à recouvrer la vue.

Un jour de shabbat, en voiture pour aller rendre visite à leur arrière-grand-père Isaac, Jacob dit : « Quelqu'un se soûle lors d'une soirée, renverse et tue un enfant en rentrant chez lui. Quelqu'un d'autre est tout aussi soûl et rentre chez lui sans encombre. Pourquoi le premier passe le restant de sa vie en prison, alors que le second se réveille le lendemain matin comme s'il ne s'était rien passé ?

– Parce qu'il a tué un enfant.

– Mais en termes de délit, ils sont aussi coupables l'un que l'autre.

– Mais le second n'a pas tué d'enfant.

– Pas parce qu'il était innocent, mais parce qu'il a eu de la chance.

– N'empêche, le premier a tué un enfant.

– Mais quand on réfléchit à l'idée de culpabilité, ne faut-il pas réfléchir aux actions et aux intentions, en plus des conséquences ?

– C'était quel genre de soirée ?

– Hein ?

– Ouais, et puis qu'est-ce qu'il faisait dehors si tard, cet enfant, de toute façon ?

– Je crois que ce n'est pas le…

– Ses parents auraient dû s'occuper de lui. C'est eux qu'il faudrait envoyer en prison. Sauf que l'enfant n'aurait plus de parents. À moins d'habiter en prison avec eux.

– Tu oublies qu'il est mort.

– Ah oui, c'est vrai. »

Sam et Max furent fascinés par ce concept d'intention. Un jour, Max accourut à la cuisine en larmes, se tenant le ventre. « Je lui ai donné un coup de poing, dit Sam depuis le salon. Mais sans le faire exprès. » Puis, en représailles, Max piétina le chalet en Lego à moitié construit de Sam, et dit : « J'ai pas fait exprès ; je voulais juste piétiner le tapis en dessous. » On refilait en douce les brocolis à Argos sous la table « par accident ». On « faisait exprès » de ne pas réviser pour ses interros. La première fois que Max dit : « La ferme » à Jacob – en réaction à la demande qui lui avait été faite, au pire moment, d'arrêter de jouer à un dérivé de *Tetris*, alors qu'il s'apprêtait à battre les dix meilleurs scores de la journée sans avoir reçu l'autorisation de jouer –, il reposa le téléphone de Jacob, courut vers lui, le prit dans ses bras et, les yeux pleins de terreur, s'exclama : « Je voulais pas dire ça. »

Quand Sam se coinça les doigts de la main gauche dans la lourde porte en fer et qu'il hurla : « Pourquoi je me suis fait ça ? » encore et encore, « Pourquoi je me suis fait ça ? » et que Julia, qui le tenait contre elle, le sang se répandant sur son chemisier comme son lait maternel quand elle entendait autrefois un bébé pleurer, que Julia, donc, lui répondit simplement : « Je t'aime, je suis là », et que Jacob déclara : « Il faut aller aux urgences », Sam, qui craignait les médecins plus que tous les maux dont ces derniers pourraient le guérir, supplia : « Non ! Non ! C'était exprès ! Je l'ai fait exprès ! »

Le temps passa, le monde fit son œuvre, et Jacob et Julia commencèrent à oublier de « faire exprès ». Ils ne refusèrent pas de lâcher prise, et comme les résolutions, les balades du mardi, les coups de téléphone aux cousins d'Israël pour leur souhaiter un bon anniversaire, les trois sacs de courses bourrés de produits achetés à l'épicerie juive qu'ils apportaient à grand-père Isaac le premier dimanche de chaque mois, le jour d'école buissonnière pour l'ouverture de la saison des Nationals à domicile, le « Chantons sous la pluie » qu'ils entonnaient bien à l'abri dans Ed la Hyène pendant le lavage automatique de la voiture, et les « carnets de gratitude » et « l'inspection des oreilles », et le choix de la citrouille annuelle à creuser, dont ils faisaient griller les graines, et le mois de décomposition qui s'ensuivait, les murmures de fierté disparurent.

L'intérieur de la vie devint beaucoup plus petit que son extérieur, ouvrant une cavité, un néant. Voilà pourquoi la bar-mitsva était si importante : c'était le dernier fil d'une corde effilochée. Le sectionner, comme Sam y tenait tant, et comme Jacob le proposait à présent en contradiction avec ses propres besoins, enverrait non seulement Sam mais toute la famille dériver dans ce néant – avec plus d'oxygène qu'il n'en fallait pour une vie, mais quel genre de vie ?

Julia se tourna vers le rabbin : « Si Sam présente ses excuses…

– Mais pourquoi ? insista Jacob.

– S'il présente ses excuses…

– Mais à qui ?

– À tout le monde, dit le rabbin.

– À tout le monde ? Tous les vivants et les morts ? »

Jacob invoqua cette locution – *tous les vivants et les morts* – non à la lumière de tout ce qui allait se passer, mais dans le noir complet du moment : c'était avant que les petits papiers pliés contenant une prière ne fleurissent dans le Mur des lamentations, avant la crise japonaise, avant les dix mille enfants portés disparus et la Marche du million, avant qu'« Adia » ne devienne le mot le plus recherché de l'histoire d'Internet. Avant les répliques dévastatrices, avant l'alignement de neuf armées et la distribution de pastilles d'iode, avant que l'Amérique décide de ne jamais envoyer ses F-16, avant que le Messie soit trop distrait ou non existant pour réveiller les vivants et les morts. Sam devenait un homme. Isaac se demandait s'il fallait se tuer ou quitter sa maison pour une Maison.

« Nous voulons régler le problème, dit Julia au rabbin. Nous voulons arranger les choses et célébrer la bar-mitsva comme prévu.

– En s'excusant pour tout auprès de tout le monde ?

– Nous voulons revenir au bonheur. »

Jacob et Julia notèrent l'espoir, la tristesse et l'étrangeté contenus dans ce qu'elle avait dit, tandis que le mot se dispersait dans la pièce pour retomber sur les piles de livres religieux et la moquette tachée. Ils avaient perdu leur chemin et leur boussole, mais pas leur foi en la possibilité de revenir sur leurs pas – même si aucun des deux ne savait exactement à quel bonheur elle faisait allusion.

Le rabbin entrelaça ses doigts, à la manière d'un rabbin, et déclara : « Il y a un proverbe hassidique : "Poursuivre le bonheur, c'est fuir le contentement." »

Jacob se leva, plia la feuille de papier, la mit dans sa poche et dit : « Vous faites erreur sur la personne. »

ME VOICI PAS

Pendant que Sam attendait sur le banc devant le bureau du rabbin Singer, Samanta s'approchait de la bimah. Sam l'avait construite avec un vieil orme virtuel repêché au fond du lac d'eau douce virtuel qu'il avait créé et dans lequel il avait noyé une petite forêt, un an plus tôt, quand, comme les chiens innocents d'une de ces expériences diaboliques où l'on électrifie le sol, il avait appris l'impuissance.

« Peu importe que tu veuilles ou pas une bar-mitsva, lui avait dit son père. Mais tâche d'y voir une source d'inspiration. »

Pourquoi était-il si obsédé par la cruauté envers les animaux ? Pourquoi était-il si irrépressiblement attiré par des vidéos dont il savait qu'elles ne feraient que renforcer ses convictions sur l'espèce humaine ? Il passait d'innombrables heures à rechercher la violence : actes de cruauté envers les animaux, mais aussi combats d'animaux (organisés par des humains, ou dans la nature), animaux s'attaquant à des humains, matadors recevant la monnaie de leur pièce, skateurs recevant la monnaie de leur pièce, genoux de sportifs se pliant dans le mauvais sens, combats de rue entre clodos, décapitations par les pales d'un hélicoptère, et plus encore : accidents de broyeur d'ordures, lobotomie avec l'antenne radio d'une voiture, victimes civiles d'armes chimiques, accidents de masturbation, têtes de chiites sur piquets sunnites, opérations chirurgicales bâclées, brûlures à la vapeur d'eau, tutoriels sur la façon de découper les morceaux douteux des animaux écrasés (comme s'il y en avait des bons à consommer), tutoriels sur le suicide sans douleur (comme si ceux-ci n'étaient pas impossibles à réaliser par définition), etc., etc. Les images étaient des objets tranchants qu'il utilisait contre lui-même : il y avait tant de choses en lui qu'il avait besoin de faire sortir, mais ce processus impliquait de s'infliger des blessures.

Sur le trajet silencieux du retour à la maison, il explora le sanctuaire qu'il avait construit autour de la bimah : les pieds griffus des bancs de deux tonnes en apesanteur ; les franges formées de nœuds gordiens aux extrémités du tapis en lirette de l'allée ; les livres de prière dont chaque mot était constamment remplacé par son synonyme : *le Seigneur est Un… le Souverain est Seul… L'Absolu est Abandonné…* Psalmodiées assez longtemps, les prières retourneraient, ne serait-ce qu'un instant, à leur origine. Mais même si l'espérance de vie moyenne augmentait d'un an chaque année écoulée, il faudrait une éternité pour que les gens vivent éternellement, si bien que, probablement, personne ne serait là pour le voir.

La pression des intestins pleins à craquer de Sam se traduisait souvent par des idées de génie inutiles qu'il gardait pour lui, et pendant que son père, ses frères et ses grands-parents déjeunaient au rez-de-chaussée, pendant qu'ils parlaient évidemment de ce dont il était accusé et de ce qu'il fallait faire de lui, pendant qu'il était censé apprendre les paroles en hébreu et la mélodie juive d'une haftara dont personne n'avait jamais pris la peine de lui expliquer le sens, il créa des vitraux en morphing. Le vitrail à la droite de Samanta montrait un Moïse encore bébé emporté par le Nil, au milieu d'un groupe de mères. C'était une séquence montée en boucle qui évoquait un voyage sans fin.

Sam se disait que ce serait cool si le plus grand vitrail du sanctuaire était une représentation en continu du Présent juif, et donc, au lieu d'apprendre l'Ashrei, une prière idiote et complètement inutile, il élabora un script pour extraire les mots-clés d'un fil d'actualités Google relatif au judaïsme, entra ces mots dans une recherche vidéo programmée avec les moyens du bord (qui le débarrassait des redondances, des fausses pistes et de la propagande antisémite), passa ensuite ces résultats dans un filtre vidéo bricolé avec les moyens du bord (qui remettait les images à l'échelle pour les faire entrer parfaitement dans l'ovale du cadre, avant d'étalonner les couleurs pour qu'elles soient raccord), puis les projeta sur le vitrail. C'était mieux dans sa tête qu'en vrai, mais tout l'était.

Autour du sanctuaire, il avait construit la synagogue elle-même : le labyrinthe littéralement infini de couloirs et de bifurcations ; les fontaines à eau qui dispensaient de l'aranciata, et les pissotières faites avec les os de braconniers d'ivoire ; les planques de photos porno montrant des face-sittings réellement romantiques et non misogynes, dans le vestiaire du salon du Club des Hommes ; l'emplacement réservé aux handicapés ironiquement situé sur le parking à poussettes ; le mémorial et ses minuscules ampoules toujours grillées sous le nom de ceux auxquels il souhaitait une mort rapide et indolore, mais la mort quand même (ses anciens meilleurs amis, les gens qui fabriquaient des cotons anti-acné qui piquent exprès, etc.); diverses grottes de pelotage où des filles au cœur tendre, raisonnablement drôles, et qui s'habillaient comme des publicités ambulantes pour American Apparel, écrivaient des fictions à la Percy Jackson et autorisaient des benêts à sucer leurs seins parfaits ; des tableaux noirs délivrant des décharges électriques de 600 volts quand ils étaient effleurés par les ongles des sales petits abrutis tortionnaires qui se croyaient plus malins que les autres et qui de toute évidence – certainement pas pour le reste du monde, mais pour Sam, si – deviendraient quinze ans plus tard des crétins bedonnants affligés d'un boulot assommant et d'une grosse dondon de femme ; des petites plaques, sur chaque surface, expliquant à tout un chacun que c'était grâce à la générosité de Samanta, à sa bonté fondamentale, à son amour de la compassion, de l'équité et du bénéfice du doute, à sa probité, sa valeur intrinsèque et sa saine absence de merditude, que l'échelle qui permettait d'accéder au toit existait, que le toit existait, que le Dieu qui arrondissait perpétuellement les angles existait.

La synagogue, à l'origine, se trouvait à la lisière de la communauté qui s'était développée autour d'un amour partagé pour les vidéos de chiens coupables exprimant leur honte. Il pouvait passer la journée à regarder ce genre de vidéos – et le fit plus d'une fois – sans trop chercher à savoir ce qu'il leur trouvait de si intéressant. L'explication la plus évidente était qu'il éprouvait de l'empathie pour le chien, et il y avait manifestement un fond de vérité là-dedans. (« Est-ce que c'est toi qui as fait ça, Sam ? Est-ce que c'est toi qui as écrit ces mots ? Tu as fait quelque chose de mal ? ») Mais c'étaient aussi leurs maîtres qui lui plaisaient. Chaque vidéo sans exception était tournée par quelqu'un qui aimait son chien plus qu'il ne s'aimait lui-même ; la façon de lui « faire honte » était toujours théâtralement exagérée et bon enfant, et elles se terminaient toutes par une réconciliation. (Lui-même avait tenté de réaliser ce genre de vidéos, mais Argos était trop vieux et fatigué pour faire quoi que ce soit d'autre que se chier dessus, ce qui ôtait tout esprit bon enfant à la démarche.) Donc, dans tout ça, il était surtout question de pécheur, et de juge, et de la peur de ne pas être pardonné, et du soulagement d'être aimé de nouveau. Peut-être, dans sa prochaine vie, éprouverait-il des sentiments moins dévorants et lui resterait-il un peu de place pour de la mansuétude.

Il n'y avait rien qui clochait vraiment avec l'emplacement d'origine, mais dans la vraie vie on apprenait à se satisfaire de ce qu'on a, tandis que dans Other Life, on pouvait disposer les choses selon leurs désirs. Sam croyait secrètement que toute chose était non seulement capable de désir, mais également d'éprouver constamment du désir. Alors, après que sa mère, plus tard ce jour-là, lui eut passé une humiliante soufflante qui lui fit honte, il paya des déménageurs virtuels en monnaie virtuelle pour qu'ils démontent la synagogue en morceaux aussi grands que possible, qui tiendraient dans des camions aussi grands que possible, déménagent ces morceaux, puis les remontent en s'appuyant sur des captures d'écran.

« On va avoir une discussion dès que papa rentrera de sa réunion, mais il faut que je te dise quelque chose. La situation le réclame.

– Très bien.

– Arrête de dire très bien.

– Pardon.

– Arrête de dire pardon.

– Je croyais que le but de tout ça, c'était que je présente mes excuses ?

– Pour ce que tu as fait.

– Mais je n'ai rien…

– Tu me déçois beaucoup.

– Je sais.

– C'est tout ? Tu n'as rien d'autre à dire ? Comme par exemple : "C'est moi qui l'ai fait, et je vous demande pardon ?"

– C'est pas moi qui l'ai fait.

– Range-moi ce bazar. C'est dégoûtant.

– C'est ma chambre.

– Mais c'est notre maison.

– Je ne peux pas déplacer cet échiquier. On n'en est qu'à la moitié de la partie. Papa m'a dit qu'on la terminerait quand je ne serai plus puni.

– Tu sais pourquoi tu le bats toujours ?

– Parce qu'il me laisse gagner.

– Ça fait des années qu'il ne t'a plus laissé gagner.

– Il se ramollit.

– Non. Tu le bats parce qu'il ne peut pas s'empêcher de prendre une pièce, alors que toi, tu calcules quatre coups à l'avance. C'est pour ça que tu es doué pour les échecs, et pour la vie.

– Je suis pas doué pour la vie.

– Si, quand tu réfléchis.

– Et papa, il est pas doué pour la vie, lui ? »

Tout se déroula presque parfaitement, mais les déménageurs étant moins presque parfaits que le reste de l'humanité, il y eut des couacs, dont la plupart passèrent inaperçus – qui, à part Sam, aurait remarqué qu'une étoile de David était cabossée et accrochée à l'envers ? –, dans la mesure surtout où le projet dans son ensemble passait inaperçu. La distance infinitésimale qui vous séparait de la perfection bousillait tout.

Son père lui avait donné un article à propos d'un garçon détenu dans un camp de concentration qui avait fait sa bar-mitsva en creusant une synagogue imaginaire dans le sol, qu'il avait remplie de brindilles plantées à la verticale en guise de congrégation silencieuse. Bien sûr, son père ne se serait jamais douté que Sam le lirait vraiment, et ils n'abordèrent jamais le sujet, d'ailleurs, peut-on dire d'une chose qu'elle vous est rappelée quand on ne cesse d'y penser ?

Tout avait été créé pour l'occasion – l'édifice entier d'une religion organisée, conçu, construit et entretenu uniquement en vue d'un bref rituel. Malgré l'incompréhensible étendue d'Other Life, on n'y trouvait aucune synagogue. Et malgré sa profonde réticence à mettre les pieds dans une vraie synagogue, il fallait qu'il y ait une synagogue. Il ne la désirait pas, il en avait besoin : on ne peut détruire ce qui n'existe pas.

LE BONHEUR

Tous les matins de bonheur se ressemblent, comme tous les matins de tristesse, et c'est le fondement même de ce qui rend ces derniers tellement tristes : l'impression d'avoir déjà eu affaire à cette tristesse, que les efforts pour l'éviter ne feront au mieux que la renforcer, voire l'exacerber, et que l'univers, pour une raison inconcevable, vaine et injuste, complote contre l'innocente séquence de l'habillage, du petit déjeuner, du brossage de dents, des épis indomptables, du sac à dos, des chaussures, de la veste, et de l'au revoir.

Jacob avait insisté pour que Julia prenne sa voiture pour aller à leur rendez-vous avec le rabbin Singer, de sorte qu'elle puisse partir directement ensuite et profiter de sa journée de repos. Ils traversèrent les couloirs de l'école en direction du parking dans un silence de cathédrale. Sam n'avait jamais entendu parler des droits Miranda, mais en avait une connaissance instinctive. Non que cela y change grand-chose – ses parents ne voulaient pas parler avec lui avant d'avoir délibéré entre eux. Ils le laissèrent donc à l'entrée, parmi les hommes-enfants à moustache qui jouaient à Yu-Gi-Oh !, et allèrent chercher leur voiture.

« Tu veux que j'achète quelque chose ? demanda Jacob.

– Quand ça ?

– Maintenant.

– Il faut que tu rentres bruncher avec tes parents.

– J'essaie simplement de te décharger un peu.

– On aura peut-être besoin de pain de mie.
– Tu as une préférence ?
– J'ai une préférence pour celui qu'on prend toujours.
– Qu'est-ce qu'il y a ?
– Quoi, qu'est-ce qu'il y a ?
– Tu as l'air contrariée.
– Tu ne l'es pas, toi ? »

Avait-elle trouvé le téléphone ?

« Tu ne comptes pas parler de ce qui vient de se passer ? »

Elle n'avait pas trouvé le téléphone.

« Bien sûr que si, dit-il. Mais pas sur ce parking. Pas pendant que Sam nous attend sur les marches et que mes parents attendent à la maison.
– Quand, alors ?
– Ce soir ?
– Ce soir ? C'est une question ? Ou *ce soir*.
– *Ce soir*.
– C'est promis ?
– Julia.
– Et ne le laisse pas bouder dans sa chambre avec son iPad. Il faut qu'il sache qu'on est en colère.
– Il le sait.
– Oui, mais je veux qu'il le sache même quand je ne suis pas là.
– Il le saura.
– C'est promis ? » demanda-t-elle, donnant cette fois à sa question une intonation affirmative plutôt qu'interrogative.

« Croix de bois croix de fer, si je mens je vais droit en enfer. »

Elle aurait pu en rajouter – lui rappeler des exemples récents, ou lui expliquer que ce n'était pas tant la punition qui l'inquiétait que de les voir tous les deux s'enfermer de plus en plus dans un rôle de parents complètement opposé à leur nature, et proche de la sclérose –, mais choisit de lui serrer le bras avec délicatesse, en faisant durer son geste.

« On se voit cet après-midi. »

Le contact charnel les avait toujours sauvés par le passé. Quelles que soient leurs colères ou leurs blessures, quelle que soit la profondeur de leur solitude, un de ces contacts, même léger et fugace, leur rappelait leur longue intimité. Une main sur la nuque : tout ressurgissait. Une tête posée sur une épaule : la réaction chimique se produisait, le souvenir de l'amour. Parfois, il leur était presque impossible de franchir la distance qui séparait leurs corps, de tendre la main. Parfois, c'était même inconcevable. Chacun d'eux connaissait si bien ce sentiment, dans le silence d'une chambre obscure, les yeux au plafond : si j'arrivais à ouvrir mes doigts, les doigts de mon cœur s'ouvriraient. Mais j'en suis incapable. Je veux tendre la main, et je veux qu'on me tende la main. Mais c'est impossible.

« Pardon pour ce matin, dit-il. Je voulais que tu aies un jour complet de repos.

– Ce n'est pas toi qui as écrit ces mots.

– Ni Sam.

– Jacob.

– Quoi ?

– Il n'est pas possible, il n'est pas question que l'un de nous deux croie Sam et l'autre pas.

– Alors, crois-le.

– C'est clairement lui qui l'a fait.

– Crois-le quand même. On est ses parents.

– C'est exact. Et il faut qu'on lui apprenne que tout acte a des conséquences.

– Le plus important, c'est de le croire », répliqua Jacob. La conversation avançait trop vite pour qu'il comprenne ce qu'il disait lui-même. Pourquoi enfourchait-il ce cheval de bataille ?

« Non, fit Julia, le plus important c'est de l'aimer. Et ainsi, au-delà de la punition, il saura que notre amour, qui réclame qu'on le fasse souffrir de temps à autre, est la conséquence ultime. »

Jacob ouvrit la portière de la voiture de Julia pour elle, et dit : « Affaire à suivre.

– Oui, affaire à suivre. Mais je veux que tu m'assures qu'on est bien d'accord.

– Que je ne le crois pas ?

– Que malgré ce que tu crois, tu vas m'aider à lui faire comprendre que nous sommes déçus et qu'il faut qu'il présente des excuses. »

Jacob détestait ça. Il détestait Julia parce qu'elle le forçait à trahir Sam, et il se détestait parce qu'il ne lui tenait pas tête. S'il lui était resté encore un peu de haine, elle aurait été pour Sam.

« D'accord, fit-il.

– Oui ?

– Oui.

– Merci, dit-elle en montant dans la voiture. Affaire à suivre ce soir.

– D'accord, répondit-il en refermant la portière. Et prends tout ton temps, aujourd'hui.

– Et si tout mon temps ne rentre pas dans une seule journée ?

– Ah, et puis j'ai cette réunion à HBO.

– Quelle réunion ?

– Mais pas avant sept heures. Je t'en ai parlé. De toute façon, sans doute que tu serais rentrée avant.

– On ne le saura jamais.

– C'est ennuyeux que ça tombe un week-end, mais ça ne durera qu'une heure ou deux.

– Très bien. »

Il lui posa la main sur le bras, le serra et dit : « Prends ce qu'il reste.

– De quoi ?

– De la journée. »

Le trajet de retour jusque chez eux se fit en silence, hormis la radio, dont l'omniprésence toutefois prit l'apparence du silence. Jacob regarda Sam dans le rétroviseur.

« J'ai mangé une de vos boîtes de thon, Miss Daisy.

– Tu fais un AVC ou quoi ?

– Référence cinématographique. Et c'était peut-être du saumon. »

Il savait qu'il n'aurait pas dû autoriser Sam à utiliser son iPad sur la banquette arrière, mais le pauvre petit en avait déjà assez bavé ce matin. Un peu de réconfort lui semblait juste. Et cela repoussait la conversation qu'il ne voulait avoir ni tout de suite ni jamais.

Jacob avait prévu de préparer un brunch raffiné, mais quand le rabbin Singer l'avait appelé à neuf heures et quart, il avait demandé à ses parents, Irv et Deborah, de venir plus tôt pour s'occuper de Max et Benjy. Maintenant, il n'avait plus le temps de préparer les toasts de brioche à la ricotta. Ni la salade de lentilles, ni la salade de choux de Bruxelles émincés. Le brunch serait riche en calories.

« Deux tranches de pain de seigle grillé, tartinées de beurre de cacahuètes crémeux et coupées en diagonale », dit Jacob en tendant une assiette à Benjy.

Max intercepta les tartines : « En fait, c'est les miennes.

– Exact, dit Jacob en tendant un bol à Benjy, vu que toi, tu as des Cheerios au miel et aux noix arrosés de lait de riz. »

Max examina le bol de Benjy : « C'est des Cheerios normaux avec du miel dessus.

– Oui.

– Alors pourquoi tu lui as menti ?

– Merci, Max.

– Et j'ai dit du pain grillé, pas immolé.

– Immlé ? questionna Benjy.

– Détruit par le feu, expliqua Deborah.

– Qu'est-ce qu'il a, Camus ? demanda Irv.

– Fiche-lui la paix, rétorqua Jacob.

– Eh, Max, fit Irv, attirant son petit-fils contre lui. Quelqu'un m'a parlé du zoo le plus incroyable qui soit…

– Où est Sam ? s'enquit Deborah.

– Mentir, c'est mal », déclara Benjy.

Max laissa échapper un éclat de rire.

« Elle est bien bonne, dit Irv. Pas vrai ?

– Il a eu quelques ennuis à l'école hébraïque aujourd'hui et il est consigné dans sa chambre », répondit Jacob. Puis à Benjy : « Je n'ai pas menti. »

Max zieuta dans le bol de Benjy et lui dit : « Tu sais que c'est même pas du miel. C'est de l'agave.

– Je veux maman.

– On lui donne une journée de repos.

– Elle se repose de nous ? demanda Benjy.

– Non, non. Elle n'a jamais besoin de se reposer de vous, les enfants.

– Elle se repose de toi, alors ? demanda Max.

– Un de mes amis, Joey, a deux papas. Mais les bébés sortent des trous de vagin. Pourquoi ?

– Pourquoi quoi ?

– Pourquoi tu m'as menti ?

– Personne n'a menti à personne.

– Je veux un burrito surgelé.

– Le congélateur est en panne, dit Jacob.

– Au petit déjeuner ? s'étonna Deborah.

– C'est un brunch, la corrigea Max.

– *Sí se puede*, dit Irv.

– Je peux aller t'en acheter un vite fait, proposa Deborah.

– J'en veux un surgelé. »

Ces derniers mois, les habitudes alimentaires de Benjy s'étaient orientées vers ce qu'on pourrait appeler des aliments non aboutis : légumes surgelés (consommés avant d'avoir décongelé), flocons d'avoine crus, nouilles japonaises crues, pâte à tarte et quinoa crus, macaronis crus saupoudrés de fromage en poudre non reconstitué. Jacob et Julia se contentaient de modifier la liste des courses, préférant ne pas aborder le sujet ; ils redoutaient la portée psychologique d'une telle initiative.

« Et qu'a fait, Sammy, alors ? s'enquit Irv, la bouche pleine de gluten.

– Je te le dirai tout à l'heure.

– Un burrito surgelé, s'il te plaît.

– Tout à l'heure, ce ne sera peut-être plus possible.

– Apparemment, il a écrit des mots inexcusables sur une feuille pendant le cours.

– Apparemment ?

– Il dit que ce n'est pas lui.

– Et alors, c'est lui ou pas ?

– J'en sais rien. Julia pense que oui.

– Quelle que soit la vérité, et quelles que soient vos convictions, il faut que vous en parliez ensemble, dit Deborah.

– Je sais.

– Rappelle-moi ce qu'est un mot inexcusable, demanda Irv.

– Tu peux imaginer.

– En fait, non. Je peux imaginer un contexte inopportun…

– Ces mots étaient incontestablement inexcusables dans le contexte de l'école hébraïque.

– Quels mots ?

– C'est si important que ça ?

– Bien sûr que c'est important.

– Non. Ça n'a pas d'importance, intervint Deborah.

– Disons simplement que le mot en “n” en faisait partie.

– Je veux un burrito surge… C'est quoi le mot en “n” ?

– T'es content ? lança Jacob à son père.

– Il l'a utilisé activement ou passivement ? poursuivit Irv.

– Je te le dirai tout à l'heure, promit Max à son petit frère.

– Il n'y a pas d'usage passif de ce mot, rétorqua Jacob à Irv. Et non, tu ne le lui diras pas, ajouta-t-il à l'adresse de Max.

– Tout à l'heure, ce ne sera peut-être plus possible, répondit Benjy.

– J'ai vraiment élevé un fils qui dit "ce mot" quand il parle d'un mot ?

– Non, fit Jacob. Tu n'as pas élevé un fils. »

Benjy alla voir sa grand-mère, qui ne disait jamais non : « Si tu m'aimes tu dois m'acheter un burrito surgelé et me dire ce que c'est, le mot en "n".

– C'est arrivé dans quel contexte, alors ? demanda Irv.

– Peu importe, dit Jacob, et je ne veux plus qu'on en parle.

– Il n'y a rien qui importe plus. Sans contexte, on serait tous des monstres.

– Le mot en "n" », insista Benjy.

Jacob posa sa fourchette et son couteau.

« Bon, si tu veux savoir, le contexte, c'est que tous les jours, Sam te voit te couvrir de ridicule au JT du matin, et te faire couvrir de ridicule par tout le monde dans les talk-shows du soir.

– Vos enfants regardent trop la télé.

– Ils ne la regardent presque jamais.

– On peut aller regarder la télé ? » demanda Max.

Jacob l'ignora et revint à Irv : « Il est exclu jusqu'à ce qu'il présente des excuses. Sans excuses, pas de bar-mitsva.

– Présenter des excuses à qui ?

– Les chaînes du câble ? insista Max.

– À tout le monde.

– Pourquoi ne pas carrément l'extrader en Ouganda pour une électrocution du scrotum ? »

Jacob tendit une assiette à Max et lui murmura quelque chose à l'oreille. Max hocha la tête et quitta la table.

« Il s'est mal comporté, dit Jacob.

– En utilisant sa liberté d'expression ?

– La liberté d'exprimer sa haine.

– Tu n'as pas encore tapé du poing sur le bureau d'un prof ?

– Non, non, absolument pas. On a eu une discussion avec le rabbin, et maintenant on est en mode sauvetage de la bar-mitsva.

– Vous avez eu une discussion ? Tu crois que c'est en discutant qu'on est sortis d'Égypte ou d'Entebbe ? Mmh-mmh. Les plaies et les Uzi. La discussion, ça vous assure la meilleure place dans la file d'attente d'une salle de douches qui n'en est pas une.

– Bon sang, papa. T'en es encore là ?

– Bien sûr que j'en suis encore là. J'en suis encore là pour qu'on n'en arrive plus jamais là.

– Bon, et si tu me laissais m'occuper de cette affaire ?

– Parce que tu trouves que tu t'en sors bien ?

– Parce que c'est lui le père de Sam, intervint Deborah. Pas toi.

– Parce que c'est une chose de ramasser la merde de son chien, et c'en est une autre de ramasser celle de son père, dit Jacob.

– Merde, répéta Benjy.

– Maman, tu veux bien monter lire une histoire à Benjy ?

– Je veux rester avec les grands, protesta Benjy.

– Je suis la seule grande personne, ici, remarqua Deborah.

– Avant de perdre mon calme, reprit Irv, je veux être sûr d'avoir bien compris. Tu suggères qu'il y a un rapport entre mon blog, qui a été mal interprété, et le problème de liberté d'expression de Sam ?

– Personne n'a mal interprété ton blog.

– J'ai été fondamentalement mal compris.

– Tu as écrit que les Arabes haïssent leurs enfants.

– C'est faux. J'ai écrit que la haine des Arabes envers les Juifs a surpassé l'amour qu'ils ont pour leurs propres enfants.

– Et que ce sont des animaux.

– Oui, j'ai aussi écrit ça. Ce sont des animaux. Les humains sont des animaux. Par définition.

– Les Juifs sont des animaux ?

– Ce n'est pas si simple, non.

– C'est quoi le mot en "n" ? murmura Benjy à Deborah.

– Nouille, lui répondit-elle à voix basse elle aussi.

– Non, c'est pas ça. » Elle prit Benjy dans ses bras et l'emmena hors de la pièce. « Le mot en "n", c'est non, dit-il. C'est ça ?

– Oui.

– Non, c'est pas ça.

– On a déjà assez d'un Dr Phil[1], dit Irv. Ce qu'il faut à Sammy, c'est quelqu'un qui règle les problèmes. C'est une question qui relève purement du Premier Amendement, et comme tu le sais ou devrais le savoir, je ne fais pas que siéger au comité national de l'Union américaine pour les libertés civiles, ses membres racontent mon histoire à chaque Pessah. Si tu étais à ma place…

– Je me suiciderais sans doute pour épargner ma famille.

– … tu lancerais dans les eaux d'Adas Israel un avocat incroyablement intelligent et monomaniaque à la limite de l'autisme qui a sacrifié les récompenses les plus prestigieuses pour le plaisir de défendre les libertés civiles. Écoute, j'apprécie comme tout le monde de déblatérer sur l'injustice, mais tu es compétent, Jacob, et c'est ton fils. Personne ne te condamnerait de ne pas te défendre, mais personne ne te pardonnerait de ne pas défendre ton fils.

– Tu as une vision idéalisée du racisme, de la misogynie et de l'homophobie.

– As-tu seulement lu la biographie de Lyndon…

– J'ai vu le film.

– J'essaie de sortir mon petit-fils du pétrin. C'est si grave que ça ?

– Oui, s'il n'est pas souhaitable qu'il en sorte. »

Benjy revint dans la pièce en trottant : « Est-ce que c'est *marié* ?

– Quoi *marié* ?

– Le mot en "n".

1. *Dr Phil* est un talk-show, animé par Phil McGraw, dans lequel celui-ci prodigue des conseils de vie.

– Ça commence par la lettre “m”. »

Benjy fit demi-tour et ressortit toujours au trot.

« Ce que ta mère t'a dit tout à l'heure sur la nécessité pour toi et Julia d'aborder la question ensemble ? C'est faux. Il faut que tu défendes Sam. Laisse les autres juger de ce qui s'est vraiment passé et de ce qui est bien ou mal.

– Je le crois. »

Alors, comme si Irv venait à peine de remarquer son absence : « Où est Julia, à propos ?

– Elle s'est pris une journée de repos.

– De repos de quoi ?

– Du repos.

– Merci, Anne Sullivan[1], mais je ne suis pas sourd. Du repos de quoi ?

– De ce qui lui chante. Tu veux bien laisser tomber ?

– Bien sûr, fit Irv en hochant la tête. C'est une possibilité. Mais laisse-moi te dire des paroles pleines de sagesse que même la Vierge Marie ne connaît pas.

– Je suis impatient.

– Rien ne passe. Pas tout seul. On doit s'occuper des choses avant qu'elles ne s'occupent de nous.

– *Cela aussi passera…* ?

– Salomon n'était pas parfait. De toute l'histoire de l'humanité, rien n'est jamais passé tout seul.

– L'odeur des pets, si, dit Jacob, comme pour honorer l'absence de Sam.

– Ça pue dans cette maison, Jacob. Tu ne le sens pas parce que c'est la tienne, voilà tout. »

Jacob aurait pu lui signaler que la merde d'Argos se trouvait quelque part dans un rayon de trois pièces. Il l'avait sentie à la seconde où il était entré.

1. Éducatrice ayant appris à lire, écrire et parler à Helen Keller, une jeune fille sourde, muette et aveugle.

Benjy revint dans la pièce. « Je me rappelle la question que je voulais te poser, dit-il, même si rien n'avait indiqué qu'il tentait de se rappeler quoi que ce soit.

– Oui ?

– Le bruit du temps. Où est-ce qu'il est passé ? »

UNE MAIN DE LA MÊME TAILLE QUE LA TIENNE, UNE MAISON DE LA MÊME TAILLE QUE CELLE-CI

Julia aimait promener son regard là où le corps n'a pas accès. Elle aimait les murs de brique irréguliers quand on ne sait trop s'ils ont été construits avec négligence ou savoir-faire. Elle aimait la notion de périmètre quand elle contient aussi l'idée d'expansion. Elle aimait que la vue ne soit pas centrée dans la fenêtre, mais aimait aussi se souvenir que les vues, par nature, sont centrées. Elle aimait les boutons de porte qu'on n'a jamais envie de lâcher. Elle aimait les marches qui montent et les marches qui descendent. Elle aimait les ombres sur d'autres ombres. Elle aimait les coins banquettes où prendre le petit déjeuner. Elle aimait les bois clairs (le hêtre, l'érable) et n'aimait pas les bois « masculins » (le noyer, l'acajou), n'appréciait pas l'acier et détestait l'inox (quand il n'était pas complètement rayé), et toutes les imitations de matériaux naturels lui étaient intolérables, à moins que l'artifice ne soit assumé, qu'il ne soit leur raison d'être, auquel cas elles pouvaient être très belles. Elle aimait les textures familières au doigt et au pied, même si elles ne l'étaient pas à l'œil. Elle aimait que les cheminées soient au centre de la cuisine, et cette dernière au centre du rez-de-chaussée. Elle aimait qu'il y ait plus de bibliothèques que nécessaire. Elle aimait les Velux au-dessus d'une douche, mais nulle part ailleurs. Elle aimait les imperfections intentionnelles et ne supportait pas le laisser-aller, mais elle aimait aussi se rappeler que les imperfections intentionnelles, ça n'existe pas.

Les gens confondent toujours ce qui est beau avec ce qui fait du bien.

tu me supplies de baiser ta petite chatte, mais tu ne le mérites pas encore

Elle n'aimait pas les textures uniformes – ce n'est pas comme ça dans la réalité. Elle n'aimait pas les tapis au milieu d'une pièce. Une architecture de qualité devait donner l'impression qu'on se trouve dans une cave et qu'on a une vue sur l'horizon. Elle n'aimait pas les plafonds cathédrale. Elle n'aimait pas l'excès de verre. La fonction d'une fenêtre est de faire entrer la lumière, pas d'encadrer une vue. Un plafond devait être à une hauteur presque atteinte par les doigts tendus de la main levée de l'habitant le plus grand se tenant sur la pointe des pieds. Elle n'aimait pas les bibelots disposés avec soin – un objet devait être là où n'était pas sa place. Un plafond de trois mètres cinquante était trop haut. Ça donnait l'impression d'être perdu, abandonné. Un plafond de trois mètres vingt était trop haut. Ça lui donnait l'impression que tout était hors de portée. Deux mètres quatre-vingt-dix était trop haut. Un lieu où l'on se sent bien – rassurant, confortable, conçu pour être habité – peut toujours être embelli. Elle n'aimait pas l'éclairage encastré ni les luminaires activés par des interrupteurs muraux – donc les appliques, les lustres, et l'effort que cela représentait. Elle n'aimait pas les appareils cachés à la vue – les réfrigérateurs derrière des panneaux, les produits de toilette derrière des miroirs, les télés qui disparaissent dans un meuble.

tu n'en as pas encore assez besoin
je veux te voir mouiller jusque sur ton trou du cul

Tous les architectes nourrissent le fantasme de construire leur propre maison, de même que toutes les femmes. Aussi loin qu'elle s'en souvienne, Julia était parcourue d'un frisson secret chaque fois qu'elle passait devant un parking ou un terrain non exploité : *potentiel.* Pour quoi ? Construire quelque chose de beau ? D'intelligent ? De nouveau ? Ou simplement une maison dans laquelle on se sente chez soi ? Ses joies étaient partagées, pas complètement les siennes, mais ses frissons étaient intimes.

Elle n'avait jamais voulu devenir architecte, mais désirait depuis toujours se faire une maison à elle. Elle se débarrassa de ses poupées pour libérer les boîtes dans lesquelles elles se trouvaient. Elle passa un été à garnir l'espace sous son lit. Ses vêtements occupaient toute la surface de sa chambre, parce qu'il ne fallait pas gaspiller l'espace des placards avec des articles fonctionnels. Ce n'est qu'au moment où elle se mit à concevoir des maisons pour elle-même – toutes sur papier, chacune d'elles source de fierté et de honte – qu'elle comprit ce que signifiait « à elle ».

« C'est vraiment génial », disait Jacob quand elle lui présentait un plan de sol. Julia ne lui montrait jamais son travail, à moins qu'il n'en fasse la demande explicite. Ça n'avait rien de secret, mais une telle expérience du partage lui donnait toujours l'impression d'être humiliée. Il n'était jamais assez enthousiaste, ou ne l'était pas de la bonne façon. Et quand il manifestait son engouement, cela ressemblait à un cadeau trop bien emballé. (Le « vraiment » gâchait tout.) Il archivait cet engouement pour le ressortir la prochaine fois qu'elle dirait qu'il n'était jamais enthousiaste à propos de son travail. Et ça l'humiliait, aussi, d'avoir besoin de son enthousiasme, et même de le désirer.

Qu'y avait-il de mal à ce désir, à ce besoin ? Rien. Et la distance béante entre l'endroit où l'on est et celui où l'on a toujours imaginé être n'est pas forcément synonyme d'échec. La déception ne nécessite pas d'être décevante. Le désir, le besoin, la distance, la déception : grandir, apprendre, s'engager, vieillir l'un à côté de l'autre. On peut parfaitement vivre seul, mais pas toute une vie.

« C'est génial, dit-il, si près que son nez touchait presque la représentation en deux dimensions de son fantasme. Incroyable, même. Comment tu fais pour penser à des choses pareilles ?

– Je ne suis pas sûre d'y penser.

– C'est quoi, là, un jardin intérieur ?

– Oui, l'escalier s'enroulera autour d'une sapine.

– Sam dirait : "*sa... pine*".

– Et ça te ferait éclater de rire, et je ferais semblant de rien.

– Ou on ferait tous les deux semblant de rien. En tout cas, c'est vraiment, vraiment super.

– Merci. »

Jacob posa le doigt sur le plan, le fit glisser à travers une série de pièces, en passant toujours par la porte. « Je sais que je suis incapable de lire ces trucs, mais les enfants dormiraient où ?

– Qu'est-ce que tu veux dire ?

– À moins que quelque chose ne m'échappe, ce qui est sans doute le cas, il n'y a qu'une seule chambre. »

Julia inclina la tête, plissa les yeux.

Jacob dit : « Tu connais la blague sur le couple qui divorce après quatre-vingts ans de vie commune ?

– Non.

– Tout le monde leur demande : "Pourquoi maintenant ? Pourquoi pas il y a des dizaines d'années quand vous aviez la vie devant vous ? Ou pourquoi ne pas aller jusqu'au bout ensemble ?" Et ils répondent : "On attendait la mort de nos petits-enfants." »

Julia aimait les calculatrices avec rouleau – les Juifs de la papeterie ayant obstinément survécu à tant d'appareils professionnels plus prometteurs – et pendant que les enfants choisissaient leurs fournitures scolaires, elle tapait des séries de chiffres au hasard. Une fois, elle avait calculé le nombre de minutes qu'il restait avant l'entrée de Benjy à la fac. Elle avait laissé le résultat là, comme une preuve.

Ses maisons n'étaient que de ridicules petits exercices, un hobby. Jacob et elle n'auraient jamais les moyens, ni le temps ni l'énergie nécessaires, et elle avait fait assez de plans de maisons individuelles pour savoir que le désir d'extraire quelques gouttes supplémentaires de bonheur détruisait presque toujours le bonheur qu'on avait la chance d'avoir, bien qu'on soit trop bête pour l'admettre. Ça se passe tout le temps comme ça : la rénovation d'une cuisine à quarante mille dollars se termine par une rénovation à soixante-quinze mille (parce que tout le monde en vient à croire que ce sont les petits détails qui font les grandes différences), qui se termine par la conception d'un nouvel accès au jardin (pour faire entrer plus de lumière dans la cuisine améliorée), qui se termine par la rénovation des toilettes (puisqu'on interdit de toute façon l'accès au rez-de-chaussée pendant les travaux), qui se termine bêtement par un nouveau câblage pour rendre la maison intelligente (et contrôler la musique dans la cuisine depuis son téléphone), qui se termine par un comportement passif-agressif pour déterminer si la nouvelle bibliothèque doit être montée sur pieds (et révéler la marqueterie au bord du parquet), puis par un comportement agressif-agressif dont plus personne ne se souvient de l'origine. On peut construire la maison parfaite, mais pas l'habiter.

ça te plaît quand j'écarte tes lèvres serrées avec ma langue ?
montre-moi
jouis dans ma bouche

Jacob et elle avaient passé une nuit, peu de temps après leur mariage, dans un hôtel de Pennsylvanie. Ils partagèrent un joint – le premier qu'ils fumaient depuis la fac – et étaient au lit, nus, quand ils se promirent de tout partager sans la moindre exception, peu importe la honte, le malaise ou la blessure potentielle. C'était la promesse la plus ambitieuse que deux personnes puissent se faire. Se dire simplement la vérité fut comme une révélation.

« Aucune exception, dit Jacob.

– Même si ça doit tout saper.

– Faire pipi au lit. Des trucs comme ça. »

Julia prit la main de Jacob et dit : « Tu sais à quel point je t'aimerais si tu partageais une chose pareille avec moi ?

– Il se trouve que je ne fais pas pipi au lit, si tu veux le savoir. Je fixe simplement des limites.

– Aucune limite. C'est tout l'intérêt.

– Même les expériences sexuelles passées ? » Jacob avait posé la question parce qu'il savait que c'était son point le plus vulnérable, et donc le terrain sur lequel un tel partage devait les amener. Toujours, même après avoir perdu le désir de la toucher ou d'être touché par elle, il avait abhorré l'idée qu'un autre homme pose la main sur elle, ou qu'elle pose la main sur un autre homme. Les hommes avec qui elle avait été, le plaisir qu'elle avait donné et reçu, ce qu'elle leur avait murmuré en gémissant. Il ne souffrait d'aucun complexe dans les autres domaines, mais, avec le magnétisme qui force à revivre sans cesse un traumatisme, son cerveau était irrésistiblement poussé à l'imaginer en train d'avoir des relations sexuelles avec d'autres hommes. Que leur avait-elle dit, qu'elle lui avait dit aussi ? Pourquoi de telles récurrences lui paraissaient être le comble de la trahison ?

« Bien sûr que ce serait douloureux, dit-elle. Mais ce que je veux, ce n'est pas de tout savoir sur toi. C'est que tu ne me caches pas quoi que ce soit.

– Alors je ne te cacherai rien.

– Moi non plus. »

Ils se passèrent le joint plusieurs fois, se sentant courageux, encore jeunes.

« Qu'est-ce que tu me caches en ce moment ? lui demanda-t-elle, presque avec insouciance.

– En ce moment, rien.

– Mais tu m'as déjà caché quelque chose ?

– Donc je suis. »

Elle rit. Elle aimait sa vivacité, la chaleur étrangement réconfortante des connexions que faisait son esprit.

« Quelle est la dernière chose que tu m'aies cachée ? »

Il réfléchit à la question. C'était plus dur de réfléchir en étant défoncé, mais plus facile de partager ses pensées.

« Très bien, fit-il. C'est un petit truc de rien du tout.

– Dis-les-moi tous.

– OK. On était à l'appart' l'autre jour. C'était mercredi, peut-être. Et je t'ai préparé le petit déj'. Tu te souviens ? La frittata au chèvre.

– Oui, répondit-elle, une main posée sur la cuisse de Jacob. C'était mignon.

– Je t'ai laissée dormir et je t'ai discrètement préparé le petit déj'. »

Elle souffla une colonne de fumée qui conserva sa forme plus longtemps qu'il ne semblait possible, et dit : « J'en mangerais bien une tonne, là.

– Je l'ai fait parce que je voulais te dorloter.

– C'est l'impression que j'ai eue, remarqua-t-elle en remontant la main sur sa cuisse, ce qui le fit bander.

– Et j'ai soigné la présentation dans l'assiette. Cette petite salade sur le côté.

– Comme au restau, dit-elle, prenant sa bite à pleine main.

– Et après ta première bouchée…

– Oui ?

– C'est pas pour rien que les gens se cachent parfois des choses.

– On n'est pas n'importe quels gens.

– Bon. Bref, après ta première bouchée, au lieu de me remercier ou de dire que c'était délicieux, tu m'as demandé si j'avais salé.

– Et alors ? demanda-t-elle, son poing faisant un mouvement de va-et-vient.

– Et alors c'était horrible. Ça m'a contrarié. Ou déçu. Quel qu'ait été mon sentiment, je ne l'ai pas partagé.

– Mais ce n'était qu'une question toute bête.

– C'est agréable.

– Très bien, mon amour.

– Mais est-ce que tu comprends, vu l'effort que j'avais fait pour toi, que me demander si c'était salé était plus une critique qu'un compliment ?

– Tu vois ça comme un effort, de me préparer le petit déj'?

– C'était un petit déjeuner spécial.

– Et ça, c'est agréable ?

– C'est incroyable.

– Donc à l'avenir, si je pense qu'un plat a besoin d'être plus salé, il faut que je le garde pour moi ?

– On dirait plutôt qu'il faut que je garde ma blessure pour moi.

– Ta déception.

– Je pourrais déjà jouir.

– Alors vas-y, jouis.

– Je ne veux pas tout de suite. »

Elle ralentit la cadence et s'arrêta, sans cesser de l'empoigner.

« Qu'est-ce que tu me caches en ce moment ? demanda-t-il. Et ne réponds pas le fait que tu es légèrement blessée, contrariée et déçue par ma blessure, ma contrariété et ma déception, parce que ça, tu ne le caches pas. »

Elle éclata de rire.

« Alors ?

– Je ne te cache rien.

– Cherche bien. » Elle secoua la tête en riant. « Quoi ?

– Dans la voiture, quand tu chantais *All Apologies* et que tu disais : "I can see from shame."

– Et alors ?

– Et alors, ce ne sont pas les paroles.

– Bien sûr que si.

– Aqua seafoam shame.

– Quoi ?

– Oui, monsieur.

– Aqua. Seafoam. Shame ?

– Je le jure sur la Bible juive.

– Tu es en train de me dire que ma phrase parfaitement sensée – sensée dans l'absolu et dans ce contexte – n'est en réalité que l'expression inconsciente de je ne sais quel truc refoulé, et que Kurt Cobain a intentionnellement attaché les mots *aqua seafoam shame* ?

– Si je te le dis.

– Mouais, je n'arrive pas à y croire. Mais en même temps, je suis très gêné.

– Y a pas de quoi.

– En général, ça marche quand on est gêné. »

Elle rit.

« Ça ne devrait pas compter, dit-il. Ce n'est pas ce que j'appelle cacher quelque chose. Trouve-moi un truc valable.

– Valable ?

– Un truc vraiment dur à dire. » Elle sourit. « Quoi ? demanda-t-il.

– Rien.

– Non, vraiment, quoi ?

– Non, vraiment, rien.

– Tu parles.

– Bon, OK, je te cache quelque chose. Quelque chose de vraiment dur à dire.

– Excellent.

– Mais je ne crois pas être assez évoluée pour le partager.

– Tu n'es pas un dinosaure, que je sache. »

Elle enfonça le visage dans un oreiller et fit les ciseaux avec les jambes.

« Ce n'est que moi, dit-il.

– Bon, soupira-t-elle. Bon. D'accord. Allongée là, défoncée, nos corps nus, je viens d'avoir un fantasme. »

Il tendit instinctivement la main entre ses jambes et s'aperçut qu'elle mouillait déjà.

« Dis-moi.

– Je ne peux pas.

– Bien sûr que tu peux. »

Elle rit.

« Ferme les yeux. Ce sera plus facile. »

Elle ferma les yeux.

« Non, dit-elle. Ce n'est pas plus facile. Peut-être si tu fermes les tiens ? »

Il ferma les yeux.

« J'ai un fantasme. Je ne sais pas d'où ça vient. Je ne sais pas pourquoi je l'ai.

– Mais tu l'as.

– Oui.

– Dis-moi.

– J'éprouve un désir. » Elle rit de plus belle et enfouit le visage sous le bras de Jacob. « Je veux écarter les jambes et que tu me regardes là, en bas, jusqu'à ce que je jouisse.

– Que je regarde et c'est tout ?

– Pas de doigts. Pas de langue. Je veux que tes yeux me fassent jouir.

– Ouvre les yeux.

– Toi aussi. »

Il ne dit pas un mot et ne fit pas un bruit. D'une main ferme, mais pas trop, il la fit rouler sur le ventre. Il avait l'intuition que ce qu'elle voulait impliquait l'impossibilité pour elle de le voir pendant qu'il la regardait, que cette ultime sécurité soit abandonnée. Elle gémit pour lui faire savoir qu'il ne se trompait pas. Il descendit le long de son corps. Il lui desserra les jambes, puis les écarta un peu plus. Il approcha son visage si près qu'il sentait son odeur.

« Tu me regardes ?
– Oui.
– Tu aimes ce que tu vois ?
– Je veux ce que je vois.
– Mais tu n'as pas le droit de le toucher.
– Je ne le toucherai pas.
– Mais tu peux te branler tout en me regardant.
– C'est ce que je fais.
– Tu veux baiser ce que tu regardes.
– Oui.
– Mais tu ne peux pas.
– Non.
– Tu veux me toucher pour voir à quel point je mouille.
– Oui.
– Mais tu ne peux pas.
– Mais je vois.
– Mais tu ne peux pas voir à quel point je suis étroite quand je m'apprête à jouir.
– Non.
– Dis-moi de quoi j'ai l'air et je jouirai. »

Ils jouirent ensemble, sans se toucher, et ç'aurait pu en rester là. Elle aurait pu rouler sur le côté, poser la tête sur la poitrine de Jacob. Ils auraient pu s'endormir. Mais il se passa quelque chose : elle le regarda, soutint son regard et ferma les yeux. Jacob ferma les yeux. Et ç'aurait pu en rester là. Ils auraient pu s'explorer mutuellement au lit, mais Julia se leva pour aller explorer la chambre. Jacob ne la vit pas faire – il savait qu'il ne fallait pas qu'il ouvre les yeux –, mais l'entendit. Sans rien dire, lui aussi se leva. Ils touchèrent le banc au pied du lit, le bureau et le porte-stylo, les glands de l'attache du rideau. Il toucha le judas, elle toucha l'interrupteur qui actionnait le ventilateur au plafond, il posa la main sur le dessus tout chaud du minibar.

Elle dit : « Tu as du sens pour moi. »

Il dit : « Toi aussi. »

Elle dit : « Je t'aime vraiment, Jacob. Mais s'il te plaît, dis simplement : "Je sais". »

Il dit : « Je sais », et tâtonna le long du mur, le long des tentures accrochées au mur, jusqu'à l'interrupteur du plafonnier. « Je crois que je viens d'éteindre. »

Julia tomba enceinte de Sam, un an plus tard. Puis de Max. Puis de Benjy. Son corps changea, mais pas le désir de Jacob. C'est la quantité de choses qu'ils se cachaient qui changea. Ils continuèrent à coucher ensemble, même si ce qui s'était toujours produit spontanément réclamait désormais un stimulus (l'ivresse, le visionnage de *La Vie d'Adèle* au lit sur l'ordinateur portable de Jacob, la Saint-Valentin), la lutte contre la gêne ou la peur de la honte, et cela se concluait généralement par un puissant orgasme sans qu'ils s'embrassent. Ils se disaient encore parfois des choses dont, juste après l'orgasme, ils avaient tellement honte qu'ils se sentaient obligés de s'éclipser, au prétexte d'aller chercher un verre d'eau, alors qu'ils n'avaient pas soif. Ils se masturbaient encore en pensant l'un à l'autre, bien que ces fantasmes n'aient eu aucun rapport avec la vie réelle et aient souvent inclus une tierce personne. Mais même le souvenir de cette nuit en Pennsylvanie devait rester caché, parce qu'il était l'équivalent d'une marque horizontale inscrite sur l'encadrement d'une porte : *Regarde à quel point on a changé.*

Jacob voulait certaines choses, et il les voulait de Julia. Mais la possibilité de partager ses désirs diminua à mesure que le besoin de Julia de les entendre augmentait. C'était pareil pour elle. Ils aimaient leur compagnie réciproque et la préféreraient toujours à la solitude ou à la compagnie d'un tiers, mais plus ils se sentaient bien ensemble et partageaient des moments de vie, plus ils s'aliénaient leur propre vie intérieure.

Au début, ils se consommèrent mutuellement ou consommèrent le monde ensemble. Tous les enfants veulent voir le trait sur l'encadrement de la porte s'élever, mais combien de couples arrivent à mesurer les progrès effectués si eux-mêmes ne changent pas ? Combien arrivent à gagner plus d'argent sans penser à ce qu'ils pourraient s'offrir avec ? Combien, après les années de procréation, savent s'ils ont eu le bon nombre d'enfants ?

Jacob et Julia n'étaient pas du genre à résister aux conventions par principe, mais ils n'auraient jamais imaginé devenir si conformistes : ils firent l'acquisition d'une deuxième voiture (et d'une deuxième assurance auto) ; s'inscrivirent à un club de gym qui proposait une offre de cours longue de vingt pages ; cessèrent de remplir leur déclaration de revenus eux-mêmes ; renvoyaient parfois une bouteille de vin ; achetèrent une maison avec un lavabo à double vasque (et contractèrent une assurance pour la maison) ; multiplièrent par deux la quantité de leurs produits de toilette ; firent construire un enclos en teck pour leurs poubelles ; remplacèrent leur cuisinière par une autre plus belle ; firent un enfant (et prirent une assurance-vie); commandèrent des vitamines de Californie et des matelas de Suède ; et achetèrent de la layette bio dont le prix, seulement amorti par le nombre de fois qu'elle serait portée, exigeait quasiment qu'ils fassent un autre enfant. Ils firent un autre enfant. Se demandèrent si un tapis valait vraiment son prix, découvrirent quel produit était le meilleur de sa catégorie (aspirateur Miele, mixeur Vitamix, couteaux Misono, peinture Farrow and Ball), consommèrent des quantités freudiennes de sushis et travaillèrent encore plus dur afin de se payer les meilleures nounous pour s'occuper de leurs enfants pendant qu'ils travaillaient. Ils firent un autre enfant.

Leur vie intérieure était submergée par le quotidien – non seulement pour ce qui était du temps et de l'énergie requis par une famille de cinq, mais aussi des muscles que cela développait et de ceux qui s'en trouvaient atrophiés. Le calme inébranlable de Julia avec les enfants avait pris la forme d'une patience illimitée, tandis que sa capacité à exprimer l'urgence qui l'animait à son mari se résumait désormais à des textos « Poème du jour ». Le truc magique de Jacob consistant à retirer le soutien-gorge de

Julia sans les mains fut remplacé par sa capacité étonnamment déprimante d'assembler un lit parapluie tout en montant l'escalier. Julia pouvait couper des ongles de nouveau-né d'un coup de dents, allaiter tout en préparant des lasagnes, retirer une écharde sans pince à épiler ni douleur, faire en sorte que les enfants la supplient de leur passer le peigne à poux dans les cheveux, et les forcer à s'endormir grâce à un massage du troisième œil – mais elle avait oublié comment caresser son mari. Jacob apprenait aux garçons la différence entre éloigné et lointain, mais ne savait plus comment parler à sa femme.

Ils cultivaient leur vie intérieure chacun de son côté – Julia concevait des maisons pour elle-même ; Jacob travaillait sur sa bible et fit l'achat d'un deuxième téléphone –, mais un cycle destructeur s'enclencha entre eux : avec l'incapacité de Julia à exprimer son sentiment d'urgence, Jacob eut encore moins la certitude d'être désiré et devint plus rétif à l'idée de prendre le risque de s'exposer au ridicule, ce qui accrut la distance entre la main de Julia et le corps de Jacob, qu'il ne savait désigner par aucun mot. Le désir devint une menace – un ennemi – pour leur vie conjugale.

Quand Max entra à la maternelle, il prit l'habitude de tout donner. Les amis qui venaient à la maison jouer avec lui repartaient inévitablement avec une petite voiture ou une peluche. Toute somme d'argent qu'il acquérait – une pièce de monnaie trouvée sur le trottoir, un billet de cinq dollars donné par son grand-père pour avoir utilisé un argument persuasif – était offerte à Julia quand ils faisaient la queue à une caisse, ou à Jacob devant un horodateur. Il encourageait Sam à prendre autant de cuillerées de son dessert qu'il le voulait. « Vas-y, disait-il, quand Sam n'osait pas. Prends, prends. »

Ce n'était pas pour Max une façon de répondre aux besoins d'autrui, qu'il semblait capable d'ignorer comme n'importe quel enfant. Il n'agissait pas par générosité – pour cela, il fallait avoir conscience de la notion de don, or c'était justement ce qui lui manquait. Chacun possède un pipeline dans lequel introduire ce qu'il a la volonté et la capacité de partager avec le monde, et duquel il retire tout ce qu'il a la capacité et la volonté de contenir venant du monde. Le conduit de Max n'était pas plus large qu'un autre, simplement, il n'était pas obstrué.

Ce qui avait été une source de fierté pour Jacob et Julia devint une source d'inquiétude : Max se retrouvera sans rien. Soucieux de ne pas lui donner l'impression que sa façon d'être posait problème, ils abordèrent en douceur les notions de valeur et de finitude des ressources. Au début il résista – «Il y en a toujours plus » –, mais comme le font souvent les enfants, il finit par comprendre que sa façon d'être posait problème.

Il devint obsédé par les valeurs comparatives. « Est-ce qu'on peut avoir une maison contre quarante voitures ? » (« Ça dépend du type de maison et de voitures. ») Ou : « Tu préférerais avoir une poignée de diamants ou une montagne d'argent ? Une main de la même taille que la tienne, une maison de la même taille que celle-ci. » Il se mit à troquer de manière compulsive : des jouets avec ses amis, des affaires avec Sam, des actions avec ses parents. (« Si je mange la moitié de ce chou kale, je pourrai aller au lit vingt minutes plus tard ? ») Il voulait savoir s'il valait mieux être livreur chez FedEx ou prof de musique, et se sentit frustré quand ses parents critiquèrent son utilisation du mot *mieux*. Il voulait savoir si c'était grave que son père doive acheter un billet supplémentaire quand ils emmenaient son ami Clive au zoo. « Je gâche ma vie ! » s'exclamait-il souvent quand il n'était engagé dans aucune activité. Il se faufila dans leur lit, trop tôt un matin, désireux de savoir si c'était cela, être mort.

« Qu'est-ce que tu veux dire, mon chéri ?

– Ne rien avoir. »

La dissimulation des besoins sexuels entre Jacob et Julia fut le premier et le plus frustrant exemple de repli, mais pas le plus dévastateur. Le mouvement conduisant à leur éloignement – de l'un avec l'autre, et d'avec eux-mêmes – consista en des changements bien plus discrets et subtils. Plus ils étaient proches dans le domaine pratique – la coordination des tâches quotidiennes toujours plus nombreuses, la multiplication (et l'optimisation) des appels et des textos, le nettoyage, ensemble, de la pagaille des enfants qu'ils avaient eus ensemble –, plus ils s'éloignaient dans le domaine affectif.

Un jour, Julia s'acheta de la lingerie. Elle avait posé la main sur la pile de dessous soyeux, non parce qu'elle les convoitait, mais parce que, comme sa mère, elle ne pouvait résister à l'envie soudaine de toucher la marchandise dans les magasins. Elle retira cinq cents dollars à un distributeur pour que l'achat n'apparaisse pas sur le relevé de compte. Elle voulait en parler à Jacob et fit son possible pour trouver ou provoquer l'occasion. Un soir, après avoir couché les enfants, elle enfila la culotte. Elle voulait descendre l'escalier, prendre le stylo que Jacob avait à la main et le fermer, puis, sans un mot, lui signifier : *Regarde de quoi je peux avoir l'air.* Mais elle n'y arriva pas. N'arriva pas non plus à l'enfiler juste avant de se coucher, craignant qu'il ne la remarque pas. N'arriva même pas à la mettre en évidence sur le lit pour qu'il la voie et l'interroge. Pas plus qu'elle n'arriva à la rapporter au magasin.

Un jour, Jacob écrivit une phrase qui était à son avis la meilleure qu'il eût jamais écrite. Il voulut en faire part à Julia – pas parce qu'il était fier de lui, mais parce qu'il voulait voir s'il lui était encore possible de l'atteindre comme avant, de lui inspirer un commentaire du style « Tu es mon auteur ». Il emporta les pages à la cuisine, les posa face cachée sur le plan de travail.

« Comment ça va ? demanda-t-elle.

– Ça va, dit-il du ton qu'il haïssait le plus.

– Ça avance ?

– Oui, mais je ne sais pas trop encore si je vais dans la bonne direction.

– Ah, parce qu'il y en a une ? »

Il voulut lui répondre : « Dis-moi juste : “Tu es mon auteur.” »

Mais il ne put franchir la distance qui n'existait pas. L'immensité de sa vie avec Julia rendait impossible le partage de leur singularité. Ils avaient besoin d'une distance qui ne soit pas un repli, mais une incitation. Et quand Jacob revint à sa phrase le lendemain matin, il fut surpris et attristé de constater qu'elle était toujours aussi formidable.

Un jour, Julia se lava les mains au lavabo de la salle de bains après avoir ramassé une nouvelle fois les crottes d'Argos, et alors qu'elle observait le savon former des toiles entre ses doigts, l'applique clignota, mais tint bon, et Julia fut inexplicablement submergée par une sorte de tristesse qui ne suggérait ni ne signifiait rien, mais dont le poids était éprouvant. Elle voulut apporter cette tristesse à Jacob – pas dans l'espoir qu'il comprenne ce qu'elle-même ne comprenait pas, mais dans l'espoir qu'il l'aide à porter ce poids trop lourd pour elle. Mais la distance qui n'existait pas était trop grande. Argos avait fait caca dans son panier, sans s'en apercevoir ni se donner la peine de bouger ; il en avait partout sur le flanc et la queue. Pendant que Julia le frottait avec du shampoing pour humains et le maillot mouillé de quelque équipe de foot tombée dans l'oubli après avoir jadis brisé des cœurs, elle lui dit : « Et voilà. C'est bon. J'ai presque fini. »

Un jour, Jacob eut l'idée d'acheter une broche à Julia. Il déambulait dans une boutique sur Connecticut Avenue – le genre d'endroit qui vend des saladiers en bois recyclé et des couverts à salade à manche de corne. Il n'avait pas l'intention de repartir avec quoi que ce soit, et aucune fête en vue ne justifiait l'achat d'un cadeau. La femme avec qui il avait rendez-vous pour le déjeuner lui avait fait savoir par texto qu'elle était coincée derrière un camion poubelle, il n'avait pas pensé à prendre un livre ou un journal, et tous les sièges du Starbucks étaient occupés par des clients dont la vie s'amenuisait plus vite que ne s'étoffait le récit qu'ils s'efforçaient d'en tirer, ce qui ne lui laissait aucune place pour se plonger dans son téléphone ultraplat.

« Ce bijou est beau, vous trouvez ? demanda-t-il à la femme de l'autre côté du présentoir. Question idiote.

– Je l'adore.

– Oui, évidemment.

– Celui-là ne me plaît pas, dit-elle, montrant un bracelet sur le présentoir.

– C'est une broche, c'est ça ?

– Oui. Le moulage en argent d'une véritable brindille. Une pièce unique.

– Et ça, ce sont des opales ?

– Oui. »

Il alla dans un autre rayon, fit semblant d'examiner une planche à découper ornée d'un motif gravé, puis revint à la broche. « Elle est belle tout de même, hein ? Mais ça ne fait pas un peu fantaisie ?

– Pas du tout, répondit la femme, la sortant du présentoir pour la poser sur un plateau en velours.

– Peut-être », dit Jacob, sans y toucher.

C'était beau ? C'était risqué. Portait-on des broches ? Était-ce un attribut ringard ? Finirait-elle dans une boîte à bijoux, pour ne plus en sortir jusqu'à ce qu'elle soit léguée à l'épouse d'un des garçons, qui la mettrait dans une boîte à bijoux avant de la donner à son tour en héritage ? Est-ce que sept cent cinquante dollars était un bon prix pour un objet pareil ? Ce n'était pas l'argent qui l'inquiétait, c'était le risque de se tromper, la gêne de la tentative et de l'échec – un membre tendu est beaucoup plus facile à casser qu'un membre plié. Après le déjeuner, Jacob retourna à la boutique.

« Pardon si je vous parais ridicule, dit-il à la femme qui l'avait conseillé, mais accepteriez-vous de l'essayer ? »

Elle l'accrocha à son pull.

« Elle n'est pas lourde ? Elle ne tire pas sur le tissu ?

– C'est très léger.

– Ça fait très habillé, non ?

– Ça se porte sur une robe, ou une veste, ou un pull.

– Et ça vous ferait plaisir si on vous l'offrait ? »

La distance engendre la distance, mais si la distance n'est rien, quelle en est l'origine ? Ce n'était pas la transgression, ni la cruauté, ni même l'indifférence. La distance originelle, c'était la proximité : l'incapacité de dépasser la honte que représentaient des besoins enfouis qui n'avaient plus leur place à la surface.

donne-moi ton foutre
et tu pourras avoir ma queue

Il n'y avait que dans l'intimité de son âme qu'elle pouvait se demander à quoi ressemblerait sa propre maison. Ce qu'elle gagnerait, ce qu'elle perdrait. Serait-elle capable de vivre sans voir les enfants chaque matin et chaque soir ? Et que se produirait-il si elle admettait qu'elle en était capable ? Dans six millions et cinq cent mille minutes, elle n'aurait plus le choix. Personne ne juge une mère qui laisse ses enfants partir à l'université. Laisser partir n'était pas un crime. Le crime, c'était de choisir de laisser partir.

tu ne mérites pas de te faire enculer

Si elle se bâtissait une nouvelle vie pour elle-même, alors Jacob en ferait autant. Il se remarierait. C'est ce que font les hommes. Ils s'en remettent, passent à autre chose. Chaque fois. Il était facile de l'imaginer épouser la première fille avec qui il sortirait. Il méritait quelqu'un qui ne construise pas des maisons imaginaires pour une seule personne. Il ne méritait pas Julia, il méritait mieux qu'elle. Il méritait quelqu'un qui s'étire au réveil au lieu d'avoir un mouvement de recul. Quelqu'un qui ne renifle pas la nourriture avant de la manger. Quelqu'un qui ne voie pas les animaux domestiques comme un fardeau, qui lui donne un surnom affectueux et blague devant leurs amis en disant combien elle aime qu'il la baise. Un nouveau pipeline, non obstrué, qui le relie à une nouvelle personne, et même si c'était voué à l'échec, l'échec serait au moins précédé du bonheur.

maintenant tu mérites de te faire enculer

Elle avait besoin de se prendre une journée de repos. Elle aurait adoré ne pas savoir comment passer le temps, déambuler sans but à Rock Creek Park, savourer pleinement un repas dont ses enfants ne voudraient jamais, ou lire quelque chose de plus long ou plus substantiel qu'un encadré sur la meilleure façon de remettre de l'ordre dans ses émotions ou ses flacons d'épices. Mais un de ses clients avait besoin d'elle pour l'aider à choisir de la quincaillerie pour ses portes. Évidemment, il fallait que ça tombe un samedi, car quel autre jour une personne disposant des moyens de s'offrir de la quincaillerie sur mesure avait le temps de s'en faire proposer un échantillonnage ? Et, évidemment, personne n'a besoin d'aide pour choisir de la quincaillerie de porte, mais Mark et Jennifer étaient extraordinairement démunis dès qu'il s'agissait de surmonter l'incompatibilité de leurs manques de goût respectifs, et un bouton de porte était précisément assez insignifiant et symbolique pour réclamer une médiation.

Pour ne rien arranger à l'irritation de Julia, Mark et Jennifer, qui étaient les parents d'un ami de Sam, considéraient Jacob et Julia comme leurs amis et voulaient boire un café après pour « prendre des nouvelles ». Julia les aimait bien et, comme elle savait trouver l'enthousiasme nécessaire pour entretenir des relations extrafamiliales, les considérait comme des amis. Mais là, ses réserves d'enthousiasme étaient insuffisantes. Du moins tant qu'elle n'aurait pas pris de ses propres nouvelles.

Il aurait fallu trouver un moyen d'être proche des gens sans avoir à les voir, ni à leur parler au téléphone, ni à écrire (ou lire) des lettres, des mails ou des textos. Fallait-il être mère pour comprendre que le temps est une chose précieuse ? Qu'on n'en a pas assez, jamais ? D'ailleurs, on ne peut pas simplement boire un café avec quelqu'un, même et surtout avec quelqu'un qu'on voit rarement, parce qu'il faut une demi-heure pour arriver jusqu'au café (avec de la chance), et une demi-heure encore pour rentrer chez soi (avec de la chance, là aussi), sans oublier la taxe de vingt minutes que l'on paie simplement pour sortir de chez soi, si bien qu'un petit café finit par vous prendre trois quarts d'heure dans une configuration olympique. Et sans compter qu'il y avait eu tout ce cirque à la *shul*, le matin même, et que les Israéliens arrivaient dans moins de deux semaines, et qu'il fallait pour l'instant dire adieu à la bar-mitsva ; et même si rien ne nous empêche de demander un coup de main, on se sent toujours un peu coupable, ça nous fait toujours un peu honte. On peut faire ses courses en ligne et se faire livrer, mais on a le sentiment d'avoir échoué, d'avoir abdiqué face aux devoirs de la maternité – aux privilèges de la maternité. Prendre la voiture pour aller au supermarché qui est un peu plus loin, celui qui vend les meilleurs produits, sélectionner l'avocat qui sera parfaitement mûr au moment de sa consommation, veiller à ne pas l'écraser dans le sac des courses, et à ne pas écraser le sac dans le caddie… c'est le job d'une mère. Pas un job, une joie. Et si elle était capable de faire le job, mais sans joie ?

Elle ne savait jamais quoi penser de son envie d'en avoir plus pour elle-même : plus de temps, d'espace, de silence. Ça ne serait peut-être pas la même chose si elle avait des filles, mais elle avait des garçons. Pendant un an, elle les avait tenus contre elle, mais après ce congé sans sommeil elle était à la merci de leur présence physique : leurs cris, leurs bagarres, leur façon de taper sur la table, leurs concours de pets et l'incessante exploration de leur scrotum. Elle adorait tout ça, absolument tout, mais elle avait besoin de temps, d'espace et de silence. Peut-être, si elle avait eu des filles, auraient-elles été plus contemplatives, moins brutes, plus constructives, moins animales. Le simple fait de caresser des idées pareilles lui donnait l'impression d'être une mauvaise mère, même si elle savait que ce n'était pas le cas. Alors pourquoi était-ce si compliqué ? Certaines femmes auraient dépensé jusqu'à leur dernier dollar pour faire ce à quoi elle répugnait. Toutes les bénédictions promises aux héroïnes stériles de la Bible étaient tombées en pluie dans ses mains. Et à travers elles.

je veux lécher le foutre qui dégouline de ton cul

Elle retrouva Mark au showroom de la quincaillerie sur mesure. C'était classe, et c'était odieux ; dans un monde où des corps d'enfants syriens s'échouaient sur les plages, c'était contraire à l'éthique, ou vulgaire, à tout le moins. Mais elle touchait d'importantes commissions.

Mark examinait déjà des échantillons quand elle arriva. Il avait l'air en forme : une barbe grisonnante taillée avec soin ; des vêtements volontairement cintrés qu'il n'avait pas achetés par lots de trois. Il émanait de lui la confiance de qui ne sait jamais, à cent mille dollars près, combien il a sur son compte en banque. Ça n'avait rien de séduisant, mais ça ne passait pas inaperçu.

« Salut, Julia.

– Salut, Mark.

– Apparemment, on ne souffre pas d'Alzheimer.

– Qu'est-ce que c'est Alzheimer ? »

Un flirt innocent était si revivifiant – le doux titillement du langage qui chatouille doucement votre ego. Elle était douée pour ça et s'en délectait depuis toujours, mais, après son mariage, elle en avait éprouvé de plus en plus un sentiment de culpabilité. Elle savait qu'il n'y avait rien de mal à ce petit jeu ; elle voulait que Jacob fasse pareil de son côté. Mais elle savait aussi qu'il était d'une jalousie irrationnelle, incontrôlable. Et aussi frustrant que cela puisse être – elle n'osait jamais lui parler d'une expérience sentimentale ou sexuelle de son passé, ressentait le besoin de clarifier à outrance tout épisode récent vaguement susceptible de prêter à malentendu –, c'était quelque chose qui faisait partie de lui et qu'elle avait donc envie d'apprécier.

Qui plus est, c'était un trait de sa personnalité qui l'attirait. Son manque d'assurance sexuelle était si profond qu'il n'avait pu jaillir que d'une source profondément enfouie. Et même quand elle avait l'impression de tout savoir de lui, elle ne savait jamais d'où lui venait ce besoin insatiable d'être rassuré. Parfois, après avoir délibérément omis de mentionner un détail insignifiant dont elle savait qu'il troublerait sa fragile tranquillité d'esprit, elle regardait son mari avec amour et se demandait : *Que t'est-il arrivé ?*

« Pardon d'être en retard, dit-elle, rajustant son col. Sam a eu des ennuis à l'école hébraïque.

– *Oy vey.*

– Tu l'as dit. Bref, je suis là. De corps et d'esprit.

– On devrait peut-être commencer par aller boire ce café ? proposa Mark.

– J'essaie d'arrêter.

– Pourquoi ?

– Trop accro.

– Ce n'est problématique qu'en l'absence de café.

– Et Jacob dit que…

– Ce n'est problématique qu'en présence de Jacob. »

Julia pouffa, sans trop savoir si elle pouffait à cause de sa blague, ou de sa propre incapacité, de petite fille, à résister à son charme.

« Méritons-la, cette caféine, dit-elle, lui prenant des mains un bouton de porte en bronze trop patiné.

– J'ai une nouvelle, dit Mark.

– Moi aussi. On attend Jennifer ?

– Non. C'est justement ça, ma nouvelle.

– Qu'est-ce que tu veux dire ?

– Jennifer et moi allons divorcer.

– Quoi ?

– On est séparés depuis le mois de mai.

– Tu as dit *divorcer.*

– On est séparés. On va divorcer.

– Non, dit-elle, serrant le bouton, accentuant sa patine. Ce n'est pas possible.

– Qu'est-ce qui n'est pas possible ?

– Que vous soyez séparés.

– Je suis bien placé pour le savoir.

– Mais on est sortis tous ensemble. On est allés au Kennedy Center.

– Oui, on est allés voir une pièce.

– Vous avez ri, vous vous êtes touchés. Je l'ai vu de mes yeux.

– On est amis. Les amis rient.

– Mais ils ne se touchent pas. »

Mark tendit la main et toucha l'épaule de Julia. Elle recula par réflexe, les faisant rire tous les deux.

« On est des amis qui ont été mariés. »

Julia replaça ses cheveux derrière son oreille et dit : « Qui sont toujours mariés.

– Qui sont sur le point de ne plus l'être.

– Je ne crois pas que ce soit bien.

– Pas bien ?

– Que ça arrive. »

Il leva son annulaire pour montrer qu'il ne portait plus d'alliance : « C'est arrivé depuis assez longtemps pour que la trace de mon bronzage ait disparu. »

Une femme très maigre s'approcha.

« Je peux vous être utile, aujourd'hui ?

– Peut-être demain, dit Julia.

– On s'en sort pour le moment, intervint Mark, avec un sourire qui parut à Julia aussi séducteur que celui qu'il lui avait adressé.

– Je reste à votre disposition », dit la femme en s'éloignant.

Julia reposa le bouton de porte un peu trop violemment et en prit un autre, octogonal et en inox – d'une incroyable lourdeur, d'une masculinité repoussante.

« Alors là, Mark… je ne sais pas quoi dire.

– Félicitations ?

– Félicitations ?

– Absolument.

– Ça ne me semble pas bien du tout.

– Mais c'est de mes sentiments qu'il est question, là.

– Félicitations ? Tu es sérieux ?

– Je suis jeune. Plus pour longtemps, mais n'empêche.

– Plus pour longtemps, tu parles.

– Tu as raison. Nous sommes résolument jeunes. Si on avait soixante-dix ans, ce serait différent. Peut-être même si on avait soixante ou cinquante ans. Dans ce cas, je dirais peut-être : “Voilà qui je suis. Voilà mon lot.” Mais j'ai quarante-quatre ans. J'ai une immense partie de ma vie devant moi. Et c'est vrai aussi pour Jennifer. On s'est aperçus qu'on serait plus heureux en menant une autre vie. C'est une bonne chose. C'est sans doute mieux que de faire semblant, ou de refouler, ou d'être rongé par la responsabilité de jouer un rôle impossible à remettre en cause une fois qu'on l'a choisi. Je suis encore jeune, Julia, et je veux choisir le bonheur.

– Le bonheur ?

– Le bonheur, oui.

– Le bonheur de qui ?

– Le mien. Celui de Jennifer, aussi. Notre bonheur, mais séparément.

– Poursuivre le bonheur, c'est fuir le contentement.

– Eh ben, mon bonheur et mon contentement ne sont pas auprès d'elle. Et son bonheur n'est assurément pas auprès de moi.

– Il est où, alors ? Sous un coussin de canapé ?

– En fait, sous son prof de français.

– Putain de merde, lâcha Julia en se tapant le front avec le bouton de porte plus brutalement qu'elle ne l'aurait voulu.

– Je ne vois pas pourquoi tu réagis comme ça à une bonne nouvelle.

– Elle ne parle même pas français.

– Maintenant on sait pourquoi. »

Julia regarda la vendeuse anorexique. Elle faisait tout pour détourner les yeux de Mark.

« Et ton bonheur à toi ? demanda-t-elle. Quelle langue fais-tu semblant d'apprendre ? »

Il éclata de rire. « Pour le moment, je suis heureux d'être seul. J'ai passé toute ma vie entouré – de mes parents, de mes copines, de Jennifer. Je veux peut-être quelque chose de différent.

– La solitude ?

– Être seul ne signifie pas forcément vivre dans la solitude.

– Ce bouton de porte est horrible.

– Tu es en colère ?

– Pas assez de patine, trop de patine, c'est pourtant pas sorcier.

– C'est pour ça que les sorciers ne s'occupent pas des boutons de porte.

– J'arrive pas à croire que vous n'ayez même pas parlé des enfants.

– C'est douloureux.

– De ce que ça va leur faire. De ce que ça va te faire de les voir une semaine sur deux. »

Elle s'appuya contre le présentoir, se pencha de quelques degrés. Aucun ajustement de position ne dissiperait le malaise de cette conversation, mais au moins cela détournerait le souffle de l'explosion. Elle reposa le bouton et en prit un dont le seul objet auquel on pouvait le comparer, en toute honnêteté, était le gode qu'on lui avait offert à son enterrement de vie de jeune fille, seize ans auparavant. Le gode ressemblait aussi peu à un pénis que ce bouton de porte ressemblait à un bouton de porte. Ses copines avaient ri, elle aussi avait ri, et quatre mois plus tard elle était tombée dessus en fouillant sa penderie dans l'espoir de refourguer un fouet à matcha qu'on lui avait offert et dont elle n'avait jamais ouvert la boîte, et elle s'était sentie alors assez désœuvrée et pleine d'hormones pour l'essayer. Ça n'avait rien donné. Trop sec. Trop docile. Mais avec ce bouton de porte à la main, c'était la seule chose qui lui venait à l'esprit.

« J'ai perdu mon monologue intérieur, dit Mark.

– Ton monologue intérieur ? fit Julia avec un ricanement de dédain.

– Oui. »

Elle lui tendit le bouton : « Mark, c'est ton monologue intérieur qui appelle au téléphone. Il s'est fait agresser par ton Ça au Nigéria et te demande de lui envoyer par mandat deux cent cinquante mille dollars d'ici la fin de la journée.

– Ça paraît peut-être idiot. Ça paraît peut-être égoïste…

– Oui et oui.

– … mais j'ai perdu ce qui faisait de moi ce que je suis.

– Tu es un grand garçon, Mark, pas un personnage de Shel Silverstein[1] contemplant ses bobos émotionnels sur la souche d'un arbre dont il aurait utilisé le tronc pour se construire une datcha, ou je ne sais quoi.

– Plus tu as l'air rebutée, plus je suis sûr que tu es d'accord avec moi.

– D'accord ? D'accord avec quoi ? C'est de ta vie qu'on parle.

– On parle du souci qu'on se fait à longueur de journée, mâchoires serrées, pour les enfants, et du perpétuel ressassement des disputes qu'on n'a pas eues avec sa femme, auquel on se livre à longueur de nuit. Tu ne serais pas une architecte plus heureuse, plus ambitieuse et productive si tu étais seule ? Tu ne serais pas moins lasse ?

1. Auteur, notamment, de livres pour la jeunesse. Dans *L'Arbre généreux*, il raconte l'histoire d'un arbre qui, par amour, donne à un petit garçon ses fruits, ses branches… jusqu'à son tronc.

– Quoi, moi je suis lasse ?

– Plus tu plaisantes, plus tu…

– Bien sûr que si, je le serais.

– Et tes vacances ? Tu n'en profiterais pas plus toute seule ?

– Pas si fort.

– Quoi, tu as peur qu'on te prenne pour un être humain ? »

Elle caressa du pouce la tête du bouton.

« Mes enfants me manqueraient évidemment, dit-elle. Pas toi ?

– Ce n'est pas ce que je t'ai demandé.

– Oui, je préférerais qu'ils soient auprès de moi en plus d'être avec moi en vacances.

– Un peu complexe, cette phrase, non ?

– Je choisirais leur présence. Si tant est qu'on puisse parler de choix.

– C'est le fait de n'avoir jamais le temps de dormir ni d'apprécier un repas, ou l'hypervigilance dont on doit faire preuve, assis au bord d'un transat contre lequel on ne s'adosse jamais, qui te plaît là-dedans ?

– C'est l'épanouissement pour lequel il n'y a pas d'autres sources. La première pensée qui me vient chaque matin, et la dernière chaque soir, est pour mes enfants.

– Justement.

– Justement, oui.

– Quand est-ce que tu penses à toi ?

– Quand je me dis qu'un jour, dans quelques dizaines d'années, qui me donneront l'impression d'être passées en quelques heures, je regarderai la mort en face, toute seule, sauf que je ne serai pas toute seule parce que je serai entourée de ma famille.

– Rater sa vie est bien pire que de rater sa mort.

– Sans blague ! Je suis tombée sur le même biscuit chinois, hier soir ! »

Mark se pencha plus près de Julia.

« Dis-moi juste une chose, tu n'aimerais pas remonter le temps, redevenir celle que tu étais ? Je ne te demande pas de dire du mal de ton mari ni de tes enfants. Partons du principe qu'il n'y a jamais rien eu et qu'il n'y aura jamais rien de plus important pour toi. Je ne te demande pas la réponse que tu as envie de me faire, ou que tu crois devoir me faire. Je sais que c'est dur d'y penser, encore plus d'en parler. Mais franchement : tu ne serais pas plus heureuse toute seule ?

– Tu envisages le bonheur comme l'ambition ultime.

– Pas du tout. Je te demande simplement si tu serais plus heureuse seule. »

Bien sûr, ce n'était pas la première fois qu'elle réfléchissait à la question, mais c'était la première fois qu'elle lui était posée par quelqu'un d'autre. C'était la première fois qu'elle n'avait pas la possibilité de s'y soustraire. Serait-elle plus heureuse si elle était seule ? *Je suis une mère*, se dit-elle – ce qui n'était pas une réponse à la question posée, et pas plus son ambition ultime que le bonheur, mais c'était son identité ultime. Elle n'avait aucun autre exemple d'existence comparable à la sienne, aucune autre solitude parallèle mesurable à la sienne. Elle faisait simplement ce qui était à ses yeux la meilleure chose à faire. Vivait ce qui était à ses yeux la meilleure existence possible.

« Non, dit-elle. Je ne serais pas plus heureuse si j'étais seule. »

Mark caressa du doigt un bouton d'une rondeur platonique et dit : « Alors tu es comblée. Tu en as de la chance.

– Oui, j'en ai de la chance. Je me sens effectivement chanceuse. »

De longues secondes à toucher du métal froid en silence, puis : « Alors ? demanda Mark en reposant le bouton sur le comptoir.

– Quoi ?

– Et ta nouvelle, c'est quoi ?

– Comment ça ?

– Tu m'as dit que tu avais une nouvelle.

– Ah, oui, fit-elle en secouant la tête. Non, ce n'en est pas une. »

Ça n'en était pas une, en effet. Elle et Jacob avaient évoqué la possibilité de se chercher une maison de campagne. Un petit truc sans prétention qu'ils pourraient retaper. Ne l'avaient même pas vraiment envisagé, avaient seulement permis à la plaisanterie de durer assez longtemps pour cesser d'être drôle. Ce n'était pas une nouvelle. C'était un processus.

Le lendemain matin de leur nuit dans cet hôtel de Pennsylvanie, quinze ans plus tôt, Julia et Jacob avaient fait une randonnée dans une réserve naturelle. Une pancarte étonnamment bavarde à l'entrée expliquait que les sentiers n'étaient pas d'origine mais dessinaient des « lignes de désir », des raccourcis qu'empruntaient les gens en piétinant les herbes sauvages et qui finissaient par sembler tracés de manière intentionnelle.

La vie de famille de Julia et Jacob était de plus en plus semblable à un processus, une interminable négociation, de petits ajustements. Peut-être qu'on devrait oublier toute prudence et retirer les moustiquaires cette année. Peut-être que l'escrime, en plus de ses autres activités, c'est trop pour Max, et trop ostensiblement bourgeois pour ses parents. Peut-être que si on remplaçait les spatules métalliques par des spatules en caoutchouc, on n'aurait pas besoin de changer toutes les poêles antiadhésives qui filent le cancer. Peut-être qu'on devrait acheter une voiture avec une troisième rangée de sièges. Peut-être qu'un de ces home cinémas, ce serait pas mal. Peut-être que le prof de violoncelle de Sam avait raison et qu'on ferait mieux de le laisser jouer les morceaux qu'il aime même si ça doit être *Watch Me (Whip/Nae Nae)*. Peut-être qu'accorder plus de place à la nature est une partie de la solution. Peut-être que si on se faisait livrer les courses, ça nous pousserait à mieux cuisiner, ce qui nous soulagerait de la culpabilité aussi inutile qu'insurmontable qu'on éprouve en se faisant livrer les courses.

Leur vie de famille était une somme d'ajustements et de corrections. D'infinis petits ajouts. Il y a toujours des imprévus, aux urgences, dans un cabinet d'avocats et, apparemment, à l'Alliance française. Il faut les repérer et les éviter du mieux possible.

« Occupons-nous de la quincaillerie un autre jour, dit Julia, glissant le bouton de porte dans son sac à main.

– On ne fera pas cette rénovation.

– Ah bon ?

– Plus personne n'habite là-bas.

– Je vois.

– Je regrette, Julia. Bien sûr, on te paiera pour…

– Non, d'accord. Évidemment. Je suis juste un peu longue à la détente aujourd'hui.

– Tu t'es tellement investie. »

Après une chute de neige, il n'y a plus que des lignes de désir. Mais les températures finissent toujours par remonter, et même si ça prend plus de temps que prévu, la neige fond inévitablement, révélant les choix effectués.

je me fous pas mal que tu jouisses, mais je te ferai jouir quand même

Pour leurs dix ans de mariage, il étaient retournés à l'hôtel de Pennsylvanie. Ils étaient tombés dessus par hasard, la première fois – c'était avant le GPS, avant TripAdvisor, avant que la rareté de la liberté ne pourrisse la liberté.

La visite anniversaire exigea une semaine de préparatifs, laquelle commença par la tâche la plus ardue, consistant à localiser l'hôtel. (Quelque part dans la campagne amish, des tentures sur les murs de la chambre, une porte d'entrée rouge, des rampes d'escalier raboteuses, n'y avait-il pas une allée bordée d'arbres ?) Ils devaient choisir une nuit où ni lui ni elle n'auraient d'obligations professionnelles pressantes, où Irv et Deborah pourraient dormir à la maison pour s'occuper des petits, où les garçons n'auraient rien de prévu – rendez-vous avec un prof, consultation chez le médecin, spectacle – qui réclame la présence de leurs parents, et où cette chambre précise, la suite aux Tentures, serait disponible.

La première nuit qui remplissait tous les critères était dans trois semaines. Julia ne savait pas si ça lui semblait loin ou proche.

Jacob s'occupa de la réservation, et Julia de l'itinéraire. Ils n'arriveraient pas avant le coucher du soleil, mais *pour* le coucher du soleil. Le lendemain, ils prendraient le petit déjeuner à l'hôtel (elle les avait appelés pour leur demander le menu), referaient la première moitié de leur randonnée dans la réserve naturelle, visiteraient la plus vieille ferme et la troisième plus vieille église du Nord-Est, iraient chez quelques antiquaires – qui sait, ils dénicheraient peut-être quelque chose pour la collection.

« La collection ?

– D'objets plus grands à l'intérieur qu'à l'extérieur.

– Super.

– Et ensuite un déjeuner chez un petit vigneron sur lequel j'ai lu un article dans *Renovelista*. Tu remarqueras que je n'ai pas fait mention d'un endroit où trouver une babiole à rapporter aux garçons.

– Je le note.

– Et on rentrera le soir pour un dîner en famille.

– On aura le temps de faire tout ça ?

– Il vaut mieux avoir trop d'options », dit Julia.

(Ils n'allèrent jamais chez les antiquaires, parce que leurs vacances étaient plus grandes à l'intérieur qu'à l'extérieur.)

Comme ils se l'étaient promis, ils ne donnèrent aucune instruction à Irv et Deborah, ne préparèrent pas le dîner à l'avance, ni n'emballèrent les déjeuners à l'avance, ne dirent pas à Sam que ce serait lui « l'homme de la maison » en leur absence. Ils annoncèrent à tout le monde qu'ils n'appelleraient pas pour prendre des nouvelles – mais que, bien sûr, en cas de besoin, ils garderaient tout le temps leur téléphone chargé près d'eux.

En route, ils discutèrent – pas des enfants –, jusqu'à ce qu'ils n'aient plus rien à dire. Cependant, le silence qui suivit ne fut ni embarrassant ni menaçant, mais partagé, confortable et rassurant. C'était l'orée de l'automne, comme dix ans auparavant, et ils roulèrent en direction du nord à travers tout le spectre des couleurs – quelques kilomètres de plus, quelques degrés de moins, quelques nuances plus vives. Dix ans d'automne.

« Ça te dérange si je mets un podcast ? dit Jacob, à la fois gêné d'exprimer son désir de distraction et de demander la permission à Julia.

– Bonne idée », répondit-elle, le soulageant de l'embarras qu'elle sentait chez lui, sans en connaître la source.

Au bout de quelques secondes, Jacob dit : « Ah, je l'ai déjà écouté, celui-là.

– Mets-en un autre, alors.

– Non, c'est vraiment super. Je veux que tu l'écoutes. »

Elle posa la main sur celle de Jacob qui tenait le levier de vitesses et dit : « Tu es gentil », et la distance entre son « Tu es gentil » et le « C'est gentil » auquel il s'attendait fut à ses yeux une preuve de gentillesse.

Le podcast commençait par une description du championnat du monde de jeu de dames de 1863, au cours duquel toutes les parties d'une série de quarante s'étaient achevées sur une nulle, et où vingt et une avaient été identiques, coup pour coup.

« Vingt et une parties identiques. *Au coup près.*

– Incroyable. »

L'ennui est que les dames ont un nombre de combinaisons possibles relativement limité, et comme certains coups sont incontestablement meilleurs que d'autres, on peut mémoriser la « partie idéale ». L'animateur expliquait que le terme *livre* faisait référence à la somme de toutes les parties précédentes. Une partie est « dans le livre » quand la configuration du plateau s'est déjà présentée. Une partie est « hors livre » quand la configuration est sans précédent. Le livre des dames est relativement mince. Le championnat de 1863 avait démontré que le jeu de dames avait été, dans son essence, perfectionné, et son livre mémorisé. Il ne restait donc rien en dehors d'une répétition monotone, chaque partie se finissant par une nulle.

Les échecs, en revanche, étaient d'une complexité presque infinie. Il y a plus de parties d'échecs possibles que d'atomes dans l'univers.

« T'imagines… Plus que le nombre d'atomes dans l'univers !

– Comment peuvent-ils connaître le nombre d'atomes qu'il y a dans l'univers ?

– En les comptant, faut croire.

– T'imagines le nombre de doigts que ça réclame…

– Tu me fais rire.

– Ça ne se voit pas.

– Je ris à l'intérieur. En silence. »

Jacob entremêla ses cinq doigts à ceux de Julia.

Le livre des échecs fut créé au seizième siècle et, au milieu du vingtième siècle, il remplissait une bibliothèque entière au club d'échecs de Moscou – des centaines de boîtes pleines de cartes recensant toutes les parties d'échecs professionnelles jamais disputées. Dans les années 1980, le livre des échecs fut mis en ligne – beaucoup virent dans cet événement le début de la fin du jeu, même si la fin était inatteignable. Depuis lors, quand deux joueurs s'affrontent, ils ont la possibilité de faire des recherches sur l'historique de leur adversaire : quelle a été sa réaction dans telle ou telle situation, ses forces et ses faiblesses, le coup qu'il est susceptible de jouer.

L'accès au livre a fait ressembler des pans entiers de parties d'échecs au jeu de dames – des séquences qui suivent un schéma idéal, mémorisé –, en particulier les ouvertures. Les seize ou vingt premiers coups peuvent être assénés par une simple « récitation » du livre. Mais, sauf dans quelques rares cas, arrive malgré tout le moment où les joueurs font face à une « nouveauté » – une configuration de pièces qui n'a jamais été vue dans l'histoire de l'univers. Dans la notation d'une partie d'échecs, le coup suivant est considéré comme « hors livre », ce qui veut dire que les deux joueurs ne peuvent plus s'en remettre qu'à eux-mêmes, sans historique, sans étoile morte pour les guider.

Jacob et Julia parvinrent à l'hôtel au moment où le soleil plongeait sous l'horizon, comme dix ans auparavant. « Lève un tout petit peu le pied », dit-elle à Jacob quand ils furent à une vingtaine de minutes de leur destination. Il crut qu'elle voulait écouter le podcast jusqu'au bout, ce qui le toucha, mais elle voulait en réalité lui offrir la même arrivée que dix ans plus tôt, ce qui l'aurait touché s'il l'avait compris.

Il s'avança presque entièrement sur la place de parking, puis se mit au point mort. Il éteignit la radio et regarda Julia, sa femme, un long moment. La rotation de la terre fit disparaître le soleil sous l'horizon, et la place de parking entièrement sous la voiture. Il faisait nuit : dix ans de couchers de soleil.

« Rien n'a changé », constata Jacob, passant la main sur le mur de pierre sèche, se demandant, comme dix ans auparavant, comment on se débrouillait pour construire un tel mur.

« Je me souviens de tout, sauf de nous », dit Julia dans un éclat de rire.

Ils s'enregistrèrent à la réception, puis, avant de monter leur sac dans la chambre, ils s'approchèrent de la cheminée et s'affalèrent dans les fauteuils en cuir qui vous plongeaient dans un semi-coma. Ils les avaient oubliés, ces fauteuils, mais par la suite, ils ne purent plus se les ôter de la tête.

« Qu'est-ce qu'on avait bu quand on s'était assis ici, la dernière fois ? demanda Jacob.

– Je m'en souviens parce que ta commande m'avait beaucoup étonnée. Du rosé. »

Jacob rit de bon cœur, et : « Qu'est-ce que le rosé a de si bizarre ?

– Rien, dit Julia en riant aussi. Mais c'était inattendu. »

Ils commandèrent deux verres de rosé.

Ils tentèrent de se souvenir de leur premier séjour jusque dans les moindres détails : ce qu'ils portaient (les vêtements, les bijoux), ce qu'ils s'étaient dit, la musique qui passait (s'il y en avait), ce que diffusait la télé au-dessus du bar en libre service, les apéritifs qui leur avaient été offerts, les blagues que Jacob lui avait racontées pour l'impressionner, celles qu'il lui avait racontées pour éviter un sujet qu'il ne voulait pas aborder, leurs pensées respectives, qui avait eu le courage de pousser leur couple de jeunes mariés sur la passerelle invisible reliant l'endroit où ils se trouvaient (qui était excitant, mais peu fiable) et celui qu'ils voulaient rejoindre (qui serait excitant et fiable), de l'autre côté d'un gouffre de tant de souffrance potentielle.

Ils firent glisser leur main sur la rampe d'escalier raboteuse en descendant à la salle à manger et dînèrent aux chandelles, les aliments presque tous cultivés dans la propriété.

« Je crois que c'est cette fois-là que je t'ai expliqué pourquoi je ne plie pas mes lunettes avant de les poser sur la table de chevet.

– Tu as raison. »

Un autre verre de rosé.

« Tu te souviens quand tu es revenue des toilettes et qu'il t'a fallu vingt bonnes minutes pour t'apercevoir que j'avais écrit un mot sur ton assiette avec du beurre ?

– Tu es mon âme beurre.

– Oui. J'avais vraiment craqué. Pardon.

– Si on avait eu une table plus proche de la cheminée, tu aurais pu t'en sortir.

– Mais il aurait été difficile d'expliquer la flaque de gras. La prochaine fois, j'Échiré de faire mieux.

– La prochaine fois, c'est tout de suite, dit-elle sur un ton à la fois suggestif et impérieux.

– Je suis censé faire des jeux de mots à tour de baratte ? Baratte ? répéta-t-il avec un clin d'œil.

– J'avais compris.

– Ton stoïcisme me fend le beurre.

– Peut mieux faire.

– Je sais ce que tu penses : rien de pire qu'un mauvais calembeurre ! »

Il réussit à la faire pouffer. Elle tenta instinctivement de se retenir de rire (pas de lui, mais d'elle-même) et éprouva le désir inattendu de tendre la main pour le toucher.

« Quoi ? Tu veux aussi le cul du crémier ?

Elle pouffa de nouveau.

« Le beurre précède l'essence.

– Là, ça m'échappe. Bon, si on passait aux jeux de mots sur le pain, voire au dialogue ?

– J'en beurre d'envie…

– Arrête, Jacob.

– Laisse tomber. Tu me fais babeurre !

– Celui-là, c'est le meilleur. Il faut que ce soit le mot de la fin.

– Juste histoire de clarifier les choses : est-ce que je suis l'homme le plus drôle que tu aies jamais connu ?

– Seulement parce que Benjy n'est pas encore un homme », dit-elle, mais la combinaison de la vivacité débordante de son mari et de son besoin débordant d'être aimé fit monter en elle des vagues d'amour qui l'engloutirent.

« Ce ne sont pas les armes qui tuent les gens ; ce sont les gens qui tuent les gens. Ce ne sont pas les toasteurs qui toastent les toasts, c'est nous, alors toastons à notre santé.

– Les toasters toastent le pain.

– La marge des beurres est trop faible ! »

Et si elle lui avait offert l'amour dont il avait besoin, et qu'elle avait besoin de lui offrir, en lui disant : « Ton esprit me donne envie de te toucher ? »

Si seulement il avait pu faire la bonne blague au bon moment, ou mieux encore, se taire.

Un autre verre de rosé.

« Tu as volé une pendule sur le bureau ! Je viens de me souvenir de ça !

– Je n'ai pas volé de pendule.

– Si, dit Julia. Absolument. »

La seule fois de sa vie où il imita Nixon : « Je ne suis pas un escroc !

– En tout cas, tu l'as été. C'était une minuscule pendule pliable de rien du tout. On avait fait l'amour juste avant. Tu es allé jusqu'au bureau, tu as arrêté la pendule et tu l'as mise dans la poche de ta veste.

– Pourquoi j'aurais fait ça ?

– J'imagine que c'était censé être romantique ? Ou drôle ? Ou que tu voulais me donner un gage de spontanéité ? Qu'est-ce que j'en sais ? Tu n'as qu'à te poser la question.

– Tu es sûre que tu parles de moi ? Pas d'un autre homme ? D'une autre nuit romantique dans un hôtel ?

– Je n'ai jamais passé de nuit romantique dans un hôtel avec quelqu'un d'autre », dit Julia, que rien n'obligeait à dire cela, qui d'ailleurs n'était pas vrai, mais elle voulait choyer Jacob, surtout à cet instant. Ni l'un ni l'autre ne savait, après seulement quelques pas sur cette passerelle invisible, qu'elle n'aboutissait nulle part, que le reste de leur vie commune exigerait de faire un pas en avant en toute confiance, puis un autre, et ainsi de suite, à l'infini. Elle voulait le choyer maintenant, mais ne le ferait pas toujours.

Ils restèrent à leur table jusqu'à ce que le serveur, se confondant en excuses postillonnantes, vienne leur annoncer que le restaurant fermait pour ce soir.

« Quel est le titre de ce film qu'on n'a pas vu ? »

Il fallait qu'ils rejoignent leur chambre.

Jacob déposa le sac sur le lit, comme la première fois. Julia le mit sur le banc au pied du lit, comme la première fois. Jacob sortit la trousse de toilette.

Julia dit : « Je sais que je ne devrais pas, mais je me demande ce que font les enfants. »

Jacob poussa un petit rire. Julia enfila son pyjama « des grands jours ». Jacob la regarda, inconscient de ce qui avait changé dans son corps depuis leur premier séjour, dix ans plus tôt, car il avait vu son corps presque chaque jour. Il regardait toujours à la dérobée, comme un ado, ses seins et son cul, fantasmait encore sur ce qui était réel et lui appartenait. Julia se sentit épiée, ce qui lui plut, et prit donc son temps. Jacob se mit en caleçon et T-shirt. Julia alla devant le lavabo, tendit le cou en arrière, une vieille habitude, s'examinant tout en tirant doucement sur sa paupière du bas – comme si elle s'apprêtait à mettre une lentille de contact. Jacob sortit leurs brosses à dents et mit du dentifrice sur les deux, posant celle de Julia sur le lavabo.

« Merci, dit-elle.

– Pas. De. Quoi », répondit Jacob d'une curieuse voix de robot, si inattendue qu'elle ne pouvait être que l'expression de sa nervosité face aux émotions et aux actes qui s'imposaient désormais à eux. C'est du moins ce que pensa Julia.

Jacob se brossa les dents, puis se dit : *Et si je n'arrive pas à bander ?* Julia se brossa les dents, scrutant le miroir à la recherche de quelque chose qu'elle ne voulait pas voir. Jacob s'appliqua du déodorant Old Spice cinq secondes sur chaque aisselle (bien qu'il soit un dormeur peu sujet à la transpiration), se lava le visage avec du Cétaphil lotion nettoyante pour le visage à usage quotidien peaux normales à grasses (bien que la sienne soit normale à sèche), puis appliqua de l'Eucerin protection quotidienne lotion hydratante pour le visage large spectre SPF 30 (bien que le soleil soit couché depuis des heures et qu'ils n'aient pas prévu de dormir à la belle étoile). Il en ajouta une giclée sur les zones à problème : autour des cartilages alaires (un nom dont il ne connaissait le sens que parce qu'il avait effectué une recherche acharnée sur Google) et entre les sourcils et le haut des paupières supérieures. La procédure de Julia était plus complexe : lavage du visage avec le nettoyant S.W. Basics, application de SkinCeuticals Retinol 1.0 Maximum Strength, crème de nuit rénovatrice, de la crème hydratante Laneige Water Bank, et, par petites touches autour des yeux, de la crème de nuit Rénergie Multi-Lift de Lancôme. Jacob regagna la chambre pour faire les étirements dont toute la famille se moquait, malgré les recommandations appuyées du chiropracteur qui les estimait nécessaires chez une personne au style de vie aussi sédentaire, et le fait qu'ils étaient vraiment utiles. Julia utilisa du fil dentaire Oral-B Glide 3D monté sur des bâtonnets à usage unique qui, quoiqu'ils soient un cauchemar environnemental et une arnaque, lui évitaient d'avoir des haut-le-cœur. Jacob retourna à la salle de bains et utilisa le fil dentaire le moins cher qu'il avait trouvé à la droguerie, tous les fils étant les mêmes.

« Tu t'es déjà brossé les dents ? demanda Julia.

– À côté de toi, il y a une minute à peine », répondit Jacob.

Julia fit disparaître entre ses paumes une bonne louche de crème pour les mains.

Ils allèrent dans la chambre, et Jacob dit : « Je vais faire pipi », comme il le faisait toujours à ce moment précis. Il retourna à la salle de bains, ferma la porte à clé, s'adonna à son petit rituel nocturne solitaire et tira la chasse, que personne n'avait encore utilisée, pour conclure son numéro. Quand il revint dans la chambre, Julia était appuyée contre la tête de lit et s'appliquait le soin de nuit Repulpeur au collagène de L'Oréal sur la cuisse de sa jambe pliée. Jacob voulait souvent lui dire que ce n'était pas nécessaire, qu'il l'aimait comme elle était, tout comme elle l'aimait lui ; mais se montrer sous son jour le plus séduisant faisait partie de sa façon d'être, d'ailleurs il faisait la même chose, et cela, aussi, méritait son amour. Julia s'attacha les cheveux.

Jacob toucha une tenture, tableau d'une bataille navale surmonté d'une bannière portant les mots : « Le problème américain : la guerre de 1812 », et dit : « Chouette. » S'en souvenait-elle ?

« S'il te plaît, dis-moi de ne pas appeler les enfants, l'implora Julia.

– De ne pas appeler les enfants.

– Je ne devrais pas, c'est certain.

– Ou appelle-les. On n'est pas des ayatollahs des vacances. »

Julia rit.

Jacob ne serait jamais insensible à son rire.

« Viens », fit-elle, tapotant le lit à côté d'elle.

Jacob dit : « On a une grosse journée demain », allumant plusieurs voies d'évacuation d'urgence d'un seul coup : ils avaient besoin de repos ; demain était plus important que ce soir ; ce ne serait pas une déception si elle reconnaissait qu'elle était fatiguée.

« Tu dois être crevé », déclara Julia, modifiant légèrement le cours des choses pour lui en faire endosser la responsabilité.

– Oui, répondit-il, sur un ton presque interrogatif, acceptant presque son rôle. Et toi aussi, j'imagine – lui demandant d'accepter le sien.

– Viens, répéta-t-elle. Serre-moi. »

Jacob éteignit la lumière, posa ses lunettes dépliées sur la table de chevet et se mit au lit, à côté de celle qui était sa femme depuis dix ans. Elle se tourna sur le côté, nicha la tête au creux de l'épaule de son mari. Il embrassa le pôle Nord de son crâne. Désormais ils étaient livrés à eux-mêmes, sans historique, sans étoile morte pour les guider.

S'ils s'étaient avoué ce qu'ils pensaient, Jacob aurait dit : « Pour être tout à fait franc, c'est moins bien que dans mon souvenir. »

Et elle aurait dit : « Ça ne pouvait pas être aussi bien.

– Quand j'étais petit, je dévalais une colline à vélo derrière la maison. Je commentais chaque course. Tu sais : "Jacob Bloch, prêt à battre un nouveau record du monde de vitesse. Il se cramponne au guidon. Va-t-il y arriver ?" Je l'appelais "la colline géante". Plus que tout le reste, dans mon enfance, cette colline me donnait l'impression d'être courageux. J'y suis retourné l'autre jour. J'allais à une réunion, c'était sur mon chemin, et j'avais quelques minutes devant moi. Je ne l'ai pas trouvée. J'ai retrouvé où elle était, ou plutôt où elle était censée être, mais elle n'était pas là. Ça descendait en pente douce.

– Tu as grandi », aurait-elle dit.

S'ils s'étaient avoué ce qu'ils pensaient, Jacob lui aurait confié : « Je me dis qu'on n'est pas en train de faire l'amour. Et toi ? »

Et sans appréhension ni vexation, Julia aurait convenu : « Oui, moi aussi.

– Je ne cherche pas à te faire dire quoi que ce soit. Promis. Je veux simplement partager mon sentiment. Tu comprends ?

– Je comprends. »

Et se risquant à faire un pas de plus sur la passerelle invisible, Jacob aurait ajouté : « Ça m'inquiète que tu ne veuilles plus faire l'amour avec moi. Que tu ne me désires pas.

– Tu as tort de t'inquiéter, aurait assuré Julia en posant une main sur la joue de Jacob.

– Je te désire toujours. Je te regardais te déshabiller…

– Je sais. Je l'ai senti.

– Tu es toujours aussi belle qu'il y a dix ans.

– C'est complètement faux. Mais merci.

– C'est vrai pour moi.

– Merci. »

Et Jacob se serait retrouvé au milieu de la passerelle invisible, au-dessus du gouffre de souffrance potentielle, à l'endroit où il était le plus exposé au danger : « À ton avis, pourquoi est-ce qu'on ne fait pas l'amour ? »

Et Julia, à côté de lui, aurait répondu sans baisser les yeux : « Peut-être parce que les attentes sont trop grandes ?

– C'est possible. Et on est vraiment fatigués.

– Moi je le suis, c'est sûr.

– Je vais dire une chose qui n'est pas facile à dire.

– Tu peux parler librement », aurait-elle promis.

Il se serait tourné vers elle et aurait dit : « On ne parle jamais du fait que je ne parviens pas à bander, parfois. Ça t'arrive de te demander si c'est à cause de toi ?

– Oui.

– Ce n'est pas à cause de toi.

– Merci de le préciser.

– Julia, aurait-il insisté. Ce n'est pas à cause de toi. »

Mais il ne dit rien, et elle non plus. Pas parce qu'ils retenaient délibérément leurs paroles, mais parce que le pipeline entre eux était trop obstrué pour permettre un tel courage. Trop de petites accumulations : les mots mal choisis, l'absence de mots, le silence imposé, les attaques probablement réfutables sur des vulnérabilités connues, la mention de choses qui n'avaient aucun besoin d'être mentionnées, les malentendus et accidents, les moments de faiblesse, les micro-actes de représailles merdiques succédant aux micro-actes de représailles merdiques succédant aux micro-actes de représailles merdiques à cause d'un affront originel dont plus personne ne se souvenait. Ou qui n'avait jamais existé.

Ils ne s'écartèrent pas l'un de l'autre cette nuit-là. Ils ne se tournèrent pas chacun à un bord du lit, ne se réfugièrent pas chacun dans son silence. Ils se serrèrent l'un contre l'autre et partagèrent le silence dans le noir. Ils ne le brisèrent pas. Aucun des deux ne proposa d'explorer la chambre les yeux fermés, comme ils l'avaient fait la dernière fois. Ils explorèrent la chambre de façon indépendante, par l'esprit, côte à côte. Dans la poche de veste de Jacob se trouvait la pendule arrêtée – il était 01 h 43 depuis dix ans –, qu'il avait attendu le bon moment pour sortir.

Je continuerai à te faire jouir quand tu me supplieras d'arrêter

Sur le parking de la quincaillerie, elle resta assise dans sa voiture – sa Volvo semblable à toutes les autres, d'une couleur dont elle avait su qu'elle n'était pas la bonne à l'instant où il ne lui fut plus possible de changer d'avis – sans savoir quoi faire, sachant seulement qu'elle devait agir. Elle n'était pas assez dépendante de son téléphone pour s'en servir pendant tout le temps qu'elle avait à perdre. Mais ce serait toujours ça de pris. Elle trouva la société qui fabriquait ses arbres miniatures préférés pour les maquettes d'architecte. Ce n'étaient pas les plus ressemblants, ni les mieux faits. S'ils lui plaisaient, ce n'était pas parce qu'ils évoquaient des arbres, mais la tristesse qu'évoquent les arbres – un peu comme une photo floue réussit mieux à capturer l'essence de son sujet. Il était hautement improbable qu'un fabricant industriel ait recherché cet effet, mais ce n'était pas tout à fait exclu, et ça n'avait aucune importance.

Ils sortaient une nouvelle série d'arbres automnaux. Quel marché y avait-il pour ce genre de chose ? Érable orange, érable rouge, érable jaune, sycomore d'automne, tremble orange clair, tremble jaunissant, érable de début d'automne, sycomore de début d'automne. Elle imagina un Jacob miniature, plus jeune, et une Julia miniature, plus jeune, dans une Saab miniature, toute rayée et cabossée, roulant sur des routes sinueuses bordées par une infinité d'arbres miniatures aux feuilles qui perdaient leur vert, sous une infinité d'étoiles immenses, et comme les arbres, le jeune couple miniature n'était ni ressemblant, ni bien fait, et n'évoquait pas son modèle plus grand et plus vieux, mais plutôt la tristesse qu'il finirait par évoquer.

Mark tapota contre sa vitre. Elle tenta de la baisser et s'aperçut qu'elle devait d'abord allumer le moteur, mais la clé n'était ni sur le contact ni dans sa main, et comme elle n'avait pas le courage de la chercher dans son sac, elle ouvrit maladroitement la portière.

« On se voit à la simulation des Nations unies.

– Quoi ?

– Dans deux semaines. Je suis l'accompagnateur.

– Oh, je ne savais pas.

– On pourra reprendre notre conversation.

– Je ne sais pas s'il y a grand-chose à ajouter.

– Il y a toujours quelque chose à ajouter.

– Parfois, non. »

Et puis, pour sa journée de repos, ne voulant rien tant que rester loin de tout, elle se retrouva à tracer une ligne de désir jusque chez elle.

ça suffira quand je l'aurai décidé

> Quelqu'un sait comment prendre une étoile en photo ?
> Une étoile dans le ciel ou sur Hollywood Boulevard ?
> Le flash de mon téléphone blanchit tout. Je l'ai désactivé, mais l'obturateur reste ouvert si longtemps que le moindre de mes mouvements de main rend tout flou. J'ai tenté de tenir mon bras avec mon autre main, mais c'était encore flou.
> Les téléphones ne servent à rien la nuit.
> Sauf si tu dois traverser un couloir obscur.
> Mon téléphone va rendre l'âme.
> Ou que tu as besoin d'appeler quelqu'un.
> Essaie juste de soulager ses souffrances.
> Samanta, cet endroit est éclairé, putain !
> C'est fou.
> Où est-ce que tu es pour voir des étoiles ?
> Le type m'a dit qu'il n'y avait aucun problème. J'ai dit : « S'il n'y a pas de problème, pourquoi il est cassé ? » Et il a dit : « Pourquoi serait-il cassé s'il n'y a pas de problème ? » Et j'ai voulu lui remontrer, mais bien sûr, ça s'est remis à marcher. J'ai failli en pleurer, ou le tuer.
> Qu'est-ce qui se passe à une bat-mitsva, de toute façon ?

À n'importe quelle heure, il est quarante heures différentes dans le monde. Autre fait intéressant : la Chine avait cinq fuseaux horaires, mais n'en a plus qu'un désormais, et pour certains Chinois, le soleil ne se lève pas avant dix heures du matin. Encore un autre : bien avant le premier voyage de l'homme dans l'espace, les rabbins débattaient de la meilleure façon d'y observer le shabbat – non pas parce qu'ils avaient anticipé le voyage dans l'espace, mais parce que si les bouddhistes ne peuvent vivre sans se poser tout le temps des questions, les Juifs, eux, préfèrent encore mourir que de rester sans réponse. Sur Terre, le soleil se lève et se couche une fois par jour. Un vaisseau spatial fait le tour de la Terre une fois toutes les quatre-vingt-dix minutes, ce qui exigerait de faire shabbat toutes les neuf heures. Certains estiment que les Juifs ne devraient tout simplement pas fréquenter des lieux où la prière et l'observance suscitent des doutes. D'autres, que les obligations terrestres sont propres à la Terre – ce qui arrive dans l'espace reste dans l'espace. Certains soutiennent qu'un astronaute juif devrait observer les mêmes rituels que sur Terre. D'autres, que le shabbat devrait être observé en fonction de l'heure qu'affichent ses instruments, en dépit du fait que la ville de Houston est aussi peuplée de Juifs que les vestiaires de son équipe de basket. Deux astronautes juifs sont morts dans l'espace. Aucun astronaute juif n'a observé le shabbat.

Le père de Sam lui donna un article consacré à Ilan Ramon, seul Israélien à être allé dans l'espace. Avant de partir, Ramon alla au musée de l'Holocauste pour trouver un objet à emporter avec lui. Il choisit un dessin de la Terre par un petit garçon anonyme mort pendant la guerre.

« Imagine ce petit enfant en train de dessiner, dit le père de Sam. Si un ange s'était penché sur son épaule et lui avait déclaré : "Tu seras tué avant ton prochain anniversaire, et dans soixante ans, un citoyen de l'État juif emportera ton dessin de la Terre vue de l'espace *dans l'espace*"...

– Si les anges existaient, il n'aurait pas été tué, avait rétorqué Sam.

– Si les anges étaient de bons anges.

– Tu crois qu'il y a des mauvais anges ? »

Sam aimait savoir des choses. L'accumulation et le classement des faits lui donnait un sentiment de maîtrise, d'utilité, l'inverse de l'impuissance que l'on ressent quand on a un petit corps malingre qui ne répond pas fidèlement aux ordres d'un imposant cerveau surstimulé.

C'était toujours le crépuscule dans Other Life, donc une fois par jour, l'heure de ses citoyens correspondait à celle du monde réel. Certains appelaient ce moment « l'Harmonie. » Certains ne le rataient jamais. Certains n'aimaient pas être devant leur écran quand il survenait. La bar-mitsva de Sam était encore loin. La bat-mitsva de Samanta avait lieu aujourd'hui. Est-ce que le dessin avait simplement pris feu quand la navette spatiale avait explosé ? De petits morceaux du dessin étaient-ils encore en orbite ? Étaient-ils tombés dans l'océan, avaient-ils atteint, au fil des heures, les fonds marins pour se poser sur une de ces créatures des grandes profondeurs qui nous sont si étrangères qu'elles nous semblent débarquer de l'espace ?

Sur les bancs se pressaient toutes les connaissances de Samanta, des gens que Sam n'avait jamais rencontrés. Ils venaient de Kyoto, Lisbonne, Sacramento, Lagos, Toronto, Oklahoma City et Beyrouth. Vingt-sept crépuscules. Ils étaient assis ensemble dans le sanctuaire virtuel de la création de Sam – ils en voyaient la beauté ; Sam voyait tout ce qui clochait dans ce tableau, tout ce qui clochait chez lui. Ils étaient venus pour Samanta, une communion de ses communautés. Pour autant qu'ils le sachent, c'était un événement heureux.

> Emporte-le chez quelqu'un d'autre. Insiste pour qu'on l'ouvre.
> Mais jette-le du haut d'un pont, ce putain de téléphone.
> Quelqu'un peut m'expliquer ce qui va se passer, là ?
> C'est drôle, je traverse un pont en ce moment même, mais je suis dans un train et les fenêtres ne s'ouvrent pas.
> Envoie-nous une photo de l'eau.

> Aujourd'hui, Samanta devient une femme.
> Il y a des tas de façons d'ouvrir une fenêtre.
> Elle a ses règles ?
> Imagine des milliers de téléphones échoués sur la plage.
> Des lettres d'amour dans des bouteilles numériques.
> Pourquoi imaginer ? Il suffit d'aller en Inde.
> Aujourd'hui, elle devient une femme juive.
> Moi aussi, je suis dans un train !
> Une femme juive, comment ?
> Plutôt des lettres d'insultes.
> Ne cherchons pas à savoir si on a pris le même train, d'accord ?
> Y a pas pire qu'Israël, putain.
> Wiki : « Quand une fille fête ses douze ans, elle devient "bat mitsva" – fille du commandement – et la tradition juive lui reconnaît les mêmes droits qu'à un adulte. Elle est désormais moralement et éthiquement responsable de ses décisions et de ses actes. »
> Mets le retardateur sur l'appareil photo de ton téléphone et pose-le par terre, objectif tourné vers le haut.
> Y a pas pire que les Juifs.
> Toc toc.
> Pourquoi tu veux faire une photo des étoiles, d'abord ?
> Qui est là ?
> Pour m'en souvenir.
> Pas la totalité des six millions de Juifs !
> ?
> Je suis mort de rire.
> Antisémite !
> Mort dans tous les cas.
> Je suis juif !

Personne n'avait jamais demandé à Sam pourquoi il avait pris une jeune Latino comme avatar, parce que personne, en dehors de Max, n'était au courant. Le choix pouvait sembler bizarre. Certains auraient même pu trouver cela choquant. Ils auraient eu tort. Être Sam était bizarre et choquant. Avoir des glandes salivaires et sudoripares aussi prolifiques. Être incapable de penser à autre chose qu'au fait de marcher quand il marchait. Avoir de l'acné dans le dos et sur les fesses. Il n'y avait pas d'expérience plus humiliante ou existentiellement décourageante pour lui que d'acheter des vêtements. Mais comment expliquer à sa mère qu'il préférait n'avoir aucun vêtement qui lui allait bien plutôt que la confirmation, dans une chambre de torture couverte de miroirs, que rien ne lui irait jamais ? Les manches ne seraient jamais de la bonne longueur. Les cols seraient toujours trop pointus, monteraient toujours trop haut, seraient toujours de guingois. Les boutons de ses chemises seraient toujours espacés de sorte que le deuxième en partant du haut rende l'ouverture au niveau du cou ou trop serrée ou trop décolletée. Il y avait un endroit – littéralement un point dans l'espace – où un bouton pouvait être placé pour créer une sensation et un effet naturels. Mais aucune chemise n'avait jamais été taillée sur ce modèle, sans doute parce que personne n'avait un buste aussi disproportionné que le sien.

Parce que ses parents étaient des attardés en matière de technologie, Sam savait qu'ils vérifiaient périodiquement l'historique de ses recherches sur Internet, une exploration régulière qui ne faisait que lui mettre le nez – qu'il avait couvert de points noirs – dans sa condition pathétique de préado affublé d'un chromosome Y, qui regardait des tutos sur YouTube pour apprendre à coudre un bouton. Et pendant ces soirées passées derrière la porte fermée à clé de sa chambre, tandis que ses parents se demandaient avec inquiétude s'il effectuait des recherches sur les armes à feu, ou la bisexualité, ou l'islam, il replaçait le deuxième bouton et la deuxième fente de ses détestables chemises dans la seule position qui lui soit supportable. La moitié de ce qu'il faisait correspondait à un stéréotype homo. Sans doute une proportion bien plus grande en vérité, si l'on ne tenait pas compte des activités, comme promener un chien de taille moyenne et dormir, qui n'étaient connotées ni hétéro ni homo. Il s'en fichait. Il n'avait pas le moindre problème avec les homos, même d'un point de vue esthétique. Mais il aurait bien aimé mettre les choses au clair, parce que le fait d'être incompris le dérangeait par-dessus tout.

Un matin, au petit déjeuner, sa mère lui avait demandé s'il avait arraché puis recousu les boutons de ses chemises. Il nia avec une véhémence nonchalante.

Elle répondit : « Ça donne un côté soigné, je trouve. »

Et depuis ce jour, le haut de sa tenue quotidienne portée en toute saison consista en un T-shirt American Apparel, même si ça lui faisait des seins mystérieusement proéminents, alors que le reste de son torse donnait l'impression de s'être affaissé.

C'était bizarre d'avoir des cheveux qui jamais, malgré l'application répétée et généreuse de produits, ne tombaient normalement. C'était bizarre de marcher, et il adoptait souvent une démarche sur-(ou sous-)maniérée de défilé de mode, se déhanchant et abattant le pied comme s'il ne cherchait pas seulement à écraser des insectes mais à perpétrer un véritable génocide. Pourquoi marchait-il comme cela ? Parce qu'il voulait marcher comme personne d'autre, et l'effort extrême qu'il déployait pour y parvenir aboutissait à l'horrible spectacle de l'horrible déambulation d'un rebelle si marginal qu'il utilisait le mot *pérambulation.* C'était bizarre de devoir s'asseoir sur des chaises, de croiser le regard d'autrui, de parler d'une voix qu'il savait être la sienne mais ne reconnaissait pas, sinon comme celle d'un de ces shérifs autoproclamés de Wikipédia dont la notice biographique ne serait jamais lue, et encore moins éditée, par un autre que lui.

Il se disait qu'il y avait sans doute des moments, autres que ceux où il se masturbait, où il se sentait bien dans son corps, mais il ne se rappelait pas lesquels – peut-être avant de se coincer les doigts ? Samanta n'était pas son premier avatar dans Other Life, mais c'était le premier dans la peau logarithmique duquel il se sentait bien. Il n'avait jamais dû expliquer ce choix à personne – Max était assez ouvert d'esprit et vertueux pour s'en moquer –, mais comment se l'expliquait-il à lui-même ? Il ne voulait pas être une fille. Il ne voulait pas être une Latino. Ne voulait vraiment pas être une fille latino. Malgré les regrets quasi constants qu'il avait de n'être que lui-même, il n'avait jamais commis l'erreur de se croire la source du problème. Le problème, c'était le monde. C'était le monde qui ne lui convenait pas. Mais a-t-on déjà trouvé le bonheur en rétablissant la vérité sur la culpabilité du monde ?

> Je ne me suis pas couché avant 3:00, j'ai fait le tour de mon quartier sur Google Street View et je me suis vu.

> Il va y avoir une fête après ça ?

> Quelqu'un sait comment modifier un PDF ? J'ai trop la flemme de chercher.

> Le titre de mes mémoires quand je serai célèbre : C'était la pire des époques, c'était la pire des époques.

> Quel type de PDF ?

> Il n'y aura plus de sirop d'érable dans trois ans ?

> Ce sera en hébreu ? Si oui, y a-t-il quelqu'un de moins flemmard que moi pour m'écrire un script que je puisse soumettre à un traducteur automatique ?

> Moi aussi, je l'ai lu quelque part.

> Pourquoi je trouve ça incroyablement triste ?

> Est-ce que quelqu'un a une clé USB NextTek ?

> Parce que tu aimes les gaufres.

> Mes mémoires quand je serai célèbre : J'ai fait à ta façon.

> J'ai sauté l'article sur les réfugiés syriens. Je sais que c'est horrible, et je sais qu'en principe ça devrait me faire de la peine, mais je n'arrive pas à être ému. Alors que le sirop, ça m'a donné envie de me cacher sous mon lit.

> Ils ne travaillent que quelques semaines.

> Alors cache-toi pour pleurer tes larmes de sirop d'érable.

> Samanta, je t'ai trouvé quelque chose qui va te plaire, si tu ne l'as pas déjà, ce qui est sans doute le cas. Bref, je te le transfère.
> J'entends la plus belle des chansons sortir des écouteurs de la fille assise de l'autre côté du couloir.
> Les vidéos les plus regardées de la journée : des enfants en Russie et la corde à sauter qu'ils se sont fabriquée, un alligator qui mord une anguille électrique, un vieil épicier coréen qui met sur la gueule d'un cambrioleur, des quintuplés qui rient, deux petites Noires qui se mettent sur la gueule au jardin d'enfants…
> Quelle chanson ?
> Je veux faire un truc énorme, mais quoi ?
> Laissez tomber, j'ai trouvé.
> Merde, je savais pas qu'on était censé apporter un cadeau à une bat-mitsva.
> Le transfert met des plombes.

Sam eut l'idée d'envoyer un texto à Billie pour savoir si elle voulait l'accompagner à une performance de danse moderne (ou un spectacle, peu importe comment on appelait ça), samedi. Ça avait l'air cool, comme elle l'avait écrit dans son journal, qu'il avait sorti de son sac à dos laissé sans surveillance pendant qu'elle était au gymnase, et qu'il avait dissimulé derrière son manuel de chimie, beaucoup plus grand et beaucoup moins intéressant, pour le lire avec attention. Il n'aimait pas envoyer des textos parce que ça l'obligeait à regarder son pouce – le doigt qui avait le plus souffert ou qui guérissait le moins bien. Celui que les gens essayaient de ne pas voir. Plusieurs semaines après que les autres doigts avaient retrouvé leur couleur normale et leur forme approximative, le pouce était encore noir et tordu au niveau de la phalange. Le médecin avait dit que ça ne s'arrangeait pas et qu'il faudrait l'amputer pour protéger le reste de la main de l'infection. Il avait dit cela devant Sam. Et le père de Sam avait dit : « Vous êtes sûr ? » Sa mère avait insisté pour avoir un second avis. Le second avis était le même ; son père avait soupiré : « Oh, non », et sa mère insisté pour consulter un autre médecin. Le troisième avait dit qu'il n'y avait pas de risque immédiat d'infection, que la résistance des enfants était presque surhumaine et que « presque toujours, ces choses-là finissent par guérir toutes seules ». Son père ne fut pas rassuré, mais sa mère si, et après deux semaines, le bout du pouce n'était plus aussi noir. Sam allait avoir huit ans à l'époque. À présent il ne se souvenait d'aucun médecin, ni même de la rééducation. C'était tout juste s'il se souvenait de l'accident, et il se demandait parfois si ce n'étaient pas les souvenirs de ses parents qui lui revenaient.

Sam ne se rappelait pas avoir crié : « Pourquoi je me suis fait ça ? » de toutes ses forces, pas de terreur, de colère ni de désarroi, mais à cause de l'ampleur de la question. On raconte que des mères sont capables de soulever la voiture sous laquelle leur enfant est coincé, ça il s'en souvenait, mais il ne se souvenait pas du calme surhumain de sa mère quand elle avait croisé son regard affolé et qu'elle l'avait rassuré, lui promettant : « Je t'aime, et je suis là. » Il ne se souvenait pas de l'aiguille pendant que le médecin lui recousait le bout des doigts. Il ne se souvenait pas de s'être réveillé après ses cinq heures de sieste postopératoire ni d'avoir vu que son père avait transformé la chambre en magasin de jouets. Mais il se souvenait du jeu auquel ils jouaient quand il était enfant : *Petit Pouce es-tu là ? Chut, je dors !* Ils n'y avaient jamais joué avec Benjy après la blessure, pas une seule fois, et n'évoquèrent jamais le fait qu'ils avaient cessé d'y jouer. Ses parents voulaient protéger Sam, sans comprendre que c'était de la honte suggérée par leur silence qu'il aurait fallu le protéger.

> Tiens, une appli qui devrait exister : on pointe son téléphone sur un objet et il charge une vidéo de ce à quoi l'objet ressemblait quelques secondes avant. (Bien sûr, il faudrait que

presque tout le monde filme et mette presque tout en ligne, presque tout le temps, mais on y est déjà pratiquement.) On percevrait le monde tel qu'il était un instant plus tôt.

> Chouette idée.

> Et on pourrait changer les paramètres pour accroître le décalage.

> ?

> On pourrait voir le monde tel qu'il était la veille, ou un mois avant, ou le jour de notre anniversaire, ou – et ce ne sera possible que dans le futur quand il y aura assez de vidéos mises en ligne – les gens pourraient revivre leur enfance.

> Imagine qu'une personne mourante, qui n'est pas encore née, puisse visiter la maison de son enfance.

> Et si elle a été détruite entre-temps ?

> Et il y aurait aussi des fantômes.

> Comment ça, des fantômes ?

> « Une personne mourante qui n'est pas encore née. »

> Bon, alors, quand est-ce que ça commence ?

Sam fut ramené de l'autre côté de l'écran par un coup frappé à la porte.

« Laissez-moi tranquille.

– D'accord.

– Quoi ? demanda-t-il à Max en lui ouvrant la porte.

– Je te laisse tranquille.

– C'est quoi ?

– À manger.

– Ça, à manger, tu parles.

– Les toasts, ça se mange.

– Pourquoi je voudrais des toasts ?

– Pour te boucher les oreilles ? » Sam fit signe à Max d'entrer dans la chambre. « Ils parlent de moi ?

– Oh, que oui.

– En mal ?

– Ils sont pas en train de chanter “Car c’est un bon camarade”, ça c’est sûr.

– Papa est déçu ?

– On dirait bien. »

Sam retourna à son écran pendant que Max tentait nonchalamment de s’imprégner des détails de la chambre de son frère.

« Par moi ? demanda Sam sans tourner la tête vers son frère.

– Quoi ?

– Il est déçu par moi ?

– Je me disais bien que tu croyais ça.

– C’est une vraie moule parfois.

– Oui, mais maman est une vraie burne parfois. »

Sam rit. « Absolument vrai. » Il se déconnecta et pivota face à Max : « Ils mettent tellement de temps à retirer le pansement que de nouveaux poils ont le temps de pousser et de rester collés.

– Hein ?

– Je préférerais qu’ils divorcent tout de suite.

– Qu’ils divorcent ? répéta Max, son métabolisme faisant refluer le sang vers la zone du cerveau qui dissimule la panique.

– Évidemment.

– Ah bon ?

– T’es un ignare ou quoi ?

– C’est comme stupide ?

– C’est quand on ne sait rien.

– Non.

– Alors, tu choisirais qui ? demanda Sam, passant le doigt sur le bord de son iPad, autour de la brèche rectangulaire ouverte dans le monde physique.

– Pour quoi ?

– *Choisir*. Pour habiter avec. »

Max n’aimait pas aborder ce sujet.

« Les enfants ne partagent pas leur temps, ou chais pas quoi ?

– Oui, au début ce serait comme ça, mais après, tu sais, il faut toujours faire un choix. »

Max détestait aborder ce sujet.

« Je crois que papa est plus marrant, dit-il, et qu'avec lui, j'aurais beaucoup moins d'ennuis. Et je ferais sans doute beaucoup plus de trucs cool et je pourrais passer plus de temps sur l'ordi...

– Histoire de bien en profiter avant de mourir de malnutrition ou d'un cancer de la peau parce que tu n'auras jamais mis de crème solaire, ou d'être envoyé en prison pour être arrivé en retard à l'école tous les jours.

– On met les gens en prison pour ça ?

– C'est la loi qui le dit.

– Maman me manquerait quand même.

– Qu'est-ce qui te manquerait chez elle ?

– Le fait qu'elle soit elle. »

Sam n'aimait pas aborder ce sujet.

« Mais papa me manquerait si j'allais chez maman, dit Max, alors j'en sais rien. Tu choisirais qui, toi ?

– Pour toi ?

– Non, pour toi. Je voudrais juste être au même endroit que toi. »

Sam détestait aborder ce sujet.

Max leva la tête et regarda le plafond pour faire refluer ses larmes. On aurait dit un robot, mais son incapacité à affronter ce genre d'émotions humaines était ce qui faisait de lui un être humain. Ou du moins le fils de son père.

Il mit les mains dans ses poches – l'emballage d'un bonbon aux fruits, le petit crayon, vestige d'une sortie au minigolf, un ticket de caisse effacé – et dit : « Je suis allé dans un zoo, une fois.

– Tu y es allé plein de fois, au zoo.

– C'est une blague.

– Ah.

– Je suis allé dans un zoo, une fois, parce que j'avais entendu dire que c'était le meilleur zoo du monde. Et, tu sais, je voulais le voir en vrai.

– Ça devait être spectaculaire.

– Bah, pas vraiment. Je n'ai vu qu'un seul animal et je suis rentré couvert de caca.

– Sans dec'.

– Je te jure. Et tu sais pourquoi ?

– C'était Argos, l'animal ?

– Tu viens de gâcher ma chute.

– Redis la dernière phrase.

– Je recommence depuis le début.

– OK.

– Je suis allé dans un zoo, une fois, parce que j'avais entendu dire que c'était le meilleur du monde. Mais, il n'y avait qu'un seul animal et je suis rentré couvert de caca.

– Mince !

– Oui, et tu sais quel animal c'était ? Un shih tzu ! Tu piges ?

– Elle est très bonne, dit Sam, incapable de rire, même s'il la trouvait vraiment drôle.

– Mais t'as pigé, hein ? Un shih tzu ?

– Oui.

– Shih tzu.

– Merci, Max.

– Je t'ennuie, là ?

– Pas du tout.

– Si, je t'ennuie.

– Bien au contraire.

– C'est quoi le contraire d'ennuyeux ? »

Sam pencha la tête en arrière, fixa le plafond et dit : « Merci de ne pas avoir demandé si c'est moi qui l'ai fait.

– Oh, fit Max, frottant le ticket de caisse effacé entre le pouce et l'index. C'est parce que je m'en fiche.

– Je sais. T'es le seul qui s'en fiche.

– Y en a marre de se faire chier dessus par cette famille, dit Max, se demandant où il irait après être sorti de la chambre.

– C'est pas drôle.

– T'as peut-être pas compris la blague. »

« Papa ? » fit Benjy, une fois de plus de retour dans la cuisine, sa grand-mère à ses basques. Il disait toujours *Papa* sur un ton interrogatif, comme s'il demandait où était son père.

« Oui, mon grand.

– Quand tu as préparé à manger hier soir, mon brocoli touchait mon poulet.

– Et tu viens de penser à ça, maintenant ?

– Non. J'y ai pensé toute la journée.

– Ils se mélangent dans ton ventre, de toute façon, lança Max depuis la porte.

– D'où viens-tu ? demanda Jacob.

– Du trou de vagin de maman, dit Benjy.

– Et de toute façon tu mourras, continua Max. Alors on s'en fiche de ce qui touche le poulet, qui est mort de toute façon. »

Benjy se tourna vers Jacob : « C'est vrai, papa ?

– Quelle partie ?

– Que je vais mourir ?

– Pourquoi, Max ? C'était vraiment nécessaire ?

– Je vais mourir !

– Dans très, très longtemps.

– Ça change quelque chose ? demanda Max.

– Ça pourrait être pire, intervint Irv. Tu pourrais être Argos.

– Pourquoi ce serait pire d'être Argos ?

– Tu sais, une patte dans le four. »

Benjy laissa échapper un gémissement plaintif, et puis, comme si elle venait de se téléporter, Julia ouvrit la porte et entra précipitamment.

« Qu'est-ce qui se passe ?

– Comment ça se fait que tu sois déjà rentrée ? s'étonna Jacob, qui détestait tout ce qui était en train de se passer.

– Papa dit que je vais mourir.

– En fait, précisa Jacob avec un rire forcé, ce que j'ai dit, c'est que tu allais vivre une très, très longue vie. »

Julia prit Benjy sur ses genoux et dit : « Bien sûr que non, tu ne vas pas mourir.

– Alors, ce sera un burrito surgelé pour moi aussi, déclara Irv.

– Bonjour, ma chérie, dit Deborah. On commençait un peu à manquer d'œstrogène, ici.

– Pourquoi je me suis fait bobo, maman ?

– Tu ne t'es pas fait bobo, répondit Jacob.

– Au genou, précisa Benjy, pointant le doigt sur rien. Là.

– Tu as dû tomber, dit Julia.

– Pourquoi ?

– Il n'y a absolument aucun bobo.

– Parce que tomber, ça fait partie de la vie, expliqua Julia.

– C'est la quintessence de la vie, ajouta Max.

– Joli vocabulaire, Max.

– La quintessence ? demanda Benjy.

– Ce qu'il y a de plus important, dit Deborah.

– Pourquoi est-ce que tomber, c'est la quintessence de la vie ?

– Ça ne l'est pas, dit Jacob.

– La terre tombe tout le temps vers le soleil, déclara Max.

– Pourquoi ? demanda Benjy.

– À cause de la gravité, répondit Max.

– Non, fit Benjy, adressant sa question à Jacob. Pourquoi est-ce que tomber, c'est pas la quintessence de la vie ?

– Pourquoi ça ne l'est pas ?

– Oui.

– Je ne suis pas sûr de comprendre ta question.

– Pourquoi ?

– Pourquoi je ne suis pas sûr de comprendre ta question ?

– Oui, ça.

– Parce que cette conversation part dans tous les sens et que je ne suis qu'un humain à l'intelligence considérablement limitée.

– Jacob.

– Je suis en train de mourir !

– Tu y vas un peu trop fort.

– Non, j'y vas pas trop fort !

– Non, j'y *vais*.

– J'y vas.

– J'y *vais*, Benjy.

– Fais un bisou dessus, Jacob », dit Deborah.

Jacob embrassa le bobo inexistant de Benjy.

« Je peux soulever notre réfrigérateur, lança celui-ci, hésitant à cesser de pleurer.

– C'est formidable, s'exclama Deborah.

– Bien sûr que tu ne peux pas, dit Max.

– Max dit que bien sûr que je ne peux pas.

– Fiche-lui la paix, murmura Jacob à Max sur le ton de la conversation. S'il dit qu'il peut soulever le frigo, c'est qu'il peut le soulever.

– Je peux le porter loin.

– C'est bon, je prends le relais, dit Julia.

– Je peux contrôler le micro-ondes par l'esprit, continua Max.

– Pas question, dit Jacob à Julia, d'une voix trop décontractée pour être crédible. Tout va bien. On s'amuse comme des fous. Tu es entrée au mauvais moment. Ce n'est pas représentatif. Mais tout roule, et c'est ta journée de repos.

– Du repos de quoi ? demanda Benjy à sa mère.

– Quoi ? fit Julia.

– Pourquoi tu as besoin de repos ?

– Qui a dit que j'avais besoin de repos ?

– Papa.

– J'ai dit qu'on te donnait une journée de repos.

– Du repos de quoi ? insista Benjy.

– Exactement, renchérit Irv.

– De nous, évidemment », répondit Max.

Tout était si sublimé : la promiscuité domestique s'était changée en distance intime, la distance intime en honte, la honte en résignation, la résignation en peur, la peur en rancune, la rancune en autodéfense. Julia se disait souvent que s'ils pouvaient remonter le fil jusqu'à la source de leurs dissimulations, cela leur permettrait peut-être enfin d'être francs. Était-ce à cause de la blessure de Sam ? Parce qu'ils ne s'étaient jamais demandé comment c'était arrivé ? Elle avait toujours pensé qu'ils se protégeaient mutuellement par ce silence, mais s'ils tentaient plutôt de se blesser, de souffrir à la place de Sam ? Ou cela remontait-il à une époque plus lointaine ? Leurs dissimulations mutuelles étaient-elles antérieures à leur rencontre ? Croire cela changerait tout.

Ce ressentiment nourri par la peur, la résignation, la honte, la distance, la promiscuité était trop lourd à porter à longueur de journée. Alors, comment s'en décharger ? En accablant les enfants, bien sûr. Jacob et Julia étaient tous les deux coupables, mais Jacob plus que Julia. Il était de plus en plus brusque avec eux parce qu'il savait qu'ils encaisseraient. Il les malmenait parce que eux ne pouvaient en faire autant. Il avait peur de Julia, mais il n'avait pas peur d'eux, si bien qu'il leur infligeait ce qu'il craignait d'infliger à Julia.

« Ça suffit ! lança-t-il à Max d'une voix proche du rugissement. Ça suffit.

– Ça suffit toi-même », rétorqua Max.

Jacob et Julia échangèrent un regard, notant que leur fils lui répondait pour la première fois.

« Pardon ?

– Rien. »

Jacob laissa couler : « Je ne discute pas avec toi, Max. J'en ai assez des discussions. On discute trop dans cette famille.

– Qui discute ? » demanda Max.

Deborah s'approcha de son fils et dit : « Respire un coup, Jacob.

– Je ne fais que ça, respirer.

– Montons un instant, suggéra Julia.

– Non, ça c'est ce qu'on fait avec eux. Pas ce que tu fais avec moi. » Puis, se retournant vers Max : « Parfois, dans la vie, dans une famille, il faut faire le bon choix sans passer son temps à analyser ou négocier. On suit le programme.

– Oui, on suit le pogrom, fit Irv, imitant son fils.

– Papa, arrête. D'accord ?

– Je peux soulever la cuisine entière, reprit Benjy, touchant le bras de son père.

– Une cuisine, ça ne se soulève pas, répondit Jacob.

– Si.

– Non, Benjy. Ça ne se soulève pas.

– Tu es très fort, dit Julia, les doigts autour des poignets de Benjy.

– Immolé », dit Benjy. Puis dans un murmure : « Je peux soulever notre cuisine. »

Max regarda sa mère. Elle ferma les yeux, ne voulant pas ou ne pouvant pas le protéger comme son petit frère.

Une bagarre entre chiens, véritable cadeau tombé du ciel, attira tout le monde à la fenêtre. Ce n'était pas vraiment une bagarre, mais deux chiens aboyant en direction d'un écureuil sur sa branche. Il n'empêche, un cadeau tombé du ciel. Quand les membres de la famille reprirent leur place dans la cuisine, ce fut comme si les dix minutes précédentes dataient d'il y a dix ans.

Julia annonça qu'elle montait se doucher. Elle ne prenait jamais de douche en plein après-midi et fut surprise par la force de la main qui la guidait. Elle entendit des effets sonores en provenance de la chambre de Sam – il passait visiblement outre le premier commandement de sa réclusion –, mais elle ne s'arrêta pas.

Elle ferma la porte de la salle de bains à clé, posa son sac, se déshabilla et se regarda dans le miroir. Quand elle leva un bras en l'air, elle vit une veine traverser le dessous de son sein droit. Sa poitrine s'était affaissée, son ventre était rebondi. Cela s'était produit par petits échelons imperceptibles. Les boucles de poils pubiens qui atteignaient le bas de son ventre avaient noirci – comme sa peau elle-même, semblait-il. Rien de nouveau, les choses suivaient leur cours. Elle avait observé, puis éprouvé, la transformation non désirée de son corps, du moins depuis la naissance de Sam : l'expansion et le rétrécissement final de ses seins, le ramollissement et la peau d'orange de ses cuisses, le relâchement de tout ce qui était ferme. Jacob lui avait dit, au cours de leur deuxième séjour à l'hôtel, et en d'autres occasions, qu'il aimait son corps exactement tel qu'il était. Mais même si elle le croyait, certains soirs elle ressentait le besoin de lui présenter des excuses.

Puis elle se souvint. Comment aurait-il pu en être autrement ? Il avait été mis là pour qu'elle s'en souvienne à cet instant précis. Elle n'avait pas compris sur le moment. Elle n'avait pas compris pourquoi elle, qui n'avait jamais rien volé de sa vie, était en train de commettre un vol. C'était pour cela.

Elle posa un pied sur le lavabo et mit le bouton de porte à la bouche, le réchauffant et l'humidifiant de son haleine. Elle écarta les lèvres de son sexe et l'y appuya, doucement d'abord, puis plus fort, et se mit à faire tourner le bouton. Elle sentit la première vague d'une agréable sensation la parcourir, et ses jambes fléchir. Elle s'accroupit et baissa le col de son T-shirt pour découvrir un de ses seins. Puis elle humidifia de nouveau le bouton en le léchant et le remit entre les lèvres, imprimant de petits mouvement circulaires sur son clitoris, puis le tapotant, appréciant la sensation du métal chaud qui commençait à lui coller à la peau, qui tirait un peu plus dessus chaque fois.

Elle était à quatre pattes. Non. Elle était debout. Où était-elle ? Dehors. Oui. Appuyée contre sa voiture. Sur un parking. Dans un champ. Non, penchée, le haut du corps sur la banquette de la voiture, les pieds au sol. Son pantalon et sa culotte étaient juste assez baissés pour découvrir ses fesses. Elle pressait le visage contre la banquette et levait les fesses. Elle écartait les jambes autant que son pantalon le lui permettait. Elle voulait les maintenir serrées. Elle voulait que ce soit difficile. On pouvait les surprendre à tout moment. Il faut que tu te dépêches, lui dit-elle. Lui ? Baise-moi fort. C'était Jacob. Fais-moi jouir. Baise-moi comme tu veux, Jacob, et va-t'en. Laisse-moi là avec ton foutre qui dégouline de mes cuisses. Baise-moi et va-t'en. Non. Ça changeait. Maintenant elle était dans le showroom de la quincaillerie sur mesure. Aucun homme. Rien que des boutons de porte. Elle plaqua le bouton contre son clitoris, se lécha trois doigts et les glissa à l'intérieur pour sentir les contractions au moment de jouir.

Elle entendit soudain un bruit sourd, comme l'impact brutal qui la sortait parfois de sa somnolence. Mais ce n'était pas cela – ce n'était pas elle qui s'écrasait par terre, c'était quelque chose qui s'écrasait sur elle. Qu'est-ce qui pouvait bien se passer ? Y avait-il eu un afflux de sang trop brusque dans sa région lombaire, provoquant une espèce d'accident vasculaire ? Certes, la masturbation demandait un effort mental, mais elle était soudain à la merci de son esprit.

À travers le couvercle de son cercueil en pin, elle voyait Sam debout au-dessus d'elle, si beau dans son costume, une pelle à la main. Elle n'avait pas choisi cela. Ça ne lui procurait aucun plaisir. Quel bel enfant. Quel bel homme. Tout va bien, mon amour. Tout va bien, tout va bien, tout va bien. Elle gémissait et il glapissait, tous deux des animaux. Il prenait une autre pelletée de terre et la jetait sur elle. Alors voilà l'effet que ça fait. Maintenant je sais, et rien ne sera différent.

Et puis Sam s'en allait.

Jacob, Max et Benjy s'en allaient.

Tous ses hommes s'en allaient.

Puis, encore plus de terre s'abattait, cette fois des pelletées jetées par des inconnus, quatre à la fois.

Puis, ils s'en allaient.

Puis, elle restait seule, dans la maison la plus exiguë de sa vie.

Elle fut ramenée au monde, ramenée à la vie, par une vibration – qui la tira de ce fantasme qu'elle n'avait pas choisi, et fut frappée par la complète absurdité de ce qu'elle faisait. Pour qui se prenait-elle ? Ses beaux-parents au rez-de-chaussée, son fils au bout du couloir, le montant des impôts qu'il lui restait à payer, supérieur à celui de ses économies. Elle n'avait pas honte ; elle se sentait stupide.

Une autre vibration.

Impossible de savoir d'où elle venait.

C'était un téléphone, mais dont elle n'avait jamais encore entendu le vibreur.

Est-ce que Jacob avait acheté un smartphone à Sam, pour remplacer le portable à clapet sur lequel il tapait des messages à une vitesse mitchellienne[1] depuis un an ? Ils avaient envisagé de le faire pour sa bar-mitsva, mais celle-ci n'aurait pas lieu avant des semaines, et c'était avant que Sam soit puni, et quand bien même, ils avaient rejeté cette idée. Trop de tentations déjà de s'enfoncer trop loin dans les bruits de l'ailleurs. Son expérience dans Other Life avait presque kidnappé la conscience de Sam.

Elle entendit la vibration.

1. Référence à Joseph Mitchell : journaliste new-yorkais célèbre pour ces portraits minutieux d'inconnus et pour avoir souffert de la panne de l'écrivain durant trente ans.

Elle fouilla la panière en osier pleine de produits de toilette, l'armoire à pharmacie : des flacons, petits ou énormes, d'Advil, du dissolvant, des tampons bio, de l'Aquaphor, de l'eau oxygénée, de l'alcool à friction, du Benadryl, du Neosporin, du Polysporin, de l'ibuprofène pour enfants, du Sudafed, du Purell, de l'Imodium, du Colace, de l'amoxicilline, de l'aspirine, de l'acétonide de triamcinolone en crème, de la lidocaïne en crème, du Dermaplast en spray, des gouttes auriculaires, du sérum physiologique, du Bactroban en crème, du fil dentaire, une lotion à la vitamine E… tout ce dont le corps pouvait avoir besoin. Quand leur corps avait-il développé tant de besoins ? Pendant des années, elle n'avait eu besoin de rien.

Elle entendit la vibration.

Où était-il ? Elle aurait pu se convaincre que ça venait de chez les voisins, de l'autre côté du mur, voire que c'était le fruit de son imagination, mais ça vibra de nouveau, et cette fois elle localisa le bruit dans le coin, près du sol.

Elle se mit à quatre pattes. Dans le panier des magazines ? Derrière les toilettes ? Elle tendit la main derrière la cuvette, et dès qu'elle le toucha, il vibra de nouveau, comme s'il réagissait à son contact. À qui était ce téléphone ? Une dernière vibration : un appel manqué de JULIA.

Julia ?

Mais Julia, c'était elle.

Où es-tu passé ?

C-E-L-A-N-O-N-P-L-U-S-N-E-P-A-S-S-E-R-A-P-A-S

Sam savait que tout allait exploser, mais ignorait précisément quand et comment. Ses parents allaient divorcer, finir par se détester et répandre la destruction, comme ce réacteur japonais. Ça, c'était clair, même si ça ne l'était pas encore pour eux. Il tâchait de ne pas faire attention à leur vie, mais impossible d'ignorer toutes les fois où son père s'endormait devant l'absence d'infos, et où sa mère se réfugiait dans l'élagage des arbres de ses maquettes d'architecte, impossible d'ignorer que son père s'était mis à servir le dessert tous les soirs, que sa mère disait à Argos qu'elle avait « besoin de respirer » chaque fois qu'il la léchait, qu'elle était devenue accro aux pages Voyages, que l'historique du moteur de recherches de son père était plein de sites d'annonces immobilières, que sa mère prenait Benjy sur ses genoux chaque fois que son père était dans la pièce, impossible d'ignorer aussi avec quelle violence son père s'était mis à haïr ces sportifs *pourris gâtés* qui *ne faisaient aucun effort*, que sa mère avait fait un don de trois mille dollars à la Société nationale de radiodiffusion lors de leur campagne d'automne, que son père s'était acheté une vespa en représailles, que les apéritifs au restaurant, c'était fini, que la lecture d'une troisième histoire à Benjy au coucher, c'était fini, que les regards complices, c'était fini.

Il voyait ce qu'eux ne voyaient pas ou refusaient de voir, ce qui le mettait encore plus en pétard, parce qu'il est répugnant d'être moins bête que ses parents – c'est comme d'avaler une gorgée de lait alors qu'on s'attendait à boire du jus d'orange. Vu qu'il était moins bête que ses parents, il savait qu'on lui dirait un jour qu'il n'aurait pas à choisir, même si c'était faux. Il savait qu'il commencerait par perdre la volonté ou la capacité de donner le change à l'école, que ses notes dégringoleraient à une vitesse moyenne calculable à l'aide d'une formule mathématique qu'il était censé maîtriser, et que ses parents multiplieraient les marques d'amour à mesure qu'augmenterait leur tristesse de le voir triste, et qu'il serait récompensé pour son effondrement. Ses parents se sentiraient si coupables de lui faire subir tout cela qu'ils lui ficheraient la paix avec les activités sportives, qu'il pourrait renégocier à son avantage le temps quotidien qu'il aurait le droit de passer devant un écran, que les repas auraient l'air beaucoup moins bio, et qu'il finirait bientôt par foncer dans l'iceberg pendant que ses parents joueraient du violon, se livrant un duel à archets mouchetés.

Il aimait les faits intéressants, mais était presque toujours perturbé par la bizarrerie et la récurrence de ses pensées. Comme celle-ci : que se passerait-il s'il était témoin d'un miracle ? Comment réussirait-il à convaincre quelqu'un que ce n'était pas une blague ? Si un nouveau-né lui disait un secret, par exemple ? Si un arbre se mettait à marcher ? S'il rencontrait son futur moi et apprenait toutes les erreurs catastrophiques et évitables qu'il serait incapable d'éviter ? Il imaginait ses conversations avec sa mère, avec son père, avec ses faux amis à l'école, avec ses vrais amis dans Other Life. La plupart d'entre eux lui riraient au nez. Certains auraient peut-être l'amabilité de faire semblant d'y croire. Max lui, au moins, voudrait y croire. Benjy y croirait, mais seulement parce qu'il croyait tout et n'importe quoi. Billie, peut-être ? Non. Sam serait seul avec son miracle.

On frappa à la porte. Pas la porte du sanctuaire, celle de sa chambre.

« Dégage, connard.

– Quoi ? fit sa mère, qui ouvrit et entra.

– Pardon, dit Sam, retournant l'iPad face contre le bureau. J'ai cru que c'était Max.

– Et tu crois que c'est une façon de parler à ton frère ?

– Non.

– Ou à n'importe qui d'autre ?

– Non.

– Alors pourquoi ?

– Je sais pas.

– Il serait peut-être temps que tu te poses la question. »

Il ignorait si la suggestion était rhétorique, mais il savait qu'il avait intérêt à la prendre au mot.

Après avoir passé un moment à se poser la question, la meilleure réponse qui lui vint fut : « Faut croire que je suis du genre à dire des choses en sachant que je ne devrais pas les dire.

– Faut croire, oui.

– Mais je vais m'améliorer. »

Elle examina la chambre. Qu'est-ce qu'il pouvait détester ses petites inspections à la dérobée : ses devoirs, ses affaires, son apparence. Ses jugements constants creusaient en lui un sillon pareil au lit d'un fleuve, créant deux rives opposées.

« Qu'est-ce que tu trafiques ?

– J'envoie pas de mails ni de textos et je joue pas à Other Life.

– Oui, mais qu'est-ce que tu as fait jusqu'à maintenant ?

– Je sais pas vraiment.

– Je me demande comment c'est possible.

– C'est pas ton jour de repos ?

– Non, ce n'est pas mon jour de repos. C'est le jour où je fais tout ce que j'avais remis à plus tard. Comme respirer et réfléchir. Mais ce matin, il a fallu qu'on passe à Adas Israël, comme tu le sais, et puis j'ai dû aller voir un client…

– Pourquoi ?

– Parce que c'est mon boulot.

– Mais pourquoi aujourd'hui ?

– Je me sentais obligée, ça te va ?

– Ça me va.

– Et puis dans la voiture, je me suis dit que, même si à cause de toi tout est sans doute compromis, il valait mieux faire comme si ta bar-mitsva allait avoir lieu. Et parmi la somme de choses auxquelles je suis la seule à penser, il y a ton costume.

– Quel costume ?

– Tiens, tu vois ?

– C'est vrai. J'ai pas de costume.

– Ça saute aux yeux, une fois qu'on l'a dit, pas vrai ?

– Oui.

– La quantité de choses qui se passent comme ça m'étonnera toujours.

– Pardon.

– Pourquoi tu t'excuses ?

– Je sais pas.

– Donc, il faut qu'on te trouve un costume.

– Aujourd'hui ?

– Oui.

– Vraiment ?

– Les trois premières boutiques qu'on fera n'auront pas ce qu'il faut, et même si on trouve quelque chose de potable, ça ne t'ira pas, et le tailleur devra s'y reprendre à trois fois.

– Il faut que je vienne ?

– Où ça ?

– À la boutique de costumes.

– Non, non, bien sûr que tu n'as pas besoin de venir. Faisons simple et fabriquons notre propre imprimante 3D avec des bâtons d'esquimaux et des macaronis, puis reproduisons un modèle anatomique de toi parfaitement fidèle que je trimballerai toute seule jusqu'à la *boutique de costumes* pendant mon jour de repos.

– On pourra lui apprendre ma haftara, aussi ?

– Tes blagues ne me font pas rire, là.

– Ça va sans dire.

– Pardon ?

– Inutile de préciser que ça ne te fait pas rire, je le vois bien.

– Ça aussi, ça va sans dire, Sam.

– Très bien. Désolé.

– On va avoir une discussion dès que papa sera rentré de sa réunion, mais il faut que je te dise quelque chose. Ça, c'est nécessaire.

– Très bien.

– Arrête de dire très bien.

– Désolé.

– Arrête de dire désolé.

– Je croyais que le but de tout ça, c'était que je présente mes excuses ?

– Pour ce que tu as fait.

– Mais je n'ai rien…

– Tu me déçois beaucoup.

– Je sais.

– C'est tout ? Tu n'as rien d'autre à dire ? Comme par exemple : "C'est moi qui l'ai fait et je vous demande pardon ?"

– C'est pas moi qui l'ai fait.

– Range-moi ce bazar. C'est dégoûtant.

– C'est ma chambre.

– Mais c'est notre maison.

– Je ne peux pas déplacer cet échiquier. On n'en est qu'à la moitié de la partie. Papa m'a dit qu'on la terminerait quand je ne serai plus puni.

– Tu sais pourquoi tu le bats toujours ?

– Parce qu'il me laisse gagner.

– Ça fait des années qu'il ne t'a plus laissé gagner.

– Il se ramollit.

– Non. Tu le bats parce qu'il ne peut pas s'empêcher de prendre une pièce, alors que toi, tu calcules quatre coups à l'avance. C'est pour ça que tu es doué pour les échecs, et pour la vie.

– Je suis pas doué pour la vie.

– Si, quand tu réfléchis.

– Et papa, il est pas doué pour la vie, lui ?

– Ce n'est pas le sujet.

– S'il se concentrait, il arriverait à me battre.

– C'est tout à fait probable, mais on ne le saura jamais.

– C'est quoi, le sujet, alors ? » Elle sortit le téléphone de sa poche. « Qu'est-ce que c'est ?

– C'est un téléphone portable.

– C'est le tien ?

– J'ai pas le droit d'avoir un smartphone.

– C'est pourquoi je serais très en colère si c'était le tien.

– Alors pas besoin de te mettre en colère.

– Il est à qui ?

– Aucune idée.

– Un téléphone, ce n'est pas comme un os de dinosaure. Ça n'apparaît pas comme ça.

– Les os de dinosaures non plus.

– À ta place, je la mettrais en veilleuse, monsieur Je-sais-tout. » Elle tourna le téléphone côté face. Puis côté pile. « Comment je fais pour accéder au contenu ?

– J'imagine qu'il y a un mot de passe.

– En effet.

– Alors c'est pas de bol.

– Autant essayer *celaaussipassera*, non ?

– J'imagine. »

Tout membre adulte de la famille Bloch utilisait ce ridicule mot de passe pour tout – d'Amazon à Netflix, et y compris pour l'alarme de la maison et les téléphones.

« Non, dit-elle, montrant l'écran à Sam.

– Ça valait le coup d'essayer.

– Il faut que je l'apporte dans une boutique, ou quoi ?

– Ils ne débloquent même pas les téléphones des terroristes.

– Je vais peut-être essayer le même mot de passe mais en majuscules.

– Pourquoi pas.

– Comment fait-on pour écrire en majuscules ? »

Sam prit le téléphone. Il tapa à la vitesse de la pluie sur un Velux, mais Julia ne vit que son pouce déformé, au ralenti.

« Non, dit-il.

– Essaie avec ça sans cédille.

– Quoi ?

– *çaaussipassera.*

– Ce serait vraiment idiot.

– Ce serait bien plus malin que d'utiliser le même mot de passe pour tout.

– *caaussipassera*... Non. Désolé. Enfin, non, pas désolé.

– Essaie la même chose avec la première lettre en majuscule.

– Hein ?

– Ça sans cédille et avec un "C" majuscule. »

Cette fois, il tapa plus lentement, soigneusement. « Hmm.

– C'est débloqué ? »

Elle tendit la main pour prendre le téléphone, mais il le garda une fraction de seconde, assez longtemps pour créer un flottement embarrassant. Sam regarda sa mère. L'énorme pouce préhistorique de Julia poussait des mots vers le sommet de la montagne de verre. Elle regarda Sam.

« Qu'est-ce qu'il y a ? demanda-t-il.

– Quoi, qu'est-ce qu'il y a ?

– Pourquoi tu me regardes ?

– Pourquoi je te regarde ?

– Pourquoi tu me regardes comme ça ? »

Jacob n'arrivait pas à s'endormir sans écouter un podcast. Il disait que l'information l'apaisait, mais Julia savait qu'il avait besoin de compagnie. En général, elle dormait déjà quand il allait se coucher – une chorégraphie non avouée –, mais de temps en temps elle se retrouvait à l'écouter seule. Une nuit, son mari ronflant à ses côtés, elle entendit un spécialiste du sommeil expliquer ce qu'était le rêve lucide – un rêve au cours duquel le sujet a conscience d'être en train de rêver. La technique la plus répandue pour faire naître un rêve lucide est de prendre l'habitude, dans la journée, de regarder un texte – une page de livre ou de magazine, un panneau publicitaire, un écran –, puis d'en détourner les yeux, avant de les reposer dessus. Dans un rêve, le texte ne demeure pas constant. Si l'on prend cette habitude, cela devient un réflexe. Et si l'on exerce ce réflexe, il se glisse dans nos rêves. La discontinuité du texte nous indiquera que nous rêvons, ce qui nous donnera non seulement conscience de notre rêve, mais nous permettra de le maîtriser.

Elle détourna les yeux du téléphone, et les reposa dessus.

« Je sais que tu ne *joues* pas à Other Life. Qu'est-ce que tu fais ?

– Hein ?

– Comment qualifierais-tu ce que tu fais ?

– Vivre ? dit-il, tâchant de comprendre le changement qui s'opérait sur le visage de sa mère.

– Je veux dire dans Other Life.

– Oui, je sais.

– Tu *vis* dans Other Life ?

– En général, je n'ai pas à décrire ce que j'y fais, mais oui.

– Tu peux vivre dans Other Life.

– Oui.

– Non, je veux dire, je t'y autorise.

– Là, tout de suite ?

– Oui.

– Je croyais que j'étais puni.

– Tu l'es, dit-elle, mettant le téléphone dans sa poche. Mais tu peux y vivre là, tout de suite, si tu veux.

– On peut aller acheter le costume.

– Un autre jour. On a le temps. »

Sam détourna les yeux de sa mère, puis les reposa sur elle.

Il avait vérifié tout le dispositif. Il n'était pas en colère, voulait simplement dire ce qui devait être dit, puis raser la synagogue. Ça ne collait pas, elle n'était pas à sa place. Il avait tiré des fils en double de manière superfétatoire et posé trois fois plus d'explosifs que nécessaire : sous chaque banc, hors de portée de vue en haut de l'étagère sur laquelle était posé le siddour, enfouis sous les centaines de kippas entassées dans une corbeille octogonale haute jusqu'à la taille.

Samanta retira la Torah de l'arche. Elle psalmodia le charabia qu'elle avait mémorisé, retira la couverture de la Torah et la déroula devant elle sur la bimah. Toutes ces superbes lettres d'un noir profond. Toutes ces superbes phrases minimalistes agencées pour raconter toutes ces superbes histoires qui se répondaient sans cesse comme en écho, qui auraient dû être oubliées de l'histoire et l'étaient peut-être encore. Le détonateur était à l'intérieur du pointeur de lecture de la Torah. Samanta l'attrapa, choisit son passage sur le rouleau et se mit à psalmodier.

> Bar'chu et Adonai Ham'vorach.
> Quoi ?
> J'ai emmené mon petit frère au zoo et les rhinocéros se sont mis à forniquer, c'était dément. Il est resté à les regarder. Le plus drôle, c'est qu'il ne savait même pas que c'était drôle.
> Écoute bien !
> C'est toujours drôle quand quelqu'un ne comprend pas qu'un truc est drôle.
> Comment quelqu'un que je n'ai jamais rencontré peut-il me manquer ?
> Baruch Adonai Ham'vorah l'olam va'ed.
> Je préférerai toujours, toujours, toujours la malhonnêteté à un semblant d'honnêteté.
> App : Tout ce que tu diras sera un jour retenu contre toi.
> Baruch Atah Adonai…
> Pigé : Loué sois-Tu…

> Il m'arrive un truc bizarre, je n'arrive pas à me rappeler quelle tête ont les gens que je connais. Ou alors je me persuade que je n'y arrive pas. J'essaie de me souvenir du visage de mon frère et je n'y arrive pas. Je ne dis pas que je serais incapable de le repérer dans la foule ou que je ne le reconnaîtrais pas. Mais quand j'essaie de me le représenter, je n'y arrive pas.

> Eloheynu melech ha'olam…

> Télécharge un programme qui s'appelle VeryPDF. C'est très simple.

> Dieu Éternel, Roi de l'univers…

> Pardon, j'étais à table. Je suis à Kyoto. Les étoiles sont visibles depuis des heures.

> Est-ce que quelqu'un a vu la vidéo de ce journaliste juif qui se fait décapiter ?

> Asher bachar banu mikol ha'amim…

> VeryPDF contient un million de bugs.

> Tu nous as appelés à Ton service…

> Mon iPhone me file le mal de mer.

> V'natan lanu et Torato…

> Il faut que tu bloques la fonction rotation. Double clique sur le bouton principal pour faire apparaître la barre multitâches. Fais défiler à droite jusqu'à ce que tu tombes sur un truc qui ressemble à une flèche circulaire – c'est ce qui active ou désactive la fonction rotation.

> Est-ce qu'on peut devenir aveugle en regardant un film du soleil ?

> Est-ce que quelqu'un a des informations sur le nouveau télescope que les Chinois disent vouloir construire ? Il est censé permettre de voir deux fois plus loin dans le temps que n'importe quel télescope existant.

> Baruch Atah Adonai…

> Vous allez croire que je suis défoncé, mais ne devrait-on pas reconnaître la bizarrerie de ce que tu viens de dire ? Il peut voir deux fois plus loin dans le temps ?

> Je pourrais faire tenir chaque mot que j'ai écrit dans ma vie sur une clé USB.
> Ce qui veut dire ?
> Loué sois-Tu…
> Imagine qu'on installe un énorme miroir dans l'espace, vraiment très loin de nous. Est-ce qu'on ne pourrait pas, en orientant un télescope dessus, se voir dans le passé ?
> C'est-à-dire ?
> Plus il serait loin, plus on pourrait voir profondément dans notre passé : notre naissance, le premier baiser de nos parents, les hommes des cavernes.
> Les dinosaures.
> Mes parents ne se sont jamais embrassés et ils n'ont baisé qu'une fois.
> La vie rampant hors de l'océan.
> notein haTorah.
> Et si le miroir était braqué tout droit, on pourrait voir notre absence.
> Le Donneur de la Torah.

Samanta leva les yeux.

Bon sang, mais que fallait-il pour qu'un être humain foncièrement bon soit vu ? Pas remarqué, mais vu. Pas apprécié, pas chéri, pas même aimé. Mais pleinement vu.

Elle regarda la congrégation d'avatars. C'étaient des personnes virtuelles dignes de confiance, généreuses et foncièrement bonnes. Les personnes les plus foncièrement bonnes qu'elle rencontrerait jamais étaient des personnes qu'elles ne rencontrerait jamais.

Elle regarda simultanément le Présent juif sur le vitrail et à travers lui.

Sam avait entendu chaque mot prononcé de l'autre côté de la porte du rabbin Singer. Il savait que son père le croyait, et sa mère non. Il savait que sa mère tâchait de faire ce qu'elle croyait être le mieux, et que son père tâchait de faire ce qu'il croyait être le mieux. Mais le mieux pour qui ?

Il avait trouvé le téléphone un jour entier avant sa mère.

Il y avait beaucoup d'excuses à présenter, mais lui ne devait aucune excuse à personne.

Sans avoir besoin de se racler la gorge, Samanta prit la parole pour dire ce qui devait être dit.

LA QUINTESSENCE

Plus on vieillit, plus il devient difficile de mesurer le temps. Les enfants demandent : « Quand est-ce qu'on arrive ? » Les adultes : « Comment se fait-il qu'on soit arrivé si vite ? »

Bizarrement, il était tard. Bizarrement, les heures s'étaient envolées. Irv et Deborah étaient rentrés chez eux. Les garçons avaient dîné tôt, pris leur bain tôt. Jacob et Julia avaient fait en sorte de collaborer tout en s'évitant : tu sors promener Argos pendant que j'aide Max à faire ses devoirs de maths pendant que tu plies le linge pendant que je cherche la pièce de Lego indispensable pendant que tu fais semblant de savoir comment on répare une chasse d'eau qui fuit, et bizarrement, cette journée où Julia était censée se la couler douce s'était conclue par la sortie délibérée de Jacob qui était allé boire un verre avec on ne sait qui de chez HBO, obligeant Julia à remettre de l'ordre dans ce foutoir. Un foutoir innommable provoqué par un nombre pourtant limité de personnes en un temps très court. Elle faisait la vaisselle, quand Jacob fit irruption dans la cuisine.

« Ça a duré plus longtemps que prévu », dit-il à titre préventif. Et pour étouffer un peu plus son sentiment de culpabilité : « Très ennuyeux.

– Tu dois être soûl.

– Non.

– Comment peut-on boire des verres pendant quatre heures sans finir soûl ?

– Juste un verre, rectifia-t-il en posant sa veste sur le tabouret de bar. Et ça n'a duré que trois heures et demie.

– Il faut être très fort pour siroter aussi lentement. » Son ton était acerbe, mais elle pouvait être irritée par une multitude de choses : sa journée de repos gâchée, le stress de ce matin, la bar-mitsva.

Elle s'essuya le front avec la partie de son avant-bras qui n'était pas trempée de liquide vaisselle, et dit : « On était censés parler à Sam. »

Bon, songea Jacob. De tous les sujets de dispute possibles, celui-là était le moins terrifiant. Il pouvait s'excuser, arranger les choses, revenir au bonheur.

« Je sais, admit-il, sentant le goût de l'alcool sur ses dents.

– Tu dis “Je sais”, mais il est tard et on ne lui a toujours pas parlé.

– Je viens de rentrer. Je voulais boire un verre d'eau avant d'aller lui parler.

– On avait prévu de lui parler ensemble.

– Si je peux t'éviter de tenir le rôle du méchant flic.

– Lui éviter à lui d'avoir affaire à un méchant flic, tu veux dire.

– Je jouerai le bon et le méchant flic.

– Non, toi tu vas jouer l'ambulance.

– Je ne comprends pas ce que ça veut dire.

– Tu t'excuseras de devoir le réprimander et vous finirez par éclater de rire, et ce sera encore moi l'emmerdeuse qui lui cherche des poux. Il te fera son clin d'œil de sept minutes, et il me fera la gueule pendant un mois.

– Rien de ce que tu viens de dire n'est vrai.

– Oui, c'est ça. »

Elle gratta les résidus carbonisés au fond d'une poêle.

« Max dort ? demanda-t-il, avançant les lèvres vers celles de Julia et regardant de côté.

– Il est *dix heures et demie.*

– Sam est dans sa chambre ?
– Quatre heures pour boire un seul verre ?
– Trois heures et demie. Quelqu'un nous a rejoints au beau milieu, et c'est juste…
– Oui, Sam est là-haut dans son bunker émotionnel.
– Il joue à Other Life ?
– Il y vit. »

Ils avaient désormais tellement peur que les enfants ne soient plus là pour combler le vide. Parfois, Julia se demandait si elle les couchait tard uniquement pour se protéger du silence, si elle prenait Benjy sur ses genoux pour qu'il lui serve de bouclier humain.

« Comment s'est passée la soirée pour Max ?
– Il est déprimé.
– Déprimé ? Mais non, enfin.
– Tu as raison. Ça doit être la mononucléose.
– Il n'a que onze ans.
– Il n'a que dix ans.
– Déprimé est un mot un peu trop fort.
– Qui décrit très bien une expérience forte.
– Et Benjy ? dit Jacob en fouillant dans un tiroir.
– Tu as perdu quelque chose ?
– Quoi ?
– Je te vois fouiller.
– Je vais embrasser Benjy.
– Tu vas le réveiller.
– Je serai aussi discret qu'un ninja.
– Il a mis une heure à s'endormir.
– Littéralement une heure ? Ou c'est l'impression que ça a donné ?
– Littéralement soixante minutes à penser à la mort.
– Il est incroyable, ce petit.
– Parce qu'il est obsédé par la mort ?
– Parce qu'il est sensible. »

Jacob passa le courrier en revue pendant que Julia remplissait le lave-vaisselle : le catalogue mensuel de meubles gris de Restoration Hardware, les faits de violation de la vie privée envoyés chaque semaine par l'Union américaine pour les libertés civiles, un appel aux dons à-ne-surtout-pas-ouvrir de la Georgetown Day School, le prospectus d'un agent immobilier dont le ravalement orthodontique révélait le prix auquel il avait vendu la maison des voisins, plusieurs confirmations papier de paiements de factures en ligne pour éviter le gâchis de papier, le catalogue d'une marque de vêtements pour enfants dont le marketing algorithmique n'était pas assez élaboré pour tenir compte du fait que la petite enfance est un état temporaire.

Julia brandit le téléphone.

Jacob se redressa, même si tout, à l'intérieur de son corps, s'écroulait – comme un de ces clowns gonflables arrimés au sol par un poids et qui ne cessent de se relever après chaque coup.

« Tu sais à qui est ce téléphone ?

– C'est le mien, répondit-il en le saisissant. Je m'en suis acheté un nouveau.

– Quand ça ?

– Il y a quelques semaines.

– Pourquoi ?

– Parce que… ça se fait, d'acheter un nouveau téléphone. »

Elle mit trop de produit dans le lave-vaisselle et le referma trop sèchement.

« Il est verrouillé par un mot de passe.

– Oui.

– Ton ancien téléphone n'avait pas de mot de passe.

– Si.

– Non.

– Qu'est-ce que tu en sais ?

– Pourquoi je ne le saurais pas ?

– D'accord.

– Tu as quelque chose à me dire ? »

Jacob s'était fait pincer pour plagiat à la fac. C'était avant l'invention des programmes informatiques qui permettent de déceler ces pratiques, donc pour se faire prendre, il fallait commettre une usurpation flagrante, ce qui était son cas. Sauf qu'il ne s'était pas fait prendre ; il l'avait avoué par accident. Il avait été appelé dans le bureau de son prof de littérature épique américaine, qui lui avait demandé de s'asseoir, l'avait fait mariner dans la pièce saturée de mauvaise haleine pendant qu'il lisait les trois dernières pages d'un livre, puis avait vaguement fouillé parmi les dissertations sur son bureau, jusqu'à ce qu'il trouve celle de Jacob.

« Monsieur Bloch. »

Était-ce une affirmation ? Une demande de confirmation qu'il n'y avait pas erreur sur la personne ?

« Oui ?

– Monsieur Bloch, avait-il répété en agitant les pages comme un *loulav*. D'où viennent ces idées ? »

Mais sans même laisser au professeur le temps d'ajouter : « Parce qu'elles sont très sophistiquées pour quelqu'un de votre âge », Jacob avait répondu : « Harold Bloom. »

Malgré sa mauvaise note et sa période de mise à l'épreuve prononcée par l'université, il avait été soulagé d'avoir commis cette bourde – non pas parce que la franchise comptait tant que ça pour lui dans ce cas précis, mais parce qu'il détestait par-dessus tout l'idée que sa culpabilité soit démasquée. Cela faisait de lui un enfant terrifié, et il aurait fait n'importe quoi pour se décharger de ça.

« Un mot de passe est requis sur les nouveaux téléphones, déclara Jacob. Je crois que c'est obligatoire.

– Drôle de façon de répondre non.

– Quelle était la question ?

– Est-ce que tu as quelque chose à me dire ?

– J'ai toujours beaucoup de choses à te dire.

– Je parlais d'un aveu. »

Argos gémit.

« Je ne comprends pas cette conversation, répondit Jacob. Et qu'est-ce qui pue comme ça ? »

Tant de journées dans leur vie de couple. Tant d'expériences. Comment avaient-ils fait pour passer ces seize dernières années à désapprendre à se connaître ? Comment tant de présence avait-elle pu aboutir à une disparition ?

Et voilà que, leur premier enfant sur le point de devenir un homme et le petit dernier posant des questions sur la mort, ils se retrouvaient dans la cuisine à parler de choses qu'en fin de compte, il ne valait mieux pas aborder.

Julia remarqua une petite tache sur son chemisier et se mit à la frotter tout en sachant qu'elle était ancienne et indélébile.

« J'imagine que tu n'es pas passé chercher le linge au pressing. »

La seule chose qu'elle détestait plus que les sentiments qu'elle éprouvait, c'était sa façon de les exprimer. Irv lui avait dit un jour que Golda Meir avait dit à Anouar el-Sadate : « Nous pouvons vous pardonner d'avoir tué nos enfants, mais nous ne vous pardonnerons jamais de nous avoir obligés à tuer les vôtres. » Elle détestait la personne qu'il la forçait à être en apparence : râleuse et aigrie, barbante, une épouse acariâtre ; plutôt crever que de devenir comme ça.

« J'ai une mauvaise mémoire, dit-il. Pardon.

– Moi aussi, j'ai une mauvaise mémoire, mais je n'oublie pas les choses à faire.

– Pardon, OK ?

– Ce serait plus facile à avaler sans le "OK".

– Tu agis comme si je faisais toujours tout de travers.

– Rappelle-moi ce que tu fais de bien dans cette maison ?

– Tu te fous de moi ? »

Argos poussa un long gémissement.

Jacob se tourna vers lui et lui infligea en partie ce qu'il ne pouvait infliger à Julia : « La ferme, Argos ! » Puis, sans prendre la mesure de la plaisanterie qu'il faisait à ses propres dépens : « Je ne hausse jamais le ton. »

Elle ne manqua pas de le relever : « Pas vrai, Argos ?

– Pas contre toi ni les enfants.

– Ne pas hausser le ton – ou ne pas me battre ni t'en prendre aux enfants, d'ailleurs – n'entre pas dans la catégorie de ce qu'on *fait de bien.* Ça entre dans la catégorie de la morale élémentaire. Et de toute façon, si tu ne hausses pas le ton, c'est que tu es inhibé.

– C'est faux.

– Si tu ne le dis pas.

– Même si c'était pour ça que je ne hausse pas le ton, or je ne crois pas que ce soit pour cette raison, ce serait malgré tout une bonne chose. Beaucoup d'hommes crient.

– Je suis jalouse de leurs femmes.

– Tu préférerais que je sois un connard ?

– Je préférerais que tu sois quelqu'un de normal.

– Qu'est-ce que ça veut dire, ça ?

– Tu es sûr que tu n'as rien à me dire ?

– Je ne comprends pas pourquoi tu n'arrêtes pas de me poser cette question.

– Je vais la reformuler. C'est quoi ton mot de passe ?

– Lequel ?

– Celui du téléphone que tu serres dans ta main.

– C'est mon nouveau téléphone. Je ne vois pas où est le problème ?

– Je suis ta femme. C'est moi, le problème.

– Ce que tu dis est incompréhensible.

– Pas besoin de me faire comprendre.

– Qu'est-ce que tu veux, Julia ?

– Ton mot de passe.

– Pourquoi ?

– Parce que je veux savoir ce que tu n'arrives pas à me dire.

– Julia.

– Une fois de plus, tu m'as correctement identifiée. »

Jacob avait passé plus d'heures dans cette cuisine que dans n'importe quelle autre pièce. Un bébé ne se doute jamais qu'il vient de prendre le sein de sa mère pour la dernière fois. Un enfant ne se doute jamais qu'il vient d'appeler sa mère « Mamoune » pour la dernière fois. Un petit garçon ne se doute jamais que le livre qui vient de se refermer est le dernier qui lui sera lu au coucher. Un garçon ne se doute jamais que l'eau qui s'écoule par la bonde de la baignoire est celle du dernier bain qu'il prendra avec son frère. Un jeune homme ne se doute pas, la première fois qu'il éprouve son plus grand plaisir physique, qu'il ne sera plus jamais une créature asexuée. Une jeune fille sur le point de devenir une femme ne se doute jamais, dans son sommeil, que quarante ans s'écouleront avant qu'elle ne se réveille de nouveau inféconde. Une mère ne se doute jamais qu'elle vient d'entendre le mot *Mamoune* pour la dernière fois. Un père ne se doute jamais que le livre qu'il vient de refermer est le dernier qu'il lira à son enfant pour l'endormir : *À compter de ce jour, et pour de nombreuses années, la paix régna sur l'île d'Ithaque, et les dieux considérèrent Ulysse, sa femme et son fils avec bienveillance.* Jacob savait qu'il reverrait la cuisine quoi qu'il arrive. Et pourtant ses yeux absorbèrent chaque détail comme une éponge – la poignée lustrée du placard à gâteaux ; le sillon où les plaques de stéatite se rejoignaient ; l'autocollant de la médaille du courage, sous le débord de l'îlot central, donné à Max quand sa dernière dent (plus personne ne savait laquelle) était tombée, un autocollant qu'Argos voyait plusieurs fois par jour et qu'il était le seul à voir – parce qu'il savait qu'un jour il les essorerait pour en extraire les ultimes gouttes de ces ultimes moments ; lesquels couleraient sous formes de larmes.

« Très bien, dit Jacob.

– Quoi, très bien ?

– Très bien, je vais te donner le mot de passe. »

Il posa le téléphone sur le plan de travail avec une force indignée qui aurait pu, peut-être, endommager l'appareil, et ajouta : « Mais sache que ce manque de confiance ne disparaîtra plus jamais entre nous.

– J'y survivrai. »

Il regarda le téléphone.

« Je ne sais même pas si je me souviens du mot de passe. Je l'ai perdu juste après l'avoir acheté. Je ne suis même pas sûr de l'avoir déjà utilisé. »

Il prit le téléphone et le regarda fixement.

« C'est peut-être le mot de passe que les Bloch utilisent tout le temps ? suggéra-t-elle.

– Oui. C'est ce qui me serait venu à l'esprit : c-e-l-a-a-u-s-s-i-p-a-s-s-e-r-a. Eh… non.

– Hmm. C'est pas ça, alors.

– Je peux sans doute le faire débloquer à la boutique.

– Peut-être, à tout hasard, que tu pourrais mettre une majuscule à la première lettre et contracter le "cela" en "ça" sans cédille ?

– J'aurais jamais fait ça, dit-il.

– Ah non ?

– Non. On l'a toujours écrit de la même façon.

– Essaie toujours. »

Il voulait échapper à cette terreur enfantine, mais voulait aussi redevenir un enfant.

« Mais je n'aurais jamais fait ça.

– Va savoir de quoi on est vraiment capable… Vas-y, essaie. »

Il examina le téléphone, ses doigts qui le tenaient, la maison autour d'eux et, pris d'une impulsion incontrôlable – comme une jambe qui se tend après un coup de marteau à réflexes sur le genou –, il le jeta si fort contre la fenêtre que le téléphone brisa la vitre.

« Je pensais qu'elle était ouverte. »

Un silence de mort.

Julia dit : « Tu crois que je ne sais pas comment aller sur notre pelouse ?

– Je...

– Pourquoi tu n'as pas choisi un mot de passe compliqué ? Un que Sam n'aurait pas pu deviner ?

– Sam a regardé dans le téléphone ?

– Non. Par un incroyable coup de chance.

– Tu es sûre ?

– Comment as-tu pu écrire des choses pareilles ?

– Quelles choses ?

– Il est beaucoup trop tard pour t'engager sur ce terrain. »

Jacob savait qu'il était trop tard et il s'imprégna de l'écartement des rainures sur la planche à découper, des plantes grasses posées entre l'évier et la fenêtre, des dessins des enfants collés au carrelage mural avec du scotch bleu.

« Ces mots ne signifiaient rien, dit-il.

– Être capable d'écrire des choses pareilles sans leur accorder la moindre importance, ça me fait pitié.

– Julia, laisse-moi une chance de t'expliquer.

– Pourquoi ce n'est pas à *moi* que tu ne signifies rien ?

– Quoi ?

– Tu dis à quelqu'un qui n'est pas la mère de tes enfants que tu veux lécher le foutre qui dégouline de son cul, et pendant ce temps la seule personne qui me fait me sentir belle, c'est ce putain de fleuriste coréen au fond de l'épicerie, qui n'est même pas vraiment fleuriste.

– Je me dégoûte.

– Ah non, ne t'avise pas de faire ça.

– Julia, c'est peut-être dur à croire, mais ce n'étaient que des textos. C'est tout ce qu'il y a eu.

– Primo, c'est facile à croire. Personne ne sait mieux que moi que tu es incapable de commettre une vraie transgression courageuse. Tu es trop chochotte pour lécher le cul de quelqu'un, qu'il dégouline de foutre ou pas.

– Julia.

– Mais surtout, qu'est-ce qu'il te faut de plus ? Tu crois que tu peux dire ou écrire n'importe quoi sans que ça porte à conséquence ? Ton père, oui, peut-être. Ta mère a peut-être la faiblesse de tolérer ce genre de dégueulasserie. Mais pas moi. Il y a la décence et l'indécence, et ce sont deux choses différentes. Le bien et le mal sont deux choses différentes. Tu ne le sais donc pas ?

– Bien sûr que…

– Non, bien sûr que tu ne le sais pas. Tu écris à une femme qui n'est pas ton épouse que sa petite chatte étroite ne te mérite pas ?

– C'est pas vraiment ce que j'ai écrit. Et c'était dans un contexte de…

– Et toi tu n'es pas vraiment un mec bien, et aucun contexte ne justifie de dire une chose pareille.

– C'était un moment de faiblesse, Julia.

– Tu oublies que tu n'en as pas effacé un seul ? Qu'on peut se plonger dans l'historique. Ce n'était pas un *moment* de faiblesse, c'était une *preuve* de faiblesse. Et arrête une bonne fois pour toutes de répéter mon nom.

– C'est fini.

– Tu veux que je te dise le pire ? Je m'en fous complètement. Le plus triste pour moi dans tout ça, c'est de devoir admettre ma propre absence de tristesse. »

Jacob ne la croyait pas, mais il n'arrivait pas non plus à croire qu'elle ait dit ça. Leur semblant de relation amoureuse avait rendu l'absence de relation amoureuse supportable. Mais là, elle renonçait à préserver les apparences.

« Écoute, je crois que…

– *Lécher le foutre qui dégouline de son cul ?* » Elle rit. « Toi ? Un trouillard qui a la hantise des germes. Tu voulais juste l'écrire. Très bien. Super. Mais admets qu'il s'agit d'un simulacre. Tu *voudrais* vouloir une vie sexuelle débordante, mais tout ce que tu veux, au fond, c'est garder la poussette en cabine dans l'avion, c'est ton Aquaphor, et même ton existence desséchée où tu as banni les pipes parce que ça t'évite de te tracasser si tu n'arrives pas à bander. Merde, Jacob, tu emportes partout un paquet de lingettes pour ne jamais avoir à utiliser de papier-toilette. Ce n'est pas le comportement d'un homme qui aime lécher le foutre qui dégouline d'un cul.

– Julia, arrête.

– Et d'ailleurs, même si tu te retrouvais dans cette situation, face au vrai cul d'une vraie femme qui déborderait vraiment de ton foutre et n'attendrait que ta bouche, tu sais ce que tu ferais ? Tes mains se mettraient à trembler de façon grotesque, tu transpirerais sous ta chemise, tu perdrais le début de la pseudo-érection gélatineuse que tu aurais eu la chance d'avoir, et tu te réfugierais piteusement dans la salle de bains pour regarder des vidéos débiles et pas drôles sur le site du *Huffington Post,* ou réécouter l'émission de Radiolab consacrée aux tortues. Voilà ce que tu ferais. Et elle comprendrait quel imposteur tu es.

– Je ne porterais pas de chemise.

– Quoi ?

– Je ne transpirerais pas sous ma chemise, parce que je n'en porterais pas.

– Ce que tu peux être salaud.

– Arrête de me provoquer.

– Tu es sérieux ? Non, c'est pas possible. Tu ne peux pas dire ça sérieusement. » Elle ouvrit le robinet de l'évier, sans raison apparente. « Tu crois que tu es le seul à vouloir vivre dangereusement ?

– Tu veux prendre un amant ?

– Je veux laisser les choses s'écrouler.

– Je n'ai pas de maîtresse et je ne laisse pas les choses s'écrouler.

– J'ai vu Mark aujourd'hui. Jennifer et lui divorcent.

– Super. Ou affreux. Qu'est-ce que je suis censé en penser ?

– Et Mark a flirté avec moi.

– Qu'est-ce que tu fais, au juste ?

– Je n'ai pas arrêté de te protéger. De prendre en charge ta pitoyable insécurité de petit poussin. De t'épargner des choses inoffensives qui n'auraient jamais dû t'affecter, mais qui t'auraient écrasé. Et tu crois que je n'ai jamais eu de fantasmes ? Tu crois que chaque fois que je me masturbe, c'est à toi que je pense ? Vraiment ?

– Tout ça est absurde.

– Est-ce qu'une partie de moi voulait baiser avec Mark aujourd'hui ? Oui. En fait, toutes les parties en dessous du cerveau. Mais je ne l'ai pas fait, parce que je ne me le serais pas permis, parce que je ne suis pas comme toi…

– Je n'ai baisé personne, Julia.

– … et pourtant j'en avais envie. »

Jacob haussa la voix pour la deuxième fois de la conversation : « Mais putain, qu'est-ce qui pue comme ça ?

– Ton chien a encore chié dans la maison.

– *Mon* chien ?

– Oui, le chien que tu as rapporté malgré notre accord formel de ne pas avoir de chien.

– Les enfants en voulaient un.

– Les enfants veulent vivre le bras relié à une perf de Ben & Jerry's fondue et le cerveau trempé dans une cuve pleine de sperme de Steve Jobs. Être un bon parent n'a rien à voir avec la satisfaction des desiderata de tes enfants.

– Ils étaient tristes pour une raison que j'ignore.

– Tout le monde a une raison d'être triste. Arrête de rejeter la faute sur les enfants, Jacob. Il fallait que tu joues au héros ou que tu me fasses tenir le rôle de la méchante…

– Ce n'est pas juste.

– Tu m'étonnes que ce n'est pas juste. Tu as ramené un chien à la maison alors qu'on avait *convenu* que ce serait une erreur d'en prendre un, ce qui a fait de toi un superhéros et de moi la superméchante, et maintenant il y a une merde desséchée de la longueur d'une baguette de pain sur le parquet du salon.

– Et il ne t'est pas venu à l'esprit de l'enlever ?

– Non. Comme il ne t'est jamais venu à l'esprit de dresser ce cabot…

– Ce chien. Dresser ce chien. Le pauvre, il n'y peut rien. Il est…

– … ni de le promener, ni de l'emmener chez le véto, ni de nettoyer son panier, ni de lui faire prendre ses gélules contre les vers du cœur, ni de vérifier s'il avait des tiques, ni de lui acheter ses croquettes, ni de lui donner à manger. Je ramasse sa merde tous les jours. Deux fois par jour. Voire plus. Putain, Jacob, je déteste les chiens, et je déteste ce chien en particulier, je n'ai pas voulu et ne veux toujours pas de ce chien, mais si je n'étais pas là, il y a des années que ce chien serait mort.

– Il comprend ce que tu dis.

– Toi, par contre, tu ne comprends rien. Ton chien…

– Notre chien.

– … est plus intelligent que mon mari. »

Et là, il cria. C'était la première fois qu'il haussait le ton contre elle. C'était un cri qui montait en lui depuis seize ans qu'il était marié, quarante ans qu'il était en vie, et cinq mille ans d'histoire – un cri dirigé contre elle, mais aussi contre tout le monde, les vivants comme les morts, et d'abord contre lui-même. Pendant des années il avait toujours été ailleurs, toujours sous la surface derrière une porte à double épaisseur, se réfugiant toujours dans un monologue intérieur auquel personne – y compris lui – n'avait accès, ou dans un dialogue enfermé dans un tiroir verrouillé. Mais là, c'était vraiment lui.

Il fit quatre pas vers elle, approchant les verres de ses lunettes aussi près des yeux de Julia qu'ils l'étaient des siens, et hurla : « *Tu es le fléau de ma vie !* »

Quelques minutes auparavant, elle avait dit à Jacob que le plus triste avait été d'admettre sa propre absence de tristesse. C'était vrai sur le moment, mais là, ça ne l'était plus. À travers le prisme de ses larmes, elle vit sa cuisine : le joint craquelé du robinet ; les fenêtres à battant qui avaient toujours l'air en bon état mais dont le cadre s'effritait si on le saisissait trop fort. Elle vit sa salle à manger et son salon : ils étaient toujours beaux, mais sous la couche d'enduit elle-même recouverte de deux couches de peinture, il y avait quinze ans de lent délabrement. Son mari : pas son compagnon.

Un jour, Sam, qui était alors en CE2, était rentré tout excité et avait dit à Julia : « Si la Terre faisait la taille d'une pomme, l'atmosphère serait plus fine que la peau de la pomme.

– Quoi ?

– Si la Terre faisait la taille d'une pomme, l'atmosphère serait plus fine que la peau de la pomme.

– Je ne dois pas être assez intelligente pour comprendre en quoi c'est intéressant. Tu peux m'expliquer ?

– Lève les yeux. Tu n'as pas l'impression que c'est fin ?

– Le plafond ?

– Si on était dehors. »

La coquille était très fine, mais elle s'était toujours sentie en sécurité.

Ils avaient acheté une cible à fléchettes dans un vide-grenier, un dimanche, longtemps auparavant, et l'avaient accrochée sur la porte au bout du couloir. Les garçons manquaient la cible à peu près tout le temps, et chaque fois qu'ils arrachaient une fléchette à la porte, sa pointe était colorée par l'ancienne couche de peinture. Julia avait décroché la cible le jour où Max était entré dans le salon, l'épaule ensanglantée, et qu'il lui avait dit : « C'est la faute à personne. » Il restait un cercle, aux contours nets et entouré de centaines de trous.

En observant la coquille de sa cuisine, ce qui lui sembla le plus triste était de savoir ce qu'il y avait dessous, ce qu'une minuscule éraflure, à un endroit vulnérable, révélerait.

« Maman ? »

Ils se retournèrent et virent Benjy dans l'embrasure de la porte, appuyé contre les courbes de croissance, ses mains cherchant les poches inexistantes de son pyjama. Depuis combien de temps était-il là ?

« Maman et moi étions juste…

– Tu veux dire la quintessence.

– Quoi, mon amour ?

– Tu as dit le fléau, mais tu voulais dire la quintessence de ta vie.

– Tu peux l'embrasser, maintenant », dit Julia à Jacob en essuyant ses larmes, qu'elle remplaça par la mousse du produit vaisselle.

Jacob se mit à genoux et prit les mains de Benjy dans la sienne.

« Tu as fait un cauchemar, mon grand ?

– Ça me dérange pas de mourir, dit Benjy.

– Quoi ?

– Ça me dérange pas de mourir.

– Ah bon ?

– Du moment que tout le monde meurt en même temps que moi, en fait ça me dérange pas de mourir. Mais j'ai peur que tout le monde ne meure pas.

– Tu as fait un cauchemar ?

– Non. Vous vous disputiez.

– On ne se disputait pas. On…

– Et j'ai entendu du verre qui se cassait.

– Oui, on se disputait, dit Julia. Les êtres humains ont des sentiments, parfois très compliqués. Mais ce n'est pas grave. Et maintenant, remonte te coucher. »

Jacob le porta jusqu'à sa chambre, la joue de Benjy posée sur son épaule. Qu'il était encore léger. Qu'il devenait lourd. Un père ne se doute jamais qu'il porte son fils dans l'escalier pour la dernière fois.

Jacob remit Benjy sous ses couvertures et lui caressa les cheveux.

« Papa ?

– Oui ?

– Je suis d'accord avec toi, le paradis n'existe sans doute pas.

– Ce n'est pas ce que j'ai dit. J'ai dit qu'il n'y a aucun moyen de le savoir et que ce n'est donc pas une très bonne idée d'organiser notre vie autour de ça.

– Oui, c'est avec ça que je suis d'accord. »

Il pouvait se pardonner de réprimer son propre bien-être, mais pourquoi réprimait-il aussi celui de tous les autres ? Pourquoi ne pouvait-il permettre à son fils encore en maternelle de se sentir heureux et en sécurité dans un monde juste, beau et irréel ?

« Alors autour de quoi tu crois qu'il faudrait organiser notre vie ? demanda Benjy.

– Notre famille ?

– Je crois aussi.

– Bonne nuit, mon grand. »

Jacob se dirigea vers la porte, mais ne la franchit pas.

Après quelques longs instants de silence, Benjy l'appela : « Papa ? J'ai besoin de toi !

– Je suis là.

– Les écureuils ont la queue en panache. Pourquoi ?

– Peut-être pour garder l'équilibre ? Ou pour que ça leur tienne chaud ? Il est temps de dormir, à présent.

– On cherchera sur Google demain matin.

– D'accord. Dors maintenant.

– Papa ?

– Toujours là.

– Si le monde dure assez longtemps, est-ce qu'il y aura des fossiles de fossiles ?

– Oh, Benjy. C'est une excellente question. On en discutera demain matin.

– Oui. Il faut que je dorme.

– Voilà.

– Papa ? »

Jacob perdit patience : « Allons, Benjy…

– Papa ?

– Je suis là. »

Il resta sur le pas de la porte jusqu'à ce qu'il entende la respiration profonde de son plus jeune fils. Jacob était un homme qui réprimait le bien-être mais demeurait sur le seuil bien après que d'autres fussent partis. Il attendait toujours devant chez lui, la porte d'entrée ouverte, que la voiture qui avait pris ses enfants en covoiturage s'éloigne. Tout comme il restait à la fenêtre jusqu'à ce que la roue arrière du vélo de Sam disparaisse au coin de la rue. Tout comme il se regardait disparaître.

ME VOICI PAS

> C'est forte du poids de l'histoire et d'un extrême agacement que je me tiens devant cette bimah aujourd'hui, prête à accomplir le soi-disant rite de passage à l'âge adulte, quel qu'en soit le sens. Je tiens à remercier Cantor Fleischman d'avoir permis ma transformation, ces six derniers mois, en automate juif. Dans le cas hautement improbable où je me souvienne de quelque chose dans un an, je n'en comprendrai toujours pas la signification, et de cela je vous suis reconnaissante. Je tiens aussi à remercier le rabbin Singer, qui a eu sur moi l'effet d'un lavement à l'acide sulfurique. Mon seul arrière-grand-parent vivant s'appelle Isaac Bloch. Mon père m'a dit que je devais en passer par là pour lui, chose que mon arrière-grand-père, lui, ne m'a jamais demandée. Il m'a déjà demandé certaines choses, comme de ne pas le forcer à vivre dans une maison de retraite juive. Ma famille a grand soin de prendre soin de lui, mais pas au point d'être aux petits soins, et je n'ai pas compris un mot de ma psalmodie aujourd'hui, mais ça, je le comprends. Je tiens à remercier mes grands-parents Irv et Deborah, d'être un tel exemple dans ma vie et de toujours me pousser à faire un peu plus d'efforts, à creuser un peu plus profond, à devenir riche, et à dire ce que je veux quand je veux. Et aussi mes grands-parents Allen et Leah Selman, qui habitent en Floride et dont le statut de mortels ne m'est connu que grâce aux chèques pour Hanouka

et les anniversaires qu'ils n'ont pas indexés sur l'augmentation du coût de la vie depuis ma naissance. Je tiens à remercier mes frères, Benjy et Max, d'accaparer une grande part de l'attention de mes parents. Je suis incapable d'imaginer une existence dans laquelle je supporterais seul la totalité du poids de leur amour. Et aussi, le jour où j'ai vomi sur Benjy en avion, il m'a dit : « Je sais qu'on se sent vraiment mal quand on vomit. » Et Max m'a un jour proposé de faire une prise de sang à ma place. Ce qui m'amène à mes parents, Jacob et Julia Bloch. À vrai dire, je ne voulais pas faire de bat-mitsva. Rien en moi ne m'y encourageait, absolument rien. Il n'y a pas assez de bons d'épargne dans le monde. Nous avons eu quelques conversations à ce sujet, comme si mon opinion comptait. Ce n'était qu'un simulacre, un simulacre destiné à initier ce simulacre-ci, qui n'était lui-même qu'un tremplin vers le simulacre de mon identité juive. Tout cela pour dire, au sens le plus littéral, que sans eux rien de tout cela n'eût été possible. Je ne leur reproche pas d'être ce qu'ils sont. Mais je leur reproche de me reprocher d'être ce que je suis. J'ai fini mes remerciements. Donc, ma section de la Torah est la Vayéra. C'est une des sections les plus connues et les plus étudiées de la Torah, et on m'a dit que c'était un grand honneur de la lire. Mais étant donné mon absence totale d'intérêt pour la Torah, il aurait mieux valu confier ça à une jeune personne qui en a vraiment quelque chose à branler judaïquement parlant, si tant est qu'une telle personne existe, et me refourguer une section ingrate sur les lois gouvernant les lépreuses qui ont leurs règles. On se paie la tête de tout le monde, je vois. Encore une chose : des sections de l'interprétation qui suit ont été éhontément volées. Heureusement que les Juifs ne jurent que par le châtiment collectif. Allons-y… L'épreuve à laquelle Dieu soumet Abraham est écrite ainsi : « Après ces événements, Dieu éprouva Abraham et lui dit : "Abraham !" Il répondit : "Me voici." » Presque tout le monde pense que l'épreuve consiste en ce qui suit : Dieu demandant à Abraham de sacrifier son fils, Isaac. Mais je crois qu'on peut aussi comprendre que l'épreuve consistait dans le fait qu'Il l'appelle. Abraham n'a pas dit : « Que veux-tu ? » Il n'a pas dit : « Oui ? » Il a répondu par une affirmation : « Me voici. » Quels que soient les besoins ou la volonté de Dieu, Abraham est pleinement présent pour Lui, sans conditions ni réserves ni besoin d'explication. Ce mot, *hineni* – me voici –, apparaît deux autres fois dans la section. Quand Abraham emmène Isaac sur le mont Moriah, Isaac comprend ce qu'ils font et que c'est sacrément tordu. Il sait qu'il est l'objet du sacrifice, comme le sait tout enfant quand vient son tour. Il est écrit : « Isaac s'adressa à son père Abraham et dit : "Mon père !" Il répondit : "Me voici, mon fils !" Il reprit : "Voici le feu et le bois, mais où est l'agneau pour l'holocauste ?" Abraham répondit : "C'est Dieu qui pourvoira à l'agneau pour l'holocauste, mon fils." » Isaac ne dit pas : « Père », il dit : « Mon père. » Abraham est le père du peuple juif, mais il est aussi le père d'Isaac, son vrai père. Et Abraham ne demande pas : « Que veux-tu ? » Il dit : « Me voici. » Quand Dieu appelle Abraham, Abraham est pleinement présent pour Dieu. Quand Isaac appelle Abraham, Abraham est pleinement présent pour son fils. Mais comment est-ce possible ? Dieu demande à Abraham de tuer Isaac, et Isaac demande à son père de le protéger. Comment Abraham peut-il incarner en même temps deux choses radicalement opposées ? *Hineni* est utilisé une troisième fois dans le récit, au moment le plus dramatique. « Quand ils furent arrivés à l'endroit que Dieu lui avait indiqué, Abraham y éleva l'autel et disposa le bois, puis il lia son fils Isaac et le mit sur l'autel, par-dessus le bois. Abraham étendit la main et saisit le couteau pour immoler son fils. Mais l'Ange de Yahvé l'appela du ciel, et dit : "Abraham ! Abraham !" Il répondit : "Me voici !" L'Ange dit : "N'étends pas la main contre l'enfant ! Ne lui fais aucun mal ! Je sais maintenant que tu crains Dieu : tu ne m'as pas refusé ton fils, ton unique." » Abraham ne demande pas : « Que veux-tu ? » Il dit : « Me voici. » La section de ma bat-mitsva aborde plusieurs thèmes, mais je crois que le thème principal, c'est de savoir pour qui nous sommes pleinement présents, et comment, plus que tout le reste, cela définit notre identité. Mon arrière-grand-père, dont j'ai déjà parlé, a lancé un appel à l'aide. Il ne veut pas aller dans une maison de retraite juive. Mais personne dans la famille ne lui a répondu : « Me voici. » Ils ont surtout tenté de lui expliquer qu'il ne sait pas ce qui est le mieux pour lui, et qu'il ne sait même pas ce qu'il veut. De fait, ils n'ont même pas tenté de le convaincre ; ils lui ont simplement dit quoi faire. On m'a accusé d'avoir employé des injures à l'école hébraïque ce matin. Je ne suis même pas sûre que le mot « employé » soit le bon – faire une liste et faire usage de quelque chose n'a aucun rapport. Bref, quand mes parents sont venus discuter avec le rabbin Singer, ils ne m'ont pas dit : « Nous voici. » Ils m'ont demandé : « Qu'est-ce que tu as fait ? » J'aurais préféré qu'on m'accorde le bénéfice du doute, parce que je le mérite. Tout ceux qui me connaissent savent que je peux faire des tas de conneries, mais aussi que je suis une bonne personne. Mais ce n'est pas parce que je suis une bonne personne que je mérite le bénéfice du doute, c'est parce que je suis leur enfant. Même s'ils ne me croyaient pas, ils auraient dû faire comme s'ils me croyaient. Mon père m'a raconté un jour qu'avant ma naissance, quand la seule preuve de mon existence était une échographie, il n'avait pas d'autre choix que de croire en moi. Autrement dit, naître autorise nos parents à cesser de croire en nous. Bon, merci d'être venus, tout le monde dehors.

> C'est tout ?

> Non. Pas vraiment. Je vais faire sauter ce bâtiment.

> Qu'est-ce que tu racontes, putain ?

> J'organise une réception sur le toit de l'ancienne usine de pellicules couleur de l'autre côté de la rue. On regardera.

> Fuyez !
> De la pellicule couleur ?
> Pas besoin de fuir. Personne ne sera blessé.
> Faites-lui confiance.
> De la pellicule pour les vieux appareils photo.
> Vous n'avez même pas besoin de me faire confiance. Réfléchissez : s'il vous fallait vraiment vous enfuir, vous seriez déjà morts.
> Tu parles d'une logique tordue.
> Une dernière chose avant d'y aller : quelqu'un sait pourquoi dans un avion, on tamise l'éclairage de la cabine au décollage et à l'atterrissage ?
> C'est quoi cette question à la con ?
> Pour que le pilote y voie mieux ?
> Allons-y, vous voulez bien ?
> Pour économiser de l'énergie ?
> Je ne veux pas mourir.
> Pas mal, mais non. C'est parce que ce sont les moments les plus critiques du vol. Plus de 80 % des accidents se produisent au décollage et à l'atterrissage. On tamise l'éclairage pour donner aux passagers le temps de s'accoutumer à l'obscurité d'une cabine enfumée.
> Ce genre de truc devrait porter un nom.
> Vous pouvez sortir de la synagogue en suivant l'allée éclairée. Cela vous indiquera le chemin à suivre. Ou sinon vous pouvez me suivre.

QUELQU'UN ! QUELQU'UN !

Julia était devant sa vasque dans la salle de bains, et Jacob devant la sienne. Un lavabo à double vasque : un élément de mobilier très couru dans les vieilles maisons de Cleveland Park, comme les frises de parquet en marqueterie, les manteaux de cheminée d'origine et les lustres à gaz reconvertis. Il y avait si peu de différences entre chaque maison que, si petites fussent-elles, elles devaient être célébrées, sans quoi tout le monde se serait donné trop de mal pour trop peu de résultats. En même temps, qui a vraiment envie d'un lavabo à double vasque ?

« Devine ce que Benjy vient de me demander, dit Jacob.

– Si le monde dure assez longtemps, est-ce qu'il y aura des fossiles de fossiles ?

– Comment tu… ?

– Le babyphone sait tout.

– Ah, oui. »

Jacob utilisait presque toujours du fil dentaire quand il était en présence d'un témoin. Près de quarante ans à ne se servir que ponctuellement de fil dentaire, et il n'avait eu que trois caries – il en avait gagné, du temps. Ce soir, en présence de sa femme, il s'en servit. Il voulait rester un peu plus longtemps devant ces deux lavabos côte à côte. Ou un peu moins dans le lit conjugal.

« Quand j'étais petit, j'ai créé mon propre système postal. J'ai fabriqué un petit bureau de poste avec le carton d'emballage d'un réfrigérateur. Ma mère m'a cousu un uniforme. J'avais même des timbres à l'effigie de mon grand-père.

– Pourquoi tu me racontes ça ? demanda-t-elle.

– Je sais pas. Je viens d'y penser.

– Et pourquoi tu viens d'y penser ? » Il ricana : « On dirait le Dr Silvers. » Elle ne ricana pas : « Tu adores le Dr Silvers.

– Je n'avais aucun courrier à distribuer, alors je me suis mis à écrire des lettres à ma mère. C'était le système qui m'attirait ; je me fichais pas mal des messages. Bref, dans la première, j'avais écrit : "Si tu lis ça, c'est que notre service postal fonctionne !" Ça, je m'en souviens.

– *Notre*, dit-elle.

– Quoi ?

– Notre. *Notre* service postal. Pas *mon* service postal.

– J'ai peut-être écrit *mon*, dit-il en enlevant le fil dentaire autour de ses doigts, lequel y laissa comme des empreintes de bagues. Je ne m'en souviens plus.

– Si, tu t'en souviens.

– J'en sais rien.

– Tu t'en souviens. Et c'est pour ça que tu me le racontes.

– Elle était géniale, ma mère.

– Je sais. Je l'ai toujours su. Elle arrive à faire croire aux garçons qu'ils sont uniques au monde, mais qu'ils ne sont pas plus uniques que n'importe qui d'autre. C'est un équilibre difficile à trouver.

– Mon père en est incapable.

– Il n'est capable d'aucun équilibre. » Les empreintes avaient déjà disparu. Julia prit une brosse à dents et la tendit à son mari.

Jacob pressa le tube d'où rien ne sortit et dit : « Y a plus de dentifrice.

– Il y en a un autre dans l'armoire. »

Un moment de silence pendant le brossage. En admettant qu'ils passaient dix minutes à se préparer chaque soir avant d'aller se coucher – ce qui était le cas, au bas mot –, cela représentait cinquante-neuf heures par an. Plus d'heures passées à se préparer pour le coucher que d'heures passées éveillés en vacances ensemble. Ils étaient mariés depuis seize ans. Au cours de cette période, ils avaient passé l'équivalent de quarante jours entiers à se préparer pour le coucher, presque toujours devant les deux vasques du lavabo si courues et solitaires, presque toujours en silence.

Quelques mois après avoir déménagé, Jacob créerait un service postal avec les garçons. Max s'effaçait. Il riait moins, se renfrognait souvent, cherchait toujours à s'asseoir le plus près possible de la fenêtre. Jacob pouvait le nier en son for intérieur, mais d'autres commencèrent à le remarquer et à lui en parler – Deborah le prit à part lors d'un brunch et lui demanda : « Comment tu trouves Max ? »

Jacob dénicha des boîtes aux lettres vintage sur Etsy et en accrocha une à la porte de la chambre de chaque garçon, et une à la sienne. Il leur dit qu'ils auraient leur propre service postal secret pour transmettre les messages impossibles à délivrer à haute voix.

« Comme les gens qui laissent des mots dans le Mur des lamentations », suggéra Benjy.

Non, pensa Jacob, mais il dit : « Oui. Si on veut.

– Sauf que t'es pas Dieu », rétorqua Max qui, malgré l'évidence de cette remarque et ce qu'il voulait faire de ses enfants (des athées qui ne craignent pas leurs parents), piqua Jacob dans son orgueil.

Il vérifia sa boîte aux lettres chaque jour. Benjy fut le seul à lui écrire : « La paix dans le monde » ; « Jour de neige » ; « Une plus grosse télé ».

C'était si difficile d'élever seul des enfants : la logistique pour préparer trois enfants pour l'école en n'ayant que deux mains, la coordination du trafic digne de la tour de contrôle de l'aéroport de Heathrow, le fait d'être multitâche dans le multitâche. Mais pour lui le plus dur était de trouver le temps d'avoir des discussions intimes avec les enfants. Ils étaient toujours ensemble, il y avait toujours du vacarme, toujours quelque chose à faire, et il n'y avait personne avec qui partager cette charge. Alors, quand il se retrouvait en tête à tête, il éprouvait le besoin de profiter de l'occasion (même si cela lui semblait forcé sur le moment), assorti d'un concentré de sa vieille peur d'en dire trop ou pas assez.

Un soir, quelques semaines après la création du service postal, pendant que Sam faisait la lecture à Benjy à l'heure du coucher, Max et Jacob se retrouvèrent à faire pipi en même temps dans la même cuvette.

« Ne croise pas les effluves, Ray.

– Hein ?

– C'est dans *S.O.S. Fantômes.*

– Je sais que c'est un film, mais je l'ai jamais vu.

– Sans blague.

– Non.

– Mais je me souviens de l'avoir regardé avec…

– Je l'ai pas vu.

– OK. Bon, y a une scène culte où ils utilisent leurs protons-machins pour la première fois, et Egon dit : “Ne croise pas les effluves, Ray”, parce que ça provoquerait une espèce de chaos apocalyptique, et depuis, j'y pense toujours quand je fais pipi en même temps que quelqu'un d'autre dans la même cuvette. Mais là on a fini tous les deux, alors ça n'a plus aucun sens.

– Si tu le dis.

– J'ai remarqué que tu n'avais rien déposé dans ma boîte aux lettres.

– Non. Je vais le faire.

– Il n'y a pas d'obligation. Je me disais juste que ça pouvait être un bon moyen de te soulager d'un poids.

– OK.

– On garde tous des choses pour nous. Tes frères. Moi. Maman. Mais ça peut rendre la vie compliquée.

– Pardon.

– Non, je veux dire, pour toi. J'ai passé ma vie à faire d'énormes efforts pour me protéger de ce qui me fait le plus peur, et au final on ne peut pas dire qu'il n'y avait pas de quoi avoir peur, mais peut-être que la concrétisation de mes pires craintes n'aurait rien eu de si terrible. Peut-être que tous les efforts que j'ai faits étaient pires. Je me souviens du soir où je suis parti à l'aéroport. Je vous ai fait un bisou et je vous ai souhaité bonne nuit comme si c'était un voyage comme un autre, et je vous ai dit : "On se voit dans une semaine ou deux." Alors que je m'apprêtais à y aller, maman m'a demandé ce que j'attendais. Elle a dit que c'était un moment bouleversant et que je devais éprouver des émotions bouleversantes, et vous aussi.

– Mais tu n'es pas remonté nous parler.

– J'avais trop peur.

– De quoi ?

– Il n'y avait pas de quoi avoir peur. C'est ce que j'essaie de te dire.

– Je sais qu'il n'y avait pas vraiment de quoi avoir peur. Mais de quoi tu avais peur ?

– Que ça devienne une réalité ?

– Ton départ ?

– Non. Ce qu'on avait. Ce qu'on a. »

Julia cala sa brosse à dents au fond de sa joue et posa les mains sur le lavabo. Jacob cracha et dit : « Je trahis ma famille comme mon père nous a trahis.

– Non. Mais ça ne suffit pas à éviter de faire les mêmes erreurs que lui.

– Quoi ? »

Elle retira la brosse de sa bouche et répéta : « Non. Mais ça ne suffit pas à éviter de faire les mêmes erreurs que lui.

– Tu es une mère géniale.

– Qu'est-ce qui te fait dire ça ?

– Je pensais à combien ma mère était une mère géniale. »

Elle ferma la trousse de toilette, se figea, comme si elle se demandait si elle allait parler, puis déclara : « Tu n'es pas heureux.

– Qu'est-ce qui te fait dire ça ?

– C'est la vérité. Tu as l'air heureux. Tu crois peut-être même l'être. Mais tu ne l'es pas.

– Tu crois que je suis déprimé ?

– Non. Je crois que tu accordes trop d'importance au bonheur – le tien, celui des autres – et que tu trouves le malheur si menaçant que tu préfères couler avec le bateau plutôt que d'admettre qu'il y a une voie d'eau.

– Je ne crois pas que ce soit vrai.

– Et oui, en effet, je crois que tu es déprimé.

– C'est sans doute une mononucléose.

– Tu en as marre d'écrire une série télé qui n'est pas de toi et que tout le monde adore, à part toi.

– Tout le monde ne l'adore pas.

– Toi non, ça c'est sûr.

– Je l'aime bien, sans plus.

– Tu détestes quand tu aimes bien, sans plus.

– Faut voir.

– Mais c'est tout vu, dit-elle. Tu sais que tu as quelque chose en toi – un livre, une série ou un film, peu importe – et que si seulement ça pouvait sortir, tous les sacrifices que tu as l'impression d'avoir faits ne te donneraient plus l'impression d'être des sacrifices.

– Je n'ai pas l'impression d'avoir dû faire des…

– Tu vois le glissement grammatical ? J'ai dit les sacrifices que tu as l'impression d'avoir faits. Tu as dit, *d'avoir dû faire*. Tu vois la différence ?

– Merde, tu devrais demander un agrément et un divan, vraiment.

– Je suis sérieuse.

– Je sais.

– Et tu en as marre de faire semblant d'être heureux en couple…

– Julia.

– … et tu détestes le fait de bien aimer sans plus la relation la plus importante de ta vie. »

Jacob en voulait souvent à Julia, la haïssait même parfois, mais à aucun moment il n'avait cherché à la blesser.

« Ce n'est pas vrai, dit-il.

– Tu es trop gentil ou effrayé pour l'admettre, mais c'est vrai.

– Non, ce n'est pas vrai.

– Et tu en as marre d'être un père et un fils.

– Pourquoi tu cherches à me blesser ?

– Ce n'est pas ce que je cherche. Et il y a pire qu'être blessant dans la vie. » Elle arrangea les divers produits antivieillissement et antimort sur l'étagère et dit : « Allons au lit. »

Allons au lit. Ces trois mots distinguent un couple marié de tout autre type de couple. On ne trouvera pas de terrain d'entente, mais allons au lit. Pas parce que c'est ce qu'on veut, mais parce qu'il le faut. On se déteste, là, mais allons au lit. C'est le seul lit qu'on ait. Allons chacun de notre côté, mais sur les côtés du même lit. Retirons-nous en nous-mêmes, mais ensemble. Combien de conversations s'étaient terminées par ces mots ? Combien de disputes ?

Parfois ils allaient au lit et faisaient un dernier effort, à l'horizontale, pour trouver une solution. Parfois aller au lit rendait possible ce qui ne l'était pas dans l'immensité de la chambre. L'intimité induite du fait d'être sous les mêmes draps, deux foyers diffusant une chaleur commune, sans pour autant avoir besoin de se regarder. La vue du plafond et de tout ce à quoi un plafond fait penser. À moins que ce ne soit à l'arrière du cerveau, où tout le sang s'accumulait, que se situait le lobe de la générosité.

Parfois ils allaient au lit et roulaient l'un et l'autre à un bord du matelas, regrettant, chacun de son côté, que ce ne soit pas un king size, souhaitant, chacun de son côté, que tout s'arrange, manquant de phalanges pour pouvoir retenir *ça*. Ça, quoi ? La nuit ? Ça, le mariage ? Ça, la situation inextricable de la vie de famille dans cette famille ? Ils allaient au lit ensemble non pas parce qu'ils n'avaient pas le choix – *kein breire iz oich a breire*, comme dirait le rabbin à l'enterrement, trois semaines plus tard ; *ne pas avoir le choix est aussi un choix.* Le mariage est le contraire du suicide, mais lui ressemble en tant que preuve ultime de volonté.

Allons au lit...

Juste avant de se coucher, Jacob eut l'air désemparé, tapota les poches inexistantes de son boxer, comme s'il venait de s'apercevoir qu'il ne savait pas où étaient ses clés, et dit : « Je vais faire pipi. » Exactement comme il le faisait chaque soir à ce moment-là.

Il ferma la porte à clé, ouvrit le tiroir du milieu de l'armoire à pharmacie, souleva la pile de *New Yorker,* et retira la boîte de suppositoires à l'acétate d'hydrocortisone. Il étala une serviette de bain par terre, en roula une autre pour se faire un oreiller, se coucha sur le flanc gauche, genou droit plié, pensa à Terri Schiavo, ou Bill Buckner, ou Nicole Brown Simpson[1], et l'enfonça doucement. Il soupçonnait Julia de savoir ce qu'il faisait tous les soirs, mais ne pouvait se résoudre à lui poser la question, parce que cela réclamait d'abord d'admettre qu'il avait un corps humain entier. Il pouvait parler de presque tout son corps presque tout le temps, comme Julia de presque tout le sien presque toujours, mais parfois, il fallait en occulter certaines parties. Ils avaient passé des heures à analyser les selles de leurs

1. Terri Schiavo : figure emblématique de la polémique sur l'euthanasie ; Bill Buckner : ancien joueur de base-ball ; Nicole Brown Simpson : femme assassinée d'O.J. Simpson.

enfants ; à leur appliquer du Bepanthen avec le doigt ; à tourner le thermomètre rectal, sur instruction du Dr Donowitz, pour stimuler le sphincter et tenter de soulager la constipation d'un enfant. Mais quand il s'agissait d'eux, une dose de déni était requise.

tu ne mérites pas de te faire enculer

Le trou du cul, par lequel chaque membre de la famille Bloch était, d'une façon ou d'une autre, obsédé, était l'épicentre du déni de Jacob et Julia. Il était nécessaire dans la vie, mais il ne fallait jamais en parler. Tout le monde en avait un, mais il fallait le cacher. C'était là que tout se rejoignait – le grand connecteur du corps humain – mais où rien, surtout pas l'attention, et certainement pas un doigt ou une bite, et encore moins une langue, ne pouvait aller. Il y avait assez d'allumettes aux toilettes pour faire flamber un bûcher et l'alimenter.

Chaque soir, Jacob annonçait qu'il allait faire pipi, et chaque soir Julia l'attendait, et elle savait qu'il roulait l'emballage du suppositoire dans une boule de papier-toilette qu'il jetait au fond de la poubelle, et elle savait que lorsqu'il tirait la chasse, il le faisait à vide. Ces minutes de dissimulation, de honte muette, avaient des murs et un plafond. Comme leurs shabbats, et ces aveux de fierté murmurés, avaient façonné l'architecture du temps. Sans avoir engagé aucun homme équipé d'une ceinture lombaire, ni envoyé aucune carte avec leur nouvelle adresse, ni même remplacé aucune clé sur leur porte-clés en forme de cœur, ils avaient quitté une maison pour emménager dans une autre.

Max adorait jouer à cache-cache autrefois, et personne, même Benjy, ne le tolérait. La maison était trop bien connue, trop souvent explorée dans ses moindres recoins, le jeu aussi rebattu que les dames. C'était donc seulement lors d'une occasion spéciale (un anniversaire, ou pour récompenser un acte d'extrême *menschitude*) que Max pouvait forcer les autres à jouer. Et c'était toujours aussi ennuyeux qu'on le craignait : quelqu'un retenait son souffle derrière les chemisiers de Julia dans la penderie, quelqu'un s'aplatissait dans la baignoire ou s'accroupissait sous l'évier, quelqu'un se cachait en fermant les yeux, incapable de surmonter l'impression que ça le rendait moins visible.

Même lorsque les garçons ne se cachaient pas, Jacob et Julia les cherchaient – par crainte, par amour. Mais des heures passaient sans que l'absence d'Argos soit remarquée. Il réapparaissait toujours quand la porte d'entrée était ouverte, ou que le bain coulait, ou que le repas était servi. Il ne faisait aucun doute qu'il reviendrait. Jacob tentait de lancer une discussion passionnée pendant le dîner pour développer l'éloquence des garçons, leur pensée critique. Au milieu d'un débat de ce genre – la capitale d'Israël devrait-elle être Tel Aviv ou Jérusalem ? –, Julia demanda si quelqu'un avait vu Argos. « Il n'a pas touché à sa gamelle. »

Après avoir passé seulement quelques minutes à l'appeler gentiment et à le chercher sans conviction, les garçons se mirent à paniquer. Ils firent sonner le carillon de la porte d'entrée. Ils déposèrent une gamelle de leur propre nourriture. Max joua les morceaux de son manuel pour débutants, ce qui faisait toujours gémir Argos. Rien.

La porte-moustiquaire était fermée, mais la porte d'entrée ouverte, il était donc possible qu'il soit sorti. (*Qui a laissé la porte ouverte ?* se demanda Jacob – en colère, mais contre personne en particulier.) Ils écumèrent le quartier à sa recherche, criant son nom, avec amour puis désespoir. Certains voisins se joignirent aux recherches. Jacob ne put s'empêcher de se demander – en son for intérieur, bien sûr – si Argos était parti pour mourir, comme le font apparemment certains chiens. La nuit tomba, il devint difficile d'y voir quelque chose.

Il s'avéra qu'il était à l'étage, dans la deuxième salle de bains, depuis le début. Il s'était débrouillé pour s'y enfermer et il était trop vieux, ou trop gentil, pour aboyer. Ou peut-être, du moins tant qu'il n'avait pas faim, préférait-il rester là-haut. Il fut autorisé à dormir dans leur lit ce soir-là. Comme les enfants. Parce qu'ils avaient cru l'avoir perdu, et parce qu'il avait été tout près durant tout ce temps.

Pendant le dîner le lendemain soir, Jacob déclara : « Problème résolu : Argos devrait avoir la permission de dormir dans notre lit tous les soirs. » Les garçons poussèrent des cris de joie. Souriant, Jacob dit : « Je prends ça pour un oui. »

Sans sourire, Julia dit : « Attends, attends, attends. »

Ce fut la dernière fois que ces six animaux dormirent sous les mêmes couvertures.

Jacob et Julia se cachaient derrière les tâches qu'ils se cachaient l'un à l'autre.

Ils couraient après un hypothétique bonheur qui ne nuise pas à celui des autres.

Ils se cachaient derrière l'administration de la vie de famille.

Leur recherche la plus pure avait lieu lors du shabbat, quand ils fermaient les yeux et transformaient la maison et se transformaient, eux.

Cette architecture des minutes, lorsque Jacob annonçait qu'il allait à la salle de bains et que Julia ne lisait pas le livre qu'elle avait entre les mains, était leur cachette la plus pure.

maintenant tu mérites de te faire enculer

Ils allèrent au lit, Julia en chemise de nuit, Jacob en T-shirt et boxer. Elle n'enlevait pas son soutien-gorge pour dormir. Elle disait qu'elle était plus à l'aise quand ses seins étaient soutenus, ce qui était peut-être l'entière vérité. Il disait que la chaleur du T-shirt l'aidait à s'endormir, ce qui était peut-être aussi l'entière vérité. Ils éteignaient leur lampe, enlevaient leurs lunettes et regardaient le même plafond, le même toit, avec deux paires d'yeux déficients dont la vue pouvait être corrigée mais était incapable de s'améliorer toute seule.

« J'aurais aimé que tu me connaisses quand j'étais petit, confia Jacob.

– Petit ?

– Ou, disons… avant. Avant que je devienne ça.

– Tu aurais aimé que je fasse ta connaissance avant qu'on se rencontre.

– Non. Tu ne comprends pas.

– Trouve une autre façon de le dire.

– Julia, je ne suis pas… moi-même.

– Alors qui es-tu ? »

Jacob eut envie de pleurer, mais n'y arriva pas. Il n'arriva pas non plus à cacher le fait qu'il se cachait. Elle lui caressa les cheveux. Elle ne lui pardonnait rien. Rien. Ni les textos ni les années. Mais elle ne pouvait pas ne pas répondre à ses besoins. Elle ne le voulait pas, mais ne pouvait pas ne pas le faire. C'était une forme d'amour. Mais on ne bâtit pas une religion sur des doubles négations.

Il dit : « Je n'ai jamais dit ce que je ressens.

– Jamais ?

– Non.

– C'est une sacrée remise en question.

– C'est vrai.

– Soit, fit-elle, pouffant pour la première fois depuis qu'elle avait trouvé le téléphone, mais il y a tant d'autres choses que tu fais bien.

– Ça, c'est le signe que tout n'est pas perdu.

– Quel bruit ?

– Ton pouffement.

– Ça ? Non, c'était un signe d'appréciation de mon sens de l'ironie. » *Endors-toi,* s'adjura-t-il. *Endors-toi.* « Qu'est-ce que je fais bien ? demanda-t-il.

– Tu es sérieux ?

– Une seule chose. »

Il était blessé. Et elle avait beau penser qu'il méritait cette blessure, elle ne pouvait le tolérer. Elle avait mis tant de dévotion

– tant d'abnégation – à le protéger. Combien d'expériences, combien de sujets de conversation, combien de mots avaient été sacrifiés pour atténuer la profonde vulnérabilité de Jacob ? Ils ne pouvaient pas se rendre dans une ville où elle était allée avec un petit ami vingt ans plus tôt. Elle ne pouvait pas faire de commentaire anodin à propos du laxisme des parents de Jacob, encore moins sur les choix d'éducation de ce dernier, qui ressemblaient souvent à une absence de choix. Elle ramassait les crottes d'Argos parce que Argos n'y pouvait rien et que – même si elle ne l'avait ni choisi ni voulu, et même si c'était un fardeau injuste – Argos lui appartenait.

« Tu es gentil, dit-elle à son mari.

– Non, vraiment pas.

– Je pourrais te donner cent exemples…

– Trois ou quatre me seraient très utiles en ce moment.

– Tu rapportes toujours le chariot au bon endroit quand on fait les courses. Tu plies ton *Washington Post* et tu le laisses dans le métro pour qu'un autre passager puisse le lire. Tu dessines des cartes pour les touristes qui sont perdus…

– C'est de la gentillesse ou de la méticulosité ?

– Alors, disons que tu es méticuleux. »

Pouvait-il tolérer qu'elle se sente blessée ? Elle voulait le savoir, mais ne lui faisait pas confiance pour lui dire la vérité.

Elle lui demanda : « Ça te rend triste qu'on aime les enfants plus qu'on ne s'aime ?

– Je ne le dirais pas comme ça.

– Non, tu dirais que je suis le fléau de ta vie.

– J'étais énervé.

– Je sais.

– Je ne pensais pas ce que j'ai dit.

– Je sais. Mais tu l'as dit.

– Je ne crois pas que la colère soit révélatrice de la vérité. Parfois, on dit des choses.

– Je sais. Mais je ne crois pas que ça sorte de nulle part.

– Je n'aime pas les enfants plus que je t'aime.

– Si. Moi aussi. C'est peut-être normal. C'est peut-être l'évolution qui nous force à être comme ça.

– Je t'aime, dit-il, se tournant vers elle.

– Je sais. Je n'en ai jamais douté et je n'en doute toujours pas. Mais c'est un amour différent de celui qu'il me faut.

– Qu'est-ce que ça implique pour nous ?

– Je ne sais pas. »

Endors-toi, Jacob.

Il dit : « Tu sais, quand on prend de la novocaïne et qu'on ne sait plus où finit notre bouche ni où commence le monde ?

– Oui, je crois.

– Ou quand on est sûr qu'il reste une dernière marche alors qu'il n'y en a pas, et que notre pied s'enfonce dans une marche imaginaire ?

– Oui. »

Pourquoi était-ce si dur pour lui de traverser l'espace physique ? Ça n'aurait pas dû être le cas, mais ça l'était.

« Je ne sais plus ce que je disais. »

Elle sentait qu'il s'embourbait.

« Quoi ?

– Je ne sais pas. »

Il passa la main sous les cheveux de Julia et la posa sur sa nuque.

« Tu es fatiguée, dit-il.

– Je suis vraiment épuisée.

– On est fatigués. On est surmenés. Il faut qu'on trouve un moyen de se reposer.

– Je comprendrais si tu avais une maîtresse. Je serais en colère, et blessée, et je serais sans doute contrainte de faire une chose que je ne veux même pas faire…

– Comme quoi ?

– Je te détesterais, Jacob, mais au moins je te comprendrais. Je t'ai toujours compris. Tu te souviens de ce que je te disais ?

Que tu étais la seule personne à avoir du sens pour moi ? Maintenant, tout ce que tu fais me laisse perplexe.

– Perplexe ?

– Ton obsession de l'immobilier.

– Je ne suis pas obsédé par l'immobilier.

– Chaque fois que je passe devant ton ordinateur portable, l'écran affiche des annonces immobilières.

– Simple curiosité.

– Mais pourquoi ? Et pourquoi tu ne dis pas à Sam qu'il joue mieux que toi aux échecs ?

– Je le lui dis.

– Non. Tu lui fais croire que tu le laisses gagner. Et pourquoi deviens-tu une personne complètement différente selon les situations ? Tu sombres dans un mutisme passif-agressif avec moi, mais tu aboies sur les garçons, et en même temps tu te laisses marcher sur les pieds par ton père. Ça fait dix ans que tu ne m'as plus écrit une lettre du vendredi, mais tu passes tout ton temps libre à bosser sur quelque chose que tu aimes mais que tu ne veux partager avec personne, et ensuite tu envoies ces textos dont tu dis qu'ils ne signifient rien. J'ai tourné sept fois autour de toi, le jour de notre mariage. Je n'arrive même plus à te trouver, maintenant.

– Je n'ai pas de maîtresse.

– Tu n'en as pas ?

– Non. »

Elle se mit à pleurer.

« J'ai échangé des textos horriblement déplacés avec quelqu'un du boulot.

– Une actrice.

– Non.

– Qui ?

– Ça compte ?

– Si ça compte pour moi, ça compte tout court.

– Une des réalisatrices.

– Qui porte le même prénom que moi ?

– Non.

– C'est cette rousse, là ?

– Non.

– Tu sais, en fait, je m'en fous complètement.

– Tant mieux. Tu as raison. Il ne s'est rien…

– Comment ça a commencé avec elle ?

– Ça a simplement… évolué. Une chose en entraînant une autre. C'est devenu…

– Je m'en fous complètement.

– Il n'y a jamais eu autre chose que des mots.

– Depuis combien de temps ?

– Je ne sais pas.

– Bien sûr que tu le sais.

– Quatre mois, environ.

– Tu me demandes de croire que pendant quatre mois tu as échangé tous les jours des textos sexuellement explicites avec une collègue de travail et qu'il n'y a rien eu de physique entre vous ?

– Je ne te demande pas de me croire. Je te dis la vérité.

– Le plus triste, c'est que je te crois.

– Ce n'est pas triste. Ça veut dire qu'il y a de l'espoir.

– Non, c'est triste. Tu es la seule personne que je connaisse, ou que je puisse même imaginer, capable d'écrire des phrases aussi crues tout en menant une existence aussi rangée. Je te crois parfaitement capable d'écrire à une femme que tu veux lui lécher le trou du cul, d'être pris au mot, et de rester assis à côté d'elle toute la journée pendant quatre mois sans autoriser ta main à franchir les dix centimètres qui la séparent de sa cuisse. Sans en trouver le courage. Sans même lui envoyer le signal qu'elle peut compenser ta lâcheté et poser sa main sur ta cuisse. Pense aux signaux que tu as dû lui envoyer pour qu'elle continue de mouiller et n'esquisse aucun geste.

– Tu vas trop loin, Julia.

– Trop loin ? Tu plaisantes ? C'est toi, la personne dans cette pièce qui ne sait pas ce que c'est que d'aller trop loin.

– Je sais que je suis allé trop loin en écrivant ça.

– Crois-moi, tu n'es pas allé assez loin dans ce que tu as vécu.

– Qu'est-ce que ça veut dire ? Tu veux que je prenne une maîtresse ?

– Non, je veux que tu m'écrives des lettres au shabbat. Mais si tu écris des textos pornographiques à une autre femme, alors oui, je veux que tu prennes une maîtresse. Au moins je te respecterai.

– Ce que tu dis est absurde.

– Ce que je dis n'est absolument pas absurde. J'aurais eu beaucoup plus de respect pour toi. Ça m'aurait prouvé quelque chose que j'ai de plus en plus de mal à croire.

– Quoi ?

– Que tu es un être humain.

– Tu ne crois pas que je sois humain ?

– Je ne crois pas que tu sois là tout court. »

Jacob ouvrit la bouche, sans savoir ce qui allait en sortir. Il voulait lui renvoyer tout ce qu'elle lui avait balancé, inventorier les névroses de Julia, ses incohérences, ses faiblesses, ses hypocrisies et ses laideurs. Il voulait aussi admettre que tout ce qu'elle avait dit était vrai, mais en contextualisant sa monstruosité – tout n'était pas sa faute. Il voulait construire un mur de briques d'une main et le démolir à coups de marteau de l'autre.

Mais au lieu de sa voix, c'est celle de Benjy qui résonna : « J'ai besoin de vous ! J'ai vraiment besoin de vous ! »

Julia éclata de rire.

« Qu'est-ce qui te fait rire ?

– Ça n'a rien à voir avec le fait que tout ne soit pas perdu. »

C'était le rire nerveux des antagonismes. Le rire sombre de ceux qui savent que la fin est proche. Le rire religieux face à l'éternité des choses.

Benjy appela de nouveau dans le babyphone : « *Quelqu'un ! Quelqu'un !* »

Ils se turent.

Julia scruta l'obscurité pour apercevoir les yeux de son mari, voulant les apercevoir.

« *Quelqu'un* ! »

Julia dormait déjà quand Jacob redescendit après avoir calmé Benjy. À moins qu'elle ne donnât l'image parfaitement crédible d'une personne endormie. Jacob ne tenait pas en place. Il ne voulait pas lire – ni livre, ni magazine, ni même un blog sur l'immobilier. Ne voulait pas regarder la télé. Il était hors de question qu'il écrive. Ou qu'il se masturbe. Aucune activité ne lui donnait envie, tout ressemblerait à un simulacre, à l'imitation d'une autre personne.

Il alla dans la chambre de Sam dans l'espoir d'y trouver un peu de tranquillité, d'observer le corps endormi de son premier enfant. Une lumière mouvante filtrait sous la porte de sa chambre, puis disparaissait : les vagues de l'océan numérique qui déferlaient de l'autre côté. Sam, toujours vigilant quand il s'agissait de protéger sa vie privée, entendit son père approcher.

« Papa ?

– Le seul et unique.

– Et… tu restes planté là ? Tu as besoin de quelque chose ?

– Je peux entrer ? »

Sans attendre la réponse, il ouvrit la porte.

« C'était une question rhétorique ? demanda Sam sans détourner les yeux de l'écran.

– Qu'est-ce que tu fais ?

– Je regarde la télé.

– Tu n'as pas la télé.

– Sur mon ordi.
– Alors tu regardes ton ordi, non ?
– Si.
– Qu'est-ce qui passe ?
– Tout.
– Qu'est-ce que tu regardes ?
– Rien.
– Tu as une seconde ?
– Oui : une…
– C'était une question rhétorique.
– Ah.
– Comment ça va ?
– C'est une conversation ?
– Je prends juste des nouvelles.
– Je vais bien.
– Ça fait du bien d'aller bien ?
– Quoi ?
– Rien. Je crois que j'ai entendu ça quelque part. Bon… Sam.
– Le seul et ludique.
– Elle est bonne. Bref, écoute. Pardon d'aborder le sujet. Mais. À propos de ce qui s'est passé à l'école hébraïque, ce matin.
– C'était pas moi.
– Oui. Mais.
– Tu me crois pas ?
– La question n'est même pas là.
– Bien sûr que si.
– Ce serait beaucoup plus facile de te sortir de là si tu avais une autre explication.
– J'en ai pas.
– La plupart de ces mots ne sont pas bien graves. Entre nous, ça ne me dérangerait même pas que tu les aies écrits.
– C'était pas moi.
– Mais le mot en "n". » Sam accorda finalement son attention à son père. « Quoi, *divorce* ?

– Quoi ?

– Laisse tomber.

– Pourquoi tu as dit ça ?

– J'ai rien dit.

– Tu ne parles pas de maman et moi ?

– Je sais pas. Je m'entends même plus penser avec toutes ces disputes et ce verre brisé.

– Tout à l'heure ? Non, ce que tu as entendu…

– C'est pas grave. Maman est montée et on en a discuté. »

Jacob regarda la télé sur l'ordinateur. Il pensa à Guy de Maupassant qui déjeunait chaque jour au restaurant de la tour Eiffel parce que c'était le seul endroit de Paris qui n'avait pas de vue sur la tour. Les Nats jouaient contre les Dodgers, c'étaient les prolongations. Dans un soudain accès d'exaltation, il tapa dans ses mains. « Allons au match demain !

– Quoi ?

– Ce serait super ! On pourrait arriver en avance et frapper quelques balles. Manger tout un tas de saloperies.

– Manger tout un tas de saloperies ?

– De saloperies à bouffer.

– Ça te dérange si je reste ici pour le regarder ?

– Mais je viens d'avoir une super-idée.

– Ah bon ?

– Non ?

– J'ai foot, violoncelle, et ma leçon pour la bar-mitsva, si ça tombe pas à l'eau, Dieu m'en garde.

– Je peux te sortir de là.

– De ma vie ?

– Je crains que ça, je ne puisse seulement t'y faire entrer.

– D'ailleurs, ils jouent à L.A.

– C'est vrai, dit Jacob. J'avais pas pensé à ça », ajouta-t-il d'une petite voix.

Cette petite voix poussa Sam à se demander s'il avait vexé son père. Il ressentit le frisson d'un sentiment qu'il éprouverait

– tout en sachant que c'était complètement idiot – de plus en plus fort et souvent au cours de l'année à venir : tout était peut-être un peu de sa faute, tout de même.

« On finit la partie d'échecs ?

– Non.

– Tu as assez d'argent ?

– Oui.

– Ce qui s'est passé à l'école hébraïque, ce n'est pas à cause de grand-père, hein ?

– Non, à moins qu'il ne soit aussi le grand-père de celui qui a fait ça.

– C'est bien ce que je pensais. Bref…

– Papa, Billie est noire, alors comment je pourrais être raciste ?

– Billie ?

– La fille dont je suis amoureux.

– Tu as une petite amie ?

– Non.

– Je ne comprends pas.

– C'est la fille dont je suis amoureux.

– D'accord. Billie, tu dis ? Mais c'est une fille, c'est ça ?

– Oui. Et elle est noire. Alors comment je pourrais être raciste ?

– Je ne suis pas sûr que cette logique tienne la route.

– Si, elle tient la route.

– Tu sais qui sont les gens qui disent le plus souvent que certains de leurs meilleurs amis sont noirs ? Ceux que les Noirs mettent mal à l'aise.

– Aucun de mes meilleurs amis n'est noir.

– Et pour ce que ça vaut, je suis presque sûr qu'Africain-Américain est la nomenclature usitée.

– Nomenclature ?

– Terminologie.

– Est-ce que ce n'est pas à celui qui est amoureux d'une Noire d'établir la nomenclature ?

– Selon que vous serez puissant ou misérable, les jugements de cour vous rendront blanc ou africain-américain.

– Quelle cour ?

– Je plaisante. C'est un nom intéressant, voilà tout. Ce n'est pas un jugement. Tu sais qu'on a choisi ton prénom en hommage à un arrière-grand-oncle qui est mort à Birkenau. Chez les Juifs, le nom est toujours rattaché à une signification.

– À une souffrance, tu veux dire.

– Les Gentils choisissent des noms qui sonnent bien. Ou ils en inventent.

– Billie a été appelée comme ça en hommage à Billie Holiday.

– Alors, c'est l'exception qui confirme la règle.

– Et toi, en hommage à qui tu t'appelles comme ça ? demanda Sam, dont l'intérêt était une vague concession au sentiment de culpabilité qu'il éprouvait après avoir contraint son père à parler d'une petite voix triste.

– Un parent éloigné qui s'appelait Yakov. Un type soi-disant incroyable, hors du commun. On raconte qu'il a broyé la tête d'un cosaque à mains nues.

– Cool.

– De toute évidence, je n'ai pas hérité de sa force.

– D'ailleurs, on connaît aucun cosaque.

– Et je suis au mieux un type plutôt banal. »

Un de leurs deux estomacs gargouilla, sans qu'ils sachent lequel.

« En tout cas, je trouve ça super que tu aies une petite amie.

– C'est pas ma petite amie.

– La nomenclature frappe pour la deuxième fois. Je trouve ça super que tu sois amoureux.

– Je suis pas amoureux. Je l'aime.

– En tout cas, ça restera entre nous. Tu peux compter sur moi.

– Je l'ai déjà dit à maman.

– Vraiment ? Quand ça ?

– Je sais plus. Y a deux semaines.

– Deux semaines ? Y a si longtemps que ça ?

– Tout est relatif. »

Jacob scruta l'écran de Sam. Était-ce cela qui attirait son fils ? Non pas la possibilité d'être ailleurs, mais celle de n'être nulle part ?

« Qu'est-ce que tu lui as dit ? demanda Jacob.

– À qui ?

– À ta mère.

– Tu veux dire maman ?

– C'est ça.

– Je sais pas.

– Tu ne sais pas… Tu veux dire que tu n'as pas envie d'en discuter avec moi ?

– C'est ce que je veux dire.

– C'est bizarre parce qu'elle est persuadée que tu as écrit ces mots.

– C'est pas moi qui les ai écrits.

– Bon. Je commence à t'agacer. Je m'en vais.

– J'ai jamais dit que tu m'agaçais. »

Jacob se dirigea vers la porte, mais s'arrêta avant de la franchir. « Tu veux que je te raconte une blague ?

– Non.

– C'est une blague cochonne.

– Encore moins, alors.

– Quelle est la différence entre une Subaru et une érection ?

– Quand je dis non, c'est non.

– Sérieux. C'est quoi, la différence ?

– Sérieux. Je m'en fiche. »

Jacob se pencha et murmura : « Je n'ai pas de Subaru. »

Malgré lui, Sam partit d'un rire si puissant qu'il grouina et postillonna. Jacob rit lui aussi, moins de sa propre blague que du rire de son fils. Ils rirent ensemble, vigoureusement, hystériquement.

Sam tenta, sans succès, de reprendre contenance, et dit : « Ce qui est drôle... ce qui est vraiment drôle... c'est... que tu as vraiment une Subaru. »

Et ils rirent de plus belle, Jacob postillonna un peu, les larmes aux yeux, et se souvint à quel point c'était dur d'avoir l'âge de Sam, à quel point c'était douloureux et injuste.

« C'est vrai. J'ai une Subaru, absolument. J'aurais dû dire Toyota. Où avais-je la tête ?

– Où est-ce que tu avais la tête ? » Où avait-il la tête ? Ils retrouvèrent leur calme.

Jacob retroussa ses manches de chemise d'un revers supplémentaire – un peu serré, mais il les voulait au-dessus du coude.

« Maman croit vraiment qu'il faut que tu présentes des excuses.

– Et toi ? »

Dans sa poche, il referma la main autour du vide, autour d'un couteau, et dit : « Moi aussi. »

Le seul et inique.

« Bon, d'accord, répondit Sam.

– Ce ne sera pas si terrible.

– Si, ça le sera.

– Oui, fit Jacob, déposant un baiser sur le crâne de Sam – le dernier endroit où il pouvait le faire. Ça ne sera pas cool. »

À la porte, il se retourna.

« Comment ça va dans Other Life ?

– Bof.

– Tu y fais quoi en ce moment ?

– Je construis une nouvelle synagogue.

– Vraiment ?

– Oui.

– Et je peux te demander pourquoi ?

– Parce que j'ai détruit l'ancienne.

– Détruit ? Genre, avec une boule de démolition ?

– Genre, oui.

– Et là, tu vas en construire une pour toi tout seul ?

– J'avais déjà construit l'ancienne.

– Maman adorerait ça, observa Jacob, comprenant le génie et la beauté de ce que Sam ne partageait jamais. Et elle aurait sans doute un million d'idées.

– Ne lui en parle pas, s'il te plaît. »

Jacob éprouva une pointe de satisfaction malgré lui. Il hocha la tête et dit : « Bien sûr », puis la secoua et ajouta : « Jamais je ne ferais ça.

– OK, dit Sam. Alors, à moins qu'il n'y ait autre chose…

– Et l'ancienne synagogue ? Pourquoi tu l'avais construite ?

– Pour la faire sauter.

– La faire sauter ? Tu sais, si j'étais un père d'un autre genre, et toi, un enfant d'un autre genre, je me sentirais sans doute obligé de signaler ton comportement au FBI.

– Mais si tu étais un père d'un autre genre, et moi, un enfant d'un autre genre, je n'aurais pas besoin de faire sauter une synagogue virtuelle.

– Touché, dit Jacob. Mais n'est-il pas possible que tu ne l'aies pas construite pour la détruire ? Ou du moins pas seulement pour la détruire ?

– Non, ce n'est pas possible.

– Peut-être que tu voulais créer quelque chose d'absolument parfait, et voyant que tu n'y étais pas arrivé, tu as ressenti le besoin de la détruire ?

– Personne ne me croit.

– Moi si. Je crois que tu veux que les choses soient parfaites.

– Tu ne comprends pas », dit Sam, parce qu'il était hors de question qu'il concède à son père une quelconque faculté de compréhension. Mais son père avait compris. Sam n'avait pas construit la synagogue pour la détruire. Il n'était pas un de ces Tibétains créateurs de mandalas de sable dont il avait été forcé d'écouter l'histoire pendant un trajet en voiture – cinq types travaillant des milliers d'heures en silence sur un projet artistique dont la fonction était de ne pas avoir de fonction. (« Et moi qui croyais que les nazis étaient à l'opposé des Juifs », avait dit son père, débranchant son téléphone de la stéréo de la voiture.) Non, il avait construit la synagogue dans l'espoir de se sentir enfin à l'aise quelque part. Ce n'était pas seulement qu'il pouvait la créer selon ses propres critères ésotériques ; il pouvait être là-bas sans y être. Pas très différent de la masturbation. Mais comme pour la masturbation, si ce n'était pas parfaitement réussi, c'était complètement et irrémédiablement raté. Parfois, au pire moment, son Ça en état d'ivresse faisait une embardée, et dans le faisceau des phares de son esprit apparaissait le rabbin Singer, ou Seal (le chanteur), ou sa mère. Impossible de faire marche arrière après cela. De même avec la synagogue, la plus petite imperfection – une rotonde imperceptiblement asymétrique, un escalier dont les contremarches étaient trop hautes pour les enfants de petite taille, une étoile de David à l'envers – et il fallait tout effacer. Il ne le faisait pas sur un coup de tête. Il le faisait par prudence. Ne pouvait-il tout simplement pas réparer ce qui n'était pas parfait ? Non. Parce qu'il saurait toujours que ça n'avait pas été bien fait : « C'est l'étoile qui était à l'envers. » Pour n'importe qui, la correction l'aurait rendue encore plus parfaite que si elle l'avait été du premier coup. Sam n'était pas n'importe qui. Ni Samanta.

Jacob s'assit sur le lit de Sam et dit : « Quand j'étais jeune, au lycée je crois, j'aimais bien écrire les paroles de mes chansons préférées. Je ne sais pas pourquoi. J'imagine que ça me donnait l'impression que les choses étaient à leur juste place. Bref, c'était bien avant Internet. Alors je m'asseyais avec mon ghetto-blaster…

– Ton quoi ?

– Un radiocassette avec des enceintes.

– Je voulais juste me moquer.

– Je vois… bon… je m'asseyais avec mon ghetto-blaster et j'écoutais la chanson une ou deux secondes, puis je notais ce que j'avais entendu, je rembobinais et réécoutais pour m'assurer d'avoir bien compris, puis j'écoutais la suite et je continuais de noter, puis je rembobinais pour réécouter les passages que je n'avais pas bien entendus, ou que je n'étais pas sûr d'avoir bien entendus, et je notais. Rembobiner une cassette jusqu'au bon endroit n'est vraiment pas facile, du coup je repartais toujours trop en arrière, ou pas assez. C'était incroyablement laborieux. Mais j'adorais ça. J'adorais le soin que ça demandait. J'adorais avoir l'impression de tout comprendre. J'ai passé je ne sais pas combien de milliers d'heures à faire ça. Parfois, je séchais sur certaines paroles, surtout à l'arrivée du grunge et du hip-hop. Et je n'acceptais pas l'approximation, parce que ça sapait tout l'intérêt qu'il y avait à écrire les paroles – à bien tout comprendre. Quelquefois il fallait que je réécoute le même petit bout encore et encore et encore, des dizaines, des centaines de fois. J'usais littéralement la bande magnétique, au point qu'en écoutant la chanson, plus tard, le passage que je tenais le plus à comprendre était effacé. Je me souviens d'une phrase dans *All Apologies* – tu connais cette chanson, hein ?

– Non.

– Nirvana ? Une super, super, *super*-chanson. Bref, on aurait dit que les billes de Kurt Cobain avaient migré vers sa bouche, et il y avait une phrase que je n'arrivais pas à comprendre. Au bout d'une centaine d'écoutes, je n'avais rien trouvé de mieux que "I can see from shame". Je n'ai compris mon erreur que des années plus tard, en la chantant à pleins poumons, comme un idiot, avec maman. Juste après notre mariage.

– Elle t'a dit que c'était pas ça ?

– Oui.

– C'est maman tout craché.

– Je lui en ai été reconnaissant.

– Mais tu étais en train de chanter.

– Je chantais les mauvaises paroles.

– N'empêche. Elle aurait dû laisser pisser.

– Non, elle a fait ce qu'il fallait.

– Et les vraies paroles, c'était quoi ?

– Tiens-toi bien. C'était : "aqua seafoam shame".

– Non !

– Dingue, hein ?

– Mais ça veut dire quelque chose ?

– Non, rien du tout. C'était ça mon erreur. Je m'étais mis dans la tête que ça voulait dire quelque chose. »

II

APPRENDRE L'ÉPHÉMÈRE

Durant les deux semaines qui suivirent la découverte du téléphone par Julia, ni Jacob ni elle ne surent exactement ce qui se passait : ce qui avait fait l'objet d'un accord, ce qui était sous-entendu, ce qui avait été abordé comme une hypothèse, ce qui avait été demandé. Ni l'un ni l'autre ne savaient plus ce qui était réel. Ils avaient l'impression d'être en plein milieu d'un champ de mines émotionnelles ; ils marchaient sur des œufs avec leur cœur, coiffés de grands casques audio connectés à un détecteur de métal capable de déceler des traces de sentiments enfouis – au risque de leur bloquer l'accès au reste de la vie.

Au cours d'un petit déjeuner qui aurait pu sembler, aux yeux d'un téléspectateur, en tout point heureux, Julia dit la tête dans le frigo : « On est toujours à court de lait », et dans son casque, Jacob entendit : « Tu ne t'es jamais bien occupé de nous », mais n'entendit pas Max dire : « Ne venez pas au concours de talents, demain. »

Et le lendemain, à l'école de Max, forcés de partager la cabine exiguë de l'ascenseur, ensemble mais seuls, Jacob dit : « Le bouton de fermeture de porte n'est relié à rien. C'est purement psychologique. » Dans son casque, Julia entendit : « Finissons-en avec ce truc. » Mais elle ne s'entendit pas dire : « Je croyais que tout était purement psychologique. » Ce qui, dans le casque de Jacob, donna à peu près : « Toutes ces années de thérapie, et personne n'en sait moins que moi à propos du bonheur. » Et il ne s'entendit pas dire : « Il y a pur et pur. » Un parent probablement comblé au sein d'une famille qui n'était probablement pas brisée entra et demanda à Jacob s'il voulait appuyer sur le bouton d'ouverture des portes.

Tant de précautions, tant de précieuses surinterprétations et d'esquives, et pas le moindre champ de mines. Mais un champ de bataille digne de la Guerre civile. Jacob avait emmené Sam à Antietam, comme Irv l'avait fait avec lui. Et il lui avait tenu le même discours sur le privilège d'être américain. Sam avait trouvé une balle à demi enterrée. Les armes enfouies sous la terre de Jacob et Julia étaient tout aussi inoffensives – des artefacts de vieilles batailles, que l'on pouvait examiner, explorer, voire évaluer sans risque. Si seulement ils avaient appris à ne pas en avoir peur.

Les rituels domestiques étaient assez enracinés pour que leur façon de s'éviter soit naturelle et passe inaperçue. Elle prenait sa douche, il s'occupait du petit déjeuner. Elle servait le petit déjeuner, il prenait sa douche. Il s'occupait du brossage des dents, elle déposait les vêtements propres sur les lits, il vérifiait le contenu des cartables, elle consultait la météo et s'y adaptait en choisissant les blousons adéquats, il démarrait Ed la Hyène (mettait le chauffage les six mois où il faisait trop froid, et la clim les six mois où il faisait trop chaud), elle sortait avec les garçons et s'avançait dans Newark pour voir s'il n'y avait pas de voitures qui déboulaient du haut de la rue, il passait la marche arrière.

Ils trouvèrent deux fauteuils dans les premiers rangs de l'auditorium, mais après avoir laissé son sac au vestiaire, Jacob dit : « Je vais nous chercher du café. » Ce qu'il fit. Puis il attendit dans le hall de l'école, les cafés à la main, jusqu'à trois minutes après le lever de rideau. Vers la moitié de l'interprétation sans talent de *Let it Go* par une écolière, Jacob murmura : « Si seulement elle pouvait », à l'oreille de Julia. Aucune réaction. Un groupe de garçons rejoua une scène d'*Avatar*. Un enfant, probablement une fille, utilisa des pâtes de plusieurs sortes pour expliquer le fonctionnement de l'euro. Ni Jacob ni Julia ne voulaient admettre qu'ils ignoraient ce que Max allait faire. Aucun ne supportait la honte d'avoir été trop préoccupé par ses blessures personnelles pour être attentif à son enfant. Et aucun ne supportait celle de voir que l'autre avait été un meilleur parent. Chacun supposa secrètement que Max ferait le tour de cartes que le magicien lui avait appris pour les quarante ans de Julia. Deux filles chantèrent *When I'm Gone* en faisant le truc avec le verre, et Jacob murmura : « Ben allez-y, partez.

– Quoi ?

– Non. Elles. Les chanteuses.

– Sois gentil. »

Pour le final, les profs d'art dramatique et de musique firent équipe pour livrer une version aseptisée de l'ouverture du *Livre de Mormon* – vivant leur rêve tout en réexpliquant pourquoi c'était un rêve. Des applaudissements nourris, de brefs remerciements du proviseur, et les enfants quittèrent la scène en file indienne pour retourner en cours.

Jacob et Julia regagnèrent leur voiture en silence. Et personne ne parla du concours de talents à la maison ce soir-là. Max s'était-il dégonflé ? Considérait-il qu'il n'avait aucun talent ? Son abstention était-elle un acte d'agression ou un appel à l'aide ? S'ils lui avaient posé la moindre de ces questions, il aurait fait remarquer qu'il leur avait demandé de ne pas venir.

Trois jours plus tard, quand Jacob monta se coucher, après avoir attendu l'heure requise, Julia lisait encore ; alors il dit : « Ah, j'ai oublié quelque chose » et redescendit au rez-de-chaussée, où il lut le journal sans le lire, devant un nouvel épisode de *Homeland* qu'il ne regarda pas, tout en regrettant, comme souvent, que Mandy Patinkin n'ait pas dix ans de plus – il aurait fait un Irv merveilleux.

Deux jours après, Julia entra dans le cellier, où Jacob vérifiait si quelques centaines de milliards d'atomes ne s'étaient pas spontanément matérialisés sous la forme de quelque en-cas nocif depuis sa dernière vérification, dix minutes auparavant. Elle ressortit aussitôt. (Contrairement à Jacob, elle ne se justifiait jamais ostensiblement en s'éloignant de lui, « n'oubliait » jamais « quelque chose ».) Le cellier n'entrait pas dans la catégorie des espaces implicitement attribués – comme la pièce télé qui était dévolue à Jacob, et le petit salon à Julia –, mais il était trop petit pour être partagé.

Le dixième jour, Jacob ouvrit la porte de la salle de bains et tomba sur Julia qui se séchait après avoir pris un bain. Elle se couvrit. Il l'avait vue sortir du bain des centaines de fois, avait vu trois enfants sortir de son corps. Il l'avait regardée s'habiller et se déshabiller des milliers de fois, et deux fois dans l'hôtel de Pennsylvanie. Ils avaient fait l'amour dans toutes les positions, offrant au regard de l'autre chaque repli de leur corps. « Pardon », dit-il, sans savoir à quoi faisait référence ce mot, sinon que son pied avait à moitié actionné le déclencheur d'une mine. Ou qu'il était tombé sur l'artefact d'une vieille bataille qu'il pouvait examiner, explorer, voire évaluer en toute sécurité.

Et si, au lieu de s'excuser et de se retourner, il lui avait demandé si ce besoin de cacher son corps était nouveau, ou ancien mais nouvellement justifié ?

Quand la ligne de défense de Robert E. Lee à Petersburg fut battue en brèche et l'évacuation de Richmond imminente, Jefferson Davis ordonna que le trésor des Confédérés soit déplacé. Il fut transporté en train, puis dans un chariot, sous de nombreux regards, et passa entre de nombreuses mains. L'Union continua son avancée, les États confédérés s'effondrèrent, et l'emplacement des cinq tonnes de lingots d'or reste encore aujourd'hui un mystère, même si l'on suppose qu'elles furent enterrées.

Et si, au lieu de s'excuser et de se retourner, il s'était approché d'elle, l'avait touchée, lui avait montré que non seulement il avait toujours envie de lui faire l'amour, mais qu'il était encore capable de prendre le risque d'être rejeté ?

Lors de la première visite de Jacob en Israël, son cousin Shlomo avait emmené la famille au Dôme du Rocher, qui à l'époque était encore accessible aux non-musulmans. Jacob fut aussi profondément ému par la dévotion des hommes sur les tapis de prière qu'il l'avait été par les Juifs un peu plus bas. Il le fut même encore plus, parce que leur dévotion était moins inhibée : au pied du Mur des lamentations, c'est tout juste si les hommes s'inclinaient, ici ils se lamentaient. Shlomo expliqua qu'ils se trouvaient au-dessus d'une cavité creusée dans le Rocher de la fondation. Et dans le sol de cette cavité, il y avait une petite dépression dont on supposait qu'elle surplombait une autre cavité, souvent appelée Puits des âmes. C'est là qu'Abraham avait répondu à l'appel de Dieu et s'était préparé à sacrifier son fils bien-aimé ; là que Mahomet était monté au paradis ; là que l'Arche d'Alliance fut enterrée, pleine de tables brisées et entières. D'après le Talmud, le Rocher indique le centre du monde et permet de couvrir l'abysse dans lequel les eaux du Déluge continuent d'écumer.

« Nous nous tenons au-dessus du plus grand site archéologique de l'histoire, dit Shlomo. Il est plein des objets les plus précieux du monde, le lieu où histoire et religion se rejoignent. Tout est souterrain, tout doit rester inaccessible. »

Irv était catégorique sur le fait qu'Israël devait creuser, quoi qu'il arrive. C'était une obligation culturelle, historique et intellectuelle. Mais pour Jacob, jusqu'à ce que toutes ces choses soient déterrées – qu'elles soient vues et touchées –, elles demeureraient irréelles. Alors il valait mieux les garder à l'abri du regard.

Et si, au lieu de s'excuser et de se retourner, Jacob s'était approché d'elle et avait soulevé sa serviette, comme il avait soulevé son voile avant le mariage, confirmant qu'elle était encore la femme qu'elle disait être, la femme qu'il désirait encore ?

Jacob s'efforçait de garder enfouies les conversations qu'il avait avec Julia, mais elle avait besoin que la fin de leur vie de famille soit visible et palpable. Elle exprimait la permanence de son respect pour Jacob, son souhait qu'ils restent amis, qu'ils soient les meilleurs amis du monde, et de bons parents, les meilleurs, qu'ils recourent à un médiateur et ne s'égarent pas dans tout ce qui est insignifiant, qu'ils demeurent voisins, partent en vacances ensemble et dansent à leurs remariages respectifs – même si elle jurait qu'elle ne se remarierait jamais. Jacob était d'accord, persuadé que rien de ce qu'elle disait n'était en train d'arriver ou n'arriverait un jour. Il y avait eu tant de passages obligés – quand les garçons ne faisaient pas encore leurs nuits, qu'ils faisaient leurs dents, leurs chutes de vélo, la rééducation de Sam. Cela aussi finirait sans doute par passer.

Ils pouvaient naviguer dans la maison en évitant de se croiser, et naviguer dans une conversation pour maintenir une illusion de sécurité, mais il n'y avait aucune cavité souterraine quand un enfant était dans la pièce ou participait à la conversation. Souvent, Julia croisait le regard d'un des garçons – Benjy, l'air songeur, levant les yeux d'un dessin d'Ulysse face au Cyclope, Max examinant les poils sur son avant-bras, Sam collant soigneusement des œillets de renforcement sur ses feuilles de classeur – et se disait, *Je ne peux pas.*

Et Jacob se disait, *On n'y arrivera pas.*

DAMAS

La veille du commencement de la destruction d'Israël, Julia et Sam se hâtaient de rassembler leurs affaires avant que leur chauffeur Uber, Mohammed, ne leur attribue une étoile en guise de note, les reléguant dans la caste des passagers *haram*. Jacob préparait Benjy qui, vêtu d'un costume de pirate, allait passer la journée chez ses grands-parents.

« Tu as tout pris ? demanda Julia à Sam.

– Oui, répondit-il, incapable d'accomplir l'effort herculéen de dissimuler un agacement que rien ne justifiait.

– Ne parle pas à maman sur ce ton », dit Jacob, dans l'intérêt de Julia, et le sien propre. Il leur avait été difficile d'établir une relation de camaraderie ces deux dernières semaines – pas à cause de la cruauté, mais de l'absence d'interaction directe entre eux. Il y avait eu quelques moments, généralement déclenchés par un réflexe d'émerveillement partagé devant une chose que les garçons avaient dite ou faite, où Jacob et Julia donnaient l'impression d'être de nouveau sur la même longueur d'onde. Le jour où Oliver Sacks mourut, Jacob parla de la vie de son héros avec les garçons, leur expliqua ses multiples centres d'intérêt, son homosexualité refoulée, sa fameuse utilisation de la L-dopa sur des cobayes humains, et la façon dont l'une des personnes les plus curieuses et engagées des cinquante dernières années avait vécu plus de trente ans dans l'abstinence.

« L'abstinence ? demanda Max.

– Quand on ne fait pas l'amour.

– Et alors ?

– Et alors il voulait faire l'expérience de tout ce que le monde pouvait offrir, mais il ne voulait pas, ou ne pouvait pas, se donner en partage.

– Il était peut-être impuissant, suggéra Julia.

– Non, dit Jacob, sentant la plaie s'ouvrir, il était simplement…

– Peut-être qu'il était patient.

– Je suis abstinent, lança Benjy.

– Toi ? fit Sam. Toi tu es Wilt Chamberlain[1].

– Je sais pas qui c'est mais non. Et j'ai jamais mis mon pénis dans le trou de vagin de quelqu'un d'autre. »

La défense de son abstinence était plutôt drôle. La référence au « trou de vagin de quelqu'un d'autre » était plutôt drôle. Mais il disait des choses toujours plus drôles et plus précoces. Ce n'était pas une métaphore ni la marque d'une sagesse involontaire. Ça ne touchait pas de nerf à vif. Mais pour la première fois depuis qu'elle avait découvert le téléphone, cet échange força Julia à croiser le regard de Jacob. Et à cet instant, il eut la conviction qu'ils retrouveraient leur chemin.

Mais là, maintenant, on ne pouvait pas dire que régnait l'esprit de camaraderie.

« Qu'est-ce que j'ai dit ? demanda Sam.

– C'est la façon dont tu l'as dit, expliqua Jacob.

– Et de quelle façon j'ai dit ce que j'ai dit ?

– Comme ça, fit Jacob sur le même ton que celui du "Oui" de Sam.

– Je peux gérer toute seule ma moitié d'une conversation avec mon fils », répliqua Julia à Jacob. Puis elle demanda à Sam : « Tu as pensé à ta brosse à dents ?

1. Joueur de basket-ball américain des années 1960, considéré comme l'un des meilleurs de toute l'histoire de ce sport.

– Évidemment qu'il a pris sa brosse à dents, intervint Jacob en changeant provisoirement de camp.

– Merde, s'exclama Sam, qui fit demi-tour et fonça à l'étage.

– Il voulait que tu sois l'accompagnateur, dit Julia.

– Non, je ne crois pas que ce soit vrai. »

Elle prit Benjy dans ses bras et dit : « Tu vas me manquer, mon petit homme.

– Opi dit que je peux dire des gros mots chez lui.

– Chez lui, ce sont ses règles, déclara Jacob.

– Enfin, non, le corrigea Julia.

– Merde, ou pénis…

– Pénis n'est pas un gros mot, remarqua Jacob.

– Ça m'étonnerait que ça plaise à Omi que tu parles comme ça.

– Opi dit que ça ne fait rien.

– Tu as mal entendu.

– Il a dit : "Omi, ça ne fait rien."

– C'était pour rire, dit Jacob.

– "Connard", c'est un gros mot. » Sam redescendit avec sa brosse à dents. « Tes chaussures de ville ? demanda Julia.

– Putaaaaaiiiiiin.

– Putain aussi », observa Benjy.

Sam fonça de nouveau à l'étage.

« Il faudrait peut-être être un peu moins sur son dos ? suggéra Jacob sous forme de question délibérément adressée à la conscience collective.

– Je ne pense pas que ça l'embête.

– Bien sûr que non. Je voulais juste dire que Mark peut faire la police pendant le voyage. Si nécessaire.

– Espérons que ce ne sera pas le cas.

– Quarante ados pubescents loin de chez eux ?

– Je ne dirais pas de Sam qu'il est pubescent.

– Pubescent ? répéta Benjy.

– Je suis content que Mark soit là, reprit Jacob. Tu sais, il se peut même que tu ne t'en souviennes pas, mais tu as dit quelque chose à propos de lui, il y a deux semaines, dans le contexte de…

– Je m'en souviens.

– On a dit des tas de choses.

– Oui.

– C'est tout ce que je voulais dire.

– Je ne comprends pas bien où tu veux en venir.

– À ça.

– Profite de l'occasion pour mieux le connaître, conseilla Julia pour clore le sujet.

– Max ?

– Ne restez pas chacun dans votre monde.

– Je n'ai pas de monde, alors ça ne devrait pas être difficile.

– Ça va être chouette d'aller chercher les Israéliens, demain.

– Ah bon ?

– Toi et Max vous serez Team America. »

Max descendit. « Pourquoi vous parlez de moi ?

– On ne parlait pas de toi, répondit Jacob.

– Je disais juste à papa que vous pourriez trouver des choses à faire ensemble quand tout le monde sera parti. »

On sonna à la porte.

« Mes parents, annonça Jacob.

– Vraiment ensemble ? » murmura Max à Julia.

Jacob ouvrit la porte. Benjy se libéra de l'étreinte de Julia et courut vers Deborah.

« Omi !

– Salut, Omi, lança Max.

– Et moi, j'ai Ebola ? s'indigna Irv.

– Ebola ?

– Salut, Opi.

– Chouette, le look Moshe Dayan.

– Je suis un pirate. »

Irv se baissa devant Benjy et se livra à ce qui aurait très bien pu être une imitation parfaite de Dayan, si quelqu'un avait su à quoi ressemblait la voix de Dayan : « Les Syriens apprendront bientôt que la route de Damas à Jérusalem va aussi de Jérusalem à Damas !

– Arrrghh !

– Je vous ai écrit le programme de Benjy, dit Julia à Deborah. Et j'ai préparé un sac avec quelques plats cuisinés.

– J'ai déjà cuisiné un ou deux millions de plats dans ma vie.

– Je sais, répondit Julia pour tenter de retourner à Deborah l'évident témoignage d'affection qu'elle venait de recevoir. Je veux simplement vous faciliter les choses autant que possible.

– J'ai un congélateur plein de choses très congelées à manger, dit Deborah à Benjy.

– Du bacon végétarien Morningstar Farms ?

– Hum…

– Putaaaaiiiiiin.

– Benjy ! »

Sam descendit en courant avec ses chaussures, s'arrêta, dit : « Et merde ! » puis remonta.

« Pas de gros mots, lança Julia.

– Papa dit que les gros mots, ça n'existe pas.

– J'ai dit qu'il y avait des mots utilisés à mauvais escient. Et ça, c'était utilisé à mauvais escient.

– Est-ce qu'on va veiller jusqu'à pas d'heure ? demanda Irv à Benjy.

– Je sais pas.

– Pas trop tard, dit Julia à Deborah.

– Et on va chercher les Israéliens demain ?

– Je l'emmène au zoo, répondit Deborah à Irv. Tu te rappelles ? »

Irv brandit son téléphone : « Siri, est-ce que je me rappelle de quoi parle cette femme ? »

Sam redescendit en courant avec une ceinture.

« Salut, bonhomme, fit Irv.

– Salut, Opi. Salut, Omi.

– Ça s'est arrangé, ton discours de haine ?

– C'était pas moi.

– Tu sais, j'ai autrefois été accompagnateur du groupe de ton père lors d'une simulation des Nations unies.

– Non, c'est faux, dit Jacob.

– Bien sûr que si.

– Crois-moi, c'est faux.

– Tu as raison, acquiesça Irv en faisant un clin d'œil à Sam. Je confonds avec le jour où je t'ai emmené au véritable siège des Nations unies. » Puis, se tapant sur le dos de la main : « Mauvais père.

– Le jour où tu m'as oublié là-bas, tu veux dire.

– Pas définitivement, de toute évidence. » Puis, à Sam : « Prêt à les faire tourner en bourrique ?

– Je crois.

– N'oublie pas, s'ils donnent un siège à un délégué de la soi-disant Palestine, tu leur remets les pendules à l'heure, et ensuite tu te lèves et tu t'en vas. Tu m'entends ? Frappe avec la bouche et parle avec les pieds.

– On représente la Micronésie…

– Siri, qu'est-ce que la Micronésie ?

– Et on débat sur des résolutions, tu vois, et on réagit aux situations de crise qu'ils imaginent.

– Qui ça, "ils", les Arabes ?

– Les animateurs.

– Il sait ce qu'il fait, papa. »

Trois grands coups de klaxon suivis de neuf plus brefs retentirent – *Chevarim, Terou'a*[1].

« Mohammed s'impatiente, dit Julia.

– La patience n'a jamais été son fort, rétorqua Irv.

1. Sonnerie du chofar.

– Nous aussi, on y va, dit Deborah. On a une journée bien remplie devant nous : lecture, arts plastiques, promenade dans la nature…

– … manger des chips avec des grosses tranches de gelée de fruit, se moquer de Charlie Rose[1]…

– Argos, viens par ici ! appela Jacob.

– Je veux me marier avec de la gelée de fruit.

– On va chez le véto, expliqua Max à Deborah.

– Tout va bien, dit Jacob, calmant une inquiétude que personne ne partageait.

– Sauf qu'il fait sa crotte dans la maison deux fois par jour, ajouta Max.

– Il est vieux. C'est normal.

– Est-ce que grand-papi fait sa crotte dans la maison deux fois par jour ? » demanda Benjy.

Un silence, au cours duquel chacun admit au fond de lui que, leurs visites étant devenues si rares, il était impossible d'écarter l'éventualité qu'Isaac fasse sa crotte dans la maison deux fois par jour.

« Mais, est-ce que tout le monde ne fait pas sa crotte dans la maison deux fois par jour ? poursuivit Benjy.

– Ton frère veut dire dans la maison, mais pas dans les toilettes.

– Il a une poche de colostomie, dit Irv. Où qu'il aille, sa crotte le suit.

– C'est quoi une poche de machin-truc ? » demanda Benjy.

Jacob s'éclaircit la voix et se lança : « Les intestins de grand-papi…

– Comme un doggy bag pour son caca, répondit Irv.

– Pourquoi, il veut le garder pour plus tard ? demanda Benjy.

1. Journaliste et animateur de télévision, notamment du talk-show qui porte son nom.

– Peut-être que quelqu'un pourrait aller le voir en notre absence, dit Julia. Vous pourriez même passer avec les Israéliens sur le trajet du retour.

– C'est ce que j'avais prévu », mentit Jacob.

Mohammed klaxonna de nouveau, cette fois avec insistance.

Ils sortirent tous ensemble : Deborah, Irv et Benjy qui partaient voir *Pinocchio* en spectacle de marionnettes à Glen Echo ; Julia et Sam qui allaient prendre le car scolaire ; Jacob, Max et Argos qui se rendaient chez le vétérinaire. Julia prit Max et Benjy dans ses bras, mais pas Jacob, à qui elle dit : « N'oublie pas de…

– Allez, vas-y, la coupa-t-il. Amusez-vous bien. Œuvrez pour la paix dans le monde.

– Une paix durable, dit Julia sans réfléchir.

– Et passe le bonjour à Mark de ma part. Vraiment.

– C'est pas le moment.

– N'y vois pas ce que je n'ai pas dit. »

Un « au revoir » sec.

À mi-chemin du perron, Benjy cria : « Et si vous me manquez pas ?

– Tu peux nous appeler, répondit Jacob. Je laisserai mon téléphone allumé, et de toute manière je ne suis pas loin.

– J'ai dit si vous me manquez *pas* ?

– Quoi ?

– C'est pas grave ?

– Bien sûr que non, dit Julia, embrassant Benjy une dernière fois. Rien ne me ferait plus plaisir que tu t'amuses tellement que tu ne penses pas du tout à nous. »

Jacob descendit les marches pour donner à Benjy le dernier des derniers baisers.

« De toute façon, dit-il, on te manquera. »

Et pour la première fois de sa vie, Benjy préféra taire sa pensée.

L'AUTRE CÔTÉ

Ils s'arrêtèrent au McDonald's en chemin. C'était le rituel des jours de visite chez le vétérinaire, observé par Jacob depuis qu'il avait écouté un podcast sur un refuge de L.A. qui euthanasiait plus de chiens que partout ailleurs en Amérique. La femme qui le gérait piquait tous les chiens elle-même, parfois une dizaine par jour. Elle les appelait tous par leur nom, leur faisait faire une promenade dans la mesure de leurs capacités, leur parlait, les caressait et, en un dernier geste avant l'aiguille, leur donnait à manger des McNuggets. Comme elle le disait : « S'ils pouvaient choisir leur dernier repas, ce serait celui-là. »

Les visites d'Argos chez le vétérinaire, ces dernières années, concernaient des douleurs aux articulations, la cataracte, des grosseurs sur le ventre et l'incontinence. Ce n'était pas annonciateur d'une fin imminente, mais Jacob savait que le cabinet mettait Argos dans tous ses états, et pensait qu'il devait à son vieux copain une petite récompense, laquelle pouvait aussi fonctionner comme une association positive. Qu'il les eût ou non choisis pour son dernier repas, Argos dévorait les McNuggets, avalant tout rond la plupart d'entre eux. Depuis qu'il était un membre de la famille Bloch, il avait mangé de la nourriture bio Newman's Own deux fois par jour, invariablement. (Julia avait férocement banni les restes de repas, car cela « incitait Argos à mendier ».) Les McNuggets lui donnaient toujours la diarrhée, le faisaient parfois vomir. Mais pas avant plusieurs heures, la plupart du temps, ce qu'on pouvait faire coïncider avec une promenade dans le parc. Et ça valait le coup.

Jacob et Max se prirent aussi des McNuggets. Ils ne mangeaient presque jamais de viande à la maison – là encore, sur décision de Julia – et les fast-foods figuraient juste en dessous du cannibalisme sur la liste des pratiques interdites. Ni Jacob ni Max n'étaient en manque de McNuggets, mais le partage d'une chose réprouvée par Julia leur permettait d'entretenir un lien privilégié. Ils se garèrent à Fort Reno Park pour un petit pique-nique impromptu. Argos était assez obéissant et léthargique pour qu'on puisse détacher sa laisse en toute confiance. Max le caressa pendant qu'il avalait McNugget sur McNugget, lui répétant : « Tu es un bon chien. Bon chien. Bon chien. »

Aussi pitoyable que ce soit, Jacob était jaloux. La cruauté des commentaires de Julia – même s'ils visaient juste, même s'ils étaient mérités – s'attardait douloureusement dans son esprit. Il en revenait toujours à la phrase : « Je ne crois pas que tu sois là tout court. » C'était une des choses les moins précises, les moins ciblées qu'elle ait dites au cours de leur première dispute à propos du téléphone, et un esprit différent se serait sans doute attaché à autre chose. Mais c'était cela qui faisait écho en lui : « Je ne crois pas que tu sois là tout court. »

« Je venais souvent ici quand j'étais plus jeune, dit Jacob à Max. On faisait de la luge sur cette butte.

– Qui ça, on ?

– Mes copains et moi, en général. Grand-père m'y a sans doute emmené quelquefois, mais je ne m'en souviens pas. Quand il faisait beau, je venais ici jouer au base-ball.

– Des vraies parties ? Ou juste comme ça ?

– Juste comme ça. Ce n'était pas facile de réunir un minian. C'était le cas parfois. Le dernier jour d'école avant les vacances, par exemple.

– T'es un bon chien, Argos. Très bon chien.

– Quand on était plus grands, on allait acheter de la bière au supermarché Tenleytown, là-bas. Ils ne nous contrôlaient jamais.

– Qu'est-ce que ça veut dire ?

– Il faut avoir plus de vingt et un ans pour acheter de la bière légalement, donc habituellement, dans les magasins on te demande une pièce d'identité, comme un permis de conduire, pour vérifier ton âge. Au Tenleytown, ça n'arrivait jamais. Alors, on achetait tous de la bière là-bas.

– Vous enfreigniez la loi.

– C'était une autre époque. Et tu sais ce que Martin Luther King a dit sur les lois justes et injustes.

– Non.

– En gros, ça relevait de notre responsabilité morale si on achetait de la bière.

– Bon chien, Argos.

– Je plaisante, bien sûr. Ce n'est pas bien d'acheter de la bière avant d'avoir l'âge légal, et s'il te plaît, ne dis pas à maman que je t'ai raconté cette histoire.

– D'acc'.

– Tu sais ce qu'est un minian ?

– Non.

– Pourquoi tu ne m'as pas demandé de te l'expliquer ?

– Je sais pas.

– Ce sont dix hommes âgés de plus de treize ans. C'est le nombre minimum requis pour réciter une prière dans une synagogue.

– Ça fait sexiste et archaïque.

– Indéniablement les deux, acquiesça Jacob en arrachant une fleur sauvage. Fugazi faisait un concert gratuit ici, chaque été.

– C'est quoi, Fugazi ?

– Oh, c'est juste le plus grand groupe qui ait jamais existé, dans tous les sens du terme. Leur musique était grande. Leur ethos était grand. Ils étaient grands, voilà.

– C'est quoi, l'ethos ?

– Des principes auxquels on croit et qui nous guident.

– C'était quoi, leur ethos ?

– Ne pas arnaquer leurs fans, ne pas tolérer la violence dans leurs concerts, ne pas tourner de clips ni vendre de produits dérivés. Faire *vraiment* de la musique en transmettant un message anticapitaliste, antimisogyne, sensible aux questions de classe, et faire en sorte qu'elle vous déride.

– T'es un bon chien.

– On ferait mieux de se mettre en route.

– Mon ethos, c'est : "Trouve la lumière dans la beauté de la mer, je choisis d'être heureux."

– C'est un merveilleux ethos, Max.

– C'est les paroles d'une chanson de Rihanna.

– Alors, Rihanna est clairvoyante.

– C'est pas elle qui a écrit la chanson.

– Celui qui l'a écrit l'est.

– Sia.

– Dans ce cas, Sia est clairvoyante.

– Et c'était une blague, en fait.

– D'accord.

– C'est quoi, le tien ?

– De quoi ?

– Ton ethos.

– N'arnaque pas tes fans, ne tolère pas de violence pendant les concerts…

– Non, sérieux. » Jacob rit. « Sérieux, répéta Max.

– Donne-moi le temps d'y réfléchir.

– C'est probablement ça, ton ethos.

– C'est l'ethos de Hamlet. Tu connais Hamlet, hein ?

– J'ai dix ans, je ne suis plus dans le ventre de ma mère.

– Pardon.

– Et puis Sam le lit à l'école.

– Je me demande ce qu'est devenu Fugazi. Je me demande s'ils sont restés idéalistes, peu importe ce qu'ils font.

– Bon chien, Argos. »

À leur arrivée au cabinet du vétérinaire, on les conduisit dans une salle d'examen, au fond.

« Bizarrement, ça me rappelle la maison de grand-papi.

– Ah oui, c'est bizarre.

– Toutes les photos de chiens ressemblent un peu à celles de moi, Sam et Benjy. Et le bocal de friandises ressemble au bocal de bonbons.

– Et ça sent la…

– La quoi ?

– Rien.

– *La quoi ?*

– J'allais dire la mort, mais j'ai pensé que ce n'était pas très correct, alors j'ai voulu le garder pour moi.

– Ça a quelle odeur, la mort ?

– Cette odeur-là.

– Qu'est-ce que tu en sais ? »

Jacob n'avait jamais senti l'odeur d'un mort. Ses trois autres grands-parents étaient morts ou avant sa naissance ou assez tôt dans son enfance pour qu'il en soit protégé. Aucun de ses collègues ou amis, ou ex-collègues et ex-amis, n'était mort. Parfois, il était stupéfait d'avoir réussi à vivre quarante-deux ans sans jamais être exposé de près à la mortalité. Et cette stupéfaction était toujours suivie par la peur que les statistiques ne le rattrapent en le confrontant à la mort de plusieurs personnes dans un court laps de temps. Et qu'il ne soit pas prêt.

Le vétérinaire les fit attendre une demi-heure, et Max donna à Argos friandise sur friandise.

« Il risque de ne pas le supporter après les McNuggets, l'avertit Jacob.

– Bon chien. Très bon chien. »

Argos faisait ressortir un autre aspect de la personnalité de Max, une gentillesse, ou une vulnérabilité, un côté habituellement invisible. Jacob repensa à une journée passée avec son père au Muséum national d'histoire naturelle lorsqu'il avait le même âge que Max. Il avait si peu de souvenirs de moments passés seul avec son père – Irv travaillait de longues heures à la revue, et quand il n'écrivait pas, il enseignait, et quand il n'enseignait pas, il rencontrait des tas de personnes importantes pour s'assurer qu'il en était une, lui aussi –, mais Jacob se souvenait de ce jour-là.

Ils étaient devant un diorama. Un bison.

« C'est beau, dit Irv. Hein ?

– Très beau, approuva Jacob, ému – secoué, même – par la présence frontale de l'animal et sa façon de se suffire à lui-même.

– Rien de tout ça n'est le fruit du hasard, observa Irv.

– Qu'est-ce que tu veux dire ?

– Ils font tout pour recréer un tableau naturaliste fidèle à la réalité. C'est tout l'intérêt. Mais ils auraient pu choisir des tas de représentations fidèles, non ? Le bison aurait pu être saisi au galop, au lieu d'être immobile. Il aurait pu se battre, ou chasser, ou manger. Il aurait pu y en avoir deux, au lieu d'un. Ils auraient pu percher un petit oiseau sur son dos. Le choix est vaste. »

Jacob adorait que son père lui apprenne des choses. C'était grisant, mais aussi rassurant. Et cela confirmait qu'il était une personne importante dans la vie de son père.

« Mais on ne choisit pas toujours librement, dit Irv.

– Pourquoi ça ?

– Parce qu'il faut cacher ce qui amène les animaux ici.

– Qu'est-ce que tu veux dire ?

– À ton avis, d'où viennent les animaux ?

– Je ne sais pas, d'Afrique ?

– Mais comment finissent-ils en dioramas ? Tu crois qu'ils se portent volontaires pour être empaillés ? Est-ce qu'ils ont été tués par accident sur la route et trouvés par hasard par des scientifiques chanceux ?

– J'en sais rien.

– Ils sont chassés.

– Vraiment ?

– Et la chasse, ce n'est pas propre.

– Ah non ?

– Personne n'a jamais capturé quelqu'un qui ne voulait pas l'être sans faire de dégâts.

– Ah.

– Les balles font des trous, parfois des gros. Les flèches aussi. Et on n'abat pas un bison avec un petit trou.

– Non, j'imagine.

– Alors quand ils choisissent la position de l'animal pour le diorama, ils cachent les trous, les estafilades et les écorchures au visiteur. Seuls les animaux peints dans le paysage derrière peuvent les voir. Mais savoir que c'est là, ça change tout. »

Un jour, après avoir écouté Jacob lui raconter comment Julia l'avait subtilement rabaissé, le Dr Silvers lui avait dit : « La plupart des gens se comportent mal quand ils sont blessés. Quand on se souvient des blessures, il est beaucoup plus facile de pardonner ce comportement. »

Julia prenait un bain quand il était rentré ce soir-là. Il avait essayé – en frappant doucement, en l'appelant et en faisant plus de bruit que de coutume – d'annoncer sa présence, mais le bruit de l'eau qui coulait était trop fort, et en ouvrant la porte, il l'avait fait sursauter. Après avoir repris son souffle et ri de la peur qu'elle avait eue, elle avait posé le menton sur le rebord de la baignoire. Ensemble, ils avaient écouté l'eau couler. Quand on porte un coquillage à l'oreille, il devient la chambre d'écho de notre circulation sanguine. L'océan que l'on entend est celui de notre propre sang. La salle de bains, ce soir-là, fut une chambre d'écho de leur vie commune. Et derrière Julia, là où auraient dû se trouver les serviettes et le peignoir, Jacob vit un paysage peint, une étendue plate occupée à jamais par une école, un terrain de foot, les distributeurs de vrac de l'épicerie bio (une batterie de cylindres en plastique remplis de pois cassés et de riz complet, de mangue séchée et de noix de cajou fraîches), une Subaru et une Volvo, une maison, la leur, et, derrière une fenêtre à l'étage, une pièce si petite et soigneusement peinte que ça ne pouvait être que l'œuvre d'un Maître, et sur une table de cette pièce, qui était devenue le bureau de Julia depuis qu'ils n'avaient plus besoin de nurserie, il y avait une maquette architecturale, celle d'une maison, et dans cette maison qui était dans la maison qui était dans la maison où la vie suivait son cours, il y avait une femme, soigneusement positionnée.

Le, ou plutôt la vétérinaire arriva enfin. Elle n'était pas ce à quoi Jacob s'attendait, ni ce qu'il espérait : une figure de grand-père, gentil et Gentil. D'abord, c'était une femme. D'après l'expérience de Jacob, les vétérinaires ressemblaient à des pilotes d'avion : pratiquement toujours des hommes, avec des cheveux gris (ou grisonnants), et rassurants. Le Dr Shelling semblait trop jeune pour proposer à Jacob d'aller boire un verre – non que ce cas de figure fût susceptible de se présenter –, elle était mince, élancée, et sa blouse avait l'air d'avoir été faite sur mesure.

« Qu'est-ce qui vous amène, aujourd'hui ? » demanda-t-elle, feuilletant le dossier d'Argos.

Est-ce que Max s'était fait les mêmes remarques que Jacob ? Était-il assez grand pour prêter attention à ce genre de chose ? Pour se sentir gêné ?

« Il a quelques petits ennuis, expliqua Jacob. Probablement rien d'anormal pour un chien de son âge : incontinence, arthrose. Notre vétérinaire précédent – le Dr Hazel chez Animal Kind – l'a mis sous Rimadyl et Cosequin, et a dit qu'il faudrait ajuster le dosage si ça n'allait pas mieux. Ça ne va pas mieux, donc on a doublé les doses et ajouté un comprimé contre la démence, mais sans effet. Alors, je me suis dit qu'il fallait demander un deuxième avis.

– Très bien, fit-elle, posant son écritoire à pince. Et il s'appelle comment, ce chien ?

– Argos, répondit Max.

– Joli nom », dit-elle en s'agenouillant devant lui.

Elle attrapa le museau d'Argos et examina ses yeux tout en lui caressant la tête.

« Il souffre, dit Max.

– Parfois, il est incommodé, clarifia Jacob. Mais pas tout le temps, et on ne peut pas dire qu'il souffre.

– Est-ce que tu souffres ? demanda le Dr Shelling à Argos.

– Il gémit quand il se lève et se couche, répondit Max.

– Ce n'est pas bon signe.

– Mais il gémit aussi quand on ne fait pas tomber assez de pop-corn pendant un film, dit Jacob. C'est un geignard éclectique.

– Est-ce qu'il y a d'autres choses qui le font gémir ?

– Il gémit presque toujours pour demander de la nourriture ou réclamer de sortir. Mais ce n'est pas parce qu'il souffre ou qu'il est incommodé. Il exprime juste un désir.

– Il gémit quand toi et maman vous vous disputez.

– C'est maman qui gémit, dit Jacob pour tenter d'atténuer la honte qu'il éprouvait devant la vétérinaire.

– Est-ce que vous le sortez assez souvent ? demanda celle-ci. Ce n'est pas normal qu'il gémisse pour sortir.

– Il sort beaucoup, dit Jacob.

– Trois fois, précisa Max.

– Un chien de son âge, il faut le sortir cinq fois. Au moins.

– Cinq fois par jour ? demanda Jacob.

– Et cette souffrance que vous avez constatée. Ça fait combien de temps que ça dure ?

– Je parlerais plutôt d'inconfort, la corrigea Jacob. Souffrance est un peu trop fort.

– Ça fait longtemps, dit Max.

– Pas si longtemps. Six mois, peut-être ?

– Ça a empiré ces six derniers mois, expliqua Max. Mais il gémit depuis que Benjy a à peu près trois ans.

– On pourrait en dire autant de Benjy. »

La vétérinaire examina encore un peu les yeux d'Argos, en silence, cette fois. Jacob voulait qu'on le regarde comme ça.

« Très bien, fit-elle. Je vais prendre sa température, vérifier son pouls, et s'il n'y a rien d'anormal, on fera une prise de sang. »

Elle attrapa un thermomètre dans une bouteille de verre sur la paillasse, l'enduit d'un peu de vaseline et se plaça derrière Argos. Est-ce que ça excita Jacob ? Est-ce que ça le déprima ? Ça le déprima. Mais pourquoi ? À cause du stoïcisme d'Argos chaque fois que cela se produisait ? Parce que ça lui rappelait sa propre réticence, ou son incapacité, à montrer qu'il était incommodé ? Non, c'était forcément à cause de la vétérinaire – de sa beauté juvénile (elle semblait rajeunir au fil de la consultation), mais plus encore, de la douceur avec laquelle elle prodiguait ses soins. Elle fit fantasmer Jacob, mais pas sexuellement. Pas même sur sa façon d'introduire un suppositoire. Il l'imagina lui appuyant un stéthoscope sur la poitrine ; imagina ses doigts explorant délicatement les glandes de son cou ; sa manière de lui tendre et de lui plier les bras et les jambes, jugeant de la différence entre inconfort et souffrance avec le doigté, le calme et le soin d'un braqueur qui tente d'ouvrir un coffre-fort.

Max s'accroupit, mit son visage face à la tête d'Argos et dit : « C'est bien, mon chien. Regarde-moi. Voilà, mon chien.

– Bien, fit-elle, retirant le thermomètre. Un peu de fièvre, mais rien d'inquiétant. »

Elle passa les mains sur le corps d'Argos, examina l'intérieur de ses oreilles, lui souleva la babine pour regarder ses dents et ses gencives, lui palpa le ventre, lui tordit la cuisse jusqu'à ce qu'il gémisse.

« Cette patte est sensible.

– Ses deux hanches sont artificielles, indiqua Max.

– Des prothèses totales de la hanche ? »

Jacob haussa les épaules.

« À gauche, il a eu une ostéotomie de la tête fémorale, expliqua Max.

– C'est un choix intéressant.

– Oui, continua Max. C'était limite vu son poids, et le vétérinaire pensait qu'il fallait lui éviter une PTH. Mais c'était une erreur.

– Apparemment, tu as suivi ça de près.

– C'est mon chien, dit Max.

– Très bien, fit-elle. De toute évidence, il a des fragilités. Sans doute un peu d'arthrite.

– Il fait caca dans la maison depuis un an, ajouta Max.

– Pas un an, corrigea Jacob. Peut-être six mois.

– Tu as oublié la soirée pyjama de Sam ?

– Non, mais c'était inhabituel. Ce n'est devenu un problème récurrent que plusieurs mois après.

– Et il urine aussi dans la maison ?

– Le plus souvent il fait seulement caca, répondit Jacob. Ces derniers temps il a fait quelquefois pipi.

– Est-ce qu'il s'accroupit encore pour faire caca ? Souvent c'est dû à un problème arthritique, et non intestinal ou rectal – le chien ne supporte plus la position, alors il fait ses besoins en marchant.

– Il fait souvent ses besoins en marchant, dit Jacob.

– Mais parfois il fait ses besoins dans son panier, dit Max.

– Comme s'il ne s'en rendait pas compte, suggéra la vétérinaire. Ou qu'il ne se maîtrisait plus.

– Oui, répondit Max. Je ne sais pas si les chiens sont gênés, ou tristes, mais… »

Jacob reçut un texto de Julia : *on est arrivés à l'hôtel.*

« On ne le saura jamais, dit la vétérinaire, mais c'est sûr que ça ne doit pas être agréable. »

C'est tout ? pensa Jacob. *On est arrivés à l'hôtel ?* Comme s'il n'était qu'un collègue toléré ou qu'elle se fendait de la communication la plus sommaire pour satisfaire une obligation légale. Et puis il pensa, Pourquoi me donne-t-elle toujours si peu ? Et cette pensée le surprit, non seulement par l'accès de colère qu'elle suscitait, mais aussi par le bien-être qu'il en retirait – et ce mot, *toujours* – même s'il ne se l'était jamais formulée avant, de façon consciente. *Pourquoi me donne-t-elle toujours si peu ?* Si peu le bénéfice du doute. Si peu de compliments. Il était si rare qu'elle exprime sa reconnaissance. Depuis combien de temps ne s'était-elle pas étranglée de rire à l'une de ses blagues ? Quand lui avait-elle demandé pour la dernière fois de lui lire ce sur quoi il travaillait ? Quand avait-elle pris l'initiative de lui faire l'amour pour la dernière fois ? Si peu de chose à se mettre sous la dent. Il s'était mal comporté, mais seulement après dix ans de blessures causées par des flèches trop émoussées pour être complètement efficaces.

Il pensait souvent à une œuvre d'Andy Goldsworthy, pour laquelle l'artiste s'était allongé par terre à l'approche d'une tempête, demeurant là jusqu'à ce qu'elle soit passée. Quand il s'était relevé, il restait la trace sèche de sa silhouette. Comme les contours à la craie d'une victime. Comme le cercle sans trous où ils avaient accroché la cible à fléchettes.

« Il s'amuse encore quand il va au parc, dit Jacob à la vétérinaire.

– Pardon ?

– Je disais qu'il s'amuse encore quand il va au parc. »

Et comme s'ils avaient sauté du coq à l'âne, la conversation pivota à 180°, révélant son autre côté.

« Parfois, il s'amuse, reprit Max. Mais le plus souvent il reste allongé. Et il a beaucoup de mal à monter les marches à la maison.

– Il a couru, l'autre jour.

– Et après il a boité pendant trois jours.

– Écoute, dit Jacob. De toute évidence, sa qualité de vie diminue. De toute évidence, ce n'est plus le chien qu'il a été. Mais sa vie vaut toujours la peine d'être vécue.

– D'après qui ?

– Les chiens ne veulent pas mourir.

– Grand-papi, si.

– Attends un peu, là. Qu'est-ce que tu viens de dire ?

– Grand-papi veut mourir, répéta Max, comme si de rien n'était.

– Grand-papi n'est pas un chien. » La parfaite étrangeté de ce commentaire se mit à grimper le long des murs de la pièce. Jacob tenta d'y remédier en énonçant l'évidence : « Et il ne veut pas mourir.

– D'après qui ?

– Vous voulez que je vous laisse un petit instant ? » demanda la vétérinaire, croisant les bras et reculant d'un grand pas vers la porte.

« Grand-papi nourrit des espoirs pour l'avenir, poursuivit Jacob. Comme vivre assez longtemps pour assister à la bar-mitsva de Sam. Et ça lui fait plaisir de se replonger dans ses souvenirs.

– Comme Argos.

– Tu crois qu'Argos est impatient d'assister à la bar-mitsva de Sam ?

– Personne n'est impatient d'assister à la bar-mitsva de Sam.

– Grand-papi, si.

– D'après qui ?

– Les chiens éprouvent beaucoup de petits plaisirs dans la vie, intervint la vétérinaire. S'allonger au soleil. Goûter de temps en temps à la nourriture des humains. Il est difficile de dire jusqu'où s'étend leur expérience mentale au-delà de ça. Nous en sommes réduits à des suppositions.

– Argos a l'impression qu'on l'a oublié, dit Max, exprimant clairement sa supposition.

– Oublié ?

– Exactement comme grand-papi. »

Jacob sourit à la vétérinaire d'un air décontenancé et dit : « Qui a dit que grand-papi se sentait oublié ?

– C'est lui qui l'a dit.

– Quand ça ?

– Quand on se parle.

– C'est-à-dire ?

– Sur Skype.

– Il n'est pas sérieux.

– Alors, comment tu sais si Argos est sérieux quand il gémit ?

– Les chiens ne fonctionnent pas comme ça.

– Expliquez-lui, dit Max à la vétérinaire.

– Lui expliquer quoi ?

– Expliquez-lui qu'il faudrait faire piquer Argos.

– Ah. Ce n'est pas à moi de le dire. C'est une décision très personnelle.

– OK, mais si vous pensiez qu'il ne faut pas le faire piquer, vous l'auriez dit.

– Il court dans le parc, Max. Il regarde des films sur le canapé.

– Expliquez-lui, répéta Max à la vétérinaire.

– Mon travail, en tant que vétérinaire, est de prendre soin d'Argos, de faire en sorte qu'il reste en bonne santé. Ce n'est pas d'offrir des conseils sur l'euthanasie.

– Autrement dit, vous êtes d'accord avec moi.

– Ce n'est pas ce qu'elle a dit, Max.

– Ce n'est pas ce que j'ai dit.

– Vous croyez qu'on devrait faire piquer mon arrière-grand-père ?

– Non, répondit la vétérinaire, regrettant aussitôt le crédit que sa réaction apportait à la question.

– Expliquez-lui.

– Lui expliquer quoi ?

– Expliquez-lui que vous pensez qu'il faudrait faire piquer Argos.

– Ce n'est vraiment pas à moi de le dire.

– Tu vois ? fit Max à son père.

– Tu te rends compte qu'Argos est dans la pièce, Max ?

– Il ne comprend pas.

– Bien sûr qu'il comprend.

– Attends un peu. Alors tu crois qu'Argos comprend mais que grand-papi ne comprend pas ?

– Grand-papi comprend.

– Vraiment ?

– Oui.

– Alors, tu es horrible.

– Max.

– Expliquez-lui. »

Argos vomit une dizaine de nuggets presque intacts aux pieds de la vétérinaire.

« Comment ils font pour que la vitre reste propre ? » avait demandé Jacob à son père, trente ans plus tôt.

Irv lui avait lancé un regard perplexe et avait répondu : « Ajax ?

– Je veux dire de l'autre côté. On peut pas entrer là-dedans. On abîmerait tout ce qu'il y a par terre.

– Mais si personne n'entre jamais, ça reste propre.

– Mais non, dit Jacob. Tu te souviens quand on est revenus d'Israël et que tout était sale ? Alors que personne n'avait été là pendant trois semaines ? Tu te souviens qu'on avait écrit nos noms en hébreu sur les vitres tellement elles étaient sales ?

– Une maison n'est pas un environnement fermé.

– Bien sûr que si.

– Pas aussi fermé qu'un diorama.

– Si. »

La seule chose qu'Irv préférait au fait d'apprendre quelque chose à Jacob, c'était de voir ce dernier le mettre au défi : quand les enseignements du jour étaient surpassés par son enfant.

« C'est peut-être pour ça qu'ils ont tourné ce côté de la vitre dans l'autre sens, dit-il en souriant, mais cachant ses doigts dans les cheveux de son fils qui, avec le temps, finiraient par pousser et les recouvrir.

– Je ne crois pas qu'une vitre, ça fonctionne comme ça.

– Ah non ?

– On ne peut pas cacher l'autre côté.

– Et les animaux, est-ce qu'ils fonctionnent comme ça ?
– Qu'est-ce que tu veux dire ?
– Regarde la tête de ce bison.
– Quoi ?
– Regarde bien. »

PAS ENCORE

Sam et Billie s'assirent au fond du car, plusieurs rangs – inoccupés – derrière Julia.

« Je veux te montrer quelque chose, dit-elle.

– D'accord.

– Sur ton iPad.

– Je l'ai laissé chez moi.

– Sérieux ?

– C'est ma mère qui m'a obligé, dit Sam, regrettant de ne pas avoir trouvé d'explication qui l'aurait moins fait passer pour un gamin.

– Elle a lu une tribune dans le journal, ou quoi ?

– Elle veut que je sois "présent" pendant l'excursion.

– Qu'est-ce qui consomme quarante litres de gaz mais ne bouge pas ?

– Quoi ?

– Un moine bouddhiste. »

Sam éclata de rire sans comprendre.

« Tu as vu le crocodile qui mord l'anguille électrique ? demanda-t-elle.

– Oui, c'est dingue, putain. »

Billie sortit la tablette de marque générique plus ringarde-qu'un-adulte-en-scooter que ses parents lui avaient offerte à Noël, et se mit à taper. « Tu as vu le présentateur météo qui a la trique ? »

Ils regardèrent la vidéo ensemble en riant.

« Le meilleur moment, c'est quand il dit : “Ça va être torride.” »

Elle en chargea une nouvelle. « Regarde ce cochon d'Inde qui a la syphilis.

– Je crois que c'est un hamster, plutôt.

– Arrête de regarder les arbres, tu rates l'herpès génital.

– Je déteste parler comme mon père, mais c'est pas dingue qu'on puisse avoir accès à des conneries pareilles ?

– C'est pas dingue. C'est le monde.

– Bah, alors, est-ce que c'est pas le monde qui est dingue ?

– Par définition, c'est impossible. Dingue, ça s'applique seulement aux gens.

– Ça me plaît vraiment beaucoup, ta façon de penser.

– Ça me plaît vraiment beaucoup, que tu dises ça.

– Je ne le dis pas ; c'est vrai.

– Et autre chose qui me plaît vraiment beaucoup, c'est que tu n'arrives pas à dire le mot en “a”, de peur que je croie que tu dis autre chose que ce que tu dis.

– Hein ?

– Ça me plaît vraiment, vraiment beaucoup. »

Il l'aimait.

Elle mit sa tablette en veille et dit : « *Emet hi hasheker hatov beyoter.*

– C'est quoi, ça ? demanda Sam.

– De l'hébreu.

– Tu parles hébreu ?

– Comme Franz Rosenzweig l'a dit, dans une célèbre réponse, quand on lui a demandé s'il avait la foi : “Pas encore.” Mais je me suis dit qu'un de nous deux devait apprendre quelque chose en l'honneur de ta bar-mitsva.

– Franz qui ? Attends, ça veut dire quoi ?

– La vérité est le mensonge le plus sûr.

– Ah. Ben alors : *Anata wa subete o rikai shite iru baai wa, gokai suru hitsuyo ga arimasu.*

– Et ça, qu'est-ce que ça peut bien vouloir dire ?

– "Si vous comprenez tout, c'est que vous êtes mal informé." C'est du japonais, je crois. C'était l'épigraphe de *Call of Duty : Black Ops*.

– Oui, j'ai un cours de japonais, le jeudi. C'est juste que je n'ai pas compris ta prononciation. »

Sam voulait lui montrer la nouvelle synagogue sur laquelle il avait travaillé ces deux dernières semaines. Il se demanda si elle reflétait bien celui qu'il était vraiment, et si elle lui plairait.

Le car s'arrêta devant le Washington Hilton – l'hôtel où la fête de sa bar-mitsva devait avoir lieu en théorie deux semaines plus tard, si on réussissait à lui soutirer des excuses – et les collégiens descendirent et s'égayèrent. Dans le hall, il y avait une grande banderole : BIENVENUE À LA SIMULATION DES NATIONS UNIES 2016. Quelques dizaines de valises et de sacs étaient empilés dans un coin, presque tous contenant quelque chose qui n'était pas censé s'y trouver. Pendant que Mark faisait de son mieux pour compter les élèves, Sam prit sa mère à part.

« N'en fais pas trop quand tu t'adresses à quelqu'un, d'accord ?

– Trop sur quoi ?

– N'importe. N'en fais pas trop, c'est tout.

– Tu as peur que je te fasse honte ?

– Oui. C'est toi qui me l'as fait dire.

– Sam, on est venus pour s'éclater…

– Ne dis pas "s'éclater".

– … et la dernière chose que je voudrais, c'est être un boulet.

– Ni "boulet". »

Mark leva les pouces en direction de Julia, qui s'adressa au groupe : « Est-ce que je peux avoir votre attention à tous ? »

Personne ne lui accorda la moindre attention.

« Ouh ouh !

– Ni "ouh ouh" », murmura Sam sans s'adresser à personne.

Mark poussa une gueulante de sa voix de baryton qui transforma les bracelets à breloques en carillons : « On se tait et on lève les yeux, tout de suite ! »

Les enfants firent le silence.

« Bon, dit Julia. Comme vous le savez sans doute, je suis la mère de Sam. Il m'a demandé de ne pas trop en faire, alors j'irai droit à l'essentiel. D'abord, je veux que tout le monde sache que je suis trop jouasse d'être ici avec vous. »

Sam ferma les yeux, avec la furieuse envie de se défaire du concept de permanence de l'objet.

« Ça va être intéressant, stimulant et superchouette. »

Julia vit que Sam avait les yeux fermés, sans comprendre ce qu'elle avait fait de mal.

« Alors… quelques précisions avant de distribuer les clés des chambres, qui je crois sont des cartes et non des clés, mais que nous appellerons des clés. Vous verrez que je suis plutôt cool. Mais la coolitude est une rue à double sens. Je sais que vous êtes là pour vous amuser, mais n'oubliez pas que vous êtes aussi des représentants de la Georgetown Day School, sans parler de notre archipel d'origine, les États fédérés de Micronésie ! »

Elle attendit des applaudissements. Ou n'importe quoi. Billie combla le silence d'un claquement de mains isolé, si bien qu'elle récupéra la patate chaude de l'embarras.

Julia continua : « Bon, je suis certaine que cela va sans dire, mais l'usage de produits stupéfiants à titre récréatif est interdit. »

Sam perdit la maîtrise des muscles de son cou, sa tête s'affaissa brutalement.

« Si vous avez une ordonnance, bien sûr c'est autorisé, à condition que vous n'en fassiez pas un usage récréatif ou abusif. Je sais bien que la plupart d'entre vous ont moins de treize ans, mais je veux aussi aborder le sujet des relations sexuelles. »

Sam se mit à l'écart du groupe. Billie le suivit.

Mark vit ce qui se passait et intervint : « Je crois que ce qu'essaie de dire madame Bloch, c'est : ne faites rien dont vous ne voudriez pas qu'on parle à vos parents. Parce qu'on en parlera à vos parents et vous serez dans de beaux draps. Compris ? »

Les collégiens acquiescèrent collectivement.

« C'est à cause de ma mère que Kurt Cobain s'est suicidé, murmura Sam à Billie.

– Fiche-lui la paix.

– Pourquoi ? »

Quand Mark distribua les clés, il leur dit : « Montez vos affaires dans les chambres, défaites vos valises, n'allumez pas la télé et ne vous approchez pas du minibar. On se retrouve dans ma chambre, la 1124, à deux heures. Si vous avez un appareil électronique, programmez-le : 1124, deux heures. Si vous n'avez pas d'appareil, utilisez votre cerveau. Comme vous êtes tous des jeunes gens intelligents et motivés, vous en profiterez pour revoir les notes de synthèse afin d'être fin prêts lors des miniséances de cet après-midi. Vous avez mon numéro de portable au cas où, et seulement au cas où, il y a un souci. Sachez que je suis omniscient. Autrement dit, même sans être physiquement présent, je vois et j'entends tout. À tout à l'heure. »

Les enfants prirent leurs clés et se dispersèrent.

« Voici la tienne, dit Mark, tendant sa clé à Julia.

– La suite présidentielle, j'imagine ?

– C'est exact. Mais de la présidente de Micronésie, j'en ai peur.

– Merci d'être venu à ma rescousse.

– Merci de m'avoir fait passer pour une icône de la cool attitude. » Julia rit. « Tu veux boire un verre ? proposa-t-il.

– Vraiment ? Un verre… d'alcool, tu veux dire ?

– Un décontracturant absorbable. Oui.

– Il faut que j'appelle les parents de Jacob. Ils gardent Benjy ce week-end.

– C'est mignon.

– Jusqu'à ce qu'il se transforme en Meir Kahane en période de latence.

– Hein ?
– C'était un dingue d'extrême droite…
– Tu as vraiment besoin d'un verre… d'alcool, je veux dire. »
Et puis, soudain, il n'y eut plus aucun détail logistique à régler, plus aucune raison de parler de tout et de rien, seule l'ombre rampante de leur conversation au showroom de la quincaillerie sur mesure, et tout ce que Julia savait sans vouloir le partager.
« Va passer ton coup de fil.
– J'en ai pour cinq minutes, pas plus.
– Peu importe pour combien de temps tu en as. Envoie-moi un texto quand tu es prête et je te retrouve au bar. On a tout le temps.
– C'est pas trop tôt pour un verre ?
– Dans le siècle ?
– Dans la journée.
– Dans ta vie ?
– Dans la journée, Mark. Tu es déjà ivre d'être redevenu un vieux garçon.
– Une personne ivre ne te ferait pas remarquer qu'un vieux garçon, c'est quelqu'un qui n'a jamais été marié.
– Alors, tu es ivre de ta liberté retrouvée.
– Tu veux dire d'être seul ?
– Je me doutais que tu dirais quelque chose comme ça.
– Je suis ivre de ma nouvelle sobriété. »
Elle se croyait particulièrement perspicace quant aux motivations d'autrui, mais elle n'arrivait pas à savoir à quoi il jouait. Flirtait-il avec quelqu'un qu'il désirait ? Soutenait-il quelqu'un qui lui faisait pitié ? Badinait-il innocemment ? Et elle, à quoi jouait-elle ? Tout sentiment de culpabilité qu'elle aurait pu éprouver était désormais si loin à l'horizon qu'il pouvait très bien appartenir au passé. Au contraire, elle regrettait que Jacob ne soit pas là pour voir ça.

Ils avaient leurs propres canaux de communication secrets, leur propre façon de se passer des messages clandestinement :

épeler un mot en présence des jeunes enfants ; murmurer en présence d'Isaac ; s'écrire des notes à propos d'une conversation téléphonique en cours ; une gestuelle des mains et du visage naturellement développée au fil des ans, comme quand, dans le bureau du rabbin Singer, Julia avait posé deux doigts sur son front et doucement secoué la tête en dilatant les narines, ce qui signifiait : *laisse tomber.* Ils étaient capables d'entrer en contact quel que soit l'obstacle qui se présentait. Mais ils avaient besoin de ces obstacles.

Son esprit fit un bond : Jacob avait obligé Sam à écouter un podcast sur les oiseaux messagers pendant la Première Guerre mondiale, et cela avait enflammé l'imagination de Sam – il avait demandé un pigeon voyageur pour ses onze ans. Ravie par l'originalité de la requête et, comme toujours, désireuse non seulement de faire tout son possible pour satisfaire ses enfants, mais aussi qu'on atteste qu'elle avait fait tout son possible pour satisfaire ses enfants, elle le prit au sérieux.

« Ils font de merveilleux animaux d'intérieur, promit Sam. Il y a un…

– D'intérieur ?

– Oui. Il leur faut une grande cage, mais…

– Et Argos ?

– Avec une petite mise en condition…

– Magnifique expression.

– *Maman.* Avec une petite mise en condition, ils peuvent tout à fait être amis. Et une fois que…

– Et les crottes ?

– Ils portent une culotte pour pigeon. Une couche, en fait. On peut la changer toutes les trois heures.

– C'est pas du tout contraignant.

– Je m'en occuperai.

– Ta journée d'école dure un peu plus de trois heures.

– Maman, ça serait vraiment génial, dit-il, agitant les poings d'une façon qui avait autrefois poussé Jacob à se demander s'il n'était pas atteint du syndrome d'Asperger. On pourrait l'emmener au parc, ou à l'école, ou chez Omi et Opi, ou n'importe où, attacher un message à son cou, et il rentrerait à la maison.

– Je peux savoir ce que ça a de génial ?

– Vraiment ?

– Avec tes mots.

– Si c'est pas évident pour toi, je sais pas comment te l'expliquer.

– Et c'est difficile de les dresser ?

– C'est superfacile. Il suffit qu'ils vivent dans une belle cage, et ils reviennent toujours.

– Qu'est-ce qui fait qu'une cage est belle ?

– Il faut qu'elle soit spacieuse, exposée au soleil et que la maille du grillage soit assez serrée pour qu'il ne se coince pas la tête.

– Effectivement, ça donne envie.

– Et il faut lui mettre du gazon au fond, et le changer régulièrement. Et un bassin, régulièrement nettoyé.

– Je vois.

– Et un tas de bonnes choses, comme des endives, des baies, du sarrasin, du lin, des pousses de soja, de la vesce.

– De la vesce ?

– Je sais pas, c'est ce que j'ai lu.

– Spacieuse comment, cette cage ?

– Deux par trois, ce serait vraiment super.

– Deux par trois quoi ?

– Des mètres. Deux mètres de long et de large, trois mètres de haut.

– Et où est-ce qu'on mettrait une cage aussi spacieuse ?

– Dans ma chambre.

– Il faudrait surélever le plafond pour ça.

– C'est pas possible ?

– Non.

– Alors elle pourrait être un peu moins haute.

– Et si sa maison ne lui plaît pas ?

– Elle lui plaira.

– Mais si elle ne lui plaît pas ?

– Maman, elle lui plaira, je te dis, parce que je ferai tout le nécessaire pour lui créer une belle maison qu'il aime.

– Tout ce que je demande, c'est : *et si*.

– Maman, dit-il avec agacement.

– Je ne peux même plus poser de question ?

– J'imagine qu'il ne reviendra pas. C'est bon ? Il s'en va et poursuit son chemin. »

Il ne fallut pas plus d'une semaine à Sam pour oublier l'existence des pigeons voyageurs dans le monde – il avait appris celle des fusils Nerf –, mais Julia n'oublia jamais ce qu'il avait dit : *Il s'en va et poursuit son chemin.*

« Pourquoi pas, dit-elle à Mark, regrettant de ne rien avoir sous la main pour toucher du bois. Allons boire un verre. D'alcool.

– Un seul ?

– Tu as raison, dit-elle, lissant le dessous de son aile avant de prendre son envol, qui lui révélerait le confort de sa cage. Il est probablement trop tard pour ça. »

Cela faisait plus de huit heures qu'ils étaient rentrés sans un mot de chez le vétérinaire, quatre cent quatre-vingt-dix minutes passées à s'éviter dans la maison. Il y avait les ingrédients, mais pas la volonté, du coup Jacob mit des burritos au micro-ondes. Il disposa dans l'assiette une dizaine de minicarottes, qui ne seraient jamais mangées, et une cuillerée de houmous pour que Julia constate qu'il manquait des choses dans le frigo à son retour. Il monta avec l'assiette jusqu'à la chambre de Max, frappa et entra.

« J'ai pas dit entrez.

– Je ne demandais pas la permission. Je t'ai juste donné le temps de retirer le doigt de ton nez. »

Max se cura le nez. Jacob posa l'assiette sur le bureau.

« Kess' tu fais ?

– Ch'fais rien, dit Max en couchant l'iPad côté écran.

– Non, sérieux, dis-moi.

– Sérieux, rien.

– Quoi, des films cochons ? T'achètes des trucs avec ma Carte Bleue ?

– Non.

– Tu cherches le meilleur moyen de pratiquer l'euthanasie à domicile ?

– Pas du tout drôle.

– Alors quoi ?

– Other Life.

– Je savais pas que tu jouais à ça.

– Ça se joue pas.

– C'est vrai. Je savais pas que tu *faisais* ça.

– C'est pas le cas, pour de vrai. Sam veut pas que j'y touche.

– Mais le chat n'est pas là…

– Faut croire.

– Je tiendrai ma langue.

– Merci.

– T'as compris ? Le chat ? La langue ?

– Oui.

– C'est quoi ce truc, d'ailleurs ? Un jeu ?

– C'est pas un jeu.

– Ah non ?

– C'est une communauté.

– Ça, j'en sais rien, dit Jacob, incapable de contenir son ton de voix le plus dédaigneux.

– C'est sûr, dit Max. T'en sais rien.

– Mais est-ce qu'il ne s'agit pas avant tout – d'après ce que j'ai compris, en tout cas – d'un groupe de gens qui paient un abonnement mensuel pour construire et explorer ensemble, disons… un paysage imaginaire ?

– Non, ce n'est pas comme une synagogue.

– Bien joué.

– Merci pour le repas. À plus.

– En tout cas, dit Jacob pour enfoncer le clou, ça a l'air cool. De ce que j'ai pu voir. De loin. »

Max enfourna le burrito dans son orifice à paroles.

« Non, vraiment, poursuivit Jacob d'une voix mielleuse. Je suis curieux. Je sais que Sam y joue – je veux dire, qu'il le *fait* – tout le temps, et je veux voir à quoi ça ressemble.

– Tu comprendrais pas.

– Essaie toujours.

– Tu comprendrais pas, je te dis.

– Tu te rends compte que j'ai gagné le National Jewish Book Award à l'âge de vingt-quatre ans ? »

Max retourna l'iPad, fit glisser son doigt sur l'écran pour le rallumer, et dit : « Je suis en train de recruter des valences professionnelles pour une promotion de résonance. Ensuite je pourrai troquer une parure psychique et…

– Une parure psychique ?

– Je me demande si quelqu'un qui a *vraiment* gagné un National Book Award aurait besoin de poser la question.

– Et ça, c'est toi ? demanda Jacob, touchant du doigt une créature qui ressemblait à un elfe.

– Non. Et ne touche pas l'écran.

– Tu es lequel ?

– Aucun de ceux-là.

– Et Sam, c'est lequel ?

– Aucun.

– Lequel est le personnage de Sam ?

– Son avatar ?

– Oui.

– Là. Près du distributeur.

– Quoi, la petite basanée ?

– C'est une Latino.

– Pourquoi Sam est-il une Latino ?

– Pourquoi t'es un homme et pourquoi t'es blanc ?

– Parce que je n'avais pas le choix.

– Bah, lui, si.

– Je peux l'emmener faire un tour ? »

Max détestait sentir la main de son père sur son épaule. C'était quelque chose de repoussant pour lui – une expérience figurant à peu près au milieu du spectre des répulsions, dont une des deux extrémités était l'œuf à la coque et l'autre trente mille spectateurs réclamant un bisou quand, lors d'un match de base-ball, la Kiss Cam du stade Nationals Park les avait isolés, lui et sa mère, sur l'écran géant.

« Non, dit-il, secouant l'épaule pour se débarrasser de la main de son père. Tu peux pas.

– Qu'est-ce qui pourrait arriver de si terrible ?

– Tu pourrais la tuer.

– Bien sûr que non. Et même si ça devait arriver, mais ça n'arrivera pas, on pourrait toujours mettre quelques pièces de plus pour continuer la partie, non ?

– Sam a mis quatre mois à développer toutes ses compétences, son armement et ses ressources psychiques.

– Moi, ça m'a pris quarante-deux ans.

– C'est bien pour ça que tu ne laisserais à personne d'autre le contrôle de tes actes.

– Maxy…

– Max tout court, ça ira.

– Max. Celui qui t'a donné la vie te supplie.

– Non.

– Je t'ordonne de me laisser entrer dans la communauté de Sam. »

Max laissa échapper un profond soupir théâtral.

« Deux minutes. Et tu te contentes d'une simple déambulation.

– La déambulation, je ne connais que ça. »

À contrecœur, Max tendit l'iPad à Jacob.

« Pour bouger, fais glisser ton pouce dans la direction où tu veux aller. Pour prendre quelque chose…

– Le pouce, c'est le doigt trapu au bout de la main, c'est ça ? » Max ne réagit pas. « C'était pour rire, mon vieux.

– Regarde toujours la route. »

Quand Jacob était petit, on ne jouait qu'avec un seul bouton. Les jeux étaient simples, amusants, et personne n'y trouvait rien à redire. Personne ne ressentait le besoin de s'accroupir, de pivoter, d'échanger des armes. On avait un flingue, on tirait sur les salauds, on tapait dans la main de ses amis. Jacob ne voulait pas de toutes ces options – plus la gamme des actions possibles était grande, moins il avait l'impression d'agir.

« T'es un peu nul, dit Max.

– C'est peut-être ce jeu qui est un peu nul.

– C'est pas un jeu, et ça a rapporté plus d'argent en un jour que la totalité des bouquins publiés en Amérique cette année.

– Je suis sûr que ce n'est pas vrai.

– Je suis sûr que c'est vrai, parce que j'ai lu un article à ce sujet.

– Où ça ?

– Dans les pages Culture du journal.

– Les pages Culture du journal ? Depuis quand tu lis les pages Culture, et depuis quand les jeux vidéo, c'est de la Culture ?

– C'est pas un jeu.

– Et même s'il avait rapporté tout cet argent, dit Jacob, montant sur ses grands chevaux, les pieds bien calés dans les étriers. Qu'est-ce que ça peut faire ? Ça nous apprend quoi ?

– La quantité d'argent que ça a rapportée.

– Ce qui nous apprend quoi ?

– Je sais pas, à quel point il est important ?

– Il y a une différence, je suis sûr que tu en es conscient, entre prévalence et importance.

– Je suis sûr que tu es conscient que je ne sais même pas ce que prévalence veut dire.

– Kanye West n'est pas culturellement plus important que…

– Si, il l'est.

– … que Philip Roth.

– Primo, j'ai jamais entendu parler de ton type. Deuxio, Kanye ne compte peut-être pas pour toi, mais il est carrément plus important pour le monde. »

Jacob se souvint de l'époque où Max était obsédé par les valeurs comparatives – *Tu préférerais avoir une poignée de diamants ou une montagne d'argent ?* L'espace d'un instant, qui disparut immédiatement, il revit Max quelques années plus tôt.

« Il faut croire qu'on voit les choses différemment, dit Jacob.

– C'est vrai. Je vois les choses correctement. Pas toi. C'est ça la différence. Combien de téléspectateurs regardent ta série chaque semaine ?

– Ce n'est pas ma série.

– La série pour laquelle tu écris.

– Ce n'est pas si simple. Il y a ceux qui la regardent lors de la première diffusion, et puis ceux qui regardent les rediffusions, ceux qui l'enregistrent…

– Quelques millions ?

– Quatre.

– Soixante-dix millions de gens jouent à ce jeu. Et il a fallu qu'ils l'achètent, et pas juste allumer la télé quand ils n'avaient pas envie de passer du temps avec leurs enfants ou de fricoter avec leur femme.

– Quel âge as-tu ?

– Pratiquement onze ans.

– Quand j'avais ton âge… » Max montra l'écran. « Fais gaffe à ce que tu fais, papa.

– Oui, je fais gaffe.

– Mais ne…

– Je maîtrise.

– Papa…

– Yeah, yeah, yeahs, dit-il, avant de reporter son attention de l'iPad sur Max. C'est un groupe.

– Papa !

– Tu as vraiment hérité du talent de maman pour s'inquiéter. »

Et là retentit un son que Jacob n'avait encore jamais entendu – le mélange d'un crissement de pneus et du cri d'agonie de l'animal qu'ils viennent d'écraser.

« Oh merde ! hurla Max.

– Quoi ?

– Oh *merde* !

– Attends, c'est mon sang, là ?

– C'est celui de Sam ! Tu l'as tuée !

– Mais non. J'ai reniflé des fleurs, c'est tout.

– Tu viens de respirer un Bouquet de Fatalité !

– Pourquoi est-ce qu'il y aurait un bouquet de fatalité ?

– Pour que des imbéciles dans ton genre puissent se tuer connement !

– Du calme, Max. Je me suis sincèrement trompé.

– Ça me fait une belle jambe que tu sois sincère !

– Et avec tout le respect que je te dois…

– Oh merde, merde, merde !

– … ce n'est qu'un jeu. »

Jacob n'aurait pas dû dire ça. Clairement pas.

« Avec tout le respect que je te dois, répondit Max avec un calme effrayant, je t'emmerde.

– Qu'est-ce que tu as dit ?

– J'ai dit – Max était incapable de regarder son père dans les yeux, mais n'eut aucun mal à se répéter – je t'emmerde.

– Je t'interdis de me parler comme ça.

– Dommage que je n'aie pas hérité du talent de maman pour avaler des couleuvres.

– Qu'est-ce que ça signifie, ça ?

– Rien.

– C'est pas mon impression.

– Rien, d'accord ?

– Non, pas d'accord. Maman fait beaucoup de choses, mais avaler des couleuvres n'en fait pas partie. Et oui, je sais que tu parlais au sens figuré. »

Max avait-il, lui aussi, entendu leur dispute ? Le bruit du verre cassé ? Ou lui tendait-il simplement la perche pour voir le genre de réaction qu'il allait provoquer ? Quel type de réaction recherchait-il ? Et qu'est-ce que Jacob était prêt à concéder ?

Jacob se dirigea vers la porte d'un pas furieux, puis se retourna et dit : « Quand tu seras prêt à me faire des excuses, je serai…

– Je suis mort, rétorqua Max. Les morts ne font pas d'excuses.

– Tu n'es pas mort, Max. Il y a de vrais morts dans le monde et tu n'en fais pas partie. Tu es contrarié. Contrarié et mort sont deux états différents. »

Le téléphone sonna – un répit. Jacob s'attendait à ce que ce soit Julia ; quand elle était en déplacement, elle appelait toujours avant que les enfants aillent se coucher.

« Allô ?

– Salut.

– Benjy ?

– Coucou, papa.

– Tout va bien ?

– Oui.

– Il est tard.

– Je suis en pyjama.

– Tu as besoin de quelque chose, mon grand ?

– Non. Et toi ?

– Ça va.

– Tu voulais juste me parler avant d'aller au lit ?

– C'est toi qui m'as appelé.

– En fait, je voulais parler à Max.

– Là, tout de suite ? Au téléphone ?

– Oui.

– Benjy veut te parler, dit Jacob, tendant le téléphone à Max.

– Tu pourrais nous laisser ? » demanda Max.

L'absurdité de la chose, la torture et la beauté de la chose faillirent mettre Jacob à genoux : ces deux consciences indépendantes, dont aucune n'existait il y a dix ans et demi, et qui n'existaient que grâce à lui, pouvaient non seulement fonctionner sans lui (cela, il y avait longtemps qu'il le savait), mais aussi réclamer leur liberté.

Jacob prit l'iPad et laissa ses rejetons discuter. En tapotant dessus, il fit accidentellement apparaître la page qui était ouverte sous celle d'Other Life. C'était un fil de discussion, qui avait pour titre « Peut-on euthanasier un chien à domicile avec humanité ? ».

Le premier commentaire qui lui tomba sous les yeux fut : « J'ai eu le même problème avec un chien adulte. C'est très triste. Ma mère a emmené Charlie chez notre ami, un fermier qui habite un peu plus loin et qui a dit qu'il acceptait de l'abattre. C'était beaucoup plus facile pour nous. Il l'a emmené faire un tour, lui a parlé et l'a abattu pendant leur promenade. »

Au lieu d'appeler pour prendre des nouvelles de Benjy, qui allait bien, évidemment, Julia s'activait sur sa coiffure, rentrait les joues, tirait sur son chemisier, scrutait son maquillage, appuyait sur son ventre, plissait les yeux. Elle envoya un texto à Mark, ne serait-ce que pour mettre un terme abrupt au mépris qu'elle s'inspirait : *gamin toujours en vie. prête quand tu veux.* Quand elle arriva au bar de l'hôtel, il était déjà installé à une table.

« La chambre est spacieuse ? demanda-t-il, tandis qu'elle s'asseyait face à lui.

– Une chambre pour moi toute seule ? Même un four me semblerait spacieux.

– On dirait que tu es née avec soixante-quinze ans de retard. » Puis, avec un semblant de grimace : « Ou d'avance ?

– Voyons voir, mon beau-père dirait que c'est tout à fait acceptable, tant que la personne qui blague n'a pas une cellule de sang goy. Jacob, lui, ne serait pas d'accord. Puis ils échangeraient leur position et se disputeraient avec une énergie décuplée. »

La serveuse s'approcha.

« Deux verres de blanc ? suggéra Mark.

– Formidable, dit Julia. Et toi, tu en prendras un ? »

Mark rit et leva deux doigts.

« Comment va Irv ? Apparemment il a bien remué la merde.

– C'est une ventouse humaine. Mais ça vaut mieux qu'être invisible.

– Être universellement honni ?

– Il serait ravi de savoir qu'on parle de lui en ce moment. Ne lui donnons pas ce plaisir.

– Bon, changeons de sujet.

– Alors, comment ça se passe ? demanda Julia.

– Quoi ? Le divorce ?

– Le divorce, la redécouverte de ton monologue intérieur, tout ça.

– C'est un processus.

– Ce n'est pas comme ça que Cheney décrivait la torture ?

– Tu connais la blague : "Pourquoi les divorces coûtent-ils si cher ?"

– Pourquoi ?

– Parce que ça vaut le coup.

– Je croyais qu'on disait ça à propos de la chimio.

– On finit chauve dans les deux cas, dit-il, tirant ses cheveux en arrière.

– Tu n'es pas chauve.

– Pitié, ne me dis pas que ça me donne l'air *distingué* ?

– Même pas.

– Plus poilu que chevelu alors ?

– Vous êtes tous les mêmes : vous n'arrêtez pas d'essayer de nouvelles configurations avec vos poils de barbe, vous êtes obsédés par la calvitie même quand elle est inexistante. Et pourtant, vous n'accordez aucune importance à la bedaine qui déborde de votre pantalon.

– Je suis très chauve. Mais le problème n'est pas là. Le problème, c'est qu'un divorce est très coûteux – émotionnellement, logistiquement, financièrement – et que ça vaut le coup. Mais à peine.

– À peine ?

– Ce n'est pas la panacée. Ça permet tout juste de s'en sortir.

– Mais on s'en sort au péril de sa vie, non ?

– Mieux vaut sortir de l'immeuble en feu avec des brûlures sur quatre-vingt-dix pour cent du corps que périr à l'intérieur. Mais le mieux est encore d'en sortir avant l'incendie.

– Oui, mais il fait froid dehors.

– Où est-ce qu'elle brûle, ta maison ? Dans le Nunavut ?

– Je m'imagine toujours qu'une maison, ça brûle en hiver.

– Et toi ? demanda Mark. Quelles sont les nouvelles dans Newark Street ?

– Tu n'es pas le seul en plein processus.

– Qu'est-ce qui se passe ?

– Rien, dit-elle, dépliant sa serviette.

– Le Nunavut ?

– Quoi ?

– Tu n'as pas l'intention d'en parler un peu ?

– Ce n'est rien, vraiment, dit-elle en repliant sa serviette.

– Très bien, alors.

– Il vaut mieux que je n'en parle pas.

– Ça vaut peut-être mieux, oui.

– Mais même si on n'a pas encore commencé à boire, j'entends un bourdonnement psychosomatique.

– Tu vas lâcher une bombe, non ?

– Je peux te faire confiance ?

– Ça dépend, j'imagine.

– Tu es sérieux ?

– Seule une personne digne de confiance admet son manque de fiabilité.

– Laisse tomber.

– J'ai fraudé sur ma déclaration d'impôts l'an dernier, d'accord ? Bien comme il faut. J'ai déduit une succursale que je n'ai même pas. Maintenant tu peux me faire chanter, si l'occasion se présente.

– Pourquoi tu as fraudé ?

– Parce que c'est un honneur de contribuer au fonctionnement de notre société, mais qu'il y a des limites. Parce que je suis un pauvre type. Parce que mon comptable est un pauvre type et m'a dit que je pouvais le faire. Je ne sais pas pourquoi.

– L'autre jour, j'étais à la maison et j'ai entendu une vibration. Il y avait un téléphone portable par terre.

– Oh putain.

– Quoi ?

– Les histoires de téléphone portable finissent toujours mal.

– J'ai regardé dedans et il contenait des messages sexuellement explicites.

– Des textos ou des photos ?

– Ça change quoi ?

– Une photo se suffit à elle-même. Un texto, ça peut vouloir dire n'importe quoi.

– Lécher le foutre qui sort d'un cul. Des trucs de ce genre.

– En photo ?

– En mots, répondit Julia. Mais si tu veux savoir dans quel contexte, j'appelle le Trésor public. »

Les boissons arrivèrent, et la serveuse détala. Julia se demanda si elle avait entendu quelque chose, si elle comptait le dire à la gérante, si une jeune femme sans complexes se paierait une tranche de rire, ce soir-là, au détriment de la famille Bloch.

« J'ai mis Jacob devant le fait accompli et il a dit que ce n'étaient que des mots. Rien de plus qu'un flirt passablement enflammé.

– Enflammé ? Lécher le foutre qui sort d'un cul, c'est carrément Dresde.

– C'est mauvais signe.

– Et qui les a reçus ?

– Quelqu'un qui réalise des épisodes de sa série.

– Pas Scorsese…

– Il est trop tôt pour ce genre de commentaire.

– Sérieusement, Julia, ça me fait beaucoup de peine de l'apprendre. Et ça me choque.

– C'est peut-être un mal pour un bien. Comme tu l'as dit, il faut ouvrir la porte pour éclairer la chambre noire.

– Ce n'était pas moi, tu dois confondre.

– Ah bon ?

– Tu le crois quand il dit ça ?

– Quoi donc ?

– Que ce ne sont que des mots.

– Oui.

– Tu fais une différence entre les deux ?

– Entre les mots et le passage à l'acte ? Évidemment que j'en fais une.

– Jusqu'à quel point ?

– Je ne sais pas.

– Il t'a trompée, Julia.

– Il ne m'a pas trompée.

– Le mot est trop fort pour qualifier le fait de coucher avec une autre femme ?

– Il n'a pas couché avec une autre femme.

– Bien sûr que si. Et même s'il ne l'a pas fait, il l'a quand même fait. Tu le sais bien.

– Je n'excuse pas et ne minimise pas ce qu'il a fait. Mais ce n'est pas la même chose.

– Écrire ça à une autre femme est une trahison, y a pas à tortiller. Je regrette, mais je ne peux pas rester assis là et te laisser croire que tu ne mérites pas mieux.

– Ce n'étaient que des mots.

– Et si c'était toi qui les avais écrits, ces mots ? Comment il l'aurait pris à ton avis ?

– S'il savait qu'on est en train de boire un verre, il ferait une crise d'épilepsie.

– Pourquoi ?

– Parce qu'il manque de confiance en lui.

– En étant marié avec trois enfants ?

– Avec lui, ça fait quatre.

– Je ne comprends pas.

– Quoi ?

– S'il souffrait seulement d'un manque de confiance en soi pathologique, je comprendrais. Il est comme il est. Et si ça n'était qu'une question de tromperie, je conçois qu'on puisse surmonter ça. Mais la combinaison des deux ? Comment peux-tu l'accepter ?

– Parce qu'il y a les garçons. Parce que j'ai quarante-trois ans. Parce que notre histoire dure depuis près de vingt ans et que presque tout, dans cette histoire, était bien. Parce que, malgré la stupidité ou la cruauté de sa faute, c'est quelqu'un de foncièrement bon. Vraiment. Parce que je n'ai jamais envoyé de textos érotiques à personne mais que je ne me suis pas privée de flirter ni de fantasmer. Parce qu'il m'est souvent arrivé de ne pas être une bonne épouse, et souvent volontairement. Parce que je suis faible.

– Seule la faiblesse est convaincante. »

Une pensée lui vint, un souvenir : le jour où ils avaient cherché des tiques sur les enfants, sur la véranda de la maison de location dans le Connecticut. Ils s'échangeaient les garçons, Jacob et elle, regardant sous les aisselles, dans les cheveux, entre les orteils, l'un repassant derrière l'autre, trouvant toujours des tiques manquées. Elle avait le don de les retirer entières, et il avait le don de distraire les enfants, faisant des imitations rigolotes de leur mère au supermarché. Pourquoi ce souvenir lui revenait-il maintenant ?

« Qu'est-ce qui te fait fantasmer ? lui demanda Mark.

– Quoi ?

– Tu as dit que tu ne t'étais pas privée de fantasmer. Sur quoi ?

– Je ne sais pas, dit-elle, prenant son verre. Ne fais pas attention à ce que je dis.

– Je sais. Ne fais pas attention aux questions que je te pose. Qu'est-ce qui te fait fantasmer ?

– C'est peu tes affaires.

– *Peu* mes affaires ?

– Pas.

– Tu es ivre de ta faiblesse ?
– Je ne te trouve pas mignon.
– Évidemment.
– Ni charmant. Malgré tous tes efforts.
– Ça ne demande pas le moindre effort de manquer autant de charme.
– Ni sexy. »

Mark avala une grande gorgée, vidant son verre à moitié plein, puis dit : « Quitte-le.
– Je n'ai pas l'intention de le quitter.
– Pourquoi pas ?
– Parce que le mariage est la seule chose à laquelle il ne faut pas renoncer.
– Non, c'est la vie.
– Et parce que je ne suis pas toi.
– Non, mais tu es toi.
– Il n'y a pas une seule part de moi qui veuille être seule. »

Mais à la seconde où ses paroles firent leur entrée en ce monde, elle sut qu'elles étaient fausses. Elle pensa à ses maisons de rêve qui n'avaient qu'une seule chambre, à son départ esquissé sur des plans de son subconscient. Ils précédaient les textos érotiques de plusieurs années.

« Et je ne vais pas détruire ma famille, ajouta-t-elle en une formule qui était à la fois une façon de sauter du coq à l'âne et la conclusion logique du fil de sa pensée.
– En la réparant ?
– En y mettant fin. »

Soudain, à point nommé, ou au pire moment possible, Billie arriva en courant, prise de vertige ou d'une crise d'asthme.

« Pardon de vous interrompre…
– Tout va bien ?
– La Micronésie a l'ar…
– Calme-toi.
– La Micronésie a l'arme…

– Respire. » Elle prit l'un des deux verres et avala une gorgée. « C'est pas de l'eau, dit-elle, une main sur la poitrine.

– C'est du chardonnay.

– Je viens d'enfreindre la loi.

– Nous nous porterons garants de ta moralité.

– La Micronésie a l'arme nucléaire !

– Quoi ?

– L'année dernière, la Russie avait envahi la Mongolie. L'année d'avant, c'était la grippe aviaire. En général ils attendent le deuxième jour, mais… On a la bombe ! C'est pas génial ? On a une de ces chances !

– Comment ça, on a la bombe ? demanda Mark.

– Il faut convoquer la délégation.

– Quoi ?

– Payez vos verres et suivez-moi. »

Mark posa de la monnaie sur la table et ils partirent tous les trois vers les ascenseurs en courant.

« Les animateurs du programme ont fait circuler une déclaration d'après laquelle un marchand d'armes a été arrêté alors qu'il tentait de faire passer clandestinement une valise renfermant une charge explosive à l'aéroport de Yap.

– L'aéroport de Yap ?

– Oui, je sais pas, c'est comme ça qu'ils l'appellent.

– Pourquoi par la Micronésie ? s'étonna Mark.

– Justement, dit Billie, même si aucun des trois ne comprit ce que cela signifiait. On a déjà reçu des offres du Pakistan, de l'Iran et, bizarrement, du Luxembourg.

– Des offres ? répéta Mark.

– Ils veulent qu'on leur vende la bombe. » Puis, à Julia : « Vous comprenez, hein ? »

Julia hocha la tête, hésitante.

« Alors expliquez-lui, tout à l'heure. Ça change complètement la donne !

– Rassemblons les enfants, dit Julia à Mark.

– Je vais chercher ceux qui sont au dixième, toi, ceux qui sont au onzième. On se retrouve dans ta chambre ?

– Pourquoi la mienne ?

– Très bien, la mienne, alors.

– Non, la mienne, ça ira, c'est juste que…

– La chambre de Mark », trancha Billie.

Mark monta dans l'ascenseur. Billie retint Julia un instant.

« Tout va bien ? dit-elle quand les portes de l'ascenseur se refermèrent.

– C'est troublant de disposer de l'arme nucléaire, répondit Julia.

– Je parlais de vous.

– Quoi, moi ?

– Vous vous sentez bien ?

– Pourquoi tu me demandes ça ?

– On dirait que vous êtes au bord des larmes.

– Moi ? Non.

– Ah, bon.

– Enfin, je ne crois pas. »

Mais peut-être l'était-elle. Peut-être l'urgence virtuelle libérait-elle en elle des sentiments enfouis inspirés par l'urgence réelle. Il y avait un centre de traitement des traumatismes dans son cerveau – elle n'avait pas de Dr Silvers pour le lui expliquer, mais elle avait Internet. Les situations les plus inattendues pouvaient l'activer, après quoi toutes ses pensées et sa perception s'y engouffraient. Au centre, il y avait la blessure de Sam. Et au centre de cela – le vortex au cœur duquel toute pensée et toute perception étaient aspirées –, il y avait l'épisode où Jacob l'avait porté jusqu'à la maison, annonçant à Julia : « Il a eu un accident », et où elle avait vu plus de sang qu'il n'y en avait réellement, sans rien entendre des cris de Sam ; l'espace d'un instant, d'un bref instant, elle avait perdu pied. L'espace d'un instant, elle s'était détachée de toute rationalité, de toute réalité, d'elle-même. L'âme quitte le corps au moment de la mort, mais il existe une forme d'abandon encore plus complet : absolument tout quitta son corps au moment où elle vit que son enfant perdait son sang.

Jacob la regarda, sévère, dur, tel un démiurge, et détacha ses mots comme si chacun était une phrase en soi. « Ressaisis. Toi. Tout. De. Suite. » La somme de tout ce qu'elle détestait chez lui ne surpasserait jamais l'amour qu'elle éprouva pour lui à cet instant.

Il lui mit Sam dans les bras et dit : « On va appeler le Dr Kaisen sur la route des urgences. »

Sam regarda Julia avec une terreur préhumaine et hurla : « Pourquoi je me suis fait ça ? Pourquoi je me suis fait ça ? » Puis implora : « C'est drôle. C'est drôle, hein ? »

Elle plongea les yeux dans ceux de Sam, soutint son regard et ne dit pas : « Ça va aller », et ne resta pas sans rien dire. Elle dit : « Je t'aime, je suis là. »

La somme de tout ce qu'elle détestait chez elle ne surpasserait jamais la certitude qu'au moment le plus critique de la vie de son enfant, elle avait été une bonne mère.

Et puis, aussi vite que le centre des traumatismes de Julia avait pris le contrôle de la situation, il lui laissa la main. Peut-être était-il fatigué. Peut-être était-il miséricordieux. Peut-être avait-elle brièvement détourné le regard avant de se rappeler qu'elle était présente au monde. Avait-elle pris l'ascenseur ou l'escalier ? Avait-elle frappé à la porte de Mark ou celle-ci était-elle ouverte ?

Le débat était déjà lancé et animé. Quelqu'un avait-il remarqué son absence ? Sa présence ?

« Une arme nucléaire volée, ça ne se négocie pas, dit Billie. On veut qu'elle soit désarmée pronto, point final.

– Ce n'est pas nous qui l'avons volée. Mais je suis complètement d'accord avec ce que tu viens de dire.

– On devrait l'enfouir quelque part.

– On pourrait pas la transformer en énergie ?

– On devrait la donner aux Israéliens, dit un garçon coiffé d'une kippa.

– Il manquerait plus que ça. On devrait l'enfouir en Israël, plutôt.

– Si je peux vous interrompre un instant, dit Mark. Mon rôle n'est pas de vous suggérer des conclusions, mais de vous aider à vous poser des questions audacieuses, alors envisagez celle-ci : se peut-il qu'il y ait une option importante que nous n'avons pas encore envisagée ? Et si on gardait la bombe ?

– Garder la bombe ? dit Julia, signalant sa présence. Non, on ne peut pas garder la bombe.

– Pourquoi pas ? demanda Mark.

– Parce que nous sommes des gens responsables.

– Et si on jouait la scène ?

– *Jouer* n'est pas le bon mot dans une discussion sur la bombe atomique.

– Laisse-le parler », intervint Sam.

Mark parla : « C'est peut-être enfin l'occasion de prendre notre destin en main ? Presque tout au long de notre histoire, nous avons été à la merci des autres : envahis par les Goliaths du commerce portugais et espagnol, vendus aux Allemands, conquis par le Japon et les États-Unis…

– J'imagine que personne n'a apporté de violon miniature ? » dit Julia aux enfants. Personne ne comprit la blague.

« Tout ce que je dis, c'est que nous n'avons jamais été autonomes, poursuivit Mark en baissant la voix, tâchant de paraître calme.

– Il n'y a jamais eu un seul pays tout à fait autonome dans toute l'histoire du monde, répliqua Julia.

– Oh, cassé ! s'exclama un garçon à Mark.

– L'Islande est tout à fait autonome, dit Mark.

– Cassée ! lança le même garçon à Julia.

– Personne ne casse personne, dit Mark. On réfléchit à la meilleure solution possible à une question très complexe.

– L'Islande est un bidonville, reprit Julia.

– Écoutez, fit Mark, si ce que je dis est idiot, la seule chose que mon blabla nous aura fait perdre, c'est trois minutes de conversation.

– Je viens de recevoir un texto du Liechtenstein, annonça Billie, brandissant son téléphone comme s'il s'agissait d'une torche et qu'elle était la statue de la Liberté. Ils nous proposent un marché.

– Bon, nous n'avons évidemment aucun programme nucléaire d'aucune sorte…

– Le Liechtenstein est un pays ?

– … et nous n'avons pas les moyens, ni aucune raison d'acquérir une arme atomique sur le marché noir.

– La Jamaïque veut en être, déclara Billie, brandissant un autre texto. Ils offrent trois cents milliards de dollars.

– Ils ont compris qu'on parle d'une bombe, hein ? Pas d'un bong atomique ? Elle est pas bonne, celle-là !

– Xénophobe, murmura quelqu'un.

– Et pourtant, continua Mark, on se retrouve subitement en possession de l'arme atomique, avec la possibilité, si nous choisissons cette voie-là, d'entrer dans le cercle des nations fonctionnellement autonomes, des nations capables de dicter leurs propres conditions, des nations qui ne sont pas asservies à d'autres nations, ni aux aléas de leur histoire.

– Je vois, dit Julia, son légendaire flegme soudain soumis au système de protection des témoins. Donc, on a quelques griefs, la vie n'est pas une virée à Disneyland, et tiens, ça tombe bien, on n'a qu'à faire claquer nos talons pleins d'uranium et boum ! le grand videur devant l'Éternel nous laisse entrer dans la plus géniale des soirées.

– Ce n'est pas ce qu'il suggérait, répliqua Sam.

– Ses suggestions manquent de clarté. » Puis, se tournant vers Mark : « Tu es une bombe non claire, voilà ce que tu es.

– J'essayais de proposer d'explorer, quitte à écarter cette solution, les avantages potentiels liés à la possession de la bombe.

– On n'a qu'à larguer la bombe quelque part ! lança quelqu'un.

– On n'a qu'à faire ça ! renchérit Julia. Sur qui ? À moins que ça n'ait pas la moindre importance ?

– Bien sûr que c'est important, dit Billie, dubitative et contrariée par le comportement de Julia.

– Le Mexique ? demanda une fille.

– L'Iran, évidemment, répondit le garçon à la kippa.

– Peut-être qu'on devrait bombarder un pays d'Afrique meurtri par la guerre, ravagé par la famine, et où les orphelins sont si maigres qu'ils ont un gros ventre ? » dit Julia.

Cette remarque fit taire tout le monde.

« Pourquoi on ferait ça ? demanda Billie.

– Parce qu'on peut, dit Julia.

– Merde, maman.

– Ne me parle pas sur ce ton.

– On ne va bombarder personne, intervint Mark.

– Mais si, c'est ce qu'on va faire, figure-toi, dit Julia. Ça finit toujours comme ça. Soit on est un pays qui ne bombarde jamais, soit on est un pays ouvert aux bombardements. Et une fois qu'on s'ouvre à la possibilité de bombarder, on finit par le faire.

– C'est absurde, Julia.

– Tu dis ça parce que tu es un homme, Mark. »

Les enfants se regardèrent. Certains pouffèrent avec nervosité ; Sam n'en faisait pas partie.

« Bon, fit Mark pour suivre et relancer Julia. Je propose une autre idée : que nous nous bombardions nous-mêmes.

– Pourquoi ? demanda Billie, si perplexe qu'elle en était angoissée.

– Parce que Julia…

– Madame Bloch.

– … préfère mourir que sauver sa propre vie. Alors pourquoi aller plus loin ?

– Tu vois ce que tu as fait ? dit Sam à sa mère.

– La Jamaïque vient de renchérir à quatre cents milliards de dollars », annonça Billie, brandissant de nouveau son téléphone.

Quelqu'un dit : « Yeah, man. »

Quelqu'un dit : « La Jamaïque n'a même pas quatre cents dollars. »

Quelqu'un dit : « On devrait demander de vrais billets. Des qu'on pourrait ramener chez nous pour nous acheter de vraies choses. »

Sam prit sa mère par le poignet et l'entraîna dans le couloir, comme elle-même l'avait si souvent fait avec lui.

« À quoi tu joues ? lança-t-il.

– À quoi je joue ?

– J'avais bien dit à papa que je ne voulais pas que tu viennes, tu en fais des tonnes alors que je t'ai demandé de ne pas en faire des tonnes, tout ce que tu veux, c'est jouer les mères cool, au lieu d'être une bonne mère.

– Pardon ?

– Il faut que tout tourne autour de toi. Il n'y en a que pour toi.

– Je ne sais pas de quoi tu parles, et toi non plus.

– Tu m'obliges à présenter des excuses pour des mots que j'ai jamais écrits, tout ça pour faire une bar-mitsva que tu es la seule à vouloir. Non seulement tu fouilles dans mon historique de recherche sur Internet, mais en plus tu essaies de cacher le fait que tu n'as pas confiance en moi. Et tu crois que je crois que les crayons sur mon bureau se taillent tout seuls ?

– Je m'occupe de toi, Sam. Sois-en sûr, ça ne me fait pas plaisir de rougir de honte devant le rabbin ni de ranger la pagaille sur ton bureau.

– Tu es une castratrice. Et tu y prends plaisir. La seule chose qui te rend heureuse, c'est de contrôler le moindre détail de notre vie parce que tu n'as aucun contrôle sur la tienne.

– Où est-ce que tu as appris ce mot ?

– Quel mot ?

– Castratrice.

– Tout le monde connaît ce mot.

– Ce n'est pas un mot qu'utilisent les enfants.

– Je ne suis pas un enfant.

– Tu es *mon* enfant.

– C'est déjà assez agaçant que tu traites tes enfants comme des enfants, mais papa…

– Attention, Sam.

– Il dit que c'est plus fort que toi, mais je vois pas ce que ça change.

– Fais bien attention.

– Sinon quoi ? Je pourrai comprendre qu'il y a du porno sur Internet, ou casser une mine de crayon et mourir ?

– Arrête ça tout de suite.

– Ou je dirai par accident quelque chose que tout le monde sait déjà ?

– Comme quoi, par exemple ?

– Fais attention, maman.

– Qu'est-ce que tout le monde sait déjà ?

– Rien.

– Tu n'en sais pas autant que tu le crois.

– Qu'on a tous peur de toi. On est malheureux parce qu'on ne peut pas vivre notre vie librement, parce que tu es une castratrice et qu'on a peur de toi.

– Qui ça, "on" ? » Billie apparut dans le couloir et s'adressa à Sam. « Tout va bien ?

– Va-t'en, Billie.

– Qu'est-ce que j'ai fait ?

– Tu n'as rien fait », dit Julia.

Sam continua à s'en prendre à sa mère, mais à travers Billie : « Tu veux bien t'occuper de tes oignons trois secondes ?

– J'ai dit quelque chose ? demanda-t-elle à Julia.

– Ta présence n'est pas souhaitée. Va-t'en.

– Sam ? »

Les larmes aux yeux, Sam déguerpit. Julia resta plantée là, une sculpture de glace aux larmes gelées.

« C'est drôle, non ? » dit Billie, ses yeux débordant des larmes que ni la mère ni son fils n'étaient arrivés à verser.

Julia repensa à son bébé blessé implorant, *C'est drôle, c'est drôle.*

« Qu'est-ce qu'il y a de drôle ?

– Les bébés vous donnent des coups de pied quand ils sont dans votre ventre, et ils en remettent une couche une fois qu'ils sont sortis.

– C'est ce qui m'est arrivé, dit Julia, posant une main sur son ventre.

– Je l'ai lu dans un des livres de mes parents sur l'art d'être parents.

– Pourquoi tu lis ces trucs-là ?

– Pour essayer de les comprendre. »

L'AUTRE MORT DE QUELQU'UN D'AUTRE

Jacob alla sur Internet mais n'alla pas voir ce qu'il y avait de nouveau sur les sites où s'affichait un goût compulsif pour l'immobilier, le design, ou plus bêtement pour le porno, n'alla pas voir les dernières expériences réjouissantes de gens dont il était jaloux et qu'il aurait préféré voir morts, ne passa pas une demi-heure apaisante dans le petit cocon de bonheur de Bob Ross[1]. Il trouva le numéro d'assistance d'Other Life. Sans grande surprise, il dut se frayer un chemin dans un service automatisé – tel un Thésée sédentaire n'ayant pour fil qu'une ligne téléphonique.

« Other Life… iPad… Je ne sais pas… Je ne sais vraiment pas… Je ne sais pas… Assistance… Assistance… »

Au bout de quelques minutes passées à répéter « Je ne sais pas » et « Assistance » comme un extraterrestre imitant un être humain, il fut mis en contact avec quelqu'un dont l'accent était presque impénétrable et qui fit de son mieux pour cacher le fait qu'il était un Indien imitant un Américain.

« Oui, bonjour, je m'appelle Jacob Bloch et je vous appelle de la part de mon fils. On a eu un accident avec son avatar…

– Bonsoir, monsieur Bloch. Je vois que vous appelez de Washington. Profitez-vous de cette météo inhabituellement clémente pour la saison en cette fin de soirée ?

1. Animateur d'une émission de télévision « The Joy of Painting » (la joie de peindre).

– Non. » Jacob ne voulait pas perdre patience, mais qu'on lui demande de faire comme s'il ne s'agissait pas d'un appel à l'international aiguisa sa méchanceté.

« Je regrette, monsieur Bloch. Bonsoir. Je m'appelle John Williams.

– Sans blague ! J'ai adoré votre travail sur *La Liste de Schindler.*

– Merci, monsieur.

– *Jurassic World*, un peu moins.

– En quoi puis-je vous être utile ?

– Comme je disais, il y a eu un accident avec l'avatar de mon fils.

– Quel genre d'accident ?

– J'ai accidentellement reniflé un Bouquet de Fatalisme.

– Vous voulez dire de Fatalité ?

– Si vous préférez. Je l'ai reniflé.

– Et je peux savoir pourquoi vous avez fait une chose pareille ?

– Je ne sais pas. Pourquoi renifle-t-on quelque chose ?

– Certes, mais un Bouquet de Fatalité provoque une mort immédiate.

– Oui, non, je sais – enfin, maintenant, je le sais. Mais c'était la première fois que je jouais à ce jeu.

– Ce n'est pas un jeu.

– Oui. Y a-t-il un moyen d'arranger ça ?

– Avez-vous tenté de vous suicider, monsieur Bloch ?

– Bien sûr que non. Et il ne s'agit pas de moi, mais de mon fils.

– C'est votre fils qui l'a reniflé ?

– Je l'ai reniflé à la place de mon fils.

– Oui, je vois.

– Est-ce qu'il existe une espèce de reboot d'Other Life, ou je ne sais quoi ?

– Un reboot ?

– Une deuxième chance.

– S'il n'y avait pas de conséquences, ce ne serait qu'un jeu.

– Je suis écrivain, alors je mesure très bien la gravité de la mortalité, mais…

– Vous pouvez vous réincarner, mais sans récupérer votre parure psychique. Donc ce sera comme un nouveau départ.

– Que me conseillez-vous, dans ce cas ?

– Vous pourriez refaire l'acquisition d'une parure psychique à la place de votre fils.

– Mais je ne sais pas jouer.

– Ce n'est pas un jeu.

– Je ne sais pas le faire.

– Il suffit de manger les fruits de résilience les plus accessibles.

– Manger quoi ?

– Le raisin d'apothicaire.

– Je ne sais pas comment faire.

– Ça prend beaucoup de temps, mais ce n'est pas difficile.

– Combien de temps ?

– Si vous devenez bon très rapidement, je dirais six mois.

– Six mois, c'est tout ? Mais c'est formidable, parce que je me disais avec inquiétude que vous parliez d'une activité qui prend vraiment un temps fou. Là, c'est parfait, parce que je n'ai pas le temps de faire examiner le grain de beauté à la destinée manifeste que j'ai sur la poitrine, en revanche je peux sans problème passer un millier d'heures à boucher mes canaux carpiens tout en commettant un génocide sur mes neurones alors que j'écume des vignes d'apothicaire à la recherche de fruits de résilience accessibles, quelle que soit la signification de ces conneries.

– Ou vous pouvez acheter une renaissance complète.

– Une quoi ?

– Il est possible de retrouver votre profil d'avatar à un moment donné dans le temps. Dans votre cas, tout de suite avant qu'il renifle le Bouquet de Fatalité.

– Vous pouviez pas le dire plus tôt ?

– Certaines personnes trouvent cette solution insultante.

– Insultante ?

– Certains considèrent que ça sape la philosophie d'Other Life.

– Je doute que beaucoup de pères dans ma position partagent cet avis. On peut faire ça tout de suite ? Par téléphone ?

– Oui, je peux traiter votre paiement et lancer à distance la renaissance complète.

– C'est peut-être la meilleure nouvelle que j'ai entendue… de toute ma vie. Merci. Merci. Et vraiment, je regrette de m'être conduit comme un con à l'instant. C'est que je risque gros.

– Oui, je comprends, monsieur Bloch.

– Appelez-moi Jacob.

– Merci, Jacob. Il me faut des informations sur l'avatar, et la date et l'heure du retour à l'ancien profil. Mais nous devons bien confirmer que vous achetez la renaissance complète à mille deux cents dollars.

– Pardon, vous avez dit mille deux cents dollars ?

– Oui.

– Vous voulez dire, le chiffre un, suivi du chiffre deux, suivi de deux zéros sans virgule ?

– Plus les taxes. Oui.

– Combien coûte le jeu ?

– Ce n'est pas un jeu.

– Assez déconné, Williams.

– Other Life est gratuit.

– C'est une blague ? Mille deux cents dollars ?

– Ce n'est pas une blague, Jacob.

– Vous êtes conscient que le monde est plein d'enfants qui souffrent de la faim ou d'un bec-de-lièvre ?

– J'en suis conscient.

– Et vous pensez quand même qu'il est éthique de faire payer mille deux cents dollars pour corriger un accident dans un jeu vidéo ?

– Ce n'est pas un jeu, monsieur.

– Vous donner mille deux cents dollars signifie que je dois d'abord en gagner deux mille quatre cents. Vous le savez, non ?

– Ce n'est pas moi qui fixe les prix, monsieur.

– Y a-t-il quelqu'un chez vous qui ne soit pas un simple intermédiaire ?

– Voulez-vous procéder à une renaissance complète, ou le prix vous rebute-t-il ?

– Me rebuter ? La leucémie me rebute. Ce que vous faites est criminel. Et vous devriez avoir honte.

– J'en conclus que vous ne voulez plus acheter une renaissance complète.

– Vous pouvez en conclure que je vais déposer un recours collectif contre votre compagnie d'escrocs. Je connais des gens dont vous feriez mieux d'avoir peur. Je connais de grands avocats qui seraient prêts à me rendre ce service. Et je vais écrire à ce propos au *Washington Post* – aux pages Style, ou Point de vue peut-être – et ils le publieront, vous verrez, et là vous vous en mordrez les doigts. Vous avez choisi d'entuber la mauvaise personne ! »

À cet instant, Jacob sentit la merde d'Argos, il la sentait souvent quand il était furieux.

« Avant de raccrocher, Jacob, diriez-vous que j'ai répondu à vos besoins de façon satisfaisante ? »

Monsieur Bloch lui raccrocha au nez, puis grogna : « Ils t'emmerdent, mes besoins. »

Il prit une grande inspiration, détesta l'odeur qu'il respira, décrocha le téléphone mais ne composa aucun numéro.

« Assistance… dit-il dans le vide. Assistance… »

UNE RENAISSANCE COMPLÈTE

Julia était assise au bord de son lit. La télé diffusait une publicité pour l'hôtel, dans lequel elle se sentait déjà captive. La lithographie accrochée au mur était tirée à cinq mille exemplaires. Cinq mille fois des flocons de neige absolument identiques, absolument uniques, totalement ringards. Elle se mit à composer le numéro de Jacob. Elle pensa partir à la recherche de Sam. Il y avait toujours trop de choses à faire quand elle n'avait pas le temps. Mais quand elle cherchait le moyen de s'occuper, elle ne savait jamais que faire.

Cet état second fut interrompu par un coup sur la porte.

« Merci d'avoir ouvert, dit Mark par le minuscule entrebâillement.

– On ne voyait rien à travers le judas, répondit Julia en ouvrant plus grand.

– Je suis allé un peu loin.

– Tu as complètement dépassé les bornes, tu veux dire.

– Je suis en train de m'excuser, là.

– Tu as trouvé ton monologue intérieur et il t'a dit que tu t'étais conduit comme un enfoiré ?

– C'est exactement ce qui s'est produit.

– Alors, tu n'en voudras pas à mon monologue extérieur de te renvoyer la même remarque.

– C'est noté.

– Le moment est mal choisi.

– Je sais.

– Je viens d'avoir une grosse engueulade avec Sam.

– Je sais.

– Tu sais tout.

– Je ne mentais pas quand j'ai dit aux enfants que j'étais omniscient. »

Julia se frotta la tempe et s'écarta pour permettre à Mark d'entrer.

« Chaque fois que Sam pleurait, quand il était bébé, on lui disait, "Je sais, je sais", et on lui donnait sa tétine. Alors il s'est mis à l'appeler "Je sais". Ton omniscience vient de me le remémorer. Ça faisait des années que je n'y avais plus pensé. » Et avec un hochement de tête incrédule : « Si ça se trouve c'était dans une autre vie ?

– C'était dans cette vie, mais tu étais une autre personne. »

Avec la voix d'un carreau de fenêtre qui sait qu'il va bientôt se briser, elle dit : « Je suis une bonne mère, Mark.

– Oui. Je sais.

– Je suis une très bonne mère. Je ne fais pas seulement de mon mieux. Je suis vraiment quelqu'un de bon. »

Ils réduisirent d'un pas la distance qui les séparait, et Mark dit : « Tu es une bonne épouse, une bonne mère et une bonne amie.

– Je fais vraiment de mon mieux. »

Quand Jacob avait ramené Argos à la maison, Julia s'était sentie trahie – elle avait enragé devant Jacob, mais s'était réjouie devant les garçons. Et pourtant, c'est elle qui avait pris la peine de lire un livre sur le dressage et le soin des chiens. La plupart des conseils prodigués étaient évidents pour toute personne douée de bon sens, mais elle fut particulièrement frappée par celui de ne jamais dire non à un chien, sous peine de donner au non une connotation existentielle – une négation de la valeur de l'animal. Il entendrait *non* comme si c'était son nom : « Tu t'appelles Non. » Il valait mieux faire claquer sa langue, ou dire « Hm-hm », ou taper dans ses mains. Comment était-il possible d'en savoir autant sur les capacités mentales d'un chien, ou pourquoi était-il si préférable de se faire appeler « Hm-hm », cela échappait à Julia, mais ça se tenait, ça faisait sens.

Elle avait besoin qu'on donne une connotation existentielle à la bonté. Elle avait besoin d'être rebaptisée, d'entendre : « Tu t'appelles Bonté. »

Mark lui posa une main sur la joue.

Elle recula d'un demi-pas.

« Qu'est-ce que tu fais ?

– Pardon. C'était déplacé ?

– Évidemment. Tu connais Jacob.

– Oui.

– Et tu connais mes enfants.

– C'est vrai.

– Tu sais que je traverse une période très difficile. Tu sais que Sam et moi venons d'avoir une terrible dispute.

– Oui.

– Et tout ce que tu trouves à faire, c'est essayer de m'embrasser ?

– Je n'ai pas essayé de t'embrasser. »

Se pouvait-il qu'elle ait mal interprété son geste ? Impossible. Mais elle ne pouvait pas non plus prouver qu'il avait tenté de l'embrasser. Et cela la fit se sentir assez minuscule pour aller se cacher dans la penderie en se glissant sous la porte fermée.

« Bon, alors qu'est-ce que tu essayais de faire, exactement ?

– Je n'essayais pas de faire quoi que ce soit. Tu avais manifestement besoin de réconfort, et tendre la main m'a semblé naturel.

– Naturel pour toi.

– Désolé.

– D'ailleurs, je n'ai pas besoin de réconfort.

– Je me suis dit que tu n'aurais rien contre. Tout le monde en a un peu besoin.

– Tu croyais que je n'aurais rien contre le fait que tu me touches le visage ?

– Oui. À la façon dont tu as incliné ton corps pour me faire entrer. À ta façon de me regarder. Quand tu as dit : “Je suis vraiment quelqu'un de bon”, et que tu as fait un pas en avant. »

Avait-elle vraiment fait ça ? Elle se repassa la scène dans sa tête, mais aurait juré que c'était lui qui avait fait un pas en avant.

« Ben voyons, je quémandais, c'est ça. »

Était-il possible qu'elle se soit montrée trop dure avec Jacob, simplement parce qu'il avait été le premier à exprimer ce qu'elle savait avoir été la première à éprouver ? Elle n'atteindrait aucun équilibre en étant cruelle – seulement en le trompant, ce qu'elle refusait de faire.

« Je ne suis pas un baratineur, Julia. Tu es persuadée du contraire…

– Oui.

– Ce n'est pas le cas. Pardon de t'avoir mise mal à l'aise. Ce n'était pas du tout mon intention.

– Tu te sens seul et je suis la béquille idéale.

– Je ne me sens pas seul et tu n'es pas…

– C'est toi qui avais besoin de réconfort.

– On en avait besoin tous les deux. On en a besoin.

– J'aimerais que tu t'en ailles, maintenant.

– Très bien.

– Qu'est-ce que tu attends ?

– Je crois que tu ne veux pas que je parte.

– Comment je suis censée le prouver ?

– Tu pourrais me pousser.

– Je n'ai pas l'intention de te pousser, Mark.

– Pourquoi tu viens de m'appeler par mon prénom, à ton avis ?

– Parce que c'est comme ça que tu t'appelles.

– Qu'est-ce que tu voulais souligner ? Tu n'as pas prononcé mon nom quand tu m'as demandé de partir. Seulement quand tu as dit ce que tu n'avais pas l'intention de faire.

– Mais bon sang, va-t'en, Mark.

– Très bien », dit-il, et il se dirigea vers la porte.

Elle ignorait de quel type d'urgence il s'agissait, sinon que le centre des traumatismes de son cerveau engloutissait tout. À la marge, toujours intacte, demeurait l'étrange joie de trouver et d'éliminer des tiques dans le Connecticut. Mais le traumatisme flairait le plaisir et l'attaquait. Chaque fin de soirée, elle s'asseyait dans une baignoire vide et examinait son corps, car personne ne le ferait à sa place.

« Non, attends », dit-elle. Il fit volte-face. « J'avais besoin de réconfort.

– Mais je…

– Laisse-moi finir. J'avais besoin de réconfort et je suis sûre que c'est bien l'impression que j'ai donnée, même si je n'en avais pas l'intention, ou que je ne m'en suis pas rendu compte.

– Merci de me le dire. Et puisqu'on en est au stade des aveux : c'est moi qui ai fait un pas vers toi.

– Tu m'as menti.

– Non, mais je ne savais pas comment…

– Tu m'as menti et tu m'as fait douter de moi.

– Je ne savais pas comment…

– Je savais que j'avais raison. » Elle se tut. Un petit souvenir supplanta un petit rire : « Les baisers. Je viens de me souvenir comment Sam appelait les baisers.

– Quoi ?

– Il leur donnait plusieurs noms, selon la situation. Un "pour-aller-mieux" était un baiser donné après une blessure. Un "petit sheyn" était un baiser de son arrière-grand-père. Un "cette-tête", un de sa grand-mère. Un "toi" était un de ces baisers spontanés qui signifiaient il-faut-que-je-t'embrasse-sur-le-champ. Je crois qu'on disait toujours "Toi", quand on se faisait celui-là.

– Les enfants sont merveilleux.

– Quand ils n'ont encore rien appris, oui. »

Mark croisa les bras et dit : « Alors voilà, Julia…

– Oh oh, là tu soulignes quelque chose.

– J'ai vraiment essayé de t'embrasser.

– Vraiment ? » Non seulement elle se sentit soulagée de la gêne qu'elle avait éprouvée, mais pour la première fois dans sa mémoire sélective remaniée, elle se sentit désirée.

« En toute franchise.

– Pourquoi as-tu essayé de m'embrasser ?

– Pourquoi ?

– C'était un “pour-aller-mieux” ?

– C'était un “toi”.

– Je vois.

– Alors tu as choisi de ne pas fermer les yeux ?

– Quoi ?

– Tu vois. »

Elle fit un pas vers lui, ferma les yeux et demanda : « Est-ce que les choses vont mal tourner ?

– Non. »

Elle fit un pas de plus et demanda : « C'est promis ?

– Non. »

Il n'y avait plus aucune distance à franchir.

Elle lui demanda : « Qu'est-ce que tu peux promettre ? »

Il promit : « Les choses vont changer. »

III

DE L'USAGE DU POING JUIF

TENIR UN STYLO, COGNER, AMOUR-PROPRE

« C'est une blague ? » demanda Irv, tandis qu'ils roulaient vers l'aéroport Washington National – les Bloch préféraient renoncer à voyager en avion plutôt que de dire Reagan National. Ils écoutaient NPR, parce que Irv recherchait la confrontation avec ce qu'il méprisait et qu'à son grand dégoût, il y avait une émission qui parlait en termes mesurés de la construction de nouvelles colonies en Cisjordanie. Irv méprisait NPR. Non seulement à cause de leurs misérables opinions politiques, mais aussi des voix de chochottes décomplexées qui officiaient à l'antenne, avec une préciosité exacerbée, un émerveillement béat, toujours promptes à s'offusquer qu'on puisse taper sur un type à lunettes. (Tous autant qu'ils étaient – hommes, femmes, jeunes et vieux – semblaient partager la même voix, se la passant d'une gorge à l'autre, selon les besoins.) Les vertus de la « radio subventionnée par ses auditeurs » ne changeaient rien au fait que toute personne qui se respecte n'utilise jamais le mot *besace*, sans parler d'en posséder une pour de vrai ; d'ailleurs, à combien d'abonnements au *New Yorker* chacun avait-il vraiment besoin de souscrire ?

« Eh ben, maintenant, j'ai ma réponse, lança Irv, avec un hochement de tête satisfait qui tenait de la prière juive ou de Parkinson.

– À quoi ? dit Jacob, incapable de ne pas mordre à l'hameçon.

– Si on me demande quel est l'extrait d'émission de radio le plus factuellement erroné, moralement répugnant et tout simplement ennuyeux que j'aie jamais entendu. »

La réponse du tac au tac d'Irv déclencha une réaction réflexe dans le cerveau de Jacob, et quelques échanges plus tard, ils ressemblaient à des danseurs russes exécutant un kazatchok rhétorique à une fête de mariage – bras croisés, lançant les pieds dans tous les sens.

« De toute façon, dit Jacob, estimant qu'ils étaient allés assez loin, c'était annoncé comme une chronique d'opinion.

– Oui, eh ben l'opinion de cet idiot est fausse… »

Sans lever les yeux de son iPad, Max prit la défense de la Radio publique nationale – ou de la sémantique, en tout cas – depuis la banquette arrière : « Une opinion ne peut pas être fausse.

– Alors, voilà pourquoi l'opinion de cet idiot est idiote… » Irv énuméra tous les « parce que » sur les doigts de sa main gauche : « Parce que seul un antisémite peut être *poussé à l'antisémitisme* – une assertion hideuse ; parce que le simple fait d'émettre une volonté de discuter avec ces tarés reviendrait à jeter du Manischewitz dans un poêle à mazout ; parce que – et ce n'est pas pour rien – leurs hôpitaux sont pleins de roquettes dirigées vers nos hôpitaux, qui sont pleins de gens de leur espèce ; parce que au bout du compte, nous on aime le poulet kung pao alors qu'eux ils aiment la mort ; parce que – et j'aurais vraiment dû commencer par là – ce qui est un fait simple et indéniable, c'est… qu'on a raison !

– Merde, garde ta droite ! »

Irv retira son autre main du volant – qu'il contrôlait avec ses genoux – pour ajouter un doigt rhétorique à sa démonstration : « Et parce que de toute façon, pourquoi nos jeunes en kippa devraient se laisser intimider par des groupes de Goy Scouts qui obtiennent leurs galons de manifestants devant la Coop de Berkeley, ou par des macaques en keffieh qui s'amusent à faire des ricochets sur les flots urbains de la soi-disant ville de Gaza ?

– Au moins une main sur le volant, papa.

– Quoi, je provoque un accident, là ?

– Et trouve un autre mot que macaques. »

Irv se retourna pour regarder son petit-fils, tout en continuant de conduire avec les genoux : « Écoute ça. Tu mets un million de singes devant un million de machines à écrire, et ça donne *Hamlet*. Deux millions devant deux millions de machines, et ça donne…

– Attention à la route !

– Le Coran. Drôle, hein ?

– Raciste, murmura Max.

– Les Arabes ne sont pas une race, *bubele*. C'est une ethnie.

– C'est quoi une machine à écrire ?

– Une dernière chose, dit Irv, se tournant vers Jacob et pointant l'index de la main droite, tout en brandissant les six autres doigts. Mieux vaut balayer devant sa porte avant de jeter la première pierre, et a fortiori quand on n'a pas de patrie. Parce que quand leurs pierres commenceront à briser les vitraux de Chagall, il ne faut pas qu'ils s'attendent à nous voir nous mettre à quatre pattes pour les ramasser. C'est pas parce qu'on est plus intelligents que ces tarés qu'ils ont le monopole de la démence. Les Arabes doivent comprendre que nous aussi, on a des pierres, mais que notre fronde est à Dimona et que le doigt posé sur le bouton est relié à un bras avec une série de chiffres tatouée dessus !

– T'as fini ? demanda Jacob.

– Avec quoi ?

– Si tu pouvais revenir une seconde sur la planète Terre, je me disais qu'on pourrait passer voir Isaac avec Tamir sur le chemin du retour.

– Pourquoi ?

– Parce qu'il est clairement déprimé par le déménagement et…

– S'il était capable de souffrir de dépression, il se serait tué il y a soixante-dix ans.

– Putain de sa mère ! s'exclama Max en secouant son iPad comme une ardoise magique.

– Il n'est pas déprimé, dit Irv. Il est vieux. L'âge prend l'apparence de la dépression, mais n'en est pas une.

– Pardon, fit Jacob. J'oubliais : personne n'est jamais déprimé.

– Non, c'est moi qui m'excuse. J'oubliais que tout le monde est toujours déprimé.

– J'imagine que c'est une pique contre ma thérapie ?

– Tu as quelle ceinture, de toute façon ? Marron ? Noire ? Et à la fin tu gagnes quand tu te la passes autour du cou ? »

Jacob se demanda s'il valait mieux répondre ou laisser tomber. Le Dr Silvers aurait appelé cela une pensée binaire, mais la manière dont le Dr Silvers s'appuyait sur la critique binaire était elle-même binaire. Et c'était une matinée trop épuisante pour faire dans la nuance avec son enclume de père. Alors, comme toujours, il laissa tomber. Ou plutôt, il encaissa.

« C'est un changement difficile pour lui, reprit-il. C'est définitif. Tout ce que je dis, c'est qu'on devrait être sensibles à…

– C'est une callosité humaine, répliqua Irv.

– Il saigne de l'intérieur. »

Max montra le feu : « Quand c'est vert, il faut avancer. »

Mais au lieu de démarrer, Irv se tourna pour insister sur le point dont il avait dévié : « Voilà le problème : la population mondiale des Juifs atteint un chiffre équivalent à la marge d'erreur du recensement chinois, et tout le monde nous hait. » Sans prêter attention aux voitures qui klaxonnaient derrière lui, il continua : « L'Europe… en voilà un continent qui hait les Juifs. Les Français, ces ramollis de la vulve, ne verseraient pas une larme de tristesse sur notre disparition.

– Qu'est-ce que tu racontes ? Tu te souviens de ce qu'a dit leur Premier ministre après l'attaque du supermarché casher ? "La France, sans les Juifs de France, ne serait pas la France." Ou quelque chose comme ça.

– Mon cul. Tu sais bien qu'il avait mis à chambrer en coulisses une bouteille de Château Sang de Juif 1942 pour porter un toast à la France sans Juifs. Les Anglais, les Espagnols, les Italiens. Ces gens-là ne vivent que pour nous faire mourir. » Il passa la tête par la fenêtre, se retourna et hurla au conducteur qui klaxonnait : « Je le sais que je suis un connard, espèce de connard ! Je suis pas sourd ! » Puis, revenu à Jacob : « Nos seuls amis fiables en Europe sont les Allemands, mais quelqu'un doute-t-il qu'ils auront un jour épuisé leur réserve de culpabilité et d'abat-jour ? Et quelqu'un doute-t-il vraiment qu'un jour, quand les conditions seront réunies, l'Amérique ne décide qu'on est trop bruyants, qu'on pue, qu'on est casse-pieds et bien trop intelligents pour ne pas nuire à tout le monde ?

– Moi, dit Max, écartant deux doigts pour zoomer sur son écran.

– Eh, Max, fit Irv, tâchant de croiser son regard dans le rétroviseur. Tu sais pourquoi les paléontologues recherchent des ossements plutôt que de l'antisémitisme ?

– Parce qu'ils sont paléontologues et pas employés à la Ligue antidiffamation ? suggéra Jacob.

– Parce qu'ils aiment bien creuser. T'as pigé ?

– Non.

– Même si tout ce que tu dis était vrai, poursuivit Jacob, ce qui n'est pas le cas…

– Ça l'est absolument.

– Non.

– Si.

– Mais même si ça l'était…

– Le monde hait les Juifs. Je sais que pour toi la prévalence des Juifs dans le milieu de la culture est une sorte de contre-argument, mais ça revient à dire que le monde aime les pandas parce que des foules entières vont les voir au zoo. Le monde hait les pandas. Il veut leur mort. Même celle de leurs bébés. Et le monde hait les Juifs. Depuis toujours. Et pour toujours.

Oui, je pourrais employer des mots plus policés et parler des contextes politiques, mais la haine sera toujours la haine, et toujours parce que nous sommes juifs.

– Moi, j'aime les pandas, intervint Max.

– Ce n'est pas vrai, le corrigea Irv.

– J'adorerais en avoir un comme animal domestique.

– Il te dévorerait le visage, Maxy.

– Génial.

– Ou, du moins, il occuperait notre maison et nous soumettrait au sentiment que tout lui est dû, ajouta Jacob.

– Les Allemands ont assassiné un million et demi d'enfants parce qu'ils étaient juifs, et on leur a attribué l'organisation des jeux Olympiques trente ans après. Et ce qu'ils ont accompli avec ça ! Les Juifs gagnent d'un cheveu une guerre pour leur survie et vivent à jamais en parias. Pourquoi ? Pourquoi, à peine une génération après notre éradication presque complète, la volonté de survie des Juifs est-elle considérée comme une volonté de conquête ? Qu'on se pose la question : pourquoi ? »

Son *pourquoi* n'était pas une question, même rhétorique. C'était un rejet brutal. Une rebuffade dans un monde d'astreintes. Tout semblait soumis à une force de coercition. Isaac ne voulait pas déménager ; on lui forçait la main. Le biais singulier par lequel Sam voulait devenir un homme était d'avoir des relations sexuelles avec quelqu'un d'autre que lui-même, mais on le forçait à présenter ses excuses pour des mots qu'il assurait ne pas avoir écrits, afin qu'il puisse être forcé à psalmodier d'autres mots appris par cœur et dont il ignorait le sens, devant une famille en laquelle il ne croyait pas, devant des amis en lesquels il ne croyait pas, et devant Dieu. Julia était contrainte de délaisser la conception de bâtiments ambitieux qui ne verraient jamais le jour pour se consacrer à des rénovations de salles de bains et de cuisines pour des clients riches et désabusés. Et l'incident du téléphone la forçait à envisager le fait que son couple n'y survivrait peut-être pas – leur relation, comme toutes les relations, reposant sur la persistance de leur aveuglement et leur capacité d'oubli. Même la plongée d'Irv dans le fanatisme était guidée par une main invisible.

Personne ne veut être une caricature. Personne ne veut être une version diminuée de soi-même. Personne ne veut être juif ni mourant.

Jacob ne voulait ni contraindre ni être contraint, mais qu'était-il censé faire ? Rester les bras croisés en attendant que son grand-père se fracture la hanche et meure dans une chambre d'hôpital, comme tous les vieux abandonnés à leur sort ? Permettre à Sam de couper le fil ritualiste qui remontait aux rois et aux prophètes, simplement parce que le judaïsme qu'ils pratiquaient était ennuyeux au possible et débordant d'hypocrisie ? Peut-être. Dans le bureau du rabbin, il avait paru prêt à sortir les ciseaux.

Jacob et Julia avaient discuté de la possibilité d'organiser la bar-mitsva en Israël – de la même manière que les Juifs, lorsqu'ils deviennent adultes, fuient pour aller se marier en cachette. Peut-être serait-ce un moyen de la faire sans la faire. Sam s'y était opposé au motif que c'était une très mauvaise idée.

« Pourquoi mauvaise ? avait demandé Jacob, qui savait très bien pourquoi.

– Tu ne vois vraiment pas l'ironie de la situation ? » avait dit Sam. Jacob voyait beaucoup de sortes d'ironie à cette situation et était curieux de savoir à laquelle pensait Sam. « Israël a été pensé comme un lieu permettant aux Juifs d'échapper à la persécution. Nous, on irait là-bas pour échapper au judaïsme. » Joliment tourné.

Du coup, la bar-mitsva aurait lieu à la synagogue où ils payaient deux mille cinq cents dollars par visite pour être membres, et où officiait un jeune rabbin branché qui n'était, de près comme de loin, ni tendance, ni jeune, ni même rabbin. La fête aurait lieu au Hilton où Reagan avait manqué d'un rien de se faire abattre et d'abréger bien des souffrances, et où Julia et Sam représentaient actuellement la Micronésie. Le groupe serait capable de jouer à la fois une bonne hora et un bon rock. Évidemment, un tel groupe n'avait jamais existé dans l'histoire des concerts, mais Jacob savait qu'à un certain moment, on finit par croquer la capsule qu'on cache au creux d'une dent, en espérant ne pas sentir grand-chose. Le thème – choisi avec délicatesse et goût – serait la diaspora de la famille de Sam. (C'était une idée de Julia, et pour autant qu'un thème de bar-mitsva puisse être une bonne idée, celui-là était convenable.) Il y aurait des tables représentant chacun des pays où la famille s'était dispersée – États-Unis, Brésil, Argentine, Espagne, Australie, Afrique du Sud, Israël, Canada – et au lieu d'un carton nominatif, chaque invité se verrait remettre le « passeport » de l'une des nations. Les tables seraient décorées pour refléter la culture et les monuments nationaux – c'est là que la délicatesse et le goût étaient le plus sévèrement mis à l'épreuve – et, au centre de chacune, seraient placés un arbre généalogique et des photos de membres de la famille habitant le pays. Le buffet proposerait des plats spécifiquement nationaux : une feijoada brésilienne, des tapas espagnoles, des falafels israéliens, le plat national canadien quel qu'il soit, et ainsi de suite. Tous les invités recevraient en cadeau une petite boule à neige symbolisant chaque pays. La guerre est plus fréquente que les chutes de neige en Israël, mais les Chinois sont assez malins pour savoir que les Américains sont assez bêtes pour acheter n'importe quoi. Surtout les Juifs américains qui sont prêts à tout, en dehors de la pratique du judaïsme, pour instiller le sentiment de l'identité juive à leurs enfants.

« Je t'ai posé une question, dit Irv, ramenant son fils à la discussion qu'il avait avec lui-même.

– Ah bon ?

– Oui : pourquoi ?

– Pourquoi quoi ?

– Ton quoi n'a même pas d'intérêt. La réponse est toujours la même pour nous : parce que le monde hait les Juifs. »

Jacob se retourna vers Max. « Tu es conscient qu'il y a une différence entre les gènes et le destin, hein ?

– Si tu le dis…

– Tout comme j'ai échappé à la calvitie qui ravage le crâne de ton grand-père, tu as d'assez bonnes chances d'échapper à la folie qui a transformé un être humain tolérable en l'homme qui a épousé ma mère. »

Irv poussa un profond soupir théâtral, puis, avec toute la force de sa fausse sincérité : « Vous permettez que je vous fasse part d'une opinion ? »

Jacob et Max éclatèrent de rire. Jacob appréciait ce sentiment, cette camaraderie spontanée entre père et fils.

« Écoute-moi, ne m'écoute pas, à toi de voir. Mais je veux me libérer de ce poids. Je crois que tu gâches ta vie.

– Ah, c'est tout ? dit Jacob. Je m'attendais à du lourd.

– Je crois que tu as un talent immense, que tu es extrêmement sensible, profondément intelligent.

– Le *zayde* se plaint trop, m'est-il avis.

– Et tu as fait de très mauvais choix.

– J'imagine que tu penses à un choix précis.

– Oui, écrire pour cette stupide série télé.

– Cette stupide série télé est regardée par quatre millions de téléspectateurs.

– 1 : et alors ? 2 : quels quatre millions ?

– Et elle est encensée par la critique.

– C'est bon pour ceux qui ne sont pas foutus d'être profs de gym, encenser.

– Et c'est mon boulot. C'est comme ça que je subviens aux besoins de ma famille.

– C'est comme ça que tu gagnes ta vie. Il y a d'autres façons de subvenir aux besoins de sa famille.

– Je ferais mieux d'être dermatologue ? Ce serait une bonne façon d'exploiter mon talent, ma sensibilité et mon intelligence ?

– Tu ferais mieux de te consacrer à une activité qui mette en valeur tes capacités et exprime ta définition de ce qui est substantiel.

– C'est ce que je fais.

– Non, tu corriges les coquilles du scénario d'une série d'aventures avec des dragons que quelqu'un qui n'est même pas qualifié pour bichonner tes hémorroïdes a créée. Ce n'est pas pour ça que tu es sur terre.

– Et maintenant, tu comptes me dire pourquoi je suis sur terre ?

– Absolument. »

Jacob chanta : « *Dans ma jeunesse ou mon enfance, j'ai dû faire quelque chose d'horrible.*

– Comme j'allais le dire…

– *Monté sur ses grands chevaux, mon père solitaire, Irv, o la la ou di, o la la ou di.*

– C'est bon, on a compris que tu avais de l'esprit, Frankenstein.

– *Edel-Raus, Edel-Raus, bénie ne soit pas ma mère patrie.* »

Cette fois, sans lui laisser le temps de l'interrompre : « Jacob, tu devrais fondre dans la forge de ton âme la conscience inexistante de ta race. »

Un « Ouah » dépité.

– Exactement, ouah.

– Tu veux bien répéter, mais plus fort, pour les sièges du poulailler au fond de mon cerveau ?

– Tu devrais fondre dans la forge de ton âme la conscience inexistante de ta race.

– C'est pas ce qu'ont fait les fours à Auschwitz ?

– Ils l'ont détruite. Moi, je parle de la forger.

– Je te remercie pour ce soudain vote de confiance…

– Je ne fais que bourrer les urnes.

– … mais la forge de mon âme n'est pas si chaude.

– C'est parce que tu veux à tout prix être aimé. La friction génère de la chaleur.

– Je ne sais même pas ce que ça veut dire.

– Pareil avec cette histoire de mot en "n" à l'école de Sam.

– On ferait mieux de laisser Sam en dehors de ça, suggéra Max.

– Pareil pour tout le reste dans ta vie, poursuivit Irv. Tu fais la même erreur qu'on fait depuis des milliers d'années…

– Nous ?

– … croire qu'il suffirait qu'on soit aimés pour être en sécurité.

– Mon GPS de conversation est HS. On en revient à la haine des Juifs ?

– Revenir ? Non. On ne peut pas revenir à quelque chose qu'on n'a jamais quitté.

– La série est un divertissement.

– Je ne crois pas que tu croies à ça.

– Bon, on dirait que la conversation est terminée.

– Parce que j'ai plus d'estime pour toi que tu n'en as pour toi-même ?

– Parce que, comme tu es souvent le premier à le remarquer, on ne négocie pas sans partenaire de négociation.

– Qui négocie ?

– On ne peut pas avoir de conversation.

– S'il te plaît, Jacob. Baisse la garde une seconde et pose-toi la question : pourquoi cet irrépressible besoin d'être aimé ? Tu écrivais des livres si sincères. Sincères et émotionnellement ambitieux. Ils n'ont peut-être pas été lus par des millions de lecteurs. Ils ne t'ont peut-être pas enrichi. Mais ils ont enrichi le monde.

– Et tu les as détestés.

– Oui, c'est vrai, dit Irv, changeant de file sans regarder dans aucun rétroviseur. Je les ai détestés. Pourvu que tu ne lises jamais les notes que j'ai écrites dans la marge ! Mais tu sais qui déteste ta série ?

– Ce n'est pas *ma* série.

– Personne. Tu as sacrifié beaucoup de temps à des zombies pleins de reconnaissance.

– En fait, c'est une critique de la télé.

– C'en est une que je pourrais faire, répondit Irv en empruntant la sortie pour l'aéroport. Mais là, c'est contre ta série.

– Ce n'est pas *ma* série.

– Alors crée ta propre série.

– Mais je n'ai plus rien à offrir à la petite souris en échange.

– Tu as essayé ?

– Si j'ai essayé ? »

Personne n'avait plus essayé que lui. Pas de créer une série – le moment n'était pas encore venu –, mais d'en écrire une. Pendant plus de dix ans, Jacob s'était éreinté l'âme à force de pelleter du charbon dans la forge. Il s'était dévoué à la tâche secrète et totalement futile consistant à racheter son peuple par le langage. Son peuple ? Sa famille. Lui-même. Et racheter n'était peut-être pas le bon terme.

Le peuple qui n'en finit pas de mourir était exactement ce que son père croyait qu'il espérait – la sonnerie tonitruante d'un chofar au sommet d'une montagne. Ou du moins un cri muet poussé dans un sous-sol. Mais si Irv avait eu l'occasion de le lire, il l'aurait méprisé – un mépris beaucoup plus vaste que celui qu'il avait éprouvé pour ses romans. La définition qu'avait Jacob de ce qui est substantiel pouvait être assez effroyable, mais plus encore il y avait des désaccords essentiels quant à la cible vers laquelle tourner la pointe aiguisée de sa conscience forgée.

Et il y avait un bien plus gros souci : la série tuerait le grand-père de Jacob. Pas au sens métaphorique. Elle commettrait littéralement un grand-parricide. Lui qui avait survécu à tout ne survivrait jamais à un reflet de sa propre image. C'est pourquoi Jacob la tenait secrète dans un tiroir fermé à clé. Et moins il était capable de la partager, plus il s'y sentait attaché.

La série commençait par le commencement de l'écriture de la série. Les personnages de la série étaient les personnages de la vraie vie de Jacob : une épouse malheureuse (qui ne voulait pas être décrite ainsi) ; trois fils : l'un sur le point de devenir un homme, l'autre sur le point de nourrir de profonds complexes, le dernier sur le point d'acquérir son indépendance intellectuelle ; un père terrifié et xénophobe ; une mère qui se tissait et se détissait en silence ; un grand-père dépressif. S'il partageait cela un jour et qu'on lui demande dans quelle mesure c'était autobiographique, il répondrait : « Ce n'est pas ma vie, mais c'est moi. » Et si quelqu'un – qui d'autre que le Dr Silvers ? – devait lui demander dans quelle mesure sa vie était autobiographique, il dirait : « C'est ma vie, mais ce n'est pas moi. »

L'écriture suivait le rythme des rebondissements de la vie de Jacob. Ou sa vie suivait le rythme de l'écriture. Parfois, c'était difficile à démêler. Jacob avait raconté par écrit la découverte de son téléphone plusieurs mois avant l'achat d'un second téléphone – c'était si gros du point de vue psychologique que cela ne justifiait même pas une minute à six dollars avec le Dr Silvers, alors qu'il y consacrait des dizaines d'heures. Mais ce n'était pas seulement psychologique. Parfois, Julia disait ou faisait des choses si affreusement similaires à ce que Jacob avait écrit qu'il en arrivait à se demander si elle ne les avait pas lues avant. Le soir où elle découvrit le téléphone, elle avait dit : « Ça te rend triste qu'on aime les enfants plus qu'on ne s'aime ? » Cette même réplique – ces mots-là dans cet ordre-là – figurait dans le scénario depuis des mois. Sauf qu'elle était de Jacob.

Hormis les moments que la plupart des gens font tout pour éviter, la vie est finalement très lente, sans intérêt, sans surprise et sans relief. La solution de Jacob à ce problème, ou à cette bénédiction, n'était pas d'altérer la force dramatique de la série – l'authenticité de son travail était le seul antidote à l'inauthenticité de sa vie –, mais de générer toujours plus de matériau.

Vingt-quatre ans plus tôt, à l'époque où le manque de patience de Jacob surpassait sa passion pour la guitare, il s'était mis à concevoir des pochettes d'albums pour un groupe imaginaire. Il avait écrit des listes de titres, des paroles et des livrets. Avait remercié des gens qui n'existaient pas : ingés son, producteurs, managers. Pompé le jargon des copyrights dans *Steady Diet of Nothing.* À l'aide d'un atlas, il avait élaboré une tournée américaine, puis une tournée mondiale, en gardant en tête les limites de son endurance physique et émotionnelle : est-ce que Paris, Stockholm, Bruxelles, Copenhague, Barcelone et Madrid en une semaine, ce n'était pas trop ? Surtout après huit mois de tournée ? Et même si c'était supportable, à quoi bon pousser les membres du groupe vers une irritabilité qui risquait de mettre en péril tout ce en quoi ils croyaient et qu'ils avaient eu tant de mal à accomplir ? Les dates étaient imprimées au dos de T-shirts qu'il avait imaginés, allant même jusqu'à les fabriquer et à les porter pour de vrai. Mais il était incapable de faire un accord barré.

Il y avait un peu de ça dans sa relation à la série – plus la réalité était aride, plus le matériau annexe était profus.

Il avait établi et alimenté perpétuellement une « bible » pour la série – sorte de vade-mecum pour ceux qui seraient un jour amenés à travailler dessus. Il avait créé un dossier constamment mis à jour, plein d'informations sur le passé des personnages…

SAM BLOCH

Va sur ses treize ans. L'aîné des frères Bloch. Passe pratiquement tout son temps dans le monde virtuel d'Other Life. Déteste la coupe de tout vêtement. Adore regarder des vidéos de petites brutes qui se font casser la figure. Incapable d'ignorer, ou même de ne pas percevoir, les sous-entendus sexuels. Échangerait bien un corps cou-

vert de cicatrices d'acné dans le futur contre un front sans boutons dans le présent. Impatient que ses qualités soient universellement reconnues, mais jamais mentionnées.

GERSHOM BLUMENBERG

Mort depuis longtemps. Fils d'Anshel, père d'Isaac. Grand-père d'Irving. Petit-fils d'un homme dont le nom est tombé dans l'oubli, il y a une éternité. Grand rabbin de Drohobytch. Mort dans l'incendie d'une synagogue. Porte le même nom qu'un petit parc aux bancs de marbre froid à Jérusalem. Apparaît seulement dans des cauchemars.

JULIA BLOCH

Quarante-trois ans. Architecte, même si elle a secrètement honte de se déclarer telle, vu qu'elle n'a jamais construit de bâtiment. Immensément talentueuse, tragiquement débordée, perpétuellement sous-estimée, optimiste selon la saison. Se demande souvent s'il suffit, pour changer complètement de vie, de changer complètement de contexte.

… et un catalogue de lieux contenant de courtes descriptions (qui avaient tendance à s'allonger au fil du temps), des centaines de photographies pour une future équipe d'accessoiristes, des cartes, des plans, des annonces immobilières, des anecdotes…

2294 NEWARK STREET

La maison des Bloch. Plus belle que beaucoup d'autres, sans être la plus belle. Mais belle. Peut-être pas autant qu'elle pourrait l'être. Intérieur mûrement pensé, dans la limite du réalisable. Du beau mobilier années 50, acquis pour la plupart sur eBay et Etsy. Des meubles IKEA customisés pour les rendre cool (poignées en cuir, portes de meubles facettées). Des photos accrochées en grappes (équitablement réparties entre la famille de Jacob et celle de Julia). De la farine d'amande dans un bocal Williams-Sonoma sur un plan de travail en schiste. Une cocotte Le Creuset bleu minéral trop belle pour être utilisée, sur le feu du fond à droite d'un double piano de cuisson Lacanche dont le potentiel est sous-exploité par la seule préparation d'un chili végétarien. Quelques livres achetés pour être lus (ou du moins pour piocher dedans) ; d'autres pour suggérer un type très particulier de curiosité fondée sur une grande ouverture d'esprit ; d'autres, comme l'édition couverte en deux volumes de L'Homme sans qualités, *à cause de leur magnifique dos. Les suppositoires d'acétate d'hydrocortisone sous une pile de* New Yorker *dans le tiroir du milieu de l'armoire à pharmacie. Un vibromasseur dans une chaussure sur une étagère en hauteur. Des livres dont le sujet est l'Holocauste derrière des livres dont le sujet n'est pas l'Holocauste. Et, sur l'encadrement de la porte de la cuisine, les traits correspondant à la croissance des garçons Bloch.*

Quand il a été temps pour moi de déménager, je me suis attardé sur le seuil de cette pièce. L'encadrement de la porte était la seule chose dont je n'arrivais pas à me séparer. Rien à faire de la chaise de Papa Ours et de son ottomane. Rien à faire des bougeoirs et des lampes. Rien à faire du Botaniste aveugle, *dessin que nous avions acheté ensemble, attribué à l'un de mes héros, Ben Shahn, en l'absence d'authentification. Rien à faire de l'orchidée maussade. En l'absence de Julia, un après-midi, j'ai arraché le chambranle de la porte à l'aide d'un tournevis à tête plate, je l'ai glissé à l'intérieur de la Subaru (une extrémité contre la vitre du coffre, l'autre touchant le pare-brise), et j'ai transporté les marques de croissance de mes enfants dans une nouvelle maison. Deux semaines plus tard, un peintre a repeint le chambranle. J'ai replacé les traits en faisant appel à ma si déplorable mémoire.*

... et sur un mode plus ambitieux (ou plus névrotique, ou pitoyable) : les notes destinées aux acteurs dans le but de traduire ce que les scénarios ne pouvaient faire seuls, parce qu'il fallait plus de mots pour l'exprimer : COMMENT JOUER LE RIRE À CONTRETEMPS ; COMMENT JOUER LA PHRASE Comment tu t'appelles ? ; COMMENT JOUER LA DENDROCHRONOLOGIE DU SUICIDE... Chaque épisode faisait à peine vingt-sept pages, grosso modo. Chaque saison à peine dix épisodes. Il y avait la possibilité d'introduire un peu d'histoire, quelques flash-back, digressions et insertions maladroites d'informations qui n'étaient pas essentielles à l'intrigue mais livraient des éléments d'explication. Il y avait tant d'autres mots à aborder : COMMENT JOUER LE BESOIN D'INSATISFACTION ; COMMENT JOUER LE BESOIN D'AMOUR ; COMMENT JOUER LA MORT DU LANGAGE... Les notes étaient dignes d'une mère juive par leur didactisme irrépressiblement critique, d'un père juif par leur besoin de brouiller chaque émotion en recourant à la métaphore et au détournement. COMMENT JOUER À L'AMÉRICAIN ; COMMENT JOUER LE BON GARÇON ; COMMENT JOUER LE BRUIT DU TEMPS... La bible dépassa vite les scénarios en longueur et en épaisseur – le matériau explicatif débordait ce qu'il tentait d'expliquer. Tellement juif. Jacob voulait faire quelque chose qui rachèterait tout, au lieu de quoi il expliquait, expliquait, expliquait...

COMMENT JOUER LE BRUIT DU TEMPS

Le matin où Julia trouva le téléphone, mes parents passèrent déjeuner. Tout s'écroulait autour de Benjy, même si je ne saurai jamais ce qu'il savait sur le moment, et lui non plus. Les adultes discutaient quand il revint à la cuisine et demanda : « Le bruit du temps. Où est-ce qu'il est passé ?

– Qu'est-ce que tu veux dire ?

– Vous savez, dit-il, agitant sa menotte, le bruit du temps. »

Nous avons mis un long moment – environ cinq minutes frustrantes – à comprendre ce qu'il voulait dire. Notre réfrigérateur était en réparation et on n'entendait plus son ronron omniprésent et presque imperceptible dans la cuisine. Benjy passait pratiquement tout son temps à la maison à portée d'oreille de ce son, et il en était venu à l'associer au déroulement de la vie.

J'ai adoré ce malentendu, parce que ça n'en était pas un.

Mon grand-père entendait les cris de ses frères morts. C'était le bruit de son temps à lui.

Mon père entendait des attaques.

Julia entendait la voix des garçons.

J'entendais des silences.

Sam entendait des trahisons et le bruit des produits Apple quand on les allume.

Max entendait les gémissements d'Argos.

Benjy était le seul à être encore assez jeune pour entendre la maison.

Irv baissa les quatre vitres et dit à Jacob : « Tu manques de force.

– Et toi tu manques d'intelligence. Ensemble on forme une personne pleinement incomplète.

– Sérieusement, Jacob. Pourquoi ce dévorant besoin d'amour ?

– Sérieusement, papa. Pourquoi ce dévorant besoin d'un tel diagnostic ?

– Je n'émets pas de diagnostic. Je t'explique ce que tu es.

– Parce que toi, tu n'as pas besoin d'amour ?

– En tant que grand-père, si. En tant que père et fils, si. En tant que Juif ? Non. Une université anglaise de cinquième catégorie refuse qu'on participe à sa pitoyable conférence sur les avancées récentes de la biologie marine ? Qu'est-ce que ça peut faire ? Stephen Hawking refuse d'aller en Israël ? Je ne suis pas du genre à cogner un tétraplégique à lunettes, mais je suis sûr qu'il ne verra pas d'inconvénient à ce qu'on lui demande de nous rendre sa voix, tu sais, celle qui a été créée par des ingénieurs israéliens. Et tant qu'on y est, je perdrais volontiers mon siège aux Nations unies-contre-Israël si ça me permettait de sauver mes fesses. Les Juifs sont devenus le peuple le plus intelligent et le plus faible de l'histoire du monde. Écoute, je n'ai pas toujours raison. Je le sais bien. Mais je suis toujours fort. Et si notre histoire nous a appris quelque chose, c'est qu'il est plus important d'être fort que d'avoir raison. Ou que d'être bon, d'ailleurs. Je préfère être vivant en ayant tort et en étant méchant. Je n'ai pas besoin de l'archevêque Porte-un-Tutu, ni de ce cultivateur de cacahuètes hydrocéphale de Président, ni de ces eunuques de pseudo-sociologues qui jouent les mouches du coche dans les tribunes du *New York Times*, ni de qui que ce soit d'autre pour me donner sa bénédiction. Je n'ai pas besoin d'être une Lumière parmi les Nations ; j'ai besoin qu'on ne vienne pas me foutre le feu. La vie est longue tant qu'on est vivant, et l'histoire a la mémoire courte. L'Amérique s'est occupée des Indiens. L'Australie, l'Allemagne et l'Espagne… Ils ont *fait ce qu'il fallait faire*. Où est le problème ? Leurs manuels d'histoire contiennent quelques pages regrettables ? Ils sont obligés de présenter de plates excuses une fois par an et de payer des réparations aux parties épargnées par leur boulot ? Ils ont fait ce qu'il fallait faire, et la vie a continué.

– Qu'est-ce que tu veux dire ?

– Rien. C'est tout ce que je dis.

– Quoi ? Qu'Israël devrait commettre un génocide ?

– C'est toi qui emploies ce mot.

– C'est ce que tu penses.

– J'ai dit, et je pense, qu'Israël devrait être un pays qui se respecte et se défend comme n'importe quel autre.

– Comme l'Allemagne nazie.

– Comme l'Allemagne. Comme l'Islande. Comme l'Amérique. Comme tout pays qui existe et n'a jamais cessé d'exister.

– Ça a l'air exaltant.

– Ce ne serait pas beau à voir sur le moment, mais dans vingt ans, avec cinquante millions de Juifs partout sur la terre d'Israël, du canal de Suez jusqu'aux champs pétroliers, avec la principale économie entre l'Allemagne et la Chine…

– Israël ne se trouve pas entre l'Allemagne et la Chine.

– … avec les jeux Olympiques à Tel Aviv et plus de touristes à Jérusalem qu'à Paris, tu crois que les gens se demanderaient encore comment on fait la saucisse casher ? »

Irv prit une grande inspiration et hocha la tête, comme s'il approuvait une chose qu'il était le seul à connaître.

« Le monde haïra toujours les Juifs. Ce qui m'amène à cette question : que faire de toute cette haine ? On peut la nier ou tenter de la dominer. On pourrait même choisir de devenir membres du club et nous haïr nous-mêmes.

– Quel club ?

– Tu connais ses membres : les Juifs qui préfèrent faire corriger la soi-disant déviation de leur cloison nasale plutôt que de casser un nez pour leur survie ; les Juifs qui refusent d'admettre que Tina Fey n'est pas juive, ou que Tsahal l'est ; des pseudo-Juifs comme Ralph Lauren (né Lifshitz), Winona Ryder (née Horowitz), George Soros, Mike Wallace, à peu près tous les Juifs qui habitent au Royaume-Uni, Billy Joel, Tony Judt, Bob Silvers…

– Billy Joel n'est pas juif.

– Bien sûr que si.

– *Scenes from an Italian Restaurant* ?

– Un restaurant chinois, plutôt, non ?

– Non.

– Ce que je veux dire, c'est qu'un poing juif ne sert pas qu'à se masturber et à tenir un stylo. Si on lâche l'instrument pour écrire, il nous reste celui pour cogner. Tu comprends ? On n'a pas besoin d'un autre Einstein. On a besoin d'un Koufax[1] qui vise la tête.

1. Né en 1935, un des meilleurs lanceurs de l'histoire du base-ball.

– Il t'est déjà venu à l'idée que… commença Jacob.

– Oui, probablement.

– … que je ne m'inclus pas dans ton « on » ?

– Il t'est déjà venu à l'idée qu'un cinglé de mollah qui a les codes nucléaires en sa possession t'y inclut ?

– Alors notre identité est à la merci d'étrangers fous ?

– Si on ne la crée pas nous-mêmes.

– Qu'est-ce que tu attends de moi ? Que je devienne espion pour Israël ? Que je me fasse sauter dans une mosquée ?

– Je veux que tu écrives quelque chose qui compte.

– Primo, ce que j'écris compte pour beaucoup de gens.

– Non, ça les divertit. »

Jacob se souvint de la conversation qu'il avait eue avec Max la veille et pensa mettre en avant le fait que sa série générait plus de revenus que la somme de tous les livres publiés aux États-Unis dans l'année. Ce n'était peut-être pas vrai, mais il était capable de prendre des airs d'autorité.

« J'en déduis que ton silence signifie que tu me comprends, dit Irv.

– Si tu te contentais de t'occuper de ton blog de fanatique pendant que je me charge de ma série multirécompensée ?

– Eh, Maxy, tu sais qui produisait les divertissements multirécompensés à l'époque des Macchabées ?

– Je meurs d'envie de le savoir, dit Max en soufflant sur la poussière qui recouvrait son écran.

– J'en sais rien, parce qu'on se souvient seulement des Macchabées. »

Ce que pensait Jacob au fond de lui : son père était un porc ignorant, narcissique et suffisant, trop bloqué au stade anal et complexé par les femmes pour percevoir l'extrême étendue de son hypocrisie, de son impuissance affective et de son immaturité.

« Alors, nous sommes d'accord ?

– Non.

– Alors, c'est entendu ?

– Non.

– Je suis ravi que tu sois d'accord avec moi. »

Mais il y avait aussi des raisons de le pardonner. Vraiment. De bonnes raisons. De belles intentions. Des blessures.

Le téléphone de Jacob sonna. Son vrai téléphone. C'était Julia. La vraie Julia. Il aurait sauté par n'importe quelle fenêtre, ouverte ou fermée, pour échapper à cette conversation avec son père, mais il avait peur de répondre.

« Allô ?

– …

– J'imagine.

– …

– Mais ils ont une chambre pour faire ça ?

– …

– J'ai compris. Pas l'histoire de la bombe, mais…

– …

– Je suis dans la voiture.

– …

– Leur vol est en avance.

– …

– Max, si.

– …

– Max, tu veux dire bonjour à maman ?

– …

– Vous êtes à l'hôtel ? J'entends la nature.

– …

– Passe-lui le bonjour.

– Mon père te passe le bonjour.

– …

– Elle aussi.

– Et dis-lui que Benjy s'est régalé chez nous et qu'il n'est pas mort.

– Il veut que tu saches que Benjy s'est régalé chez eux.

– …

– Elle dit merci.

– Passe-lui le bonjour.

– Max te passe le bonjour.

– …

– Elle aussi.

– …

– Voyons voir. Argos est très vieux. C'est reconfirmé. On a un nouveau médicament pour l'arthrite et ils ont augmenté les doses de l'autre. De quoi aboyer un jour de plus.

– …

– Il n'y a rien à faire. La véto nous a sorti son baratin sur l'honneur que c'est de s'occuper d'un être aimé et que ça n'arrive qu'une fois dans la vie.

– Non, elle a jamais dit ça », intervint Max.

Jacob haussa les épaules.

« Et dis-lui que la véto pense qu'on devrait faire piquer Argos.

– Attends, fit Jacob à Julia, avant de couper le micro de son téléphone. Ce n'est pas ce qu'a dit la véto, Max.

– Dis-le-lui. »

Jacob réactiva le micro et reprit : « Max veut que je te dise que la véto pense qu'on devrait faire piquer Argos, même si la véto n'a jamais dit ça.

– Si, maman !

– …

– Si, elle l'a dit.

– …

– On a eu une conversation intéressante sur la qualité de vie, etc.

– …

– Je l'ai emmené à Fort Reno en chemin, je lui ai raconté des histoires de mon enfance.

– …

– On est allés au McDo.

– …

– Des burritos.

– …

– Non, au micro-ondes.

– …

– Évidemment. Des carottes. Du houmous, aussi. »

Par quelques mouvements de la main, Jacob fit comprendre à Max que Julia avait demandé s'il avait mangé des légumes.

« …

– Sans faute.

– …

– Et puis hier soir, il y a eu un petit cafouillage avec l'avatar de Sam.

– …

– Dans Other Life. Son avatar. On a joué avec.

– C'est toi qui as joué, le corrigea Max.

– …

– Non, probablement pas. Max jouait avec…

– Quoi ? Papa, c'est pas vrai. Maman, c'est pas vrai !

– Et je voulais, tu sais, montrer de l'intérêt, et on a fini par y jouer ensemble. Rien de dramatique. Juste faire une balade, explorer. Bref, on l'a tuée.

– On l'a pas tuée. *Tu* l'as tuée. Maman : c'est papa qui l'a tuée !

– …

– Son avatar. Oui.

– …

– Involontairement.

– …

– La mort, ça ne se répare pas, Julia.

– …

– J'ai passé une plombe au téléphone avec le service clients hier soir. Je peux probablement revenir à peu près là où il en était, mais ça réclame de rester assis devant son ordinateur jusqu'à l'arrivée du Messie.

– …

– Ça fait au moins un an que je n'ai pas parlé à Cory.

– …

– Ce serait merdique de l'appeler comme ça alors que je n'ai pas répondu à ses appels.

– …

– En plus, je ne crois pas qu'on ait besoin d'un génie de l'informatique. Je vais arranger ça. Mais assez parlé de maladie et de mort. Comment ça va, vous ? Vous vous amusez bien ?

– …

– Tu as rencontré la fameuse Billie ?

– La fameuse Billie ? demanda Irv à Max en regardant dans le rétroviseur.

– La petite amie de Sam, expliqua Max.

– …

– Et ?

– …

– Il est comment avec elle ?

– …

– N'en fais pas une affaire personnelle.

– …

– Et Mark ?

– …

– Tu es contente qu'il soit là ?

– …

– Est-ce qu'il a dû aller jeter de l'herbe dans les chiottes en catastrophe, est-ce qu'il s'est fait surprendre en plein roulage de pelle ?

– Rouler une pelle ça veut dire embrasser avec la langue ? demanda Max à Irv.

– Tout à fait.

– …

– Qu'est-ce qu'il y a ?

– …

– Quoi ?
– …
– Il se passe quelque chose. Je l'entends à ta voix.
– …
– Là c'est sûr, il se passe quelque chose.
– Qu'est-ce qui se passe ? demanda Max.
– …
– Bon, mais est-ce que tu peux au moins me dire à quel sujet c'était pour que mon esprit ne parte pas en vrille au cours des six prochaines heures ?
– …
– Ce n'est pas ce que je voulais dire.
– …
– Julia. Qu'est-ce qui se passe ?
– Non, sérieusement, qu'est-ce qui se passe ? demanda Irv, finalement intéressé.
– …
– Si c'était rien, on n'en parlerait déjà plus.
– …
– Bon, j'ai compris.
– …
– Attends, quoi ?
– …
– Julia ?
– …
– Mark a fait ça ?
– …
– Pourquoi il a fait ça, putain ?
– Pas de gros mots, dit Max.
– …
– Mais il est marié.
– …
– Mais il l'était.
– …

– Qu'est-ce que tu veux que je fasse ? Que je plante des aiguilles dans une poupée vaudoue à mon effigie ? »

Jacob monta le son de la radio pour que son père et son fils aient plus de mal à suivre la conversation. Une spécialiste de la grammaire anglaise partageait son amour obsessionnel pour les contronymes : des mots qui veulent dire une chose et son contraire. Louer signifie à la fois céder quelque chose contre une somme d'argent, mais aussi en disposer. L'hôte peut être un invité comme celui qui invite. Dans les deux cas, on reste l'hôte de l'hôte. Apprendre peut vouloir dire enseigner.

« …

– C'est pas juste.

– …

– Peut-être. Mais c'est aussi ce qu'on dit quand quelque chose n'est pas juste.

– …

– Bien sûr que si.

– …

– Donc c'est juste la plus incroyable des coïncidences depuis…

– …

– Ah.

– …

– Alors dis-moi de quoi il s'agit, s'il te plaît. Si ce n'est pas une question d'équilibre, alors…

– …

– Génial.

– …

– Génial.

– …

– Quand c'est moi qui le fais, si.

– …

– Les deux.

– Qu'est-ce qui s'est passé ? demanda Max.

– Rien », lui répondit Jacob. Puis, s'adressant à Julia : « Max me demande ce qui s'est passé.

– …

– Mais tu es contrarié, dit Max.

– La vie est contrariante, déclara Irv. L'eau, ça mouille. »

Jacob monta encore un peu plus le son, à un volume difficilement supportable. C'était un brave homme mais pas un homme brave. Atlas portait la Terre, et la Terre portait Atlas vers un ailleurs. Son ancienne maison était une maison ancienne.

« …

– Il n'y a pas de "bien sûr" qui tienne.

– …

– Tu vas rentrer à la maison ?

– …

– Je ne comprends pas, Julia. Vraiment pas.

– …

– Mais tu m'as dit au lit, l'autre soir, que c'était quelque chose que tu…

– …

– Tu viens de dire que tu n'y as pas mis fin. J'arrive pas à y croire. Je ne te crois pas.

– Eh, y a des hôtels pour ça, murmura Irv à Jacob.

– …

– Maintenant je comprends pourquoi tu n'as pas appelé hier soir.

– …

– La Micronésie n'a même pas la bombe, si ?

– … »

Jacob raccrocha.

Ils avaient engagé la bataille l'un contre l'autre, et ils avaient mené bataille côte à côte.

« Bon sang, fit Irv. De quoi vous avez parlé ?

– On a parlé de…

– Papa ? »

L'espace d'un instant qu'il balaya d'un revers, Jacob pensa tout dire à son père et à son fils. Il se sentirait mieux, mais au prix de sa bonté.

« On a… on a parlé de tout un tas de trucs de logistique, du fait qu'ils rentreront plus tard et de l'endroit où on va faire dormir les Israéliens, ce qu'ils vont manger, tout ça. »

Bien entendu, Irv ne le crut pas. Et Max non plus, bien entendu. Mais Jacob réussit presque à se convaincre lui-même.

Il s'accrochait à l'existence qui venait de subir un accrochage.

LE MOT EN « A »

Billie préparait ses remarques pour l'Assemblée générale – après la réunion improductive du Forum des îles du Pacifique, la délégation micronésienne s'était retrouvée dans la chambre de Mark et avait discuté jusque bien après l'heure prévue pour le couvre-feu, votant de peu la remise de la bombe à une tierce partie compétente et digne de confiance qui la désarmerait en toute sécurité et se débarrasserait du matériau nucléaire –, quand la sonnerie de son téléphone fit retentir les deux premiers mots de *Someone Like You* d'Adele, juste assez pour déclencher en elle un tourbillon de sentiments conflictuels sans pour autant révéler aux autres qu'elle ne trouvait pas la chanson complètement ringarde. C'était le signal particulier des textos de Sam ; elle gardait son téléphone à la main depuis la veille, dans l'espoir d'entendre « *I heard* ».

tu travailles à ton discours ?

qu'est-ce qui te fait croire que j'ai envie de te parler ?

le fait que tu viennes d'écrire ça

il faudrait inventer une émoticône pour le mot qu'il faudrait inventer pour expliquer à quel point tu m'as blessée

je suis désolé

en fait, c'est guernica

...

où étais-tu passé ?

fallait que je cherche à guernica

il suffisait de demander

personne ne te ressemble et
tu ne ressembles à personne

tu as lu ça sur une boîte de tampons ?

???

fais un effort

emet hi hasheker hatov beyoter

quelle vérité ? et quel mensonge ?

vraiment, vraiment comme...
c'est ça le mensonge

et la vérité ?

l'amour

tu viens de dire la chose la plus difficile ?

non, ça c'était le plus facile

pourquoi tu as été si méchant avec moi ?

je peux te dire quelque chose ?

OK

quand j'avais huit ans, ma main gauche a été écrasée
dans la charnière d'une lourde porte en fer
trois de mes doigts ont été sectionnés
il a fallu les recoudre
les ongles sont tout déformés
quand ma main aura terminé sa croissance
on va me poser des faux ongles
bref, je garde souvent ma main dans la poche
et quand je m'assois
je la glisse sous ma cuisse

je sais

j'ai déjà eu envie de
toucher ton visage

vraiment ?

très très souvent

et pourquoi tu l'as pas fait ?

ma main

tu avais peur que je la voie ?

oui
et aussi de la voir moi

tu aurais pu te servir de ton autre main

je veux te toucher avec cette main
c'est ça le problème

c'est avec cette main que je veux
que tu me touches

vraiment ?

…

où étais-tu passée ?

je viens d'appuyer le téléphone contre mon cœur

je l'ai entendu battre

même si on n'est pas au téléphone ?

oui

tu peux me toucher le visage si tu veux

quand j'envoie des textos je suis fort comme Achille
mais dans la vie je suis une fillette

dans la vie je suis une féministe

tu sais que c'était une image

oui, je sais que tu n'es pas vraiment une fille

alors je t'ai bien eue

je n'écrirai jamais lol

pardon de t'avoir blessée

pourquoi tu as fait ça ?

parce que c'était une façon lâche
de me blesser moi-même

le plus dur c'était que
j'ai toujours eu l'impression de te comprendre
mais pas hier soir
ça m'a fait peur

tu acceptes mes excuses ?

comme franz rosenzweig l'a dit dans une célèbre
réponse quand on lui a demandé s'il était
religieux…

« pas encore »

impressionnante mémoire

pas encore ?

pas encore

mais un jour

tu t'es déjà demandé pourquoi c'était si important
qu'Achille soit blessé au talon

parce que c'était la seule partie de son corps
qui n'était pas immortelle

et alors ? ça aurait fait de lui un immortel qui boite

j'imagine que toi maintenant, tu sais pourquoi

oui

ça me plairait vraiment vraiment vraiment de le savoir

vraiment vraiment vraiment vraiment vraiment
jusqu'à ce que tu fasses éclater le mot « plaire »

en un million de morceaux

en « aimer »

alors dis-moi

ce n'est pas seulement parce que son talon était
la seule partie mortelle de son corps
TOUTE sa mortalité était dans son talon
– comme quand on fait descendre tous les habitants
d'un gratte-ciel au sous-sol, et qu'ensuite il est
inondé

et ceux qui travaillent à différents étages,
et ne se seraient jamais rencontrés autrement,
discutent et décident d'aller dîner ensemble,
et continuent de dîner ensemble,
et se présentent à leurs familles,

et passent les fêtes ensemble,
et se marient, et ont
des enfants, qui ont des enfants, qui ont des enfants

mais ils se sont noyés
et alors ?

PEUT-ÊTRE UNE QUESTION DE DISTANCE

Seul Jacob parlait des cousins israéliens en disant *nos* cousins israéliens. Pour tous les autres membres de la maisonnée, ils étaient *les* cousins israéliens. Jacob n'était pas du tout possessif à leur égard, mais il estimait qu'ils méritaient une ferveur familiale à la mesure de l'épaisseur du sang qui coulait dans leurs veines. Du moins cherchait-il à se convaincre qu'il fallait éprouver ce genre de sentiment. C'eût été plus facile si eux-mêmes avaient été moins difficiles.

Il connaissait Tamir depuis qu'ils étaient petits. Les grands-pères de Jacob et Tamir étaient frères dans un shtetl de Galicie d'une taille et d'une importance si dérisoires que les Allemands ne l'avaient découvert qu'à leur seconde traversée du territoire pour balayer les miettes juives. Ils étaient sept frères. Isaac et Benny avaient évité de subir le sort des cinq autres en se cachant ensemble dans un trou pendant plus de deux cents jours, puis en vivant dans la forêt. Pour chaque histoire que Jacob avait entendue à propos de cette période – Benny aurait pu tuer un nazi ; Isaac aurait pu sauver un petit Juif –, il y en avait sans doute des dizaines qu'il n'entendrait jamais.

Les deux frères passèrent trois ans dans des camps pour personnes déplacées, où ils rencontrèrent leurs femmes, qui étaient sœurs. Chaque couple eut un enfant, un garçon : Irv et Shlomo. Benny emmena sa famille en Israël, et Isaac emmena la sienne en Amérique. Isaac ne comprit jamais Benny. Benny comprit Isaac, mais ne lui pardonna jamais.

Moins de deux ans plus tard, Isaac et sa femme Sarah avaient ouvert une épicerie juive dans un quartier de *schwartzes*[1], parlaient assez bien l'anglais pour profiter du système, et commençaient à faire des économies. Irv apprit la règle de la chandelle intérieure au base-ball, apprit la logique alphabétique et syllabique des noms de rue de Washington, apprit à avoir honte de l'apparence et de l'odeur de sa maison, et un matin, sa mère de quarante-deux ans descendit ouvrir la boutique, s'effondra et mourut. Mourut de quoi ? D'une crise cardiaque. D'une attaque cérébrale. Ou d'avoir survécu. Un silence si solennel et si épais fut construit autour de sa mort que personne ne sut vraiment ce qui s'était passé, et personne ne sut même ce que les autres savaient. Plusieurs dizaines d'années après, à l'enterrement de son père, Irv oserait se demander si sa mère ne s'était pas suicidée.

Tout se résumait à des choses dont il ne fallait jamais se souvenir, ou qu'il ne fallait jamais oublier ; ils n'avaient de cesse de répéter tout ce que l'Amérique avait fait pour eux. Quand Jacob était petit, son grand-père le régalait d'histoires sur la gloire de l'Amérique : comment l'armée l'avait nourri et vêtu après la guerre ; comment on ne lui avait jamais demandé de changer de nom à Ellis Island (c'était son propre choix) ; comment nos propres limites ne tenaient qu'à notre investissement dans le travail ; comment il n'avait jamais été confronté à la moindre marque d'antisémitisme – seulement de l'indifférence, laquelle vaut mieux que l'amour parce qu'elle est plus fiable.

Les deux frères passaient plusieurs années sans se voir, puis se rendaient visite comme si la préservation d'une forme d'intimité familiale leur permettait de vaincre le peuple allemand a posteriori, et de sauver tout le monde par la même occasion. Isaac couvrait Benny et sa famille de bibelots en apparence coûteux,

1. Terme péjoratif en yiddish pour désigner les Noirs.

les emmenait dans les meilleurs restaurants de second ordre, fermait boutique pendant trois jours pour leur faire visiter les monuments de Washington. Et quand ils repartaient, il passait deux fois plus de temps que n'avait duré leur visite à se plaindre de leur arrogance et de leur étroitesse d'esprit, à se lamenter sur le fait que les Juifs américains étaient juifs tandis que ces cinglés d'Israéliens étaient hébreux – des gens qui, si on les laissait faire, sacrifieraient des animaux et serviraient des rois. Puis il réaffirmait la nécessité d'entretenir des relations avec eux.

Jacob trouvait les cousins israéliens – *ses* cousins israéliens – curieux, à la fois impénétrables et familiers. Il voyait le visage de ses proches dans leurs visages, mais aussi quelque chose de différent qui pouvait aussi bien passer pour de l'ignorance que pour de la désinvolture, pour de la fausseté que pour une liberté d'esprit – des centaines de milliers d'années d'évolution concentrés en une génération. Peut-être était-ce une forme de constipation existentielle, mais les Israéliens semblaient ne jamais se faire de bile pour quoi que ce soit. Les proches de Jacob passaient leur temps à s'en faire. C'étaient des bilieux.

Jacob s'était rendu en Israël pour la première fois à l'âge de quatorze ans – un cadeau tardif qu'il n'avait jamais demandé pour une bar-mitsva qu'il n'avait pas célébrée. La jeune génération des Blumenberg avait emmené la jeune génération des Bloch au Mur des lamentations, dans les fissures duquel Jacob avait glissé des prières pour des choses dont il se moquait en réalité, mais qu'il savait devoir prendre à cœur, comme un remède contre le sida et une couche d'ozone sans trous. Ils flottèrent ensemble dans la mer Morte, au milieu de vieux Juifs pachydermiques lisant des journaux à moitié immergés dont les caractères cyrilliques bavaient. Ils grimpèrent jusqu'à Massada à l'aube et empochèrent des pierres que des suicidés juifs avaient peut-être tenues dans leur main. Ils regardèrent le moulin sur fond de crépuscule depuis le perchoir de Mishkenot Sha'ananim. Ils allèrent visiter le petit parc baptisé en hommage à l'arrière-grand-père de

Jacob, Gershom Blumenberg. C'était un rabbin aimé de tous, et les disciples qui lui avaient survécu étaient demeurés fidèles à sa mémoire, choisissant de ne jamais prendre d'autre rabbin, signant là leur propre fin. Il faisait quarante degrés. Le marbre du banc était frais, mais la plaque de métal qui portait son nom trop chaude pour être touchée.

Un matin, alors qu'ils avaient pris la voiture pour aller faire une promenade au bord de la mer, une sirène d'alerte aérienne retentit. Les yeux ronds comme des soucoupes de Jacob croisèrent ceux d'Irv. Shlomo stoppa la voiture. À l'endroit même où ils se trouvaient, sur la voie rapide. « On est tombés en panne ? » demanda Irv, comme si la sirène pouvait être l'indicateur d'une fissure dans le pot d'échappement. Shlomo et Tamir descendirent de voiture, avec la morne détermination de zombies. Tous les gens descendirent, qui de sa voiture, qui de son camion de livraison ou de sa moto. Ils restèrent debout, immobiles, des milliers de Juifs morts vivants parfaitement silencieux. Jacob ne savait pas si c'était la fin, une sorte de fière acceptation de l'hiver nucléaire, un exercice d'entraînement ou quelque coutume nationale. Comme s'ils étaient les dupes d'une monumentale expérience de psychologie sociale, Jacob et ses parents firent comme tout le monde et se tinrent immobiles en silence à côté de la voiture. Quand la sirène s'arrêta, la vie reprit son cours. Ils remontèrent en voiture et se remirent en route.

Irv eut apparemment trop peur de révéler son ignorance pour remédier à son ignorance, et c'est Deborah qui dut demander ce qui venait de se passer.

« Yom HaShoah, répondit Shlomo.

– C'est pour les arbres ? demanda Jacob.

– Pour les Juifs, dit Shlomo. Ceux qui ont été assassinés.

– *Shoah*, expliqua Irv à Jacob, comme s'il était au courant depuis le début, signifie “Holocauste”.

– Mais pourquoi tout le monde reste immobile sans dire un mot ?

– Parce que c'est ce qui nous semble le moins déplacé, répondit Shlomo.

– Et vers quoi tout le monde se tourne ? demanda Jacob.

– Vers soi-même », dit Shlomo.

Jacob fut à la fois fasciné et rebuté par ce rituel. La réaction des Juifs américains à l'Holocauste était « N'oublions jamais », parce que le risque d'oublier existait. En Israël, ils faisaient retentir une alerte aérienne pendant deux minutes, sans quoi elle n'aurait jamais cessé de retentir.

Shlomo fut un hôte au moins aussi prodigue que l'avait été Benny. Il le fut même davantage, détaché comme il l'était de la dignité de la survie. Quant à Irv, il ne s'était jamais soucié de dignité. Cela donna lieu à de nombreuses chicaneries, en particulier quand l'addition leur était présentée à la fin d'un repas.

« Ne touche pas à ça !

– Toi, ne touche pas à ça !

– Ne m'insulte pas !

– Moi, t'insulter ?

– Vous êtes nos invités !

– Vous êtes nos hôtes !

– C'est la dernière fois que je vais au restaurant avec toi.

– Je ne te le fais pas dire. »

Plus d'une fois, ces assauts de générosité aboutirent à de véritables insultes. Plus d'une fois – deux, précisément – des billets en parfait état furent déchirés. Est-ce que tout le monde fut gagnant ou perdant ? Pourquoi les choses étaient-elles si binaires ?

Ce dont Jacob gardait le souvenir le plus vivace et le plus tendre était leur séjour chez les Blumenberg, dans cette maison d'un étage vaguement Art déco, perchée sur une colline de Haïfa. Toutes les surfaces étaient en pierre, assez fraîche pour qu'on la sente à travers ses chaussettes à toute heure de la journée – une maison entière pareille au banc du parc Blumenberg. Il y avait des tranches de concombre coupées en biseau et des cubes de fromage au petit déjeuner. Ils visitèrent des « zoos » de deux salles à l'étrange spécialisation : un zoo de serpents, un zoo de petits mammifères. La mère de Tamir servait tout un assortiment d'accompagnements à la table du déjeuner – une demi-douzaine de salades, une demi-douzaine de sauces froides. Chez eux, les Bloch mettaient un point d'honneur à se retenir d'allumer la télévision. Les Blumenberg, eux, mettaient un point d'honneur à se retenir de l'éteindre.

Tamir était obsédé par l'informatique et avait une vidéothèque de fichiers porno au format RVB quand Jacob ne disposait même pas encore d'un logiciel de traitement de texte. À l'époque, Jacob dissimulait des magazines cochons à l'intérieur d'ouvrages de référence chez Barnes & Noble, auscultait les catalogues de lingerie à la recherche de tétons et de poils pubiens avec l'acharnement d'un talmudiste s'efforçant de déchiffrer la volonté de Dieu, et écoutait les gémissements des chaînes pour adultes qui cryptaient les images sans bloquer le son. Le plus grand de ses plaisirs lubriques était les trois minutes d'extraits en clair offerts par les hôtels en préambule de chaque film : Tout public, Interdit aux moins de 18 ans, *Interdit aux moins de 18 ans*. Même adolescent, Jacob reconnaissait la tautologie masturbatoire : si trois minutes de film pour adultes vous convainquaient que c'était un bon film pour adultes, vous n'aviez plus besoin de le regarder en entier. L'ordinateur de Tamir mettait une demi-journée à télécharger une branlette espagnole, mais c'était tout sauf une perte de temps.

Une fois, tandis qu'ils regardaient une femme pixellisée écarter et refermer les jambes en un mouvement saccadé – une animation composée de six images –, Tamir demanda à Jacob s'il avait envie de se branler.

Jacob répondit « Non », d'une voix ironique de présentateur de JT, supposant que son cousin plaisantait.

« À ta guise », dit Tamir, qui procéda lui-même à sa guise en actionnant la pompe d'un flacon pour se verser une noisette de beurre de karité au creux de la main.

Jacob le regarda sortir son pénis en érection de son pantalon et commencer à le caresser, étalant la crème sur toute sa longueur. Au bout d'une minute ou deux, Tamir se mit à genoux, approchant le gland de son pénis à quelques centimètres de l'écran – assez près pour recevoir une charge d'électricité statique. Son pénis était large, Jacob devait l'admettre. Mais pas sûr qu'il fût beaucoup plus long que le sien. Pas sûr que dans le noir, on puisse faire la différence entre leurs deux pénis.

« Qu'est-ce que ça fait ? » demanda-t-il, tout en se reprochant d'avoir posé une question aussi tordue.

Pour toute réponse, Tamir tira un Kleenex de la boîte placée sur son bureau et envoya une giclée dessus en gémissant.

Pourquoi Jacob lui avait-il posé cette question ? Et pourquoi Tamir avait-il joui à cet instant précis ? Était-ce la question de Jacob qui l'avait fait jouir ? Était-ce l'intention (totalement inconsciente) de Jacob ?

Ils se masturbèrent côte à côte une dizaine de fois. Ils ne se touchèrent bien sûr jamais, mais Jacob se demanda si les petits gémissements de Tamir étaient vraiment irrépressibles – s'ils n'avaient pas une fonction performative. Ils ne parlèrent jamais de ces séances – pas plus trois minutes que trois décennies après –, mais elles ne furent jamais un motif de honte pour eux. Ils étaient assez jeunes pour ne pas se soucier du sens des choses, et plus tard assez vieux pour révérer des époques révolues.

La pornographie n'était qu'un exemple du gouffre qui existait entre leurs expériences de vie. Tamir allait seul à l'école avant même que les parents de Jacob acceptent de le déposer à une fête d'anniversaire. Tamir était capable de se préparer tout seul à manger, alors qu'un avion plein de légumes vert foncé cherchait encore le moyen d'atterrir dans la bouche de Jacob. Tamir but de la bière avant Jacob, fuma de l'herbe avant Jacob, se fit tailler une pipe avant Jacob, se fit embarquer par les flics avant Jacob (qui ne se ferait jamais embarquer par les flics), voyagea à l'étranger avant Jacob, découvrit l'existence de son cœur en se le faisant briser avant Jacob. Quand Tamir eut pour la première fois un M16 entre les mains, Jacob eut un pass Interrail. Tamir tenta sans succès d'éviter les situations dangereuses ; Jacob tenta sans succès de les provoquer. À dix-neuf ans, Tamir était dans un avant-poste semi-enterré du Sud-Liban, derrière une paroi de béton d'un mètre d'épaisseur. Jacob était dans un dortoir de New Haven dont les briques avaient été ensevelies pendant deux ans, avant sa construction, pour les faire paraître plus anciennes qu'elles n'étaient. Tamir n'en voulait pas à Jacob – il aurait été comme Jacob, s'il avait eu le choix –, mais il avait perdu un peu de la futilité nécessaire pour apprécier quelqu'un d'aussi futile que son cousin. Il s'était battu pour son pays, alors que Jacob passait des soirées entières à se demander s'il valait mieux accrocher sur tel ou tel mur une stupide affiche du *New Yorker* où New York brillait de mille feux. Il faisait tout pour ne pas se faire tuer, alors que Jacob faisait tout pour ne pas mourir d'ennui.

Après son service, Tamir fut enfin libre de vivre comme il l'entendait. Il était dévoré d'ambition, en ceci qu'il voulait gagner un paquet d'argent pour se payer un paquet de choses. Il quitta le Technion au bout d'un an et fonda la première d'une série de start-up high-tech. Presque toutes firent un flop, mais pas besoin de faire beaucoup mieux qu'un flop pour récolter ses cinq premiers millions. Jacob était trop jaloux pour donner à Tamir le plaisir de lui expliquer ce que produisaient ses sociétés, mais il n'y avait guère de doute que, comme la plupart des entreprises de high-tech israéliennes, elles appliquaient des technologies militaires à la société civile.

Les maisons, les voitures, l'ego et les seins des petites amies de Tamir passaient à l'échelle supérieure à chaque visite. Jacob affichait un semblant de respect qui révélait juste assez de réprobation, mais au final, tous ses petits signaux émotionnels étaient rendus inutiles par la surdité émotionnelle de Tamir. Pourquoi Jacob ne pouvait-il tout simplement se réjouir du bonheur de son cousin ? Tamir était aussi respectable que peut l'être quiconque connaît une exceptionnelle réussite, et pour qui il est de plus en plus difficile d'agir selon ses principes. Il est troublant d'avoir plus que ce dont on a besoin. Qui pouvait le lui reprocher ?

Jacob, lui, le pouvait. Il le pouvait parce qu'il avait moins que ce dont il avait besoin – il était un romancier honorable, ambitieux, quasi fauché qui n'écrivait pratiquement jamais –, il n'y avait là rien de troublant. Rien ne changeait d'échelle dans sa vie – il luttait constamment pour garder les choses telles quelles –, quand on n'a aucune possession matérielle de valeur, on exhibe ses propres valeurs.

Isaac avait toujours préféré Tamir. Jacob n'avait jamais compris pourquoi. Son grand-père était en bisbille avec tous les membres de sa famille qui avaient déjà fait leur bar-mitsva, y compris ceux qui forçaient leurs enfants à discuter avec lui sur Skype une fois par semaine, l'emmenaient chez le médecin et le conduisaient dans de lointains supermarchés où l'on pouvait acheter six boîtes de levure chimique pour le prix de cinq. Tout le monde ignorait Isaac, mais personne ne l'ignorait moins que Jacob, et personne ne l'ignorait plus que Tamir. Pourtant, Isaac aurait troqué six Jacob contre cinq Tamir.

Tamir. En voilà un bon petit-fils.

Même s'il n'était pas si bon que cela et qu'il n'était pas son petit-fils.

C'était peut-être l'éloignement qui plaisait à Isaac. L'absence nourrissait peut-être une mythologie, alors que Jacob était condamné à être jugé à l'aune de ses manquements à la parfaite *menschitude.*

Jacob avait tenté de convaincre Tamir d'aller voir Isaac avant son installation à la maison de retraite juive. Ils avaient connu dix-huit mois de purgatoire avant qu'un pensionnaire ne meure et libère sa chambre. Mais Tamir nia l'importance de cet événement.

« J'ai déménagé six fois depuis dix ans », lui écrivit-il par mail, mais de la façon suivante : « g dmng 6 x dps 10 ans », comme s'il y avait aussi peu de voyelles en anglais qu'en hébreu. Ou comme s'il se foutait complètement de son message.

« Oui, répondit Jacob, mais jamais dans une résidence avec une prise en charge adaptée.

– J'irai quand il mourra, d'accord ?

– Je ne suis pas sûr que cette visite aura la même importance pour lui.

– Et on viendra à la bar-mitsva de Sam », répondit Tamir, une fête qui était à l'époque prévue un an plus tard et dont la tenue ne faisait aucun doute.

« J'espère qu'il tiendra jusque-là, écrivit Jacob.

– On croirait l'entendre. »

L'année passa, Isaac survécut, comme d'habitude, comme tous ces Juifs insolents squattant les diverses chambres qui leur revenaient de naissance. Et puis, finalement, l'insupportable attente prit fin : quelqu'un se fractura la hanche et mourut, plaçant Isaac tout en haut de la liste. La bar-mitsva de Sam se rapprochait enfin. Et d'après le téléphone de Jacob, l'avion des Israéliens avait entamé sa descente.

« Écoute, dit Jacob à Max pendant qu'Irv se garait sur une place de parking, nos cousins israéliens…

– Tes cousins israéliens à toi.

– Nos cousins israéliens ne sont pas très commodes…

– Parce que nous on l'est, peut-être ?

– Il y a une seule chose sur laquelle les Arabes ont raison, dit Irv, agacé par une voiture garée de travers. On ne devrait pas donner le permis de conduire aux femmes.

– Il n'y a pas moins commode que nous, après nos cousins israéliens, dit Jacob à Max. Ce que j'essaie de te dire, c'est qu'il ne faut pas juger l'État d'Israël en fonction de l'entêtement, de l'arrogance et du matérialisme de nos cousins.

– Également synonymes de force, droiture et ingéniosité, dit Irv en coupant le moteur.

– Ce n'est pas parce qu'ils sont israéliens, dit Jacob, c'est leur façon d'être, voilà tout. Et ce sont *nos* cousins. »

AU FOND,
ON EST PARFAITEMENT BIEN CHEZ SOI

Il y avait des rouleaux de papier bulle au sous-sol, qui ressemblaient à des balles de foin dans un champ, dans un tableau – des dizaines de litres d'air préservés pendant des années pour une occasion qui ne se présenterait jamais.

Les murs étaient nus : les récompenses et diplômes reçus avaient été décrochés, les kétoubas, les reproductions d'affiches d'expositions de Chagall, les photos encadrées de mariages, de remises de diplômes, de bar-mitsvas, de cérémonies du *bris*[1], d'échographies. Il y avait tant de cadres qu'on aurait dit qu'il avait tenté de cacher les murs. Une fois décrochés, ne demeuraient plus que des rectangles décolorés.

Les bibelots made in China avaient été retirés des étagères du vaisselier et rangées dans ses tiroirs.

Sur le réfrigérateur, des rectangles non décolorés indiquaient l'ancien emplacement des photos d'arrière-petits-enfants magnifiques, prodigieux et sans tumeur – il ne restait plus que trois photos de classe, trois portraits, six yeux fermés. Les Vishniac avaient été touchés pour la première fois depuis dix ans, déménagés au sous-sol, et ces photos de classe et cartes postales qui tapissaient autrefois le réfrigérateur recouvraient désormais la table basse, chacune dans un sac Ziploc. C'est en prévision de ce moment qu'Isaac avait conservé tous ces

1. Cérémonie de circoncision juive.

sacs – les avait lavés après usage, les avait enfilés sur le robinet pour les faire sécher.

Sur le lit, tout un fourbi à répartir entre les êtres aimés. Ces dernières années, il avait distribué peu à peu tout ce qu'il possédait, et ce qui restait était plus difficile à céder – non à cause de la valeur sentimentale, mais parce que personne n'en voudrait. Il possédait de l'argenterie tout à fait acceptable. De charmantes tasses de porcelaine. Et, à condition de consacrer du temps et de l'argent à les faire recapitonner, on pouvait parfaitement envisager le sauvetage de certains fauteuils. Mais qui voudrait prendre chez soi, voire déposer à la décharge la plus proche, du papier d'emballage qui portait encore les marques de pliure des boîtes qu'il avait jadis recouvertes ?

Qui voudrait des blocs de Post-it, des fourre-tout, des petits carnets à spirale et des stylos surdimensionnés offerts par des laboratoires pharmaceutiques et qu'Isaac avait pris parce qu'ils étaient à disposition ?

Ce sachet de bonbons haricots pétrifiés, récupéré au kiddouch d'un nouveau-né désormais obstétricien. Qui voudrait de cela ?

Comme personne ne venait jamais lui rendre visite, il n'avait pas besoin de penderie, et son placard d'entrée servait à stocker le papier bulle qu'il n'utilisait pas. En été, les bulles gonflaient et la porte du placard forçait – la fiche des gonds tournant dans le sens contraire des aiguilles d'une montre de plusieurs millièmes de degré sous la pression.

Qui, parmi les vivants, voudrait de ce qui lui restait à donner ?

Et quelle interruption d'immobilité, quelle soudaine perturbation, pourrait bien réveiller les bulles du dernier soda dans le frigo ?

Tamir parvenait à tirer trois valises à roulettes derrière lui tout en portant deux sacs de duty free pleins de… de quoi ? De quels objets merdiques révélateurs d'une absence de dignité pouvait-il avoir un tel besoin, justifiant de faire autant attendre ses cousins ? Des montres Swatch ? De l'eau de Cologne ? Un M&M géant en plastique plein de minuscules M&M's ?

Il était toujours aussi étonné de le voir. Voilà quelqu'un avec qui Jacob partageait plus de matériau génétique que n'importe qui d'autre sur terre, et pourtant combien de passants se seraient-ils doutés de leur lien de parenté ? La couleur de sa peau pouvait s'expliquer par son exposition au soleil, et leur différence de carrure tenir au régime alimentaire, à l'exercice et à la volonté, mais qu'en était-il de sa mâchoire carrée, de son front protubérant, des poils sur ses phalanges et dans ses oreilles ? Qu'en était-il de la taille de ses pieds, de sa vision parfaite, du fait qu'il faille à sa barbe moins de temps pour pousser qu'il n'en fallait pour toaster un bagel ?

Il fonça droit sur Jacob, tel un missile antibalistique du Dôme de fer, l'étreignit, lui fit la bise à pleines lèvres, puis recula sans le lâcher, bras tendus. Pressant les épaules de Jacob, il le regarda de pied en cap, comme s'il envisageait la possibilité de le manger ou de le violer.

« On dirait bien qu'on n'est plus des enfants !

– Même nos enfants ne sont plus des enfants. »

Son buste était large et ferme. Il aurait fait une bonne table de travail sur laquelle Jacob aurait pu écrire un texte à propos d'une personne de son genre.

Il ne le lâchait toujours pas, gardait les bras tendus.

« Qu'est-ce qu'il y a d'écrit sur ta chemise ? demanda Jacob.

– Marrant, non ?

– Je crois, mais je ne suis pas sûr de comprendre.

– "À voir ta tête, on dirait que j'ai besoin d'un verre." Tu piges ? À voir *ta* tête, *j'ai* besoin d'un verre.

– Ça veut dire quoi : t'es si moche que j'ai besoin d'un verre ? Ou : je vois, reflété dans ton expression, mon propre besoin d'alcool ? »

Tamir se tourna vers Barak et s'exclama : « Qu'est-ce que je t'avais dit ? »

Barak hocha la tête en riant, et Jacob ne comprit pas, là non plus, ce que cela signifiait.

Il s'était passé près de sept ans depuis la dernière visite de Tamir ; Jacob n'était pas allé en Israël depuis qu'il s'était marié. Il avait seulement envoyé à Tamir les bonnes nouvelles, souvent enjolivées, parfois carrément fausses. Il s'avéra que Tamir ne s'était pas non plus gêné pour enjoliver et mentir, mais il faudrait qu'une guerre éclate pour que Jacob apprenne la vérité.

Des embrassades furent encore longuement échangées. Tamir souleva Irv du sol, provoquant chez lui l'évacuation d'un pet – une manœuvre de Heimlich anale.

« Je t'ai fait péter ! dit Tamir en levant le poing.

– C'est juste un peu de gaz, répliqua Irv – une distinction sans différence, comme dirait le Dr Silvers.

– Je vais te refaire péter !

– Je ne préfère pas. »

Tamir enlaça de nouveau Irv, et le souleva de nouveau, cette fois en le serrant plus fermement. Et cela fonctionna encore, même mieux que la première fois – à condition de donner au mot *mieux* un sens très particulier. Tamir le reposa, prit une grande inspiration, puis rouvrit les bras.

« Cette fois, tu vas te chier dessus. »

Irv croisa les bras.

Tamir rit de bon cœur et dit : « Je plaisante, je plaisante ! »

Tout le monde éclata de rire, à part Irv. C'était la première fois depuis des semaines que Jacob entendait Max rire – peut-être même des mois.

Puis Tamir poussa Barak en avant, lui ébouriffa les cheveux et dit : « Regardez-moi ça. C'est un homme, non ? »

Un homme, c'était bien le mot. Il était immense, taillé dans la pierre de Jérusalem et couvert d'une généreuse toison – le genre de pectoraux sur lesquels on aurait pu faire rebondir des pièces de monnaie, s'ils n'avaient été tapissés d'une forêt de poils en torsade si dense que tout ce qui y pénétrait y restait pour de bon.

Au milieu de ses frères, et entre deux visites chez le coiffeur, Max passait pour un garçon assez mûr. Mais à côté de Barak il semblait petit, chétif, asexué. Cela n'échappa à personne – encore moins à Max, qui fit un léger pas en arrière, dans la direction de la chambre de sa mère au Hilton de Washington.

« Max ! s'exclama Tamir, posant les yeux sur le garçon.

– Affirmatif. »

Jacob pouffa de gêne : « Affirmatif ? C'est une blague ?

– C'est sorti tout seul », dit Max, sentant l'odeur de son propre sang.

Tamir le toisa d'un rapide coup d'œil et lança : « T'as l'air d'un végétarien.

– Pesco-végétarien, précisa Max.

– Tu manges de la viande, dit Jacob.

– Je sais. Mais j'ai l'air d'un pesco-végétarien. »

Barak donna à Max un coup de poing dans la poitrine, sans raison apparente.

« Aïe ! Qu'est-ce que…

– Je plaisante, fit Barak, je plaisante. »

Max se frotta la poitrine : « Ta plaisanterie m'a fracturé le sternum.

– On va manger ? demanda Tamir en se tapant sur le ventre.

– Je pensais qu'on pourrait d'abord passer voir Isaac, suggéra Jacob.

– Il faut nourrir ce gaillard, intervint Irv, qui créa deux camps en choisissant l'un plutôt que l'autre.

– Après tout, pourquoi pas », dit Jacob, se souvenant de la remarque de Kafka : « Dans le combat entre toi et le monde, seconde le monde. »

Tamir scruta l'aérogare puis frappa dans ses mains. « Panda Express ! Le meilleur ! »

Il prit du porc lo mein. Irv fit tout son possible pour cacher son mécontentement, mais son possible était loin d'être formidable. Tamir n'était peut-être pas un personnage de la Torah, mais il aurait pu au moins adhérer à ses principes. Cependant, Irv était un bon hôte, le sang étant le sang, et se mordit la langue jusqu'à ce que ses dents se touchent.

« Vous savez où on mange le mieux italien dans le monde, de nos jours ? demanda Tamir, poignardant un morceau de porc.

– En Italie ?

– En Israël.

– J'ai entendu dire ça », répondit Irv.

Jacob ne pouvait laisser passer une affirmation aussi absurde. « Tu veux dire où on mange le mieux italien en dehors de l'Italie.

– Non, je te dis que l'endroit où on cuisine le mieux italien en ce moment, c'est en Israël.

– D'accord. Mais tu déclares, de façon discutable, qu'Israël est le pays, en dehors de l'Italie, où on mange le mieux italien.

– *Y compris* l'Italie, corrigea Tamir, faisant craquer les phalanges de la main qui ne tenait pas sa fourchette, simplement en fermant et rouvrant le poing.

– Par définition, c'est impossible. C'est comme si tu disais que la meilleure bière allemande du monde est israélienne.

– Elle s'appelle Goldstar.

– J'adore cette bière, intervint Irv.

– Tu ne bois même pas de bière.

– Sauf quand j'en bois.

– J'ai une question pour toi, dit Tamir. Où est-ce qu'on fait les meilleurs bagels du monde ?

– À New York.

– Je suis d'accord. C'est à New York qu'on fait les meilleurs bagels du monde. Et maintenant, je te le demande : le bagel est-il juif ?

– Ça dépend de ce que tu entends par là.

– Peut-on dire que le bagel est juif comme les pâtes sont italiennes ?

– On peut.

– Alors, je te le demande : est-ce qu'Israël est la patrie des Juifs ?

– Israël est l'État des Juifs. »

Tamir se redressa sur sa chaise.

« Ce n'est pas sur ce point de mon argumentation que tu étais censé être en désaccord. »

Irv lança un regard à Jacob. « Bien sûr que c'est la patrie des Juifs.

– Ça dépend de ce qu'on entend par patrie, répliqua Jacob. Si tu veux dire patrie ancestrale…

– Qu'est-ce que toi, tu veux dire ? demanda Tamir.

– Je veux dire l'endroit d'où vient ma famille.

– Et plus précisément ?

– La Galicie.

– Mais avant ça.

– Quoi, l'Afrique ? »

La voix d'Irv dégoulina comme de la mélasse, la douceur en moins : « L'*Afrique*, Jacob ?

– C'est arbitraire. On pourrait remonter jusqu'aux arbres ou à l'océan si on voulait. Certains remontent jusqu'à l'Éden. Toi, tu choisis Israël. Moi, je choisis la Galicie.

– Tu te sens galicien ?

– Je me sens américain.

– Je me sens juif, dit Irv.

– La vérité, déclara Tamir en enfournant le dernier morceau de porc, c'est que tu te sens propriétaire des seins de Julia. »

De but en blanc, Max dit : « Vous croyez que les toilettes sont propres ? »

Jacob se demanda si la question de Max, son envie de s'éclipser, suggérait qu'il savait, ou qu'il avait l'intuition, que son père n'avait pas touché les seins de sa mère depuis des mois.

« Ce sont des toilettes, répondit Tamir.

– J'attendrai qu'on soit rentrés.

– Si tu as envie d'y aller, vas-y, dit Jacob. C'est mauvais de se retenir.

– D'après qui ? demanda Irv.

– D'après ta prostate.

– Tu crois que ma prostate te parle ?

– Je ne suis pas obligé d'y aller, dit Max.

– C'est bon de se retenir, assura Tamir. C'est comme un… comment ça s'appelle ? Pas un exercice de Kugel…

– Vas-y, tu veux, Max ? Au cas où.

– Fiche-lui la paix s'il ne veut pas y aller », dit Irv. Puis, à Tamir : « Un exercice de Kegel. Et tu as absolument raison.

– Moi, j'y vais, rétorqua Jacob. Vous savez pourquoi ? Parce que j'aime ma prostate.

– Tu devrais peut-être l'épouser », fit Max.

Jacob n'avait pas envie d'aller aux toilettes, mais il y alla tout de même. Et resta planté là, comme un trou du cul, le pénis à l'air, passant quelques moments à ne rien prouver du tout, juste au cas où.

Un homme de l'âge de son père urinait à côté de lui. Son urine jaillissait par à-coups, comme d'un système d'arrosage automatique, et à l'oreille non compétente de Jacob, cela sonna comme un symptôme. Quand l'homme laissa échapper un petit grognement, Jacob lui jeta un coup d'œil, par réflexe, et ils échangèrent un sourire fugace, avant de se souvenir où ils étaient : un lieu où seul un moment extrêmement bref de salutation était tolérable. Jacob avait la nette impression de connaître cette personne. Cela lui arrivait souvent devant un urinoir, mais cette fois-ci, il en était sûr – comme toujours. Où avait-il déjà vu cette tête ? Un instit' de l'école primaire ? Un des profs des garçons ? Le père d'un de leurs amis ? Il eut brièvement la conviction que cet inconnu sortait tout droit d'une vieille photo de la famille d'Europe de l'Est de Julia et qu'il avait voyagé à travers le temps pour le mettre en garde.

Il se remit à penser à des ruisseaux glougloutants et à la mort lente de sa région rénale, au déclin de laquelle il n'avait jamais réfléchi – comme à tant d'autres choses – avant d'y être forcé, puis il eut une révélation : *Spielberg.* Une fois que cette idée lui fut venue à l'esprit, il n'eut plus le moindre doute. Bien sûr que c'était lui. Jacob était debout, le pénis à l'air, à côté de Steven Spielberg, dont le pénis était à l'air. Quelle était la probabilité pour que cela arrive ?

Jacob avait grandi, comme tout Juif dans le dernier quart du XXe siècle, sous l'aile de Spielberg. Ou plutôt, à l'ombre de son aile. Il avait vu *E.T.* trois fois, la semaine de sa sortie, toujours à l'Uptown, regardant chaque fois l'écran à travers les doigts de sa main quand la poursuite à bicyclette atteignait un paroxysme si délicieux qu'elle en devenait proprement insupportable. Il avait vu *Indiana Jones,* et le suivant, et le suivant. Avait tâché de rester jusqu'à la fin d'*Always.* Personne n'était parfait. Pas avant d'avoir réalisé *La Liste de Schindler*, point à partir duquel on n'était plus un simple individu mais leur représentant. Le *leur* ? Celui des millions d'assassinés. Non, se dit Jacob, *notre* représentant. Ceux qui n'ont pas été assassinés. Mais *Schindler* ne nous était pas destiné. Il leur était destiné à eux. Eux ? Pas les assassinés, bien sûr. Ils ne peuvent plus regarder de films. Il était destiné à tous ceux qui ne sont pas comme nous : les goyim. Parce que avec Spielberg, sur le compte en banque de qui le public était obligé de faire un virement annuel, on avait enfin trouvé le moyen de les forcer à regarder notre absence en face, de leur mettre le nez dans le caca du berger allemand.

Et bon sang, comme on l'aima. Jacob avait trouvé le film larmoyant, ampoulé, flirtant avec le kitsch. Mais il avait été profondément ému. Irv déplorait le choix de raconter une histoire de l'Holocauste dont l'approche était réconfortante, de lui donner, pour ainsi dire, un happy end statistiquement négligeable, généré par l'espèce statistiquement négligeable du bon Allemand. Mais même Irv avait été ému dans les limites de ses capacités. Isaac n'aurait pu être plus ému : *Tu vois, tu vois ce qui a été fait à nous, à mes parents, à ma frère, à moi, tu vois ?* Tout le monde fut ému, et tout le monde fut persuadé qu'être ému était l'ultime expérience esthétique, intellectuelle et éthique.

Il fallait que Jacob jette un œil au pénis de Spielberg. La seule question était de savoir sous quel prétexte.

À la fin de chaque check-up annuel, le Dr Schlesinger s'agenouillait devant Jacob pour lui prendre les couilles aux creux de la main en lui demandant de tourner la tête et de tousser. Cette expérience semblait universelle, et universellement inexplicable, parmi les hommes. Mais tousser en tournant la tête avait quelque chose à voir avec les parties génitales. La logique n'était pas implacable, mais elle avait l'air valable. Du coup, Jacob toussa en lançant un regard de biais.

Ce n'est pas la taille qui le marqua – celui de Spielberg n'était ni plus long, ni plus court, ni plus large ni plus étroit que ceux de la plupart des grands-pères juifs aux chairs mollasses. Il n'était pas non plus du type pendulaire, ni réticulaire, reptilien, laminaire, variqueux, n'avait pas la forme d'une banane, d'une ampoule électrique, d'un champignon, d'un nez crochu, pas plus qu'il n'était de traviole. Ce qui marqua Jacob, c'était la partie non manquante : il n'était pas circoncis. Il s'était si peu souvent retrouvé en présence de cette atrocité visuelle qu'est un pénis intact qu'il n'en aurait pas mis sa main au feu – l'enjeu était considérable –, il sut qu'un second coup d'œil était indispensable. La déontologie de l'urinoir pardonne un salut, et le fait de tousser avait constitué un alibi acceptable pour le coup d'œil initial, mais il était absolument impossible de remettre ça sans donner l'impression de lui faire des avances, ce qui était hors de question, même dans un monde où Spielberg n'aurait pas réalisé *A.I.*

Il y avait quatre options : 1) il le prenait à tort pour Steven Spielberg et croyait à tort qu'il n'était pas circoncis ; 2) il le prenait à tort pour Steven Spielberg et ne s'était pas trompé sur le fait qu'il n'était pas circoncis ; 3) c'était bien Steven Spielberg, mais il croyait à tort qu'il n'était pas circoncis – *évidemment* qu'il était circoncis ; ou 4) Steven Spielberg n'était pas circoncis. S'il avait été joueur, il aurait poussé sa montagne de jetons sur le 4).

Jacob piqua un fard et tira la chasse, se lava les mains trop vite pour accomplir quoi que ce soit, et se hâta de rejoindre les autres.

« Vous ne devinerez jamais à côté de qui je viens de pisser.

– Bon Dieu, papa.

– Presque. Spielberg.

– C'est qui, ça ? demanda Tamir.

– Tu te moques de moi ?

– Quoi ?

– Spielberg. Steven Spielberg.

– Jamais entendu parler.

– Arrête tes conneries », dit Jacob, sans trop savoir, comme toujours, dans quelle mesure Tamir jouait la comédie. On pouvait dire ce qu'on voulait sur lui, Tamir était intelligent, cultivé, impétueux. Mais malgré tout ce qu'on pouvait dire sur lui, il était idiot, mégalo et content de lui. S'il avait le sens de l'humour, il était plus sec que de la maïzena. Ce qui lui permettait de se livrer à une forme d'acupuncture psychologique sur Jacob : est-ce qu'il vient de me planter une aiguille ? Est-ce que ça fait mal ? Est-ce qu'il raconte des conneries ? Il ne pouvait pas être complètement sérieux à propos de la cuisine italienne en Israël, si ? À propos du fait qu'il ne connaissait pas Spielberg ? Impossible, et tout à fait possible.

« C'est incroyable, fit Irv.

– Et le plus incroyable ? » Jacob se pencha en avant et murmura : « Il n'est pas circoncis. »

Max leva les mains en l'air. « Qu'est-ce que t'as fait, tu lui as embrassé le zizi dans un box des toilettes pour hommes ?

– C'est qui, ce Spielberg ? répéta Tamir.

– On était aux urinoirs, Max. Et bien sûr que non, je ne lui ai pas embrassé le zizi, dit Jacob, histoire de ne laisser planer aucun doute.

– Ce n'est pas possible, dit Irv.

– Je sais. Mais je l'ai vu de mes propres yeux.

– Pourquoi est-ce que tes propres yeux regardaient le pénis d'un autre homme ? s'étonna Max.

– Parce que c'était celui de Steven Spielberg.

– Pourquoi personne ne veut me dire qui est ce type ? insista Tamir.

– Parce que je ne crois pas que tu ne le connais pas.

– Pourquoi ferais-je semblant de ne pas le connaître ? demanda Tamir, avec toutes les apparences de la sincérité.

– Parce que c'est ta façon israélienne bizarre de minimiser les accomplissements des Juifs américains.

– Et pourquoi je ferais ça ?

– À toi de me le dire.

– Très bien, fit Tamir, essuyant calmement, aux coins de sa bouche, les vestiges de six sachets de sauce au canard laqué.

Comme tu veux. » Il se leva et se dirigea vers le comptoir des condiments.

« Il faut que tu y retournes pour être sûr, dit Irv. Présente-toi.

– Il est hors de question que tu fasses une chose pareille, protesta Max sur le ton qu'aurait employé sa mère.

Irv ferma les yeux et dit : « Je suis sous le choc.

– Je sais, c'est dingue.

– Que faut-il en déduire ?

– Je sais, c'est vraiment dingue.

– Depuis le début on se disait que son film bidon sur l'Holocauste compensait l'Holocauste.

– Parce que maintenant c'est un film bidon ?

– Ça l'a toujours été, affirma Irv. Mais c'était notre film bidon à nous. Maintenant… je me demande.

– Ce n'est pas comme s'il n'était pas jui… »

Mais Jacob ne put pas finir pas sa phrase. Ou n'eut pas besoin de le faire. Dès que le fragment de possibilité apparut, il n'y eut plus de place pour autre chose.

« Il faut que je m'assoie, déclara Irv.

– Tu es déjà assis, observa Max.

– Il faut que je m'assoie par terre.

– Arrête, ordonna Jacob. C'est sale.

– Tout est sale, maintenant », dit Irv.

En silence, ils observèrent des centaines de personnes tenant en équilibre des plateaux surchargés slalomer et s'éviter sans jamais se toucher. Il était possible que des êtres vivants supérieurs aient leur propre version de David Attenborough[1]. Cette « personne » aurait pu tourner un formidable épisode d'une minisérie consacrée aux humains, témoignant de cette observation hypnotique.

Max murmura quelque chose d'incompréhensible sans s'adresser à personne.

1. Naturaliste britannique, auteur et réalisateur de films documentaires sur la faune et la flore du monde entier.

Irv se prit la tête entre les mains et dit : « Si Dieu avait voulu qu'on ne soit pas circoncis, Il n'aurait pas inventé le smegma.

– Quoi ? demanda Jacob.

– Si Dieu avait voulu…

– Je m'adresse à Max.

– J'ai rien dit, répliqua Max.

– *Quoi ?*

– *Rien.*

– *Les Dents de la mer*, quel navet », soupira Irv.

Et puis Tamir revint. Ils avaient été trop occupés par leurs spéculations catastrophistes pour remarquer à quel point son absence avait duré longtemps.

« Alors voilà l'histoire, annonça-t-il.

– Quelle histoire ?

– Il a des problèmes de rétention urinaire.

– Qui ça "il" ?

– Steve. »

Irv se tapa les joues à deux mains et couina comme s'il entrait pour la première fois dans le plus important des magasins American Girl.

« Je comprends mieux pourquoi tu pensais que je le connaissais. Un parcours très impressionnant. Qu'est-ce que je peux dire ? Je ne regarde pas beaucoup de films. Ça ne rapporte pas d'argent. Mais ça en rapporte de les faire. Tu sais qu'il pèse plus de trois milliards de dollars ? Milliards, pas millions ?

– Vraiment ?

– Il n'avait aucune raison de me mentir.

– Mais pourquoi aurait-il eu une raison de te le dire ?

– Parce que je lui ai demandé.

– Combien pèse sa fortune ?

– Oui.

– Et tu lui as aussi demandé s'il est circoncis, je suppose ?

– Oui. »

Jacob prit Tamir dans ses bras. Ce n'était pas calculé. Il tendit les bras, voilà tout. Pas parce que Tamir avait obtenu ces informations. Mais parce qu'il avait toutes les qualités qui faisaient défaut à Jacob et dont celui-ci ne voulait pas, même si elles lui manquaient désespérément : l'effronterie, l'absence de peur quand il n'y avait aucune raison d'avoir peur, l'absence de peur quand il y avait toutes les raisons d'avoir peur, un certain je-m'en-foutisme. « Tamir, tu es un être humain magnifique.

– Et alors... ? » demanda Irv d'un ton suppliant.

Tamir se tourna vers Jacob.

« Il sait qui tu es, au fait. Il ne t'a pas reconnu, mais quand j'ai prononcé ton nom, il m'a dit qu'il avait lu ton premier livre. Il m'a dit qu'il avait envisagé de prendre une option sur les droits, va savoir ce que ça veut dire.

– Vraiment ?

– C'est ce qu'il a dit.

– Merde, si Spielberg avait adapté ce livre au cinéma, je serais...

– Viens-en au fait, intervint Irv. Il est coupé ? »

Tamir secoua son gobelet de soda, séparant les glaçons collés.

« Tamir ?

– On a pensé que ce serait plus marrant si je ne te le disais pas.

– Qui ça, "on" ?

– Steve et moi. »

Jacob le repoussa, aussi spontanément qu'il l'avait pris dans ses bras.

« Tu me fais marcher.

– Les Israéliens ne font jamais marcher personne.

– Les Israéliens ne font que ça.

– On est de la même *mishpucha,* plaida Irv.

– Oui. Et si on ne peut plus cacher un secret à sa propre famille, à qui peut-on le cacher ?

– Alors je m'émancipe de la famille. Maintenant, dis-moi. »

Tamir gratta les restes de lo mein dans son bol et répondit : « Avant mon vol retour.

– Quoi ?

– Je vous le dirai avant mon départ.

– Tu n'es pas sérieux. »

Se pouvait-il qu'il soit sérieux ?

« Si. »

Irv tapa du poing sur la table.

« Je le dirai à Max, indiqua Tamir. Ce sera mon cadeau de bar-mitsva, en avance. Ce qu'il choisira de faire de cette information, ça le regarde.

– Tu sais que c'est la bar-mitsva de Sam. Pas la mienne.

– Bien sûr, dit Tamir en faisant un clin d'œil à Max. C'est un cadeau de bar-mitsva très en avance. »

Il posa les mains sur les épaules de Max et l'attira vers lui. Ses lèvres frôlant son oreille, il lui murmura quelque chose. Et Max sourit. Il rit, même.

Alors qu'ils rejoignaient la voiture, Irv n'arrêta pas de faire signe à Jacob de prendre une des valises de Tamir, et Jacob n'arrêta pas de lui faire signe que Tamir l'en empêcherait. Et Jacob fit signe à Max de parler à Barak, et Max lui fit signe en retour… qu'il ferait mieux de fumer par la gorge ? Ils étaient là, quatre hommes et un cinquième qui en était presque un ; et pourtant ils se faisaient des signes stupides de la main, qui ne signifiaient presque rien et ne trompaient presque personne.

« Comment va ton grand-père ? demanda Tamir.

– Comparé à quoi ?

– À comment il allait la dernière fois que je l'ai vu.

– C'était il y a dix ans.

– Alors il est plus vieux, probablement.

– Il déménage dans quelques jours.

– Il fait son *alya* ?

– Oui. À la maison de retraite juive.

– Il lui reste quoi ?

– Tu me demandes combien de temps il lui reste à vivre ?

– Tu trouves des façons très compliquées de dire des choses très simples.

– Tout ce que je peux te répondre, c'est ce que m'a dit son médecin.

– Et donc ?

– Ça fait cinq ans qu'il est mort.

– Un miracle médical.

– Entre autres. Je suis certain qu'il serait fou de joie de te voir.

– Allons chez vous. On déposera nos bagages, on verra Julia…

– Elle ne rentrera qu'en fin d'après-midi.

– Alors on cassera la croûte, on fera quelques paniers. Je suis curieux de voir votre home cinéma.

– Je ne crois pas qu'on ait ça. Et en général, il se couche très tôt, vers…

– Tu es notre invité, dit Irv à Tamir en lui tapotant le dos. On fera tout ce qui te plaît.

– Bien sûr, fit Jacob, secondant le monde dans son combat contre son grand-père. On peut toujours aller le voir plus tard. Ou demain.

– Je lui ai apporté du halva.

– Il est diabétique.

– Je l'ai acheté au souk.

– Oui, mais son diabète se fiche de la provenance. »

Tamir sortit le halva de son bagage à main, ouvrit l'emballage, en prit un morceau et l'enfourna.

« C'est moi qui conduis, dit Jacob à Irv lorsqu'ils approchèrent de la voiture.

– Pourquoi ?

– Parce que c'est moi qui conduis.

– Je croyais que tu n'étais pas à l'aise sur la voie rapide ?

– Ne raconte pas de bêtises », rétorqua Jacob, lançant à Tamir un sourire dédaigneux. Puis, à Irv, d'une voix ferme : « Donne-moi les clés. »

Dans la voiture, Tamir appuya la semelle de sa chaussure droite contre le pare-brise, offrant une vue de son entrejambe à toutes les caméras de surveillance devant lesquelles ils étaient susceptibles de passer. Il joignit ses mains derrière la nuque – faisant de nouveau craquer ses phalanges –, hocha la tête et annonça : « Pour tout vous dire, je gagne beaucoup d'argent. » *C'est parti*, songea Jacob. *Tamir imitant un mauvais imitateur de Tamir.* « Le high-tech est en plein boum et j'ai eu l'intelligence – le courage – d'investir dans un tas de domaines au bon moment. C'est le secret du succès : la combinaison de l'intelligence et du courage. Parce qu'il y a beaucoup de gens intelligents dans le monde, et beaucoup de gens courageux, mais quand il s'agit de trouver des gens intelligents et courageux, on constate que ça ne court pas les rue. Et j'ai eu de la chance. Écoute, Jake… » Pourquoi se permettait-il d'affubler tout à coup Jacob d'un diminutif ? C'était un acte d'agression, même si Jacob n'arrivait pas à le décrypter, même si ça lui plaisait. « Je ne crois pas à la chance, mais seul un idiot ne reconnaît pas l'importance d'être au bon endroit au bon moment. La chance, ça se provoque. Voilà ce que je pense.

– C'est ce que tout le monde pense, fit remarquer Jacob.

– N'empêche, on ne peut pas tout contrôler.

– Et Israël ? demanda Irv depuis la banquette arrière.

– Israël ? » *C'est parti.* « Israël prospère. Il suffit de se promener dans les rues de Tel Aviv le soir. Il y a plus de culture au mètre carré que n'importe où dans le monde. Regardez notre économie. On a soixante-huit ans – c'est plus jeune que toi, Irv. On n'est que sept millions, on n'a aucune ressource naturelle, on est engagés dans une guerre sans fin. Et malgré tout ça, on a plus de sociétés cotées au Nasdaq que n'importe quel autre pays, après les États-Unis. On a plus de start-up que la Chine, l'Inde et le Royaume-Uni, et on enregistre plus de brevets que n'importe quel autre pays, y compris le vôtre.

– Ça va bien, confirma Irv.

– Ça n'est jamais allé mieux ailleurs à aucun moment de l'histoire qu'en Israël à l'heure actuelle.

– L'apogée de l'Empire romain ? éprouva le besoin de dire Jacob.

– Où sont-ils maintenant ?

– C'est ce que les Romains se demandaient à propos des Grecs.

– On vit dans un autre appart que celui que vous avez visité. On déménage tout le temps. C'est bon pour les affaires, et c'est bon d'un point de vue plus général, aussi. On habite un triplex, maintenant – trois niveaux. On a sept chambres à coucher…

– Huit, corrigea Barak.

– Il a raison. Huit. » *Il est en représentation,* se rappela Jacob, ou tenta-t-il de se convaincre, sentant sourdre une pointe de jalousie. *Il fait son petit numéro. Il ne te rabaisse pas.* Tamir continua : « Huit chambres, même si on n'est plus que quatre à présent que Noam est parti faire son service. Deux chambres par personne. Mais j'aime avoir de l'espace. On ne reçoit pas tant d'invités que ça, même si on en reçoit beaucoup, mais j'aime bien m'étaler : plusieurs pièces pour mes nouvelles sociétés ; Rivka est folle de méditation ; les enfants ont leur table de hockey, leurs consoles de jeu. Ils ont un baby-foot fabriqué en Allemagne. J'ai une assistante qui n'a aucun rapport avec mes sociétés, mais qui participe à la vie de tous les jours, et je lui ai dit : "Trouve-moi le meilleur baby-foot du monde." Et c'est ce qu'elle a fait. Elle a un corps incroyable, et elle est capable de dénicher n'importe quoi. C'est vraiment incroyable. On pourrait laisser ce baby-foot dehors pendant un an sous la pluie, qu'il resterait comme neuf.

– Je croyais qu'il ne pleuvait jamais en Israël, dit Jacob.

– Si, répliqua Tamir. Mais tu as raison, le climat est vraiment idéal. Bref, je pose mes verres dessus, et est-ce qu'ils laissent une auréole ? Barak ?

– Non.

– Quand on a visité le nouvel appart' – le dernier en date –, je me suis tourné vers Rivka et je lui ai dit : "Alors ?" et elle a dit : "Qu'est-ce qu'on va faire d'un appartement aussi grand ?" Je lui ai répondu ce que je vous dis maintenant : "Plus on achète, plus il faut vendre."

– Tu devrais absolument écrire un livre, observa Jacob, retirant une petite aiguille de son dos pour la planter dans celui de Tamir.

– Toi aussi, rétorqua Irv, retirant la petite aiguille du dos de Tamir pour la planter dans l'aorte de Jacob.

– Et je lui ai dit autre chose, à Rivka : "Ce sera toujours les riches qui auront de l'argent, alors il faut vouloir posséder ce que les riches veulent posséder. Plus une chose est chère, plus son prix augmente."

– Ce qui revient à dire que ce qui est cher est cher, fit remarquer Jacob.

– Exactement.

– Bon, ben, fit l'ange bienveillant de Jacob, comme un ventriloque. J'adorerais voir cet appart un jour.

– Pour ça, il faudrait que tu viennes en Israël. »

Avec un sourire : « L'appartement ne peut pas venir à moi ?

– Il pourrait, mais ce serait dingue. Et puis, de toute façon, on va bientôt déménager dans un autre.

– Alors j'adorerais voir celui-là.

– Et les salles de bains… T'en reviendrais pas, de ces salles de bains. Tout a été fabriqué en Allemagne. »

Irv grogna.

« Impossible de trouver un tel savoir-faire.

– Apparemment, pour toi c'est possible.

– Enfin, impossible de trouver ça en Amérique. Mon assistante personnelle – celle qui est bien foutue – m'a dégoté des toilettes équipées d'une caméra qui reconnaît la personne et ajuste les paramètres présélectionnés. Rivka aime bien que le siège soit froid. Moi, j'aime bien faire roussir mes poils du cul. Yael se tient pratiquement debout quand elle chie. Barak s'assoit à l'envers.

– Je m'assois pas à l'envers, répliqua Barak, tapant l'épaule de son père.

– Vous me prenez pour un fou, dit Tamir. Vous me jugez sans doute, vous riez même de moi au fond de vous, mais c'est moi qui ai des toilettes qui connaissent leur nom, c'est moi qui ai un réfrigérateur qui fait les courses sur Internet, et c'est vous qui conduisez un kart japonais. »

Jacob ne prenait pas Tamir pour un fou. Il pensait que son besoin d'étaler son bonheur était triste et douteux. Mais attachant. C'est là que toute logique émotionnelle disparaissait. Tout ce qui aurait dû conduire Jacob à détester Tamir l'en rapprochait – pas par envie, mais par amour. Il aimait la faiblesse effrontée de Tamir. Il aimait son incapacité – son refus – de cacher sa laideur. Pareille mise à nu était ce que Jacob lui enviait le plus, et ce dont il se protégeait le plus.

« Et quelle est la situation ? demanda Irv.

– Quelle situation ?

– La sécurité.

– Quoi, la sécurité alimentaire ?

– Les Arabes.

– Lesquels ?

– L'Iran. La Syrie. Le Hezbollah. Le Hamas. L'État islamique. Al-Qaïda.

– Les Iraniens ne sont pas des Arabes. Ce sont des Persans.

– Je suis sûr que ça t'aide à trouver le sommeil.

– Ça pourrait être mieux, ça pourrait être pire. En dehors de ça, vous en savez autant que moi.

– Je ne sais que ce que je lis dans le journal, dit Irv.

– Comment crois-tu que je me tiens informé ?

– Alors, comment est l'ambiance là-bas ? insista Irv.

– Est-ce que je serais plus heureux si Noam était DJ à la station de radio de l'armée ? Évidemment. Mais je me sens bien. Barak, tu te sens bien ?

– Je suis tranquille.

– Tu crois qu'Israël va bombarder l'Iran ?

– Je ne sais pas, répondit Tamir. À ton avis ?

– À ton avis, ils devraient ? » demanda Jacob. Il n'était pas immunisé contre la curiosité morbide, la soif de sang des Juifs américains n'étant jamais très loin.

« Bien sûr qu'ils devraient, dit Irv.

– S'il y avait un moyen de bombarder l'Iran sans bombarder l'Iran, ce serait bien. Toute autre tournure des événements sera mauvaise.

– Mais alors, qu'est-ce qu'ils devraient faire à ton avis ? répéta Jacob.

– Il vient de te le dire, répliqua Irv. Il pense qu'ils devraient bombarder l'Iran.

– À mon avis, c'est toi qui devrais bombarder l'Iran, dit Tamir à Irv.

– Les États-Unis ?

– Ce serait bien, ça aussi. Mais je voulais dire toi, personnellement. Tu devrais bombarder l'Iran. Tu pourrais utiliser les armes biologiques que tu as larguées tout à l'heure. »

Ils éclatèrent de rire, surtout Max.

« Sérieusement, insista Irv, à ton avis qu'est-ce qui va se passer ?

– Sérieusement, je n'en sais rien.

– Et ça ne t'ennuie pas ?

– Et toi ?

– Si, ça m'ennuie. À mon avis, on ferait mieux de bombarder l'Iran avant qu'il soit trop tard. »

Sur quoi, Tamir ajouta : « Et à mon avis, on ferait mieux de savoir ce qu'on entend par *on* avant qu'il soit trop tard. »

Tout ce dont Tamir voulait parler, c'était d'argent – le revenu moyen israélien, la taille de sa fortune amassée si facilement, la qualité de vie sans égale sur cette bande de terre grande comme un timbre-poste, où régnait une chaleur oppressante, et qui était encerclée par des ennemis psychopathes.

Tout ce dont Irv voulait parler, c'était de la situation – quand Israël nous rendrait-il fiers en prenant en main sa sécurité ? Des informations circulaient-elles au pays, qu'il pourrait divulguer à ses amis dans la salle de réception de l'Institut de l'entreprise américaine, ou qui seraient susceptibles d'être dégoupillées sur son blog, puis balancées ? Le moment n'était-il pas venu pour nous – pour vous – de faire quelque chose à propos de ceci ou cela ?

Tout ce dont Jacob voulait parler, c'était du fait de vivre à proximité de la mort : Tamir avait-il déjà tué quelqu'un ? Et Noam ? Connaissait-il des histoires de soldats tortionnaires ou torturés ? Quelle était la pire chose qu'il ait vue de ses propres yeux ?

Les Juifs avec lesquels Jacob avait grandi ajustaient leurs lunettes de soleil aviateur avec leurs seuls muscles du visage, tout en décryptant les paroles des chansons de Fugazi et en appuyant sur l'allume-cigare de leur vieux break Volvo. Quand l'allume-cigare cliquait, ils le renfonçaient. Ils n'allumaient jamais rien. Ils étaient nuls en sport, mais adoraient le sport sur console. Ils fuyaient la bagarre, mais adoraient chercher querelle. Ils étaient enfants et petits-enfants d'immigrés, de survivants. Ils se définissaient par la flagrance de leur faiblesse, et ils en étaient fiers.

Et pourtant, ils se laissaient griser par le muscle. Pas au sens littéral – ils trouvaient ça louche, ridicule, pitoyable. Non, ils étaient surexcités par la mise en pratique musculaire d'idées nées du cerveau des Juifs : les Macchabées se glissant sous des éléphants grecs en armure pour poignarder leur ventre tendre ; les missions du Mossad dont les chances de réussite, les moyens et les résultats relevaient de la magie ; les virus informatiques si prodigieusement compliqués et intelligents qu'ils ne pouvaient qu'être développés par des Juifs, mais sans jamais les trahir. Tu crois que tu peux déconner avec nous, le monde ? Tu crois que tu peux faire de nous ce que tu veux ? Tu peux. Mais le cerveau est plus fort que le muscle comme la feuille est plus forte que la pierre, et on va te donner une leçon ; on va s'installer à nos bureaux et on sera les derniers debout.

Tout en cherchant la sortie du parking comme une bille dans un parcours de Marble Madness, auquel Benjy jouait compulsivement, Jacob éprouva une inexplicable sensation de tranquillité. Malgré tout ce qui avait été renversé, la tasse était-elle encore à moitié pleine ? Ou une miette de bupropion s'était-elle détachée d'entre les dents de son esprit, lui offrant un petit morceau de bonheur non digéré ? La tasse était bien à moitié pleine.

Malgré la légitimité presque honorable de ses protestations incessantes de petit malin, Sam allait à ses cours de préparation à la bar-mitsva. Et malgré l'obligation qui lui avait été faite de présenter des excuses pour un non-crime qu'il n'avait pas commis, il allait à la bimah.

Malgré son côté insupportablement grande gueule et chauvin, Irv était toujours présent et, à sa façon, toujours aimant.

Malgré son lourd passé de promesses non tenues, et le service de son fils aîné en Cisjordanie, Tamir était venu. Il avait emmené son jeune fils. Ils formaient une famille et se comportaient en famille.

Mais Jacob, alors ? Était-il là ? Son esprit ne cessait d'être attiré par le puissant aimant de Mark et Julia, mais de manière inattendue. Il avait souvent imaginé Julia couchant avec d'autres hommes. Cela l'anéantissait presque, tout en électrisant la petite part de lui demeurée intacte. Il ne voulait pas y penser, mais le fantasme sexuel désire ce qui ne doit pas se réaliser. Il avait imaginé Mark en train de la baiser après leur rendez-vous à la quincaillerie. Mais maintenant qu'il s'était passé quelque chose entre eux – il était tout à fait possible qu'ils aient déjà baisé –, son esprit se libérait. L'ennui n'était pas que son fantasme fût soudain trop douloureux ; mais qu'il ne le fût soudain pas assez.

Là, au volant d'une voiture pleine de membres de sa famille, sa femme dans un hôtel avec un homme qu'elle avait au minimum embrassé, son fantasme mettait dans le mille : c'était la même voiture, mais pas les mêmes passagers. Julia regarde dans le rétroviseur et voit Benjy s'endormir à sa façon habituelle : le corps raide, la nuque raide, fixant un point droit devant lui, fermant les paupières si lentement que leur mouvement est imperceptible – seul le fait de détourner le regard puis de le reposer sur elles permet de voir la différence. La dimension physique de la chose, la fragilité suggérée par le spectacle d'une telle lenteur, est beau et déroutant. Elle regarde la route, elle regarde dans le rétroviseur, elle regarde de nouveau la route. Chaque fois qu'elle regarde Benjy, ses paupières se sont fermées d'un ou deux millimètres supplémentaires. L'endormissement prend dix bonnes minutes, durant lesquelles chaque seconde s'étire jusqu'à devenir aussi translucide que le lent mouvement de ses paupières qui se ferment. Et juste avant qu'elles ne se ferment complètement, il exhale un petit souffle, comme une bougie s'éteignant toute seule. Le reste du trajet se déroule dans les murmures, et chaque nid-de-poule donne l'impression d'être un cratère lunaire, et sur la lune il y a la photographie d'une famille laissée par un astronaute de la mission Apollo, Charles Duke, en 1972. Elle demeurera là, intacte, pendant des millions d'années, survivant non seulement aux parents et aux enfants présents sur la photo, aux petits-enfants des petits-enfants des petits-enfants, mais également à la civilisation humaine tout entière – jusqu'à ce que le soleil mourant la détruise. Ils se garent devant la maison, coupent le moteur, détachent leur ceinture de sécurité, et Mark porte Benjy à l'intérieur.

C'était son nouvel ailleurs où errait son esprit quand ils atteignirent la sortie du parking. Tamir mit la main à la poche pour prendre son portefeuille, mais Irv fut le plus rapide.

« La prochaine fois, c'est pour moi, dit Tamir.

– Oui, acquiesça Irv. La prochaine fois qu'on sortira de l'aéroport, je te laisserai payer le parking. »

La barrière se leva et, pour la première fois depuis qu'ils étaient montés dans la voiture, Max prit la parole : « Allume la radio, papa.

– Quoi ?

– T'as pas entendu ?

– Entendu quoi ?

– Dans la cabine du type.

– Le caissier ?

– Oui. La radio.

– Non.

– Il vient de se passer quelque chose de grave.

– Quoi ?

– Vous allez me laisser tout faire ? » dit Tamir en allumant la radio.

Ils prirent le reportage en cours, ce qui les empêcha de comprendre, dans un premier temps, ce qui s'était passé, mais il était clair que Max avait raison concernant la gravité de l'événement. Ça ne rigolait pas sur l'antenne de NPR. Les nouvelles venaient du Moyen-Orient. Il était tôt. On savait peu de chose.

L'esprit de Jacob en tira immédiatement la conclusion la plus aisée : le pire scénario possible. Les Israéliens avaient lancé une attaque sur l'Iran, ou inversement. Ou les Égyptiens s'étaient attaqués tout seuls. Un bus avait explosé. Un avion avait été détourné. Quelqu'un avait ouvert le feu dans une mosquée ou une synagogue, agité un couteau dans un lieu public bondé. Une explosion nucléaire avait anéanti Tel Aviv. Mais le propre du pire scénario possible est d'être par définition imprévisible.

Other Life se déroule même en notre absence. Comme la vie. Sam assistait à la simulation de l'Assemblée générale des Nations unies – au même moment, sa mère lui faisait passer un message : « J'arrive à voir par-dessus le mur. Et toi ? » –, et les ruines de sa première synagogue scintillaient à côté des fondations de la deuxième. Éparpillés parmi les décombres, se trouvaient les fragments du vitrail de son Présent juif, chaque tesson illuminé par la destruction.

VRAIMENT VRAI

La salle de bal internationale du Hilton était meublée de tables et de chaises en arcs concentriques afin d'évoquer une Assemblée générale des Nations unies. Les délégations portaient les tenues traditionnelles, et certains collégiens tentèrent de parler avec un accent, jusqu'à ce que l'un des animateurs ne demande un moratoire contre cette très mauvaise idée.

Le discours de la délégation saoudienne touchait à son terme. Une jeune Hispanique au fort accent naturel, aux mains tremblantes et coiffée d'un voile saoudien, parlait d'une petite voix étranglée. Julia détestait voir des enfants qui avaient le trac. Elle voulait s'approcher d'elle, lui redonner confiance – lui expliquer que les choses changent dans la vie, que les faibles deviennent forts et que les rêves deviennent une réalité qui fait naître de nouveaux rêves.

« Nous avons donc l'espoir, dit la fille visiblement soulagée d'en finir, que les États fédérés de Micronésie se ressaisissent et prennent rapidement les mesures appropriées pour remettre la bombe à l'Agence internationale de l'énergie atomique. C'est tout. Merci. Salam aleikoum. »

Il y eut quelques applaudissements discrets, de Julia pour la plupart. À l'avant de la salle, le président – un animateur qui portait un bouc et avait un portefeuille Velcro dans sa poche-revolver – prit la parole.

« Merci à l'Arabie saoudite. Et maintenant, la parole est à la déléguée des États fédérés de Micronésie. »

Tous les regards se tournèrent vers la délégation de Georgetown Day. Billie se leva.

« C'est un peu ironique, commença-t-elle – faisant mine de dominer son sujet avec nonchalance en fouillant dans ses notes –, venant de la déléguée saoudienne de nous dire ce qu'il faut faire, alors qu'elle n'a pas le droit de nager dans son propre pays. Soit dit en passant. »

Les enfants éclatèrent de rire. La délégation saoudienne se ratatina. Avec une théâtralité surjouée, Billie arrangea ses feuilles sur le pupitre et poursuivit.

« Chers collègues membres des Nations unies, au nom des États fédérés de Micronésie, je voudrais vous parler de ce qui est désormais connu sous le nom de crise nucléaire. Le Merriam-Webster définit le mot crise comme… » Elle redonna vie à son téléphone d'un coup de doigt et lut : « "Une situation difficile ou dangereuse qui réclame une attention soutenue." Ceci n'est pas une crise. Il n'y a rien de difficile ou dangereux dans notre situation. Ce qui se présente à nous, de fait, est une occasion, que le Merriam-Webster définit comme… un instant… » Le Wi-Fi était mauvais, et cela prit plus longtemps que prévu de charger la page qu'elle avait marquée. « Voilà : "Une circonstance ou un intervalle de temps opportun pendant lequel une action peut être menée." Nous n'avons pas choisi notre destin, mais nous n'avons pas l'intention de nous y dérober. Pendant des années, des millénaires – ou pendant des siècles, en tout cas –, le bon peuple de Micronésie s'est plié au cours des choses, voyant dans son existence diminuée son lot, son fardeau, son destin. »

Julia et Sam étaient assis chacun à un bout de la délégation. Tout en dessinant un mur de briques sur un carnet jaune, Julia se repassa le coup de fil du matin avec Jacob : son lot, son fardeau, son destin. Pourquoi avait-elle choisi d'agir à ce moment précis et de cette façon ? Non seulement elle avait dégainé son six-coups, alors qu'elle aurait mieux fait de parler avec son cœur ou, du moins, de tenir sa langue, mais elle avait pris le risque aussi d'exposer Max et Irv à une balle perdue. Qu'avaient-ils entendu et compris ? Qu'est-ce que Jacob avait dû leur expliquer, et comment s'y était-il pris ? L'un d'eux allait-il parler du coup de fil à Tamir et Barak ? Était-ce cela qui l'avait motivée ? Voulait-elle que tout explose ? Son mur couvrait à présent les trois quarts de la page. Peut-être un millier de briques.

Billie continua : « Les choses sont sur le point de changer, mes chers collègues délégués. La Micronésie vous dit *ça suffit.* Ça suffit d'être menés par le bout du nez, ça suffit d'être asservis, ça suffit de récupérer les miettes. Chers collègues délégués, les choses sont sur le point de changer, ça commence, et ça ne s'arrêtera sans doute pas de sitôt, par la liste de demandes suivante… »

Dans l'espace qui restait entre le haut du mur et le bord de la page, Julia écrivit : « Je vois par-dessus le mur. Et toi ? » Elle la plia en deux, puis en quatre, et la fit transiter par tous les autres membres de la délégation. Sam ne montra pas la moindre émotion en la lisant. Il écrivit quelque chose sur la même page, la plia, la replia et la refit passer à Julia. Elle l'ouvrit et ne vit pas tout de suite ce qu'il avait écrit. Rien dans l'espace au-dessus du mur, là où elle avait elle-même écrit. Elle fouilla les briques du regard – rien. Elle le regarda. Il ouvrit la main devant lui, doigts écartés, puis la retourna. Elle retourna la feuille jaune et vit que Sam avait écrit : « De l'autre côté du mur, il n'y a pas de mur. »

Pendant que le reste de la délégation faisait de son mieux pour suivre la ligne radicale de Billie, très éloignée du scénario de départ qu'ils avaient choisi, celle-ci fracassa le plafond rhétorique : « La Micronésie exige, dorénavant, d'avoir un siège au Conseil de sécurité des Nations unies ; d'intégrer l'OTAN – oui, nous sommes conscients d'être dans le Pacifique – et d'avoir le statut de partenaire commercial privilégié avec nos partenaires membres de l'UE, de l'ALÉNA, de l'UNASUR, de l'UNA et de l'EAEC ; d'être membre du comité de politique monétaire de la Réserve fédérale… »

Un assesseur entra précipitamment dans la salle.

« Pardon d'interrompre la séance, dit-il, mais j'ai une annonce à faire. Un tremblement de terre de grande ampleur vient de se produire au Moyen-Orient.

– C'est pour de vrai ? demanda l'un des animateurs.

– Pour de vrai.

– De quelle ampleur ?

– D'une ampleur historique, apparemment.

– Mais vrai comme la crise nucléaire ? Ou vraiment vrai ? »

Le téléphone de Julia vibra ; c'était Deborah. Elle alla dans un coin pour répondre, tandis que la simulation de crise laissait place à la crise vraiment vraie.

« Deborah ?

– Bonjour, Julia.

– Tout va bien ?

– Benjy va bien.

– J'ai eu peur en voyant votre nom s'afficher.

– Il va bien. Il regarde un film.

– Bon. J'ai eu peur.

– Julia. » Deborah prit une grande inspiration pour prolonger le moment d'ignorance. « Il est arrivé une chose terrible, Julia.

– Benjy ?

– Benjy va très bien.

– Vous êtes une mère. Vous me le diriez.

– Bien sûr. Il va bien, Julia. Il est heureux.

– Passez-le-moi.

– Il ne s'agit pas de Benjy.

– Oh non, est-ce qu'il est arrivé quelque chose à Jacob et Max ?

– Non, ils vont bien.

– C'est promis ?

– Il faut que tu rentres chez toi. »

On savait peu de chose, ce qui rendait d'autant plus terrifiant le peu qu'on savait. Un séisme d'une magnitude de 7,6 sur l'échelle de Richter avait frappé à 18 h 23, son épicentre très profond sous la mer Morte, tout près de la colonie israélienne de Kalia. Il n'y avait quasiment plus d'électricité dans tout Israël, la Jordanie, le Liban et la Syrie. Les zones les plus touchées, semblait-il, étaient Salt et Amman en Jordanie, mais aussi la ville de Jéricho en Cisjordanie, dont les murs s'étaient effondrés il y a trois mille quatre cents ans, selon de nombreux archéologues, non à cause des trompettes de Josué, mais suite à un puissant séisme.

Les premiers témoignages arrivaient de la vieille ville de Jérusalem : la basilique du Saint-Sépulcre – qui avait vu passer les croisés –, lieu où fut enterré Jésus selon la tradition et site le plus sacré de la chrétienté, gravement endommagée déjà en 1927 par un séisme, s'était partiellement effondrée, engloutissant un nombre inconnu de touristes et de croyants. Des synagogues et des yeshivas, des monastères, des mosquées et des madrasas étaient en ruine. Il n'y avait aucune information à propos du mont du Temple, soit parce qu'il n'y avait rien à dire, soit parce que ceux qui les détenaient les gardaient pour eux.

Un ingénieur en génie civil était interrogé sur NPR. L'animateur, un Juif à la voix de velours, sans doute petit et chauve, qui s'appelait Robert Siegel, commença :

SIEGEL : Nous vous présentons nos excuses par avance pour la qualité sonore de cet entretien. Habituellement, quand les lignes fixes sont coupées, nous utilisons des téléphones portables. Mais le réseau de téléphonie mobile aussi est hors service, et monsieur Horowitz nous parle avec un téléphone satellite. Monsieur Horowitz, vous m'entendez ?

HOROWITZ : Oui, bonjour. Je vous entends.

SIEGEL : Le professionnel que vous êtes peut-il nous faire un point sur la situation ?

HOROWITZ : Le professionnel, oui, mais l'être humain que je suis peut vous dire qu'Israël vient de subir un séisme cataclysmique. Où que mon regard se pose, il y a des ruines.

SIEGEL : Mais, vous êtes en sécurité ?

HOROWITZ : En sécurité, tout est relatif. Ma famille est vivante et, comme vous l'entendez, moi aussi. Certains sont plus en sécurité que moi. D'autres moins.

Pourquoi les Israéliens ne peuvent jamais répondre simplement à une question, putain, se demanda Jacob. Même là, en plein cataclysme – le mot lui-même était une hyperbole israélienne classique –, les Israéliens étaient incapables de faire une réponse claire, non israélienne.

SIEGEL : Monsieur Horowitz, vous êtes ingénieur des ponts et chaussées israéliens, c'est exact ?

HOROWITZ : Ingénieur, conseiller sur des projets gouvernementaux, universitaire…

SIEGEL : En tant qu'ingénieur, pouvez-vous nous dire quels sont les effets potentiels d'un séisme de cette magnitude ?

HOROWITZ : Ils sont graves.

SIEGEL : Pourriez-vous développer ?

HOROWITZ : Sur les six cent cinquante mille structures existantes en Israël, moins de la moitié sont équipées pour résister à une telle catastrophe.

SIEGEL : Des gratte-ciel vont-ils s'effondrer ?

HOROWITZ : Bien sûr que non, Robert Siegel. Ils ont été conçus pour résister à des catastrophes plus importantes que celle-ci. Ce sont les immeubles de deux à sept étages qui m'inquiètent. Beaucoup résisteront, mais peu seront encore habitables. Il faut savoir qu'Israël n'est doté d'un code de la construction que depuis la fin des années 1970, et qu'il n'a jamais été appliqué.

SIEGEL : Pourquoi cela ?

HOROWITZ : Nous avions d'autres soucis en tête.

SIEGEL : Le conflit.

HOROWITZ : Le conflit ? On se serait estimés heureux qu'il n'y en ait qu'un. La plupart des immeubles sont en béton – très rigide, une ingénierie qui ne pardonne pas. Des immeubles à l'image des Israéliens, si l'on peut dire. Ils ont été bien utiles lors de l'explosion démographique, mais ne pouvaient être moins adaptés à la situation actuelle.

SIEGEL : Et en Cisjordanie ?

HOROWITZ : Quoi, en Cisjordanie ?

SIEGEL : Comment les infrastructures vont-elles résister à un tel séisme ?

HOROWITZ : Il faut poser la question à un ingénieur palestinien.

SIEGEL : Nous allons bien entendu essayer de…

HOROWITZ : Mais puisque vous me posez la question, j'imagine qu'elle a été complètement détruite.

SIEGEL : Je vous demande pardon, qu'est-ce qui a été… ?

HOROWITZ : La Cisjordanie.

SIEGEL : Détruite ?

HOROWITZ : Toutes les infrastructures. Tout. Il va y avoir beaucoup de victimes.

SIEGEL : Par milliers ?

HOROWITZ : J'ai bien peur qu'à l'heure où je vous parle, il y ait déjà des dizaines de milliers de morts.

SIEGEL : Je suis sûr que vous êtes impatient d'aller rejoindre votre famille, mais avant que nous vous libérions, pourriez-vous nous donner une idée de ce qui va se passer ?

HOROWITZ : Sur quelle échelle temporelle ? Les prochaines heures ? Semaines ? Générations ?

SIEGEL : Commençons par les prochaines heures.

HOROWITZ : Les prochaines heures seront cruciales pour Israël. Il s'agit de définir les priorités, à présent. L'électricité est coupée dans tout le pays et le restera sans doute, même dans les grandes villes, pendant plusieurs jours. Comme vous pouvez l'imaginer, les besoins de l'armée constituent une priorité absolue.

SIEGEL : C'est étonnant de vous l'entendre dire.

HOROWITZ : Vous êtes juif ?

SIEGEL : Je ne suis pas sûr que cela soit important, mais oui, je le suis.

HOROWITZ : C'est étonnant qu'un Juif s'en étonne. Mais seul un Juif américain peut demander pourquoi le fait d'être juif est important.

SIEGEL : Vous êtes inquiet pour la sécurité d'Israël ?

HOROWITZ : Pas vous ?

SIEGEL : Monsieur Horowitz…

HOROWITZ : La supériorité tactique d'Israël repose sur la technologie, et elle a été grandement amoindrie par le séisme. La destruction va entraîner désespoir et troubles. Et cela va dégénérer – soit naturellement, soit délibérément – en violence. Si ce n'est pas déjà le cas, nous allons bientôt voir des foules franchir nos frontières – depuis la Cisjordanie, Gaza, la Jordanie, le Liban, la Syrie. Inutile de vous rappeler que la question des réfugiés en Syrie est déjà sensible.

SIEGEL : Pourquoi viendraient-ils en Israël, un pays que les Arabes voient le plus souvent comme un ennemi mortel ?

HOROWITZ : Parce que leur ennemi mortel bénéficie d'un système de soins de haut niveau. Leur ennemi mortel a des vivres et de l'eau. Israël va être confronté à un choix : les laisser entrer ou pas. Les laisser entrer nécessitera le partage de ressources limitées et précieuses. Pour permettre aux autres de vivre, il faudra que des Israéliens meurent. Mais les empêcher d'entrer impliquera d'ouvrir le feu. Et bien sûr, les voisins d'Israël aussi auront le choix : s'occuper de leurs citoyens ou profiter de la soudaine vulnérabilité d'Israël.

SIEGEL : Espérons que cette tragédie partagée rassemble la région.

HOROWITZ : Oui, mais ne soyons pas naïfs dans notre espoir.

SIEGEL : Et sur le long terme ? Vous avez évoqué l'aspect générationnel ?

HOROWITZ : Évidemment, personne ne sait ce qui va se passer, mais ce qu'affronte Israël en ce moment est bien plus inquiétant que ce que le pays a vécu en 1967 ou 1973, voire que la menace nucléaire de l'Iran. Il y a d'abord la crise immédiate qui réclame de sécuriser le pays, secourir les citoyens, fournir des vivres et des soins aux personnes qui en ont besoin, rétablir l'électricité, le gaz, l'eau et les autres services, vite et bien. Et puis il y a la reconstruction du pays. Ce sera un défi à l'échelle des générations. Enfin, et c'est peut-être la tâche la plus redoutable, il faudra veiller à ce que les Juifs restent ici.

SIEGEL : C'est-à-dire ?

HOROWITZ : Un jeune Israélien ambitieux et idéaliste a toutes les raisons de quitter Israël. Vous avez une expression : « La goutte d'eau qui fait déborder le vase. »

SIEGEL : Oui.

HOROWITZ : Des milliers d'immeubles l'ont fait déborder.

JACOB : *Vey iz mir.*

Jacob n'avait pas eu l'intention de dire quoi que ce soit, et il n'avait certainement pas eu l'intention de dire *vey iz mir.* En même temps, personne n'a jamais l'intention de dire *vey iz mir.*

« Ça va mal, dit Irv, secouant la tête. Vraiment, vraiment mal pour un million de raisons. »

L'esprit de Jacob se téléporta dans des tableaux apocalyptiques : le plafond s'effondrait sur le lit gigogne de l'ancienne chambre de Tamir ; des femmes en perruque coincées sous des blocs de pierre de Jérusalem, les ruines des ruines de Massada. Il imagina le banc de marbre du parc Blumenberg, désormais réduit en mille morceaux. Ça doit être une catastrophe, se dit-il, mais il donna à cette phrase deux sens complètement différents : ça l'était sans doute, et il voulait que ça le soit. Il ne pouvait admettre le second sens, mais il ne pouvait le nier.

Tamir dit : « C'est grave. Mais c'est pas si terrible.

– Tu veux appeler chez toi ?

– Tu as entendu le type à la radio. Les lignes sont coupées. Et ma voix ne rendra service à personne.

– Tu es sûr ?

– Ils vont bien. Absolument. On habite dans un bâtiment de construction récente. Comme il l'a dit, il est conçu pour les catastrophes de ce genre – meilleur que n'importe lequel de vos gratte-ciel, crois-moi. L'immeuble a un groupe électrogène – deux, je crois – et dans l'abri anti-bombes, il y a assez de vivres pour tenir pendant des mois. L'abri est plus agréable que l'appartement que tu avais à Foggy Bottom. Tu t'en souviens ? »

Jacob s'en souvenait bien : il y avait habité cinq ans. Mais il se souvenait encore plus clairement de l'abri anti-bombes de la maison d'enfance de Tamir, même s'il y avait passé moins de cinq minutes. C'était le dernier jour de son premier voyage en Israël. Deborah et la mère de Tamir, Adina, étaient parties au marché, dans l'espoir d'y trouver des spécialités à rapporter à Isaac. Devant son café, une sorte de rictus aux lèvres, Irv avait demandé à Shlomo si la maison avait un abri.

« Évidemment, avait dit Shlomo. C'est la loi.

– Sous la maison ?

– Évidemment. »

Le deuxième *évidemment* fit comprendre à Irv ce qu'il aurait déjà dû comprendre avec *c'est la loi* : Shlomo voulait un abri souterrain, qu'il y ait des bombardements ou pas. Mais Irv insista : « Tu nous le montres ? J'aimerais que Jacob le voie. » *J'aimerais que Jacob le voie* fit comprendre à Shlomo ce qu'il aurait déjà dû comprendre avec *Sous la maison ?* Irv ne lâcherait pas le morceau.

En dehors de la porte de trente centimètres d'épaisseur, la singularité de la pièce ne sautait pas aux yeux. Elle était humide, le sol de béton suintait. L'éclairage était crayeux, de couleur comme de texture. Les sons semblaient s'amasser en nuages au-dessus de leurs têtes. Il y avait quatre masques à gaz accrochés au mur, même s'ils n'étaient que trois dans la famille de Tamir. Une sorte de lot promotionnel, quatre pour le prix de trois ? Y en avait-il un pour la femme de ménage ou un futur enfant ? Pour

Elijah ? Quel serait le protocole si une guerre chimique éclatait pendant le séjour de la famille de Jacob ? Était-ce comme dans un avion – les adultes devant s'occuper d'eux avant de s'occuper des enfants ? Jacob se verrait-il suffoquer dans le reflet du masque de son père ? Sa mère ne le permettrait jamais. Mais dans ce cas, elle aussi risquerait de suffoquer. Son père lui donnerait sans doute le sien, non ? À moins qu'elle ne porte le masque de Tamir, auquel cas la question ne se poserait pas. Les adultes étaient-ils censés s'occuper d'eux-mêmes avant leurs propres enfants, ou avant tous les enfants ? Si la femme de ménage était là, demanderait-elle vraiment un des masques aux parents de Jacob ? Tamir avait quelques mois de plus que Jacob. Cela faisait-il de lui, tout étant relatif, le plus adulte des deux ? Dans tous les cas de figure, Jacob finirait en victime de la guerre chimique.

« Viens, on se casse de ce trou », lui dit Tamir.

Jacob ne voulait pas s'en aller. Il voulait passer le reste de son séjour en Israël à explorer chaque recoin de cette pièce, apprendre à la connaître, apprendre à se connaître dans ce lieu, être là tout simplement. Il voulait y prendre ses repas, y descendre ses vêtements, sa valise et son sac, renoncer aux dernières velléités touristiques pour passer quelques heures de plus entre ces murs impénétrables. Mieux : il voulait entendre la sirène anti-aérienne – pas la fausse alerte pour Yom HaShoah, mais une sirène signalant une destruction complète à laquelle il échapperait.

« Viens », dit Tamir, le tirant par le bras avec une force intempestive.

Pendant le vol de retour en Amérique, dix mille mètres au-dessus de l'Atlantique, Jacob rêva d'un abri sous l'abri, accessible par une autre volée de marches. Mais ce deuxième abri était immense, si grand qu'il se confondait avec le monde, si grand qu'il comptait assez d'occupants pour rendre la guerre inévitable. Et quand les bombes commençaient à s'abattre sur le monde de ce côté de l'épaisse porte, c'est le monde de l'autre côté qui devenait un abri.

Près de dix ans plus tard, Tamir et Jacob entamaient un pack de six à une table de cuisine dont on ne pouvait faire le tour, dans un appartement niché dans un autre appartement, lui-même niché dans une maison de Foggy Bottom. « J'ai rencontré quelqu'un », avait dit Jacob à haute voix pour la première fois.

Et près de vingt ans plus tard, dans une voiture japonaise traversant la capitale du pays, le cousin israélien – celui de Jacob – dit : « De toute façon, ça n'ira pas jusque-là.

– Jusqu'où ?

– Jusqu'aux abris anti-bombes. Jusqu'à la guerre.

– Qui parle de guerre ?

– On trouvera une solution, dit Tamir, comme s'il parlait tout seul. *Israël* en hébreu est synonyme de "plan B". »

Pendant les minutes suivantes, ils roulèrent en silence. NPR faisait de son mieux avec des informations peu fiables, et Tamir était plongé dans son téléphone, aussi grand qu'une tablette, voire qu'une télé. Même s'il consultait le sien avec une régularité maniaque, Jacob détestait tous les téléphones – pour lui, ils étaient encore pires que le cancer qu'ils provoquent chez leurs utilisateurs. Pourquoi ? Parce qu'il détestait le fait que le sien soit en train de lui gâcher la vie ? Ou parce qu'il savait qu'il ne lui gâchait pas la vie, mais lui donnait un moyen simple et socialement acceptable de se la gâcher tout seul ? Ou bien parce qu'il soupçonnait que les autres utilisateurs recevaient plus de messages que lui, et des messages plus intéressants ? Ou peut-être parce qu'il savait depuis toujours que son téléphone causerait sa perte – même s'il ignorait comment.

Le téléphone de Tamir était singulièrement agaçant. Celui de Barak aussi. C'étaient des téléphones SUV. Jacob se moquait pas mal du degré de luminosité de leur écran, de la qualité de leur réception ou de leur facilité de synchronisation avec leurs autres pitoyables appareils. Barak n'était jamais venu aux États-Unis qui, sans être le plus beau pays de l'histoire du monde, offraient tout de même un certain nombre de choses à voir pour un esprit un tant soit peu curieux. Peut-être cherchaient-ils des informations, mais que penser d'un site d'information qui émettait un *Boum chakalaka !* toutes les cinq secondes ?

« Et Noam ? demanda Jacob.

– Quoi, Noam ?

– Où est-ce qu'il est ?

– Là, maintenant ? dit Tamir. À la minute où je te parle ? Aucune idée. Informer son père de ses allées et venues n'est pas d'une importance nationale.

– Quand est-ce que tu lui as parlé pour la dernière fois ?

– Hébron. Mais je suis sûr qu'ils ont été évacués.

– Par hélicoptère ?

– Je ne sais pas, Jacob. Comment veux-tu que je le sache ?

– Et Yael ?

– Elle va bien. Elle est à Auschwitz. » *Boum chakalaka !* « Quoi ?

– En voyage scolaire. »

Ils empruntèrent la George Washington Parkway en silence, la clim luttant contre l'humidité qui suintait par des points d'entrée invisibles, les bavardages de Jacob et Irv luttant contre le silence gênant qui faisait pression sur les vitres – ils longèrent Gravelly Point où les mordus d'aviation, cibi à la main, et les pères leur fils dans les bras, pouvaient presque tendre les doigts et toucher le train d'atterrissage des gros porteurs ; dépassèrent le Capitole sur la droite, sur l'autre rive du Potomac boueux ; fournirent l'inévitable explication sur la différence de teinte de blanc entre le bas et le haut du Washington Monument. Ils traversèrent le Memorial Bridge, passant entre les chevaux dorés, longèrent l'arrière du Lincoln Memorial, les marches qui semblaient ne mener nulle part, et se fondirent dans la circulation de la Rock Creek Parkway. Après être passés sous la terrasse du Kennedy Center et devant les dents des balcons du Watergate, ils suivirent les méandres du cours d'eau et quittèrent les avant-postes de la civilisation de la capitale.

« Le zoo, dit Tamir, levant la tête de son téléphone.

– Le zoo », lui répondit Jacob en écho.

Irv se pencha en avant : « Vous savez, nos primates préférés, Benjy et Deborah, y sont probablement en ce moment. »

Le zoo était l'épicentre de l'amitié entre Jacob et Tamir, de leur lien familial ; il marquait leur passage de l'enfance à l'âge adulte. Et c'était l'épicentre de la vie de Jacob. Jacob pensait souvent au moment où il serait sur son lit de mort, surtout quand il avait l'impression de gâcher sa vie. Quels instants, en ses derniers instants, choisirait-il de revivre ? Il se souviendrait de son arrivée à l'hôtel avec Julia – les deux fois. Il se souviendrait du jour où il avait porté Sam à l'intérieur de la maison à son retour des urgences, du petit poing momifié sous des couches et des couches de bandages et de gaze, si gros qu'il en était cartoonesque : le plus gros et le plus inutile poing du monde. Il se souviendrait de la soirée au zoo.

Il se demanda si Tamir y songeait parfois, s'il y songeait en ce moment.

Et puis Tamir laissa échapper un profond rire caverneux.

« Qu'est-ce qu'il y a de si drôle ? dit Jacob.

– Moi. Ce sentiment.

– Quel sentiment ? »

Il rit de plus belle – était-ce sa meilleure performance à ce jour ?

« La jalousie.

– La jalousie ? Je ne m'attendais pas à ça de ta part.

– Je ne m'attendais pas à ressentir ça. Voilà pourquoi c'est drôle.

– Je ne pige pas.

– Noam aura finalement de meilleures histoires que moi à raconter. Je suis jaloux. Mais c'est bien. C'est dans l'ordre des choses.

– Dans l'ordre des choses ?

– Qu'il ait de meilleures histoires à raconter. »

Irv dit : « Tu devrais peut-être les appeler ? »

Jacob dit : « Il était une fois un homme dont la vie était si parfaite qu'il n'y avait rien à dire dessus.

– J'essaie, répondit Tamir, tapant une longue série de chiffres. Ça ne donnera rien, mais pour toi, Irv, j'essaie. » Au bout d'un moment, un message enregistré en hébreu résonna dans la voiture. Tamir raccrocha et, cette fois sans qu'Irv l'y incite, recomposa le numéro. Il écouta. Ils écoutèrent tous.

« Le réseau est occupé. »

Vey iz mir.

« Rappelle dans une minute ?

– Inutile.

– Je ne veux pas être alarmiste, dit Jacob, mais vous voulez rentrer chez vous ? » *Boum chakalaka !* « Et comment veux-tu qu'on fasse ?

– On pourrait retourner à l'aéroport et vérifier s'il y a des vols, proposa Jacob.

– Tous les vols à destination et en provenance d'Israël sont annulés. » *Vey iz mir.* « Comment tu le sais ? »

Tamir brandit son téléphone et dit : « Qu'est-ce que tu crois, que je suis en train de jouer ? »

Boum chakalaka !

LA DEUXIÈME SYNAGOGUE

Une synagogue sensible, ça n'existe pas, mais de même que Sam croyait que toute chose est capable d'éprouver du désir, il croyait que toute chose est consciente de sa fin imminente. Il disait au feu : « C'est pas grave », tandis que les dernières braises crépitaient, et s'excusait auprès des trois cent et quelques millions de spermatozoïdes avant de tirer la chasse qui les envoyait dans une station d'épuration. Une synagogue insensible, ça n'existe pas.

À son retour de la simulation des Nations unies, Sam se rua sur Other Life, tel un fumeur qui sort en courant de l'aéroport de Sydney. Quand il alluma son iPad, une note apparut à l'écran : l'explication de Max à propos de la mort de Samanta, la responsabilité de leur père (comprendre sa culpabilité réelle), et son propre et profond sentiment de responsabilité (comprendre son sentiment de culpabilité). Sam la lut deux fois – pour être sûr de bien comprendre et repousser le moment d'affronter la réalité.

Il s'étonna de ne pas péter un câble quand il comprit que Max ne lui faisait pas une blague de mauvais goût. Pourquoi n'écrasait-il pas son iPad sur une colonne de son lit, ou ne hurlait-il pas des paroles impossibles à retirer à quelqu'un qui ne les méritait pas, pourquoi ne pleurait-il même pas ? Il était loin d'être indifférent à la mort de Samanta et ne pensait absolument pas avoir eu une sorte de révélation sur le fait que « ce n'était qu'un jeu ». Ce n'était pas qu'un jeu. Samanta avait-elle eu conscience de sa fin imminente ? Un avatar insensible, ça n'existe pas.

Chaque séance sur Skype avec son arrière-grand-père commençait par « Je te vois » et finissait par « Au revoir ». Sam était préoccupé à l'idée que l'une de ces conversations serait un jour la dernière et qu'il faudrait, à un moment donné de leurs échanges, le reconnaître, sous une forme ou une autre. Ils s'étaient parlé par Skype, la veille au matin, pendant que Sam faisait sa valise en toute hâte pour aller à la simulation des Nations unies – Isaac se réveillait avant le lever du soleil et allait se coucher avant la tombée de la nuit. Ils ne parlaient jamais plus de cinq minutes – même après s'être fait expliquer cent fois que Skype ne coûtait rien, Isaac refusait de croire que les conversations de longue durée n'étaient pas plus chères – et celle-là avait été particulièrement brève. Sam lui avait vaguement décrit le voyage scolaire qui s'annonçait, avait confirmé qu'il n'était pas malade et ne mourait pas de faim, et que non, il ne « fréquentait personne ».

« Et tout est prêt pour ta bar-mitsva ?

– Presque. »

Mais alors qu'il était sur le point de raccrocher – « Maman m'attend en bas, je ferais mieux d'y aller » –, Sam avait éprouvé la sensation de malaise à laquelle il s'attendait, cette fois empreinte d'un sentiment d'impérieuse nécessité ou de désir. Il ne savait pas trop si le désir qu'il éprouvait venait vraiment de lui.

« Vas-y, dit Isaac. Vas-y. On aurait déjà dû raccrocher.

– Je voulais juste que tu saches que je t'aime.

– Oui, je le sais, bien sûr. Moi aussi, je t'aime. Bon, vas-y maintenant.

– Et je regrette que tu déménages.

– Vas-y, Sameleh.

– Je ne vois pas pourquoi tu ne pourrais pas rester.

– Parce que je ne peux plus habiter seul.

– Je veux dire ici.
– Sameleh.
– Quoi ? Je ne comprends pas.
– Je ne pourrais pas monter et descendre l'escalier.
– Il suffit d'acheter un monte-escaliers.
– Ça coûte très cher.
– J'utiliserai l'argent de ma bar-mitsva.
– Je prends beaucoup de médicaments.
– Je prends beaucoup de vitamines. Maman est super pour ces trucs-là.
– Je ne veux pas te perturber, mais bientôt, je ne pourrai plus prendre de douche ni aller seul aux toilettes.
– Benjy ne peut pas prendre de douche tout seul et on ramasse tout le temps les crottes d'Argos.
– Je ne suis ni un enfant ni un chien.
– Je sais, tout ce que je dis, c'est…
– C'est à moi de m'occuper de ma famille, Sameleh.
– Tu t'en occupes très bien, mais…
– Ce n'est pas à ma famille de s'occuper de moi.
– Je comprends, mais…
– N'en parlons plus.
– Je vais demander à papa…
– Non, fit Isaac avec une sévérité que Sam ne lui connaissait pas.
– Pourquoi ? Je suis sûr qu'il sera d'accord. »

Il y eut un long silence. Si Isaac n'avait pas cligné des yeux, Sam se serait demandé si l'image n'était pas figée. « J'ai dit non », finit par déclarer Isaac, inflexible.

La connexion faiblit, les pixels s'élargirent.

Qu'est-ce que Sam avait fait ? Quelque chose de mal, quelque chose de méchant, mais quoi ?

Avec hésitation, pour tenter de compenser la peine qu'il venait de causer par accident en voulant exprimer son amour, il dit : « Au fait, j'ai une petite amie.

– Juive ? demanda Isaac, son visage réduit à une poignée de pixels.

– Oui, mentit Sam.

– Je te vois », dit Isaac, puis il raccrocha.

Cette nouvelle façon de dire au revoir, en reprenant la formule qui commençait chacune de leur conversation, changeait tout. C'était son grand-père qui désirait reprendre la discussion.

La deuxième synagogue de Sam était telle qu'il l'avait laissée. Il n'avait plus d'avatar avec lequel l'explorer, alors il fabriqua rapidement et grossièrement une silhouette monolithique pour y entrer. Les fondations étaient terminées et la structure des murs montée, mais sans le Placoplâtre, il aurait pu décocher une flèche, ou un regard, à travers. Il – Sam savait que son nouvel avatar était un homme – s'approcha de l'un des murs, en empoigna les montants comme des barreaux de prison et le fit tomber. Sam contrôlait les opérations et observait la scène en même temps. Il se dirigea vers un autre mur et l'abattit.

Sam ne détruisait rien, d'ailleurs ce n'était pas Sam. Il creusait un espace dans un plus grand espace. Il ne savait pas encore qui il était.

L'édifice aux multiples ramifications se rétrécissait vers son centre, comme un empire en déroute dont l'armée bat en retraite vers la capitale, comme les doigts noircis d'un grimpeur coincé sur une paroi. Plus de salle de réception, plus de terrain de basket ni de vestiaire, plus de bibliothèque pour enfants, plus de salles de classe, plus de bureaux pour un administrateur, un chantre ou un rabbin, plus de parvis, plus de sanctuaire.

Que restait-il après la chute de tous ces murs ?

Une demi-douzaine de pièces.

Sam n'avait pas voulu cette configuration, il l'avait simplement créée. D'ailleurs, ce n'était pas Sam.

Une salle à manger, un salon, une cuisine. Une entrée. Une salle de bains, une chambre d'amis, un coin télé, une chambre.

Il manquait quelque chose. Un manque tenaillait cet endroit.

Il retourna dans les ruines de la première synagogue et prit un vitrail presque intact de Moïse flottant sur le Nil, ainsi qu'une poignée de gravats. Il remplaça une fenêtre de la cuisine par le vitrail de Moïse et mit les gravats au frigo avec le soda.

Mais il manquait toujours quelque chose. Un désir perdurait.

Un sous-sol. Il fallait un sous-sol. La synagogue sensible, consciente qu'on était en train de la détruire tout en la construisant, désirait un sous-sol. Il n'avait pas les moyens d'acheter une pelle, alors il se servit de ses mains. Il creusa comme si c'était une tombe. Il creusa jusqu'à ne plus sentir les bras qu'il n'avait jamais sentis. Il creusa jusqu'à ce qu'une famille entière puisse se cacher derrière le monticule de terre.

Puis il se posta à l'intérieur de son œuvre, comme un peintre rupestre sur sa peinture rupestre.

Je te vois.

Sam se choisit des cheveux blancs, restaura Firefox sur le bureau et tapa dans Google : Comment fabriquer du papier bulle ?

À leur arrivée à la maison, Julia était assise sur le perron, les bras serrant ses genoux contre sa poitrine. Le soleil se posait sur ses cheveux comme de la poudre de craie jaune, qui volait au moindre mouvement. En la voyant, telle quelle, en cet instant, Jacob balaya spontanément le ressentiment qui lui pesait sur le cœur comme du gravier. Ce n'était pas sa femme, pas en cet instant, c'était la femme qu'il avait épousée – une personne plutôt qu'une dynamique.

Quand il s'approcha, elle lui fit un petit sourire, le sourire de la résignation. Ce matin-là, avant de partir pour l'aéroport, il avait lu un encart du *National Geographic* à propos d'un satellite météorologique cassé qui ne pouvait plus accomplir la tâche pour laquelle il était programmé, mais qui continuerait, à cause du coût faramineux pour le récupérer et du peu d'utilité qu'il y avait à le faire, à tourner pour rien autour de la Terre, jusqu'à ce qu'il finisse par lui tomber dessus. Son sourire était aussi distant que ce satellite.

« Qu'est-ce que tu fais là ? dit Jacob. Je croyais que tu rentrais tard.

– On a décidé de rentrer quelques heures plus tôt.

– Où est Sam ? demanda Max.

– Tu as le droit de faire ça ? En tant qu'accompagnatrice ?

– Si Mark a un souci, je peux les rejoindre en un quart d'heure. »

Jacob détesta entendre ce putain de nom. Il sentit son cœur s'affaisser de nouveau sous le poids du gravier.

« Sam est en haut, répondit Julia à Max.

– T'as qu'à me suivre », dit Max à Barak, et ils rentrèrent dans la maison tous les deux.

« Je vais déféquer et après je rejoins la fête, lança Irv en passant en trombe. Salut, Julia. »

Tamir émergea de la voiture et tendit les bras.

« Julie ! »

Personne ne l'appelait Julie. Même Tamir ne l'appelait pas Julie.

« Tamir ! »

Il la prit dans ses bras en faisant son petit numéro : la tint à distance, bras tendus, la regarda de pied en cap, puis la serra contre lui, avant de retendre les bras pour un nouvel examen.

« Tous les autres vieillissent.

– Je ne rajeunis pas, dit-elle, refusant d'entrer dans son flirt, mais refusant aussi de le torpiller.

– Je n'ai jamais dit que tu avais rajeuni. »

Ils échangèrent un sourire.

Jacob voulait détester Tamir de tout érotiser, mais il ne savait pas si cette habitude résultait de son libre arbitre ou d'un déterminisme environnemental – dans quelle mesure la façon de faire de Tamir n'était pas simplement celle des Israéliens, un malentendu culturel. Et la façon de faire de Jacob consistait peut-être à tout désérotiser, même quand il érotisait tout.

« On est ravis que vous restiez un peu plus longtemps », dit Julia.

Pourquoi personne ne parlait du séisme, se demanda Jacob. Julia craignait-elle qu'ils ne soient pas encore au courant ? Voulait-elle aborder le sujet calmement et posément, sans courir le risque d'être interrompue ? Ou n'était-elle pas encore au courant ? Plus troublant, pourquoi Tamir, qui parlait de tout, n'en parlait-il pas ?

« Ce n'est pas un voyage facile, expliqua Tamir. J'allais dire que tu le sais, mais ce n'est pas le cas. Bref, je me suis dit qu'on pouvait venir avec un peu d'avance et en profiter pour… permettre à Barak de mieux connaître sa famille américaine.

– Et Rivka ?

– Elle regrette beaucoup. Elle tenait vraiment à venir.

– Tout va bien ? »

Jacob fut surpris par son franc-parler qui, par contraste, lui rappela sa propre réserve.

« Bien sûr, répondit Tamir. Seulement de vieilles obligations qu'elle n'a pas pu reprogrammer. Bon, Jake a dit que tu avais préparé à manger ?

– Ah bon ?

– Ce n'est pas vrai. Je ne pensais même pas que tu rentrerais si tôt cet après-midi.

– Ne mens pas à ta femme », répliqua Tamir en faisant un clin d'œil à Jacob. Et comme Jacob n'était pas sûr que Julia l'ait vu, il lui dit : « Il vient de me faire un clin d'œil.

– On va se préparer quelque chose, proposa Julia. Entre. Max va te montrer où poser tes affaires et on papotera à la table de la cuisine. »

Quand Tamir entra dans la maison, Julia prit la main de Jacob. « On peut se parler deux minutes ?

– Je n'ai jamais dit ça.

– Je sais.

– Ils me rendent fou.

– Il faut que je te dise quelque chose.

– Quelque chose d'autre ?

– Oui. »

Des années plus tard, Jacob s'en souviendrait comme d'un moment charnière.

« Il s'est passé quelque chose, dit-elle.

– Je sais.

– Quoi ?

– Mark, répondit Jacob.

– Non, pas ça. Pas moi. »

Ressentant une grande bouffée de soulagement, Jacob dit : « Ah, oui. On est déjà au courant.

– De quoi ?

– À la radio.

– La radio ?

– Oui, ça a l'air horrible. Et vraiment effrayant.

– Quoi donc ?

– Le séisme.

– Ah, fit Julia, pour qui les choses étaient à la fois claires et embrouillées. Le séisme, oui. »

C'est alors que Jacob s'aperçut qu'ils se tenaient encore la main.

« Attends, de quoi tu parlais ?

– Jacob…

– Mark.

– Non, pas ça.

– J'y ai pensé en chemin. J'ai pensé à tout. Après notre conversation au téléphone, j'ai…

– Arrête. S'il te plaît. »

Il sentit le sang lui monter au visage comme une vague, puis refluer aussi vite. Il avait fait quelque chose d'horrible, mais ignorait quoi. Il ne s'agissait pas du téléphone. Il n'y avait rien de nouveau de ce côté-là. L'argent qu'il avait retiré au distributeur pendant des années ? Pour acheter des choses idiotes et insignifiantes qu'il avait honte de vouloir posséder ? Quoi ? Avait-elle lu ses mails ? Avait-elle vu comment il parlait d'elle à ceux qui étaient susceptibles de comprendre ou, du moins, de compatir ? Avait-il été assez bête, ou forcé par son inconscient, pour ne pas se déconnecter de l'un des appareils qu'il utilisait ?

Il posa son autre main sur celle de Julia : « Je regrette.

– Ce n'est pas ta faute.

– Je regrette vraiment, Julia. »

Il regrettait, regrettait vraiment, mais quoi ? Il y avait tant de choses pour lesquelles il aurait dû s'excuser.

À son mariage, sa mère avait raconté une histoire qu'il avait oubliée, qui d'après lui n'était pas vraie, et qui l'avait blessé parce que même si elle n'était pas vraie, elle aurait pu l'être et révélait quelque chose sur lui.

« Vous vous attendiez sans doute à ce que ce soit mon mari qui prenne la parole, avait commencé Deborah, déclenchant des éclats de rire. Vous aurez peut-être remarqué que d'habitude, c'est lui qui parle. Et qu'il parle beaucoup. »

Rires.

« Mais je tenais à ce que ce soit moi, cette fois. Le mariage de mon fils, qui a grandi dans mon ventre, que j'ai nourri de mon corps, et à qui j'ai tout donné pour qu'un jour il puisse me lâcher la main et prendre celle d'une autre. Je dois reconnaître que mon mari n'a pas cherché à m'en dissuader et ne s'en est pas plaint. Il se contente de ne plus m'adresser la parole depuis trois semaines. » Rires, surtout de la part d'Irv. « Les trois plus belles semaines de ma vie. »

Rires.

« N'oublie pas notre lune de miel ! cria Irv.

– Parce qu'on est partis en lune de miel ? » demanda Deborah.

Rires.

« Vous aurez peut-être remarqué que les Juifs n'échangent pas de vœux de mariage. L'engagement est implicite dans le rituel. N'est-ce pas merveilleusement juif ? Se tenir devant l'homme ou la femme de sa vie, et devant son dieu, pour ce qui est sans doute le moment le plus important d'une vie, et en conclure que cela va sans dire ? Difficile de penser à quoi que ce soit d'autre qui va sans dire pour un Juif. »

Rires.

« Je serai toujours fascinée de voir à quel point nous sommes un peuple étrange et transparent. Mais peut-être certains d'entre vous sont-ils comme moi et ne peuvent-ils s'empêcher d'entendre les vœux familiaux : "Dans la richesse et dans la pauvreté, dans la santé et dans la maladie." Ce ne sont peut-être pas nos mots à nous, mais ils font partie de notre inconscient collectif.

« Pendant un an, quand Jacob était petit... » Elle regarda Irv et dit : « Ça a peut-être même duré plus d'un an ? Un an et demi ? » Puis elle se retourna vers l'assemblée : « Pendant un temps qui paraît aujourd'hui plus long qu'il ne l'a été en réalité – rires –, Jacob a fait semblant d'être handicapé. Ça a commencé par l'annonce, un matin, qu'il était aveugle. "Mais tu as les yeux fermés", je lui ai dit. »

Rires.

« "C'est juste parce qu'il n'y a rien à voir, alors je les laisse au repos", il m'a répondu. Jacob était un enfant têtu. Il pouvait entrer en résistance pendant des jours, des semaines. Irv, à ton avis il tient ça de qui ? »

Rires.

Irv répondit : « L'inné vient de moi, et l'acquis de toi ! »

Rires.

Deborah continua : « Il a persisté à se dire aveugle pendant trois ou quatre jours – c'est difficile de garder les yeux fermés aussi longtemps quand on est un enfant, ou un adulte d'ailleurs –, puis un soir il s'est assis à table, a battu des paupières et a été de nouveau capable de manipuler ses couverts. "Je suis heureuse de voir que tu es guéri", je lui ai dit. Il a haussé les épaules et montré ses oreilles. "Qu'est-ce qu'il y a, mon chéri ?" Il est allé près du buffet, a pris un stylo et du papier, et a écrit : "Désolé, mais je ne t'entends pas. Je suis sourd." Irv lui a dit : "Tu n'es pas sourd." Jacob a articulé en silence : "Je suis sourd."

« Peut-être un mois plus tard, il est entré dans le salon en boitant, avec un coussin glissé sous le dos de son T-shirt. Il n'a rien dit, s'est approché de l'étagère en boitant, a pris un livre, est ressorti en boitant. Irv lui a lancé : « Ciao, Quasimodo », et a repris sa lecture. Il pensait que c'était une phase comme une autre. J'ai suivi Jacob dans sa chambre, me suis assise à côté de lui sur son lit et lui ai demandé : “Tu t’es brisé le dos ?” Il a fait oui de la tête. “Ça doit faire terriblement mal.” Il a acquiescé. Je lui ai proposé de redresser sa colonne vertébrale en lui attachant un manche à balai dans le dos. Il a marché comme ça pendant deux jours. Il a fini par guérir.

« Quelques semaines après, un soir que je lui faisais la lecture au lit – sa tête posée sur l’oreiller qui lui avait servi à se faire une bosse dans le dos –, il a retroussé la manche de son pyjama et m’a dit : “Regarde ce qui s’est passé.” Je ne savais pas ce que j’étais censée voir, sinon que j’étais censée voir quelque chose, alors je lui ai répondu : “C’est horrible.” Il a hoché la tête. “Je suis gravement brûlé », il m’a dit. “Je vois ça”, je lui ai dit, le touchant très délicatement. “Attends, j’ai de la pommade dans l’armoire à pharmacie.” Je suis revenue avec une crème hydratante. “Uniquement en cas de graves brûlures”, j’ai précisé, faisant mine de lire les instructions au dos. “Appliquer généreusement sur toute la brûlure. Masser jusqu’à absorption. Guérison complète le lendemain matin.” Je lui ai massé le bras pendant une demi-heure, un massage qui a été successivement agréable, méditatif, intime, et apparemment apaisant. Quand il nous a rejoints dans notre lit, le lendemain matin, il m’a montré son bras et m’a dit : “Ça a marché.” Et j’ai dit : “Un miracle.” “Non, c’est la médecine”, il m’a rétorqué. »

Rires.

« La médecine. J’y repense tout le temps. Pas un miracle, la médecine. Les handicaps et les blessures ont continué – une côte cassée, la perte de sensation dans la jambe gauche, des doigts cassés –, mais ils étaient de moins en moins fréquents. Puis, un matin, peut-être un an après être devenu aveugle, Jacob n’est pas descendu pour prendre son petit déjeuner. Il avait souvent du mal à se lever, surtout après les soirées où son père et lui restaient debout pour regarder un match des Orioles. J’ai frappé à sa porte. Pas de réponse. J’ai ouvert, il était immobile sur son lit, bras et jambes tendus, avec un petit mot posé dans le creux de son sternum : "Je me sens très mal, je crois que je vais mourir ce soir. Si tu vois que je ne bouge plus, c'est que je suis mort." Si ç'avait été un jeu, il aurait gagné la partie. Mais ce n'était pas un jeu. Je pouvais passer de la pommade sur une brûlure, je pouvais soigner un dos brisé, mais il n'y a rien à faire contre la mort. J'avais adoré l'intimité de notre entente secrète, mais là, je ne comprenais plus. Je l'ai regardé, allongé là, mon enfant stoïque, si immobile. Je me suis mise à pleurer. Exactement comme je suis sur le point de le faire maintenant. Je me suis mise à genoux, à côté du corps de Jacob, et j'ai pleuré, pleuré, pleuré. »

Irv alla sur la piste de danse et passa le bras autour de Deborah. Il lui murmura quelque chose à l'oreille. Elle hocha la tête, murmura quelque chose en retour. Il murmura de nouveau quelque chose.

Elle se reprit et dit : « J'ai beaucoup pleuré. J'ai posé la tête sur sa poitrine et pleuré de petits ruisseaux dans le creux de ses côtes. Tu étais si maigre, Jacob. Tu avais beau manger, tu étais squelettique. Squelettique », soupira-t-elle.

« Tu m'as laissée continuer longtemps comme ça, reprit-elle. Puis tu as toussé, secoué les jambes, toussé encore, et tu es lentement revenu à la vie. Je n'étais jamais plus en colère que lorsque tu te mettais en danger. Quand tu ne regardais pas des deux côtés de la rue avant de traverser, quand tu courais avec des ciseaux à la main – j'avais envie de te frapper. Il fallait vraiment que je me retienne de le faire. Comment pouvais-tu être aussi imprudent avec ce que j'aimais le plus au monde ?

« Mais là, je n'étais pas en colère. Anéantie, voilà tout. "Ne refais jamais ça, je t'ai dit. Ne t'avise jamais, jamais plus de refaire ça." Allongé sur le dos, tu as tourné la tête vers moi – tu t'en souviens ? – et tu m'as dit : "Mais je n'ai pas le choix." »

Deborah se remit à pleurer et tendit à Irv la page qu'elle lisait.

« Dans la santé et dans la maladie, dit-il. Jacob et Julia, mon fils et ma fille, il n'y a jamais que la maladie. Certains deviennent aveugles, d'autres sourds. Certains se brisent le dos, d'autres sont gravement brûlés. Mais tu avais raison, Jacob : tu n'avais pas d'autre choix que de recommencer. Pas par jeu, ni pour répéter un rôle, ni comme une tentative tordue de communiquer quelque chose, mais pour de vrai et pour toujours. »

Irv leva les yeux de la page, se tourna vers Deborah et dit : « Bon sang, Deborah, c'est déprimant. »

Des rires, mais pleins de trémolos. Deborah rit, elle aussi, et prit Irv par la main.

Il continua de lire : « Dans la maladie et dans la maladie. C'est ce que je vous souhaite. Ne cherchez pas et n'espérez pas de miracles. Il n'y a pas de miracles. Il n'y en a plus. Et il n'y a pas de remèdes pour les blessures qui font le plus mal. Le seul médicament consiste à croire dans nos douleurs réciproques et à être là pour y faire face. »

Après avoir fait l'amour pour la première fois en tant que mari et femme, Jacob et Julia demeurèrent allongés côte à côte. Côte à côte ils regardèrent le plafond.

Jacob dit : « Le discours de ma mère était formidable.

– Oui », dit Julia.

Jacob lui prit la main et ajouta : « Mais seul le passage sur la surdité était vrai. Le reste, non. »

Seize ans plus tard, seul avec la mère de ses trois enfants, sur le perron de chez eux, et sous le plafond aux dimensions infinies, Jacob sut que tout ce qu'avait dit sa mère était vrai. Même s'il ne s'en souvenait pas, même si ça n'était jamais arrivé. Il avait choisi la maladie parce qu'il n'avait pas trouvé d'autre moyen d'être vu. Pas même par ceux qui le regardaient.

Mais Julia lui pressa la main. Pas fort. Juste assez pour lui communiquer son amour. Il sentit son amour. Conjugal, coparental, romantique, amical, indulgent, dévoué, résigné, obstinément optimiste – le genre importait peu. Il était resté trop souvent, dans sa vie, debout sur le seuil d'une porte à décrypter l'amour, à réprimer le bien-être, à forcer son bonheur. Elle pressa un peu plus fort la main de celui qui était encore son mari et retint son regard entre les doigts de son propre regard, puis elle lui annonça : « Ton grand-père est mort.

– Pardon, dit-il – des mots qui montèrent de son épine dorsale.

– Pardon ?

– Attends, quoi ? Je n'ai pas entendu.

– Ton grand-père. Isaac. Il est mort.

– Quoi ? »

IV

QUINZE JOURS DE CINQ MILLE ANS

2e JOUR

Interrogé sur le nombre de personnes prisonnières des décombres, le chef des opérations de secours israélien déclare : « Une, c'est déjà dix mille de trop. » Le journaliste le relance : « Suggérez-vous qu'il y en a dix mille ? »

3e JOUR

Déclaration du ministère de l'Intérieur israélien : « L'heure n'est pas aux querelles insignifiantes. Si les islamistes veulent prendre le contrôle des opérations, qu'ils le prennent. S'ils veulent que leurs sites sacrés soient préservés, qu'ils le soient. Mais ils ne peuvent pas avoir les deux. »

À quoi le *Waqf* répond : « Les sionistes, tout au long de leur histoire, ont sous-estimé les Arabes et gardé ce qu'ils empruntaient. »

À quoi le ministre de l'Intérieur en personne répond : « Israël n'estime jamais, et Israël n'emprunte jamais. »

4e JOUR

Le médiateur du *New York Times* : « De nombreux lecteurs ont réagi à l'usage du mot "disproportionné" dans l'estimation, publiée hier en une, du nombre de victimes au Moyen-Orient. »

Au Liban, le chef du Hezbollah donne une allocution télévisée et prononce la phrase suivante : « Le séisme n'était pas une œuvre de la nature et ce n'était pas un séisme. »

Le présentateur du JT sur CBS : « Et enfin, ce soir, une lueur d'espoir parmi les décombres. Voici l'histoire de la petite Adia, une enfant palestinienne de trois ans qui a perdu ses parents et ses trois sœurs à Naplouse. Errant au milieu des ruines, sans même connaître son nom de famille, elle a pris la main du photoreporter américain John Tirr, pour ne plus la lâcher. »

5e JOUR

La réaction de l'ambassadeur d'Israël : « On devrait peut-être demander aux trente-six citoyens japonais que nous avons "unilatéralement, maladroitement et brutalement" sauvés, au prix de notre sang, s'ils préfèrent qu'on les ramène sur le mont du Temple par hélitreuillage. »

L'analyste militaire de Fox News, au sujet de la traversée non coordonnée de l'espace aérien israélien par la Turquie afin d'apporter du soutien logistique : « Soit l'absence de réaction d'Israël est un geste de coopération sans précédent, soit c'est le signe d'une faiblesse sans précédent de l'armée de l'air israélienne. »

Un citoyen arabe israélien de vingt-deux ans dont quatre frères et sœurs sont portés disparus explique : « Une bouteille de verre est inutile comme arme, mais elle est mortelle comme symbole. » Cette révolte, qui n'a plus rien de spontané, est connue sous le nom de *tdamar*, la rancœur.

Le président syrien : « Prenant effet immédiatement, la trêve et l'alliance stratégique incluront les onze groupes rebelles les plus importants. »

6e JOUR

À Rome, le pape annonce : « Le Vatican financera et supervisera la restauration du Saint-Sépulcre. »

Réaction du synode de l'Église grecque orthodoxe : « Le Vatican n'en fera rien. »

Réaction du catholicos de l'Église arménienne : « Les ruines ne seront pas dénaturées. »

Le Parlement britannique vote une résolution « pour conditionner l'acheminement de l'aide britannique à sa livraison directe aux bénéficiaires désignés, sans passer par les canaux israéliens ».

Le sénateur (juif) de Californie : « Il ne fait aucun doute qu'Israël fait tout son possible pour organiser les opérations de secours les plus complètes et efficaces. En clair, Israël ne peut pas tenir des territoires et décliner toute responsabilité envers leur population. »

La chancelière allemande : « En tant que meilleur ami d'Israël en Europe, nous lui conseillons de faire de cette tragédie une occasion de rapprochement avec ses voisins arabes. »

Communiqué secret du roi de Jordanie au Premier ministre d'Israël : « Notre besoin d'aide est si extrême et urgent que nous ne sommes plus en position de nous interroger sur sa provenance. »

Réaction : « C'est une requête ou une menace ? »

Réaction : « C'est un constat. »

L'AIPAC, le comité américain pour les affaires publiques israéliennes, annonce la création de deux listes de fonctionnaires : les « défenseurs d'Israël » et les « traîtres à Israël ». Les premières listes identifient 512 défenseurs et 123 traîtres.

Affiche à Amman : « STOP AU CHOLÉRA. »

7e JOUR

Réaction du ministre des Affaires étrangères égyptien : « Concernant la Marche du million, nous ne pouvons empêcher des citoyens libres de manifester leur fraternité à l'égard des victimes souffrantes du séisme. »

L'ambassadeur de Turquie aux Nations unies déclare : « Israël a divisé par deux le nombre de bateaux autorisés à traverser ses eaux territoriales en vue d'acheminer de l'aide humanitaire. »

Al Jazeera déclare : « L'aide médicale à destination de la Cisjordanie est retenue à la frontière sous contrôle israélien. »

Le ministre des Affaires étrangères américain déclare : « Israël coopère pleinement avec tous les partenaires de bonne volonté. »

La Syrie déclare : « Nous avons stationné des troupes au sol à la frontière sud pour la défense de notre pays. »

Déclaration de l'Organisation mondiale de la santé : « L'épidémie de choléra, qui est désormais confirmée dans plus d'une dizaine de villes des Territoires palestiniens et de Jordanie, représente un risque plus important que les répliques du séisme ou la guerre. »

Au cours d'une conversation téléphonique avec le Premier ministre israélien, le Président américain réaffirme l'engagement des États-Unis dans la sécurisation d'Israël « par tous les moyens, sans restriction », mais ajoute : « Cette terrible catastrophe doit inspirer de profonds changements dans les axiomes politiques actuels au Moyen-Orient. »

Le présentateur de CNN, index sur l'oreillette : « Pardon de vous interrompre. On nous informe que peu avant 19 heures, heure locale, un nouveau puissant séisme, d'une magnitude de 7,3 sur l'échelle de Richter, a frappé le Moyen-Orient. »

8e JOUR

D'après l'annonce du directeur des services de génie civil israéliens, transmise par vidéoconférence sécurisée au domicile de chaque membre de la Knesset : « Parmi les infrastructures sensibles trop endommagées pour être utilisées : le siège du ministère de la Défense ; l'institut de géophysique de Lod ; l'aéroport international Ben Gourion ; les bases de l'armée de l'air de Tel Nof et Hatzor. Toutes les autoroutes sont partiellement obstruées. L'accès nord-sud a été bloqué pendant quatre-vingt-dix minutes. Les voies ferrées sont hors service. Les ports fonctionnent a minima. Quant au Kotel, les portions écroulées n'ont pas compromis l'intégrité du mont du Temple, mais tout nouvel épisode géologique entraînerait une fragilisation catastrophique. »

À la suite de la réplique, l'Arabie saoudite et la Jordanie signent un accord d'« unification temporaire ». À la question de savoir pourquoi le plan d'aide d'une ampleur sans précédent de l'Arabie saoudite comprend aussi des troupes au sol, le roi saoudien répond : « Pour participer aux secours. » Quand on lui demande pourquoi il comprend deux cents avions de combat, il répond : « Ce n'est pas vrai. »

Israël refuse de reconnaître la « Transarabie », donc d'en prononcer le nom.

L'Iran promet que « la Jordanie n'aura jamais de plus proche allié que l'Iran », donc refuse de reconnaître la Transarabie.

Le Conseil des droits de l'homme des Nations unies vote une résolution condamnant « la crise catastrophique créée par le retrait unilatéral, inattendu et complet d'Israël des Territoires occupés ». Aucun État membre ne s'abstient. Aucun État membre ne vote contre la résolution.

À la question de savoir par quels moyens l'Égypte compte abroger ses traités avec Israël, le chef des armées égyptien répond : « Tous les accords et conventions ont été décidés dans le cadre de conditions qui n'existent plus. » À la question de savoir si l'Égypte va continuer à reconnaître l'État d'Israël : « C'est de la sémantique. »

Slogan de protestation devant une salle de conférence de l'université de Georgetown, où un biologiste moléculaire israélien invité présente un article sur la différenciation des cellules souches pluripotentes de carcinome embryonnaire : « Honte à Israël ! Honte à Israël ! »

375 défenseurs, 260 traîtres.

« Et finalement, ce soir, des nouvelles d'une histoire qui a ému tant de personnes à travers le monde – celle de la petite Adia. C'est avec inquiétude, mais aussi avec espoir et toutes nos prières, que nous annonçons l'effondrement partiel, dans la réplique d'hier, de l'orphelinat de fortune où avait été recueillie Adia. Certains occupants de l'immeuble seraient parvenus à s'en échapper, cependant nous n'avons aucune nouvelle d'Adia et de beaucoup d'autres.

9e JOUR

Déguisés en ouvriers spécialisés, un groupe d'extrémistes israéliens pénètre dans le Dôme du Rocher et y met le feu. Les incendiaires sont aussitôt interpellés. Le Premier ministre israélien qualifie dans une déclaration la « tentative d'incendie » d'« entreprise terroriste ».

Le *Financial Times :* « La déclaration d'allégeance du Hamas à l'État islamique marque une nouvelle étape vers l'unification sans précédent du monde musulman. »

Extrait du rapport du ministre israélien de la Santé au Premier ministre : « Les hôpitaux officient à cinq mille pour cent de leurs capacités, et le ravitaillement américain n'arrive ni assez rapidement, ni en quantité suffisante. Une épidémie de choléra est inévitable, de dysenterie et de typhoïde, aussi. Face à l'imminence de la guerre, il est nécessaire de prendre des décisions difficiles en vue d'établir un ordre des priorités. »

Lors d'un discours organisé en toute hâte place Azadi à Téhéran, devant une foule estimée à deux cent mille personnes, l'Ayatollah entonne : « Ô Juifs, votre heure est venue ! Vous avez brûlé notre Dôme du Rocher, et nous répondrons par le feu à votre feu ! Nous brûlerons vos villes et vos villages, vos écoles et vos hôpitaux, chacune de vos maisons ! Aucun Juif ne sera plus en sécurité ! »

10e JOUR

Dans son adresse quotidienne à la nation, le Premier ministre israélien déclare : « Les raisons qui ont guidé notre action de ce matin sont simples : en retirant au *Waqf* l'administration du mont du Temple et en ordonnant le déploiement de Tsahal pour en prendre le contrôle, nous montrons au monde que les dégâts causés au mont du Temple sont minimes et que nous protégerons le site aussi longtemps qu'il sera menacé. »

Les trois principales chaînes de supermarchés européennes retirent les produits cashers de leurs rayons par crainte de manifestations. En réponse, un parlementaire tory tweete : « Les JUIFS ne sont pas ISRAÉLIENS ! Comment OSEZ-VOUS ! #LesJuifssontCashers. »

Un commentateur politique américain, réagissant à la déclaration de guerre conjointe de la Syrie, de l'Égypte, du Liban et de la Transarabie : « C'était une réponse nécessaire suite à la prise du mont du Temple par Tsahal, mais cela fait une semaine qu'il y a des tirs de roquettes et des échauffourées aériennes. Ce n'est qu'une façon d'officialiser la chose. »

La population ultra-orthodoxe de Jérusalem répand la rumeur selon laquelle « le Messie est à nos portes ».

Le Président américain, s'adressant aux deux chambres du Congrès : « Israël doit immédiatement céder le contrôle du mont du Temple à une force internationale de maintien de la paix, s'abstenir de toutes représailles militaires et reprendre sa participation dans les opérations de secours des Territoires occupés. Si Israël assume ses responsabilités, il obtiendra le soutien inconditionnel et sans restriction des États-Unis. »

L'AIPAC ajoute le Président à sa liste de traîtres.

11e JOUR

Éditorial du *Guardian :* « La question n'est pas tant de savoir qui a hissé le drapeau israélien sur le mont du Temple, mais pourquoi personne ne l'a enlevé. L'inaction d'Israël semble avoir pour but de jeter de l'huile sur le feu. »

Le calife de l'État islamique annonce son alliance temporaire avec « le gouvernement syrien infidèle et le Hezbollah ».

Le porte-parole de l'armée de l'air turque : « Le virus informatique qui a attaqué notre système de contrôle aérien et entraîné les multiples crashs de ce matin est un acte de guerre. »

Le Premier ministre israélien assure au Président des États-Unis qu'Israël n'a ni créé ni lancé le soi-disant virus.

Le Président des États-Unis propose au Premier ministre turc une aide et un armement sophistiqué sans précédent en échange de son engagement à ne pas entrer en guerre.

L'Algérie, Bahreïn, les Comores, Djibouti, l'Irak, l'Iran, le Koweït, la Libye, la Mauritanie, le Maroc, Oman, le Pakistan, le Qatar, la Somalie, le Soudan, la Tunisie, les Émirats arabes unis et le Yémen déclarent la guerre à Israël.

Les États-Unis lèvent le moratoire sur la vente à l'Égypte de 60 missiles Harpoon, 185 « kits de mise à niveau » pour chars de combat M1A1 Abrams, 20 avions de chasse F-16, et 500 missiles Hellfire II fabriqués aux États-Unis. Le ministère des Affaires étrangères se refuse à tout commentaire.

Le président de la section locale de l'organisation Hillel à l'université Columbia, commentant les premières manifestations anti-israéliennes menées par des étudiants juifs : « La poursuite de la justice, surtout quand elle requiert introspection et humilité, est au cœur de notre mission : enrichir l'existence des étudiants juifs pour qu'ils enrichissent à leur tour le peuple juif et le monde. »

CNN : « Des rapports nous confirment qu'un avion-cargo américain, en route pour un aérodrome dans le Néguev, s'est écrasé. »

289 défenseurs et 246 traîtres.

12e JOUR

En une du *New York Post :* le drapeau israélien toujours hissé, sous le titre DÔME DU ROCHIER !

L'Albanie, l'Azerbaïdjan, le Bangladesh, la Gambie, la Guinée, le Kosovo, le Kirghizistan, les Maldives, le Mali, le Niger, le Sénégal, la Sierra Leone, le Tadjikistan, le Turkménistan et l'Ouzbékistan déclarent la guerre à Israël.

L'Ayatollah publie une lettre ouverte aux « frères arabes de l'Iran » qui se termine par : « Vos réticences à nous laisser entrer sur le théâtre des opérations signera votre perte. Quels que soient nos différends, notre heure est arrivée. »

Le ministre des Affaires étrangères américain propose au Premier ministre israélien « toute l'aide dont son pays a besoin » en échange du contrôle total des opérations de combat et de l'arsenal nucléaire d'Israël. Après avoir sommairement rejeté cette proposition, le Premier ministre demande : « Pourquoi le Président n'est-il pas au téléphone avec moi en ce moment ? »

Une jeune mère de Tel Aviv : « Les roquettes n'arrêtent pas de tomber, mais les égouts de la ville ont inondé les abris, alors on reste dehors en attendant la suite. »

À Bruxelles, le président de l'Union européenne prononce un discours dans lequel il déclare : « La catastrophe au Moyen-Orient est révélatrice de l'échec d'une expérience. »

Israël déclare la guerre « à tous ceux qui cherchent à détruire l'État juif ».

13e JOUR

NPR : « La "Marche du million" n'a jamais bien porté son nom. Quand c'était une marche cohérente, il y avait moins de cinquante mille manifestants. Maintenant, il s'agit de campagnes aussi nombreuses que mal coordonnées – d'origines diverses et avec pour destination commune Jérusalem –, dont certaines ont compté jusqu'à deux millions de manifestants. »

Selon un sondage du PEW, cinquante-huit pour cent des Juifs américains pensent que les États-Unis devraient entrer en guerre.

Dépêche de l'Associated Press : « Plusieurs tribus de bédouins du Néguev affirment que les autorités israéliennes distribuent de l'iodure de potassium à la population juive vivant à proximité du site nucléaire de Dimona, mais pas à eux. »

Israël n'a fait aucun commentaire à ce sujet, ni sur la rhétorique belliqueuse de la Turquie, ni sur les accusations selon lesquelles Israël ciblerait les infrastructures civiles des plus grandes villes de Syrie, d'Égypte, du Liban et de Transarabie, ni sur l'occupation par l'armée transarabe de la ville touristique d'Eilat, ni sur la décision de Tsahal de purger les rangs de l'armée israélienne de ses soldats arabes israéliens, alors même qu'elle procède à la mobilisation de tous les hommes juifs de plus de seize ans pour assurer un « soutien paramilitaire ».

Dans les principaux journaux américains, de pleines pages de publicité, signées par cent responsables évangéliques, affirment : « Nous sommes tous sionistes. »

Déclaration des Nations unies : « Selon nos estimations, le nombre de réfugiés suite au séisme s'élève à plus de vingt millions ; les épidémies de choléra, de dysenterie et de typhoïde font plus de victimes que le séisme ou la guerre ; la pénurie de vivres, d'eau potable et de matériel médical est totale. Ceci nous porte à conclure que le Moyen-Orient fait face à une crise humanitaire aux proportions inédites. Si nous ne réagissons pas immédiatement, et avec une détermination sans faille, à cette crise, nous affronterons pendant plusieurs décennies une instabilité mondiale et connaîtrons la plus importante perte de vies civiles depuis la Seconde Guerre mondiale. »

14e JOUR

Le porte-parole transarabe : « Bethléem et Hébron n'ont pas été conquises, elles ont été reprises. Cette victoire historique n'aurait pas été possible sans nos courageux frères du Maroc, d'Algérie, de Libye et du Pakistan. »

Le Président américain au Premier ministre israélien : « C'était le Mossad. Notre avion et celui de la Turquie.

– Quel intérêt aurait Israël à abattre un avion du dernier pays qui ne prend pas part aux combats dans la région, qui plus est notre principal et plus important allié ?
– Vous feriez bien de vous poser la question.
– Je vous donne ma parole : Israël n'est aucunement impliqué dans le crash de l'avion américain. »

La Turquie déclare la guerre, « aux côté de nos frères musulmans, à l'entité sioniste ».

301 défenseurs et 334 traîtres.

Évaluation de la situation militaire par le Premier ministre israélien : « Tsahal est au bord de la rupture au nord et à l'est. Les 5e, 7e et 9e divisions de l'armée syrienne ont pris le contrôle total du plateau du Golan, et préparent une offensive pour s'emparer de la Galilée. L'armée transarabe est entrée dans le Néguev. »

Le porte-parole des colons israéliens, résistant à l'évacuation : « Nous mourrons dans nos maisons. »

15e JOUR

Mémo du ministre de la Défense au Premier ministre d'Israël :

Ci-après notre réponse à votre demande de trois stratégies viables pour gagner la guerre.

Stratégie n° 1 : L'usure
Israël dispose de ressources médicales supérieures, les épidémies tuent plus vite que la guerre, et une stratégie défensive est moins coûteuse à maintenir qu'une stratégie offensive. Nous nous replierons sur nos frontières défendables, augmenterons

notre déploiement militaire, qui est déjà solide, et ferons en sorte de gagner la guerre biologique. Nous hâterons le processus en perturbant les canaux d'approvisionnement médical et, plus important, d'approvisionnement en eau. Il existe des options pour agir de façon plus proactive à cet égard, dont il faut discuter de vive voix.

Stratégie n° 2 : Un coup de force

Une frappe nucléaire serait la plus grande démonstration de force, mais présente trop de risques quant aux conséquences ingérables qu'elle entraînerait, notamment pour ce qui est des représailles possibles et de la réaction américaine. Nous préconisons plutôt deux attaques conventionnelles de grande envergure – l'une à l'est, l'autre à l'ouest. La cible la plus stratégique à l'ouest est le barrage d'Assouan. 95 % de la population égyptienne vit dans un rayon de vingt kilomètres autour du Nil, et le barrage fournit plus de la moitié de l'énergie du pays. Avec la destruction du barrage, le lac Nasser se déverserait en aval, inondant potentiellement toute l'Égypte – faisant d'innombrables victimes civiles, certainement par millions. La société égyptienne serait paralysée. À l'est, nous bombarderions les principaux gisements de pétrole de Transarabie, affectant la capacité des Arabes à poursuivre la guerre.

Stratégie n° 3 : Diaspora inversée

Alors que la guerre a mis au jour le fossé grandissant entre les leaderships américain et israélien, et entre les Juifs américains et israéliens, Israël persuadera, avec l'appui d'une campagne de relations publiques idoine – culminant par un discours du Premier ministre –, cent mille Juifs américains à venir soutenir l'effort de guerre en Israël.

Cela représentera un effort logistique d'un coût immense, qui détournera hommes, équipement et axe stratégique de la planification et de l'exécution des opérations militaires. L'immense majorité des volontaires n'aura bénéficié d'aucun entraînement ni d'aucune expérience militaires, ne sera pas formée au combat, ni ne parlera hébreu. Mais la présence de ces hommes forcera la main des États-Unis sur le plan militaire. Le Président des États-Unis pourra regarder huit millions de Juifs israéliens périr sans intervenir, mais pas cent mille Juifs américains.

Dans l'attente de votre réponse, nous préparons un plan d'action complet et détaillé.

V

NE PAS AVOIR LE CHOIX EST AUSSI UN CHOIX

« Bonjour à toutes et à tous. Je tiens à présenter aux habitants de la région affectée par le séisme d'hier les plus sincères condoléances et le soutien sans faille du peuple américain. L'étendue réelle des dégâts est encore inconnue, mais les images que nous avons vues de quartiers entiers en ruine, de pères et de mères fouillant les décombres à la recherche de leurs enfants, sont déchirantes. De fait, pour une région qui a déjà eu son lot de souffrances, cette tragédie semble particulièrement cruelle et incompréhensible. Nos pensées et nos prières vont aux habitants du Moyen-Orient, et aussi à tous ceux de notre pays qui, ici, ne connaissent pas encore le sort de leurs êtres chers restés au pays.

J'ai demandé aux services de mon administration de prendre part, en usant de toutes les ressources des États-Unis, à la tâche urgente de sauver ceux qui demeurent prisonniers des décombres, et d'apporter toute l'aide humanitaire qui sera nécessaire dans les prochains jours et semaines. Pour ce faire, notre gouvernement, en particulier l'Agence pour le développement international et les ministères des Affaires étrangères et de la Défense, travaille en collaboration étroite avec nos partenaires dans la région et à travers le monde.

Il y a plusieurs priorités. Tout d'abord, nous faisons tout notre possible pour obtenir des nouvelles du personnel des ambassades américaines et de leurs familles à Tel Aviv, Amman et Beyrouth, ainsi que des nombreux citoyens américains qui habitent et travaillent dans la région. Les Américains qui sont à la recherche de membres de leur famille sont invités à prendre contact avec le ministère des Affaires étrangères au 299-306-2828. »

« Dis-le », demanda Tamir en s'adressant à l'écran.

« Ensuite, continua le Président, ignorant Tamir, nous avons mobilisé des ressources pour participer aux secours. Dans une catastrophe de cette ampleur, les premiers jours sont absolument cruciaux pour sauver des vies et éviter une tragédie plus grande encore, j'ai donc demandé à mes équipes d'être aussi promptes que possible à trouver de l'aide sur place et à la coordonner avec nos partenaires internationaux. »

« Dis le mot ! »

« Enfin, au vu des innombrables ressources nécessaires, nous mettons tout en œuvre pour que l'action des gouvernements qui nous assistent soit menée en concertation. J'ai nommé l'administrateur de l'Agence américaine pour le développement international, le Dr Philip Shaw, au poste de coordinateur de cette gestion concertée de la catastrophe.

« Cette opération de sauvetage et de reconstruction sera complexe et semée d'obstacles. L'acheminement des ressources jusqu'au Moyen-Orient devra se faire en collaboration étroite avec les partenaires sur place, y compris les agences gouvernementales locales, ainsi qu'avec les nombreuses ONG, les missions des Nations unies – qui semblent elles-mêmes avoir essuyé des pertes – et nos partenaires dans la région et à travers le monde. Il importe que cette opération soit véritablement une opération internationale. »

« Dis le mot ! »

Pour la première fois depuis des dizaines d'années, peut-être même pour la première fois tout court, Jacob se souvint de la Dictée magique de Texas Instrument, qu'il avait quand il était petit. Il l'avait emportée à la plage un été ; elle avait fondu sur une table de pique-nique et n'arrêtait pas de répéter *Dis-le*, même après qu'on l'eut éteinte – comme un fantôme : *Dis-le, dis-le, dis-le…*

« En conclusion, je tiens à dire que la situation actuelle nous rappelle que nous appartenons tous à une humanité commune. Et même si nombre de nos concitoyens vivent dans la précarité, ici, dans notre propre pays, j'encourage les Américains désireux de soutenir le plan d'aide humanitaire à se rendre sur le site de la Maison-Blanche, whitehouse.gov, où il est expliqué comment apporter sa contribution. Ce n'est pas le moment de nous replier derrière nos frontières, mais de nous ouvrir – d'offrir notre compassion et nos ressources – aux peuples du Moyen-Orient. Devant l'ampleur de la tragédie, nous devons nous préparer à vivre des heures et des jours difficiles. Nous prierons pour les victimes et leurs familles. Nous serons combatifs et déterminés dans notre action. Et je promets à la région qu'elle trouvera en les États-Unis d'Amérique un ami et un partenaire, aujourd'hui comme à l'avenir. Que Dieu vous bénisse, ainsi que ceux qui œuvrent en votre nom. Merci beaucoup. »

« Il a même pas été foutu de le dire.

– Toi non plus, apparemment. »

Tamir lança à Jacob le regard le plus agaçant qui soit : celui supposant que Jacob plaisante – qu'il plaisante forcément.

« Quoi ? *Armée ? Aide ?* »

Tamir coupa le son de la télévision, qui diffusait désormais des images d'avions de chasse transperçant de gros nuages de fumée en forme de pomme, et dit : « Israël.

– Ne sois pas bête.

– Parle pour toi.

– Il l'a dit, évidemment.

– Il ne l'a pas dit, évidemment.

– Il l'a dit. Il a dit, *les habitants d'Israël.*

– De *la région.*

– En tout cas, il a bien dit Tel Aviv.

– En tout cas, il n'a pas dit Jérusalem.

– Si. Mais s'il ne l'a pas dit – et je suis sûr qu'il l'a dit –, c'est uniquement pour toutes les raisons parfaitement raisonnables que tu sais.

– Rappelle-moi ce que je sais. »

Le téléphone de Tamir se mit à sonner, et comme pour chaque appel qu'il avait reçu depuis le séisme, l'appareil n'eut pas l'occasion de sonner deux fois. C'était peut-être Rivka ou Noam qui donnait des nouvelles. C'était peut-être une réponse à la dizaine d'appels qu'il avait passés pour tenter de les joindre. Il avait reçu une réponse à ses mails tôt, le matin même, et savait donc qu'ils étaient sains et saufs. Mais on ne comptait plus les parents et amis disparus.

C'était Barak qui appelait du premier étage pour savoir s'il pouvait utiliser l'iPad.

« Le tien ne marche plus ?

– On en veut deux. »

Tamir raccrocha.

« C'est une catastrophe régionale, reprit Jacob. Pas israélienne. C'est géologique, pas politique.

– Il n'est rien qui ne soit politique, dit Tamir.

– Ça, ce n'est pas politique.

– Attends quelques minutes.

– Et puis si vous insistiez moins pour entendre votre nom, il serait plus facile à prononcer.

– Ah…

– Quoi ?

– C'est notre faute.

– Je me suis mal exprimé.

– Et je peux savoir qui est ce *vous* ? continua Tamir. Quand tu dis : “Si vous insistiez moins”, qui est le *vous* ?

– Vous.

– Moi, Tamir ?

– Oui. Les Israéliens.

– Les Israéliens. Je vois. Je voulais juste m'assurer que tu ne parlais pas des Juifs.

– Écoute, c'était une déclaration officielle, et il a pris ses précautions.

– Mais ça n'a rien de politique.

– Il n'a pas voulu en faire un événement politique.

– Alors, c'est quoi, le plan ? demanda Julia, entrant dans la pièce.

– Dumbarton Oaks, répondit Jacob.

– Julia, dit Tamir, se tournant face à elle. J'ai une question. Tu éprouves le besoin d'être prudente quand un de tes amis se blesse ?

– En théorie ?

– Non, dans la vie.

– Quel type de blessure ?

– Quelque chose de grave.

– Je ne crois pas qu'un de mes amis ait déjà été gravement blessé.

– Dans une vie.

– En théorie ? Oui, je serais prudente. Si c'était nécessaire.

– Et toi ? demanda Tamir à Jacob.

– Bien sûr que je serais prudent.

– On est différents, pour ça.

– Tu es impulsif ?

– Je suis loyal.

– La loyauté ne requiert aucune impulsivité, dit Julia, comme si elle prenait le parti de Jacob, ce qui n'était pas son intention, d'autant qu'elle ignorait de quoi ils parlaient.

– Bien sûr que si.

– Et la loyauté ne sert à rien si elle fait empirer les choses, dit Jacob, qui voulait faire comprendre à Julia qu'il la soutenait.

– Sauf si la situation est vouée à empirer quoi qu'il arrive. Ton père serait d'accord avec moi.

– Ce qui prouve le bien-fondé de ma position. »

Cela fit rire Tamir. Et grâce à ce rire, la poussée de fièvre retomba, la pression diminua.

« Quel est le meilleur restaurant de sushis à Washington ? demanda Tamir.

– Je ne sais pas, répondit Jacob, mais je sais qu'il n'est pas aussi bon que le pire restaurant de sushis d'Israël, qui est meilleur que le meilleur restaurant de sushis du Japon.

– Je vais sans doute rester là, sortez sans moi, déclara Julia. J'ai des choses en retard.

– Quelles choses ? s'enquit Tamir, question que seul un Israélien est capable de poser.

– Pour la bar-mitsva.

– Je croyais que c'était annulé. »

Julia regarda Jacob. « Tu lui as dit que c'était annulé ?

– Pas du tout.

– Ne mens pas à ta femme, répliqua Tamir.

– Pourquoi tu dis tout le temps ça ?

– Il dit ça tout le temps ? demanda Julia.

– Tu ne le vois pas, fit observer Jacob à Julia, mais là, il me donne un coup de coude. Il faut que tu le saches. »

Tamir lui donna un autre coup de coude invisible et dit à Jacob : « Tu m'as raconté qu'avec la mort d'Isaac, le séisme, et ce qui est arrivé entre vous…

– Je n'ai rien raconté du tout, fit Jacob.

– Ne mens pas à ta femme, Jacob.

– Quoi, à propos de Mark ? demanda Julia. Et tu lui as aussi parlé de ton téléphone ?

– Je ne lui ai parlé de rien de ce dont tu viens de lui parler.

– D'ailleurs, ça ne me regarde pas », dit Tamir.

S'adressant seulement à Julia, Jacob reprit : « Ce que je lui ai dit, c'est qu'on discutait de la possibilité de *modifier* la bar-mitsva, au vu, tu sais, de tout ce qui se passe.

– Modifier quoi ? » demanda Sam.

Comment font les enfants ? s'interrogea Jacob. Non seulement ils se débrouillent pour entrer dans une pièce en silence, mais en plus ils le font toujours au pire moment.

« Ta bar-mitsva », répondit Max. Et lui, d'où est-ce qu'il sortait ?

« Maman et moi essayons de savoir si le moment pour célébrer ta bar-mitsva est bien choisi, vu le contexte.

– Le séisme ?

– Quel séisme ? » demanda Benjy, sans lever les yeux du labyrinthe qu'il dessinait. Était-il là depuis le début ?

« Et grand-papi, dit Jacob.

– Papa et moi…

– Tu peux dire *nous*, fit Sam.

– Nous pensons qu'il sera impossible de trouver un groupe », compléta Jacob, choisissant le camp parental dans la conversation pour montrer à Julia que lui aussi pouvait annoncer des nouvelles difficiles.

« Tant mieux, dit Sam. Ils étaient nuls à chier, de toute façon. »

Il est très dur d'avoir un dialogue constructif avec un garçon de treize ans quand tout sujet anodin se transforme en Conversation Ultime, requérant des systèmes de défense et de contre-attaque en réponse à des attaques qui n'ont jamais été lancées. Une simple remarque sur son habitude d'oublier des choses dans les poches de ses pantalons sales, et Sam reprochait à ses parents de l'avoir placé dans le vingt-huitième percentile de la courbe de croissance, ce qui lui donnait des envies de suicide.

« Ils n'étaient pas nuls », répliqua Jacob.

Toujours concentré sur son labyrinthe, Benjy déclara : « Quand maman a garé la voiture, elle l'a pas fait comme il faut. Alors je l'ai déplacée et je l'ai mise au bon endroit.

– Merci d'avoir fait ça », répondit Julia à Benjy. Puis, à Sam : « Il y a une façon plus gentille de le dire.

– Mais merde, j'ai plus le droit d'avoir un avis ?

– Attends un peu, intervint Jacob. C'est toi qui les as choisis. Pas maman. Pas moi. *Toi.* Tu as regardé les vidéos d'une demi-douzaine de groupes, et c'est toi qui étais d'avis de choisir Electric Brigade pour ta bar-mitsva.

– C'était le moins pitoyable de trois groupes absolument pitoyables, et je les ai choisis sous la contrainte. C'est pas comme si j'en étais fan.

– Quelle contrainte ?

– La contrainte de faire ma bar-mitsva alors que vous savez très bien que pour moi, c'est qu'un ramassis de conneries. »

Jacob tâcha d'éviter à Julia d'être, une fois de plus, celle chargée d'épingler les grossièretés : « Un ramassis de conneries, Sam ?

– C'est mal tourné ?

– C'est pauvre. Et crois-moi quand je te dis que j'aurais préféré ne pas payer cinq mille dollars un groupe d'une médiocrité totale pour jouer des mauvaises reprises de mauvaises chansons.

– Mais le rite de passage est non négociable, confirma Sam.

– Oui, fit Jacob, c'est exact.

– Parce que c'était non négociable pour toi, parce que c'était non négociable pour…

– C'est exact, là encore. C'est ce que font les Juifs.

– Ne pas négocier ?

– Faire des bar-mitsvas.

– Ah… j'avais rien compris au truc. Mais maintenant que je sais qu'on fait des bar-mitsvas parce qu'il faut faire des bar-mitsvas, j'ai vraiment envie d'épouser une Juive pour faire des petits Juifs.

– Calme-toi un peu, ordonna Julia.

– Et je ne veux certainement pas me faire enterrer, poursuivit Sam, la partie Ultime de la conversation désormais en vue. Surtout si la loi juive l'exige.

– Alors fais-toi incinérer comme moi, dit Max.

– Ou ne meurs pas », suggéra Benjy.

Tel un chef d'orchestre mettant un terme à une symphonie, Julia prononça un bref et ferme « Ça suffit », et les choses en restèrent là. Qu'y avait-il de si effrayant chez elle ? Qu'est-ce qui, chez cette femme d'un mètre soixante-cinq, qui n'avait jamais le moindre geste ou mot violent, ni n'avait jamais infligé une punition jusqu'au bout, terrifiait tant son mari et ses enfants qu'ils en venaient à capituler sans condition ?

Jacob rembraya : « On voudrait ne pas donner l'impression de passer un trop bon moment alors que grand-papi vient de mourir. Sans parler du séisme. Ce serait de mauvais goût et déplacé, tout simplement.

– L'*impression* de passer un bon moment ? releva Sam.

– Tout ce que je dis, c'est que nous devons faire preuve de tact.

– Je vais vous dire, moi, comment prendre la chose par le bon bout, commença Tamir.

– Peut-être plus tard, rétorqua Jacob.

– Pas de groupe, alors, conclut Sam. Ça suffit pour être sûrs qu'on ne donnera pas l'impression de passer un bon moment ?

– En Israël, on n'organise même pas de fête pour les bar-mitsvas, déclara Tamir.

– Mazel Tov », s'exclama Jacob. Puis, à Sam : « Je vais peut-être aussi faire l'impasse sur le panneau livre d'or.

– J'ai toujours voulu faire l'impasse dessus, dit Sam.

– J'ai passé trois semaines à le fabriquer pour toi, souligna Julia.

– Tu as étalé sa fabrication sur trois semaines, corrigea Jacob.

– Quoi ?

– Tu n'as pas passé trois semaines à le fabriquer.

– C'était si important de le préciser ? »

Soudain, il n'eut pas l'impression que ça l'était tant que ça et changea de sujet : « Je crois qu'il faudrait aussi revoir les centres de table.

– Pourquoi ? demanda Julia, qui commençait à comprendre qu'il la lésait plus elle que Sam.

– Je n'ai jamais compris pourquoi les Juifs américains veulent absolument prononcer des mots incompréhensibles, dit Tamir. Trouver du sens dans l'absence de sens… ça m'échappe.

– Ils sont… festifs, expliqua Jacob.

– Ils sont élégants.

– Attendez, fit Sam, qu'est-ce qui reste ?

– Qu'est-ce qui reste ?

– Exactement, dit Tamir.

– Ce qui reste, répondit Jacob, posant la main sur l'épaule de Sam juste avant qu'il ne se dérobe, c'est le fait que tu deviennes un homme.

– Ce qui reste, répondit Julia, c'est que tu seras entouré de ta famille.

– Vous êtes les plus grands veinards de l'histoire de l'humanité, fit Tamir.

– On fait ce qu'on peut », dit Jacob à Sam, qui baissa les yeux et dit : « C'est nul.

– Ce ne sera pas nul, assura Julia. On en fera un moment unique.

– J'ai pas dit *ce sera* nul. J'ai dit *c'est* nul. Tout ça, là.

– Tu préférerais être dans un frigo comme grand-papi ? » répliqua Jacob, aussi surpris que les autres d'avoir sorti une chose pareille. Comment avait-il pu avoir une telle idée, qui plus est la formuler ? Ou celle-ci : « Tu préférerais être coincé sous un immeuble en Israël ?

– Je n'ai pas d'autre choix ? demanda Sam.

– Si, mais ce sont des points de vue que tu ferais bien de prendre en compte. Regarde ça », dit Jacob, montrant la télé au son coupé qui diffusait des images de pelleteuses géantes, aux jantes équipées d'échelons, dégageant les gravats.

Sam les observa avec attention, hocha la tête, puis détourna les yeux pour éviter de croiser ceux de ses parents.

« Pas de fleurs, dit-il.

– Pas de fleurs ?

– Trop beau.

– Je ne suis pas sûre que l'esthétisme soit le problème, remarqua Julia.

– Le problème, c'est que…

– Ça fait partie du problème, dit Sam en coupant la parole à Tamir. Alors, laissez tomber les fleurs.

– Je ne sais pas si on peut les laisser tomber, répondit Jacob. Vu qu'elles sont déjà payées. Mais on peut demander s'il est possible de changer de style pour quelque chose de plus…

– Et pas de kippa monogrammée, non plus.

– Pourquoi ? demanda Julia, blessée comme seule une personne qui avait passé six heures à choisir la typo, la palette de couleurs et le tissu de kippas monogrammées pouvait l'être.

– C'est décoratif, dit Sam.

– Très bien, fit Jacob. Ce serait peut-être un peu maladroit, tout bien considéré.

– Maladroit, ça ne l'est pas, protesta Julia.

– Le problème… reprit Tamir.

– Et il va sans dire, ajouta Sam – comme chaque fois qu'il disait quelque chose qui n'allait pas sans dire –, qu'il n'y aura pas de petit cadeau de fête pour les invités.

– Je regrette, mais il y a des limites, dit Julia.

– Je pense qu'il a raison, en fait, dit Jacob.

– Vraiment ? *En fait* ?

– Vraiment, en fait, dit Jacob qui n'avait pas apprécié qu'elle imite son *en fait*. Qui dit cadeau de fête dit fête.

– Le problème…

– Pas du tout.

– Un cadeau de *fête,* Julia.

– Qui dit cadeau dit convention sociale, dont le non-respect sera considéré comme un manque de politesse. *Jacob.*

– Une convention sociale à la fin d'une *fête*.

– Donc, on punit les amis de Sam à cause de la tectonique des plaques et de la mort de son arrière-grand-père ?

– Punir des enfants de treize ans, c'est les encombrer de sacs-poubelle pleins d'une camelote touristique en provenance d'endroits où habitent des parents éloignés dont Sam se contrefout, et appeler ça un *cadeau*.

– Qui dit absence de cadeau dit comportement de trou du cul, rétorqua Julia.

– Ouah », s'exclama Barak.

D'où est-ce qu'il sortait, celui-là ?

« Pardon ? fit Jacob, exactement comme Julia l'aurait fait.

– Je ne suis pas en train de psalmodier la Torah, dit celle-ci. On sait très bien ce que ces mots signifient.

– Qu'est-ce qui te prend ? »

L'écran de télévision émit de petits flashs, comme des lucioles prises au piège dans un bocal.

« Le problème, reprit Tamir en se levant, c'est que vous n'avez presque pas assez de problèmes.

– Je peux dire une évidence ? demanda Sam.

– Non », répondirent ses parents à l'unisson – une rare unité.

Il y avait une femme à la télévision, d'ethnie et de nationalité inconnues, qui tirait sur ses cheveux en pleurant, tirait si fort dessus que sa tête ballottait de gauche et de droite. Il n'y avait pas de bandeau en bas de l'écran. Pas de commentaire. Pas d'explication de sa souffrance. Seulement la souffrance. Seulement cette femme qui empoignait ses cheveux tout en se martelant la poitrine.

ABSORBER OU ABSOUDRE

Alors qu'Isaac aurait dû être en état de décomposition avancée sous la terre, il gardait toute sa fraîcheur dans un bac à légumes de taille humaine à Bethesda. Il n'y avait que pour Isaac que la fin du malheur consistait en un prolongement du malheur. Sa dernière volonté – exprimée à la fois par testament et dans bien trop de conversations avec Irv, Jacob et toute personne en qui il avait confiance pour mener à bien cette mission – était d'être enterré en Israël.

« Mais pourquoi ? lui avait demandé Jacob.

– Parce que c'est là que vont les Juifs.

– Pendant les vacances de Noël. Pas pour l'éternité. »

Et quand Sam, qui avait accompagné son père ce jour-là, lui avait fait remarquer qu'il aurait beaucoup moins de visiteurs là-bas, Isaac lui avait fait remarquer en retour que « les morts sont morts », et que les visites sont la dernière chose à laquelle pense leur cerveau à l'électroencéphalogramme plat.

« Tu ne veux pas être enterré avec grand-mère et le reste de la famille ? lui avait demandé Jacob.

– On se retrouvera tous le moment venu. »

« Qu'est-ce que ça signifie, ça ? » ne lui avait pas demandé Jacob, car à certaines occasions, la signification d'une chose a elle-même très peu de sens. La dernière volonté d'un mourant est une de ces occasions. Isaac avait acquis la concession vingt ans auparavant – elle lui avait coûté cher, même à l'époque, mais il se fichait pas mal d'être sans le sou au fond de sa tombe –, alors tout ce qui restait à faire pour réaliser sa dernière, et plus tenace, volonté, c'était d'embarquer son corps à bord d'un avion et de régler la logistique de l'autre côté.

Mais quand vint le moment d'envoyer le corps d'Isaac en Israël, il n'y avait plus aucune logistique : tous les avions étaient cloués au sol, et à la réouverture de l'espace aérien, les seuls corps autorisés à entrer dans le pays furent ceux de personnes prêtes à mourir.

Une fois passé le délai rituel de vingt-quatre heures pour l'enterrement, il n'y eut plus d'urgence à trouver une solution. Mais cela ne signifiait pas que la famille était indifférente au rite juif. Quelqu'un devait veiller le corps jour et nuit entre le décès et l'enterrement. La synagogue avait des volontaires pour cela, mais au fil des jours, l'enthousiasme pour le baby-sitting d'un cadavre s'émoussa, et cette responsabilité échut de plus en plus souvent aux Bloch. Et à cette responsabilité s'ajoutait celle de divertir les Israéliens : Irv les emmenait à Georgetown pendant que Jacob veillait le corps d'Isaac, et dans l'après-midi, Jacob les emmenait au musée de l'Air et de l'Espace pour voir *To Fly !* au format IMAX, cet avaleur de perspective, pendant que Deborah faisait l'expérience exactement contraire avec le corps d'Isaac. Le patriarche avec qui ils discutaient de mauvaise grâce pendant sept minutes sur Skype, une fois par semaine, était désormais quelqu'un à qui ils rendaient visite quotidiennement. Par quelque magie dont seuls les Juifs ont le secret, le passage de la vie à la mort transformait un être perpétuellement ignoré en figure inoubliable.

Jacob accepta d'endosser cette responsabilité, parce qu'il se considérait comme le plus apte à le faire, et parce qu'il souhaitait plus que tout en fuir d'autres. Il effectuait la *shmira* – mot qu'il n'avait jamais entendu avant de devenir le chorégraphe des participants à cette veillée – au moins une fois par jour, en général plusieurs heures d'affilée. Les trois premiers jours, le corps resta étendu sur une table, sous un drap, au funérarium juif. Puis il fut déplacé dans une modeste pièce du fond, et pour finir, à la fin de la semaine, à Bethesda, où vont mourir les corps non enterrés. Jacob ne s'approcha jamais du corps à moins de trois mètres, écouta ses podcasts à un volume à se déchirer les tympans, et tâcha de ne pas respirer par le nez. Il apporta des livres, consulta ses mails (il fallait qu'il aille de l'autre côté de la porte pour avoir du réseau), écrivit même un peu : COMMENT JOUER LA DISTRACTION ; COMMENT JOUER UN FANTÔME ; COMMENT JOUER UN SOUVENIR INCOMMUNICABLE.

Le dimanche, au milieu de la matinée, quand les plaintes rituelles de désœuvrement de Max finirent par exaspérer Jacob au plus haut point, il suggéra à son fils de se joindre à lui pour la *shmira,* lui disant par l'esprit : *Après ça, tu seras content de t'ennuyer.* Le prenant au mot, Max accepta.

Ils furent accueillis à la porte par la personne qui venait de faire la *shmira* – une vieille dame de la *shul,* qui donnait une telle impression de froideur et de vacuité qu'on aurait pu la confondre avec un cadavre si son excès de maquillage ne l'avait trahie : seuls les Juifs vivants sont embaumés. Ils se saluèrent d'un signe de tête, elle tendit à Jacob les clés de la porte de devant, lui rappela qu'*absolument rien* d'autre que du papier-toilette (et la grosse commission, bien sûr) ne devait être jeté dans la cuvette et, avec un peu moins de pompe et d'apparat que devant Buckingham Palace, la relève de la garde s'acheva.

« Ça empeste, fit remarquer Max en s'asseyant à la longue table en chêne de la réception.

– Je respire par la bouche.

– On dirait que quelqu'un a pété dans une bouteille de vodka.

– Comment tu connais l'odeur de la vodka ?

– Grand-père m'en a fait sentir.

– Pourquoi ?

– Pour me prouver que c'était cher.

– Ce n'est pas son prix qui le prouve ?

– C'est à lui qu'il faut poser la question.

– Mâcher du chewing-gum est aussi un bon moyen.

– Tu en as sur toi ?

– Je crois pas. »

Ils parlèrent de Bryce Harper et des raisons pour lesquelles, même si le genre était trop galvaudé pour présenter la moindre originalité, les films de superhéros restaient au-dessus du lot, et comme souvent, Max demanda à son père de lui raconter des histoires sur Argos.

« On l'a emmené en dressage, une fois. Je t'ai déjà raconté ça ?

– Oui. Mais raconte-le-moi encore.

– On venait tout juste de l'avoir. Le dresseur a commencé à nous montrer comment frotter le ventre d'un chien pour le détendre quand il est agité. On était assis en cercle, une vingtaine de personnes avec leur chien sur les genoux. Tout le monde était affairé sur le ventre de son chien quand, tout à coup, on a entendu un grondement, comme si le métro passait sous l'immeuble. Ça montait de mes genoux. Argos ronflait.

– C'est trop mignon.

– Trop mignon.

– Mais il n'est pas très bien dressé.

– On a laissé tomber. On avait l'impression que c'était une perte de temps. Mais quelques années après, Argos s'est mis à tirer sur sa laisse quand on le promenait. Et puis il s'arrêtait net et refusait de faire un pas de plus. Alors on a engagé un type que nous avaient recommandé des gens du parc. J'ai oublié son nom. Il venait de Sainte-Lucie, il était un peu gros et boitait. Il a mis un collier étrangleur à Argos et l'a observé pendant une promenade. Ça n'a pas loupé, Argos s'est arrêté net. "Tirez dessus, a dit le type. Montrez-lui qui est le dominant." Maman a éclaté de rire. J'ai tiré parce que, bon, le dominant c'est moi. Mais Argos n'a pas bougé. "Plus fort", a dit le type, alors j'ai tiré plus fort, mais Argos a tiré tout aussi fort dans l'autre sens. “Il faut lui montrer qui est le dominant”, a dit le type. J'ai de nouveau tiré, cette fois très fort, et Argos a lâché un couinement en s'étouffant un peu, mais il n'a pas bougé. J'ai regardé maman. Le type a dit : “Il faut lui apprendre, sinon il le fera tout le temps.” Et je me souviens de m'être dit : Ça ne me dérange pas, qu'il fasse ça tout le temps.

« Je n'en ai pas dormi, cette nuit-là. Je me sentais tellement coupable d'avoir tiré si fort au point de l'étouffer. Et j'ai commencé à me sentir coupable de tout ce que j'avais tenté de lui apprendre : de venir au pied, de lever la patte sur commande, et même de revenir. Si je pouvais repartir de zéro, je ne lui apprendrais rien du tout. »

Une heure passa, puis une autre.

Ils firent une partie de pendu, et un millier d'autres. Les phrases de Max étaient toujours inspirées, mais il était difficile de savoir par quoi : LE SOIR AVANT LA NUIT ; L'ASTHME DANS DES JUMELLES ; ENVOYER UN BAISER À UN PARLEMENT DE HIBOUX.

« C'est comme ça qu'on appelle un groupe de hiboux, dit-il après que Jacob eut trouvé la solution en ayant seulement tracé la tête, le torse et le bras gauche de son pendu.

– Il paraît.

– Un murmure d'étourneaux. Une échouerie de phoques. Une flamboyance de flamants.

– D'où tu connais tout ça ?

– J'aime savoir des choses.

– Moi aussi.

– Un minian de Juifs.

– Excellent.

– Une dispute de Bloch.

– Un univers de Max. »

Ils jouèrent à un jeu de lettres qui s'appelait Le Fantôme, une variante du Chimpanzé, dans lequel on ajoutait chacun son tour une lettre à un fragment qui grandissait, en pensant à un mot commençant par ces lettres mais tout en tâchant de ne pas être celui qui écrit la dernière lettre.

« A.

– A-B.

– A-B-S.

– A-B-S-O.

– A-B-S-O-R.

– A-B-S-O-R-B.

– A-B-S-O-R-B-E.

– Merde.

– Absorber.

– Oui. J'avais absoudre en tête, au départ. »

Ils jouèrent au jeu des vingt questions, à Deux vérités et un mensonge, et à Heureusement, malheureusement. Ils regrettèrent qu'il n'y ait pas de télévision pour alléger leur fardeau.

« Allons le voir, dit Max avec décontraction, comme s'il lui proposait de piocher dans les mangues séchées qu'ils avaient apportées.

« Grand-papi ?

– Oui.

– Pourquoi ?

– Parce qu'il est là.

– Mais pourquoi ?

– Pourquoi pas ?

– *Pourquoi pas* n'est pas une réponse.

– *Pourquoi* non plus. »

Pourquoi pas ? Ce n'était pas interdit. Ce n'était pas irrespectueux. Ce n'était pas, ou n'était pas censé être, dégoûtant.

« J'ai pris un cours de philo à la fac. Je ne me souviens plus de l'intitulé, ni même du prof, mais je me rappelle avoir appris que si tous les interdits ne sont pas éthiquement fondés, certaines choses sont tout de même bannies. On peut chercher tout un tas de raisons pour justifier qu'il n'est pas bien de manger la chair d'humains morts de mort naturelle, mais au final, ça ne se fait pas, voilà tout.

– Je n'ai pas parlé de le manger.

– Non, je sais. Je voulais juste t'expliquer quelque chose.

– Qui voudrait manger un humain ?

– J'imagine que ça doit sentir bon et avoir bon goût. Mais on ne le fait pas parce que ça ne se fait pas.

– Qui décide de ces choses ?

– Excellente question. Parfois, ce qui ne se fait pas est universel, parfois c'est propre à une culture, voire à une famille.

– Comme quand on mange des crevettes, mais pas de porc.

– Si on mange des crevettes, ce n'est pas dans le cadre d'une coutume. Il nous arrive parfois de manger des crevettes. Mais oui, en gros, c'est ça.

– Sauf que c'est pas pareil, là.

– Quoi donc ?

– D'aller voir grand-papi. »

Il avait raison ; ce n'était pas pareil.

Max continua : « On est venus pour être avec lui, non ? Alors pourquoi on ne serait pas vraiment avec lui ? À quoi ça sert de venir jusqu'ici et de rester autant de temps si c'est pour attendre dans une autre pièce ? Autant être à la maison alors et regarder une vidéo en streaming de son corps en mangeant du pop-corn. »

Jacob avait peur. C'était une explication très simple, même si l'explication de cette explication était plus dure à trouver. Qu'y avait-il d'effrayant là-dedans ? La proximité de la mort ? Pas exactement. La proximité de l'imperfection ? La preuve incarnée de la réalité, dans sa sincérité la plus grotesque ? La proximité de la vie.

Max dit : « On se retrouve tout à l'heure », et entra dans la pièce où reposait le corps d'Isaac.

Jacob se souvenait du soir où, des dizaines d'années auparavant, Tamir et lui s'étaient introduits dans le zoo national.

« Ça va ? lança-t-il à Max.

– C'est bizarre.

– Je te l'avais dit.

– C'est pas ce que tu m'as dit.

– Comment il est ?

– Viens en juger par toi-même.

– Je suis bien là où je suis.

– Il a la même tête que sur Skype, mais de plus loin.

– Il a bonne mine ?

– Je dirais pas ça. »

Quelle mine avait-il ? Son corps aurait-il un autre aspect s'il était mort autrement ?

Isaac avait été l'incarnation de l'histoire de Jacob ; le cellier psychologique de son peuple, dont les étagères s'effondraient ; son héritage d'une force et d'une faiblesse proprement incompréhensibles. Mais il n'était plus qu'un corps, désormais. L'incarnation de l'histoire de Jacob n'était plus qu'un corps.

Ils prenaient leur bain ensemble quand Jacob dormait chez lui, petit, et les longs poils sur les bras, le torse et les jambes d'Isaac flottaient à la surface comme de la végétation aquatique.

Jacob se souvenait qu'il regardait son grand-père s'endormir chez le coiffeur, dans sa cape, que sa tête tombait en avant, que le coiffeur tendait le bras au maximum pour lui raser la nuque au coupe-choux.

Jacob se souvenait que son grand-père l'encourageait à pincer la peau de son coude et à l'étirer jusqu'à ce qu'on puisse y loger une balle de base-ball.

Il se souvenait de l'odeur des toilettes après le passage de son grand-père : elle ne le dégoûtait pas, elle le terrifiait. Il en avait une peur mortelle.

Il se souvenait que son grand-père portait sa ceinture juste en dessous des seins, et ses chaussettes juste au-dessus des genoux ; et qu'il avait des ongles aussi épais qu'une pièce de vingt-cinq cents, et des paupières aussi fines que du papier d'aluminium ; qu'entre deux applaudissements il tournait la paume des mains vers le haut, comme s'il ouvrait et refermait sans cesse un livre invisible, comme s'il était incapable de ne pas donner une chance au livre, incapable de ne pas le rejeter et incapable de ne pas lui redonner une chance.

Un jour, il s'était endormi au beau milieu d'une partie de Uno, la bouche pleine de pain noir. Jacob devait avoir le même âge que Benjy. Il avait remplacé discrètement la main médiocre de son grand-père par toutes les cartes +4, mais quand il l'avait secoué pour le réveiller et qu'ils avaient repris la partie, Isaac n'avait pas paru du tout étonné par ses cartes et avait pioché dans le pot quand ce fut son tour.

« Tu n'as rien à poser ? » avait demandé Jacob.

Isaac avait secoué la tête et dit : « Rien. »

Il se souvenait de toutes les fois où il avait regardé son grand-père enfiler son maillot de bain n'importe où, à sa convenance, sans se soucier du regard d'autrui ni de la gêne de Jacob : à côté de la voiture, au milieu des toilettes pour hommes, et même sur la plage. Il ne s'en rendait pas compte ? S'en fichait ? Une fois, à la piscine municipale où ils allaient parfois le dimanche matin, son grand-père s'était déshabillé au bord du bassin. Jacob avait senti les regards des inconnus se frotter les uns contre les autres à l'intérieur de lui, faisant naître un feu de rage : contre les inconnus parce qu'ils portaient un jugement, contre son grand-père parce qu'il manquait de dignité, contre lui-même parce qu'il se sentait humilié.

Le maître-nageur s'était approché et lui avait dit : « Il y a une cabine derrière les distributeurs.

– Entendu, avait répondu son grand-père, comme si on venait de lui expliquer qu'il y avait un magasin de bricolage à la sortie du périphérique.

– Vous ne pouvez pas vous changer ici.

– Pourquoi ? »

Jacob avait repensé des dizaines d'années à ce « Pourquoi ? ». Pourquoi ? Parce que le vestiaire était là-bas et qu'ici était ici.

Pourquoi ? Parce que cela ne méritait même pas qu'on en parle. Pourquoi ? Parce que si vous aviez vu ce que j'ai vu, vous aussi, vous perdriez toute capacité à éprouver de la gêne. Pourquoi ? Parce qu'un corps n'est rien de plus qu'un corps.

Un corps n'est rien de plus qu'un corps. Mais avant d'être un corps, il est une incarnation. Et cela, du moins pour Jacob, expliquait pourquoi : le corps de son grand-père ne pouvait pas n'être rien de plus qu'un corps.

Combien de temps cela pouvait-il continuer ?

Irv soutint qu'ils feraient mieux d'acheter une concession au cimetière juif, le plus près possible du reste de la famille, et d'en finir avec la mort une bonne fois pour toutes. Jacob argua qu'il fallait attendre que la situation s'apaise en Israël pour satisfaire à la volonté explicite d'Isaac quant à son lieu de repos éternel.

« Et si ça prend des mois ?

– Alors on continuera de payer un loyer au funérarium.

– Et si ça ne s'apaise jamais ?

– Alors on se rappellera qu'on avait bien de la chance de ne pas avoir de souci plus grave à régler. »

Julia voulait répéter la conversation avec les enfants. Jacob aurait pu objecter que cela ne s'imposait pas encore puisque cette conversation n'aurait pas lieu avant que la bar-mitsva et l'enterrement ne soient derrière eux. Mais il accepta, dans l'espoir que les oreilles de Julia entendent ce que sa bouche allait dire. Qui plus est, il interprétait son désir de répéter comme un désir de jouer un rôle – la reconnaissance du fait qu'elle n'était pas sûre d'elle. Tout comme elle interprétait la volonté de Jacob de répéter comme un signe qu'il était, de fait, prêt à en finir.

« Il faut qu'on parle de quelque chose ? » suggéra Julia.

Jacob réfléchit un moment et proposa plutôt : « Il faut qu'on ait une conversation familiale ?

– Qu'est-ce que ça change ?

– Ça insiste sur le fait qu'on est une famille.

– Mais on n'a jamais de conversation familiale. Ça va leur faire croire qu'il y a un problème.

– C'est le cas.

– Le but de cette conversation est de montrer qu'il n'y a aucun problème. Qu'il y a simplement du changement.

– Même Benjy n'avalera pas ça.

– Mais je mange de tout maintenant, dit Benjy.

– Benjy ?

– … tant que ça s'avale.

– Qu'est-ce qui se passe, mon chéri ?

– Quel vœu vous feriez ?

– Comment ça, mon poussin ?

– À l'école, monsieur Schneiderman nous a demandé si on voulait faire un vœu, et il a emporté nos vœux au Mur des lamentations, parce qu'il est allé en vacances en Israël. Je crois que je me suis trompé de vœu.

– Qu'est-ce que tu as fait comme vœu ? demanda Jacob.

– Je peux pas le dire, sinon il ne se réalisera pas.

– Quel vœu aurais-tu voulu faire à la place ?

– Je peux pas le dire, imagine que je change de vœu.

– Si le fait d'en parler empêche qu'ils se réalisent, pourquoi tu nous demandes quels vœux on ferait ?

– Ah oui », dit Benjy, avant de faire demi-tour et de sortir du salon.

Ils attendirent que le bruit de ses pas disparaisse dans l'escalier avant de continuer.

« Bref, fit Julia en baissant la voix. On veut qu'ils se sentent en sécurité pour mieux les préparer au changement.

– Les garçons, vous voulez bien venir au salon une minute ? Comme ça ?

– Pas la cuisine ?

– C'est mieux ici, je crois.

– Et après ? dit Julia. On leur demande de s'asseoir ?

– Oui, mais ça aussi ça va leur mettre la puce à l'oreille.

– On pourrait juste attendre d'être tous ensemble en voiture.

– Ça pourrait marcher.

– Mais dans ce cas, on ne pourra pas les regarder en face.

– Sauf dans le rétro.

– Triste symbole », remarqua Julia.

Cela fit rire Jacob. Elle essayait de faire de l'humour. Il y avait un fond de gentillesse dans sa tentative. Si c'était pour de vrai, Julia ne ferait jamais de blague.

« Pendant le dîner ? proposa-t-elle.

– Il faudrait d'abord expliquer pourquoi on dîne ensemble.

– On dîne ensemble tout le temps.

– On se retrouve très épisodiquement autour de la table.

– Qu'est-ce qu'on mange ce soir ? » demanda Max, qui déboula dans la pièce exactement comme Kramer, sans avoir jamais vu un seul épisode de *Seinfeld*.

Julia lança à Jacob un regard qu'il avait vu un million de fois dans un million de situations : *que savent les enfants ?* Que savait Sam quand, deux ans plus tôt, il était entré dans la chambre pendant qu'ils faisaient l'amour – dans la position du missionnaire, sous les draps et sans dire de cochonneries, Dieu merci. Quand Max avait décroché le téléphone pendant que Jacob interrogeait hargneusement le gynéco de Julia à propos de la bénignité d'une tumeur bénigne – qu'avait-il entendu ? Quand Benjy avait débarqué pendant leur dernière engueulade dans la cuisine et dit : « La quintessence » – que savait-il ?

« On parlait seulement du dîner, dit Jacob.

– Oui, je sais.

– Tu nous as entendus ?

– J'ai cru que vous nous appeliez pour le dîner.

– Il n'est que quatre heures et demie.

– J'ai cru que…

– Tu as faim ?

– Qu'est-ce qu'il y a à manger ce soir ?

– Quel rapport avec le fait que tu aies faim maintenant ? dit Jacob.

– Je me demande, c'est tout.

– Des lasagnes et des légumes, répondit Julia.

– Des lasagnes nature ?

– Aux épinards.

– J'ai pas faim.

– Bah, il te reste une heure pour avoir faim pour des lasagnes aux épinards.

– Je crois qu'Argos veut sortir.

– Je viens de le sortir, dit Jacob.
– Il a fait caca ?
– Je ne me souviens plus.
– Tu t'en souviendrais s'il avait fait caca, répliqua Max. Il a besoin de faire caca. Il est en train de se lécher comme il fait quand il est sur le point de faire caca.
– Pourquoi tu ne le sors pas au lieu de nous raconter ça ?
– Parce que je prépare mon discours pour l'enterrement de grand-papi et que j'ai besoin de me concentrer.
– Tu vas faire un discours ? s'étonna Jacob.
– Pas toi ? »

Julia fut touchée par l'initiative adorablement narcissique de Max. Jacob eut honte du narcissisme que trahissait son propre manque de considération.

« Je dirai quelques mots. En fait, non, c'est plutôt grand-père qui parlera en notre nom.
– Grand-père ne parle pas en mon nom, rétorqua Max.
– Va préparer ton discours, dit Julia. Papa sortira Argos.
– Je l'ai déjà sorti.
– Pour lui faire faire caca. »

Max alla à la cuisine et en ressortit avec une boîte de céréales bio, mais pas forcément saines, qu'il emporta dans sa chambre.

Julia cria d'en bas : « Les céréales, c'est dans la bouche ou dans la boîte, nulle part ailleurs. »

Max cria d'en haut : « J'ai le droit de les avaler ? »

« C'est peut-être une erreur de leur parler à tous en même temps, observa Jacob, prenant soin de ne pas trop élever la voix. On devrait peut-être commencer par discuter avec Sam.
– J'imagine que je verrais…
– Merde.
– Quoi ? »

Jacob montra la télévision qui était désormais constamment allumée. On y voyait des images d'un stade de foot à Jérusalem, stade où Jacob et Tamir avaient assisté à un match plus de vingt ans auparavant. Il y avait une dizaine de bulldozers. On ne savait pas très bien ce qu'ils faisaient là, ni pourquoi Israël autorisait la diffusion d'images pareilles, et ne pas le savoir était terrifiant. Préparaient-ils un site militaire ? Creusaient-ils une fosse commune ?

Les informations qui arrivaient jusqu'en Amérique étaient sporadiques, peu fiables et alarmistes. Les Bloch firent ce qu'ils faisaient le mieux : ils oscillèrent entre réaction excessive et refoulement. Ils avaient beau, en leur for intérieur, se savoir en sécurité, ils s'inquiétaient à l'excès, parlaient et parlaient, faisaient monter la mayonnaise de l'angoisse, en eux-mêmes et l'un chez l'autre. Dans le confort de leur salon, ils suivaient les bulletins d'information comme des événements sportifs et se surprenaient parfois à espérer des émotions fortes. Ils étaient même légèrement déçus, à leur grande honte, quand les estimations des dégâts étaient revues à la baisse, ou quand ce qui avait tout l'air d'un acte de guerre n'était que le résultat d'un accident. C'était un jeu dont le danger, irréel, consistait à en parler et à le savourer, tant que son issue était prédéterminée. Mais s'il y avait un soupçon de danger réel, si la merde commençait à s'épaissir – comme cela serait bientôt le cas –, ils creusaient jusqu'à ce que la plaque de leur pelle fasse des étincelles : *Tout ira bien, ce n'est rien.*

Tamir était absent, le plus souvent. Il passait la majeure partie de ses journées à chercher un moyen de rentrer au pays, sans le moindre succès. S'il parlait avec Rivka ou Noam, il le faisait discrètement et ne partageait rien. Et au grand étonnement de Jacob, il voulait toujours visiter la ville, trimballant un Barak peu enthousiaste de monument en monument, de musée en musée, du Cheescake Factory au Ruth's Chris Steakhouse. Il était si facile pour Jacob de voir en Tamir ce qu'il ne voyait pas en lui-même : le refus d'admettre la réalité. Il faisait du tourisme pour éviter de regarder les choses en face.

La scène dans le stade fut suivie d'un plan du visage d'Adia, la petite Palestinienne dont la famille entière avait péri dans le séisme et qui avait été retrouvée, errant dans la rue, par un photoreporter américain. Cette histoire avait ému le monde entier et continuait de l'émouvoir. Peut-être tout simplement à cause de son beau visage. Peut-être à cause de la façon dont ils se tenaient la main. L'image faisait du bien dans ce contexte tragique, mais il était tragique, se disait Jacob, ou du moins malencontreux, que ce sentiment naisse de la rencontre entre une Palestinienne et un Américain. Max se mit à dormir avec une photo d'elle découpée dans le journal, sous son oreiller. Quand l'orphelinat d'Adia fut détruit et qu'elle fut portée disparue, Max fut lui aussi porté disparu. Tout le monde savait où il était – seuls sa voix, son regard et ses dents étaient cachés –, mais personne ne savait comment l'atteindre.

« Tu m'écoutes ? demanda Julia, agitant la main devant le visage de Jacob.

– Quoi ?

– Tu regardes la télé pendant que je te parle ?

– Du coin de l'œil.

– Je suis consciente que le Moyen-Orient sombre dans le chaos et que le monde entier est au bord du gouffre, mais ce qui se passe ici est plus important, là, tout de suite. »

Elle se leva pour éteindre la télévision. Jacob crut entendre le poste pousser un soupir de soulagement.

« Va promener Argos, et réglons ça.

– Il ira gémir à la porte quand il en aura vraiment besoin.

– Pourquoi le forcer à en arriver là ?

– Quand ce sera l'heure, je voulais dire.

– Tu crois qu'il faut d'abord parler à Sam ? Avant les autres ?

– Ou alors Sam et Max. Au cas où l'un des deux se mette à pleurer. Benjy fera comme eux, alors il vaut mieux leur donner une chance de digérer la nouvelle et de se remettre de leurs émotions.

– Ou qu'ils pleurent tous ensemble, dit Julia.

– D'abord Sam, peut-être. C'est sans doute lui qui va réagir le plus violemment – quelle que soit sa réaction –, mais c'est aussi lui qui est le plus capable de l'accepter. »

Julia toucha un des livres d'art posés sur la table basse.

« Et si moi, je pleure ? » demanda-t-elle.

Jacob fut saisi par la question, il eut envie de toucher Julia – de lui poser la main sur l'épaule, sur la joue, de sentir les crêtes et les vallées de leurs empreintes digitales s'emboîter –, mais il ignorait si c'était encore acceptable. Son immobilité pendant la conversation ne semblait pas être le signe d'une froideur de sa part, mais créait un espace autour d'elle. Et si elle pleurait ? Bien sûr qu'elle allait pleurer. Ils allaient tous pleurer. À chaudes larmes. Ce serait horrible. Cela allait gâcher la vie des enfants. Des dizaines de milliers de personnes allaient mourir. Israël serait détruit. Il voulait tout cela, non parce qu'il recherchait l'horreur, mais parce qu'imaginer le pire l'en protégeait – envisager la fin du monde lui permettait de parer au quotidien.

Des années auparavant, alors qu'ils allaient rendre visite à Isaac, Sam avait demandé depuis la banquette arrière de la voiture : « Dieu est partout, hein ? »

Jacob et Julia avaient échangé un de leurs regards qui signifiait *d'où est-ce que ça sort, ça*.

Jacob s'était chargé de répondre : « C'est ce que pensent les gens qui croient en Dieu, oui.

– Et Dieu a toujours été partout ?

– Il faut croire.

– Alors y a un truc qui m'échappe, poursuivit Sam sans quitter des yeux la lune précoce qui les suivait. Si Dieu est partout, où est-ce qu'Il a mis le monde quand Il l'a fabriqué ? »

Jacob et Julia échangèrent un nouveau regard, de stupeur cette fois.

Julia se tourna vers Sam, qui regardait toujours par la fenêtre, ses yeux ne cessant de retourner à leur point de départ comme le chariot d'une machine à écrire, et dit : « Tu es formidable.

– OK, fit Sam. Mais où est-ce qu'Il l'a mis ? »

Ce soir-là, Jacob avait effectué quelques recherches et appris que la question de Sam avait inspiré d'innombrables réflexions depuis des millénaires, et que la réponse la plus répandue s'appuyait sur le concept kabbalistique du *tsimtsoum*. En gros, Dieu était bien partout, et comme Sam l'avait supposé, quand Il voulut créer le monde, il n'y avait nulle part où le mettre. Alors Il se fit plus petit. Certains y voient un acte de contraction, d'autres un acte de dissimulation. La création exigeait de s'auto-effacer, et pour Jacob, c'était le signe de la plus extrême humilité, de la plus pure générosité.

À présent, assis à côté d'elle, répétant l'horrible conversation, Jacob se demanda si tout au long de ces années, il n'avait pas mal interprété les espaces qui entouraient Julia : son silence, ses pas en arrière. Ce n'étaient peut-être pas des réflexes de défense, mais le signe de la plus extrême humilité, de la plus pure générosité. Et s'il s'agissait moins d'un effacement que d'un appel ? Ou des deux à la fois ? Effacement et appel ? Et plus précisément : de la volonté de construire un monde pour leurs enfants, et même pour Jacob.

« Tu ne pleureras pas, lui dit-il, tâchant d'entrer dans son espace.

– Ce serait mal ?

– Je ne sais pas. J'imagine, à tout prendre, qu'il vaudrait mieux ne pas leur imposer ça. Imposer n'est pas le bon terme. Je veux dire… Tu vois ce que je veux dire.

– Oui. »

Il fut surpris, et encore plus saisi, par ce *oui*.

« On va répéter ça quelques dizaines de fois et ça ne te fera plus le même effet.

– Il est impossible que ça ne me détruise pas.

– Et la montée d'adrénaline te permettra de retenir tes larmes.

– Tu as sans doute raison. »

Tu as sans doute raison. Il y avait longtemps – il avait *l'impression* qu'il y avait longtemps, aurait rectifié le Dr Silvers – qu'elle ne s'en était plus remise au jugement émotionnel de Jacob. Il s'était habitué à ce qu'elle monte sur ses ergots par pur réflexe. La douceur de ces mots – *tu as sans doute raison* – le désarma. Il n'avait pas besoin d'avoir raison, mais il avait besoin de cette douceur. Et si au lieu de monter si souvent sur ses ergots, ou de balayer d'un revers de main le point de vue de Jacob, elle lui avait donné du *tu as sans doute raison ?* Il lui eût été très facile alors de céder à cette douceur.

« Et si tu dois pleurer, dit Jacob, eh bien pleure.

– Tout ce que je veux, c'est leur faciliter la tâche.

– Impossible.

– Autant que faire se peut, du moins.

– Quoi qu'il arrive, on s'en sortira. »

On s'en sortira. Quelle étrange assurance, songea Julia, alors que l'objet de la conversation qu'ils répétaient était précisément qu'ils n'arrivaient pas à s'en sortir. Pas ensemble. Et pourtant, son assurance prenait la forme collective : *on* s'en sortira.

« Je vais me chercher un verre d'eau, dit-elle. Tu en veux un ?

– J'irai gémir à la porte quand j'en aurai un besoin pressant.

– Tu crois que les enfants sont perdants dans l'affaire ? » l'interrogea-t-elle en se dirigeant vers la cuisine. Jacob se demanda si le verre d'eau n'était pas une simple excuse pour éviter de le regarder en face en lui posant cette question.

« Je vais allumer la télé une seconde. Sans le son. Il faut que je voie ce qui se passe.

– Et ce qui se passe ici ?

– Je suis là. Tu m'as demandé si je pensais que les enfants étaient perdants. Oui, je crois que c'est la seule façon de considérer les choses. »

Une carte du Moyen-Orient : des flèches courbes indiquant les mouvements des différentes armées. Il y avait eu des escarmouches, pour la plupart avec la Syrie et le Hezbollah, dans le

Nord. Les Turcs adoptaient un ton de plus en plus hostile, et la toute nouvelle Transarabie amassait avions et troupes dans ce qui s'appelait encore récemment la Jordanie. Mais on pouvait encore contenir, maîtriser et raisonnablement nier tout cela.

Jacob dit : « Je te rassure, moi aussi je vais pleurer.

– Quoi ?

– Je veux bien un verre d'eau.

– Je n'ai pas entendu ce que tu as dit.

– J'ai dit, même si tu ne me vois pas pleurer, je pleurerai. »

C'était – il avait l'impression que c'était – la chose à dire. Il avait toujours su – toujours eu l'impression – que Julia croyait avoir une relation affective plus forte avec les enfants, que le fait d'être une mère, ou une femme, ou simplement elle-même, créait un lien qu'un père, un homme ou Jacob était incapable de créer. Elle le suggérait tout le temps l'air de rien – semblait-il – et le disait sans ambages de temps à autre, même si elle se débrouillait toujours pour le glisser dans une conversation sur tout ce qui rendait unique la relation de Jacob avec ses fils, comme le fait qu'ils s'amusent ensemble.

La perception qu'avait Julia de leurs identités parentales respectives se révélait généralement de la manière suivante : profondeur et amusement. Julia leur donnait le sein. Jacob les faisait mourir de rire pendant les repas en en faisant des tonnes quand il mimait un avion pour qu'ils ouvrent la bouche. Julia avait un besoin viscéral, incontrôlable, d'aller les voir pendant qu'ils dormaient pour vérifier que tout allait bien. Jacob les réveillait si le match de base-ball allait jusqu'aux prolongations. Julia leur apprenait des mots comme « nostalgie », « angoisse » et « pensif ». Jacob aimait bien dire : « Il n'y a pas de gros mots, rien que des mots utilisés à mauvais escient » pour justifier le soi-disant recours à bon escient de mots comme « trouduc » et « merdique », que Julia détestait au moins autant que les enfants les adoraient.

Il y avait une autre façon de concevoir la dichotomie entre profondeur et amusement, que Jacob avait passé d'innombrables heures à évoquer avec le Dr Silvers : lourdeur et légèreté. Julia alourdissait tout, créant de la place pour exprimer toute émotion intime, engageant une conversation approfondie sur la moindre remarque, vantant perpétuellement la valeur de la tristesse. Jacob avait l'impression que la plupart de leurs soucis n'en étaient pas et que ceux qui en étaient pouvaient être traités par le divertissement, la nourriture, l'exercice physique ou le passage du temps. Julia voulait toujours donner à l'existence des enfants un soupçon de gravité : sorties culturelles, voyages à l'étranger, films en noir et blanc. Jacob ne voyait rien de mal – il y voyait même de grands avantages – à leur proposer des activités plus espiègles, plus bébêtes : parc aquatique, matchs de base-ball, mauvais films de superhéros, qui leur donnaient beaucoup de plaisir. Pour elle, l'enfance était une période de formation de l'âme. Pour lui, c'était le seul moment de la vie où l'on pouvait se sentir en sécurité et heureux. Chacun voyait la myriade de défauts et l'absolue nécessité de la conception de l'autre.

« Tu te souviens, il y a des années de ça, quand mon amie Rachel est venue à notre Séder ? demanda Julia.

– Rachel ?

– De l'école d'archi ? Tu te souviens, elle était venue avec ses jumeaux ?

– Celle qui avait perdu son mari.

– Oui. Il avait fait un infarctus à la salle de gym.

– Une histoire édifiante.

– Tu t'en souviens ?

– Bien sûr, on l'avait invitée par compassion, cette année-là.

– Je crois qu'elle est allée à la yeshiva quand elle était petite, ou qu'elle a reçu une éducation religieuse stricte. Je ne m'en étais pas rendu compte et j'avais eu la honte de ma vie.

– Pourquoi ?

– Parce qu'on est des Juifs incultes.

– Mais elle s'était régalée, non ?

– Oui.

– Alors tu n'as aucune raison d'avoir honte.
– C'était il y a des années.
– La honte est le Parmalat des émotions. »

Julia partit d'un énorme éclat de rire – en tout cas, ce fut l'impression de Jacob. Un rire irrépressible au milieu de leurs calculs stratégiques.

« Qu'est-ce qui te fait penser à elle ? »

Le silence peut être aussi irrépressible que le rire. Et il peut s'accumuler comme des flocons de neige tout légers. Il peut faire crouler un toit.

« Je ne sais pas vraiment », dit Julia.

Jacob tâcha de dévier l'angle de la conversation : « Tu t'es peut-être souvenue de ce que ça fait d'être jugée.

– Peut-être. Je ne crois pas qu'elle m'ait jugée. Mais c'est ce que j'ai ressenti.

– Et tu as peur de te sentir jugée ? » demanda Jacob.

Quelques nuits plus tôt, Julia s'était réveillée comme après un cauchemar, mais elle ne se souvenait pas d'avoir rêvé. Elle était descendue à la cuisine, était tombée sur le trombinoscope de Georgetown Day dans le tiroir fourre-tout, et avait obtenu la confirmation que Benjy serait bientôt le seul enfant de sa classe à avoir deux adresses.

« J'ai peur que notre famille soit jugée, répondit-elle.

– Tu te juges, toi ?

– Pas toi ?

– C'est moi qu'on va inviter par compassion cette année, non ? »

Julia sourit, reconnaissante de sa tentative de diversion.

« Pourquoi cette année devrait-elle être différente de toutes les autres ? »

Leur premier rire partagé depuis des semaines.

Jacob n'avait plus l'habitude de tant de chaleur, et il en fut troublé. Ce n'était pas ce à quoi il s'était attendu quand il avait répété en vue de cette répétition de conversation. Il avait imaginé une réaction subtilement passive-agressive. Il supposait qu'il allait avoir droit à un assortiment de vacheries puisqu'il n'aurait jamais le cran – les résultats de l'analyse coût-avantage de l'autodéfense ne tournant pas en sa faveur – de recourir au petit arsenal de ripostes qu'il avait préparées.

Le Dr Silvers l'avait exhorté à être là, tout simplement, à supporter la douleur en silence (au lieu de la renvoyer), et à résister au désir d'obtenir certains résultats. Mais Jacob pressentait que la situation exigerait une capacité de réaction tout sauf orientale. Il devrait éviter de dire des choses qui pourraient être utilisées contre lui à l'avenir, puisque tout serait enregistré pour l'éternité. Il devrait donner l'impression de céder (en ayant recours à d'innocentes affirmations et en assurant changer d'avis pour approuver une position qui était déjà secrètement la sienne), sans lâcher un pouce de terrain. Il devrait avoir la ruse de quelqu'un de trop rusé pour lire un livre sur la ruse du samouraï.

Mais à mesure que la conversation prenait forme, Jacob n'éprouvait plus le besoin de se maîtriser. Il n'y avait rien à gagner ; il fallait seulement se protéger de la défaite.

« Il existe des familles de toutes sortes, reprit Julia. Ça ne te semble pas être un bon point de départ ?

– Si.

– Certaines familles ont deux papas. D'autres ont deux mamans.

– Certaines familles vivent dans deux maisons ?

– Là, Max en déduira qu'on achète une maison de vacances et sera tout excité.

– Une maison de vacances ?

– Au bord de l'océan. Certaines familles vivent dans deux maisons : une à la ville, l'autre au bord de l'océan. »

Une *maison de vacances*, songea Julia, qui se laissa volontairement gagner par la perplexité comme l'aurait fait Max. Elle et Jacob avaient abordé le sujet – pas une maison au bord de l'océan, c'était bien au-dessus de leurs moyens, mais un endroit douillet quelque part. C'était la grande nouvelle qu'elle voulait annoncer à Mark ce fameux jour, avant qu'il ne lui rappelle à quel point elle menait une existence dénuée de nouvelles. Une maison de vacances, ç'aurait été bien. Peut-être même assez bien pour faire marcher les choses un moment, ou stimuler une famille fonctionnelle jusqu'à ce qu'une autre solution temporaire soit trouvée. *L'apparence du bonheur.* S'ils arrivaient à sauver les apparences – pas aux yeux des autres, mais selon l'idée qu'ils se faisaient de la vie –, ils s'approcheraient peut-être assez du vrai bonheur pour faire marcher les choses.

Ils pourraient voyager plus souvent : l'organisation d'un voyage, le voyage lui-même, la décompression : cela leur ferait gagner un peu de temps.

Ils pourraient suivre une thérapie de couple, mais Jacob entretenait une étrange loyauté envers le Dr Silvers, qui aurait fait de la consultation de tout autre psychologue un acte de transgression (une transgression plus grande, apparemment, que le fait de réclamer une giclée de foutre fécal d'une femme qui n'était pas son épouse) ; et quand Julia envisageait la perspective d'un grand déballage, le temps et le coût de deux séances hebdomadaires qui se termineraient dans un silence douloureux ou des discussions sans fin, elle ne parvenait pas à rassembler l'espoir nécessaire.

Ils auraient pu faire exactement ce qu'elle avait passé sa vie professionnelle à réaliser et sa vie personnelle à condamner : une rénovation. Il y avait tant de choses à améliorer dans leur maison : réaménager la cuisine (de nouveaux ustensiles, au minimum, mais pourquoi pas un nouveau plan de travail, un nouvel électroménager, dans l'idéal tout reconfigurer pour mieux circuler et désencombrer la vue) ; aménager une nouvelle salle de bains pour leur chambre ; de nouveaux rangements ; ouvrir l'arrière de la maison sur le jardin ; installer des Velux dans les douches de l'étage ; finir le sous-sol.

« Une maison où habitera maman et une autre où habitera papa.

– D'accord, dit Jacob, je joue le rôle de Sam.

– D'accord.

– Vous allez déménager en même temps ?

– On va essayer, oui.

– Et il va falloir que je trimballe mes affaires d'une maison à l'autre tous les jours ?

– On habitera tout près de façon à pouvoir faire le trajet à pied, dit Julia. Et ce ne sera pas tous les jours.

– Tu peux vraiment faire cette promesse ? C'est moi qui parle, là.

– Je crois que c'est une promesse réaliste, vu la situation.

– Et comment on va se partager la garde ?

– Je ne sais pas, répondit Julia, mais ce ne sera pas un jour sur deux.

– Et qui habitera ici ? Je rejoue Sam.

– Une famille sympathique, j'espère.

– Nous aussi on est une famille sympathique.

– Oui, c'est vrai.

– Est-ce que l'un d'entre vous a trompé l'autre ?

– Jacob.

– Quoi ?

– Il ne posera pas ce genre de question.

– D'abord, il pourrait très bien le faire. Ensuite, c'est une des choses auxquelles, même si elles sont très improbables, il faut absolument savoir répondre.

– Très bien, dit Julia. Je joue Sam.

– Très bien.

– Est-ce que l'un d'entre vous a trompé l'autre ?

– Je joue qui ? demanda Jacob. Moi ? Toi ?

– Toi.

– Non. Il ne s'agit pas de ça.

– Mais j'ai vu ton téléphone.

– Attends, il l'a vu ?

– Je ne crois pas.

– Tu ne crois pas ? Ou tu en es sûre ?

– Je ne crois pas qu'il l'ait vu.

– Alors pourquoi tu dis ça ?

– Parce qu'on n'a pas idée de ce qu'un enfant peut savoir. Et quand il m'a aidée à le débloquer…

– Il t'a aidée à le débloquer ?

– Je ne savais même pas à qui était ce téléphone.

– Et il a vu… ?

– Non.

– Tu lui as dit…

– Bien sûr que non. »

Jacob se remit dans la peau de son personnage.

« Ce que tu as vu était un échange avec l'un des auteurs de ma série. On s'est envoyé le dialogue d'une scène dans laquelle deux personnages se disent des choses très déplacées.

– C'est convaincant, dit Julia, en son propre nom.

– Et toi, maman ? demanda Jacob. Tu as trompé papa ?

– Non.

– Même pas avec Mark Adelson ?

– Non.

– Tu ne l'as pas embrassé à la simulation des Nations unies ?

– C'est vraiment utile, Jacob ?

– Attends, je vais jouer ton rôle.

– Tu vas jouer mon rôle ?

– Oui, Sam, j'ai embrassé Mark à la simulation des Nations unies. Ce n'était pas prémédité…

– Je n'utiliserais jamais un mot pareil.

– Ce n'était pas prévu. Je n'y ai même pas pris plaisir. C'est arrivé, voilà tout. Je regrette que ce soit arrivé. J'ai présenté mes excuses à ton père et il les a acceptées. Ton père est vraiment quelqu'un de bien…

– On a compris.

– Non, sérieusement, fit Jacob, comment on va expliquer notre raisonnement ?

– Notre raisonnement ? »

Ils ne prononçaient jamais le mot « divorce ». Jacob aurait pu se résoudre à le dire parce que ça ne risquait pas d'arriver. Mais il ne voulait pas l'ébruiter. Julia, elle, ne pouvait pas le dire parce qu'elle n'était pas si sûre d'elle. Elle ne savait pas comment le placer.

Si elle était tout à fait franche, il n'était pas facile pour elle de donner les raisons pour lesquelles elle mettait en pratique ce mot qu'ils n'arrivaient pas à prononcer. Elle n'était pas heureuse, mais pas non plus certaine que son malheur ne ferait pas le bonheur de quelqu'un d'autre. Il y avait en elle des désirs non assouvis – en grande quantité –, mais c'était sans doute le cas de tout le monde, marié ou pas. Elle voulait plus, mais ignorait s'il y avait plus. Il fut un temps où ne pas savoir était stimulant. Ça s'apparentait à de la foi. Désormais, elle se sentait agnostique. Ne restait plus que le sentiment de ne pas savoir.

« Et s'ils veulent savoir si on se remariera un jour ? demanda Julia.

– Je ne sais pas. Tu comptes te remarier ?

– Absolument pas, dit-elle, appuyant quatre doigts sur sa lèvre inférieure.

– Tu parais bien sûre de toi.

– Sûre et certaine.

– Toi qui doutais de tout en permanence, et ce n'est pas une critique.

– J'imagine que j'avais moins de preuves que ce serait une erreur.

– La seule preuve que tu aies, c'est que notre façon de faire les choses n'a pas marché pour toi.

– Je suis prête à commencer un nouveau chapitre.

– Le célibat ?

– Peut-être.

– Et Mark ?

– Quoi, Mark ?

– Il est sympa. Beau gosse. Tu ne veux pas tenter le coup ?

– Comment peux-tu être déjà prêt à tirer un trait sur moi ?

– Non. Non, c'est juste que vous avez l'air de bien vous entendre et…

– Ne t'en fais pas pour moi, Jacob. Je m'en sortirai.

– Je ne m'en fais pas pour toi. »

Cette remarque lui sembla malvenue.

Il tenta de la reformuler : « Je ne m'en fais pas plus pour toi que toi pour moi. »

Ça non plus, ce n'était pas très heureux.

« Mark est un *mensch* », déclara Billie depuis le seuil de la pièce. Est-ce que le tissu d'ameublement les générait spontanément, comme la viande avariée les asticots ?

« Billie ?

– Bonjour, dit-elle, tendant la main à Jacob. On ne se connaît pas, même si j'ai beaucoup entendu parler de vous. »

En quels termes, exactement ? voulut demander Jacob, qui lui serra la main et dit : « Moi aussi, j'ai beaucoup entendu parler de toi. » Un mensonge. « En bien, évidemment. » La vérité.

« J'étais là-haut pour aider Sam à écrire son discours d'excuse pour la bar-mitsva, et on s'est aperçus qu'on ne savait pas exactement en quoi consistent des excuses. Est-ce qu'il faut explicitement faire un désaveu ? »

Jacob lança à Julia un regard qui signifiait *t'as vu son vocabulaire.*

« Est-ce qu'il peut se contenter de décrire ce qui s'est passé et de s'expliquer ? Est-ce que les mots “Je vous demande pardon” sont absolument nécessaires ?

– Pourquoi Sam ne nous pose-t-il pas lui-même la question ?

– Il est allé promener Argos. Et il m'a demandé de le faire.

– Je vais monter vous donner un coup de main dans un petit moment, répondit Jacob.

– Je ne suis pas sûre que ce soit nécessaire, ni même souhaitable, à vrai dire. Il faudrait simplement qu'on sache ce que vous entendez par présenter des excuses.

– Je crois qu'un désaveu explicite est requis, indiqua Julia. Mais pas besoin de dire "Je vous demande pardon".

– C'est l'intuition que j'avais, dit Billie. OK. Bon, merci. »

Elle fit demi-tour pour quitter la pièce, mais Julia la rappela : « Billie.

– Oui ?

– Tu as entendu notre conversation ? Ou seulement que Mark est sympa.

– Je sais pas.

– Tu ne sais pas si tu as entendu quelque chose ? Ou ça te gêne de répondre ?

– La deuxième.

– C'est simplement que…

– Je comprends.

– On n'en a pas encore discuté avec les garçons…

– Je comprends bien.

– Et on ne peut pas le sortir de son contexte, intervint Jacob.

– Mes parents ont divorcé. Je comprends.

– On réfléchit à la façon de présenter les choses, ajouta Jacob. On défriche le terrain.

– Tes parents ont divorcé ? demanda Julia.

– Oui.

– Quand ça ?

– Il y a deux ans.

– Je suis désolée de l'apprendre.

– Je ne me sens pas responsable de leur divorce, et vous non plus, vous ne devriez pas.

– Tu es drôle, dit Julia.

– Merci.

– De toute évidence, le divorce ne t'a pas empêchée de devenir une personne formidable.

– Bah, on ne saura jamais ce que je serais devenue sans ça.

– Tu es vraiment drôle.

– Je vous remercie vraiment.

– On sait que ça te met dans une position délicate, déclara Jacob.

– C'est pas grave, dit Billie avant de tourner une nouvelle fois les talons.

– Billie ? appela Julia.

– Oui ?

– Tu décrirais le divorce de tes parents comme une perte ?

– Pour qui ?

– Je veux changer mon vœu, lança Benjy.

– Benjy ?

– Je dois remonter, dit Billie, qui repartit vers la porte.

– Tu n'es pas obligée, répondit Julia. Reste.

– J'ai fait le vœu que vous croyiez Sam.

– Qu'on le croie à quel sujet ? demanda Jacob en asseyant Benjy sur son genou.

– Je dois vraiment remonter, répéta Billie avant de grimper l'escalier.

– Je sais pas, dit Benjy. C'est juste que je l'ai entendu parler à Max et il a dit qu'il aimerait que vous le croyiez. Alors je fais le même vœu que lui.

– Ce n'est pas qu'on ne le croit pas, expliqua Jacob, de nouveau en colère contre Julia parce qu'elle était incapable de prendre le parti de Sam.

– Alors qu'est-ce que c'est ?

– Tu veux savoir de quoi Sam et Max parlaient ? » demanda Julia.

Benjy hocha la tête.

« Sam a été puni à l'école hébraïque parce qu'on a trouvé sur son pupitre un morceau de papier sur lequel étaient écrits des gros mots. Il dit que ce n'est pas lui qui l'a fait. Son professeur est sûr que c'est lui.

– Alors pourquoi vous le croyez pas ?

– Ce n'est pas qu'on ne le croit pas, expliqua Julia. On veut toujours prendre le parti de nos enfants. Mais on ne pense pas que Sam dise la vérité, cette fois. Ça ne fait pas de lui un mauvais garçon. Et on ne l'aime pas moins pour autant. C'est notre façon de lui montrer notre amour. On essaie de lui rendre service. Ça arrive à tout le monde de commettre des erreurs. J'en commets tout le temps. Papa aussi. Et on espère tous être pardonnés. Mais pour ça, il faut faire des excuses. Les gens bien ne commettent pas moins d'erreurs que les autres, mais ils n'hésitent pas à s'excuser. »

Benjy médita sur ces paroles.

Il tendit le cou pour regarder Jacob en face et lui demanda : « Alors pourquoi toi, tu le crois ?

– Maman et moi croyons la même chose.

– Toi aussi, tu penses qu'il a menti ?

– Non, moi aussi je pense que tout le monde fait des erreurs et qu'il faut savoir leur pardonner.

– Mais tu crois qu'il a menti ?

– Je ne sais pas, Benjy. Et maman non plus. Il n'y a que Sam qui sait.

– Mais est-ce que tu *penses* qu'il a menti ? »

Jacob posa les mains sur les cuisses de Benjy et attendit l'intervention de l'ange du Seigneur. Mais aucun ange n'apparut. Ni aucun bélier. Jacob répondit : « On pense qu'il ne dit pas la vérité.

– Vous pourriez appeler monsieur Schneiderman pour lui demander de changer mon message ?

– Bien sûr qu'on peut le faire, assura Jacob.

– Mais comment on peut lui donner mon nouveau vœu sans le dire ?

– Et si tu l'écrivais et que tu le lui donnais directement ?

– Il est déjà là-bas.

– Où ça ?

– Au Mur des lamentations.

– En Israël ?

– Je crois.

– Oh, alors ne t'inquiète pas. Je suis sûr que son voyage a été annulé et que tu auras l'occasion de changer de vœu.

– Pourquoi ?

– À cause du séisme.

– Quel séisme ?

– Il y a eu un séisme en Israël, la semaine dernière.

– Un gros ?

– Tu ne nous as pas entendus en parler ?

– Vous parlez souvent de choses sans en parler avec moi. Est-ce que le Mur va tenir ?

– Bien sûr, dit Julia.

– S'il y a une chose qui tiendra, ajouta Jacob, c'est bien le Mur. Il tient depuis plus de deux mille ans.

– Oui, mais il y avait trois autres murs, avant.

– Il y a une fabuleuse histoire à ce sujet », poursuivit Jacob, espérant qu'il serait capable de se remémorer le récit qu'il venait de faire miroiter à son fils. L'histoire dormait au fond de lui depuis qu'on la lui avait racontée à l'école hébraïque, il ne se souvenait plus dans quelles circonstances. Il n'y avait plus jamais repensé, mais elle était encore là, faisait partie de lui – une partie qu'il voulait transmettre. « Quand l'armée romaine a conquis Jérusalem, ordre fut donné de détruire le Temple.

– C'était le Second Temple, dit Benjy. Parce que le premier avait été détruit.

– C'est exact. Bravo à toi. Bref, trois murs se sont effondrés, mais le quatrième a résisté.

– Résisté ?

– Lutté. S'est défendu.

– Un mur ne peut pas se défendre.

– Ne s'est pas laissé détruire.

– OK.

– Il a tenu bon contre les marteaux, les pioches et les massues. Les Romains ont fait charger le mur par des éléphants, ils ont tenté d'y mettre le feu, ils ont même inventé la boule de démolition.

– Cool.

– Mais rien, apparemment, ne pouvait faire tomber le quatrième mur. Alors, le soldat chargé de la destruction du Temple a annoncé à son commandant qu'ils avaient détruit trois des murs du Temple. Mais au lieu d'admettre qu'ils n'arrivaient pas à démolir le quatrième, il a proposé de le laisser tel quel.

– Pourquoi ?

– Comme preuve de leur grandeur.

– Je comprends pas.

– Quand les gens verraient le mur, ça leur rappellerait l'immensité du Temple, l'adversaire qu'ils avaient vaincu.

– Quoi ? »

Julia clarifia : « Ils verraient à quel point le Temple était grand.

– Oui », fit Benjy en réfléchissant à ce qu'il venait d'entendre.

Jacob se tourna vers Julia. « Il n'existe pas une organisation en Europe qui reconstruit des synagogues détruites à partir de leurs fondations ? C'est un peu la même chose.

– Ou le mémorial du 11-Septembre.

– Il y a un mot pour ça. Je l'ai entendu, une fois… Une *shul.* Oui, c'est ça, *shul.*

– Comme synagogue ?

– C'est une merveilleuse coïncidence, mais non. C'est tibétain.

– Où est-ce que tu as appris un mot tibétain ?

– Aucune idée, dit Jacob. Mais je l'ai appris.

– Alors ? Tu attends qu'on sorte un dictionnaire tibétain ?

– Je peux me tromper, mais je crois qu'il s'agit d'une trace physique. Comme une empreinte. Ou la rigole formée par un filet d'eau. Ou dans le Connecticut – l'herbe écrasée à l'endroit où Argos a dormi.

– Comme un ange de neige, dit Benjy.

– Celle-là est super, fit Julia, qui tendit la main vers son visage.

– Sauf qu'on ne croit pas aux anges. »

Jacob posa la main sur le genou de Benjy. « Ce que j'ai dit, c'est qu'il y a des anges dans la Torah, mais que le judaïsme n'encourage pas vraiment…

– Mon ange, c'est toi, dit Julia à Benjy.

– Et toi tu es ma petite souris », répondit-il.

Jacob aurait pu faire le vœu d'apprendre ses leçons de vie avant qu'il ne soit trop tard pour les appliquer. Mais comme le mur dans lequel il l'aurait glissé, un tel vœu rappelait son immensité.

Après que Benjy eut quitté la pièce, et qu'ils en eurent fini avec la répétition, et que Max eut fait un second repas qui n'était pas des lasagnes aux épinards, et que la porte qui séparait Sam et Billie du reste du monde fut jugée assez entrouverte, Jacob décida d'aller faire des courses qui ne s'imposaient pas à la quincaillerie : acheter un tuyau d'arrosage plus court et plus facile à ranger, refaire le plein de piles AAA, peut-être caresser avec convoitise quelques outils électriques. En chemin, il appela son père.

« J'abandonne, dit-il.

– Tu appelles avec l'oreillette Bluetooth ?

– Oui.

– Eh ben enlève-la, que je puisse t'entendre.

– C'est illégal de tenir son téléphone à la main en conduisant.

– Et ça donne le cancer, aussi. C'est le prix à payer. »

Jacob porta son téléphone à son oreille et dit : « J'abandonne.

– Bonne nouvelle. Tu parles de quoi ?

– Enterrons grand-père ici.

– Vraiment ? demanda Irv, qui semblait à la fois surpris, heureux et dévasté. Qu'est-ce qui t'a fait changer d'avis ? »

La raison – qu'il fût convaincu par le pragmatisme de son père, ou fatigué de réorganiser sa vie pour passer du temps à veiller un cadavre, ou qu'il fût trop préoccupé par l'enterrement de sa propre famille pour mener le combat jusqu'au bout – importait peu. Il leur avait fallu huit jours, mais leur décision était prise :

ils enterreraient Isaac à Judean Gardens, un cimetière tout ce qu'il y a de plus ordinaire, assez joli, à une demi-heure de Washington. Il aurait de la visite, passerait l'éternité auprès de sa famille, et même si ce n'était ni la première ni la millième escale d'un hypothétique Messie qui se faisait attendre, Celui-ci finirait bien par venir jusque-là.

LA VERSION AUTHENTIQUE

Glaucome, esquisse vermoulue d'un avatar, se trouvait au milieu d'un bosquet de citronniers virtuel – la propriété privée, clairement délimitée et ceinte de barbelés, d'une entreprise de limonade qui avait recours à des vidéos assez drôles, mettant en vedette des acteurs assez crédibles, pour convaincre des consommateurs intéressés, mais peu motivés, que la boisson qu'ils buvaient avait un goût d'authenticité. Sam détestait ces multinationales presque autant qu'il se détestait de n'être qu'un énième rouage décérébré avalant docilement, un sourire idiot aux lèvres, tout ce qu'on lui servait, tout en haïssant les multinationales et en clamant haut et fort sa haine pour elles. Il n'entrerait jamais par effraction dans la vraie vie. Il avait trop le sens de l'éthique et il était trop lâche. (Parfois, il avait du mal à faire la différence entre les deux.) Mais c'était un des nombreux, très nombreux avantages d'Other Life – cela expliquait peut-être même pourquoi il y était accro : c'était l'occasion d'oublier un peu son sens de l'éthique et d'être un peu moins lâche.

Glaucome entrait par effraction, oui, mais il n'était pas là pour mettre le feu, couper des arbres, *faire* des graffitis (est-ce le verbe adéquat ?), ni même pour le plaisir d'entrer par effraction. Il était venu là pour être seul. Parmi les rangées de troncs apparemment sans fin, sous la couette de citrons, il serait tranquille. Il n'éprouvait pas vraiment le *besoin* d'être seul. « Besoin » était un mot que la mère de Sam aurait pu utiliser.

« Tu as besoin de faire tes devoirs avant qu'on passe à table ?
– *Finir*, disait-il, prenant un grand plaisir à la corriger.
– Tu as besoin de finir tes devoirs avant qu'on passe à table ?
– Besoin ?
– Oui. Besoin. »

Ça ne lui faisait pas plaisir d'avoir l'air de prendre un grand plaisir à jouer au petit malin avec elle. Mais il en avait *besoin.* Il avait besoin de lutter contre son instinct de s'accrocher à elle ; il avait besoin de s'aliéner ce qu'il avait besoin d'attirer à lui, mais plus que tout, il avait besoin de ne plus être l'objet des besoins de Julia. C'était physique. Ce n'était pas le besoin permanent qu'elle avait de l'embrasser qui lui répugnait, mais ses efforts manifestes pour maîtriser ce besoin. Il était dégoûté – révolté, écœuré – par sa manie de le toucher à la dérobée : de le recoiffer en faisant durer son geste plus que nécessaire, de lui tenir la main tout en lui coupant les ongles (ce qu'il pouvait faire tout seul, mais qu'il avait besoin qu'elle fasse pour lui, dans les limites du strict nécessaire). Et ses regards à la dérobée : quand il sortait d'une piscine ou, pire, qu'il retirait son T-shirt pour le mettre directement dans la machine à laver. Ce qu'elle volait lui était volé à lui, et cela lui inspirait non seulement du dégoût et de la colère, mais l'envie de résister. Tu peux avoir ce que tu veux, mais tu ne peux pas le prendre.

Glaucome recherchait la solitude dans un bosquet de citronniers parce que Sam observait la shiv'ah pour Isaac, évitant toute conversation avec des membres de la famille dont le processeur central était programmé pour l'humilier. Pour quelle autre raison un cousin éloigné qu'il n'avait pas vu depuis des années aurait-il éprouvé le besoin de lui parler de son acné ou de sa voix qui muait ? De lui faire un clin d'œil en l'interrogeant sur ses petites amies ?

Glaucome recherchait la solitude. Non pour être seul, mais pour être loin des autres. C'est différent.

> Sam ?
> …
> Sam, c'est toi ?
> À qui tu parles ?
> À toi.
> À moi ?
> À toi. Sam.
> Qui est-tu ?
> Je savais que c'était toi.
> Qui savait ?
> Tu ne me reconnais pas ?

Reconnaître ? L'avatar qui s'adressait à Glaucome était un lion à la somptueuse crinière arc-en-ciel ; un gilet en daim marron aux boutons opalescents, largement caché sous un smoking blanc dont la queue de pie lui tombait sur la queue (elle-même ornée d'un cœur en zircon cubique) ; des dents blanchies largement cachées par des lèvres (si tant est qu'un lion ait des lèvres) maquillées de rouge ; un museau légèrement trop humide ; des pupilles de rubis (la vraie pierre, pas la couleur) ; et des griffes de nacre gravées de cœurs, de symboles de la paix et d'étoiles de David. Si c'était bon, c'était très bon. Mais est-ce que ça l'était vraiment ?

Il n'y eut pas d'identification. Seules la surprise d'avoir été découvert dans un moment de réflexion, et la honte d'avoir été reconnu et nommé.

Il était possible, en théorie, pour quelqu'un disposant des connaissances techniques suffisantes, mais doté de trop peu de joie de vivre, de remonter de Glaucome à Sam. Toutefois cela réclamait des efforts dont il n'imaginait pas capable quelqu'un qu'il connaissait – ou plutôt quelqu'un qui *le* connaissait. Sauf peut-être Billie.

En dehors des tentatives prodigieusement piteuses et veules de ses parents afin de « vérifier » l'usage qu'il faisait de son ordinateur, Sam n'en revenait pas du nombre de fois où il était passé entre les gouttes.

La preuve : il volait à l'étalage dans l'épicerie du coin de la rue qui portait encore le nom de sa famille au-dessus de l'entrée, la boutique que son arrière-grand-père avait ouverte à l'époque où il avait plus de frères morts que de mots d'anglais à son vocabulaire. Il avait volé assez de junk food – assez de paquets de Cheetos (percés avec la pointe d'un trombone déplié pour le vider de son air et en réduire le volume), assez de bâtons de Mentos qu'il avait fourré dans ses poches – aux honnêtes immigrés coréens, qui posaient des tranches de citron à côté de la caisse pour humidifier leurs doigts et manipuler plus facilement les espèces, pour ouvrir sa propre épicerie, mais en lui donnant un nom différent, de préférence sans lui donner aucun nom, de préférence en l'appelant : ÉPICERIE. Pourquoi volait-il autant ? Pas pour manger ce qu'il prenait. Il ne l'avait jamais fait, pas une seule fois. Il rapportait toujours, absolument toujours, la marchandise – ce qui constituait une prouesse bien plus remarquable en matière d'activités illégales que le vol. Il le faisait pour se prouver qu'il en était capable, et pour se prouver qu'il était infernal, et pour se prouver que tout le monde s'en fichait.

La preuve : la quantité (en téraoctets) de porno qu'il consommait et la quantité (en litres) de sperme qu'il disséminait. « Sous leur nez » était peut-être une formule malheureuse, mais comment de soi-disant parents pouvaient-ils ignorer totalement qu'une fosse commune pleine de sperme était creusée dans leur propre jardin ?

La shiv'ah lui rappelait beaucoup de choses – la mortalité de ses grands-parents et de ses parents, sa propre mortalité et celle d'Argos, et le réconfort évident que l'on peut tirer de rituels dont le sens nous échappe –, mais surtout sa première branlette, également à une shiv'ah. C'était à la réception qui avait suivi l'enterrement de sa grand-tante Doris. Même s'ils l'appelaient grand-tante Doris, leur lien était plus distant que ça, impliquant quelques parents au deuxième degré. (Et son grand-père avait insinué, après quelques verres d'une vodka très coûteuse, qu'elle n'avait aucun lien de parenté avec eux.) En tout cas, elle ne s'était jamais mariée, n'avait pas d'enfants, et affichait sa solitude pour se rapprocher du tronc de l'arbre généalogique de la famille.

Les membres réunis de cette famille aux liens distendus étaient en train de grignoter quand, tel Moïse recevant l'appel d'un buisson rabougri, Sam courut à la salle de bains. Il avait compris que le moment était venu, même s'il ignorait comment s'y prendre. Il utilisa du gel pour les cheveux, ce jour-là, parce que c'est la première chose qui lui tomba sous la main et que c'était visqueux. Plus les va-et-vient de son poing s'accéléraient sur son manche, plus il soupçonnait qu'un événement de grande importance était en train de se produire – qui ne relevait pas d'un simple plaisir physique, mais était empreint d'une dimension mystique. Cela lui faisait de plus en plus de bien, il serra plus fort et son plaisir fut décuplé, et puis, en un petit spasme pour l'homme, l'humanité franchit d'un pas de géant le canyon qui séparait sa petite vie pitoyable et factice du royaume désinhibé, apaisé et assuré où il voulait passer le restant de ses jours et de ses nuits sur terre. De son pénis jaillit une substance dont il devrait admettre qu'il l'adorait plus que quiconque dans sa vie, plus qu'aucune autre idée, qu'il l'adorait tellement qu'elle devint son ennemie. Parfois, dans des moments moins dignes, il irait jusqu'à parler à son sperme qui coagulait dans son nombril. Parfois, il le regarderait droit dans sa centaine de millions de paires d'yeux et lui dirait simplement : « Ennemis. »

La première fois fut une révélation. Les quelques premiers milliers de fois. Il se branla de nouveau ce jour-là, et encore une fois, et remit ça le soir même. Il se branla avec la détermination de celui qui aperçoit le sommet de l'Everest, après avoir perdu tous ses amis et ses sherpas, et est à court d'oxygène, mais préfère la mort à l'échec. Voilà comment il se palucha. Il utilisa chaque fois du gel pour les cheveux, sans jamais penser aux effets dermatologiques potentiels liés à l'application répétée sur son pénis d'une substance conçue pour sculpter les cheveux.

Au bout de trois jours, ses poils pubiens étaient aussi rêches que des cure-pipes, et son sexe squameux.

Du coup, il se branla à l'aloe vera. Mais la couleur verte était cognitivement dissonante, elle lui donnait l'impression de baiser une extraterrestre, dans le mauvais sens du terme. Alors, il passa à la lotion hydratante.

Savant fou de la masturbation, il cherchait toujours de nouvelles façons de donner à sa main l'apparence d'un vagin. Il eût été préférable pour lui d'avoir une expérience authentique avec un authentique vagin, mais son incapacité à ne pas entendre « authentrique » rendait cette possibilité aussi futile que son utilisation du mot futile. Quoi qu'il en soit, Internet n'était rien de moins qu'une bible gynécologique, et quoi qu'il en soit, il y a des choses que l'on sait d'instinct, un peu comme un bébé qui s'arrêterait de ramper s'il se retrouvait au bord d'une falaise – un fait dont il était sûr à quatre-vingt-quinze pour cent. Quand, cinq années plus tard – des années infiniment, cosmiquement et injustement longues –, il eut sa première vraie expérience sexuelle avec une vraie fille – pas Billie, à son grand malheur, mais une fille juste sympa, intelligente et jolie –, il fut surpris par l'exactitude de ce qu'il avait imaginé. Il savait tout depuis le début. Peut-être que s'il avait su qu'il savait, il aurait enduré plus facilement toutes ces années.

Il utilisait son poing à sec ; son poing lubrifié avec : du miel, du shampoing, de la vaseline, de la crème à raser, du riz au lait, du dentifrice (une seule fois), les restes du tube de Bepanthen que ses parents n'arrivaient pas à jeter, alors qu'ils étaient capables de jeter toutes les choses vraiment importantes. Il fabriqua un vagin artificiel avec un rouleau de papier-toilette, recouvrant une extrémité avec du film étirable (maintenu par des élastiques), remplissant le tube de sirop d'érable, puis recouvrant l'autre extrémité de film étirable (et d'autres élastiques) dans lequel il découpait une fente. Il baisait les oreillers, les couvertures, les aspirateurs de piscine, les animaux en peluche.

Il se branlait sur le catalogue Victoria's Secret, le numéro spécial maillots de bain de *Sport Illustrated,* les petites annonces de Backpage dans *City Paper,* les pubs de soutiens-gorge JCPenney dans le magazine *Parade*, et sur tout ce qui était susceptible, par la seule force de son imagination toute-puissante et opiniâtre, de lui évoquer un cul, un vagin, un téton ou une bouche (dans cet ordre). Bien sûr, il avait un accès gratuit et illimité à plus de porno qu'on ne pouvait en voir au cours des existences de tous les citoyens chinois mises bout à bout, mais même un obsédé anal de douze ans comprend la corrélation entre le travail mental requis et la puissance de l'éjaculation, d'où son fantasme absolu d'intercepter une vierge arabe avant qu'elle se fasse baiser par un martyr, de passer la tête sous sa burqa et, dans cet obscur néant sensoriel digne de l'espace infini, d'envoyer sa langue en orbite autour de Sonanus. Pouvait-on vraiment croire que cela n'ait rien à voir avec la religion, ou l'appartenance ethnique, ou le tabou ?

Il se passait des élastiques autour du poignet – l'élastique étant à la masturbation ce que la farine est à la pâtisserie – pour engourdir ses doigts au point de ne plus sentir que c'étaient les siens. Cela fonctionnait à merveille, et il faillit perdre sa main. Il plaçait des miroirs de façon à voir son trou du cul mais pas le reste de son corps, et parvint à se convaincre que c'était celui d'une femme qui voulait qu'il la prenne par-derrière. Il se masturbait avec sa main dominante et sa main passive – sa main intacte et sa main mutilée – et pratiquait la brûlure indienne à deux mains sur son sexe. Pendant plusieurs mois, il eut une prédilection pour ce qu'il appelait – pour personne d'autre que lui-même, bien sûr – la « Prise Roger Ebert[1] » : le poignet à l'envers, donc pouce tourné vers le bas. (Pour des raisons qu'il ne s'expliquait pas, et n'éprouvait pas le besoin de connaître, cela lui donnait l'impression que sa main était celle

1. Critique de cinéma reconnu.

de quelqu'un d'autre.) Il fermait les yeux et cessait de respirer jusqu'à se sentir partir. Il baisait la plante de ses pieds comme une espèce de maharishi en rut. S'il avait voulu détacher son pénis de son corps, il n'aurait pu le serrer ni le tirer plus fort, et c'est un miracle qu'il ne se soit jamais blessé, même si, quand il se donnait du plaisir, il sentait de façon profondément irrémédiable qu'il se faisait mal, qu'il le fallait, et qu'il était né avec cet autre savoir élémentaire.

Il se masturbait dans les toilettes des trains, des avions, de son école et de l'école hébraïque, des librairies, de Gap, Zara et Uniqlo, des restaurants, dans les toilettes de toutes les maisons où il était entré depuis qu'il était en âge d'éjaculer dans des toilettes.

Combien de fois avait-il tenté de se sucer ? (Comme pour Tantale, quand il se penchait, le fruit se dérobait à lui.) Il tenta aussi de s'enculer tout seul, mais cela réclamait de pousser sa bite en érection dans une direction qu'elle se refusait à prendre, comme un pont-levis qu'on s'efforcerait vainement de faire toucher l'eau. Il était capable de se frotter le scrotum autour du trou du cul, mais cela ne faisait que l'attrister.

Il tomba un jour sur un argument assez convaincant, dans une communauté d'adeptes de l'anulingus, préconisant de s'enfoncer un doigt dans le cul tout en se branlant. Une fois qu'il apprit à son sphincter à ne plus avoir le réflexe de se changer en menottes chinoises, ce fut assez agréable, quoique assez bizarre. C'était comme être un saladier dont le bord plein de pâte à gâteaux était nettoyé frénétiquement par un gros gourmand – à savoir : lui. Il était vraiment capable de trouver sa prostate, et comme promis, il voyait à travers les murs quand il éjaculait. Mais il n'y avait rien d'autre à voir que la pièce cradingue d'à côté. C'était le fait de retirer le doigt qui gâchait tout. D'abord, juste après avoir joui, tout ce qui semblait non seulement agréable mais logique, nécessaire et inévitable devenait inexplicable, tordu et répugnant. On peut toujours minimiser, voire nier, presque tout ce qu'on vient de faire ou dire, mais pas un doigt dans un cul. Soit on l'y laisse, soit on le retire. Et il est impossible de l'y laisser.

Sam ne se sentait jamais à l'aise dans son corps – ni dans des vêtements qui ne lui allaient pas, ni dans sa ridicule imitation d'un marcheur non handicapé –, sauf quand il se masturbait. Quand il se masturbait, il était maître de son corps et l'habitait. Il était décontracté et naturel, il était lui-même.

> C'est MOI.
> Je ne suis pas plus avancé. Et arrête d'écrire en majuscules.
> c'est moi.
> Billie ?
> Billie ?
> Max ?
> Non.
> Grand-papi ?
> NOAM.
> Arrête de crier.
> noam. ton cousin.
> Mon cousin israélien, Noam ?
> Non, ton cousin suédois, Noam.
> Très drôle.
> Et israélien.
> Ton père et ton petit frère sont là.
> Je sais. Mon père m'a envoyé un mail depuis le cimetière.
> C'est bizarre. Il a dit qu'il n'arrivait pas à vous joindre.
> Il voulait sans doute dire par téléphone. On s'envoie tout le temps des mails.
> On fait la shiv'ah chez mon grand-père.
> Oui, ça aussi, je le sais. Il m'a envoyé une photo du saumon.
> Pourquoi ?
> Parce qu'il y en avait. Et parce que le monde n'est pas assez réel pour lui tant qu'il ne le prend pas en photo avec son téléphone.

> Tu as un plus bon anglais que moi.

> « Un meilleur anglais ».

> Voilà.

> Bref, je voulais te présenter « Toutes mes condoléances » en bonne et due forme.

> Je n'aime pas faire les choses en bonne et due forme.

> Je te souhaite moins de tristesse. Ça te va ?

> Comment t'as fait pour me trouver ?

> Comme toi tu m'aurais trouvé si tu avais pris la peine de chercher. C'est pas dur.

> Je ne savais pas que tu étais dans Other Life.

> J'y passais presque toutes mes journées avant. Mais je n'étais encore jamais venu dans ce bosquet.

> Moi non plus, je n'étais jamais venu dans ce bosquet.

> Tu aimes bien les gens qui répètent des morceaux de phrases sans que ce soit nécessaire ? Comme tu viens de le faire ? Tu aurais pu dire : « Moi non plus », mais tu as repris ce que j'ai dit et tu te l'es approprié. J'ai dit : « Je n'étais encore jamais venu dans ce bosquet », et tu as dit : « Moi non plus, je n'étais jamais venu dans ce bosquet. »

> J'aime bien les gens qui répètent des morceaux de phrases sans que ce soit nécessaire, effectivement.

> Si j'utilisais des émoticônes, j'en aurais mis une, là.

> Je suis ravi que tu ne le fasses pas.

> Pas le temps pour Other Life dans l'armée.

> Trop de vraie vie ?

> Je ne crois pas à la vraie vie.

> ;)

> Je me laisse vraiment aller. Regarde-moi ces ongles.

> Te regarder ? Regarde-moi, plutôt ! J'ai encore du placenta sur le visage.

> ???

> Mon père a commis un avataricide.

> Pourquoi ?

> Il a accidentellement reniflé un Bouquet de Fatalité.

> Pourquoi ?

> Parce qu'il porte son sphincter autour du cou et que ça a coupé la circulation sanguine vers son cerveau. Bref, je suis en phase de reconstruction et je ne suis pas vraiment satisfait de mes progrès.

> Tu as l'air… vieux.

> Oui. Je suis devenu comme mon arrière-grand-père.

> Pourquoi ?

> Pour les mêmes raisons qui me feront vieillir dans la vraie vie, j'imagine ? Je veux dire, dans cette vie.

> Tu as besoin d'un fruit de résilience ?

> Quelques centaines de milliers ne me feraient pas de mal.

> Je peux t'en donner des miens.

> Je plaisantais.

> Pas moi.

> Pourquoi tu ferais ça ?

> Parce que tu en as besoin et pas moi. T'en veux 250 000 ?

> 250 000 !

> Arrête de crier.

> Ça a dû te prendre un an.

> Ou trois.

> Je ne peux pas accepter.

> Bien sûr que si. Un cadeau de bar-mitsva.

> Je ne sais même pas si je vais la faire.

> Une bar-mitsva, ça ne se fait pas. Ça se passe tout seul.

> Je ne sais même pas si ça va se passer.

> Est-ce que les bébés savent qu'ils naissent ?

> Ils pleurent.

> Alors pleure.

> Où tu es ?

> Chez moi pour encore deux heures.

> Je croyais que tu étais dans un endroit dangereux.

> Tu connais ma mère.

> Ton père a dit que tu étais en Cisjordanie.

> J'y étais. Mais je suis revenu la veille du séisme.

> Merde, j'arrive pas à croire qu'on discute depuis si longtemps et que je ne t'aie toujours pas demandé comment ça va. C'est nul. Pardon.

> C'est pas grave. N'oublie pas, c'est moi qui t'ai trouvé.

> Je suis nul.

> Je vais bien. Tout le monde va bien.

> Qu'est-ce qui se serait passé si tu avais été en Cisjordanie ?

> J'en sais rien du tout.

> Imagine.

> Pourquoi ?

> Parce que je suis curieux.

> Ben, si on avait été coincés là-bas pendant le séisme, j'imagine qu'on aurait dû organiser une sorte de camp de base temporaire en attendant d'être secourus.

> Quelle sorte de camp de base ?

> Ce qu'on aurait pu trouver. Peut-être occuper un immeuble.

> Entourés de gens voulant votre mort ?

> Ça ne nous aurait pas beaucoup changé.

> Ils vous auraient lancé des trucs ?

> Des trucs ?

> Des grenades ou je sais pas quoi.

> Ça n'existe pas, une « grenade ou je sais pas quoi ». Une arme, c'est précis.

> D'accord.

> Peut-être. Peut-être pas. Ils auraient peut-être eu leurs propres problèmes à régler.

> Ça n'aurait pas été une bonne chose.

> Je ne vois pas dans quel cas, ça aurait été une bonne chose.

> Quel aurait été le pire scénario ?

Comme son père, Sam était obsédé par les pires scénarios. Il était facile de comprendre pourquoi ils le fascinaient, mais dur d'expliquer le réconfort qu'ils lui procuraient. Peut-être établissaient-ils une distance avec sa propre vie rangée. Ou peut-être le fait d'envisager l'issue la plus horrible favorisait-il une espèce de préparation mentale et de résignation. Peut-être étaient-ils simplement des objets acérés – comme ces vidéos qu'il détestait mais dont il avait besoin – lui permettant de faire sortir ce qu'il avait à l'intérieur de lui.

Quand il était en sixième, sa classe de l'école hébraïque avait regardé un documentaire sur les camps de concentration. Il n'avais jamais vraiment compris si le prof l'avait fait par paresse (une façon acceptable de faire sauter deux heures de cours), ou parce qu'il ne pouvait ou ne voulait leur faire un cours sur le sujet, ou qu'il était confronté à l'impossibilité de l'aborder autrement qu'en le leur montrant en images. Même à l'époque, Sam avait eu l'impression d'être trop jeune pour voir une chose pareille.

Ils étaient assis à leur pupitre pour droitier, et le prof – dont tous se souviendraient du nom jusqu'à la fin de leur vie – avait marmonné quelques mots insignifiants pour situer le contexte, l'origine et leur livrer un avertissement, puis appuyé sur Lecture. Ils regardèrent des files de femmes nues, dont beaucoup serraient leur enfant contre leur poitrine. Ils pleuraient – les mères et les enfants –, mais pourquoi se contentaient-ils de pleurer ? Pourquoi étaient-ils si obéissants ? Si bons ? Pourquoi les mères ne couraient-elles pas ? Pourquoi ne cherchaient-elles pas à sauver leurs enfants ? Pourquoi ne protégeaient-elles pas leurs enfants ? Il valait mieux se faire tuer en tentant de s'échapper que marcher vers sa propre mort. Une chance infime vaut infiniment mieux que pas de chance du tout.

Ceux qui n'étaient encore que des enfants regardaient, assis à leur pupitre ; ils virent des hommes creuser leur propre fosse commune puis s'agenouiller dedans, mains sur la nuque. Pourquoi creusaient-ils leur propre tombe ? Puisqu'ils allaient se faire tuer dans tous les cas, pourquoi faciliter la tâche de leurs assassins ? Pour les quelques instants de vie supplémentaires ? Ça pouvait se comprendre. Mais comment parvenaient-ils à garder leur calme ? Parce qu'ils croyaient que cela leur ferait gagner quelques instants de vie supplémentaires ? Peut-être. Une chance infime vaut infiniment mieux que pas de chance du tout, mais un instant de vie vaut une éternité. Sois un bon petit Juif, creuse une bonne petite tombe de Juif, mets-toi à genoux comme un *mensch* et, tel que la maîtresse de maternelle de Sam, Judy Shore, le disait : « Prends ce qu'on te donne et tais-toi. »

Ils regardèrent des images granuleuses d'êtres humains devenus des cobayes scientifiques – des jumeaux morts, Sam ne pouvait pas ne pas s'en souvenir, encore accrochés l'un à l'autre sur une table. Étaient-ils accrochés comme ça dans la vie ? Il ne pouvait pas ne pas se poser la question.

Ils virent des images des camps libérés : des monceaux de centaines ou de milliers de cadavres squelettiques, genoux et coudes pliés dans le mauvais sens, bras et jambes tordus selon des angles impossibles, les yeux si profondément enfoncés qu'on ne les voyait plus. Des montagnes de cadavres. Des bulldozers mettant à l'épreuve la croyance d'un enfant qu'un cadavre n'éprouve plus aucune douleur.

Qu'est-ce que cela lui avait appris ? Que les Allemands étaient – sont encore – horribles, horribles, horribles, non seulement capables d'arracher des enfants à leurs mères avant de déchiqueter leur petit corps, mais qui plus est avides de le faire ; et que sans l'intervention des non-Allemands, les Allemands auraient assassiné tous les hommes, femmes et enfants juifs de cette planète ; et que bien sûr son grand-père avait absolument raison, même s'il passait pour un fou, quand il disait qu'un Juif ne devrait jamais acheter de produits allemands d'aucune sorte ni d'aucune taille, ne jamais remplir la bourse d'un Allemand, ne jamais aller en Allemagne, ne jamais manquer de se hérisser au son de cette ignoble langue de sauvages, ne jamais avoir davantage d'interactions que le strict nécessaire avec quelque Allemand de quelque âge que ce soit. Qu'il fallait inscrire cela sur l'encadrement de sa porte et sur son portail.

Ou bien cela lui avait appris que tout ce qui est arrivé peut se reproduire, qu'il est probable que cela se reproduise, qu'il faut que cela se reproduise, que cela se reproduira.

Ou bien cela lui avait appris que son existence était, sinon le résultat de, du moins inextricablement liée à, la souffrance profonde, et qu'il y avait une sorte d'équation existentielle, quelle qu'elle soit et quelles qu'en soient les implications, entre sa vie et leur mort.

Ou alors cela ne lui avait rien appris, mais laissé une impression. Quelle impression ? De quelle impression s'agissait-il ?

Sam ne parla pas à ses parents de ce qu'il avait vu. Ne chercha ni explication ni réconfort. Et on lui conseilla vivement – presque toujours de façon non intentionnelle et extrêmement subtile – de ne jamais poser de question à ce sujet, de ne même jamais en reconnaître l'existence. Cela ne fut donc jamais mentionné, jamais abordé, un perpétuel sujet de non-conversation. Où que l'on regardât, ça n'existait pas.

Son père était obsédé par les démonstrations d'optimisme, l'accumulation fantasmée de biens et faire des plaisanteries ; sa mère, par le contact physique avant de dire au revoir, l'huile de foie de morue, les vêtements d'extérieur et la meilleure chose à faire ; Max par l'empathie poussée à l'extrême et l'aliénation auto-imposée ; Benjy par la métaphysique et les principes de sécurité élémentaires. Et lui, Sam, courait toujours après quelque chose ; il en avait besoin. Quel était ce sentiment ? Il avait à voir avec la solitude (la sienne et celle d'autrui), avec la souffrance (la sienne et celle d'autrui), avec le sentiment de culpabilité (le sien et celui d'autrui), avec la honte (la sienne et celle d'autrui), avec la peur (la sienne et celle d'autrui). Mais aussi avec une croyance obstinée, une dignité obstinée, une joie obstinée. Et pourtant, ce n'était rien, ni la somme de tout cela, précisément. C'était le sentiment de judéité. Mais en quoi consistait ce sentiment ?

IL Y A DES CHOSES QUI SONT DIFFICILES À DIRE AUJOURD'HUI

Israël continuait de considérer que la situation était gérable, mais maintenait son espace aérien fermé, laissant des centaines de milliers d'Israéliens coincés en vacances, et empêchant d'entrer les Juifs désireux de se rendre utiles. Tamir tenta de s'incruster dans un avion-cargo de la Croix-Rouge, d'obtenir une autorisation spéciale par l'intermédiaire de l'attaché militaire de l'ambassade, chercha à superviser un transport de matériel de construction. Mais impossible de rentrer au pays. Il fut peut-être la seule personne reconnaissante d'assister à l'enterrement – cela lui accorda quelques heures de paix.

Au cimetière, Sam portait son costume de bar-mitsva mal ajusté. Le porter était la seule chose qui l'horripilait encore plus que ne l'avait fait l'opération achat : la chambre de torture des miroirs, le secours peu secourable de sa mère, le tailleur – un survivant dont la fonction confinait à la pédophilie – qui avait palpé non pas une, ni deux, mais trois fois l'entrejambe de Sam avec ses doigts parkinsoniens, et lui avait dit : « C'est pas la place qui manque. »

Tamir et Barak portaient un pantalon et une chemisette – leur tenue de prédilection en toute occasion, que ce soit pour aller à la synagogue, à l'épicerie, à un match de basket du Maccabi Tel Aviv, ou à l'enterrement du patriarche de la famille. Ils voyaient tout type de formalité – d'habillement, de discours, de comportement – comme une vulgaire atteinte à quelque droit divin d'être soi-même en toute circonstance. Jacob trouvait cela odieux, et enviable.

Jacob, lui, portait un costume noir avec une boîte d'Altoids dans la poche : objet d'une époque où il se souciait assez de son haleine pour la renifler dans la paume de sa main.

Julia portait la robe vintage A.P.C. qu'elle avait trouvée sur Etsy pour une bouchée de pain. Ce n'était pas à proprement parler une tenue d'enterrement, mais elle n'avait jamais eu l'occasion de la mettre bien qu'elle en ait eu envie, et depuis le toilettage drastique de la bar-mitsva, un enterrement était ce qui s'approchait le plus d'un événement mondain.

« Tu es belle, Julia, dit-elle à Jacob, se détestant aussitôt de l'avoir dit.

– Très belle, acquiesça Jacob, la détestant aussitôt de l'avoir dit, mais également surpris que ses compliments sur sa beauté comptent encore aux yeux de Julia.

– L'impact aurait été plus fort si je ne t'avais pas forcé la main.

– C'est un enterrement, Julia. Et merci.

– De quoi ?

– De m'avoir dit que j'étais beau. »

Irv portait toujours le même costume depuis la guerre des Six-Jours.

Isaac portait le même kittel que le jour de son mariage, celui qu'il revêtait une fois par an pour le jour du Grand Pardon, qu'il frappait du poing sur sa poitrine : *Pour les fautes que nous avons commises devant Toi par des paroles échappées de nos lèvres… Pour les fautes que nous avons commises devant Toi publiquement ou en secret… Pour les fautes que nous avons commises devant Toi par la dureté du cœur…* Le kittel n'avait pas de poches, car les morts doivent être enterrés sans aucune charge.

Une petite armée d'Adas Israël – par le nombre comme par la taille de ses membres – avait soufflé tel un coup de vent sur le deuil : ils avaient apporté des tabourets, recouvert les miroirs, s'étaient occupés des plateaux et avaient envoyé à Jacob une facture non détaillée qu'il lui était impossible de contester sans s'infliger le seppuku juif. Il y aurait un petit office, suivi de l'enterrement à Judean Gardens, suivi d'un petit kiddouch chez Irv et Deborah, suivi de l'éternité.

Tous les cousins du coin assistèrent à l'enterrement, et quelques vieux Juifs zinzins vinrent de New York, Philadelphie et Chicago. Jacob avait rencontré tous ces gens au cours de sa vie, mais seulement lors des rites de passage – bar-mitsvas, mariages, enterrements. Il ne savait pas comment ils s'appelaient, mais leur visage lui évoquait une espèce d'existentialisme pavlovien : si vous êtes là, si je vous vois, un événement d'importance doit être en train de se produire.

Le rabbin Auerbach, qui connaissait Isaac depuis des dizaines d'années, avait fait un AVC, un mois plus tôt, et confié l'office à son suppléant : le produit récent, jeune, échevelé, intelligent ou peut-être stupide de la pépinière à rabbins. Il était chaussé de baskets aux lacets défaits, ce que Jacob vit comme un hommage douteux à quelqu'un qui s'était probablement *nourri* de baskets dans les sombres forêts de Pologne. Mais c'était peut-être une sorte de témoignage religieux de révérence, comme de s'asseoir sur un tabouret ou de recouvrir les miroirs.

Il aborda Jacob et Irv avant le début de l'office.

« Toutes mes condoléances, dit-il, tendant ses mains en coupe comme si elles contenaient de l'empathie, de la sagesse, ou du vide.

– Oui, fit Irv.

– Il y a quelques rites…

– Ne vous fatiguez pas. Nous ne sommes pas pratiquants dans la famille.

– Cela dépend sans doute de ce qu'on entend par pratiquant, dit le rabbin.

– Sans doute pas, rétorqua Jacob pour soutenir son père ou l'inexistence de Dieu.

– Et notre position est un choix, renchérit Irv. Pas un signe de paresse, d'intégration ou d'inertie.

– Je respecte cela, dit le rabbin.

– Nous valons autant que n'importe quel autre Juif.

– Je suis sûr que vous valez mieux que beaucoup d'entre eux. »

Irv attaqua sans scrupule le rabbin : « Que vous le respectiez ou pas, ça n'a pas beaucoup d'importance pour moi.

– Cela aussi, je le respecte. Vous êtes un homme de conviction. »

Irv se tourna vers Jacob : « Rien ne le vexe, ce type.

– Allez, dit Jacob. C'est l'heure. »

Le rabbin leur expliqua les quelques petits rituels entièrement facultatifs qu'on attendait d'eux pour que soit accordé à Isaac le grand passage vers l'au-delà, quel qu'il soit, auquel croient les Juifs. Après ses réticences initiales, Irv parut non seulement disposé, mais aussi désireux de mettre les points sur les *zaïn* et les barres sur les *'hèt* – comme si l'affirmation de sa résistance suffisait à prouver sa résistance. Il ne croyait pas en Dieu. Il ne pouvait s'y résoudre, même si le fait de se prêter à ces âneries aurait pu lui apporter un réconfort dont il avait grandement besoin. Il y avait eu quelques moments – non de croyance, mais de pratique religieuse –, tous relatifs à Jacob. Quand Deborah avait commencé à avoir des contractions, Irv avait prié sans s'adresser à personne en particulier pour qu'elle et l'enfant aillent bien. À la naissance de Jacob, il avait prié, sans s'adresser à personne en particulier, pour que son fils lui survive de longues années, qu'il acquière plus de savoir et une meilleure connaissance de soi que lui-même, et qu'il soit plus heureux. À la bar-mitsva de Jacob, Irv s'était posté devant l'arche et avait dit une prière de gratitude sans l'adresser à personne en particulier, la voix tremblante, puis brisée, puis magnifiquement projetée, avec tellement de puissance et si peu de retenue qu'elle était encore éraillée lorsqu'il avait prononcé son discours durant la réception qui avait suivi. Quand Deborah et lui étaient dans la salle d'attente de l'hôpital George Washington, lisant sans les lire les magazines posés là, et que Jacob avait ouvert la porte si brusquement qu'il avait failli l'arracher de ses gonds, le visage baigné de larmes, la blouse baignée de sang, et qu'il avait fait de son mieux pour articuler : « Vous avez un petit-fils », Irv avait fermé les yeux, mais pour mieux voir l'obscurité, puis avait dit une prière qui ne s'adressait à personne en particulier et ne contenait rien, si ce n'était de la force. La somme de ces « personne en particulier » était le Roi de l'Univers. Il avait passé assez de temps à lutter contre ces âneries. Là, au cimetière, tous ces efforts lui semblèrent eux-mêmes être une ânerie.

Le rabbin récita une courte prière, sans en offrir de traduction ni en dévoiler le sens approximatif, et porta une lame de rasoir sur le revers de la veste d'Irv.

« J'ai besoin de ce costume pour la bar-mitsva de mon petit-fils. »

Parce qu'il n'entendit pas Irv, ou parce qu'il l'entendit, le jeune rabbin fit une petite incision et signifia à Irv de l'ouvrir – de la déchirer – avec les index. Il était ridicule, ce geste. C'était de la sorcellerie, un vestige du temps où on lapidait les femmes qui avaient des règles irrégulières, et une chose aberrante à faire à un costume Brooks Brothers. Mais Irv voulait enterrer son père dans le respect de la tradition et de la loi juives.

Il inséra les doigts dans l'incision, comme dans sa propre poitrine, et tira. Et quand le tissu se déchira, les larmes d'Irv coulèrent. Jacob n'avait pas vu son père pleurer depuis des années. Il ne se souvenait plus de la dernière fois que c'était arrivé. Il était même probable qu'il ne l'ait jamais vu pleurer.

Irv regarda son fils et murmura : « Je n'ai plus de parents. »

Le rabbin lui annonça que le moment était venu, avant que l'on sorte le cercueil du corbillard, de pardonner à son père et de demander pardon.

« Ça ira, dit Irv, rejetant la proposition.

– Je sais, fit le rabbin.

– Nous avons dit tout ce qui avait besoin d'être dit.

– Faites-le quand même, insista le rabbin.

– Je crois qu'il est stupide de s'adresser à un mort.

– Faites-le quand même. Je ne voudrais pas que vous ratiez cette dernière chance.

– Il est mort. Ça n'a plus d'importance pour lui.

– Mais vous, vous êtes vivant. »

Irv secoua la tête, et continua de la secouer, mais l'objet de son refus changea : du rituel à son incapacité d'y participer.

Il se tourna vers Jacob et lui dit : « Pardon.

– Tu es conscient que ce n'est pas moi qui suis mort.

– Oui, mais on finira tous les deux par l'être. Et on est là.

– Pardon pour quoi ?

– Une demande de pardon n'en est vraiment une que si elle est complète. Pardon pour tout ce qui mérite que je demande pardon. Pas besoin de contexte.

– Je croyais qu'on serait tous des monstres sans contexte.

– On est des monstres quoi qu'il arrive.

– Oui, ben, je suis un imbécile, aussi.

– Je n'ai pas dit que j'étais un imbécile.

– Très bien, alors c'est moi, l'imbécile. »

Irv posa la main sur la joue de Jacob et sourit presque.

« Commençons les festivités », dit-il au rabbin, s'approchant de l'arrière du corbillard.

Il posa les mains sur le cercueil d'un geste hésitant et baissa sa tête couverte. Jacob discerna quelques mots – il voulait tout entendre – sans parvenir à les comprendre.

Le murmure continua – après « Pardonne-moi », après « Je te pardonne ». Que disait-il ? Pourquoi les Bloch avaient-ils tant de mal à se parler de leur vivant ? Pourquoi Jacob ne pouvait-il s'allonger dans un cercueil assez longtemps pour connaître les indicibles sentiments de sa famille, puis revenir au monde des vivants, fort de ce qu'il aurait appris ? Ils réservaient leurs paroles à ceux qui ne pouvaient plus y répondre.

Le temps était beaucoup trop humide et le moindre discours improvisé eût été de trop. Les hommes suaient dans leurs sous-vêtements, dans leur chemise blanche et leur costume noir, ils suaient jusque dans les replis de leur mouchoir de poche. Ils perdaient en transpiration l'équivalent de leur poids, semblaient vouloir se changer en statues de sel, à l'image de la femme de Loth, ou toucher au néant, comme l'homme qu'ils étaient venus enterrer.

Si la plupart des cousins se sentaient obligés de dire quelques mots, aucun ne s'était senti obligé de préparer un bref discours, condamnant tout le monde à subir, dans cette humidité, plus d'une heure de généralités décousues. Isaac était courageux. Il avait du ressort. Il prodiguait de l'amour. Et l'antithèse gênante de ce que les goyim disent de leur bonhomme : il a survécu pour nous.

Max raconta la fois où son arrière-grand-père l'avait pris à part et, en dehors de tout anniversaire, Hanouka, bulletin scolaire éblouissant, récital ou rite de passage, lui avait dit : « Qu'est-ce que tu veux ? N'importe quoi. Dis-moi. Je veux que tu aies ce que tu veux. » Max lui avait répondu qu'il voulait un drone. Lors de la visite suivante de Max, Isaac l'avait de nouveau pris à part et lui avait offert un jeu de société qui s'appelait Reversi – soit une contrefaçon d'Othello, soit ce qu'Othello contrefaisait. Max fit remarquer aux endeuillés qu'il n'y avait peut-être pas de mot plus éloigné de « drone » que « Reversi ». Puis il hocha la tête, ou s'inclina, et retourna aux côtés de sa mère. Aucune morale, consolation ni signification.

Irv, qui avait commencé à préparer son discours bien avant la mort d'Isaac, choisit de garder le silence.

Tamir resta à l'écart. On ne savait pas trop s'il tentait de contenir son émotion ou d'en susciter chez les autres. Plus d'une fois, il utilisa son téléphone. Sa désinvolture était sans limite, tout paraissait glisser sur lui : la mort, les catastrophes naturelles. Encore un trait de sa personnalité qui agaçait Jacob et que celui-ci lui enviait presque systématiquement. Pourquoi Tamir ne ressemblait-il pas plus à Jacob ? Là était la question. Et pourquoi Jacob ne ressemblait-il pas plus à Tamir ? Là était l'autre question. S'ils se retrouvaient à mi-chemin, ils formeraient un Juif raisonnable.

Finalement, le rabbin s'avança. Il s'éclaircit la voix, remonta ses lunettes sur son nez et tira un petit carnet à spirale de sa poche. Il tourna quelques pages, puis le remit dans sa poche, après en avoir mémorisé le contenu ou s'être aperçu qu'il s'était trompé de carnet.

« Que pouvons-nous dire d'Isaac Bloch ? »

Il demeura silencieux assez longtemps pour faire naître une incertitude rhétorique. Posait-il vraiment une question ? Admettant qu'il ne connaissait pas Isaac assez bien pour savoir quoi dire ?

Que pouvons-nous dire d'Isaac Bloch ?

Très vite, le ciment frais de l'agacement qui s'était emparé de Jacob près du corbillard durcit tellement qu'on aurait pu se casser les poings dessus. Il détesta cet homme. Détesta sa rectitude paresseuse, ses manières à la con, sa façon obsessionnelle et caricaturale de se caresser la barbe, son col trop serré, ses lacets défaits et sa kippa de traviole. C'était un sentiment qui étreignait parfois Jacob, une haine tranchée, subite et éternelle. Ça lui était arrivé avec des serveurs, avec David Letterman, avec le rabbin qui avait accusé Sam. Plus d'une fois il était rentré d'un déjeuner avec un vieil ami, avec qui il avait traversé des dizaines de saisons au cours de sa vie, et avait dit à Julia, l'air de rien : « J'ai l'impression que c'est bientôt la fin. » Au début, elle ne voyait pas ce qu'il entendait par là – *la fin de quoi ? Pourquoi la fin ?* –, mais après avoir vécu des années avec un être aussi binaire et inflexible, un être aussi agnostique quant à sa propre valeur qu'il s'en trouvait assujetti à une certitude quasi religieuse quant à celle d'autrui, elle avait fini par le connaître, à défaut de le comprendre.

« Que peut-on dire de quelqu'un dont il y aurait tant à dire ? »

Le rabbin mit les mains dans les poches de sa veste, ferma les yeux et hocha la tête.

« Ce ne sont pas les mots qui nous font défaut, c'est le temps. Le temps nous manque – d'aujourd'hui jusqu'à la fin des âges – pour raconter la tragédie, l'héroïsme et la *tragédie* de la vie d'Isaac Bloch. Nous pourrions parler de lui jusqu'à notre propre enterrement, et le temps nous manquerait encore. J'ai rendu visite à Isaac le matin de sa mort. »

Attendez, *quoi ?* C'est possible, ça ? N'était-il pas censé être l'imbécile de rabbin qui était là parce qu'un côté de la bouche du bon rabbin avait cessé de fonctionner ? S'ils s'étaient arrêtés chez Isaac en rentrant de l'aéroport, auraient-ils croisé la route de cet homme ?

« Il m'a appelé et m'a demandé de venir. Rien dans sa voix n'indiquait qu'il s'agissait d'une urgence. Rien dans sa voix n'indiquait du désespoir. Mais un besoin, si. Alors, je suis allé chez lui. C'était la première fois que j'y allais. On ne s'était vus qu'une ou deux fois à la *shul,* et toujours en coup de vent. Il m'a demandé de m'asseoir à la table de la cuisine. Il m'a servi un verre de limonade, des tranches de pumpernickel, du melon. Un repas que beaucoup d'entre vous ont fait à sa table. »

De petits rires entendus.

« Il s'est exprimé lentement, avec effort. Il m'a parlé de la bar-mitsva de Sam et de la série de Jacob, de la première division posée par Max, de Benjy qui apprenait à faire du vélo, des projets de Julia, et des *mishegas*[1] d'Irv – le mot est de lui. »

Des rires. Il était en train de se les mettre dans la poche.

« Puis il m'a dit : "Rabbin, je n'éprouve plus de désespoir. Pendant soixante-dix ans, je n'ai fait que des cauchemars, mais

1. Mot yiddish signifiant : obsession, fixation absurde.

je n'en fais plus. Je n'éprouve plus que de la reconnaissance pour la vie que j'ai eue, pour chaque moment vécu. Pas seulement les bons moments. J'éprouve de la reconnaissance pour chaque moment de ma vie. J'ai vu tant de miracles." »

Soit il s'agissait du plus gros tas de bobards juifs jamais proférées par un rabbin ou n'importe qui d'autre, soit d'une plongée révélatrice dans la conscience d'Isaac Bloch. Seul le rabbin savait avec certitude – ce qu'il avait restitué fidèlement, ce qu'il avait embelli, ce qu'il avait fabriqué de toutes pièces à partir du talit. Quelqu'un avait-il déjà entendu Isaac employer le mot désespoir ? Ou reconnaissance ? Il aurait dit : « C'était horrible, mais ça aurait pu être pire. » Mais aurait-il dit une chose pareille ? Et reconnaissant pour quoi ? Et quels étaient tous ces miracles dont il avait été témoin ?

« Puis il m'a demandé si je parlais yiddish. Je lui ai répondu non. Il m'a dit : "Comment peut-on être rabbin sans parler yiddish ?" »

Des rires.

« Je lui ai dit que mes grands-parents parlaient yiddish à mes parents, mais que mes parents refusaient que je les écoute. Ils voulaient que j'apprenne l'anglais. Que j'oublie le yiddish. Il m'a confié qu'il avait fait la même chose, qu'il était le dernier membre de sa famille à parler yiddish, que cette langue l'accompagnerait dans son cercueil. Puis il a posé sa main sur la mienne et m'a dit : "Je vais vous apprendre une expression yiddish." Il m'a regardé dans les yeux et m'a dit : "*Kein briere iz oich a breire.*" Je lui ai demandé ce que ça signifiait. Il a retiré sa main et m'a dit : "Faites une recherche." »

D'autres rires.

« J'ai vraiment fait une recherche. Sur mon téléphone, dans ses toilettes. »

Encore des rires.

« *Kein briere iz oich a breire.* Cela signifie : "Ne pas avoir le choix est aussi un choix." »

Non, ces mots ne pouvaient pas être les siens. Ils étaient trop faussement perspicaces, tombaient trop à point nommé. On pouvait dire beaucoup de choses d'Isaac Bloch, mais pas qu'il était résigné.

Si ne pas avoir le choix était un choix, alors pas un seul jour il ne s'était retrouvé privé de choix à partir de 1938. La famille avait eu besoin de lui, surtout avant qu'il la fonde. Pour eux, il avait dû tourner le dos à ses grands-parents, ses parents et cinq de ses frères. Il avait dû se tapir dans ce trou avec Shlomo, marcher vers la Russie les jambes raides, manger ce qu'ils trouvaient dans les poubelles la nuit, se cacher, voler, fureter. Il avait dû se faire de faux papiers pour embarquer sur le bateau, raconter les bons mensonges à l'officier du service d'immigration des États-Unis, et travailler dix-huit heures par jour pour que l'épicerie soit rentable.

« Puis, poursuivit le jeune rabbin, il m'a demandé d'aller lui acheter du papier-toilette chez Safeway parce qu'il était en promotion. »

Tout le monde rit.

« Je lui ai dit qu'il n'avait plus besoin d'acheter du papier-toilette. C'était fourni par la maison de retraite. Il m'a décoché un sourire entendu et a dit : "Mais à ce prix-là..." »

D'autres rires, plus forts, plus francs.

« "C'est tout ?" je lui ai demandé. "C'est tout", il a répondu. "Vous vouliez que je vous dise quelque chose ? Ou vous, me dire quelque chose ?" Il m'a répondu : "Il y a deux choses dont on a tous besoin. La première, c'est de sentir qu'on est utile au monde. Vous êtes d'accord ?" J'ai acquiescé. "La deuxième, c'est du papier-toilette." »

Des rires encore plus forts.

« Je repense à un enseignement hassidique que j'ai reçu quand j'étudiais à l'école rabbinique. Il y a trois niveaux ascendants dans le deuil : les larmes, le silence et le chant. Comment faire notre deuil d'Isaac Bloch ? Par les larmes, le silence ou le chant ?

Comment faire le deuil de sa vie ? De l'époque juive à laquelle il a pris part et dont il a été un exemple ? Des Juifs qui parlent avec cette musique d'instruments cassés ; qui construisent leurs phrases à l'envers et ne comprennent pas le sens des expressions toutes faites ; qui disent *à moi* et pas *le mien*, *le peuple allemand* et pas *les nazis*, et qui supplient leurs proches en parfaite santé de prendre soin d'eux, au lieu de se réjouir en silence qu'ils soient en bonne santé ? De leurs bises qu'ils font résonner à plus de cent cinquante décibels, de cette écriture manuscrite tarabiscotée à la mode européenne ? Verse-t-on des larmes sur leur disparition ? Nous retranchons-nous en silence dans notre chagrin ? Ou chantons-nous leurs louanges ?

« Isaac Bloch n'était pas le dernier de son espèce, mais une fois éteinte, cette espèce le sera pour toujours. Nous les connaissons – nous avons vécu parmi eux, ils ont fait de nous les Juifs et les Américains, les fils et les filles, les petits-fils et les petites-filles que nous sommes –, mais le temps qui nous reste pour les côtoyer nous est compté. Et ils s'éteindront pour toujours. Et la seule chose que nous conserverons d'eux sera leur souvenir. Jusqu'à ce qu'il s'efface.

« Nous les connaissons. Nous les connaissons en versant des larmes pour leur souffrance, en cultivant le silence pour tout ce qu'il est impossible de dire et en chantant leur résistance inouïe. Il n'y aura plus jamais de vieux Juifs qui interprètent les bonnes nouvelles du journal télévisé comme la garantie d'une apocalypse imminente, qui se conduisent devant un buffet comme dans une épicerie avant une tempête de neige, qui glissent un doigt sur leur lèvre inférieure avant de tourner une page de leur Haggada Maxwell House. »

La haine de Jacob s'amollissait – elle ne s'évaporait pas, ne s'estompait même pas, mais perdait sa forme.

Le rabbin s'interrompit, joignit les mains, et soupira. « Tandis que nous sommes rassemblés devant la tombe d'Isaac Bloch, une guerre a lieu. Deux guerres. L'une est sur le point d'être déclarée. L'autre dure depuis soixante-dix ans. Le conflit qui s'annonce décidera de la survie d'Israël. Le plus ancien décidera de la survie de l'âme juive.

« La survie a toujours été la clé de voûte et la condition sine qua non de toute existence juive, sans que nous ayons jamais voulu qu'il en soit ainsi. Nous avons toujours eu des ennemis, toujours été chassés. On ne peut pas dire que tout le monde hait les Juifs, mais dans chaque pays où nous avons vécu, au cours de chaque décennie de chaque siècle, nous avons connu la haine.

« Alors, nous n'avons dormi que d'un œil, avons gardé une valise prête dans le placard et un billet de train aller simple dans notre poche de poitrine, contre notre cœur. Nous avons fait de notre mieux pour n'offenser personne et ne pas faire trop de bruit. Pour réussir, oui, mais sans trop attirer l'attention. Nous avons organisé notre vie autour de la volonté de la perpétuer – par nos histoires, nos mœurs, nos valeurs, nos rêves et nos angoisses. Comment nous le reprocher ? Nous sommes un peuple traumatisé. Et il n'est rien de plus puissant que le traumatisme pour altérer l'esprit et le cœur.

« Si on demandait à cent Juifs de choisir le livre juif du siècle, ils répondraient à l'unanimité : *Le Journal d'Anne Frank.* Si on leur demandait quelle est l'œuvre d'art juive du siècle, ils donneraient la même réponse. Alors même qu'il n'a été conçu ni comme un livre ni comme une œuvre d'art, ni au cours du siècle où la question leur a été posée. Mais son pouvoir d'attraction – symbolique, et par ses qualités propres – est écrasant. »

Jacob regarda autour de lui pour voir s'il était le seul à être étonné de la tournure que prenait le discours. Personne n'avait l'air déconcerté. Même Irv, qui ne savait manifester que son désaccord, opinait du chef.

« Mais cela nous est-il profitable ? Cela nous a-t-il été profitable de préférer l'émotion à la rigueur, la dissimulation à la quête, la victimisation à la volonté ? Personne ne peut reprocher à Anne Frank d'être morte, mais nous pourrions nous reprocher de nous approprier son histoire. Nos histoires sont si fondamentales à nos yeux qu'il est facile d'oublier que nous les choisissons. Nous choisissons d'arracher certaines pages de nos manuels d'histoire et d'en glisser d'autres dans notre mézouza. Nous choisissons de faire de la vie le critère de valeur ultime des Juifs, au lieu de faire la distinction entre les valeurs des différents types de vies qui existent, ou, plus radicalement, d'admettre qu'il y a plus important que le fait même d'être en vie.

« Tant d'aspects du judaïsme aujourd'hui – considérer Larry David comme le comble de la drôlerie, l'existence et la persistance de la princesse juive américaine, le culte de la maladresse, la peur de la colère divine, le glissement progressif de la discussion vers la confession – sont la conséquence directe de notre choix de remplacer notre Bible par le journal d'Anne Frank. Parce que la Bible juive, dont l'objectif est de définir et transmettre les valeurs juives, affirme très clairement que la vie en elle-même n'est pas l'ambition suprême. Mais la justice, si.

« Abraham demande à Dieu d'épargner Sodome parce que ses citoyens ont le sens de la justice. Non parce que la vie mérite, par principe, d'être sauvée, mais parce qu'il faut épargner la justice.

« Dieu détruit la terre par un déluge, n'épargnant que Noé, qui était "un homme juste dans son temps".

« Et puis il y a le concept des Tsadikim Nistarim – les trente-six justes de chaque génération, dont le mérite sauve le monde de la destruction. L'espèce humaine n'est pas sauvée parce qu'elle en vaut la peine, mais parce que le sens de la justice de quelques-uns justifie l'existence des autres.

« Un des tropes de mon éducation juive, et peut-être de la vôtre, est une phrase tirée du Talmud : "Qui sauve une vie sauve le monde entier." C'est un beau principe, qui vaut d'être suivi. Mais il ne faut pas lui donner plus de sens qu'il n'en renferme.

« Combien plus glorieux serait le peuple juif aujourd'hui si au lieu de *ne pas mourir,* notre ambition était de *vivre dans la justice.* Si au lieu de “On m’a fait cela”, notre mantra était “J’ai fait cela”. »

Le rabbin s’interrompit. Il cligna longuement des yeux et se mordit la lèvre inférieure.

« Il y a des choses difficiles à dire aujourd’hui. »

Il esquissa un semblant de sourire, le même qu’Irv avait esquissé en touchant le visage de Jacob.

« Le judaïsme a une relation particulière aux mots. Nommer une chose, c’est lui donner vie. “Que la lumière soit”, a dit Dieu, et la lumière fut. Pas de magie. Pas de mains levées ni de coup de tonnerre. Seule la parole a permis la création. C’est peut-être la plus puissante des idées juives : l’expression est générative.

« C’est la même chose avec le mariage. On dit “Oui”, et c’est fait. Être marié, que cela signifie-t-il réellement ? »

Jacob sentit son crâne s’embraser. Julia eut besoin de se dégourdir les doigts.

« Être marié revient à dire que l’on est marié. À le dire non seulement devant son époux ou son épouse, mais devant sa communauté et, si l’on est croyant, devant Dieu.

« Et ainsi en est-il avec la prière, la vraie prière, qui n’est jamais une requête, ni jamais une louange, mais l’expression d’une chose capitale que l’on ne peut formuler d’aucune autre manière. Comme l’a écrit Abraham Joshua Heschel : “La prière ne nous sauvera peut-être pas. Mais la prière nous rendra dignes d’être sauvés.” C’est l’expression qui fait de nous des êtres de valeur, des êtres justes. »

Le rabbin se remordit la lèvre inférieure et secoua la tête.

« Il y a des choses difficiles à dire aujourd’hui.

« Il arrive souvent que tout le monde dise ce que personne ne sait. Aujourd’hui, personne ne dit ce que tout le monde sait.

« Quand je pense aux guerres qui nous attendent – celle que nous devrons mener pour sauver notre vie et celle que nous devrons mener pour sauver notre âme –, je pense à notre plus grand guide, Moïse. Vous vous souvenez peut-être que sa mère, Yokébed, le cache dans un panier d'osier qu'elle dépose sur le Nil pour qu'il soit emporté par le courant, dans un dernier espoir de lui sauver la vie. Le panier est découvert par la fille de Pharaon. "Regardez ! dit-elle. Un petit Hébreu qui pleure." Mais comment savait-elle qu'il était hébreu ? »

Le rabbin s'interrompit, contenant l'agitation silencieuse de son auditoire, comme pour sauver de force la vie d'un oiseau qui ne demande qu'à prendre son envol.

Max prit la parole : « Sans doute parce que les Hébreux essayaient d'empêcher que leurs enfants soient tués, et que seuls des gens vivant une telle menace peuvent mettre leurs bébés dans un panier et les expédier sur un fleuve.

– Peut-être, dit le rabbin, chez qui l'assurance de Max ne suscita aucun plaisir condescendant, mais qui eut de l'admiration pour son raisonnement. Peut-être. »

Puis il imposa de nouveau le silence.

Sam parla à son tour : « Bon, je dis ça très sérieusement : peut-être qu'elle a vu qu'il était circoncis ? Non ? Elle dit : "Regardez."

– C'est possible », dit le rabbin en hochant la tête.

Et il replongea dans le silence.

« J'en sais rien, dit Benjy, mais peut-être qu'il pleurait en juif ?

– Comment peut-on pleurer en juif ? demanda le rabbin.

– J'en sais rien, répéta Benjy.

– Personne n'en sait rien, déclara le rabbin. Alors, essayons d'apprendre ensemble. Comment peut-on pleurer en juif ?

– J'imagine que les bébés ne parlent pas vraiment.

– Mais les larmes, parlent-elles ?

– Je ne sais pas.

– C'est étrange, dit Julia.

– Quoi donc ?

– Est-ce qu'elle ne l'aurait pas entendu pleurer ? C'est comme ça que ça se passe. On entend pleurer et on s'approche.

– Oui, oui.

– Elle dit : “Regardez ! Un petit Hébreu qui pleure.” *Regardez.* Elle a *vu* qu’il pleurait, mais ne l’a pas entendu.

– Alors, expliquez-moi ce que cela implique, dit le rabbin – sans paternalisme, sans air de supériorité morale.

– Elle a compris qu’il était hébreu car seuls les Juifs pleurent en silence. »

En un instant, frappé d’une fulgurance, Jacob fut submergé de terreur à l’idée d’avoir perdu la personne la plus intelligente sur terre.

« Avait-elle raison ? demanda le rabbin.

– Oui, dit Julia. Il était hébreu.

– Mais avait-elle raison de penser que les Juifs pleurent en silence ?

– Si j’en juge par mon expérience, non », répondit Julia avec un petit rire qui détendit l’atmosphère et se propagea dans l’assemblée.

Sans faire le moindre mouvement, le rabbin entra dans la tombe du silence. Il regarda Julia, la fixa de façon presque insoutenable, comme s’ils étaient les deux dernières personnes vivantes, comme si la seule chose qui distinguait les ensevelis de ceux qui se tenaient debout était un écart de quatre-vingt-dix degrés.

Il regarda en elle et dit : « Mais d’après votre expérience, les Juifs pleurent-ils en silence ? »

Elle fit oui de la tête.

« Et maintenant, j’aimerais te poser une question, Benjy.

– OK.

– Disons que nous ayons le choix, en tant que Juifs : pleurer en silence, comme l’a dit ta maman, ou pleurer en juif, comme tu dis. À quoi cela ressemblerait-il, de pleurer en juif ?

– Je sais pas.

– Personne ne le sait, tu ne peux pas te tromper.

– J’en ai aucune idée.

– Peut-être à un rire ? suggéra Max.

– À un rire ?

– Je sais pas. C'est ce qu'on fait. »

En un instant, frappé d'une fulgurance, Jacob fut submergé par la terreur d'avoir démoli les trois plus beaux êtres humains sur terre.

Il se rappela que quand Sam était petit, chaque fois qu'il s'égratignait, se coupait ou se brûlait, après chaque prise de sang, chaque chute d'une branche d'arbre, toujours considérée comme « trop haute » après coup, Jacob le relevait immédiatement, comme si le sol était soudain en feu, et lui disait : « Tout va bien. Ce n'est pas grave. Ce n'est rien. Tout va bien. » Et Sam le croyait toujours. Et Jacob était ravi de voir à quel point cela fonctionnait, et avait honte que cela fonctionne si bien. Parfois, si la blessure nécessitait un plus gros mensonge, s'il y avait du sang, Jacob disait même : « C'est rigolo. » Et son fils le croyait, parce qu'un fils n'a pas le choix. Mais un fils ressent la douleur. Et ne pas exprimer la douleur ne signifie pas qu'elle n'est pas présente. C'est un autre type de douleur. Quand la main de Sam fut broyée, il dit : « C'est rigolo. C'est rigolo, hein ? » C'était son héritage.

Les piliers qu'étaient les jambes de Jacob ne supportèrent pas le poids de son cœur. Il sentit qu'elles se dérobaient, par faiblesse ou parce qu'il avait besoin de s'agenouiller.

Il s'appuya sur l'épaule de Julia. Elle ne se tourna pas vers lui, ne manifesta aucun signe qu'elle sentait son bras, mais lui permit de rester debout.

« Donc, reprit le rabbin, recouvrant son ton d'autorité, que peut-on dire d'Isaac Bloch, et comment en faire notre deuil ? Dans sa génération, il y a seulement deux types de Juifs : ceux qui ont péri et ceux qui ont survécu. Nous avons prêté allégeance aux victimes, nous avons respecté notre promesse de ne jamais les oublier. Mais nous avons tourné le dos à ceux qui ont souffert et nous les avons oubliés. Tout notre amour est allé aux morts.

« Mais maintenant que ces deux types de Juifs sont morts, ils partagent un statut commun. Isaac n'a peut-être pas rejoint ses frères dans un autre monde, mais il les a rejoints dans la mort. Alors que pouvons-nous dire de lui, et comment en faire notre deuil ? Ce n'est pas parce qu'ils manquaient de force que ses frères sont morts, mais c'est grâce à sa force qu'Isaac a vécu et qu'il est mort. *Kein briere iz oich a breire.* Ne pas avoir le choix est aussi un choix. Comment raconterons-nous l'histoire de celui qui jamais ne s'est retrouvé privé de choix ? C'est notre notion de la justice qui est en jeu, d'une vie qui vaut la peine d'être sauvée.

« Pourquoi Moïse pleurait-il ? Pleurait-il sur son propre sort ? De faim ou de peur ? Pleurait-il pour son peuple ? Sa servitude, sa souffrance ? Ou étaient-ce des larmes de gratitude ? Peut-être que la fille de Pharaon ne l'a pas entendu pleurer parce qu'il ne pleurait pas avant qu'elle n'ouvre le panier d'osier.

« Comment faire notre deuil d'Isaac Bloch ? Avec des larmes – quelle sorte de larmes ? Avec du silence – quel silence ? Ou avec quelle sorte de chant ? Notre réponse ne le sauvera pas, mais elle nous sauvera peut-être. »

Avec les trois, bien sûr. Jacob voyait venir le rabbin à cinq mille ans de distance. Avec les trois, à cause de la tragédie, à cause de notre révérence, à cause de notre gratitude. À cause de tout ce qui était nécessaire pour nous amener à cet instant, à cause des mensonges qui nous attendent, à cause de moments de joie si extrêmes qu'ils n'ont rien à voir avec le bonheur. Avec des larmes, du silence, des chants, parce qu'il avait survécu pour que nous puissions pécher, parce que notre religion est aussi splendide, et opaque, et fragile que le vitrail de la prière de Kol Nidré, parce que l'Ecclésiaste se trompait : il n'y a pas un temps pour toute chose.

Qu'est-ce que tu veux ? Dis-moi. Je veux que tu aies ce que tu veux.

Jacob pleura.

Il gémit.

Jacob porta le cercueil avec ses cousins. Il était bien plus léger qu'il ne l'aurait cru. Comment quelqu'un dont la vie fut si lourde à porter pouvait-il peser si peu ? Et cette tâche se révéla étonnamment délicate : ils manquèrent de trébucher plusieurs fois, et Irv fut à deux doigts de basculer dans la tombe avec son père.

« C'est le pire cimetière du monde », dit Max sans s'adresser à personne en particulier, mais assez fort pour que tout le monde entende.

Finalement, ils parvinrent à poser le sobre cercueil en bois de pin sur les larges bandes de tissu qui permettaient de le mettre en terre.

Puis le moment arriva : le fait pur et simple. Irv endossa la responsabilité – le privilège de la mitsva – de déposer la première pelletée de terre sur le cercueil de son père. Il prit un gros tas, se tourna face au trou et pencha la pelle pour faire tomber la terre. Cela fut plus bruyant que prévu, et plus violent, comme si chaque particule de terre heurtait le bois en même temps, comme si elle avait été jetée de bien plus haut. Jacob grimaça. Julia et les garçons grimacèrent. Tout le monde grimaça. Certains pensaient au corps dans le cercueil. D'autres pensaient à Irv.

COMMENT JOUER SES PREMIERS SOUVENIRS

Mes premiers souvenirs sont cachés comme des afikomans dans la dernière maison de mon grand-père : les bains moussants avec du liquide vaisselle ; les parties de football américain à genoux, disputées au sous-sol avec les petits-enfants de survivants – elles se finissaient toujours par des blessures ; le portrait de Golda Meir qui semblait nous suivre des yeux ; les granulés de café soluble ; les perles de graisse à la surface de tous les liquides ; les parties de Uno à la table de la cuisine, rien que nous deux, rien que le bagel de la veille, le Jewish Week *de la semaine précédente, et du jus de fruit à base de concentré de la dernière opération promotionnelle digne de ce nom. Je le battais toujours. Il nous arrivait de faire une centaine de parties dans la soirée, parfois les deux soirées du week-end, parfois trois week-ends par mois. Il perdait toujours.*

Ce que je considère comme mon premier souvenir ne peut pas vraiment l'être – il est arrivé beaucoup trop tard dans ma vie. Je confonds souvenir fondateur et premier souvenir, de la même façon que – comme le soulignait souvent Julia – ce qu'on appelle le premier étage aux États-Unis est généralement le rez-de-chaussée d'une maison, et le deuxième niveau si l'on compte le sous-sol.

Mon premier souvenir, le voici : je ratissais les feuilles devant la maison, quand j'ai vu quelque chose contre la porte latérale. Des fourmis commençaient à recouvrir un écureuil mort. Depuis combien de temps était-il là ? Avait-il avalé du poison ? Et quel poison ? Le chien d'un voisin l'avait-il tué, puis pris de remords, comme peut l'être un chien, avait-il déposé l'objet de sa honte ? Ou de sa fierté ? Ou l'écureuil était-il mort en tentant de pénétrer dans la maison ?

Je suis rentré en courant pour le dire à ma mère. Ses lunettes étaient pleines de buée ; elle remuait le contenu d'une casserole qu'elle ne voyait pas. Sans lever les yeux, elle a déclaré : « Va dire à papa de s'en occuper. »

Par la porte ouverte – depuis l'intérieur, où je me sentais plus en sécurité –, j'ai regardé mon père enfoncer une main dans le sac en plastique transparent qui emballait le Post *livré le matin même, ramasser l'écureuil, retirer sa main du sac en le retournant avec l'écureuil dedans. Pendant que mon père se lavait les mains au lavabo de la salle de bains, je suis resté à ses côtés pour le bombarder de questions. On avait toujours quelque chose à m'apprendre, j'en concluais donc que chaque événement était porteur d'un enseignement, d'une morale.*

Il était froid ? Quand est-ce qu'il est mort, à ton avis ? Comment il est mort, à ton avis ? Ça ne t'a pas embêté ?

« Embêté ? m'a demandé mon père.

– Écœuré.

– Si, bien sûr.

– Mais tu l'as quand même fait comme si de rien n'était. »

Il a hoché la tête.

J'ai suivi des yeux son alliance pleine de savon.

« Est-ce que tu as trouvé ça dégoûtant ?

– Oui.

– C'était vraiment dégueu.

– Oui.

– Je n'aurais pas pu le faire. »

Il a ri comme le font les pères et dit : « Un jour, toi aussi tu le feras.

– Et si je n'y arrive pas ?

– Quand on devient père, il n'y a personne qui puisse le faire à notre place. Si je ne fais pas ce qui doit être fait, qui le fera ?

– N'empêche, moi je ne pourrais pas.

– Moins tu auras envie de le faire, plus tu seras un père. »

Il y avait des centaines de sacs en plastique dans le placard. Il en avait pris un transparent pour m'apprendre quelque chose.

J'ai fait une fixation sur cet écureuil pendant quelques jours, puis n'y ai plus pensé durant un quart de siècle, jusqu'à ce que Julia tombe enceinte de Sam et que je commence à faire le rêve récurrent d'écureuils morts le long des rues de notre quartier. Il y en avait par milliers : poussés contre le bord des trottoirs, remplis-

sant les poubelles, gisant face contre terre tandis que les systèmes d'arrosage automatique trempaient leur fourrure. Dans mon rêve, je rentrais toujours de je ne sais où, je remontais toujours la rue de la maison, c'était toujours la fin de la journée. Les stores de la maison brillaient comme des écrans de télévision. Il n'y avait pas de feu dans la cheminée, mais de la fumée sortait du toit. Il fallait que je marche sur la pointe des pieds pour éviter d'écraser les écureuils, et parfois je n'arrivais pas à les éviter. Je m'excusais – auprès de qui ? Il y avait des écureuils sur le rebord des fenêtres, sur les perrons, il en tombait des gouttières. Je voyais leurs silhouettes à travers les auvents. Ils pendouillaient à moitié par la fente des boîtes aux lettres, ayant visiblement tenté de trouver de quoi boire ou manger, ou tout simplement de mourir à l'intérieur – comme ce fameux écureuil qui avait voulu mourir dans la maison de mon enfance. Je savais que j'allais devoir m'occuper d'eux tous.

Jacob voulut se mettre à côté de son père, comme quand il était petit, pour lui demander comment il avait fait pour jeter une pelletée de terre dans la tombe de son père.

Est-ce que tu as trouvé ça dégoûtant ?

Oui, lui aurait répondu son père.

Je n'aurais pas pu le faire.

Son père aurait ri comme le font les pères et lui aurait dit : *Un jour, toi aussi tu le feras.*

Et si je n'y arrive pas ?

Les enfants enterrent leurs parents morts, parce que les morts ont besoin d'être enterrés. Les parents n'ont pas besoin de faire venir leurs enfants au monde, mais les enfants ont besoin d'en faire sortir leurs parents.

Irv tendit la pelle à Jacob. Leurs regards se croisèrent. Le père murmura à l'oreille de son fils : « On est là et on reviendra. »

Quand Jacob imaginait ses enfants lui survivre, il n'éprouvait aucun fantasme d'immortalité, comme c'est souvent le cas des gens sans imagination qui encouragent les autres à faire des enfants. Il n'éprouvait ni contentement, ni paix, ni satisfaction d'aucune sorte. Seulement l'incommensurable tristesse de manquer des événements. La mort semblait moins juste à l'égard des enfants parce qu'il y avait plus à manquer. Qui Benjy épouserait-il ? (Malgré lui, Jacob ne parvenait pas à se débarrasser de sa certitude très juive qu'il voudrait bien sûr se marier, et qu'il le ferait.) Par quelle profession éthique et lucrative Sam serait-il attiré ? À quels étranges passe-temps Max s'adonnerait-il ? Où partiraient-ils en voyage ? À quoi ressembleraient leurs enfants ? (Ils voudraient des enfants, bien sûr, et ils en auraient.) Comment affronteraient-ils les épreuves et partageraient-ils les moments de fête ? Comment mourraient-ils ? (Au moins, il manquerait leur mort. Peut-être fallait-il y voir la contrepartie de sa propre mort.)

Jacob fit un tour avant de retourner à la voiture. Il lut les inscriptions sur les pierres tombales comme les pages d'un énorme livre. Les noms étaient magnifiques – parce qu'ils étaient des haïkus juifs, parce qu'ils voyageaient dans des machines à remonter le temps, abandonnant derrière eux ceux qui les avaient portés, parce qu'ils étaient gênants comme des pièces jaunes emballées dans des rouleaux de papier, parce qu'ils étaient beaux comme des bateaux dans des bouteilles embarquées sur d'autres bateaux, parce qu'ils étaient faciles à retenir : *Miriam Apfel, Shaindel Potash, Beryl Dressler…* Il voulait s'en souvenir pour les réutiliser. Il voulait se souvenir de tout, tout utiliser : les lacets du rabbin, les mélodies déliées du chagrin, les empreintes séchées d'un visiteur qui avait marché sous la pluie.

Sidney Landesman, Ethel Keiser, Lebel Alterman, Deborah Fischbach, Lazer Berenbaum…

Il se souviendrait des noms. Il ne les oublierait pas. Il les utiliserait. Il ferait quelque chose de ce qui n'était plus rien.

Seymour Kaiser, Shoshanna Ostrov, Elsa Glaser, Sura Needleman, Hymie Rattner, Simcha Tisch, Dinah Perlman, Ruchel Neustadt, Izzie Reinhardt, Ruben Fischman, Hindel Schulz…

Comme écouter le murmure d'un fleuve juif. Mais on peut s'y baigner deux fois. On peut – Jacob le pouvait, il s'en croyait capable – prendre tout ce qui a été perdu et le retrouver, le réanimer, insuffler à nouveau de la vie dans les poumons atrophiés de tous ces noms, ces accents, ces expressions, ces traits particuliers et ces façons d'être. Le jeune rabbin avait raison : personne ne porterait plus de tels noms. Mais il se trompait.

Mayer Vogel, Frida Walzer, Yussel Offenbacher, Rachel Blumenstein, Velvel Kronberg, Leah Beckerman, Mendel Fogelman, Sarah Bronstein, Schmuel Gersh, Wolf Seligman, Abner Edelson, Judith Weisz, Bernard Rosenbluth, Eliezer Umansky, Ruth Abramowicz, Irving Perlman, Leonard Goldberger, Nathan Moskowitz, Pincus Ziskind, Solomon Altman…

Jacob avait lu un jour qu'il y avait plus d'êtres humains vivants à l'heure actuelle que de morts dans toute l'histoire de l'humanité. Mais ça n'en donnait pas l'impression. On avait plutôt l'impression que tout le monde était mort. Et pour chaque individu – pour l'extrême singularité du nom de ces Juifs extrêmement singuliers –, il n'y avait qu'un seul destin.

Puis il se retrouva au point de rencontre de deux murs, à l'angle du vaste cimetière, à l'angle du vaste tout.

Il se retourna face à l'immensité, et alors seulement cela lui apparut-il, ou fut-il forcé de constater ce qu'il avait volontairement ignoré : il était au milieu de suicidés. Il était dans le ghetto de ceux qui n'étaient pas dignes d'être enterrés avec les autres. Cet angle délimitait la zone de la honte. C'était là que l'indicible honte était enfouie. Du lait dans un service d'assiettes, de la viande dans l'autre : les deux ne devaient jamais se mélanger.

Miriam Apfel, Shaindel Potash, Beryl Dressler…

Il était vaguement conscient du tabou entourant le suicide et du prix – après la mort – à payer pour cet acte. Le châtiment ne s'appliquait pas au criminel, mais à ses victimes : ceux qu'il laissait derrière lui et qui étaient contraints d'enterrer leur mort dans cette outre-terre. Il s'en souvint comme il se souvenait du tabou entourant le tatouage – une désacralisation du corps – qui vous condamnait aussi à l'outre-terre. Et – moins spirituel mais tout aussi religieux – le tabou entourant Pepsi, parce que Pepsi avait choisi de rester sur le marché des pays arabes au détriment d'Israël. Et le tabou entourant le fait de toucher une *shiksa*[1], comme tous les hommes juifs rêvaient de le faire, parce que c'était un *shanda*[2]. Et le tabou de la résistance aux aînés qui s'autorisent à toucher n'importe quelle partie de votre corps, comme bon leur semble, parce qu'ils sont mourants, qu'ils n'en finissent pas de mourir, et que c'est une mitsva.

Debout dans ce ghetto sans murs, il pensa aux érouvs – cette brèche merveilleusement juive dans l'observance de la loi, dont Julia lui avait parlé avant même qu'il sache ce à quoi elle permettait de se soustraire. Elle avait appris leur existence non dans le cadre de son éducation hébraïque, mais à l'école d'architecture : un exemple de « structure magique ».

Les Juifs n'ont pas le droit de porter quoi que ce soit les jours de shabbat : clés, argent, mouchoirs ou médicaments, poussettes ou cannes, ni même un enfant qui ne marche pas encore. Le tabou touchant l'action de porter s'applique en théorie au fait de porter un objet d'un domaine privé à un domaine public. Mais qu'en serait-il si l'on privatisait de vastes zones ? Et si un quartier entier devenait un domaine privé ? Une ville ? Un érouv est une corde ou un fil tendu qui clôture une zone, la privatise, permettant aux croyants d'y porter des choses. Jérusalem est clôturée par un érouv. Pratiquement tout Manhattan est clôturé par un érouv. Il y a un érouv dans presque chaque communauté juive à travers le monde.

« Même à Washington ?

– Bien sûr.

– Je ne l'ai jamais vu.

1. Mot yiddish péjoratif désignant une femme non-juive.
2. Déshonneur en yiddish.

– Parce que tu ne l'as jamais cherché. »

Elle l'emmena à l'intersection de Reno Road et Davenport Street, où l'érouv suivait l'angle de la rue et s'offrait le mieux aux regards. Il était là, tel du fil dentaire. Ils le suivirent le long de Davenport Street jusqu'à Linnean Avenue et Brandywine Street, puis jusqu'à Broad Branch Road. Ils marchèrent sous le fil qui allait des panneaux de signalisation aux lampadaires en passant par les poteaux électriques et téléphoniques.

Debout parmi les suicidés, il avait les poches pleines : un trombone que Sam avait réussi à tordre en forme d'avion, un billet de vingt dollars tout froissé, la kippa que Max avait portée à l'enterrement (apparemment acquise lors du mariage de deux personnes dont Jacob n'avait jamais entendu parler), le reçu du pressing pour le pantalon qu'il portait, un galet que Benjy avait ramassé sur une tombe en demandant à Jacob de le lui garder, plus de clés qu'il n'y avait de verrous dans sa vie. Plus il vieillissait, plus il portait de choses, plus il aurait dû se sentir fort.

Isaac avait été enterré dans un kittel sans poche, à cinq cents mètres de sa femme, deux cent mille heures après elle.

Seymour Kaiser : frère aimant, fils aimant ; la tête dans le four. *Shoshanna Ostrov :* épouse aimante ; s'est ouvert les veines dans son bain. *Elsa Glaser :* mère et grand-mère aimante ; pendue au ventilateur du plafond. *Sura Needleman :* épouse, mère et sœur aimante ; noyée dans un fleuve, les poches pleines de pierres. *Hymie Rattner* : fils aimant ; s'est ouvert les veines au-dessus du lavabo de la salle de bains. *Simcha Tisch :* père aimant, frère aimant ; un couteau à viande dans le ventre. *Dinah Perlman :* grand-mère, mère et sœur aimante ; a sauté du haut de la cage d'escalier. *Ruchel Neustadt* : épouse et mère aimante ; un coupe-papier dans la gorge. *Izzie Reinhardt :* père, époux et frère aimant ; a sauté de Memorial Bridge. *Ruben Fischman :* époux aimant ; a foncé dans un arbre au volant de sa voiture, à cent soixante kilomètres-heure. *Hindel Schulz :* mère aimante ; un couteau à pain dans la poitrine. *Isaac Bloch :* frère, époux, père, grand-père et arrière-grand-père aimant ; pendu avec une ceinture dans sa cuisine.

Jacob voulut tirer le fil de son costume noir, l'attacher autour de l'arbre dans l'angle et tracer le périmètre du ghetto des suicidés, le clôturer à mesure qu'il s'effilochait lui-même. Puis, une fois qu'il aurait privatisé cet espace public, il emporterait la honte. Mais où ?

Tout continent est entouré d'eau. Toute côte était-elle un érouv ?

L'équateur était-il un érouv qui faisait le tour de la terre ?

L'orbite de Pluton formait-elle une clôture autour du système solaire ?

Et son alliance était-elle toujours à son doigt ?

RÉINCARNATION

> Alors, quelles sont les nouvelles ?

> C'est toi qui es en pleine crise.

> Ce n'est pas une nouvelle, ça.

> Rien de nouveau, ici, sauf que mon arrière-grand-père est mort.

> Ta famille tient le coup ?

> Oui. Je crois que mon père est assez secoué, mais c'est difficile à dire parce qu'il a toujours l'air un peu secoué.

> Je vois.

> Et ce n'était pas son père, de toute façon. Juste son grand-père. C'est triste, évidemment, mais moins triste. Beaucoup moins triste.

> Je vois.

> J'adore vraiment quand quelqu'un répète une expression. Comment ça se fait ?

> Aucune idée.

> Ton père et ton frère ont l'air de passer un bon moment. Ils s'inquiètent pour toi, c'est sûr. Ils parlent tout le temps de toi. Mais s'ils ne peuvent pas être là-bas, c'est bien qu'ils soient ici.

> Ils ont trouvé quelque chose ?

> Qu'est-ce que tu veux dire ?

> Une maison.

> Pour quoi faire ?

> À acheter.

> Pourquoi voudraient-ils acheter une maison ici ?

> Mon père n'en a pas parlé ?

> Parlé de quoi ?

> À ton père, peut-être ?

> Vous déménagez ?

> Ça fait quelques années qu'il en parle, mais quand il a fallu que je parte faire mon service, il a commencé à chercher. Uniquement sur des sites web, et peut-être avec l'aide de quelques agents là-bas. Je croyais que c'en était resté au stade des discussions, mais quand j'ai été envoyé en Cisjordanie, il s'est mis à chercher plus sérieusement. Je crois qu'il a trouvé quelques maisons qui l'intéressent et que c'est pour ça qu'il est là-bas en ce moment. Pour les voir en vrai.

> Je croyais qu'il était venu pour ma bar-mitsva.

> C'est pour ça qu'il reste plus longtemps que prévu.

> Je l'ignorais totalement.

> Peut-être qu'il est gêné.

> Je ne savais pas qu'il était capable d'éprouver de la gêne.

> L'éprouver, si. La montrer, non.

> Ta mère veut déménager ?

> Je ne sais pas.

> Et toi, tu veux déménager ?

> Ça m'étonnerait que je retourne vivre chez mes parents. Après l'armée, la fac. Après la fac, la vie. J'espère.

> Mais qu'est-ce que tu en penses ?

> J'essaie de ne pas y penser.

> Tu trouves ça gênant ?

> Non. Ce n'est pas le bon mot.

> Tu crois que ton père trompe ta mère ?

> Bizarre, ta question.

> Ah bon ?

> Oui.

> Oui, c'est une question bizarre ? Ou oui, tu penses que ton père trompe ta mère ?

> Les deux.
> Merde. Vraiment ?
> Quand on pose une question pareille, faut pas s'étonner de la réponse.
> Qu'est-ce qui te fait croire qu'il la trompe ?
> Qu'est-ce qui te fait poser cette question ?
> Je ne sais pas.
> Alors pose-toi la question.
> Qu'est-ce qui me fait poser cette question ?

Il ne la posait pas sans raison. Il la posait parce qu'il avait trouvé le deuxième téléphone de son père un jour avant que sa mère ne le découvre elle-même. *Trouvé* n'est sans doute pas le terme qui convient puisqu'il était tombé dessus en furetant dans les cachettes préférées de son père – sous un tas de chaussettes dans la commode, dans une boîte au fond du « placard à cadeaux », sur le dessus de l'horloge de parquet que son grand-père leur avait offerte à la naissance de Benjy. Le butin n'était jamais plus compromettant qu'un film porno – « Pourquoi », voulait-il lui demander sans jamais y parvenir, « pourquoi quelqu'un qui a un ordinateur de bureau, un portable, une tablette ou un smartphone paie-t-il pour de la pornographie ? »

Il avait trouvé une liasse de billets de cinquante dollars, que son père gardait sans doute pour se payer un petit plaisir à l'insu de sa mère – quelque chose de parfaitement innocent comme un outil électrique dont il craignait qu'elle ne lui reproche l'achat au motif qu'il ne l'utiliserait jamais. Il avait trouvé un petit sachet d'herbe, dont le contenu, chaque fois qu'il le vérifierait au cours des dix-huit mois suivants, ne diminuait jamais. Il avait trouvé une planque de bonbons de Halloween – plutôt pathétique. Il avait trouvé une pile de feuilles imprimées dont la page de couverture indiquait : « Bible pour *Le peuple qui n'en finit pas de mourir* »…

COMMENT JOUER LE DÉSIR

Ne pas le jouer. Vous avez tout ce qu'il vous faut, tout ce que vous voulez. Vous êtes en bonne santé (pour l'instant) et c'est super. Vous avez idée de la somme de souffrance et de travail qu'il a fallu pour rendre ce moment possible ? Possible pour vous ? Dites-vous à quel point c'est super, à quel point vous avez de la chance, à quel point vous êtes pleinement satisfait.

… trop ennuyeux pour en continuer la lecture.

Et puis, en fouinant dans le tiroir de la table de nuit de son père, il avait trouvé un téléphone. Celui de son père était un iPhone. Tout le monde le savait, parce que tout le monde subissait ses jérémiades incessantes sur cet extraordinaire appareil et le fait qu'il ne pouvait plus s'en passer. (« Ça me gâche tout bonnement la vie », disait-il en ouvrant quelque application totalement superflue, comme celle permettant de vérifier la météo trois jours à l'avance. « Risque de pluie. Intéressant. ») Celui-ci était un téléphone générique, du genre de ceux qu'on vous donne gratuitement quand vous souscrivez à une offre hors de prix. Peut-être une relique que son père était trop nostalgique pour jeter ? Peut-être qu'il était plein de photos de Sam et de ses frères et que son père, qui n'était pas assez intelligent pour les transférer sur son iPhone (même s'il se sentait trop intelligent pour demander de l'aide à un revendeur, voire à son fils parfaitement calé en technologie), l'avait gardé, et qu'au fil du temps son tiroir se remplirait ainsi de téléphones saturés de photos.

Le déverrouiller avait été un jeu d'enfant – son père utilisait les trois mêmes variations pitoyablement prévisibles du mot de passe familial pour tout ce qui en requérait un.

Fonds d'écran générique : un coucher de soleil.

Aucun jeu. Aucune appli plus cool qu'une calculatrice. Pourquoi posséder un smartphone dans ce cas-là ?

C'était un téléphone dédié à sa mère. Une ligne privée entre eux. Difficile d'en comprendre le besoin, mais tout l'intérêt tenait peut-être au fait qu'ils n'en avaient pas besoin. C'était assez mignon, en réalité. Assez pitoyable, mais assez romantique, autrement dit assez dégueu. À moins qu'il n'y ait une explication toute bête, le genre de truc évident quand on y pense après coup, par exemple le téléphone qu'ils emportaient en voyage, avec des minutes prépayées pour des appels depuis l'étranger.

Quand il consulta les messages, il devint clair que ces hypothèses étaient erronées, complètement à côté de la plaque, et que soit ses parents n'étaient pas ceux qu'il croyait, mais alors pas du tout, soit il y avait plus d'une Julia dans le monde, parce que la Julia qui était sa mère ne bougerait jamais – absolument *jamais* – les pouces de façon à écrire les mots *passe tes doigts sur ma chatte qui mouille et humecte mon trou du cul pour le préparer à t'accueillir.*

Il emporta le téléphone dans la salle de bains, ferma la porte à clé et lut les messages.

je veux deux de tes doigts dans chacun de mes trous

Quoi, comme Spock ? C'était quoi, ce bordel ?

sur le ventre, les jambes grandes ouvertes, les mains dans le dos, les fesses écartées au maximum, ta chatte trempe les draps...

Merde, c'était quoi ce bordel ?

Mais avant que Sam ne se pose la question une troisième fois, quelqu'un ouvrit la porte d'entrée, le téléphone tomba derrière les toilettes, sa mère cria : « Je suis là ! » et il tenta de rejoindre sa chambre plus vite que les pas qui montaient l'escalier.

Il n'avait jamais rencontré le Dr Silvers, mais il savait ce que le Dr Silvers aurait dit : il a volontairement laissé le téléphone.

Comme tout le monde dans la famille, excepté son père, Sam méprisait le Dr Silvers, et il était jaloux que son père ait un tel confident et jaloux que le Dr Silvers ait son père. Quels bénéfices, de quelque nature que ce soit, pouvait-on retirer de la découverte de ce téléphone ?

> Ton père trompe ta mère, ou quoi ?

Soudain, de retour dans la vraie vie virtuelle, Glaucome tituba sur quelques mètres. Il boitait un peu, marchait d'un pas heurté. Après avoir décrit des cercles autour d'un espace vide – comme une planète sans soleil, ou une mariée sans mari –, il ramassa un fossile d'oiseau datant de l'une des premières générations d'Other Life, peut-être trois ans plus tôt : le logo de Twitter. Glaucome examina la pierre, puis la reposa, puis la prit de nouveau, puis fit le geste de la jeter, puis la tapa contre son crâne, comme pour juger de son propre état d'achèvement.

> Tu vois le bug ?
> Aucun bug. J'ai commencé le transfert.
> De quoi ?
> Des fruits de résilience.
> Je t'ai dit que c'était pas la peine.
> T'as pas dit ça. Et si tu l'avais dit, je ne t'aurais pas écouté.

Un flot d'images numériques, chacune s'ouvrant à l'écran et disparaissant aussitôt après avoir été traitée : certaines étaient des moments sauvegardés de l'autre vie de Samanta, des conversations, des expériences vécues ; d'autres étaient plus impressionnistes. Il entraperçut des scènes qu'il avait déjà vues, mêlées à d'autres que Noam avait dû voir : une traînée de vapeur dans un ciel bleu ; des arcs-en-ciel au crochet sur Etsy ; la pelle d'un bulldozer touchant une vieille dame ; un cunnilingus, par derrière, dans une cabine d'essayage ; un singe de laboratoire en train de se débattre ; des enfants siamois (l'un riant, l'autre pleurant) ; des photos satellite du Sinaï ; des joueurs de football américain K.-O. ; des nuanciers pour du vernis à ongles ; l'oreille d'Evander Holyfield[1] ; un chien euthanasié.

> Combien tu en transfères ?
> Je les transfère tous.
> Quoi ?
> 1 738 341.
> PUTAIN DE MERDE ! T'as tout ça en réserve ?
> Je te fais une transfusion totale.
> Quoi ?
> Bon, il faut que je me prépare à partir.
> Où ça ?
> Jérusalem. Mon unité est mobilisée. Mais ne le dis pas à mon père, OK ?
> Pourquoi ?
> Il va s'inquiéter.
> Mais il a des raisons de s'inquiéter.
> Mais il ne sera pas plus avancé, et moi non plus.
> Je n'ai même pas besoin de tout ça. Je n'en avais que 45 000 quand mon père m'a tué.
> Bâtis ta propre légende.
> Celle de mon avatar.
> De ton arrière-grand-père.
> C'est trop.
> Je suis censé les laisser pourrir ? En faire du cidre de résilience ?
> Tu devrais les utiliser.
> Je n'en ferai rien. Mais toi, si.

1. Boxeur américain. Au cours d'un match contre Tyson, celui-ci l'a mordu deux fois à l'oreille et a été disqualifié.

Les images défilaient plus vite, si vite qu'elles en devenaient subliminales ; elles se superposaient, se fondaient les unes dans les autres, et, partant du coin, une lumière qui s'écoulait de quelques pixels pour tacher l'écran, et qui se répandait, une lumière pareille à la trace sombre d'une fuite sur un plafond, une lumière inondant les images qui ne cessaient de se succéder, puis prenant plus de place que les images, et l'écran devint presque entièrement blanc, mais plus éblouissant que blanc, des images floues comme vues à travers une avalanche.

Dans ce qui fut peut-être le plus grand élan d'empathie que Sam éprouva de sa vie, il tenta d'imaginer ce que voyait Noam au même instant. L'ombre gagnait-elle son écran comme la lumière celui de Sam ? Recevait-il des alertes concernant la chute de son niveau de vitalité ? Sam l'imagina cliquant sur IGNORER, encore et encore, ignorant ces alertes horripilantes et cliquant sur CONFIRMER au moment venu de confirmer son dernier choix.

Le lion s'approcha du vieil homme, s'agenouilla à ses côtés, posa ses énormes pattes conquérantes sur les épaules voûtées de Glaucome, lécha ce qu'on appelle sa barbe du soir (blanche, en l'occurrence), la lécha sans s'arrêter, comme pour ramener Glaucome à la vie, quand en réalité il voulait lui-même revenir à l'état qui précède la vie.

> Regarde-toi, Bar-Mitsva.

Il posa sa grosse tête sur le poitrail creusé de Glaucome. Glaucome enfouit les doigts dans la crinière en panache du lion.

Au beau milieu de la réception qui suivit la mort de son arrière-grand-père, Sam se mit à pleurer. Il ne pleurait pas souvent. Ça ne lui était pas arrivé depuis qu'Argos était rentré à la maison après sa deuxième opération de la hanche, deux ans plus tôt, des points de suture à la Frankenstein visibles sur son dos à moitié rasé, les yeux baissés, la tête baissée.

« Il est en convalescence, voilà tout, avait dit Jacob. Dans un mois, il sera redevenu lui-même.

– Un *mois* ?

– Ça passera vite.

– Pas pour Argos.

– On va le chouchouter.

– Il arrive à peine à marcher.

– Il ne faut pas qu'il marche trop. Le véto a dit qu'il était primordial qu'il s'appuie le moins possible sur sa patte pour qu'il récupère. Il faut le tenir en laisse à chaque promenade. Interdiction de monter ou descendre l'escalier. Il faut le garder au rez-de-chaussée.

– Mais comment il va faire pour monter se coucher ?

– Il va falloir qu'il dorme en bas.

– Mais il va monter.

– Je ne crois pas. Il sait que sa patte est trop faible.

– Il va monter.

– Je mettrai des piles de livres sur les marches pour lui bloquer le passage. »

Sam avait mis l'alarme de son réveil à 2 heures du matin pour descendre vérifier si Argos allait bien. Il coupa l'alarme une première fois pour se rendormir, puis une deuxième, mais la troisième fois, il se réveilla avec un sentiment de culpabilité. Il descendit l'escalier, à moitié conscient de s'être levé, resta presque figé derrière les cinq volumes de la *Grove Encyclopedia of Art*, et découvrit son père allongé sur un sac de couchage, serré contre Argos. C'est là qu'il pleura. Non pas parce qu'il aimait son père – même si à cet instant, cela ne faisait aucun doute –, mais parce que, des deux animaux allongés par terre, c'est son père qui lui faisait le plus pitié.

> Regarde-toi, Bar-Mitsva.

Il était à côté de la fenêtre. Les cousins jouaient à la PlayStation, occupés à tuer des personnages. Les adultes étaient à l'étage, où ils mangeaient les mets écœurants, puants, fumés et gélatineux que les Juifs éprouvent le soudain besoin de manger dans les moments d'introspection. Personne ne lui prêtait attention, ce qui l'arrangeait, même si ce n'était pas ce dont il avait besoin.

Il ne pleurait pas à cause de ce qu'il avait vu – la mort de son arrière-grand-père ou celle de l'avatar de Noam, l'effondrement du mariage de ses parents, de sa bar-mitsva ou d'immeubles en Israël. Ses larmes venaient de plus loin. Il avait fallu le geste bienveillant de Noam pour qu'il s'aperçoive de l'absence cruelle de bienveillance autour de lui. Son père avait dormi par terre trente-huit nuits d'affilée. (Une semaine supplémentaire par sécurité.) Était-il plus facile de réserver ces gestes d'affection à un chien parce qu'on ne risquait pas de se faire rejeter ? Ou parce que les besoins d'un animal sont, justement, animaux, tandis que ceux d'un être humain sont humains ?

Il ne deviendrait peut-être jamais un homme, mais en pleurant à cette fenêtre – son arrière-grand-père complètement seul dans la terre à vingt minutes de là ; un avatar retournant à la poussière de pixels dans quelque centre de stockage de données réfrigéré au milieu de nulle part ; ses parents de l'autre côté du plafond, mais un plafond sans limites –, Sam se sentit renaître.

PLUS QUE LES LAMENTATIONS

Le judaïsme sait y faire avec la mort, se disait Jacob. Il nous guide quand nous nous retrouvons démunis alors même que nous ressentons un impérieux besoin d'agir. Tu dois t'asseoir comme ça. *D'accord.* Tu dois t'habiller comme ça. *D'accord.* Tu dois dire telles paroles à tel moment, même si ça implique de lire une transcription. *Na-a-ssé.*

Jacob avait cessé de pleurer depuis plus d'une heure, mais il avait toujours ce que Benjy appelait la « respiration d'après les larmes ». Irv lui apporta un verre de schnaps à la pêche, annonça : « J'ai dit au rabbin qu'il était le bienvenu, mais ça m'étonnerait qu'il vienne », et regagna la citadelle de son rebord de fenêtre.

La table de la salle à manger croulait sous les plats : des bagels au pumpernickel avec toutes les garnitures possibles, des minibagels avec toutes les garnitures possibles, des flagels avec toutes les garnitures possibles, des bialys, du fromage frais, du fromage frais aux cébettes, de la crème de saumon, de la crème de tofu, du poisson fumé et mariné, des brownies très noirs ornés de spirales de chocolat blanc comme autant de petits univers carrés, des blondies, des rugelach, des oreilles d'Aman hors saison (fraise, prune, et graines de pavot), et des « salades » – les Juifs appellent « salade » tout ce qui ne tient pas dans la main : salade de concombre, salade de poisson blanc, thon et saumon fumé, salade de lentilles, salade de pâtes, salade de quinoa. Il y avait du soda violet, du café noir, du Coca light, du thé noir, et assez d'eau gazeuse pour faire flotter un porte-avions, et aussi du jus de raisin Kedem – un liquide plus juif que le sang juif. Et puis il y avait des pickles de plusieurs sortes. On ne devrait jamais mettre de câpres dans un plat, mais les câpres que toutes les fourchettes avaient tâché de retirer avaient atterri dans des plats où elles n'auraient vraiment jamais dû se trouver, comme la tasse de demi-déca à demi vide de quelqu'un. Et au centre de la table, des kugels incroyablement compacts faisaient dévier la lumière et le temps autour d'eux. Il y avait dix fois trop de nourriture. Mais il ne pouvait en aller autrement.

Les membres de la famille s'échangeaient des anecdotes sur Isaac, tout en empilant leurs assiettes de nourriture en un tas qui montait jusqu'au plafond. Ils riaient en se remémorant combien il était drôle (volontairement et malgré lui), à quel point il pouvait être un sacré emmerdeur (volontairement et malgré lui). Ils parlaient du héros qu'il avait été (volontairement et malgré lui). Quelques-uns pleuraient, d'autres laissaient flotter un silence gêné, on lui était reconnaissant d'avoir permis à la famille de se réunir (certains cousins ne s'étaient pas vus depuis la bat-mitsva de Leah, d'autres depuis la mort de la grand-tante Doris), et tout le monde regardait son téléphone : pour prendre des nouvelles de la guerre, jeter un œil au score du match, consulter la météo.

Les enfants, qui avaient déjà oublié la tristesse que la mort d'Isaac avait pu leur inspirer, jouaient à des jeux vidéo au sous-sol. Les pulsations cardiaques de Max doublèrent quand il fut témoin d'une tentative d'assassinat par un enfant qu'il croyait être un petit cousin. Sam était assis à l'écart avec son iPad, errant dans un bosquet de citronniers virtuel. Cette ségrégation verticale était systématique. Et inévitablement, les adultes qui avaient assez de présence d'esprit pour s'évader du monde des adultes finissaient par descendre. Ce que fit Jacob.

Il y avait au moins une dizaine de cousins – beaucoup du côté de Deborah, quelques-uns du côté de Julia. Les plus jeunes sortirent les jeux de société un à un – pas pour y jouer, mais pour ouvrir les boîtes et mélanger les petites pièces. De temps à autre, l'un d'eux piquait une crise. Les plus grands entouraient Barak qui se livrait avec virtuosité à des actes d'une extrême violence sur une télé si large qu'il fallait s'adosser au mur d'en face pour voir les bords de l'écran.

Benjy était tout seul, glissant des billets de Monopoly froissés entre les lattes des stores vénitiens.

« Tu es très généreux avec la fenêtre, lui dit Jacob.

– C'est pas des vrais billets.

– Ah bon ?

– Je sais que tu dis ça pour rigoler.

– Tu n'aurais pas vu maman, par hasard ?

– Non.

– Eh !

– Quoi ?

– Tu as pleuré, mon grand ?

– Non.

– Tu en es sûr ? Tu as l'air d'avoir pleuré.

– Putain ! cria un cousin.

– Pas de gros mots ! intima Jacob.

– J'ai pas pleuré, dit Benjy.

– Tu es triste pour grand-papi ?

– Pas vraiment.

– Alors, qu'est-ce qui te chiffonne ?

– Rien.

– Les papas connaissent ça.

– Alors, pourquoi tu ne sais pas ce qui me chiffonne ?

– Les papas ne savent pas tout.

– Il n'y a que Dieu qui sait tout.

– Qui t'a dit ça ?

– Monsieur Schneiderman.

– C'est qui, ça ?

– Mon prof à l'école hébraïque.

– Schneiderman. D'accord.

– Il a dit que Dieu sait tout. Mais je trouve que ça ne veut rien dire.

– Moi aussi.

– Mais toi, c'est parce que tu ne crois pas en Dieu.

– J'ai seulement dit que je n'étais pas sûr. Mais même si je croyais en Dieu, je trouverais ça absurde.

– Oui, parce que si Dieu savait tout, pourquoi est-ce qu'on serait obligé d'écrire des petits mots pour les glisser dans le Mur ?

– Bien vu.

– Monsieur Schneiderman a dit que Dieu sait tout mais qu'il oublie certaines choses. Alors les mots servent à lui rappeler celles qui comptent.

– Dieu oublie ? Vraiment ?

– C'est ce qu'il a dit.

– Et qu'est-ce que tu en penses ?

– C'est bizarre.

– Je trouve aussi.

– Mais toi, c'est parce que tu ne crois pas en Dieu.

– Si je croyais en Dieu, ce serait en un Dieu qui se souvient.

– Moi aussi. »

Bien qu'il fût aussi agnostique pour ce qui est de l'existence de Dieu qu'il l'était quant au sens de la question afférente (deux personnes pouvaient-elles vraiment faire référence à la même chose quand elles parlaient de Dieu ?), Jacob voulait que Benjy y croie. Ou c'était ce que voulait le Dr Silvers, du moins. Pendant plusieurs mois, l'angoisse de la mort que Benjy nourrissait était montée lentement mais sûrement, et menaçait désormais de devenir moins adorable que problématique. Le Dr Silvers avait dit : « Il a toute la vie devant lui pour répondre aux questions théologiques, mais il n'aura jamais plus l'occasion de façonner son rapport au monde. Rassurez-le. » Jacob avait été frappé par la justesse de ces mots, même s'il rechignait à prêcher la bonne parole. Quand Benjy avait de nouveau évoqué sa peur de la mort, au moment où l'instinct de Jacob lui intimait de reconnaître qu'il n'y avait sans doute rien de pire à concevoir qu'une éternité de non-existence, ce dernier se souvint de la consigne du Dr Silvers : *Rassurez-le.*

« Tu as déjà entendu parler du paradis, n'est-ce pas ? dit Jacob, dépouillant de ses ailes un ange qui n'existait pas.

– Je sais que tu crois que ça n'existe pas.

– Ça, personne n'en est sûr. Surtout pas moi. Mais tu sais ce que c'est, le paradis ?

– Pas vraiment. »

Et Jacob lui donna son explication la plus réconfortante, ne lésinant ni sur l'extravagance ni sur l'intégrité intellectuelle.

« Et si je voulais me coucher tard au paradis ? demanda Benjy, à présent allongé sur le canapé.

– Tu pourrais te coucher aussi tard que tu veux. Tous les soirs.

– Et je pourrais sans doute aussi manger le dessert avant le repas.

– Tu ne serais même pas obligé de manger.

– Mais ce ne serait pas bon pour ma santé.

– Ta santé n'aurait aucune importance. »

Benjy tourna la tête : « Les anniversaires.

– Quoi, les anniversaires ?

– Comment on les fête, là-bas ?

– Ça ne s'arrête jamais, bien sûr.

– Attends, c'est tout le temps ton anniversaire ?

– Oui.

– On fait la fête et on a des cadeaux tous les jours ?

– Tous les jours, du matin au soir.

– Attends, il faut écrire des mots de remerciement ?

– On n'a même pas besoin de *dire* merci.

– Attends, ça signifie qu'on est zéro ou l'infini ?

– Qu'est-ce que tu préfères ?

– L'infini.

– Alors tu seras l'infini.

– Attends, c'est tous les jours l'anniversaire de tout le monde ?

– Seulement le tien. »

Benjy s'était levé, avait tendu les mains au-dessus de sa tête et dit : « Je veux mourir tout de suite ! »

Ne le rassure pas trop.

Dans le sous-sol d'Irv et Deborah, face à une question théologique plus nuancée, Jacob lutta de nouveau contre l'instinct de dire la vérité et décida plutôt de préserver la sécurité émotionnelle de Benjy : « Peut-être que Dieu se souvient vraiment de tout mais qu'il choisit parfois d'oublier certaines choses ?

– Pourquoi il ferait ça ?

– Pour que nous, on s'en souvienne, répondit Jacob, content de son improvisation. Comme quand on fait un vœu, continua-t-il. Si Dieu savait ce qu'on veut, on n'aurait pas besoin de le savoir, nous.

– Et Dieu veut qu'on sache ce qu'on veut.

– Possible.

– Avant, je croyais que grand-papi était Dieu, dit Benjy.

– Ah bon ?

– Oui, mais il est mort, donc c'était pas lui.

– C'est une façon de voir les choses.

– Je sais que c'est pas maman non plus.

– Et comment tu sais ça ?

– Parce qu'elle ne m'oublierait jamais.

– Tu as raison, elle ne pourrait jamais t'oublier.

– Quoi qu'il arrive.

– Quoi qu'il arrive. »

Une autre série de jurons murmurés par les cousins.

« Bref, fit Benjy. C'est pour ça que j'ai pleuré.

– À cause de maman ?

– À cause du message que j'ai fait mettre dans le Mur des lamentations.

– Parce que tu t'es dit que Dieu oublie beaucoup de choses ?

– Non, répondit Benjy en indiquant du doigt la télévision qui ne montrait pas les images d'un jeu vidéo – comme l'avait cru Jacob –, mais celles des dégâts causés par la dernière, et plus importante, réplique. Parce que le Mur s'est effondré.

– Le *Mur* ? »

Ils venaient de se déverser dans le monde : chaque vœu glissé dans chaque fissure, mais aussi chaque vœu au fond du cœur de chaque Juif.

« Il n'y a plus aucune preuve de leur grandeur, dit Benjy.

– Quoi ?

– Ce que tu disais à propos des Romains. »

Que savent les enfants, et de quoi se souviennent-ils ?

« Jacob ! cria Irv depuis le haut de l'escalier.

– Le Mur des lamentations », dit Jacob, comme si le fait de prononcer son nom à haute voix ferait de nouveau exister le Mur.

Jacob pouvait faire en sorte que ses enfants se sentent en sécurité. Mais pouvait-il les protéger ?

Benjy secoua la tête et déclara : « Maintenant, il ne reste plus que les lamentations. »

Non seulement la présence de Tamir rendait impossible une franche évaluation de la situation, mais elle obligeait Julia à jouer les hôtesses pleines d'entrain. Et la mort du grand-père de Jacob l'obligeait à prodiguer un minimum d'amour et d'attention, alors qu'elle n'éprouvait que de la tristesse et du doute. Elle parvenait assez bien à contenir son ressentiment grandissant, et même à réprimer ses élans passifs-agressifs, mais au bout d'un moment, se sentir forcé d'être quelqu'un de bien inspire de la haine pour soi et les autres.

Comme tout être vivant, elle avait des fantasmes. (Même si son fort sentiment de culpabilité à l'idée d'être humaine la contraignait à se rappeler constamment qu'elle était « un être vivant comme les autres ».) Les maisons qu'elle concevait étaient des fantasmes, mais elle en avait d'autres.

Elle s'imaginait passer le week-end seule à Big Sur. Peut-être au Post Ranch Inn, peut-être dans une chambre face à l'océan. Peut-être un massage, peut-être des soins du visage, peut-être un « traitement » qui ne traite rien du tout. Peut-être traverser le tunnel creusé dans le tronc d'un séquoia géant, dont les cercles de croissance la ceindraient.

Elle s'imaginait avoir un cuisinier personnel. Les végétaliens vivent plus longtemps, sont en meilleure santé, ont une plus belle peau, et elle pourrait en devenir une ; ce serait facile si elle avait quelqu'un pour faire les courses, la cuisine et le ménage à sa place.

Elle imaginait Mark remarquant de petites choses chez elle qu'elle-même n'avait jamais décelées : son usage adorablement fautif de telle ou telle expression, le mouvement de ses pieds quand elle utilisait du fil dentaire, sa drôle de relation avec la carte des desserts dans les restaurants.

Elle s'imaginait partir en promenade sans itinéraire, pensant à des choses dénuées d'importance sur le plan logistique, comme de se demander si les ampoules à filament « Edison » sont vraiment détestables.

Elle imaginait un admirateur secret l'abonnant à un magazine sans lui révéler son identité.

Elle imaginait la disparition de ses pattes d'oie, comme celle des empreintes laissées par des oiseaux sur une route poussiéreuse.

Elle imaginait la disparition des écrans – de sa vie, de la vie de ses enfants. Ceux des salles de sport, des cabinets médicaux et à l'arrière des taxis, ceux accrochés derrière les bars et dans les coins des diners, les iWatches des passagers du métro avec leur iPad à la main.

Elle imaginait la mort de ses futiles clients et de leurs rêves d'équipements de cuisine toujours plus imposants.

Elle fantasmait sur la mort du prof incompétent qui avait ri d'une réponse de Max, quatre ans plus tôt, leur imposant un mois de discussions au coucher pour lui redonner le goût d'aller à l'école.

Le Dr Silvers devrait mourir un certain nombre de fois, aussi.

Elle imaginait la soudaine disparition de Jacob – de la maison, de l'existence en général. Elle l'imaginait tomber raide mort à la salle de sport. Mais pour cela, il fallait d'abord l'imaginer fréquenter la salle de sport. Et pour cela, il fallait d'abord l'imaginer éprouver le désir d'être séduisant pour des raisons autres que son succès professionnel.

Bien sûr, elle ne voulait pas vraiment qu'il meure, aucune part d'elle ne le voulait, pas même inconsciemment, et quand elle fantasmait sur sa mort, celle-ci survenait toujours sans douleur. Parfois, il était pris de panique et portait la main à sa poitrine comme pour saisir son cœur qui s'emballait. Parfois, il pensait aux enfants. Et puis, terminés les « parfois » : il serait mort pour toujours. Elle resterait seule, mais seulement pour un temps, et on aurait de la peine pour elle.

Elle préparerait tous les repas (c'était déjà le cas), ferait toutes les lessives (c'était déjà le cas), achèterait du papier millimétré à Benjy pour qu'il puisse dessiner ses labyrinthes insolubles, des chips d'algues grillées à la sauce teriyaki pour Max, un cartable besace pour Sam, discrètement cool, quand le dernier qu'elle lui avait acheté serait complètement usé. Elle les habillerait en fins de série chez Zara et Crewcuts et les déposerait à l'école (c'était déjà le cas). Il faudrait qu'elle subvienne à ses propres besoins (ce qui, vu son train de vie, lui était impossible à l'heure actuelle, mais elle n'aurait pas à le faire grâce à l'assurance-vie de Jacob). Son imagination était assez forte pour lui faire du mal. Julia était assez faible pour endurer en silence.

Puis venait la pensée la plus douloureuse, la pensée impossible à effleurer, même du bout des doigts de son cerveau : la mort de ses enfants. Les idées les plus atroces lui avaient traversé l'esprit à plusieurs reprises depuis qu'elle était tombée enceinte de Sam : elle avait imaginé des fausses couches ; la mort subite du nourrisson ; les avait imaginés tomber dans l'escalier, tâchant de se protéger des marches dans leur chute ; les avait imaginés souffrir d'un cancer chaque fois qu'elle avait vu un enfant atteint de cette maladie. Elle était sûre que chaque car scolaire dans lequel elle mettait l'un de ses enfants allait tomber dans un ravin, jusque dans un lac gelé dont la couche de glace se reformerait aussitôt autour de lui. Chaque fois qu'un de ses enfants subissait une anesthésie générale, elle lui disait au revoir comme si c'était un adieu. Elle n'était pas angoissée de nature, et avait encore moins des penchants apocalyptiques, mais Jacob avait vu juste quand, après la blessure de Sam, il lui avait dit que ce trop-plein d'amour les empêchait d'être heureux.

La blessure de Sam. C'était le lieu où elle ne souhaitait pas s'aventurer, car il n'y avait pas de chemin de retour. Et pourtant le centre des traumatismes de son cerveau l'y poussait toujours. Et elle n'en revenait jamais complètement. Elle avait cessé de se demander pourquoi c'était arrivé – il n'y avait pas de raison –, mais pas comment. C'était trop douloureux parce que, quel soit le déroulé des événements, ce n'était ni nécessaire ni inévitable. Jacob ne lui avait jamais demandé si c'était elle qui avait ouvert la porte. (Elle était beaucoup trop lourde pour que Sam ait pu l'ouvrir tout seul.) Julia n'avait jamais demandé à Jacob si c'était lui qui l'avait refermée sur les doigts de Sam. (Peut-être que Sam l'avait poussée et que l'inertie s'était chargée du reste ?) C'était il y a cinq ans, et le périple – l'interminable matinée aux urgences, les deux rendez-vous hebdomadaires chez le chirurgien plasticien, l'année de rééducation – les avait plus que jamais rapprochés. Mais il avait aussi créé un trou noir de silence, duquel tout devait rester à bonne distance, dans lequel tant de choses étaient englouties, et dont une cuillérée pesait plus lourd qu'un million de soleils consumant un million de photos d'un million de familles sur un million de lunes.

Ils pouvaient se dire qu'ils avaient eu de la chance (Sam avait failli perdre ses doigts), mais jamais l'inverse. Ils pouvaient en parler en termes généraux, mais jamais se remémorer les détails : le Dr Fred plantant sans cesse des aiguilles dans les doigts de Sam pour évaluer leur sensibilité, pendant que Sam regardait ses parents dans les yeux en les suppliant, en les implorant de faire en sorte que ça s'arrête. Quand ils étaient rentrés chez eux, Jacob avait mis sa chemise ensanglantée dans un sac en plastique et était allé au coin de Connecticut Avenue pour la jeter dans une poubelle. Julia avait mis son chemisier ensanglanté dans une vieille taie d'oreiller et l'avait enfouie au milieu d'un tas de pantalons.

Trop d'amour pour être heureux, mais quelle était la quantité d'amour suffisante ? Que choisirait-elle si tout était à refaire ? Elle avait toujours cru que sa capacité à encaisser la douleur était supérieure à celle de la plupart des gens – sans aucun doute à celle de ses enfants ou de Jacob. Un fardeau serait plus léger si c'était elle qui le portait, et de toute façon, c'est elle qui finirait par en être chargée. Seuls les hommes peuvent faire comme s'ils n'avaient pas eu d'enfants. Mais si c'était à refaire ?

Elle pensait souvent à ces ingénieurs japonais à la retraite qui s'étaient portés volontaires pour intervenir dans les centrales nucléaires défectueuses afin de réparer les dégâts après le tsunami. Ils savaient qu'ils seraient exposés à des doses de radiation fatales, mais dans la mesure où leur espérance de vie était plus courte que le temps qu'il faudrait au cancer pour les tuer, ils ne voyaient pas de raison de ne pas risquer de développer un cancer. À la quincaillerie, Mark lui avait dit qu'il n'était pas trop tard pour qu'ils soient heureux. Quand serait-il assez tard pour que Julia soit sincère ?

C'est incroyable comme peu de choses avaient changé depuis que tout avait changé. La conversation ne cessait de s'étendre, mais ils ne savaient plus très bien de quoi ils parlaient. Quand Jacob lui montrait la liste des maisons où il pourrait emménager, était-ce plus réel que quand il lui montrait la liste des maisons où ils auraient pu emménager ensemble ? Quand ils partageaient leur vision de vies indépendantes et heureuses, étaient-ils plus sincères que quand ils partageaient celle d'une vie de famille heureuse ? Les répétitions de la meilleure façon d'annoncer la nouvelle aux enfants avaient commencé à s'apparenter à un exercice théâtral, comme s'ils tentaient de jouer la scène comme il fallait, au lieu de mener leur vie comme il fallait. Elle avait l'impression que c'était une espèce de jeu pour Jacob, qu'il y prenait plaisir. Ou pire, que l'organisation de leur séparation était un nouveau rituel qui les soudait.

La vie domestique stagnait. Ils évoquèrent la possibilité pour Jacob d'aller dormir ailleurs, mais Tamir occupait la chambre d'amis, Barak dormait sur le canapé, et aller à l'hôtel une fois que tout le monde était couché et rentrer quand personne n'était encore levé semblait à la fois cruel et onéreux. Ils parlementèrent sans relâche pour établir le meilleur calendrier de garde partagée, la meilleure transition possible, et s'assurer que personne ne souffre trop du manque – mais ils ne firent rien pour recoller les morceaux ni pour passer à autre chose.

Après l'enterrement…

Après la bar-mitsva…

Après le départ des Israéliens…

Après la fin du trimestre…

Il y avait de la nonchalance dans leur désespoir, et le simple fait d'en parler leur suffisait peut-être pour l'instant. Cela attendrait jusqu'à ce que ça ne puisse plus attendre.

Mais un enterrement, comme les turbulences en avion et le jour de vos quarante ans, vous met face à votre condition mortelle. Un autre jour, Jacob et elle auraient trouvé le moyen de continuer à vivre dans leur purgatoire. Ils se seraient inventé des courses à faire, auraient fait diversion, trouvé une échappatoire émotionnelle, un fantasme. L'enterrement rendait toute conversation quasi criminelle, mais suscitait aussi un questionnement sans fin chez Julia. Tout ce qui pouvait être remis au lendemain revêtait à présent un caractère d'urgence. Elle se souvint de l'obsession de Max pour le temps, le temps qui manque. « Je gâche ma vie ! »

Elle alla dans la chambre, s'approcha des dizaines de manteaux empilés sur le lit. On aurait dit des cadavres, des cadavres de Juifs. Ces images s'étaient aussi gravées dans l'esprit de Julia petite, et il lui semblait impossible maintenant d'échapper à certaines réminiscences. Ces images de femmes nues serrant leur enfant contre leur poitrine. Elle ne les avait plus jamais revues depuis la première fois où elle les avait vues, mais elle n'avait jamais cessé de les voir.

Le rabbin avait sondé les yeux de Julia, de l'autre côté du trou qui attendait patiemment qu'on le referme. Il avait demandé : « Mais d'après votre expérience, les Juifs pleurent-ils en silence ? » Voyait-il ce que personne n'entendait ?

Elle trouva son manteau, l'enfila. Les poches étaient remplies de tickets de caisse, d'une petite réserve de bonbons en guise de monnaie d'échange, de clés, de cartes de visite et de diverses devises étrangères en prévision de voyages qu'elle se rappelait avoir programmés et préparés sans jamais partir. En deux poignées, elle mit tout cela à la poubelle, comme pour le Tachlikh.

Elle se dirigea vers la porte d'entrée sans s'arrêter : passa devant la salade de chou, le café noir, la morue et les blondies ; devant le soda violet et le schnaps à la pêche ; devant les discussions à propos d'investissements, d'Israël et du cancer. Elle passa devant le murmure du kaddish des endeuillés, devant les miroirs recouverts, devant les photos d'Isaac sur la console : avec les Israéliens lors de leur précédente visite ; aux quarante ans de Julia ; sur son canapé, regardant légèrement au loin. En arrivant à la porte, elle remarqua, pour la première fois, le registre de condoléances posé ouvert sur un guéridon. Elle le feuilleta pour voir si ses garçons avaient écrit quelque chose.

Sam : *Je suis désolé.*

Max : *Je suis désolé.*

Benjy : *Je suis désolé.*

Elle aussi était désolée, et elle toucha la mézouza en franchissant le seuil, mais n'embrassa pas ses doigts. Elle se souvint du jour où Jacob avait proposé qu'ils choisissent eux-mêmes le texte à insérer dans la mézouza à l'entrée de chez eux. Ils avaient opté pour une phrase du Talmud : « Chaque brin d'herbe possède son ange qui se penche sur lui et murmure : "Grandis ! Grandis !" » La famille qui prendrait leur place dans cette maison le saurait-elle seulement ?

Tamir et Jacob se couchèrent tard ce soir-là. Julia était quelque part, mais elle n'était pas là. Isaac n'était pas là, et n'était nulle part. Les enfants étaient censés dormir dans leur chambre, mais Sam était dans Other Life tout en discutant avec Billie sur Snapchat, et Max cherchait la définition des mots qu'il ne comprenait pas dans *L'Attrape-cœurs* – furieux, comme Holden lui avait appris à l'être, de devoir utiliser la version papier d'un dictionnaire. Barak était dans la chambre d'amis, où il dormait et prenait du volume. Au rez-de-chaussée, il n'y avait que les deux cousins – de vieux amis, quadragénaires, pères d'enfants encore jeunes.

Jacob prit des bières dans le réfrigérateur ronronnant, coupa le son de la télévision et s'attabla face à Tamir en poussant un profond soupir de manière exagérée.

« C'était dur, aujourd'hui.

– Il a eu une longue et belle vie, dit Tamir avant d'avaler une grande rasade de bière.

– Sans doute, même si je ne suis pas complètement certain qu'elle ait été belle.

– Les arrière-petits-enfants.

– Qu'il appelait sa "vengeance contre le peuple allemand".

– La vengeance est douce.

– Il passait ses journées à découper des coupons de réduction pour des produits qu'il n'achèterait jamais, tout en répétant à ceux qui l'écoutaient que personne ne l'écoutait. » Une gorgée. « Un jour, j'ai emmené les enfants au zoo à Berlin…

– Tu es allé à Berlin ?

– On était en tournage là-bas, et ça coïncidait avec les vacances scolaires.

– Tu as emmené tes enfants à Berlin et pas en Israël ?

– Comme je le disais, on est allés dans un zoo à l'Est, et c'était vraiment l'endroit le plus déprimant que j'aie jamais vu. Il y avait une panthère, dont l'enclos était aussi grand qu'une place de parking pour handicapés, et la végétation à peu près aussi réaliste que la nourriture en plastique présentée dans les vitrines des restaurants chinois. Elle marchait inlassablement en décrivant un huit, toujours le même chemin. Au moment où elle tournait, elle redressait brusquement la tête et plissait les yeux. Elle le faisait à chaque coup. On était hypnotisés. Sam, qui devait avoir sept ans, a posé les mains sur la vitre et a demandé : "C'est quand l'anniversaire de grand-papi ?" On s'est regardés avec Julia. Comment est-ce qu'un enfant de sept ans peut poser une question pareille dans un moment pareil ?

– Ça peut arriver s'il a peur que son arrière-grand-père soit une panthère déprimée.

– Exactement. Et il avait raison. Le même train-train, jour après jour : café soluble et melon ; éplucher le *Jewish Week* avec son énorme loupe ; vérifier que la lumière est bien éteinte dans toutes les pièces de la maison ; pousser un déambulateur monté sur des balles de tennis jusqu'à la *shul* pour tenir toujours les mêmes conversations, avec les mêmes vieux atteints de dégénérescence maculaire, sur tel pronostic médical ou telle cérémonie de remise de diplômes, en changeant simplement les noms des intéressés, comme s'ils jouaient à Mad Libs[1], version dépressive ;

1. Jeu où l'on doit compléter des phrases avec des blancs, sans connaître le contexte dans lequel elles se situent. L'histoire qui en résulte, drôle ou absurde, est ensuite lue à haute voix.

faire décongeler une brique de bouillon de poulet en feuilletant toujours les mêmes albums photo ; manger le bouillon avec du pain noir tout en lisant un nouveau paragraphe du *Jewish Week* ; faire la sieste devant l'un des toujours mêmes cinq films ; traverser la rue pour aller s'assurer que monsieur Kowalski est toujours en vie ; sauter le dîner ; vérifier que la lumière est toujours bien éteinte dans toutes les pièces de la maison ; aller se coucher à sept heures du soir et passer onze heures à faire les mêmes cauchemars. C'est ça, le bonheur ?

– C'en est une version.

– Que personne ne choisirait.

– Beaucoup de gens la choisiraient. »

Jacob pensa aux frères d'Isaac, aux réfugiés affamés, aux survivants qui n'avaient même pas de famille pour les ignorer – il avait à la fois honte de la vie inadéquate qu'il tolérait pour son arrière-grand-père et honte de la juger inadéquate.

« Je n'arrive pas à croire que tu aies emmené les enfants à Berlin, dit Tamir.

– C'est une ville incroyable.

– Mais avant Israël ? »

Google savait à combien de kilomètres Tel Aviv se trouvait de Washington, et un mètre de couturière aurait pu déterminer la largeur de la table, mais Jacob était incapable, même approximativement, de mesurer la distance émotionnelle qui le séparait de Tamir. Il se demanda : est-ce qu'on se comprend ? Ou sommes-nous presque des étrangers qui jouent un rôle et font semblant ?

« Je regrette qu'on n'ait pas davantage gardé le contact, dit Jacob.

– Toi et Isaac ?

– Non. Nous deux.

– J'imagine qu'on aurait pu, si on avait voulu.

– Je n'en suis pas sûr. Il y a beaucoup de choses que j'aurais voulu faire et que je n'ai pas faites.

– Que tu aurais voulu faire sur le moment ou rétrospectivement ?

– Difficile à dire.

– Difficile à savoir ? Ou difficile à dire ? »

Jacob avala une lampée de bière puis essuya du plat de la main l'auréole laissée par la bouteille sur la table, tout en s'en voulant d'être le genre de personne qui ne peut s'empêcher de le faire. Il songea à tout ce qui se passait derrière les murs, au-dessus du plafond et sous le sol – constatant qu'il ne comprenait pas grand-chose au fonctionnement de sa maison. Que se produisait-il dans la prise électrique quand rien n'y était branché ? Y avait-il de l'eau dans les canalisations en ce moment ? Il y en avait sûrement puisqu'elle coulait dès qu'on ouvrait le robinet. Alors, cela signifiait-il que la maison était en permanence pleine d'eau stagnante ? Cela ne représentait-il pas un poids énorme ? Quand il avait appris à l'école que son corps était constitué à plus de 60 % d'eau, il avait réagi comme son père le lui avait appris : il avait eu des doutes. L'eau n'était tout simplement pas assez lourde pour que ça soit vrai. Puis, il avait fait comme son père le lui avait appris : il était allé lui demander si c'était la vérité. Irv avait rempli une poubelle d'eau et mis Jacob au défi de la soulever. Comme Jacob se démenait pour y arriver, Irv lui avait dit : « Imagine maintenant si c'était du sang ! »

Jacob porta la bière à ses lèvres. Il y avait des images du Mur des lamentations à la télévision. Il se renversa contre le dossier de sa chaise et dit : « Tu te souviens quand on est sortis en cachette de chez mes parents, il y a des années ?

– Non.

– Quand on est allés au zoo national.

– Au zoo national ?

– Tu es sérieux ? demanda Jacob. C'était quelques jours avant ma bar-mitsva ?

– Bien sûr que je m'en souviens. Tu as oublié que j'en ai parlé dans la voiture en venant de l'aéroport. Et c'était la veille de ta bar-mitsva. Pas quelques jours avant.

– Oui. Je sais. Je savais. Je ne sais pas pourquoi j'ai dit ça.

– Qu'en penserait ton Dr Silvers ?

– Je suis impressionné que tu te souviennes de son nom.

– Tu m'as facilité la tâche.

– Qu'en penserait le Dr Silvers ? Sans doute que je suis resté vague pour mieux me protéger.

– Combien tu lui donnes, à ce type ?

– Une somme absurdement élevée. Et mon assurance paie les deux tiers restants.

– De quoi tu te protégerais ?

– D'y accorder plus d'importance ?

– Que moi ?

– Je ne dis pas que c'était une décision éclairée. »

Et ça ne se passait pas seulement derrière les murs, au-dessus du plafond et sous le sol – la pièce elle-même grouillait d'une activité dont Jacob avait à peine conscience : émissions de radio, de télévision, conversations téléphoniques, Bluetooth, Wi-Fi, fuites du micro-ondes, radiations du four et des ampoules, rayonnement solaire de ce qui était à la fois le plus gros four et la plus grosse ampoule qui soit. Tout cela traversait constamment la pièce, provoquant parfois des tumeurs ou tuant du sperme, sans que personne s'en rende compte.

« On était si bêtes, ricana Tamir.

– On l'est toujours.

– Mais on l'était encore plus à l'époque.

– Mais on était aussi romantiques.

– Romantiques ?

– À propos de la vie. Tu ne te souviens pas comment c'était ? De croire que la vie elle-même pouvait être l'objet de l'amour ? »

Quand Tamir alla se chercher une autre bière, Jacob envoya un texto à Julia : *où es-tu ? j'ai appelé maggie et elle a dit que tu n'étais pas là.*

« Non, fit Tamir, la tête dans le réfrigérateur. Je ne me souviens pas de ça. »

Leurs chaussettes trempées de sueur s'étaient transformées en éponges, ce matin-là au zoo, trente ans plus tôt. En été, à Washington, tout relevait du rituel de purification. Ils avaient vu les fameux pandas, Ling-Ling et Hsing-Hsing, les éléphants et leur mémoire, les porcs-épics et leur bouclier de stylets. Les parents se querellaient pour savoir dans quelle ville, de Washington ou de Haïfa, le climat était le plus supportable. Chacun d'eux voulait perdre, parce que perdre était une façon de gagner. Tamir, qui avait six mois de plus que Jacob, mais six mois qui faisaient une grande différence, avait passé le plus clair de son temps à démontrer que le lieu était peu sécurisé, qu'il serait facile de s'y introduire, sans s'apercevoir, semblait-il, que le zoo était ouvert, qu'ils s'y trouvaient déjà et qu'il était gratuit.

Après le zoo, ils empruntèrent Connecticut Avenue jusqu'à Dupont Circle – Irv et Shlomo devant, Adina et Deborah derrière eux, Jacob et Tamir dos à la route tout à l'arrière de la Volvo –, mangèrent des sandwichs dans un café quelconque et restèrent tout l'après-midi au musée de l'Air et de l'Espace à faire la queue pour voir les vingt-sept minutes exceptionnelles de *To Fly !*.

Pour se rattraper de leur mauvais déjeuner, ils dînèrent chez Armand, ce soir-là, qui servait « la meilleure pizza de Chicago de Washington », puis prirent des sundaes chez Swensen's et allèrent voir un film d'action sans intérêt à l'Uptown, rien que pour l'émerveillement d'être face à un écran si grand qu'il vous faisait éprouver le contraire de l'ensevelissement, et peut-être même le contraire de la mort.

Cinq heures plus tard, à la seule lueur du boîtier d'alarme, Tamir secouait Jacob pour le réveiller.

« Qu'est-ce que tu fabriques ? demanda Jacob.

– Allons-y, murmura Tamir.

– Quoi ?

– Allez.

– Je dors.

– Si tu dormais, tu ne parlerais pas.
– Ça s'appelle parler dans son sommeil.
– On y va.
– Où ça ?
– Au zoo.
– Quel zoo ?
– Allez viens, ducon.
– C'est ma bar-mitsva demain.
– Aujourd'hui.
– Oui. Et il faut que je dorme.
– Tu dormiras pendant ta bar-mitsva.
– Pourquoi on irait au zoo ?
– Pour y entrer en douce.
– Pourquoi on ferait ça ?
– Fais pas ta chochotte. »

Le bon sens de Jacob était peut-être encore hors service, ou peut-être que l'idée d'être considéré comme une chochotte par Tamir le gênait, toujours est-il qu'il s'assit, se frotta les yeux et s'habilla. Une phrase se forma dans son esprit – *ça ne me ressemble tellement pas* – qu'il se surprendrait à se répéter toute la nuit, jusqu'à ce qu'il devienne le contraire de celui qu'il était.

Ils descendirent Newark Street dans l'obscurité, prirent à droite après la bibliothèque municipale de Cleveland Park. En silence, davantage comme des somnambules que des agents du Mossad, ils descendirent à pas feutrés Connecticut Avenue, traversèrent le Klingle Valley Bridge (un pont que Jacob était incapable de traverser sans s'imaginer sauter), longèrent l'immeuble Kennedy-Warren. Ils étaient éveillés, mais c'était un rêve. Ils arrivèrent devant le lion vert-de-gris et les grandes lettres de béton : ZOO.

Tamir avait raison : il n'y avait rien de plus facile que de sauter par-dessus la barrière de béton à hauteur de taille. C'était si facile que ça ressemblait à un piège. Jacob se serait satisfait de franchir la frontière, d'officialiser la transgression, et ensuite de faire immédiatement demi-tour, son badge de violation de propriété fraîchement acquis dans sa main tremblante. Mais Tamir ne comptait pas en rester là.

Comme un minicommando, il s'accroupit, scruta les alentours, puis ordonna à Jacob de le suivre d'un geste bref. Et Jacob le suivit. Tamir le fit passer devant la guérite de l'entrée, devant le plan du zoo, le conduisit de plus en plus loin de la rue, jusqu'à ce qu'ils la perdent de vue comme des marins perdent de vue la côte. Jacob ignorait où l'emmenait Tamir, mais il savait qu'il l'emmenait quelque part et décida de se laisser faire. *Ça ne me ressemble tellement pas.*

Les animaux dormaient, du moins c'était l'impression qu'avait Jacob. On entendait seulement le souffle du vent dans la masse des bambous et le ronron fantomatique des distributeurs automatiques. Quelques heures plus tôt, le zoo avait des airs de salle d'arcade, un 1er mai. À présent, ils se seraient crus au beau milieu de l'océan.

Les animaux avaient toujours été un mystère pour Jacob, mais jamais autant que lorsqu'ils dormaient. Il semblait possible de se faire une idée – ne serait-ce que très vaguement – de la conscience d'un animal éveillé. Mais de quoi rêvait un rhinocéros ? Est-ce qu'un rhinocéros rêvait ? Un animal ne s'endormait jamais d'un coup – il sombrait lentement, paisiblement dans le sommeil. Mais un animal endormi avait toujours l'air sur le point de se réveiller en sursaut, avec violence.

Ils atteignirent l'enclos du lion et Tamir s'arrêta. « Je n'ai pas cessé d'y penser depuis qu'on est venus ce matin.

– À quoi ? »

Tamir posa les mains sur la balustrade et dit : « Je veux toucher le sol.

– Mais tu le touches déjà.

– Là, à l'intérieur.

– *Quoi ?*

– Une seule seconde.

– Arrête tes conneries.

– Je suis sérieux.

– Non, c'est pas vrai.

– Si, c'est vrai.

– Alors, t'es sacrément cinglé.

– Oui. Mais je suis aussi sacrément sérieux. »

Tamir les avait emmenés, Jacob s'en rendit compte à cet instant, jusqu'à l'endroit où le mur était assez bas pour que même un attardé mental soit capable de ressortir de l'enclos par là. Manifestement, il l'avait déjà repéré dans la matinée, l'avait peut-être même mesuré d'un coup d'œil, s'était peut-être – certainement – joué la scène dans sa tête.

« Ne fais pas ça, dit Jacob.

– Pourquoi ?

– Tu sais pourquoi.

– Non.

– Parce que tu vas te faire bouffer par un lion, Tamir. Putain de merde.

– Ils dorment.

– Parce qu'y en a plusieurs ?

– Trois.

– Tu les as comptés ?

– Oui. Et c'est marqué sur la plaque.

– Ils dorment parce que personne ne vient sur leur territoire.

– Ils ne sont même pas là. Ils sont à l'intérieur.

– Qu'est-ce que t'en sais ?

– Tu les vois ?

– Je suis pas zoologue, putain. De tout ce qui est en train de se passer là, maintenant, je ne vois à peu près rien.

– Ils dorment à l'intérieur.

– Rentrons à la maison. Je dirai à tout le monde que tu as sauté dans l'enclos. Je leur dirai que tu as tué un lion, que tu t'es fait tailler une pipe par un lion, tout ce que tu veux qui donnera l'impression que tu es un héros, mais là, on se casse.

– Rien de ce que je veux faire ici n'a de rapport avec quelqu'un d'autre. »

Tamir avait déjà commencé à se hisser.

« Tu vas mourir, dit Jacob.

– Toi aussi, lui rétorqua Tamir.

– Je suis censé faire quoi si un lion se réveille et te saute dessus ?

– La question c'est : qu'est-ce que *moi*, je suis censé faire. »

Jacob éclata de rire. Et son rire provoqua celui de Tamir. Son trait d'humour fit retomber la tension. Son trait d'humour rendit raisonnable l'idée la plus stupide qui soit, presque sensée, peut-être même géniale. L'autre terme de l'alternative – suivre la voie de la raison – devenait absurde. Parce qu'ils étaient jeunes. Parce qu'on n'est jeune qu'une fois dans sa vie et qu'on n'a qu'une seule vie. Parce que l'audace est la seule façon de défier le néant. Jusqu'où peut-on aller pour se sentir vivant ?

Cela se produisit en un éclair et dura une éternité. Tamir sauta dans l'enclos, atterrit dans un bruit sourd qu'il n'avait de toute évidence pas prévu, parce que Jacob vit dans ses yeux une expression de terreur lorsqu'il croisa son regard. Et comme si le sol était une coulée de lave, il tenta de s'en extraire. Il sauta pour atteindre la balustrade, mais il n'y parvint pas. Il recommença, et le second essai fut le bon. Il se hissa, Jacob le tira par-dessus le plexiglas, et ils tombèrent ensemble dans l'allée, hilares.

Qu'avait ressenti Jacob en riant avec son cousin ? Il riait de la vie. Riait de lui. Même à treize ans, on est traversé par le frisson et la terreur de sa propre insignifiance. *Surtout* à treize ans.

« À toi, maintenant, dit Tamir quand ils se relevèrent et s'époussetèrent.

– Tu rêves, putain. »

Ça ne me ressemble tellement pas.

« Allez.

– Plutôt crever.

– Rien ne t'empêche de faire les deux. Allez, t'as pas le choix.

– Parce que tu l'as fait ?

– Parce que tu veux le faire.

– Non.

– Allez, répéta Tamir. Tu seras heureux après. Pendant des années, tu seras heureux.

– Je ne rêve pas particulièrement d'être heureux. »

Puis, d'un ton ferme : « Fais-le, Jacob. »

Jacob tenta de balayer l'agressivité de Tamir d'un éclat de rire. « Mes parents me tueraient si je meurs avant ma bar-mitsva.

– Ce sera ça, ta bar-mitsva.

– Pas question. »

Alors Tamir colla son visage à celui de Jacob. « Je te fous un coup de poing si tu ne le fais pas.

– Fiche-moi la paix.

– Je te jure que je vais te foutre un coup de poing.

– Mais j'ai des lunettes et de l'acné. »

Ce trait d'humour n'eut aucun effet, ne fit rien paraître presque sensé. Tamir frappa Jacob dans la poitrine, assez fort pour l'envoyer valdinguer contre la balustrade. C'était la première fois que Jacob recevait un coup.

« Mais putain, Tamir ?

– Qu'est-ce que t'as à pleurer ?

– Je ne pleure pas.

– Si tu ne pleures pas, alors arrête de pleurer.

– Je ne pleure pas. »

Tamir posa une main sur chaque épaule de Jacob et appuya son front contre le sien. Jacob avait tété le sein de sa mère pendant un an, avait été lavé dans l'évier de la cuisine, s'était endormi contre l'épaule de son père un millier de fois… mais il n'avait jamais connu pareille situation d'intimité.

« Il faut que tu le fasses, répéta Tamir.

– Je ne veux pas.

– Si, mais tu as peur.

– Non. »

Mais c'était vrai. Il avait peur.

« Viens, dit Tamir, conduisant Jacob jusqu'au mur. C'est facile. Ça ne te prendra qu'une seconde. T'as bien vu. T'as bien vu que ce n'était pas sorcier. Et tu t'en souviendras toute ta vie. »

Ça ne me ressemble tellement pas.

« Les morts n'ont pas de souvenirs.

– Je ne te laisserai pas mourir.

– Ah non ? Et qu'est-ce que tu comptes faire ?

– Je vais sauter avec toi.

– Pour qu'on meure ensemble ?

– Oui.

– Mais ça ne m'évitera pas de mourir.

– Si. Et maintenant, vas-y.

– Tu as entendu ce que j'ai dit ?

– Non, parce qu'il n'y avait rien à entendre.

– Sérieux, je ne veux pas mourir. »

Il le fit sans s'en apercevoir, sans avoir pris la moindre décision, sans que son cerveau envoie le moindre signal au moindre muscle. À un moment, Jacob se retrouva au-dessus du plexiglas sans l'avoir jamais escaladé. Ses mains tremblaient si violemment qu'il arrivait à peine à s'accrocher.

Ça ne me ressemble tellement pas.

« Lâche », dit Tamir.

Il s'accrochait.

Ça ne me ressemble tellement pas.

« Lâche. »

Il fit non de la tête et lâcha.

Puis il se retrouva par terre, dans l'antre du lion.

C'est tout le contraire de moi.

Là, sur la terre battue, au milieu d'une fausse savane, au cœur de la capitale du pays, il éprouva un sentiment si irrépressible et authentique que celui-ci ne pourrait que lui sauver la vie ou la lui gâcher.

Trois ans plus tard, sa langue toucherait celle d'une fille pour laquelle il se serait volontiers coupé les bras, si seulement elle lui en avait laissé l'occasion. Et l'année suivante, un airbag lui décollerait la rétine mais lui sauverait la vie. Deux ans après, il regarderait avec stupéfaction une bouche avaler son pénis. Et plus tard cette même année, il dirait à son père ce qu'il disait sur lui à d'autres depuis des années. Il fumerait un boisseau d'herbe, verrait son genou se plier dans le mauvais sens pendant une stupide partie de football américain sans contact, serait ému aux larmes dans une ville étrangère, de manière inexplicable, par un tableau représentant une femme et son enfant, toucherait un ours brun en hibernation et un pangolin menacé d'extinction, passerait une semaine à attendre le résultat d'un examen, prierait en silence pour la vie de sa femme tandis qu'elle crierait et qu'une nouvelle vie sortirait de son corps – tant de moments où l'existence semblait importante, précieuse. Mais ils représentaient une infime fraction de son temps sur terre : cinq minutes par an ? Combien cela faisait-il en tout ? Un jour ? Tout au plus ? Un jour où il s'était senti vivant en quarante ans d'existence ?

Dans l'antre du lion, il se sentit entouré et étreint par sa propre existence. Il se sentit, peut-être pour la première fois de sa vie, en sécurité.

Et puis il entendit le bruit et fut ramené à la réalité. Il leva les yeux, croisa le regard de Tamir et vit que lui aussi l'avait entendu. Un remuement. Un feuillage qu'on écrase. Qu'avaient-ils échangé dans ce regard ? De la peur ? On aurait plutôt dit un rire. Comme s'ils venaient de voir passer la blague la plus drôle du monde.

Jacob se tourna et vit un animal. Pas dans sa tête, mais un véritable animal dans le monde réel. Un animal qui ne prenait le temps ni de réfléchir ni de s'expliquer. Un animal non circoncis. Il était à une quinzaine de mètres, mais la chaleur de son haleine embuait ses lunettes.

Sans un mot, Tamir escalada la clôture et tendit la main. Jacob sauta mais ne put l'atteindre. Leurs doigts se touchèrent, leur donnant l'impression qu'ils étaient infiniment loin l'un de l'autre. Jacob sauta de nouveau, et de nouveau leurs doigts se frôlèrent, tandis que le lion s'élançait, avalant la moitié de la distance à chaque foulée. Jacob n'avait pas le temps de reprendre son sang-froid ou de réfléchir au meilleur moyen de gagner quelques centimètres, alors il fit une nouvelle tentative, et cette fois – à cause de l'adrénaline, ou parce que Dieu eut soudain envie de prouver Son existence – il saisit le poignet de Tamir.

Et ils se retrouvèrent une nouvelle fois tous les deux étalés par terre, et Tamir éclata de rire, et Jacob éclata de rire, et ensuite, ou en même temps, Jacob fondit en larmes.

Peut-être savait-il. Peut-être était-il conscient, adolescent riant et pleurant par terre, qu'il ne ressentirait plus jamais une chose pareille. Peut-être vit-il, du sommet de cette montagne, les Vastes Plaines qui s'offraient à son regard.

Tamir pleurait, lui aussi.

Trente ans plus tard, ils étaient toujours au bord de l'enclos, mais malgré tous les centimètres qu'ils avaient gagnés en taille, il ne leur était plus possible d'y entrer. Le plexiglas avait grandi, lui aussi. Il avait grandi plus qu'eux.

« Je ne me suis plus jamais senti vivant depuis ce soir-là, dit Jacob, apportant une autre bière à Tamir.

– Tu as eu une vie si ennuyeuse que ça ?

– Non. Il s'est passé beaucoup de choses dans ma vie. Mais je n'ai pas ressenti ça.

– Il y a plusieurs sortes de bonheur », déclara Tamir.

Jacob n'ouvrit pas la bouteille tout de suite et dit : « Tu sais, je ne suis pas sûr de croire à ça.

– Tu ne veux pas y croire. Tu veux croire que ton travail devrait être aussi important qu'une guerre, qu'une longue vie de couple devrait être aussi excitante qu'un premier rendez-vous.

– Je sais. Il ne faut pas avoir trop d'attentes. Il faut apprendre à aimer la torpeur.

– Ce n'est pas ce que j'ai dit.

– J'ai passé ma vie à m'accrocher à la croyance que tout ce qu'on s'était dit quand on était jeunes contenait au moins une once de vérité. Que la promesse d'une vie d'émotions n'est pas un mensonge.

– Tu t'es déjà demandé pourquoi tu accordes tant d'importance aux sentiments ?

– À quoi faut-il accorder de l'importance en dehors de ça ?

– À la paix.

– En matière de paix, j'ai tout ce qu'il me faut, répondit Jacob. J'en ai à revendre.

– Il y a aussi plusieurs sortes de paix. »

Une bourrasque souffla sur la maison, et dans les entrailles de la hotte aspirante, le clapet du tuyau d'évacuation claqua.

« Julia pense que je ne crois en rien, reprit Jacob. Elle a peut-être raison. Je ne sais pas si c'est de l'ordre de la croyance ou de l'incrédulité, mais je suis sûr que mon grand-père n'est nulle part ailleurs que sous terre en ce moment. On n'obtiendra rien de plus que ce qu'on a déjà. Notre travail, notre vie de couple...

– Tu es déçu ?

– Oui. Ou effondré. Non, c'est entre la déception et l'effondrement. Démoralisé ? »

Le spot récalcitrant encastré au-dessus de l'évier s'éteignit dans un petit claquement sec. Sûrement un faux contact.

« La journée a été difficile, dit Tamir.

– Oui, mais ça fait des dizaines d'années qu'elle dure.

– Même si on a l'impression qu'elle n'a duré que quelques secondes ?

– Chaque fois qu'on me demande comment je vais, je me surprends à répondre : "Je traverse une phase." Tout est une transition, une zone de turbulences avant de parvenir à destination. Mais je le dis depuis si longtemps que je devrais sans doute me faire à l'idée que le reste de ma vie ne sera qu'une longue phase : un sablier sans ses ampoules de verre. Rien que le goulot.

– Jacob, tu n'as vraiment pas assez de soucis.

– J'en ai bien assez, crois-moi, répliqua Jacob en renvoyant un texto à Julia. Mais ce sont des soucis mineurs, domestiques. Mes enfants ont les yeux rivés sur des écrans à longueur de journée. Mon chien est incontinent. J'ai un appétit insatiable pour le porno, mais je n'arrive pas à bander dès que j'ai une vraie chatte sous les yeux. Je perds mes cheveux – je sais que tu l'as remarqué, merci de ne pas l'avoir souligné.

– Tu ne perds pas tes cheveux.

– Je suis insignifiant. »

Tamir hocha la tête et demanda : « Qui ne l'est pas ?

– Toi.

– En quoi suis-je si remarquable ? Je suis curieux de le savoir.

– Tu as combattu dans l'armée, tu vis sous la menace de futures guerres, et va savoir dans quel merdier est Noam en ce moment même. Les risques que tu cours sont à la mesure de la vie extraordinaire que tu mènes.

– Et ça te fait envie ? Avec une bière de moins, je me sentirais offensé par ce que tu viens de dire. » Il avala la moitié de sa bouteille. « Avec une de plus, je serais furieux.

– Tu n'as aucune raison de te sentir offensé. Tout ce que je dis, c'est que tu as échappé aux Vastes Plaines de la vie.

– Tu crois que je veux autre chose qu'une maison toute blanche sans intérêt dans un quartier sans intérêt où personne ne se connaît parce que tout le monde passe son temps devant la télé ?

– Oui. Je crois que ça te rendrait aussi fou que mon grand-père.

– Il n'était pas fou. C'est toi qui l'es.

– Je ne voulais pas... »

Le spot se ralluma, épargnant à Jacob la peine de savoir ce qu'il ne voulait pas.

« Écoute-toi, Jacob. Tu crois que tout ça n'est qu'un jeu parce que tu n'es qu'un spectateur.

– Qu'est-ce que tu veux dire ?

– Pire qu'un spectateur. Tu ne sais même pas quelle équipe tu soutiens.

– Eh, Tamir. Qu'est-ce que tu racontes ? Qu'est-ce qu'il y a ? »

Tamir montra la télévision – les troupes israéliennes retenaient une foule de Palestiniens en colère qui tentaient d'entrer dans Jérusalem-Ouest – et dit : « Voilà ce qu'il y a. T'as peut-être pas remarqué ?

– Mais c'est exactement de ça que je parle.

– Le drame. Oui. Tu aimes le drame. C'est ce qu'on est qui te fait honte.

– *Quoi ?* Qui me fait honte ?

– Israël.

– Tamir, arrête. Je ne sais pas de quoi tu parles ni pourquoi cette conversation a pris ce tour-là. Je ne peux même plus me lamenter sur ma vie ?

– Seulement si je peux défendre la mienne. »

Dans l'espoir qu'un peu d'autonomie aiderait Max à être un peu plus débrouillard, Jacob et Julia avaient commencé à lui autoriser quelques échappées solitaires dans le quartier : jusqu'à la pizzeria, la bibliothèque, la pâtisserie. Un après-midi, il était rentré de l'épicerie avec une paire de lunettes à rayons X en carton. Jacob le regarda discrètement les essayer, puis lire le descriptif sur l'emballage, les réessayer, relire le descriptif. Il arpenta le rez-de-chaussée avec les lunettes sur le nez, de plus en plus agité. « C'est complètement nul ! » s'écria-t-il en les jetant par terre. Jacob lui expliqua gentiment que c'était une blague pour faire croire aux gens qu'on peut voir à travers les objets. « Pourquoi c'est pas précisé sur l'emballage ? demanda Max, sa colère se changeant en humiliation. Et en quoi ce serait moins drôle si elles permettaient vraiment de voir à travers les objets ? »

Que se passait-il dans la tête de Tamir ? Jacob ne comprenait pas pourquoi sa petite plaisanterie sur le bonheur avait dégénéré en une violente dispute politique à un seul participant. Il avait touché une corde sensible, mais laquelle ?

« Je travaille beaucoup, reprit Tamir. Tu le sais. J'ai toujours beaucoup travaillé. Certains hommes travaillent pour échapper à leur famille. Moi, je travaille pour subvenir aux besoins de la mienne. Tu me crois quand je dis ça, hein ? »

Jacob hocha la tête, incapable de dire : « Bien sûr. »

« J'ai raté beaucoup de repas en famille quand Noam était petit. Mais je le déposais à l'école tous les matins. C'était important pour moi. Ça m'a permis de faire connaissance avec beaucoup d'autres parents. Je les aimais bien, pour la plupart. Mais il y avait un père que je ne supportais pas – un vrai connard, comme moi. Et naturellement, je me suis mis à détester aussi son enfant. Il s'appelait Eitan. Tu as peut-être deviné la suite ?

– Je n'en ai aucune idée.

– Quand Noam a fait son service, qui s'est retrouvé dans la même unité que lui ?

– Eitan.

– Eitan. Son père et moi, on s'envoie des mails quand on a une bribe d'information à partager. On ne se voit jamais, on ne se parle jamais au téléphone. Mais on s'envoie quelques messages. Je ne l'apprécie toujours pas – plus j'ai affaire à lui, plus je le déteste. Mais je l'aime. » Il enroula les doigts autour de sa bouteille vide. « Je peux te poser une question ?

– Évidemment.

– Combien tu donnes à Israël ?

– Combien ? D'argent, tu veux dire ? demanda Jacob en allant chercher une autre bière pour Tamir, et parce qu'il avait besoin de bouger. Drôle de question.

– Oui. Combien tu donnes à Israël ? Je suis sérieux.

– Quoi, à l'United Jewish Appeal ? À l'université Ben Gourion ?

– Oui, en comptant tout ça. En comptant aussi tes voyages en Israël avec tes parents, avec ta famille.

– Tu sais que je n'y suis jamais allé avec Julia et les enfants.

– C'est vrai. Vous êtes allés à Berlin. Eh ben, imagine que vous soyez allés en Israël. Imagine les hôtels où vous seriez descendus, les allers-retours en taxi, les falafels, la mézouza en pierre de Jérusalem que vous auriez rapportée.

– Je ne vois pas où tu veux en venir.

– Je sais que moi, je donne plus de soixante pour cent de mes revenus.

– Tu veux dire en impôts ? Mais tu habites là-bas.

– Raison de plus pour que tu prennes ta part du fardeau financier.

– Je ne vois vraiment pas à quoi rime cette conversation, Tamir.

– Et non seulement tu refuses de donner ta part, mais en plus tu nous dépouilles.

– Et de quoi, je vous dépouille ?

– De notre avenir. Tu savais que plus de quarante pour cent des Israéliens envisagent d'émigrer ? D'après un sondage.

– Et c'est ma faute ? Tamir, je sais qu'Israël n'a rien d'une paisible petite ville universitaire et que c'est sûrement une torture pour toi d'être séparé de ta famille en ce moment, mais tu t'en prends à la mauvaise personne.

– Allez, Jacob.

– Quoi ?

– Tu te plains d'être démoralisé, putain, tu te plains de mener une petite vie étriquée. » Tamir se pencha en avant. « Moi, j'ai peur. »

Jacob fut si touché qu'il en resta sans voix. C'était comme s'il venait d'entrer dans la cuisine en portant des lunettes à rayons X en carton, les avait jetées par terre de frustration, et qu'au lieu de lui expliquer qu'elles servaient seulement à faire croire aux autres qu'on pouvait voir à travers les objets, Tamir était devenu transparent.

« J'ai peur, répéta-t-il. Et je n'en peux plus de faire copain-copain avec le père d'Eitan.

– Il n'y a pas que le père d'Eitan dans ta vie.

– C'est vrai : il y a les Arabes.

– Et *nous*.

– Nous ? Tes enfants dorment sur des matelas bio. Mon fils, lui, est au milieu de ce merdier, dit-il en montrant de nouveau la télévision. Je donne plus de la moitié de tout ce que je possède, et toi, un pour cent, grand max. Tu veux participer à l'aventure et tu t'autorises à me dire comment organiser ma vie, et pourtant tu ne donnes rien et tu ne fais rien. Donne plus ou parle moins. Mais arrête de t'inclure dans ce *nous.* »

Comme Jacob, Tamir préférait ne pas garder son téléphone dans sa poche et le posait sur les tables ou les comptoirs. Plusieurs fois, même s'il ne ressemblait pas du tout au sien, Jacob l'avait pris d'instinct. La première fois, le fond d'écran était une photo de Noam enfant se préparant à tirer un corner. La fois suivante, c'était une autre photo : Noam en uniforme faisant le salut militaire. La fois suivante : Noam dans les bras de Rivka.

« Je comprends que tu sois inquiet, dit Jacob. Ça me rendrait fou, moi. Et si j'étais à ta place, j'en voudrais à quelqu'un comme moi. Mais la journée a été longue.

– Tu te souviens que tu étais obsédé par notre abri anti-bombes ? La première fois que tu es venu ? Ton père aussi. Il a presque fallu que je te traîne dehors.

– Ce n'est pas vrai.

– Quand on a vaincu une demi-douzaine d'armées arabes en 48…

– *On ?* Tu n'étais même pas né.

– C'est vrai, je n'aurais pas dû dire "on". Ça t'inclut dans le lot alors que ça ne te concerne pas.

– Ça me concerne autant que toi.

– Sauf que mon grand-père a risqué sa vie, et donc aussi la mienne.

– Il n'avait pas le choix.

– L'Amérique a toujours été un choix pour nous. Comme Israël pour toi. Chaque année, tu finis ton Séder en disant : "L'an prochain à Jérusalem", et chaque année tu choisis de le fêter aux États-Unis.

– Parce que Jérusalem est un concept. »

Tamir éclata de rire et tapa sur la table. « Pas pour ceux qui y habitent, non. Pas quand on met un masque à gaz à son enfant. Qu'est-ce qu'il a fait ton père en 73 pendant que les Égyptiens et les Syriens nous repoussaient vers la mer ?

– Il a écrit des tribunes, manifesté, fait pression.

– Tu sais que j'adore ton père, mais si tu t'entendais, Jacob. Des tribunes ? Mon père commandait une unité de blindés.

– Mon père s'est rendu utile.

– Il a contribué comme il le pouvait sans faire le moindre sacrifice ni prendre le moindre risque. Tu crois qu'il a envisagé de monter dans un avion pour aller se battre ?

– Il ne savait pas se battre.

– C'est pas si dur, il faut juste essayer de ne pas se faire tuer. En 48, on distribuait des fusils aux squelettes qui débarquaient des bateaux en provenance d'Europe.

– Et il avait une femme à la maison.

– Sans blague.

– Et ce n'était pas son pays.

– Bingo.

– C'était les États-Unis, son pays.

– Non, il était apatride.

– Les États-Unis étaient sa patrie.

– Les États-Unis étaient le pays où il se logeait. Et tu sais ce qui serait arrivé si on avait perdu cette guerre, comme tant de gens parmi nous l'ont craint ?

– Mais vous ne l'avez pas perdue.

– Mais si on l'avait perdue ? Si on avait été poussés dans la mer ou abattus sur place ?

– Où est-ce que tu veux en venir ?

– Ton père aurait écrit des tribunes.

– Je ne comprends pas vraiment ce que tu essaies de démontrer avec ce petit exercice mental. Que tu habites en Israël et pas moi ?

– Non, qu'Israël est superflu pour toi.

– Superflu ?

– Oui. Tu aimes ce pays, tu le soutiens, tu chantes à sa gloire, tu pries pour lui, tu envies même les Juifs qui y habitent. Et tu survivras sans lui.

– Au sens où je ne vais pas cesser de respirer ?

– Dans ce sens, oui.

– Alors, dans ce sens, les États-Unis aussi sont superflus pour moi.

– C'est absolument vrai. Les gens croient que les Palestiniens sont apatrides, mais ils sont prêts à mourir pour leur patrie. C'est de toi qu'on devrait avoir pitié.

– Parce que je ne mourrai jamais pour un pays ?

– Oui. Et c'est peu dire. Tu ne mourras jamais pour rien. Pardon si je suis blessant, mais ne viens pas me dire que c'est injuste ou faux. Julia avait raison : tu ne crois en rien. »

À cet instant, l'un ou l'autre aurait pu se lever furieux et s'en aller, mais Jacob prit son téléphone sur la table et dit calmement : « Je vais pisser. Et quand je reviens, on va faire comme si ces dix dernières minutes n'avaient jamais existé. » Tamir ne réagit pas.

Jacob s'enferma aux toilettes mais ne pissa pas, et ne fit pas comme si rien ne s'était passé. Il sortit son téléphone de sa poche. Le fond d'écran était une photo de Max, le jour de ses six ans. Julia et lui lui avaient offert une valise remplie de déguisements. Un costume de clown. Un de pompier. D'Indien. De groom. De shérif. Le premier qu'il avait enfilé, et qui fut numériquement immortalisé, était un uniforme de soldat. Jacob tira la chasse dans le vide, alla dans les paramètres de son téléphone et remplaça la photo par une tirée de la banque d'images génériques : une feuille sans arbre.

Il regagna la cuisine et se rassit face à Tamir. Il avait décidé de tester la blague sur la différence entre une Subaru et une érection, mais avant même qu'il prononce un mot, Tamir lui dit : « Je ne sais pas où est Noam.

– Comment ça ?

– Il est rentré à la maison quelques jours. On s'est écrit des mails, on a parlé. Mais son unité a été déployée cet après-midi. Rivka ne sait pas où. Et je n'ai aucune nouvelle. Il a essayé d'appeler mais, stupide que je suis, je n'avais pas mon téléphone sur moi. Comment un père peut faire ça ?

– Oh, Tamir. Je suis navré. Je ne peux même pas imaginer ce que tu ressens.

– Si, tu peux.

– Tout ira bien pour Noam.

– Tu peux me le promettre ? »

Jacob gratta une démangeaison imaginaire sur son bras et répondit : « J'aimerais bien.

– Je pensais en grande partie les choses que je t'ai dites. Mais il y en a aussi beaucoup que je ne pensais pas. Ou, du moins, je ne suis pas sûr que je les pensais.

– Moi aussi, j'ai dit des choses que je ne pensais pas. Ça arrive.

– Il ne pourrait pas envoyer un mail d'une phrase ? Deux lettres : O.K. »

– Je ne sais pas où est Julia, dit Jacob pour tenter de rapprocher sa situation de celle de Tamir. Elle n'est pas partie pour le boulot.

– Ah non ?

– Non. Et j'ai peur.

– Alors, on peut parler.

– Ce n'est pas ce qu'on a fait jusque-là ?

– C'était du blabla.

– Tout est ma faute. Julia. La famille. J'ai agi comme si mon foyer était superflu.

– Doucement. Dis-moi ce qui…

– Elle a trouvé un téléphone, poursuivit Jacob, comme s'il ne pouvait faire cette annonce qu'en coupant la parole de ses interlocuteurs. Un téléphone secret qui m'appartient.

– Merde. Qu'est-ce que tu fabriquais avec un téléphone secret ?

– C'était vraiment stupide.

– Tu l'as trompée ?

– Je ne connais même pas le sens de ce mot.

– Tu le connaîtrais si c'était Julia qui te trompait. » Ce qui desserra le frein à main de l'esprit de Jacob : était-elle en train de coucher avec Mark en ce moment même ? Était-il en train de la baiser pendant qu'ils parlaient d'elle ? « Tu l'as baisée ? » demanda Tamir.

Jacob garda le silence, comme s'il avait besoin de réfléchir à la question, comme s'il ne savait même pas ce que le mot *baiser* signifiait.

« Oui.

– Plusieurs fois ?

– Oui.

– Pas dans la maison.

– Non, fit Jacob d'un ton outré. Dans des hôtels. Une fois au bureau. C'était juste une façon de m'autoriser à reconnaître qu'on n'était pas heureux.

– Tout le monde est si content qu'on s'autorise à faire ce dont personne ne veut.

– Peut-être.

– C'est la même conversation que celle qu'on vient d'avoir. Exactement la même.

– Je croyais qu'on avait fini par convenir que c'étaient des conneries ?

– En partie, oui, mais pas sur ce point. Tu ne peux pas dire : “Voilà l’homme que je suis.” Tu ne peux pas dire : “Je suis un homme marié. J’ai trois enfants formidables, une belle maison, un bon boulot. Je n’ai pas tout ce que je veux, je ne suis pas aussi respecté que je le voudrais, je ne suis pas aussi riche, ni aimé, ni baisé que je le voudrais, mais voilà l’homme que je suis, que j’ai choisi d’être, et que j’admets être.” Tu ne peux pas dire ça. Mais tu ne peux pas non plus admettre avoir d’autres besoins, d’autres désirs. Oublie les autres, tu n’es même pas capable de t’avouer à toi-même que tu n’es pas heureux.

– Je ne suis pas heureux. Si c’est ce que tu veux m’entendre dire, voilà, c’est dit. Je veux plus.

– Ce n’est que du blabla.

– Qu’est-ce qui n’en est pas ?

– Aller en Israël. Pour y vivre.

– OK, là tu plaisantes.

– Je dis ce que tu sais déjà.

– Que si je m’installais en Israël, ma vie de couple s’arrangerait ?

– Que si tu avais le courage de dire : “Voilà l’homme que je suis”, au moins tu mènerais ta propre vie. Même si celui que tu es est détestable aux yeux des autres. Même s’il est détestable à tes propres yeux.

– Parce que je ne vis pas ma propre vie ?

– Non.

– Celle de qui, alors ?

– Peut-être l’idée que ton grand-père se faisait de la vie. Ou ton père. Ou même toi. Peut-être que ce n’est pas une vie du tout. »

Jacob aurait dû prendre ombrage de cette remarque, du moins le soupçonna-t-il, et son instinct lui commandait de riposter, mais il se sentait également rempli d’humilité et reconnaissant.

« La journée a été longue, répondit-il, et je ne sais pas si on dit vraiment ce qu’on pense. Ça me fait plaisir que tu sois là. Ça me rappelle quand on était petits. Arrêtons les frais. »

Tamir avala d'un trait le dernier tiers de sa bière. Il reposa la bouteille sur la table, plus délicatement que tout ce que Jacob l'avait vu faire jusqu'alors, et dit : « Quand est-ce qu'on arrête les frais ?

– Toi et moi ?

– Oui.

– Sinon quoi ? on risque de tout perdre ?

– Ou alors on reprend nos billes.

– Chacun les siennes ?

– Oui. »

Tamir finit la bière de Jacob et jeta les deux bouteilles vides dans la poubelle.

« On recycle, dit Jacob.

– Pas moi.

– Vous avez assez de serviettes, là-haut ?

– Tu crois que j'en fais quoi, de tes serviettes ?

– J'essaie simplement d'être un bon hôte.

– Il faut toujours que tu joues un rôle.

– Oui. Je joue toujours un rôle. C'est une de mes qualités.

– Très bien.

– Et toi aussi, tu joues toujours un rôle. Et Barak aussi. Et Julia et Sam et Max et Benjy. Tout le monde.

– Et quel rôle je joue ? »

Jacob garda le silence un instant, par précaution.

« Tu essaies d'être plus important que tu ne l'es vraiment. »

Le sourire de Tamir révéla la force du coup.

« Ah.

– Tout le monde joue un rôle.

– Pas ton grand-père. »

C'était quoi, ça ? Une blague stupide ? Une vague velléité de sagesse ?

« Il a arrêté d'essayer d'être quelqu'un d'autre, rétorqua Jacob, et ça l'a tué.

– Tu te trompes. C'est le seul d'entre nous qui ait réussi.

– À faire quoi ?

– À devenir quelqu'un.

– Quelqu'un de mort ?

– De réel. »

Jacob faillit dire : *Là, je suis largué.*

Il faillit dire : *Je monte me coucher.*

Il faillit dire : *Je ne suis d'accord avec rien de ce que tu as dit, mais je comprends.*

La soirée pouvait finir, la conversation en rester là, ce qu'ils avaient échangé pouvait être traité, digéré et expulsé, à l'exception des nutriments.

Mais au lieu de ça, Jacob demanda : « Tu veux une autre bière ? Ou on va être bourrés et trop gros ?

– Je prendrai la même chose que toi. Y compris l'ivresse et les kilos en trop.

– Et la calvitie.

– Non, tu te charges de ça pour nous deux.

– Tu sais, j'ai un sachet d'herbe, là-haut. Quelque part. Elle a probablement l'âge de Max, mais l'herbe, ça ne vieillit pas mal, si ?

– Pas plus mal qu'un enfant, dit Tamir.

– Merde.

– Qu'est-ce qui pourrait arriver de pire ? Qu'elle ne fasse pas d'effet ? »

Julia mit trois heures pour se rendre à pied chez Mark. Jacob envoya des textos et appela, renvoya des textos et rappela, mais elle n'envoya pas de texto ni n'appela pour savoir si Mark était là. Quand son doigt appuya sur la sonnette, il la déclencha dans l'appartement – un circuit fermé, l'espace d'une seconde palpitante, comme un oiseau qui heurte une vitre.

« Oui ? »

Elle resta figée et muette. Le micro pouvait-il détecter sa respiration ? Mark entendait-il son souffle, quatre étages plus haut ?

« Je te vois, Julia. Il y a une petite caméra juste au-dessus des boutons.

– C'est Julia », annonça-t-elle, comme si elle pouvait couper les quelques secondes qui venaient de s'écouler et répondre à son « Oui ? » comme un être humain normal.

« Oui, je te regarde.

– C'est assez désagréable.

– Eh bien, sors du champ de la caméra et monte. »

La porte se déverrouilla.

Puis celles de l'ascenseur s'ouvrirent devant elle une première fois, et une deuxième.

« Je ne m'attendais pas à ce que tu viennes, dit Mark en la faisant entrer.

– Moi non plus. »

Instinctivement, elle jeta un œil à l'appartement. Tout était ostensiblement neuf : fausses moulures, parquets aussi brillants qu'une piste de bowling, gros variateurs en plastique.

« Comme tu le vois, c'est un vrai chantier, dit Mark.

– Qu'est-ce qui ne l'est pas ?

– Beaucoup de meubles arrivent demain. Demain, ça aura une tout autre allure.

– Alors je suis contente d'avoir vu à quoi ça ressemblait avant.

– Et c'est temporaire. J'avais besoin d'un endroit, et ça… bon, c'était un endroit.

– Tu crois que je te juge ?

– Non, mais je crois que tu juges mon appartement. »

Elle regarda Mark, les efforts qu'il faisait : il utilisait des lotions pour ses cheveux, faisait de la musculation, achetait des vêtements dont quelqu'un – dans un magazine ou une boutique – lui avait dit qu'ils étaient chouettes. Elle examina l'appartement : la hauteur des plafonds, la grandeur des fenêtres, le lustre des appareils.

« Où est-ce que tu manges ?

– Dehors, en général. Toujours.

– Où est-ce que tu ouvres ton courrier ?

– Je fais tout sur ce canapé.

– Tu dors dessus ?

– Tout sauf dormir. »

Tout sauf dormir : c'était insupportablement suggestif. Du moins Julia en eut-elle l'impression. Mais tout lui semblait insupportablement suggestif à cet instant, parce qu'elle était insupportablement vulnérable. Avant que la peau ne se reconstitue et ne cicatrise, la chair de la main de Sam était exposée à l'air libre, et le risque d'infection était un souci permanent. De manière puérile, Julia ne voulait pas reprocher à la main de son fils sa vulnérabilité et elle avait donc choisi de faire comme si rien n'avait changé chez lui et que c'était le monde qui était devenu plus menaçant. Ils étaient allés chez le glacier juste en sortant de l'hôpital. « Tous les nappages ? » demanda l'employé. Au moment où sa main poussait la porte – la première qu'elle ouvrait depuis que la grosse s'était refermée –, Julia remarqua l'envers de l'écriteau OUVERT. « Regarde, dit-elle, voyant dans cette plaisanterie une raison de plus de se haïr, le monde est fermé.

– Non, dit Sam. *FERME.* Comme solide. »

Une raison de plus de se haïr.

Il y avait tant de choses qu'elle aurait pu dire à Mark. Les sujets frivoles ne manquaient pas. C'est dans une colonie de vacances qu'elle avait appris à faire les lits au carré comme dans les hôpitaux. C'est à l'hôpital qu'elle avait appris à formuler des phrases au carré entre deux interminables secondes. Mais, là tout de suite, elle ne voulait pas que les choses soient au carré ni dissimulées. Et elle ne voulait pas non plus qu'elles soient aussi désordonnées et exposées qu'elles en avaient l'air.

Que voulait-elle ?

« Qu'est-ce que je veux ? » demanda-t-elle, aussi calme que si elle effectuait une sortie dans l'espace.

Elle voulait que l'intérieur de son être soit visible à l'extérieur, mais quelle partie et dans quelles proportions ?

« Quoi ? fit Mark.

– Je ne sais pas pourquoi je te demande ça.

– Je n'ai pas entendu ta question », dit-il, abolissant la distance qui les séparait, peut-être pour mieux l'entendre.

Elle avait tout essayé : cures détox, orgies de poésie, tricot, envoi de lettres manuscrites aux personnes dont elle s'était éloignée, moments de franchise spontanée qu'ils s'étaient promis en Pennsylvanie, seize ans plus tôt. Elle avait essayé la méditation une demi-douzaine de fois, mais se sentait toujours perdue quand on l'encourageait à se « souvenir » de son corps. Elle savait en quoi cela consistait, mais elle en était incapable, ou ne le voulait pas.

Elle fit un pas vers Mark, abolissant la distance, peut-être pour qu'il entende mieux tout ce qu'elle ne parvenait pas à dire.

Mais là, et sans effort, elle se souvint de son corps. Elle se souvint de ses seins, qu'aucun autre homme n'avait vus, dans un contexte sexuel, depuis sa jeunesse. Elle se souvint de leur lourdeur, elle se souvint qu'ils étaient les poids qui s'abaissaient peu à peu et faisaient tourner son horloge biologique. Ils avaient poussé trop tôt, mais s'étaient développés trop lentement, et le seul petit ami de fac dont elle se rappelait encore la date de naissance les avait qualifiés de « platoniques ». Quand elle avait ses règles, ils devenaient si sensibles qu'elle naviguait dans sa maison en les soutenant. Des années après l'avoir éteint pour la dernière fois, il lui arrivait encore d'entendre le sifflement asthmatique du tire-lait électrique Medela qui refusait de rendre l'âme. L'âge et le risque aidant, elle avait acquis une connaissance plus intime de ses seins, mais détournait le regard quand, chaque année depuis trois ans, ils se retrouvaient entre deux plaques de mammographie – le manipulateur lui assurant chaque fois que la machine la soumettait à un taux de radiation inférieur à celui d'un vol transatlantique. Lorsque Jacob l'avait emmenée à Paris pour ses quarante et un ans, elle avait imaginé les enfants scrutant le ciel pour apercevoir son avion, ses seins clignotant comme des signaux lumineux radioactifs pour eux.

Que voulait-elle ?

Elle voulait que tout soit à l'extérieur.

Elle voulait l'impossible, dont l'accomplissement la détruirait.

Alors, elle comprit Jacob. Elle l'avait cru quand il lui avait dit que les mots qu'il avait écrits n'étaient que des mots, mais ne l'avait pas compris. Désormais, elle comprenait : il avait besoin de mettre la main dans la porte. Mais il ne voulait pas la refermer lui-même.

« Il faut que je rentre », dit-elle.

Elle avait besoin de l'impossible, dont l'accomplissement la sauverait.

« C'est pour m'annoncer ça que tu es venue ? »

Elle fit oui de la tête.

Il se redressa, se grandissant de quelques centimètres. « Je comprends que tu aies entrepris une sorte de voyage. Personne ne le comprend mieux que moi. Et je suis ravi d'avoir pu te servir d'étape pour te dégourdir les jambes, faire le plein d'essence et une pause-pipi.

– Ne le prends pas mal, s'il te plaît », dit-elle, presque comme une petite fille.

Elle sentit la peur lui brûler la peau – la peur de la colère de Mark, la peur de la mériter, d'être, finalement, punie pour sa mauvaise conduite. On pouvait lui pardonner de ne pas avoir évité à ses enfants de souffrir, mais il n'existe pas de châtiment assez grand pour ceux qui font sciemment du mal à leurs enfants. Elle allait détruire sa famille – volontairement, et non pas parce qu'il n'y avait pas d'alternatives. Elle allait choisir de ne pas avoir le choix.

« J'espère t'avoir aidée à mûrir, continua Mark, qui ne cherchait même plus à cacher qu'il était blessé. Vraiment. J'espère que tu tireras les leçons de ce qui s'est passé avec moi pour en faire profiter quelqu'un d'autre. Mais si tu permets que je te donne un petit conseil…

– Il faut que je rentre, répéta-t-elle, terrifiée à l'idée de ce qu'il allait dire, terrifiée qu'en vertu de quelque justice magique, cela tue ses enfants.

– Ce n'est pas toi le problème, Julia. C'est ta vie. »

La gentillesse était encore pire que tout ce qu'elle craignait.

Il ouvrit la porte. « Et ce que je vais dire, je le dis en nous souhaitant à tous les deux de retrouver un peu de sérénité : la prochaine fois que je verrai ton visage sur l'écran, je ne te regarderai même pas en train d'attendre.

– Il faut que je rentre.

– Bonne chance », dit-il.

Elle partit.

Elle prit un taxi jusqu'à un hôtel qui avait failli l'engager pour superviser sa rénovation.

Il y avait une composition florale démesurée et d'une symétrie artificielle, centrée sous un lustre en cristal qui brillait de mille feux.

Et un groom disait quelque chose dans le micro qu'il tenait à la main et dont le fil montait le long de sa manche pour redescendre sur son flanc, jusqu'à un transmetteur accroché à sa ceinture – il y avait forcément un meilleur moyen de communiquer.

Et le réceptionniste, qui aurait pu être Sam, ou presque, dans quinze ans – mais avec une main gauche parfaite –, demanda : « De combien de clés aurez-vous besoin ? »

Elle hésita à dire : « Toutes. » Elle hésita à dire : « Aucune. »

QUI SE TROUVE
DANS LA CHAMBRE INOCCUPÉE ?

Quand Jacob redescendit avec l'herbe, Tamir avait déjà transformé une pomme en pipe, apparemment sans le moindre outil.

« Impressionnant, dit Jacob.

– Je suis quelqu'un d'impressionnant.

– En tout cas, tu sais transformer un fruit en accessoire de consommation de drogue.

– Ça sent encore l'herbe, constata Tamir en ouvrant le sachet intérieur. C'est bon signe. »

Ils entrouvrirent plusieurs fenêtres et fumèrent dans un silence rompu uniquement par la toux humiliante de Jacob. Ils se calèrent au fond de leur chaise. Ils attendirent.

La télé était passée sur la chaîne ESPN. Avait-elle acquis une conscience et une volonté propres ? Il y avait un documentaire sur le transfert, en 1988, de Wayne Gretzky des Edmonton Oilers aux L.A. Kings – et ses effets sur Gretzky, Edmonton, Los Angeles, le hockey, la planète Terre et l'Univers. Ce qui, en toute autre circonstance, aurait poussé Jacob à casser sa télévision ou à se bander les yeux devenait soudain le plus heureux des répits. Était-ce Tamir qui avait mis ce programme ?

Ils perdirent la notion du temps – il aurait pu s'être écoulé quarante-cinq secondes comme quarante-cinq minutes. Ça avait aussi peu d'importance pour eux que pour Isaac.

« Je me sens bien », dit Jacob, allongé comme on lui avait appris à le faire pendant les Séders de Pessah de son enfance – comme il sied à un homme libre.

« Je me sens très bien, dit Tamir.

– Simplement, fondamentalement… bien.

– Je connais ce sentiment.

– Mais le problème, c'est que ma vie n'a rien de bien.

– Oui.

– Oui, tu sais ? Ou oui, la tienne non plus ?

– Oui.

– L'enfance, c'est bien, poursuivit Jacob. Après, on ne fait que bousculer les choses. Avec de la chance, on en a quelque chose à cirer. Mais les changements s'opèrent petit à petit.

– Mais ce qui compte, c'est qu'ils s'opèrent.

– Tu trouves ?

– Il suffit qu'une chose compte pour que tout compte.

– C'est un très bon simulacre de sagesse.

– Le lo mein, ça compte. Les blagues idiotes et cochonnes, ça compte. Les matelas fermes et les draps soyeux, ça compte. Le Boss, il compte.

– Le Boss ?

– Springsteen. Une lunette de toilettes chauffée, ça compte. Les petites choses : changer une ampoule, perdre au basket contre son enfant, rouler au hasard. Les voilà, tes Vastes Plaines. Et je pourrais continuer.

– Encore mieux : tu crois que tu pourrais reprendre depuis le début et répéter la même chose, au mot près, pour que je t'enregistre ?

– La cuisine chinoise, ça compte. Les blagues idiotes et cochonnes, ça compte. Les matelas fermes et les draps soyeux…

– Je suis défoncé.

– Je regarde le lustre par en haut.

– Il y a de la poussière ? demanda Jacob.

– Quelqu'un d'autre demanderait s'il est beau.

– On devrait interdire aux gens de se marier jusqu'à ce qu'ils ne soient plus en âge d'avoir des enfants.

– Peut-être que tu peux récolter assez de signatures pour que la loi passe.

– Et avoir une carrière gratifiante est impossible.

– Pour tout le monde ?

– Pour les bons pères. Mais c'est si dur de dévier. Tous ces putains de clous juifs plantés dans la paume de mes mains.

– Quels clous juifs ?

– Les attentes. Les recommandations. Les commandements. Faire plaisir à tout le monde. Et tous les autres.

– Quels autres ?

– On ne t'a jamais obligé à lire le poème ou l'extrait de journal intime ou je ne sais quoi écrit par ce gamin mort à Auschwitz ? Ou peut-être à Treblinka ? Ce n'est pas vraiment ce détail qui est important, je veux juste… Je parle de l'extrait qui dit : “La prochaine fois que tu joueras au ballon, joue pour moi.”

– Non.

– Vraiment ?

– Je ne crois pas.

– Tu peux t'estimer chanceux. Bref, je ne la restitue peut-être pas parfaitement, mais l'idée c'est : ne portez pas le deuil pour moi, vivez pour moi. Je suis sur le point de me faire gazer, alors faites-moi plaisir, amusez-vous.

– Jamais entendu parler.

– J'ai dû l'entendre un bon millier de fois. C'était le credo de mon éducation juive et ça a tout gâché. Pas parce que chaque fois qu'on joue au ballon, on pense au cadavre d'un enfant qui aurait dû être à notre place, mais parce que des fois, tout ce qu'on veut, c'est glander devant une émission de télé merdique, et qu'on se dit, “Faudrait vraiment que j'aille jouer au ballon.” »

Tamir éclata de rire.

« C'est drôle, sauf que jouer au ballon, ça finit par nous pousser à chercher la réussite scolaire, à nous faire mesurer la distance qui nous sépare de la perfection à l'aune de nos échecs, à aller à la fac où cet enfant assassiné aurait rêvé d'aller, à étudier des matières qui ne nous intéressent pas mais qui sont louables, qui nous sont profitables et nous feront bien gagner notre vie, ça nous fait nous marier dans la tradition juive, avoir des petits Juifs et vivre selon les préceptes juifs, dans un effort démentiel pour racheter la souffrance qui a rendu possible notre vie toujours plus aliénante.

– Tu devrais fumer encore un peu.

– L'ennui, dit Jacob en reprenant la pomme, c'est que répondre aux attentes, c'est formidable, mais qu'on n'y répond qu'une fois – "J'ai eu un A !" "Je me marie !" "C'est un garçon !" – et puis après, il ne nous reste plus qu'à les vivre. Personne ne le sait sur le moment, tout le monde le comprend après coup, et personne ne l'admet parce que ça reviendrait à retirer une des pièces qui maintiennent debout la tour Jenga de la judéité. On troque l'ambition affective contre des relations de camaraderie, une vie pleine de sensations, le goût de l'aventure contre des relations de camaraderie. Il y a du bon dans l'engagement, je sais. Les choses s'approfondissent avec le temps, mûrissent, atteignent à la plénitude. Mais il y a un prix à payer, et le fait que personne n'en parle ne le rend pas plus supportable. Tant de bonheur, mais quelqu'un a-t-il seulement pris le temps de se demander pourquoi on veut tous le bonheur ?

– Le bonheur n'est qu'une malédiction que les uns envient aux autres.

– Tu devrais fumer plus d'herbe, Tamir. On croirait entendre Yoda, putain, ou au moins Deepak Chopra[1].

– Peut-être que ça te fait écouter autrement.

– Tu vois ! C'est exactement ce que je veux dire.

– Tu deviens drôle, dit Tamir, portant la pomme à la bouche.

1. Écrivain américain, d'origine indienne, auteur de livres à succès sur la spiritualité et la médecine alternative.

– J'ai toujours été drôle.

– Alors c'est peut-être moi qui t'écoute autrement. »

Tamir prit une autre taffe.

« Comment elle a réagi, Julia ? Les textos ?

– Pas bien. Évidemment.

– Vous allez rester ensemble ?

– Oui. Bien sûr. Il y a les enfants. Et on a toute une vie à deux derrière nous.

– T'en es sûr ?

– Enfin, on a vaguement évoqué une séparation.

– J'espère que tu fais le bon choix. »

Jacob prit une autre taffe.

« Je t'ai déjà parlé de ma série télé ?

– Bien sûr.

– Non, je veux dire, de ma série à moi.

– Je suis défoncé, Jacob. Parle-moi comme si j'avais six ans.

– J'écris une série sur nous.

– Toi et moi ?

– Euh, non, pas sur toi. Pas encore.

– Je serais génial dans une série.

– Sur ma famille.

– J'en fais partie de ta famille.

– Ma famille ici. Isaac. Mes parents. Julia et les enfants.

– Qui veux-tu que ça intéresse ?

– Tout le monde, probablement. Mais la question n'est pas là. La question, c'est qu'elle est sans doute très bonne, et que je suis sans doute né pour l'écrire, et que depuis dix ans j'y mets toute mon énergie.

– Dix ans ?

– Et je n'en ai jamais parlé à personne.

– Pourquoi ?

– Ben, avant la mort d'Isaac, c'était parce que j'avais peur de le trahir.

– Comment ?

– En révélant qui on est vraiment.

– En quoi ce serait une trahison ?

– J'écoutais la radio l'autre matin, le podcast d'une émission scientifique que j'aime bien. Ils interviewaient une femme qui a vécu dans cet immense dôme géodésique pendant deux ans – rien n'entre, rien ne sort. Tu vois lequel. C'était très intéressant.

– On n'a qu'à l'écouter tout de suite.

– Non, je cherche une métaphore, c'est tout.

– Ça me ferait super-plaisir de l'écouter, là.

– Je n'arrive pas à savoir si tu es sérieux ou si tu te fous de moi.

– S'il te plaît, Jacob.

– Je n'arrive toujours pas à savoir. Mais bref, elle expliquait que vivre dans cet environnement clos lui avait fait prendre conscience de l'interconnectivité de la vie : telle chose en mange une seconde, puis défèque, ce qui en nourrit une troisième, et cetera, et cetera. Et puis elle a parlé d'un truc que je savais déjà – pas parce que je suis plus malin qu'un autre, mais parce que ça fait partie des choses que savent la plupart des gens –, qu'à chaque respiration, on est susceptible d'avaler des molécules qui ont été respirées par Pol Pot, ou César, voire les dinosaures. Je peux me tromper sur les dinosaures. Je m'intéresse beaucoup aux dinosaures, ces derniers temps. Je ne sais pas pourquoi. J'ai dû passer une trentaine d'années sans penser à eux du tout, et d'un coup je m'y suis de nouveau intéressé. J'ai entendu, dans un autre podcast…

– Tu écoutes beaucoup de podcasts.

– Je sais. C'est vrai. C'est la honte, hein ?

– Tu me demandes si tu as honte ?

– C'est humiliant.

– Je ne vois pas pourquoi.

– Quel genre de personne s'introduit en douce dans une pièce inoccupée et se colle le téléphone à l'oreille, le son au minimum, pour écouter, seul, les observations d'un dilettante sur un sujet aussi insignifiant que l'écholocalisation. C'est humiliant. Et l'humiliation est humiliante. » Avec sa bouteille de bière, Jacob dessina un anneau de condensation sur la table. « Bref, dans cet autre podcast, on nous explique comment tous les dinosaures – pas une majorité, tous sans exception – ont été exterminés en même temps. Ils ont arpenté la terre pendant plusieurs millions d'années et puis, en l'espace d'une heure, disparus. Pourquoi est-ce qu'on dit toujours "arpenter" quand on parle des dinosaures ?

– J'en sais rien.

– Mais c'est vrai. Les dinosaures ont vraiment arpenté la terre. C'est bizarre.

– Oui.

– Vraiment bizarre, hein ?

– Plus j'y pense, plus je trouve ça bizarre.

– *Les Juifs ont arpenté l'Europe pendant des milliers d'années...*

– Et puis en l'espace de dix ans...

– Mais je parlais d'autre chose. De cette femme dans le dôme... des dinosaures... de Pol Pot peut-être ?

– De la respiration.

– Ah oui ! À chaque respiration, on avale des molécules, patati patata. Bref, je me suis mis à rouler des yeux parce que ça avait tout l'air d'un baratin pseudo-scientifique. Mais elle est allée plus loin, elle a dit que l'air qu'on expire sera tout aussi certainement respiré par nos arrière-arrière-arrière-arrière-arrière-arrière-arrière-petits-enfants.

– Et les dinosaures du futur.

– Et les Pol Pot du futur. »

Ils éclatèrent de rire.

« Toujours est-il que ça m'a vraiment bouleversé, sans que je sache pourquoi. Je n'ai pas commencé à pleurer ni quoi que soit. Je n'en étais pas au point de devoir me garer. Mais il a fallu que j'arrête le podcast. C'était trop pour moi, d'un coup.

– Pourquoi, tu penses ?

– Pourquoi je pense en général ?

– Non. Pourquoi tu penses que ça t'a bouleversé d'imaginer tes arrière-arrière-arrière-arrière-arrière-arrière-arrière-petits-enfants respirer le même air que toi ? »

Jacob exhala une quantité d'air qui serait inhalée par le dernier descendant de sa lignée.

« Réfléchis, dit Tamir.

– Il faut croire – une autre respiration –, il faut croire que j'ai été élevé dans l'idée que je ne suis pas digne de tout ce qui m'a précédé. Mais personne ne m'a préparé à la prise de conscience que je ne suis pas non plus digne de tout ce qui viendra après moi. »

Tamir prit la pomme sur la table, la brandit de sorte que la lumière du lustre passe à travers le trou creusé en son centre, et déclara : « Je veux baiser cette pomme.

– Quoi ?

– Mais ma bite est trop grosse », dit-il. Puis, tâchant d'y enfoncer son index poilu : « Je ne peux même pas la baiser avec mon doigt.

– Pose cette pomme, Tamir.

– C'est la pomme de la vérité, poursuivit Tamir, ignorant Jacob. Et je veux la baiser.

– N'importe quoi.

– Je suis sérieux.

– Tu veux baiser la pomme de la vérité, mais ta bite est trop grosse ?

– Oui. C'est exactement l'inconvénient.

– L'inconvénient du moment présent ? Ou l'inconvénient dans la vie ?

– Les deux.

– T'es défoncé.

– Toi aussi.

– Le scientifique qui parlait des dinosaures…

– De quoi tu parles ?

– De ce podcast. Le scientifique a dit un truc si beau que j'ai cru mourir.

– Ne meurs pas.

– Il a demandé à l'auditeur d'imaginer une balle tirée dans l'eau et le sillage de vide qu'elle laisserait derrière elle – un trou dans l'eau – avant que l'eau n'ait le temps de retourner à son état initial. Il a dit qu'un astéroïde traçait un sillage identique – une déchirure dans l'atmosphère – et qu'un dinosaure qui aurait regardé un astéroïde aurait vu une trouée de nuit en plein jour. Voilà ce qu'il aurait vu juste avant d'être anéanti.

– Ça ne veut peut-être pas dire que tu voulais mourir, mais que tu es devenu comme un dinosaure.

– Hein ?

– Il a vu un truc incroyablement beau avant d'être anéanti. Tu en as entendu parler, tu t'es dit que c'était incroyablement beau et tu en as conclu que toi aussi, tu serais anéanti.

– On donne vraiment le prix MacArthur à n'importe qui.

– J'ai menti.

– À propos de quoi ?

– Presque tout.

– Par exemple ?

– Rivka et moi envisageons de déménager.

– Vraiment ?

– On l'envisage.

– Où ça ?

– Tu vas m'obliger à le dire ?

– Faut croire, oui.

– Ici.

– Tu déconnes.

– On l'envisage, c'est tout. On y réfléchit. Je reçois des offres d'emploi de temps à autre, et le mois dernier j'en ai reçu une vraiment bonne, excellente même, d'une boîte de high-tech. Rivka et moi, on jouait à faire semblant pendant le repas, on imaginait ce qui se passerait si j'acceptais l'offre, et puis on a arrêté de faire semblant.

– Je croyais que tu étais heureux là-bas ? Et toute cette histoire sur la location d'une chambre en Amérique ?

– Tu as écouté ce que je viens de te dire ?

– Quand tu m'as supplié de faire mon alya ?

– Pour que moi je puisse faire mon ayla.

– C'est-à-dire ?

– L'alya à l'envers.

– Tu viens de sortir ça de ta tête ?

– Pendant que tu parlais.

– Eh quoi, il y a une espèce de constante de Bloch-Blumenberg à maintenir ?

– Une constante juive. Dans l'idéal, les Juifs américains et les Juifs israéliens ne feraient qu'échanger leurs places.

– C'est de ça qu'on parlait depuis le début ? De ta culpabilité d'abandonner Israël ?

– Non, on parlait de ta culpabilité d'abandonner ton mariage.

– Je n'abandonne pas mon mariage, dit Jacob.

– Et moi je n'abandonne pas Israël, dit Tamir.

– C'est des paroles en l'air, tout ça ?

– Chaque fois que je déclinais une invitation de mon père – à prendre un autre morceau de halva, à faire une promenade du soir –, il disait : "*De zelbe prayz.*" Même prix. C'était la seule chose qu'il disait en yiddish. Il détestait le yiddish. Mais ça, il le disait. Et non seulement en yiddish, mais en imitant la voix de mon grand-père. Ça ne me coûte rien de parler de quitter Israël. Ça me coûte le même prix que de ne pas en parler. J'entends encore vraiment mon père imiter mon grand-père : *de zelbe prayz.* »

Tamir activa son téléphone et montra à Jacob des photos de Noam : à la maternité, ses premiers pas, son premier jour d'école, son premier match de foot, son premier rendez-vous avec une fille, la première fois qu'il portait son uniforme. « Je suis obsédé par ces photos, dit Tamir. Ce n'est pas que je les regarde, mais je vérifie qu'elles sont toujours là. Des fois, je le fais en cachette sous la table. Des fois, je file aux toilettes pour le faire. Tu te souviens, quand tu allais au supermarché avec tes enfants lorsqu'ils étaient petits ? L'impression que tu les avais perdus pour toujours dès qu'ils sortaient de ton champ de vision ? Il y a de ça. »

Tous les dinosaures furent décimés, mais certains mammifères survécurent. La plupart d'entre eux étaient des fouisseurs. Sous terre, ils furent protégés de la chaleur qui consuma toute créature vivante à la surface. Tamir s'enterrait dans son téléphone, dans les photos de son fils.

« Est-ce qu'on est des mecs bien ? dit-il.

– Quelle étrange question.

– Tu trouves ?

– Je ne crois pas qu'il y ait un pouvoir supérieur qui nous juge, répondit Jacob.

– Mais comment peut-on se juger soi-même ?

– Par les larmes, par le silence, par… ?

– Même ma confession était un mensonge.

– J'ai dû te donner des raisons de mentir.

– C'est moi qui veux partir. Pas Rivka.

– Tu veux quitter Israël ? Ou tu veux quitter ta femme ?

– Israël.

– Tu l'as trompée ?

– Non.

– Et elle ?

– Non.

– Je suis toujours fatigué, dit Jacob. Toujours épuisé. Je ne m'étais jamais posé la question jusque-là, mais si je n'avais jamais été fatigué ? Si ma fatigue n'était qu'un refuge ?

– Il y a pire comme refuge.

– Et si je décidais de ne plus jamais être fatigué ? Si je refusais simplement d'être fatigué. Mon corps le serait, mais pas moi.

– Je ne sais pas, Jacob.

– Et si je n'étais pas capable de quitter mon refuge de moi-même ? S'il m'était trop familier, que je m'y sentais trop bien ? Et qu'il fallait m'enfumer pour m'en faire sortir ?

– Je crois que tu t'enfumes tout seul, là.

– Et si j'avais besoin de Julia pour m'enfumer ? »

Jacob regarda la pomme posée entre eux. Il comprit ce que Tamir entendait, quand il disait qu'il voulait la baiser. Il ne s'agissait pas d'un désir sexuel, mais existentiel – pénétrer sa propre vérité.

« Tu sais ce que j'aimerais faire là, tout de suite ?

– Quoi ? demanda Tamir.

– Me raser le crâne.

– Pourquoi ?

– Pour voir à quel point je suis chauve. Et que tout le monde le voie.

– Et si on se préparait plutôt du pop-corn ?

– Ce serait horrible. Mais je suis prêt. Mais ce serait horrible. Mais je suis prêt.

– Tu répètes les mêmes phrases en boucle.

– Je crois que je m'endors.

– Dors, alors.

– Mais…

– Quoi ?

– Moi aussi j'ai menti.

– Je sais.

– Ah bon ?

– Oui. C'est juste que je ne sais pas à quel moment.

– Je n'ai pas trompé ma femme.

– Non ?

– Enfin si, mais j'ai pas baisé.

– Qu'est-ce que tu as fait, alors ?

– J'ai juste envoyé des textos. Et même pas tant que ça.

– Pourquoi tu as menti ?

– Parce que je ne voulais pas me faire prendre.

– Non, pourquoi tu m'as menti à moi.

– Ah. J'en sais rien.

– Il y a forcément une raison.

– Je suis défoncé.

– Mais c'est la seule chose sur laquelle tu aies menti.

– Quand Julia a trouvé mon téléphone et que je lui ai dit la vérité – qu'il ne s'était rien passé –, elle m'a cru.

– C'est bien.

– Mais ce n'est pas qu'elle me faisait confiance. Elle m'a dit qu'elle me savait incapable de faire ça.

– Et tu voulais que je t'en croie capable.

– C'est l'idée que je me fais de moi-même, oui.

– Même si tu n'en es pas capable.

– Affirmatif.

– Tout à l'heure, tu as demandé quel genre de personne se cache pour écouter des podcasts scientifiques.

– Oui.

– Le genre qui utilise le même téléphone pour envoyer des textos salaces à une femme qu'il ne touchera pas.

– C'était un autre téléphone.

– C'était la même main.

– Maintenant que tu m'as rasé le crâne, dit Jacob en fermant les yeux, dis-moi ce que je ne vois pas.

– Tu es plus chauve que ce que je croyais, et moins chauve que ce tu crois. »

Jacob eut un sursaut réflexe, la chute libre dans la cage d'ascenseur qui signale l'assoupissement. Il avait perdu la notion du temps, ou du mouvement entre deux pensées, ou des intervalles dépourvus de pensée.

Qu'arriverait-il au bruit du temps ? Si toutes les scènes que Julia et lui avaient répétées se jouaient réellement ? Si mettre une idée en pratique ne coûtait pas le même prix ? Finis les murmures à l'oreille des garçons à la lueur des bougies. Fini de faire la vaisselle, perdu dans ses pensées après une fête d'anniversaire. Fini le raclement du râteau, quand on entasse les feuilles mortes au bord du trottoir pour pouvoir sauter dedans une dernière fois. Quel bruit écouterait-il dorénavant pour entendre sa vie ? Y serait-il sourd ?

La chose qui le ramena à la réalité fut une main, une voix. « Y a du nouveau, annonça Tamir, secouant l'avant-bras de Jacob.

– Quoi ?

– Tu dormais.

– Non. Pas du tout. Je réfléchissais.

– Y a du nouveau aux infos. C'est grave.

– Une seconde. »

Jacob cligna des yeux pour chasser le sommeil, fit rouler sa tête d'une épaule à l'autre et alla s'asseoir sur le canapé.

Deux heures plus tôt, pendant que Tamir et Jacob fumaient, des extrémistes israéliens étaient entrés dans le Dôme du Rocher et y avaient mis le feu. Les flammes avaient causé des dégâts mineurs, d'après les Israéliens, mais la tentative, elle, en avait fait plus qu'assez. La télévision, qui était mystérieusement passée d'ESPN à CNN, montrait des images de colère : des hommes – toujours des hommes – levant le poing au ciel, tirant des salves de balles dans le ciel, cherchant à tuer le ciel. Jacob avait déjà vu cela, mais les images étaient toujours liées au séisme, et surtout à Gaza et à la Cisjordanie. Mais là, CNN ne savait plus où donner de la tête, les manifestations de fureur se multipliaient à l'infini : un cercle d'hommes brûlait un drapeau israélien à Djakarta ; des hommes à Khartoum frappaient à coups de bâton une effigie du Premier ministre israélien ; des hommes à Karachi, à Dacca, à Riyad et à Lahore ; des hommes avec des bandanas sur la bouche détruisaient la devanture d'un magasin juif à Paris ; un homme dont l'accent était si prononcé qu'il ne devait pas connaître plus de cent mots d'anglais, criait : « Mort aux Juifs ! » face caméra à Téhéran.

« Ça va mal, dit Jacob, captivé et grisé par les images.

– Mal ?

– Très mal.

– Il faut que je rentre chez moi.

– Je sais, fit Jacob, trop groggy pour comprendre, ou même être sûr qu'il n'était pas encore train de dormir. On va trouver une solution.

– Tout de suite ! Il faut qu'on aille à l'ambassade.

– Oui. D'accord. »

Tamir secoua la tête et répéta : « Tout de suite, tout de suite, tout de suite.

– J'ai compris. Je m'habille. »

Mais ni l'un ni l'autre ne bougèrent du canapé. La télévision était saturée de rage juive : des hommes à chapeau noir criaient en hébreu à Londres ; des hommes à la peau sombre, de l'un des derniers kibboutz, agitaient le doigt devant la caméra, répétant sur un ton hystérique des mots que Jacob ne comprenait pas ; des Juifs s'en prenaient à des soldats juifs qui gardaient le mont du Temple.

Tamir dit : « Toi aussi, il faut que tu viennes.

– Bien sûr, accorde-moi une minute.

– Non, dit Tamir, attrapant Jacob par les épaules avec la même force qu'au zoo, trente ans plus tôt. Il faut que tu rentres chez toi.

– Je suis chez moi. Quoi ?

– En Israël.

– Quoi ?

– Il faut que tu viennes en Israël avec moi.

– Moi ?

– Oui.

– Tamir, tu veux *quitter* Israël.

– Jacob.

– Et maintenant tu veux que moi, j'aille là-bas ? »

Tamir montra la télévision. « Tu vois ça ?

– Ça fait une semaine que je vois ça.

– Non. Personne n'a jamais vu ça.

– De quoi tu parles ?

– C'est comme ça que ça finit. Comme ça. » Et pour la première fois depuis l'arrivée de Tamir à Washington, pour la première fois de sa vie, Jacob vit la ressemblance familiale. Il vit le regard paniqué de ses garçons – la terreur qu'il observait avant une prise de sang ou après une blessure qui saignait.

« Que ça *finit* ?

– C'est la destruction d'Israël.

– Parce que des musulmans gueulent à Djakarta et à Riyad ? Qu'est-ce qu'ils vont faire, marcher sur Jérusalem ?

– Oui. Et venir à cheval et dans des voitures pourries, et en bus, et en bateau. Et pas seulement eux. Regarde-nous.

– Ça va s'arranger.

– Non. C'est comme ça que tout va finir. »

Ni les images à l'écran ni les paroles de Tamir n'effrayaient Jacob autant que la terreur qu'il voyait dans les yeux de ses enfants à travers ceux de Tamir.

« Si tu le crois vraiment, Tamir, il faut que tu sortes ta famille d'Israël.

– Je ne peux pas ! » Et là, Jacob vit, dans les mâchoires serrées de Tamir, la fureur d'Irv – la profonde tristesse intérieure qui ne s'exprimait jamais autrement que par une rage indifférenciée.

« Pourquoi ? demanda Jacob. Qu'est-ce qu'il peut bien y avoir de plus important que la sécurité de ta famille ?

– Je ne peux pas les faire sortir, Jacob. Il n'y a aucun vol, ni au départ ni à l'arrivée. Tu crois que je n'ai pas essayé ? À quoi je passe mes journées, à ton avis ? À visiter les musées ? À faire du lèche-vitrines ? J'essaie de mettre ma famille en sécurité. Je ne peux pas les faire sortir, alors il faut que j'aille là-bas. Et toi aussi, il faut que tu ailles là-bas. »

Jacob était désormais trop réveillé pour faire preuve d'un courage insouciant.

« Israël n'est pas mon pays, Tamir.

– Seulement parce qu'il n'a pas encore été détruit.

– Non, parce que ce n'est pas mon pays.

– Mais c'est le mien », rétorqua Tamir. Et là, Jacob vit Julia. Il vit la supplication qu'il n'avait pas su voir quand il était encore temps de sauver le foyer de Julia. Il vit son propre aveuglement.

« Tamir, tu… »

Mais les mots ne sortirent pas, parce qu'ils ne trouvaient à s'exprimer dans aucune pensée. Peu importe : Tamir avait cessé d'écouter. Il s'était détourné et rédigeait un texto. À Rivka ? Noam ? Jacob ne lui posa pas la question, il sentait que sa place n'était pas là.

Sa place était dans la pièce inoccupée, pour taper d'une main : *tu me supplies de baiser ta chatte étroite, mais tu ne le mérites pas encore.*

Sa place était dans la pièce inoccupée, pour que cette même main appuie un autre téléphone contre son oreille et que lui seul puisse entendre : « Les aveugles voient. C'est vrai. En produisant un claquement de langue, ils sont capables de s'orienter grâce à l'écho que leur renvoient les objets environnants. Grâce à ça, un aveugle peut partir en randonnée sur un terrain escarpé, se diriger dans les rues d'une ville, et même faire du vélo. Mais peut-on dire pour autant qu'ils voient ? Les scanners cérébraux des aveugles pratiquant l'écholocalisation montrent une activité dans les mêmes aires visuelles que les personnes voyantes ; ils voient simplement avec leurs oreilles, et non avec leurs yeux. »

Sa place était dans la pièce inoccupée, à lire : *mon mari est parti avec les enfants pour le week-end, viens me baiser pour de bon.*

Sa place était dans la pièce inoccupée, à entendre : « Alors pourquoi n'y a-t-il pas plus d'aveugles qui font du vélo ? D'après David Spellman, l'éminent professeur d'écholocalisation, c'est parce qu'on ne donne qu'à très peu d'entre eux la nécessaire liberté d'apprendre à en faire.

« C'est l'un des rares parents, peut-être un sur cent, voire moins, à être capable de regarder son enfant aveugle s'approcher d'un carrefour sans l'attraper par le bras. C'est par amour qu'ils le maintiennent à l'écart du danger, mais ils l'empêchent aussi de voir. Quand j'apprends à des enfants à faire du vélo, ils tombent inévitablement, comme n'importe quel autre enfant voyant. Mais les parents des enfants aveugles prennent toujours ça comme la preuve qu'on attend trop de leur enfant, et ils interviennent pour le protéger. Plus les parents veulent que leur enfant voie, moins ils leur en donnent la possibilité, parce que leur amour est un obstacle.

– Comment avez-vous fait pour surmonter ça et apprendre à voir ?

– Mon père a quitté ma mère avant ma naissance, et ma mère avait trois boulots. C'est l'absence d'amour qui m'a permis de voir. »

Tamir monta, et Jacob resta assis, tâchant de se repasser les dernières minutes, puis les deux dernières heures, les deux dernières semaines, les treize, et seize, et quarante-deux dernières années qui s'étaient écoulées. Que s'était-il passé ?

Tamir avait dit que Jacob ne mourrait jamais pour quoi que ce soit. Même si c'était vrai, quelle importance ? Qu'y avait-il de si fondamentalement bon dans ce genre d'engagement ultime ? Quel mal y avait-il à plutôt bien gagner sa vie, à manger plutôt correctement, à vivre dans une maison plutôt jolie et à faire de son mieux pour être aussi probe et ambitieux que les circonstances le permettent ? Il avait essayé, et échoué de peu chaque fois, mais selon quels critères ? Il avait offert à sa famille une vie plutôt agréable. Il est difficile de se satisfaire d'une vie plutôt agréable lorsqu'on n'en a qu'une, mais combien sont ceux qui se sont retrouvés sans rien parce qu'ils en voulaient toujours plus ?

Des années auparavant, à l'époque où Julia et lui se parlaient encore de leur travail, Julia était descendue au sous-sol avec une tasse de thé dans chaque main et lui avait demandé comment il avançait.

Jacob s'était renversé contre le dossier de son fauteuil de bureau Aeron et lui avait dit : « C'est loin d'être aussi bon que ça pourrait l'être, mais il faut croire que je ne peux pas faire mieux pour l'instant.

– Dans ce cas, ça ne peut pas être meilleur.

– Si. Ça pourrait être bien meilleur.

– Comment ? Si c'était quelqu'un d'autre qui écrivait ? Si tu écrivais à un autre moment de ta vie ? Il s'agirait d'autre chose, alors.

– Si j'étais un meilleur écrivain.

– Mais tu ne l'es pas, avait-elle dit, posant une tasse sur son bureau. Tu n'es que parfait. »

Malgré tout ce qu'il ne pouvait donner à Julia, il lui avait donné beaucoup. Il n'était pas un grand artiste, mais il travaillait (plutôt) dur et était (plutôt) dévoué à l'écriture. Accepter la complexité n'est pas un signe de faiblesse. Reculer d'un pas ne signifie pas battre en retraite. Il n'avait pas tort d'être jaloux de ces hommes qui se lamentaient sur leur tapis de prière au Dôme du Rocher, mais peut-être avait-il tort de voir dans leur ferveur le reflet de sa propre fadeur existentielle. L'agnosticisme n'est pas moins dévot que le fondamentalisme, et peut-être avait-il détruit ce qu'il aimait, aveugle à la perfection du « plutôt bien ».

Il appela Julia sur son portable. Elle ne répondit pas. Il était deux heures du matin, mais ces derniers temps, elle ne répondait jamais, quelle que soit l'heure.

Bonjour, vous êtes bien sur le répondeur de Julia…

Au moins elle verrait qu'il avait tenté de la joindre.

Après le bip, il dit : « C'est moi. Je ne sais pas si tu as vu les infos, mais des extrémistes ont mis le feu au Dôme du Rocher, ou en tout cas ils ont essayé. Des extrémistes juifs. J'imagine que d'un point de vue technique, ils ont réussi leur coup. C'était un incendie mineur. Mais tu sais, ça prend des proportions pas possibles. Bref, jette un œil. Ou lis la presse. Je ne sais même pas où tu es. Où es-tu ? Alors… »

La messagerie vocale le coupa. Il rappela.

Bonjour, vous êtes bien sur le répondeur de Julia…

« J'ai été coupé. Je ne sais pas jusqu'où ça a enregistré, mais je disais que le Moyen-Orient vient d'exploser, et Tamir est totalement hystérique, il veut que je l'emmène à l'ambassade ce soir, là, à deux heures du mat', pour essayer de trouver un avion. Et l'ennui, c'est qu'il dit qu'il faut que je parte avec lui. Au début, je pensais juste qu'il… »

La messagerie le coupa. Il rappela.

Bonjour, vous êtes bien sur le répondeur de Julia…

« Et… c'est moi. Jacob. Évidemment. Bref, je disais que Tamir est en train de flipper et que je l'emmène à l'ambassade – je vais réveiller Sam pour lui dire qu'on sort, et qu'il faut qu'il… »

La messagerie le coupa. Le temps imparti pour laisser un message semblait devenir de plus en plus court. Il rappela.

« Jacob ?

– Julia ?

– Quelle heure est-il ?

– Je croyais que ton téléphone était éteint.

– Pourquoi tu appelles ?

– Ben, je l'ai à peu près dit dans mes messages, mais…

– Quelle heure est-il ?

– Il doit être deux heures et quelque.

– Pourquoi, Jacob.

– Où es-tu ?

– Jacob, pourquoi tu m'appelles à deux heures du matin ?

– Parce que c'est important.

– Les enfants vont bien ?

– Oui, tout le monde va bien. Mais Israël…

– Il n'est rien arrivé… ?

– Non. Pas aux enfants. Ils sont au lit. C'est Israël.

– Tu me diras ça demain matin, d'accord ?

– Julia, je n'aurais pas appelé si ce n'était pas…

– Si les garçons vont bien, ça peut attendre.

– Non, ça ne peut pas attendre.

– Si, crois-moi. Bonne nuit, Jacob.

– Des extrémistes ont tenté d'incendier le Dôme du Rocher.

– Demain.

– Il va y avoir la guerre.
– Demain.
– La guerre contre nous.
– On a une tonne de piles au frigo.
– Quoi ?
– Je sais pas. Je dors à moitié.
– Je pense que je vais y aller.
– Merci.
– En Israël. Avec Tamir. »

Il entendit qu'elle remuait, puis des parasites étouffés.

« Tu ne vas pas aller en Israël.
– J'y pense sérieusement.
– Tu n'écrirais jamais une phrase aussi bête dans un de tes scénarios.
– Qu'est-ce que ça veut dire, ça ?
– Ça veut dire, parlons-en demain matin.
– Je vais en Israël », insista-t-il, et cette fois, en escamotant le *je pense*, il exprima tout autre chose – une certitude qui, une fois formulée à haute voix, révéla à Jacob son manque de certitude. Pour la première fois, il aurait voulu l'entendre dire : « Ne t'en va pas. » Mais elle ne le crut pas.

« Et pourquoi tu ferais ça ?
– Pour me rendre utile.
– Quoi, en écrivant pour le journal de l'armée ?
– Je ferai tout ce qu'on me demandera. Remplir des sacs de sable, préparer des sandwichs, combattre. »

Elle finit de se réveiller en éclatant de rire. « Combattre ?
– Si nécessaire.
– Et comment ce serait possible ?
– Ils ont besoin d'hommes. »

Elle ricana. Jacob crut l'entendre ricaner.

« Je ne recherche ni ton respect ni ton approbation, dit-il. Je t'en parle parce qu'il va falloir réfléchir aux semaines qui viennent. J'imagine que tu vas rentrer et…

– Je respecte et j'approuve ton désir d'être un héros, surtout en ce moment…

– C'est pas bien ce que tu fais, là.

– Non, répliqua-t-elle, d'une voix soudain audible et agressive. C'est ce que tu fais qui n'est pas bien. Me réveiller au milieu de la nuit pour me jouer cette scène ridicule de kabuki et me prouver… je ne sais même pas quoi. Ta résolution ? Ton courage ? Ton altruisme ? Tu imagines que je vais rentrer à la maison ? C'est gentil. Et après ? Je m'occupe seule des enfants pendant que tu fais ta petite partie de paintball ? Ça ne devrait pas me poser de problème : préparer trois repas par jour – disons plutôt neuf, vu qu'il n'y en pas deux qui mangent la même chose – et faire le chauffeur pour les emmener au cours de violoncelle, chez l'orthophoniste, au foot, encore au foot, à l'école hébraïque, et chez tous les professionnels de santé ? C'est ça, oui. Moi aussi, je veux être une héroïne. Je crois que ce serait super qu'on soit des héros. Mais d'abord, avant qu'on nous prenne nos mesures pour nos futures capes, voyons si on peut préserver ce qu'on a déjà.

– Julia…

– J'ai pas fini. Tu me réveilles pour me raconter ces conneries, alors maintenant j'ai le droit de m'exprimer. S'il faut vraiment qu'on discute de l'idée absolument grotesque que tu partes combattre, alors on doit d'abord considérer qu'une armée qui serait prête à te compter dans ses rangs est désespérée, et qu'une armée désespérée ne place pas toutes les vies au même niveau dans l'espèce humaine, et que sans la moindre expérience militaire, tu n'as aucune chance de participer à des opérations spéciales, comme du déminage ou l'élimination d'une cible, mais qu'on te dira : "Prends cette balle en premier, au moins pour que ta viande la ralentisse avant qu'elle n'atteigne la personne qui a véritablement de la valeur à nos yeux." Et là, tu seras mort. Et tes enfants n'auront plus de père. Et ton père se comportera encore plus comme un connard à l'antenne. Et…

– Et toi ?

– Quoi ?

– Qu'est-ce que tu deviendras ? »

« Dans la maladie et dans la maladie, avait dit la mère de Jacob à son mariage. C'est ce que je vous souhaite. Ne cherchez pas et n'espérez pas de miracles. Il n'y a pas de miracles. Il n'y en a plus. Et il n'y a pas de remèdes pour les blessures qui font le plus mal. Le seul médicament consiste à croire dans nos douleurs réciproques et à être là pour y faire face. »

Jacob avait recouvré l'ouïe qu'il avait fait semblant d'avoir perdue quand il était petit, et développé une sorte d'intérêt pour la surdité, qui l'avait accompagné dans l'âge adulte. Il n'en avait jamais fait part à Julia ni à personne d'autre, car ça avait quelque chose de répréhensible, de mal. Personne, même le Dr Silvers, n'était au courant qu'il connaissait la langue des signes, ni qu'il assistait à la convention annuelle de la section régionale de l'Association nationale des sourds. Il ne faisait pas semblant d'être sourd quand il y allait. Il faisait semblant d'être enseignant dans une école élémentaire pour enfants sourds. Il expliquait son intérêt par le fait d'avoir un père sourd.

« Qu'est-ce que tu deviendras, Julia ?

– J'ignore complètement ce que tu essaies de me faire dire. Que l'idée d'avoir à élever seule trois enfants fait de moi une égoïste ?

– Non.

– Tu sous-entends que c'est ce que je veux en secret ?

– C'est le cas ? Ça ne m'était même pas venu à l'esprit, mais manifestement, toi tu y as pensé.

– C'est une blague ?

– Qu'est-ce que tu deviendras ?

– Je ne vois vraiment pas sur quel terrain tu veux m'entraîner, mais je suis crevée et j'en ai assez de cette conversation, alors si tu as quelque chose à dire…

– Pourquoi tu ne dis pas que tu veux que je reste ?

– Quoi ?

– Je ne comprends pas pourquoi tu n'arrives pas à dire que tu ne veux pas que je parte.

– C'est ce que je dis depuis cinq minutes.

– Non, tu as dit que c'était injuste pour les enfants. Injuste pour toi.

– Injuste, c'est toi qui le dis.

– Pas une seule fois tu n'as dit que toi – toi, Julia –, tu ne veux pas que je parte parce que tu ne veux pas que je parte. »

Elle ouvrit un silence, comme le rabbin avait ouvert la déchirure sur la veste d'Irv à l'enterrement.

« Une veuve, dit Jacob. Voilà ce que tu deviendras. Tu projettes constamment des besoins et tes peurs sur les enfants, ou sur moi, ou sur la première personne que tu as à portée de main. Pourquoi refuses-tu d'admettre que toi – *toi* – tu ne veux pas être veuve ? »

Il entendit, ou crut entendre, des ressorts de matelas se détendre. De quel lit se levait-elle ? Quelles parties de son corps étaient dévêtues, dans quelle pénombre ?

« Parce que je ne serais pas veuve, dit-elle.

– Si.

– Non, Jacob. Une veuve est quelqu'un dont le mari est mort.

– Et alors ?

– Et alors tu n'es pas mon mari. »

Dans les années 1970, il n'y avait aucune structure d'accueil pour les enfants sourds au Nicaragua – aucune école, aucune ressource pédagogique ni informationnelle, il n'y avait même pas de langue des signes codifiée. À l'ouverture de la première école pour enfants sourds du Nicaragua, les professeurs enseignèrent à lire sur les lèvres en espagnol. Mais dans la cour de récréation, les enfants communiquaient en utilisant des signes qu'ils avaient développés chez eux, ce qui généra naturellement une grammaire et un vocabulaire communs. Au fil des générations qui se succédèrent à l'école, cette langue improvisée se développa et s'affina. C'est le seul exemple avéré d'une langue créée à partir de rien par ses locuteurs. Aucun adulte ne participa à son élaboration, rien ne fut consigné par écrit, il n'y avait aucun modèle. Rien que la volonté des enfants de se faire comprendre.

Jacob et Julia avaient essayé. Ils avaient créé des signes et épelaient des mots devant les enfants qui n'étaient pas encore en âge de lire, et il y avait aussi des codes. Mais la langue qu'ils avaient créée, et qu'ils continuaient de créer, rétrécissait le monde plus qu'elle ne l'élucidait.

Je ne suis pas ton mari.

À cause de ces textos ? Tout détruire à cause de l'agencement de quelques centaines de lettres ? À quoi s'attendait-il ? Et que faisait-il au juste ? Julia avait raison : il n'avait pas agi dans un moment de faiblesse. Il avait fait basculer l'échange dans un registre sexuel, avait acheté un autre téléphone, il se formulait les mots chaque fois qu'il ne les tapait pas, s'éclipsant pour lire ceux de l'autre Julia dès qu'il les recevait. Il avait plus d'une fois mis Benjy devant un film pour aller se branler en lisant un nouveau texto. *Pourquoi ?*

Parce que c'était parfait. Il était un père pour ses garçons, un fils pour son père, un mari pour sa femme, un ami pour ses amis, mais qu'était-il pour lui-même ? Le voile numérique lui permettait de disparaître et de s'exprimer enfin librement. Quand il n'était personne, il était libre d'être lui-même. Non qu'il débordât d'une libido insatisfaite, même si c'était le cas. C'était la liberté qui lui importait. Voilà pourquoi, quand elle lui avait écrit, *mon mari est parti avec les enfants pour le week-end, viens me baiser pour de bon,* elle n'avait pas eu de réponse. Voilà pourquoi *ne me dis pas que tu es ENCORE en train de te branler !* était resté sans réponse. Et pourquoi *où es-tu passé ?* furent les derniers mots envoyés sur son téléphone.

« Je ne pourrais pas regretter davantage ce que j'ai fait, dit-il.

– Tu pourrais commencer par me dire que tu regrettes.

– Je me suis excusé plusieurs fois.

– Non, tu m'as dit plusieurs fois que tu t'étais excusé. Mais tu ne m'as jamais présenté tes excuses.

– Je l'ai fait ce fameux soir dans la cuisine.

– C'est faux.

– Au lit.

– Non.

– Au téléphone, dans la voiture, quand tu étais à la simulation des Nations unies.

– Tu m'as dit que tu t'étais excusé, mais tu ne l'as pas fait. Je suis attentive, Jacob. J'ai de la mémoire. Une seule fois, depuis que j'ai trouvé le téléphone, tu m'as dit : "Pardon." C'est quand je t'ai dit que ton grand-père était mort. Et ce n'est pas à moi que tu t'adressais. Ni à personne.

– Bon, peu importe que ce soit le cas...

– Ça l'est, et si, c'est important.

– Peu importe que ce soit le cas, parce que si tu ne te souviens pas de mes excuses, c'est que je ne me suis pas excusé comme il faut. Alors écoute-moi bien : Je suis vraiment désolé, Julia. J'ai honte et je regrette.

– Ce ne sont pas les textos, le problème. »

Le soir où Julia avait trouvé le téléphone, elle avait dit à Jacob : « Tu as l'air heureux, mais tu ne l'es pas. » Et aussi : « Tu trouves le malheur si menaçant que tu préfères couler avec le bateau plutôt que d'admettre qu'il y a une voie d'eau. » Et si elle refusait de couler avec le bateau ? Parce que si le problème ne venait pas des textos, c'est donc qu'il venait de tout le reste. Et si, quand Jacob s'enfermait dans la pièce inoccupée, il enfermait Julia dans la maison inoccupée ? Et s'il devait s'excuser pour tout ?

« Dis-moi, fit-il, dis-moi simplement pourquoi tu veux détruire cette famille ?

– Je t'interdis de dire une chose pareille.

– Mais c'est vrai. Tu détruis notre famille.

– Non. Je mets un terme à notre mariage. »

Il n'arrivait pas à croire qu'elle ose dire une chose pareille.

« Mettre un terme à notre mariage va détruire notre famille.

– Pas du tout.

– Pourquoi ? Pourquoi tu veux mettre un terme à notre mariage ?

– C'est bien avec toi, pourtant, que j'ai eu toutes ces conversations depuis trois semaines, non ?

– On ne faisait que parler. »

Elle écouta l'écho de ces paroles un moment, puis dit : « Voilà pourquoi.

– Parce qu'on en a parlé ?

– Parce que tu ne fais que parler et que tes paroles n'ont jamais aucune valeur. Tu as caché ton plus grand secret derrière un mur, tu t'en souviens ?

– Non.

– Notre mariage. J'ai tourné sept fois autour de toi et je t'ai entouré de tout mon amour pendant des années, et le mur s'est effondré. C'est moi qui l'ai fait tomber. Mais tu sais ce que j'ai découvert ? Ton plus grand secret, c'est que tu es un mur tout entier. Rien d'autre qu'un mur. »

Il n'avait plus le choix, désormais : « Je pars en Israël, Julia. »

Et parce qu'il avait prononcé son prénom, ou changé de ton, ou plus probablement parce que la conversation avait atteint le point de rupture, cette phrase prit un sens nouveau – et cette fois, Julia le crut.

« J'y crois pas, dit-elle.

– Il faut que je parte.

– Pour qui ?

– Nos enfants. Et leurs enfants.

– Nos enfants n'ont pas d'enfants.

– Mais ils en auront.

– Alors c'est ça, le deal : perdre un père pour gagner un enfant ?

– Tu l'as dit toi-même, Julia : ils vont m'installer devant un ordinateur.

– Je n'ai pas dit ça.

– Tu as dit qu'ils ne seraient pas bêtes au point de me confier une arme.

– Non, je n'ai pas dit ça non plus. »

Jacob entendit le cliquetis d'une lampe de chevet. Un hôtel ? L'appartement de Mark ? Comment pouvait-il lui demander où elle était sans donner l'impression qu'il la jugeait, ou qu'il était jaloux, ou qu'il partait en Israël pour la punir d'être allée chez Mark ?

Plus d'un millier de « langues construites » ont été inventées – par des linguistes, des romanciers, des amateurs –, toujours dans l'espoir de corriger l'imprécision, l'inefficacité et les anomalies des langues naturelles. Certaines langues construites reposent sur le principe d'une gamme musicale et sont chantées. Certaines s'appuient sur les couleurs et sont muettes. Les langues construites suscitant le plus d'admiration furent conçues pour révéler en quoi pourrait consister la communication, et aucune d'elles n'est usitée.

« Si tu fais ça, reprit Julia, si tu fais vraiment ça, j'attends deux choses de toi.

– Qu'est-ce que tu veux dire ?

– Si tu pars en Israël…

– Je pars.

– … je veux que tu fasses deux choses pour moi.

– Très bien.

– Sam doit faire sa bar-mitsva. Tu ne peux pas partir sans t'occuper de ça.

– Très bien. Faisons-la demain.

– Tu veux dire aujourd'hui ?

– Mercredi. Et on la fera ici.

– Est-ce qu'il a appris sa haftara en entier, au moins ?

– Ce qu'il a appris suffira. On peut inviter tous les membres de la famille qui sont libres, tous les amis que veut Sam. Les Israéliens sont là. Je peux commander quatre-vingt-dix pour cent de ce qu'il nous faut chez Whole Foods. On se passera de tout le tralala, évidemment.

– Mes parents ne pourront pas venir.

– C'est dommage. On pourrait leur parler sur Skype ?

– Et il nous faut une Torah. Ça ne fait pas vraiment partie du tralala.

– Ah oui. Merde. Si le rabbin Singer ne veut pas participer…

– Il ne voudra pas.

– Mon père peut demander à la *shul* de Georgetown. Il connaît un tas de gens là-bas.

– Tu t'en occupes ?

– Oui.

– D'accord. Je peux m'occuper du… Et si je… » Elle se perdit dans sa logistique intérieure, dans le lobe maternel de son cerveau, qui n'était jamais au repos, celui qui prévoyait quinze jours à l'avance les goûters des garçons avec leurs copains et faisait attention aux allergies alimentaires de ces copains, qui connaissait toujours la pointure des uns et des autres et n'avait pas besoin d'une alerte sur son téléphone pour se souvenir de la visite de contrôle bisannuelle chez le dentiste, et qui supervisait l'envoi des mots de remerciement pour les cadeaux d'anniversaire.

« Et la seconde chose, qu'est-ce que c'est ? demanda Jacob.

– Hein, quoi ?

– Tu as dit qu'il fallait que je fasse deux choses.

– Je veux que tu fasses piquer Argos.

– Le faire piquer !

– Oui.

– Pourquoi ?

– Parce qu'il est temps, et parce que c'est ton chien. »

Quand Jacob était petit, il faisait tourner les globes terrestres et les arrêtait en posant le doigt dessus au hasard, puis il se demandait à quoi ressemblerait sa vie s'il était aux Pays-Bas, en Argentine, en Chine ou au Soudan.

Quand Jacob était petit, il s'imaginait que son doigt immobilisait réellement la Terre. Personne ne s'en apercevait, comme personne ne s'apercevait que la Terre tournait, mais le soleil ne bougeait plus dans le ciel, la mer était plate et les photos tombaient de la porte des frigos.

Quand Julia prononça ces mots – *Parce qu'il est temps, et parce que c'est ton chien* –, son doigt immobilisa sa propre vie.

Parce qu'il est temps, et parce que c'est ton chien.

L'endroit où ces deux propositions se rejoignaient, c'était chez lui.

Mais pouvait-il y vivre ?

À la dernière convention à laquelle il avait assisté, Jacob avait rencontré deux parents sourds et leur fils sourd de huit ans. Originaires d'Angleterre, ils s'étaient récemment installés aux États-Unis, avait expliqué le père, parce que le petit garçon avait perdu sa main gauche dans un accident de la route.

« Je suis désolé », lui dit Jacob en langue des signes, traçant un cercle autour de son cœur avec le poing.

La mère posa quatre doigts sur sa lèvre inférieure, puis tendit l'avant-bras, paume vers le haut – comme si elle lui envoyait un baiser, mais sans le baiser.

Jacob demanda : « Il y a de meilleurs médecins ici ? »

La mère lui répondit : « La langue des signes britannique utilise les deux mains pour les lettres de l'alphabet. L'américaine n'en utilise qu'une. Il se serait débrouillé en Angleterre, mais nous voulons mettre toutes les chances de son côté. »

La mère et le garçon se rendirent sous le barnum, laissant Jacob avec le père. Ils discutèrent pendant une heure, en silence, déplaçant l'air entre eux pour se raconter l'histoire de leur vie.

Jacob avait lu le témoignage de couples de sourds qui voulaient des enfants sourds. L'un d'eux avait même fait le choix d'une manipulation génétique pour en avoir un. Il pensait souvent à cela, aux implications morales d'une telle démarche. Une fois qu'ils eurent parlé assez longtemps pour que Jacob n'ait pas l'impression d'être indiscret, il demanda au père ce qu'il avait ressenti en apprenant que son fils était sourd comme lui.

« Les gens voulaient savoir si je préférais avoir un garçon ou une fille, dit le père. Je répondais que je désirais simplement un enfant en bonne santé. Mais j'avais une préférence que je gardais secrète. Vous savez peut-être qu'on leur fait passer l'examen auditif seulement au moment de quitter la maternité ?

– Je l'ignorais.

– On leur envoie un signal dans l'oreille – s'il y a réverbération, c'est que le bébé entend. Alors ils laissent l'oreille se vider du liquide amniotique le plus longtemps possible.

– S'il n'y a pas de réverbération du signal, c'est que l'enfant est sourd ?

– C'est ça.

– Où va le son ?

– Dans l'abîme de la surdité.

– Donc, au début, on ne sait pas ?

– Un jour. Pendant un jour, il n'était ni sourd ni entendant. Quand l'infirmière nous a dit qu'il était sourd, j'ai pleuré toutes les larmes de mon corps. »

Jacob fit de nouveau un cercle autour de son cœur avec le poing.

« Non, répondit le père. Un enfant entendant aurait été une bénédiction. Mais un enfant sourd était une bénédiction encore plus unique.

– C'était votre préférence ?

– Ma préférence secrète.

– Mais vous disiez que vous vouliez mettre toutes les chances de son côté.

– Je peux vous demander si vous êtes juif ? »

La question était si inattendue que Jacob ne fut pas sûr d'avoir bien compris les signes de l'homme, mais il acquiesça.

« Nous sommes juifs, nous aussi. » Jacob éprouva ce vieux sentiment – gênant et singulièrement réconfortant – de reconnaissance mutuelle. « D'où venez-vous ?

– De partout. Mais surtout de Drohobytch.

– Nous sommes *landsmen* », dit le père. En réalité, il avait dit : « Nous venons du même endroit », mais Jacob avait compris que ses mains parlaient yiddish.

« Il est plus difficile d'être juif, ajouta le père. Ce n'est pas la meilleure façon de mettre toutes les chances de votre côté.

– C'est différent », dit Jacob.

L'homme répondit : « Je me souviens d'un vers lu dans un poème : “Il peut t'arriver de trouver un oiseau mort ; tu n'en verras jamais toute une volée.” » Le signe pour « volée » consiste à éloigner ses deux mains de son torse en les agitant comme des vagues.

Jacob était rentré de la convention à l'heure pour le dîner de shabbat. Ils allumèrent les bougies et les bénirent. Ils bénirent le vin et le burent. Ils découvrirent la hallah, la bénirent, la rompirent, se la passèrent et la mangèrent. Les bénédictions disparurent dans la surdité de l'univers, mais quand Jacob et Julia murmurèrent à l'oreille de leurs enfants, leurs prières leur revinrent en écho. Après le repas, Jacob, Julia, Sam, Max et Benjy fermèrent les yeux et circulèrent dans leur maison.

VI

LA DESTRUCTION D'ISRAËL

RENTREZ AU PAYS

Finalement, ils n'eurent pas besoin d'avancer la date de la bar-mitsva – Tamir et Jacob mirent huit jours à trouver un avion pour Israël –, mais ils ne trouvèrent pas le temps, semble-t-il, de faire piquer Argos. Jacob en parla à quelques vétérinaires pleins de compassion, et regarda aussi quelques atroces vidéos sur YouTube. Même quand l'euthanasie était sans conteste une « bonne » chose – qu'elle offrait une mort vraiment paisible à un animal qui souffrait vraiment –, c'était atroce. Il ne pouvait pas faire ça. Il n'était pas prêt. Argos n'était pas prêt. Ils n'étaient pas prêts.

L'ambassade ne leur était toujours d'aucune aide, et les vols commerciaux vers Israël étaient toujours suspendus. Ils tentèrent donc d'obtenir une accréditation presse, de s'inscrire en tant que bénévoles à Médecins sans frontières, de s'envoler pour un autre pays afin de rejoindre Israël par bateau – en vain.

Ce qui changea leur situation, et changea tout, fut un discours du Premier ministre israélien diffusé sur les télévisions du monde entier – discours dont il devait savoir, en l'écrivant, qu'il serait appris par cœur par les futurs écoliers juifs ou bien gravé sur un monument.

Les yeux braqués sur l'objectif de la caméra, et directement plongés dans l'âme juive de tous les Juifs qui le regardaient, il évoqua la menace sans précédent qui planait sur l'existence d'Israël et dit à tous les Juifs de seize à cinquante-cinq ans, « rentrez au pays ».

L'espace aérien serait bientôt rouvert aux vols à destination d'Israël, et des gros porteurs commerciaux vidés de tous leurs sièges en vue d'accueillir plus de passagers décolleraient sans discontinuer d'aérodromes situés près de New York, Los Angeles, Miami, Chicago, Paris, Londres, Buenos Aires, Moscou et d'autres villes où la diaspora juive était importante.

Les avions attendaient le tout dernier moment pour faire le plein d'essence, car personne ne savait, même de manière approximative, quel serait leur poids.

AUJOURD'HUI, JE NE SUIS PAS UN HOMME

« Il faut qu'on ait une discussion en famille », dit Sam. C'était la veille de sa bar-mitsva de fortune. Douze heures plus tard, le buffet serait livré. Et peu après, la poignée de cousins et d'amis prévenus au dernier moment arriverait. Il serait ensuite temps de devenir un homme.

Max et Benjy étaient assis sur le lit de Sam, les pieds ballants, et Sam avait posé ses quarante-trois kilos sur son siège pivotant bien-aimé – bien-aimé parce que cette liberté de mouvement lui donnait un sentiment de puissance, et parce que c'était l'ancien fauteuil de son père. Son écran d'ordinateur montrait les images vacillantes d'une armée traversant le Sinaï.

Plein d'une prévenance toute parentale, Sam leur livra une version adaptée à leur âge de ce qui s'était passé avec le téléphone de leur père et de ce qu'il savait – d'après les bribes qu'avait entendues Max dans la voiture, d'après ce que Billie avait vu et en avait déduit à la simulation des Nations unies, et les conclusions que lui-même en avait tirées – de la relation de leur mère avec Mark. (« Je vois pas pourquoi c'est grave, dit Benjy. Les gens s'embrassent tout le temps et c'est bien, non ? ») Sam leur rapporta ce que Billie avait entendu quand elle avait surpris leurs parents en pleine répétition de leur annonce de séparation (et que Max, qui avait fouiné de son côté, confirma), et ce que Barak savait de la décision de leurs pères de partir pour Israël. Ils savaient tous que Jacob mentait quand il avait dit que

Julia avait passé la nuit sur un site dont elle devait superviser la rénovation, mais ils sentaient aussi qu'il ignorait où elle avait dormi, du coup personne n'aborda le sujet.

Sam imaginait souvent qu'il tuait ses frères, mais aussi qu'il les sauvait. Il éprouvait ces pulsions contraires depuis leur naissance – tout en berçant Benjy dans ses bras, il avait aussi envie de lui casser les côtes –, et l'intensité de ces impulsions simultanées définissait la nature de son amour fraternel.

Mais pas dans le cas présent. Dans le cas présent, il désirait seulement les prendre dans ses bras pour les bercer. Il ne concevait aucun sentiment de jalousie, ne se sentait pas amoindri à leur profit, ne ressentait aucun inexplicable picotement d'irritation.

Quand il arriva au moment critique – « Tout va bientôt changer » –, Max se mit à pleurer. Par réflexe, Sam voulut dire : « C'est drôle, c'est drôle », mais par un réflexe encore plus fort, il dit à la place : « Je sais, je sais. » Devant les larmes de Max, Benjy se mit à pleurer – comme un réservoir se déversant dans un trop-plein et le faisant déborder. « Ça craint, reconnut Sam. Mais tout va bien se passer. Il faut juste qu'on les en empêche. »

Entre deux sanglots, Benjy dit : « Je comprends pas. S'embrasser, c'est bien.

– Qu'est-ce qu'on va faire ? demanda Max.

– Ils attendent que j'aie fait ma bar-mitsva. Ils vont nous parler de leur divorce après ma bar-mitsva. Papa va déménager après ma bar-mitsva. Et maintenant, il compte partir en Israël après ma bar-mitsva. Donc, il suffit que je ne fasse pas ma bar-mitsva.

– C'est un bon plan, dit Benjy. Tu es intelligent.

– Mais ils te forceront à la faire, objecta Max.

– De quelle façon ? Ils me boucheront le nez jusqu'à ce que je crache ma haftara ?

– Ils te puniront.

– Et alors ?

– Ils te priveront d'écran.

– Et alors ?

– C'est important pour toi.

– Je m'en passerai.

– Tu pourrais fuguer ? suggéra Benjy.

– Fuguer ? » firent ses frères en même temps, sur quoi Max ne put s'empêcher de s'écrier : « Chips !

– Sam, Sam, Sam, dit Benjy, libérant son frère du silence imposé par cette interjection.

– Je ne peux pas fuguer, déclara Sam.

– Jusqu'à la fin de la guerre, c'est tout, dit Max.

– Je ne peux pas vous laisser tomber.

– Et tu me manquerais trop », dit Benjy.

Quand Jacob et Julia avaient annoncé à Sam et Max qu'ils allaient avoir un petit frère, Jacob avait commis l'erreur de proposer aux garçons de choisir son prénom – une gentille attention qui n'avait pas une chance sur cent millions d'aboutir à une suggestion acceptable. Max avait vite opté pour Ed la Hyène, en référence au fidèle acolyte de Scar dans *Le Roi Lion*, présumant sans doute que son nouveau frère remplirait ce rôle : celui de fidèle acolyte. Sam voulait l'appeler Mousseux car c'était le troisième mot sur lequel avait atterri son doigt en feuilletant le dictionnaire – il avait promis de choisir le premier mot, quel qu'il soit, mais c'était « extorsion », et le deuxième « ambivalent ». L'ennui n'était pas que les frères ne soient pas d'accord, mais que les deux prénoms – Ed la Hyène et Mousseux – soient formidables. Des prénoms sensationnels que tout être humain se sentirait privilégié de porter et qui lui garantiraient une vie géniale. Ils jouèrent à pile ou face, en lançant la pièce trois fois, puis sept, et Julia, fidèle à elle-même, plia délicatement le morceau de papier portant le nom du vainqueur pour en faire un oiseau en origami, qu'elle libéra par une fenêtre ouverte, mais confectionna des T-shirts floqués de l'inscription « Frère de Mousseux », ainsi, bien sûr, qu'un body « Mousseux ». Il existe une photo des trois garçons en tenue « Mousseux », endormis sur la banquette arrière de la Volvo, baptisée Ed la Hyène en guise de compensation pour Max.

Sam se tapota le genou pour faire signe à Benjy de s'approcher, et dit : « Toi aussi, tu me manquerais, Mousseux.

– C'est qui, Mousseux ? demanda Benjy en montant sur son frère.

– Ça a failli être toi. »

Pour Max, tout cela était trop chargé en émotion et il ne parvenait pas à y mettre des mots. « Si tu fugues, je viens avec toi.

– Personne ne va fuguer, dit Sam.

– Moi aussi, s'exclama Benjy.

– Il faut qu'on reste, affirma Sam.

– Pourquoi ? firent-ils.

– Chips !

– Benjy, Benjy, Benjy. »

Sam aurait pu dire : *Parce qu'il faut que quelqu'un s'occupe de vous, et ça ne peut pas être moi.* Ou : *Parce que c'est ma bar-mitsva à moi, et je suis donc le seul à devoir y échapper.* Ou : *Parce que la vie n'est pas un film de Wes Anderson.* Mais il dit : « Parce que sinon, notre maison serait complètement vide.

– Tant mieux, rétorqua Max. Ce serait mérité.

– Et Argos.

– Il viendra avec nous.

– Il n'a même pas la force d'aller au coin de la rue. Comment voulez-vous qu'il s'enfuie ? »

Max commençait à proposer des solutions désespérées : « Alors on le piquera, et ensuite on fuguera.

– Tu serais prêt à tuer Argos pour empêcher une bar-mitsva ?

– Je serais prêt à tuer Argos pour empêcher la vie.

– Oui, sa vie à lui.

– Notre vie.

– J'ai une question, dit Benjy.

– Quoi ? demandèrent ses frères à l'unisson.

– Chips !

– Merde, Max.
– Bon, d'accord. Sam, Sam, Sam.
– C'est quoi, ta question ?
– Max a dit que tu pourrais fuguer jusqu'à la fin de la guerre.
– Personne ne va fuguer.
– Et si la guerre ne finit jamais ? »

Julia rentra à temps pour le coucher des garçons. Ce ne fut pas aussi douloureux qu'elle ou Jacob l'avait imaginé, mais seulement parce qu'elle-même avait imaginé une soirée de silence et lui une soirée de hurlements. Ils se donnèrent une accolade, s'adressèrent un timide sourire et se mirent au travail.

« Mon père a mis la main sur une Torah.

– Et un rabbin ?

– C'était compris dans le lot.

– Pitié, pas un chantre.

– Dieu merci, non.

– Et tu as tout trouvé chez Whole Foods ?

– J'ai trouvé un traiteur.

– La veille ?

– Ce n'est pas le meilleur. Des rumeurs non confirmées de salmonellose.

– Des rumeurs, j'en suis sûre. Il y aura quoi, quinze, vingt invités ?

– Il y aura de quoi manger pour cent personnes.

– Toutes ces boules à neige… » dit Julia, sincèrement mélancolique.

Elles étaient alignées sur trois étagères de l'armoire à linge, par rangées de quinze et colonnes de huit. Elles resteraient là, sans que personne les touche, pendant des années – toute cette eau emprisonnée dans les globes, comme tout cet air emprisonné dans le papier bulle qu'elle avait mis de côté, comme tous les mots emprisonnés dans des bulles de pensée. Les globes devaient être très légèrement fissurés, car l'eau s'évapora lentement – son niveau baissa de cinq millimètres par an peut-être ? – et quand Benjy fut en âge de faire – ou pas – sa bar-mitsva, la neige, toujours immaculée, jonchait des rues sèches.

« Les garçons ne se doutent de rien, au fait. Je leur ai simplement dit que tu visitais un site, la nuit dernière, et ils n'ont pas posé de questions.

– On ne saura jamais ce qu'ils savent.

– Et eux non plus.

– Ce n'était que pour une nuit, dit-elle, remplissant le lave-vaisselle. Mais je n'ai jamais choisi de m'éloigner d'eux. Je l'ai fait parce que je n'avais pas le choix. Je me sens affreusement mal. »

Au lieu d'atténuer ce sentiment, Jacob tenta de le partager : « C'est dur. » Mais il y avait l'autre ange, dont les petits pieds tapaient sur l'épaule de Jacob : « Tu étais chez Mark ?

– Quand ?

– C'est là que tu es allée ? »

Il y avait plusieurs façons de répondre à cette question. Elle choisit : « Oui. »

Il remonta des assiettes supplémentaires du sous-sol. Elle prit une douche pour se détendre les épaules et passer le costume de Sam à la vapeur. Il promena Argos jusqu'à Rosedale, où ils écoutèrent d'autres chiens jouer à rapporter la balle dans l'obscurité. Elle lança une machine de sous-vêtements et chaussettes des enfants, et une de torchons. Ensuite ils se retrouvèrent dans la cuisine où ils vidèrent le lave-vaisselle de ses assiettes propres et encore chaudes.

Sans le vouloir, Julia reprit la conversation là où elle l'avait laissée : « Quand ils étaient tout petits, je ne les quittais pas des yeux, même pour deux secondes. Mais viendra un temps où on ne se parlera pas pendant plusieurs jours.

– Mais non.

– Mais si. Tous les parents pensent que ça ne leur arrivera jamais, mais ça arrive à tout le monde.

– On fera en sorte d'éviter ça.

– Et en même temps, on fera tout pour que ça arrive. »

Puis ils montèrent. Elle chercha ses produits de toilette, jusqu'au moment où elle ne se souvint plus de ce qu'elle cherchait. Il intervertit l'emplacement de ses T-shirts et de ses pulls – un peu tôt cette année. Il faisait nuit noire dehors, mais elle baissa les stores en prévision du matin. Il monta sur l'ottomane pour changer une ampoule. Et après ils se retrouvèrent devant les deux vasques du lavabo pour se brosser les dents.

« Il y a une maison intéressante à vendre, dit Jacob. À Rock Creek Park.

– Dans Davenport ?

– Quoi ? »

Elle cracha et répéta : « La maison dans Davenport Street ?

– Oui.

– Je l'ai vue.

– Tu y es allée ?

– J'ai vu l'annonce.

– Intéressante, non ?

– C'est mieux ici, répondit-elle.

– Il n'y a pas mieux qu'ici.

– C'est très bien, ici. »

Il cracha, rinça sa brosse, se brossa la langue, puis recommença la manœuvre. « Je ferais mieux de dormir sur le canapé, dit-il.

– Ça peut être moi.

– Non, moi. Il faut que je m'habitue à dormir dans des endroits peu confortables pour m'endurcir un peu. » Sa plaisanterie mettait le doigt là où ça faisait mal.

« Le canapé shabby chic n'est pas si décrépit. » Sa plaisanterie à elle fit retomber la pression.

« Il vaudrait peut-être mieux que je mette le réveil très tôt et que je remonte dans la chambre pour que les garçons nous voient ensemble demain matin ?

– Il va bien falloir qu'ils l'apprennent un jour. D'ailleurs, ils sont probablement déjà au courant.

– Après la bar-mitsva. Accordons-leur au moins ça. Même si tout le monde fait semblant.

– Tu ne veux vraiment plus discuter de ton départ en Israël ?

– Qu'y a-t-il à ajouter ?

– Que c'est de la folie.

– Ça a déjà été dit.

– Que c'est injuste pour les enfants et pour moi.

– Déjà dit. »

Ce qui n'avait pas été dit, et ce qu'il voulait entendre, et ce qui aurait même pu le faire changer d'avis, c'était : « Je ne veux pas que tu partes. » Mais elle avait dit : « Tu n'es pas mon mari. »

Le canapé était tout à fait confortable – plus confortable que le matelas bio garni de varech et de crin de cheval à sept mille dollars que Julia avait insisté pour acheter –, mais Jacob n'arrivait pas à dormir. Ni même à se tourner et se retourner pour trouver son sommeil. Il ne savait pas trop ce qu'il ressentait – ce pouvait être de la culpabilité, de l'humiliation, ou simplement de la tristesse – et, comme toujours quand il ne parvenait pas à identifier un sentiment, celui-ci se changea en colère.

Il descendit au sous-sol et alluma la télévision. CNN, MSNBC, Fox News, ABC : tous les programmes parlaient du Moyen-Orient, ils étaient interchangeables. Pourquoi n'admettait-il jamais qu'il cherchait sa série, qui n'était même pas la sienne ? Ce n'était pas une question d'ego, mais d'autoflagellation. Ce qui était aussi une question d'ego.

Il tomba dessus sur TBS, en rediffusion. Parfois, il se persuadait qu'elle serait meilleure sans les grossièretés ou les brèves scènes de nu, qu'ils y avaient recours uniquement parce qu'ils en avaient le droit et que cette liberté réclamait qu'ils l'exercent pour être justifiée. Jacob se demanda comment les producteurs exécutifs se débrouillaient pour qu'elle soit diffusée et changea de chaîne.

Il zappa sur une sorte de reality show culinaire, sur il ne savait trop quels X Games, sur l'un des films moches et méchants de la saga *Moi, moche et méchant.* Tout était une déclinaison d'une première version qui, au demeurant, n'avait jamais été bonne. Il fit un grand tour de la planète télé, finissant par revenir à son point de départ : CNN.

Wolf Blitzer avait réussi encore une fois à détourner l'attention de sa barbe – dont on ne savait jamais si elle en était vraiment une ou pas – grâce à une nouvelle paire de lunettes. Il était à la télévision, debout devant une télévision, recourant au procédé de la mise en abyme télévisuelle pour expliquer la géopolitique du Moyen-Orient. Jacob décrocha. En général, dans ces moments de rêverie, il envisageait de se masturber ou se demandait si les miettes de biscuits apéritif soufflés qu'il pourrait trouver au fond d'un paquet justifiaient qu'il monte à l'étage. Au lieu de quoi, inspiré par la bar-mitsva du lendemain, il repensa à la sienne, près de trente ans auparavant. La section qu'il avait lue était Ki Tissa, malheureusement pour lui, la plus longue de l'Exode et l'une des plus longues de la Torah. C'était tout ce dont il se souvenait. *Ki Tissa* signifie « lorsque tu prendras », ce sont les premiers mots distinctifs de la section, en référence au premier recensement des Juifs. Il se souvenait vaguement des mélodies, qui pouvaient tout aussi bien n'être que des phrases musicales génériques des psalmodies juives, auxquelles ont recours ceux qui font semblant de réciter une prière quand ils sont gênés de ne pas la connaître.

Cette première section était pleine de rebondissements : le premier recensement, l'ascension du mont Sinaï par Moïse, le veau d'or, la destruction des tables par Moïse, la seconde ascension du mont Sinaï par Moïse et son retour avec les Dix Commandements. Mais ce dont il se souvenait le plus clairement n'était pas dans la parasha elle-même, mais dans un texte apparenté, un passage du Talmud que lui avait donné son rabbin et qui posait la question de savoir ce qu'étaient devenues les tables brisées. Même l'adolescent blasé qu'il était avait trouvé la question fascinante. D'après le Talmud, Dieu ordonna à Moïse de poser les tables intactes et les tables brisées dans l'arche. Les Juifs les portèrent – toutes – pendant les quarante ans que dura leur errance et les déposèrent dans le Temple de Jérusalem.

« Pourquoi ? demanda le rabbin, dont Jacob avait oublié le visage et la voix, et qui n'était certainement plus de ce monde. Pourquoi ne les ont-ils pas simplement enterrées, comme il sied à un texte sacré ? Ou ne les ont-ils pas abandonnées, comme il sied à un blasphème ? »

Quand Jacob revint sur CNN, Wolf s'adressait à un hologramme de l'Ayatollah, spéculant sur le contenu de son discours à venir – la première intervention publique en Iran depuis l'incendie au Dôme du Rocher. Les mondes musulman et juif attendaient apparemment avec impatience ce qu'il allait dire, car cela constituerait sans doute la réponse la plus extrême à la situation, marquerait la limite à ne pas dépasser.

Jacob courut à l'étage, s'empara des biscuits apéritif – ainsi que d'un paquet d'algues grillées, des deux derniers faux Oreo de la marque Newman's et d'une bouteille de Hefeweizen –, puis s'empressa de redescendre pour ne pas rater le début du discours. Wolf n'avait pas précisé qu'il serait prononcé en extérieur, sur la place Azadi, devant deux cent mille personnes. Il avait réussi à commettre le péché le plus impardonnable du journalisme télévisé : sous-vendre, réduire les attentes, rendre facultatif un moment essentiel de télévision.

Un homme au léger embonpoint s'approcha du micro : turban noir, barbe blanche, robe noire comme un ballon noir gonflé de cris. Il y avait indéniablement de la sagesse dans ses yeux, voire de la douceur. Absolument rien ne distinguait son visage de celui d'un Juif.

RENTREZ AU PAYS

« Il est actuellement vingt et une heures en Israël. Quatorze heures à New York. Il est dix-neuf heures à Londres, onze heures à Los Angeles, vingt heures à Paris, quinze heures à Buenos Aires, vingt et une heures à Moscou, quatre heures à Melbourne.

« Ce discours est diffusé en mondovision par toutes les principales chaînes d'information. Il est traduit simultanément dans des dizaines de langues et sera vu par des personnes de toute religion, race et culture à travers le monde. Mais je m'adresse seulement aux Juifs.

« Depuis le séisme dévastateur qui s'est produit il y a deux semaines, Israël a subi une succession de calamités, certaines infligées par la main indifférente de mère Nature, d'autres par les poings de nos ennemis. Avec ingéniosité, force et détermination, nous avons fait ce que les Juifs ont toujours fait : nous avons survécu. Combien de peuples plus puissants ont disparu de la surface de la terre alors que les Juifs ont survécu ? Où sont les Vikings ? Où sont les Mayas ? Les Hittites ? Les Mésopotamiens ? Et où sont nos ennemis historiques qui nous ont toujours dépassés en nombre ? Où sont les pharaons qui ont détruit notre premier-né sans réussir à nous détruire ? Où sont les Babyloniens qui ont détruit notre Temple sacré sans réussir à nous détruire ? Où est l'Empire romain qui a détruit notre Second Temple sans réussir à nous détruire ? Où sont les nazis qui n'ont pas réussi à nous détruire ?

« Ils ont disparu.

« Et nous sommes là.

« Disséminés à travers la planète, nous nourrissons une multitude de rêves dans une multitude de langues, mais sommes unis par une histoire plus riche et plus glorieuse que celle d'aucun autre peuple ayant gratifié la terre de sa présence. Nous avons survécu, et survécu, et survécu, et en sommes venus à nous convaincre qu'il en irait toujours ainsi. Mais, frères et sœurs, descendants d'Abraham, d'Isaac, de Jacob, de Sarah, Rebecca, Rachel et Leah, je m'adresse à vous ce soir pour vous dire que la survie fait partie de l'histoire du peuple juif uniquement parce que le peuple juif n'a pas été détruit. Si nous survivons à dix mille calamités, pour finir par nous faire détruire, l'histoire des Juifs sera l'histoire d'une destruction. Frères et sœurs, héritiers de rois et de reines, de prophètes et de saints – enfants, tous autant que nous sommes, de cette mère juive qui déposa le panier d'osier dans le fleuve de l'histoire –, nous sommes livrés au courant, et ce moment sera déterminant dans notre histoire.

« Comme le disait le roi Salomon : "Car sept fois le juste tombe, et il se relève." Nous sommes tombés sept fois, et sept fois nous nous sommes relevés. Nous avons été frappés par un séisme d'une ampleur sans précédent. Nous avons subi l'effondrement de nos maisons, la perte de l'eau et de l'électricité, les répliques, les épidémies, les attaques balistiques, et sommes à présent assaillis de tous côtés par des ennemis financés et armés par des superpuissances, tandis que le soutien qui nous est apporté a faibli et que nos amis ont détourné le regard. Notre sens de la justice n'a pas fléchi, mais nous ne pouvons nous permettre de tomber une fois de plus. Nous avons été vaincus il y a deux mille ans, et condamnés à deux mille ans d'exil. En tant que Premier ministre de l'État d'Israël, je suis ici pour vous dire, ce soir, que si nous tombons de nouveau, le livre des Lamentations ne sera pas seulement augmenté d'un nouveau chapitre, il trouvera avec celui-ci sa conclusion. L'histoire du peuple juif – notre histoire – sera racontée comme on raconte celle des Vikings et des Mayas.

« L'Exode retrace la bataille entre Israël et Amalek : homme contre homme, armée contre armée, peuple contre peuple, sous les yeux de commandants installés à leurs postes d'observation loin derrière leurs propres lignes. Alors qu'il assiste à la bataille, Moïse remarque que lorsqu'il a les bras levés, Israël gagne du terrain, et que quand ils sont baissés, Israël essuie des pertes. Il garde donc les bras levés devant lui. Mais, comme cela nous est maintes fois rappelé, Moïse n'est qu'un humain. Et aucun humain ne peut garder éternellement les bras levés.

« Heureusement, le frère de Moïse, Aaron, et son beau-frère, Hur, sont à proximité. Il les appelle pour qu'ils lui tiennent les bras levés pendant toute la durée de la bataille. Et Israël en sort victorieux.

« Au moment où je vous parle, l'armée de l'air israélienne, en collaboration avec les autres branches armées des Forces israéliennes, commence l'opération Bras de Moïse. Dans huit heures, des avions de la compagnie El Al décolleront des principaux centres de population juive, partout dans le monde, pour transporter des hommes et des femmes juifs de seize à cinquante-cinq ans vers des bases militaires en Israël. Ces vols seront escortés par des avions de chasse pour assurer leur sécurité. À leur arrivée en Israël, nos courageux frères et sœurs seront évalués afin de déterminer la meilleure manière pour eux de soutenir l'effort de survie. Des informations détaillées sur l'opération sont disponibles à l'adresse www.operationbrasdemoise.com.

« Nous sommes prêts. Nous sommes allés chercher dans le désert nos frères et sœurs éthiopiens pour les ramener au pays. Nous avons ramené les Juifs russes, les Juifs irakiens et les Juifs français. Nous avons ramené ceux qui ont survécu à l'horreur de l'Holocauste. Mais cette entreprise-là sera sans précédent – sans précédent dans l'histoire d'Israël comme dans celle du monde. Parce que nous vivons une crise sans précédent. La seule façon d'empêcher notre destruction totale est de faire appel à la totalité de nos forces.

« Au bout des premières vingt-quatre heures, ces vols auront ramené cinquante mille Juifs en Israël.

« Au bout du troisième jour, trois cent mille.

« Au septième jour, la diaspora sera de retour chez elle : un million de Juifs combattant côte à côte avec leurs frères et sœurs juifs. Et avec l'aide de ces Aaron et de ces Hur, non seulement nous lèverons les bras dans la victoire, mais nous pourrons imposer la paix. »

Ils déroulèrent la Torah sur l'îlot de la cuisine, et Sam psalmodia avec une grâce qui n'avait encore jamais touché un membre de la famille Bloch – la grâce d'une pleine présence à soi-même. Irv n'eut pas cette grâce, fut gêné à l'idée de pleurer et retint ses larmes. Julia n'eut pas cette grâce, trop soucieuse de l'étiquette pour obéir à son premier instinct et s'approcher de son fils afin de se tenir à ses côtés. Jacob n'eut pas cette grâce, et prit la peine de se demander à quoi pensaient les autres.

La Torah fut roulée, couverte et replacée dans le meuble qu'on avait vidé de ses étagères et de son matériel de beaux-arts. Les hommes qui entouraient Sam s'assirent pour le laisser psalmodier sa haftara, ce qu'il fit lentement, résolument, avec le soin d'un ophtalmologiste qui opérerait ses propres yeux. Les rituels furent achevés. Ne restait plus que son discours.

Sam resta planté devant l'îlot de la cuisine qui tenait lieu de bimah. Il imagina que son front projetait un faisceau lumineux constellé de grains de poussière, créant tout ce qui se trouvait face à lui : la kippa sur la tête de Benjy (*Mariage de Jacob et Julia, 23 août 2000*), le talit semblable à un costume de fantôme mal coupé dans lequel était enveloppé son grand-père, la chaise pliante inoccupée sur laquelle s'asseyait son arrière-grand-père.

Il fit le tour de l'îlot, puis se faufila difficilement entre les chaises et posa le bras sur l'épaule de Max. Dans une intimité physique que ni l'un ni l'autre n'aurait supportée en d'autres circonstances, Sam prit le visage de Max entre ses mains et lui murmura quelque chose à l'oreille. Ce n'était pas un plan. Ce n'était pas un secret. Ce n'était pas une information. Max fondit comme une bougie commémorative, le jour du yahrzeit[1].

Sam retourna de l'autre côté de l'îlot.

« Bonjour, l'assemblée. Alors. Bon. Très bien. Qu'est-ce que je peux dire ?

« Vous savez, ces gens qui gagnent un prix et qui disent qu'ils ne s'y attendaient tellement pas qu'ils n'avaient même pas préparé de discours ? Je ne crois pas qu'une seule fois, de toute l'histoire de l'humanité, ç'ait été vrai. En tout cas pas pour un Oscar, ou un gros prix comme ça, quand la cérémonie passe à la télé. Ils s'imaginent sans doute qu'en disant n'avoir rien préparé ils vont passer pour des gens modestes, ou pire, réalistes, alors qu'en réalité ils passent pour des narcissiques hypocrites.

« Je crois qu'un discours de bar-mitsva, c'est comme un avion dans la tempête : une fois qu'on est dedans, il faut foncer. C'est grand-papi qui m'a appris ce dicton, même s'il n'avait pas pris l'avion depuis au moins trente ans. Il adorait les dictons. Je crois que ça lui donnait l'impression d'être américain.

« Ceci n'est pas vraiment un discours. Pour tout dire, je ne pensais pas venir, alors je n'ai rien préparé en dehors du discours de bar-mitsva que j'avais écrit à l'origine, mais qui n'aurait aucun sens maintenant, vu que tout a complètement changé. Mais j'y ai beaucoup travaillé, alors si ça intéresse quelqu'un, je peux lui envoyer par mail après. Bref, si j'ai parlé de ces acteurs qui disent qu'ils n'ont pas préparé de discours, c'est parce j'ai pensé qu'en avouant mes doutes sur la sincérité de ceux qui prétendent une chose pareille, je vous donnerais peut-être des raisons de me croire. Mais la vraie question est de savoir pourquoi il est important que vous me croyiez.

1. Anniversaire du décès d'un proche.

« Bref, grand-père Irv avait l'habitude de nous donner cinq dollars, à Max et à moi, si on faisait un discours qui le convainquait de quelque chose. N'importe quand, à propos de n'importe quoi. Du coup, on faisait tout le temps des petits discours : pourquoi les gens ne devraient pas avoir un chien comme animal domestique, pourquoi les escalators favorisent l'obésité et devraient être interdits, pourquoi les robots vaincront les humains de notre vivant, pourquoi il faudrait transférer Bryce Harper, pourquoi ce n'est pas grave d'écraser des mouches. On argumentait sur tous les sujets parce que même si on n'avait pas besoin d'argent, on en voulait. On aimait bien le voir s'accumuler. Ou alors on voulait gagner. Ou être aimés. Je ne sais pas. J'en parle parce que je crois qu'on a développé un don pour l'improvisation, ce que je m'apprête à faire. Merci grand-père ?

« Je n'ai jamais voulu faire de bar-mitsva. Pas pour des raisons morales ou intellectuelles, je me disais juste que c'était une colossale perte de temps. C'est peut-être moral ? Je ne sais pas. Je crois que j'aurais continué à m'y opposer même si mes parents m'avaient vraiment écouté ou qu'ils m'avaient proposé d'autres façons de l'envisager. On ne le saura jamais parce qu'on m'a simplement dit qu'il faut la faire, parce que c'est ce qu'on est censé faire. De la même façon qu'on ne mange pas de hamburgers parce qu'on n'est pas censé en manger. Même s'il nous arrive parfois de manger des california rolls au vrai crabe, alors qu'on n'est pas censé le faire. Et que souvent on ne fait pas shabbat, alors qu'on est censé le faire. L'hypocrisie ne me dérange pas quand elle sert mes intérêts, mais l'application de la logique du "ce qu'on est censé faire" à la bar-mitsva ne servait pas mes intérêts.

« Alors j'ai tout fait pour la saboter. J'ai tout fait pour ne pas apprendre ma haftara, mais maman mettait l'enregistrement dans la voiture chaque fois qu'on allait quelque part, et c'est incroyable ce que ça rentre facilement dans la tête – toute la famille peut la réciter, et Argos remue la queue dès le premier vers.

« J'ai été extrêmement désagréable avec mon tuteur, mais ça ne l'a pas dérangé de supporter mes conneries tant qu'il encaissait les chèques de mes parents.

« Comme certains d'entre vous le savent, on m'a accusé d'avoir écrit des mots déplacés à l'école hébraïque. Même si c'était horrible de ne pas être cru, j'étais content d'avoir des ennuis si ça pouvait m'éviter tout ça. Sauf que ça n'a manifestement pas marché.

« Je n'y avais encore jamais pensé, mais je m'aperçois que je ne suis pas certain d'avoir déjà cherché à éviter quelque chose dans ma vie. Enfin, bien sûr, j'évite les mauvais lancers qui m'arrivent dessus quand je joue au base-ball, et j'essaie autant que possible d'éviter les urinoirs sans paroi de séparation pour plus d'intimité, mais je parle d'*événements*. Je n'ai jamais tenté d'empêcher la tenue d'une fête d'anniversaire ou, je ne sais pas, de Hanouka. Peut-être que mon inexpérience m'a fait croire que ce serait plus facile. Mais malgré tous mes efforts, le rite juif de passage à l'âge adulte ne faisait que se rapprocher.

« Et puis il y a eu le séisme, et ça a tout changé, mon arrière-grand-père est mort, et ça aussi, ça a tout changé, et tout le monde a attaqué Israël, et beaucoup d'autres choses sont arrivées dont je ne peux pas parler ici et maintenant, et soudain, tout est devenu différent. Et à mesure que tout changeait, les raisons pour lesquelles je ne voulais pas faire de bar-mitsva ont changé et se sont renforcées. Ce n'était plus seulement parce qu'il s'agissait d'une colossale perte de temps – ce temps était déjà perdu quand on y pense. Et ce n'était même pas parce que je savais qu'un tas de choses horribles allaient arriver après ma bar-mitsva, et que tout ce que je faisais pour éviter ma bar-mitsva, je le faisais en réalité pour éviter que ces choses horribles n'arrivent.

« On ne peut pas empêcher les choses d'arriver. On peut seulement choisir de ne pas être là, comme l'a fait mon arrière-grand-père Isaac, ou s'y soumettre complètement, comme mon père qui a pris la décision d'aller se battre en Israël. Ou alors c'est peut-être papa qui a choisi de ne pas être là, je veux dire ici, et grand-papi qui s'est complètement soumis.

« On a lu *Hamlet* au collège cette année, et tout le monde connaît la tirade "Être ou ne pas être", on a passé trois cours dessus – le choix entre la vie et la mort, l'action et la réflexion, ceci et cela. Ça ne menait nulle part, jusqu'à ce que mon amie Billie dise un truc incroyablement intelligent. Elle a dit : "Est-ce qu'il n'y a pas un autre choix que ces deux-là ? Genre, presque être ou ne presque pas être, là est la question." Et ça m'a fait penser qu'on n'est pas forcément obligé de choisir non plus. "Être ou ne pas être. Là est la question." Être *et* ne pas être. Là est la réponse.

« Mon cousin israélien, Noam – c'est son père, là, Tamir –, m'a dit qu'une bar-mitsva n'est pas une chose qu'on fait, mais une chose qu'on devient. Il avait raison et il avait tort. Une bar-mitsva, c'est à la fois une chose qu'on fait et qu'on devient. Je fais manifestement ma bar-mitsva aujourd'hui. J'ai psalmodié ma section de la Torah et ma haftara, et personne ne m'a braqué un pistolet sur la tempe. Mais je veux profiter de l'occasion pour dire clairement à tout le monde que je ne deviens pas quelqu'un. Je n'ai pas demandé à être un homme, et je ne veux pas être un homme, et je refuse d'être un homme.

« Un jour, papa m'a raconté un souvenir de quand il était petit, à propos d'un écureuil mort sur la pelouse. Il a regardé grand-père le ramasser. Après, il a dit à grand-père : "Je n'aurais pas pu le faire." Et grand-père a répondu : "Bien sûr que si." Et papa a dit : "Non." Et grand-père a dit : "Quand on devient père, il n'y a personne qui puisse le faire à notre place." Et papa a dit : "N'empêche, moi je ne pourrais pas." Et grand-père lui a dit : "Moins tu auras envie de le faire, plus tu seras un père." Je ne veux pas devenir comme ça, alors je ne le deviendrai pas.

« Et maintenant, je voudrais vous expliquer pourquoi j'ai écrit tous ces mots. »

Ô JUIFS, VOTRE HEURE EST VENUE !

« Ô musulmans, l'heure est venue ! La guerre de Dieu contre les ennemis de Dieu s'achèvera par un triomphe ! La victoire en Terre sainte de Palestine est à la portée des justes. Nous serons vengés pour Lydda, nous serons vengés pour Haïfa, Acre et Deir Yassin, nous serons vengés pour les générations de martyrs, nous serons vengés, qu'Allah soit loué, pour Al-Qods ! Oh, Al-Qods, violée par les Juifs, traitée comme une putain par les fils de porcs et de singes, nous te rendrons ta couronne et ta gloire !

« Ils ont réduit Qubbat al-Sakhra en cendres. Mais ce sont eux qui seront brûlés. Je vous transmets aujourd'hui les paroles qui ont rempli le cœur de mille martyrs : « *Khaybar, Khaybar, ya Yahud, Jaish Muhammad Saouf Ya'ud !* » Comme le prophète Mahomet, que la paix soit avec Lui, quand Il vainquit les perfides Juifs à Khaybar, de même les armées de Mahomet infligeront l'humiliation finale aux Juifs aujourd'hui !

« Ô Juifs, votre heure est venue ! Votre feu trouvera notre feu ! Nous brûlerons vos cités et vos villes, vos écoles et vos hôpitaux, toutes vos maisons ! Aucun Juif ne sera en sécurité ! Je vous rappelle, ô musulmans, ce que le Prophète, que la paix soit avec Lui, nous enseigne : qu'au jour du Jugement dernier, même les pierres et les arbres parleront, avec ou sans mots, pour dire : "Ô serviteur d'Allah, ô musulman, il y a un Juif derrière moi, viens le tuer !" »

« “Regardez-moi”, dit Gédéon à ses hommes, grandement dépassés en nombre, face aux Madianites, non loin de l’endroit où je me tiens. “Et faites comme moi ! Quand je serai arrivé à l’extrémité du camp, ce que je ferai, vous le ferez aussi ! Je sonnerai du cor, moi et tous ceux qui sont avec moi ; alors, vous aussi, vous sonnerez du cor tout autour du camp et vous crierez : ‘Pour Yahvé et pour Gédéon !’” Quand il vit et entendit notre unité, l’ennemi se dispersa et s’enfuit.

« La majorité des Juifs ont choisi de ne pas vivre en Israël, et les Juifs ne partagent pas tous les mêmes convictions politiques ou religieuses, ni la même culture ou la même langue. Mais nous appartenons au même fleuve de l’histoire.

« Aux Juifs du monde, ceux qui vous ont précédés – vos grands-parents, vos arrière-grands-parents – et ceux qui vous succéderont – vos petits-enfants, vos arrière-petits-enfants – vous disent : “Rentrez au pays.”

« Rentrez au pays, non seulement parce que votre pays a besoin de vous, mais parce que vous avez besoin de lui.

« Rentrez au pays, non seulement pour vous battre pour la survie d’Israël, mais pour vous battre pour votre propre survie.

« Rentrez au pays, parce qu’un peuple sans pays n’est pas un peuple, comme une personne sans foyer n’est pas une personne.

« Rentrez au pays, non pas parce que vous soutenez tous les agissements d’Israël, non pas parce que vous pensez qu’Israël est parfait, ni même qu'il vaut mieux que d'autres pays. Rentrez non pas parce qu'Israël est ce que vous voulez qu'il soit, mais parce qu'il vous appartient.

« Rentrez au pays, parce que l'histoire se souviendra du choix de chacun d'entre nous en ce moment présent.

« Rentrez au pays et nous gagnerons cette guerre pour instaurer une paix durable.

« Rentrez au pays pour reconstruire un État plus fort et plus fidèle à ses promesses qu'il ne l'a jamais été avant la destruction.

« Rentrez au pays pour écrire de votre main l'histoire du peuple juif.

« Rentrez au pays pour tenir les bras levés de Moïse. Puis, quand les armes auront refroidi, que les maisons se dresseront de nouveau, plus fières, là où elles furent jadis détruites, et que les rues résonneront des voix des enfants qui jouent, votre nom sera inscrit non dans le livre des Lamentations, mais dans le livre de la Vie.

« Et ensuite, quelle que soit la destination de votre choix, vous serez toujours ici chez vous. »

AUJOURD'HUI, JE NE SUIS PAS UN HOMME

« Il y a deux semaines, tout le monde se demandait comment je comptais présenter des excuses dans mon discours de bar-mitsva. Comment est-ce que j'allais expliquer mon comportement ? Est-ce que j'allais seulement avouer ? Quand on m'a accusé, je n'ai jamais cherché à m'expliquer, encore moins à présenter des excuses. Mais maintenant que d'autres événements ont détourné l'attention de tout le monde, et que tout le monde se fiche de cette histoire, j'aimerais m'expliquer et présenter des excuses.

« Mon amie Billie, dont j'ai déjà parlé, m'a dit que j'étais inhibé. Elle est vraiment belle, et intelligente, et gentille. Je lui ai répondu : "C'est peut-être une forme de paix intérieure." Elle m'a demandé : "Une paix entre quelle parties ?" J'ai trouvé sa question très intéressante.

« Je lui ai dit : "Je ne suis pas du tout inhibé." Elle m'a répondu : "C'est exactement ce qu'une personne inhibée dirait." Alors j'ai dit : "Et je suppose que toi, tu n'es pas inhibée ?" Et elle a dit : "Tout le monde l'est un peu." "Très bien, j'ai dit, alors je ne suis pas plus inhibé que la moyenne."

« "Dis ce qu'il y a de plus dur à dire", elle m'a fait.

« J'ai dit : "Quoi ?"

« Et elle : "Pas là tout de suite. Tu ne saurais même pas de quoi il s'agit sans y réfléchir un bon bout de temps. Mais une fois que tu auras trouvé, je te mets au défi de le dire.

– Et si je le dis ?

– Tu ne le feras pas.

– Mais si je le fais.

– Je t'inviterai à choisir les termes, mais je sais que tu es trop inhibé pour me dire ce que tu veux vraiment."

« C'était vrai, évidemment.

« "Alors c'est peut-être ça, la chose la plus dure à dire", je lui ai dit.

« Et elle a répondu : "Quoi ? Que tu veux m'embrasser ? Ça n'entre même pas dans le top 100."

« J'ai beaucoup réfléchi à ce qu'elle m'a dit. Et j'y réfléchissais à l'école hébraïque, le jour où j'ai écrit ces mots. Je voulais juste savoir ce qu'ils me feraient, voir si c'était dur de les écrire et de me les dire. Voilà pourquoi j'ai fait ça. Mais le problème n'est pas là.

« Le problème, c'est que j'ai fait une erreur. J'ai confondu la *pire* chose à dire avec la chose la plus *dure* à dire. Alors qu'en réalité, c'est très facile de dire des horreurs : crétin, salope, peu importe. D'une certaine façon, c'est même plus facile parce qu'on sait très bien que ce sont des mots affreux. Ils n'ont rien d'effrayant. Ce qui rend en partie un mot très dur à dire, c'est de ne pas savoir.

« La raison pour laquelle je suis ici aujourd'hui, c'est que j'ai compris que la chose la plus dure à dire n'est pas un mot ni une phrase, mais un événement. La chose la plus dure à dire, on ne se la dit pas à soi-même. C'est aux personnes les plus dures, qu'il faut la dire.

« Ô musulmans, Dieu demande à ses serviteurs la mort de ces Juifs. J'appelle les soldats du Coran à mener notre ultime bataille contre ces bêtes qui tuent les prophètes. Ô musulmans, faut-il vous raconter l'histoire de la Juive qui a servi au Prophète, la paix soit avec Lui, de l'agneau empoisonné pour le tuer ? Le Prophète, la paix soit avec Lui, a dit à ses compagnons : "Ne mangez pas cet agneau. Il me dit qu'il est empoisonné." Mais il était trop tard pour le compagnon Bishr ibn al-Bara, que le poison tua. La Juive a tenté de tuer notre Prophète, la paix soit avec Lui, mais Dieu soit loué, elle a échoué. C'est la nature des Juifs, ces gens deux fois maudits ! Ils tenteront de vous tuer, mais Allah plantera dans votre cœur la connaissance de leurs actes malfaisants et vous sauvera. Vous devez faire ce que le Prophète, la paix soit avec Lui, a fait au Juif Kénana ibn al-Rabi, qui cacha le trésor des Juifs, les Banu Nadir. Le Prophète, la paix soit avec Lui, a dit à Az-Zubayr ben al-Awwâm : "Torture ce Juif jusqu'à ce qu'il te dise ce qu'il sait." Il appliqua de l'acier chauffé à blanc sur sa poitrine et le tua presque. Puis le Prophète, la paix soit avec Lui, livra le Juif Kénana à Muhammad ibn Maslama, qui le décapita ! Puis il prit les Juifs de Kénana comme esclaves. Mahomet, la paix soit avec Lui, garda à ses côtés la plus belle femme des Juifs ! Voilà, ô musulmans ! Que le Prophète soit le guide de vos relations avec les Juifs !

« Ô frères palestiniens ! Souvenez-vous ! Quand les musulmans, les Arabes, les Palestiniens, font la guerre aux Juifs, ils la font pour vénérer Allah. Ils déclarent la guerre en tant que musulmans ! Le hadith ne dit pas, “Ô sunnite, ô chiite, ô Palestinien, ô Syrien, ô Persan, venez combattre.” Il dit : “Ô musulman !” Trop longtemps nous nous sommes battus les uns contre les autres et avons perdu. Désormais nous nous battrons ensemble et serons victorieux.

« Nous combattons au nom de l'islam, parce que l'islam nous commande de faire la guerre jusqu'à ce que mort s'ensuive contre quiconque pille notre terre. La reddition est la voie de Satan ! »

Mais à la fin du discours, la caméra resta sur le Premier ministre. Qui continua de la fixer du regard. Et la caméra continua de le filmer. Dans un premier temps, cela ressembla à une maladresse du réalisateur, mais c'était volontaire.

Il la fixait du regard.

Et la caméra continuait de le filmer.

Puis le Premier ministre fit une chose si outrageusement symbolique, si potentiellement kitsch, si exagérée que cela risquait de briser les jambes des destinataires de son appel, au moment même où ceux-ci s'apprêtaient à accomplir le nécessaire acte de foi.

Il sortit un chofar de derrière le pupitre. Et sans un mot d'explication sur la signification qu'il revêtait – d'un point de vue biblique ou historique, sur le fait qu'il servait à réveiller les Juifs endormis pour les pousser au repentir et au retour, sans même indiquer que ce chofar-là, cette corne de bélier hélicoïdale, avait deux mille ans, qu'il s'agissait du chofar découvert à Massada, caché dans un trou d'eau et préservé par la chaleur sèche du désert, qu'il contenait des restes biologiques d'un noble martyr juif –, il le porta à ses lèvres.

La caméra continuait de le filmer.

Le Premier ministre prit une grande inspiration et rassembla dans la corne de bélier les molécules de tous les Juifs qui avaient vécu à ce jour : le souffle des rois guerriers et des poissonniers ;

des tailleurs, des marieurs et des producteurs exécutifs ; des bouchers cashers, des éditeurs militants, des kibboutzniks, des conseillers en gestion, des chirurgiens orthopédistes, des tanneurs et des juges ; le rire reconnaissant de celui qui était parvenu à rassembler quarante petits-enfants dans sa chambre d'hôpital ; le gémissement simulé d'une prostituée qui cachait des enfants sous le lit où elle embrassait des nazis sur la bouche ; le soupir d'un philosophe antique dans un moment de révélation ; les pleurs d'un nouvel orphelin seul dans la forêt ; la dernière bulle d'air qui était remontée du fond de la Seine et avait éclaté quand Paul Celan avait coulé, les poches pleines de pierres ; le mot « clair » sur les lèvres du premier spationaute juif, sanglé dans un siège face à l'infini. Et le souffle de ceux qui n'ont jamais vécu, mais dont l'existence des Juifs dépendait : les patriarches, les matriarches, les prophètes ; la dernière supplication d'Abel ; le rire de Sarah face à la perspective du miracle ; Abraham offrant à son Dieu et à son fils ce qu'il était impossible d'offrir aux deux : « Me voici. »

Le Premier ministre brandit le chofar à un angle de quarante-cinq degrés, puis de soixante degrés, et à New York, Los Angeles, Miami, Chicago et Paris, à Londres, Buenos Aires, Moscou et Melbourne, les écrans de télévision tremblèrent, vacillèrent.

AUJOURD'HUI, JE NE SUIS PAS UN HOMME

« La chose la plus dure à dire est la plus dure à entendre : forcé de choisir entre mes parents, je serais capable de le faire.

« J'en ai parlé avec Max et Benjy, et s'ils étaient forcés de choisir, eux aussi en seraient capables. Deux d'entre nous en choisiraient un, et le troisième choisirait l'autre, mais nous sommes tombés d'accord pour dire que si nous étions forcés de choisir, nous ferions tous le même choix pour pouvoir rester ensemble.

« Quand je suis allé à la simulation des Nations unies, il y a deux semaines, le pays que nous représentions, la Micronésie, est soudain entré en possession de l'arme nucléaire. Nous n'avions pas demandé à posséder l'arme nucléaire, et nous ne voulions pas de l'arme nucléaire, et l'arme nucléaire est, en tout point, horrible. Mais si certains pays la possèdent, c'est pour ne jamais avoir à l'utiliser.

« Voilà. J'ai fini. »

Il ne s'inclina pas, ils n'applaudirent pas. Personne ne bougea ni ne parla.

Comme toujours, Sam ne sut pas quoi faire de son corps. Mais l'organisme qu'était cette pièce pleine de parents et d'amis semblait dépendre de ses mouvements. S'il se mettait à pleurer, on le réconforterait. S'il partait en courant, on le rattraperait. S'il allait simplement parler avec Max, tout le monde jaserait. Mais s'il restait planté là, les poings serrés, eux aussi resteraient plantés là.

Jacob songea à taper dans ses mains, à sourire et faire une annonce minable, du style : « Le buffet est servi ! »

Julia songea à aller voir Sam, lui passer le bras autour des épaules et poser sa tête contre la sienne.

Même Benjy qui, sans jamais réfléchir, savait toujours quoi faire, demeura immobile.

Irv mourait d'envie d'exercer son autorité de nouveau patriarche de la famille, mais sans savoir comment. Avait-il un billet de cinq dollars dans la poche ?

Du centre de la pièce, Billie dit : « N'empêche. »

Tout le monde se retourna vers elle.

« Quoi ? » demanda Sam.

Le silence régnait dans la pièce, mais elle cria : « N'empêche ! »

Ô JUIFS, VOTRE HEURE EST VENUE !

Les vivats continuèrent longtemps après que l'Ayatollah eut brandi le bras pour la dernière fois en signe de solidarité. Longtemps après qu'il eut disparu derrière la scène montée pour l'occasion, entouré d'une dizaine de gardes du corps en civil. Les vivats – les applaudissements, les psalmodies, les hurlements, les chants – continuèrent après qu'il eut été salué par ses plus proches conseillers en file indienne, chacun l'embrassant et le bénissant. Après qu'il fut monté dans une voiture aux vitres de cinq centimètres d'épaisseur et aux portières sans poignée, et que celle-ci eut démarré. Les vivats continuèrent et s'intensifièrent, mais privée de son centre de gravité, la foule se dispersa dans toutes les directions.

Wolf Blitzer et ses chroniqueurs commencèrent à analyser le discours – sans avoir eu le temps d'en digérer la traduction, ils se contentèrent d'extraire une citation après l'autre pour finir par le reconstituer dans le désordre –, mais la caméra resta braquée sur la foule. La masse de participants ne tenait pas sur la place Azadi, d'où elle refluait par les avenues, comme le sang reflue du cœur, et débordait aussi du cadre de la caméra.

Jacob imagina chaque rue de Téhéran bondée de citoyens brandissant le poing, se frappant la poitrine. Il imagina chaque parc et lieu de rassemblement débordant comme la place Azadi. La caméra fit un gros plan sur une femme qui tapait le dos de sa main dans la paume de l'autre, encore et encore ; un petit garçon criait sur les épaules de son père, quatre bras levés. Il y avait des gens sur les balcons, sur les toits, dans les arbres. Des gens sur le toit des voitures et sur les auvents de tôle ondulée trop chauds pour être touchés sans se brûler.

L'Ayatollah avait instillé ses paroles dans plus d'un milliard d'oreilles, et deux cent mille personnes ne l'avaient pas quitté des yeux sur la place, et 0,2 pour cent de la population mondiale était juive, mais en revoyant les images du discours – les poings brandis de l'Ayatollah, les ondulations de la foule –, Jacob ne pensa qu'à sa famille.

Avant qu'ils puissent quitter la maternité avec Sam, Jacob avait dû assister à un cours d'un quart d'heure délivrant les Dix Commandements relatifs aux nouveau-nés – les rudiments à connaître absolument quand on est parent pour la première fois : TU NE SECOUERAS PAS TON ENFANT ; TU DÉSINFECTERAS LE RESTE DE CORDON OMBILICAL AVEC UN COTON-TIGE TREMPÉ DANS UN MÉLANGE D'EAU CHAUDE ET DE SAVON, AU MOINS UNE FOIS PAR JOUR ; TU FERAS ATTENTION À LA FONTANELLE ; TU NOURRIRAS EXCLUSIVEMENT TON ENFANT AU SEIN OU AVEC DU LAIT MATERNISÉ, UNE À TROIS MESURETTES, TOUTES LES DEUX OU TROIS HEURES, ET TU NE LUI FERAS PAS OBLIGATOIREMENT FAIRE SON ROT S'IL S'ENDORT APRÈS AVOIR MANGÉ ; et ainsi de suite. Toutes choses qu'une personne ayant déjà assisté à des cours de préparation à la parentalité, ou ayant passé du temps en présence d'un nouveau-né, ou étant simplement née juive, savait déjà. Mais le Dixième Commandement avait secoué Jacob : N'OUBLIE PAS : CELA NE DURERA PAS.

Après que les invités furent repartis chez eux, qu'Uber fut passé prendre la Torah et que Tamir eut emmené les enfants au match des Nats (où, grâce à la prévenante ingéniosité de Max, la bar-mitsva de Sam fut annoncée sur le tableau d'affichage pendant la pause de la septième manche), après qu'ils eurent envoyé quelques mails facultatifs et promené Argos au coin de la rue, Jacob et Julia n'eurent plus qu'à tout nettoyer. Avant d'avoir des enfants, si on leur avait demandé en quoi consistait le fait d'être parents, ils auraient répondu : « faire la lecture au coucher », « donner le bain », et « courir derrière un vélo en le tenant par la selle ». Être parent permet de vivre ces moments de chaleur et d'intimité, mais ne se réduit pas à cela. Il se résume avant tout à faire le ménage. Le plus gros de la vie de famille n'implique aucun échange affectif, n'a pas de sens profond, n'est qu'une question d'accomplissement. Non pas un accomplissement personnel, mais l'accomplissement des tâches qui vous incombent.

Julia n'avait pu se résoudre finalement à utiliser des assiettes en carton, il y avait donc plusieurs services à laver. Jacob remplit le lave-vaisselle à ras bord et fit le reste à la main, lui et Julia se relayant au lavage et à l'essuyage.

« Tu avais raison de ne pas le croire, dit Jacob.

– Apparemment. Mais tu avais raison de dire qu'on aurait dû le croire.

– On s'y est mal pris ?

– Je ne sais pas. Est-ce que la question est vraiment là ? On s'y prend toujours un peu mal avec les enfants. On essaie d'en tirer les leçons et de s'y prendre un peu moins mal la fois d'après. Mais entre-temps, ils ont changé, donc la leçon ne s'applique plus.

– On est perdants dans tous les cas. »

Ils éclatèrent de rire.

« Mais on est aimants dans tous les cas. »

L'éponge était déjà presque en bouillie, le seul torchon propre était trempé, et il fallut diluer le fond de liquide vaisselle avec de l'eau pour qu'il y en ait assez, mais ils réussirent à aller au bout de leur tâche.

« Écoute, dit Jacob. C'est plus par esprit de responsabilité que par fatalisme, mais j'ai réglé tout un tas de trucs avec le comptable et l'avocat, et…

– Merci.

– Bref, tout est expliqué très clairement dans un document que j'ai posé sur ta table de nuit – dans une enveloppe scellée, au cas où un des enfants tombe dessus.

– Tu ne vas pas mourir.

– Bien sûr que non.

– Tu ne vas même pas partir.

– Si. »

Elle activa le broyeur de l'évier, et Jacob se dit que s'il était un bruiteur à qui on demandait de reproduire un cri de Satan du fond des Enfers, il pourrait tendre un micro vers ce qu'il entendait en ce moment.

« Autre chose, fit-il.

– Quoi ?

– Je vais attendre que ça s'arrête. »

Elle éteignit le broyeur.

« Tu te souviens, je t'ai dit que je travaillais sur une série depuis longtemps ?

– Ton chef-d'œuvre secret.

– Je ne l'ai jamais décrit en ces termes.

– À propos de nous.

– Très vaguement.

– Oui, je vois de quoi tu parles.

– Il y en a un exemplaire dans le tiroir en bas à droite de mon bureau.

– De la totalité ?

– Oui. Et j'ai posé la bible dessus.

– La Bible ?

– De la série. C'est une espèce de guide explicatif. Pour les futurs acteurs, le futur réalisateur.

– Le scénario n'est pas assez explicite ?

– Rien n'est assez explicite.

– Sam l'est bien, lui.

– Si la série était comme Sam, elle n'aurait pas besoin de bible.

– Et si tu étais comme Sam, tu n'aurais pas besoin de cette série.

– C'est exact.

– Bon. Donc ta série et sa bible sont dans le tiroir d'en bas à droite de ton bureau. Et dans l'éventualité de ton départ pour Israël et de… quoi, ta mort au combat ? Je suis censée l'envoyer à ton agent ?

– Non. Arrête, Julia.

– La brûler ?

– Je ne suis pas Kafka.

– Quoi ?

– J'espérais que tu la lirais.

– Si tu meurs.

– Seulement si je meurs.

– Je ne sais pas trop si je suis touchée que tu t'ouvres comme ça à moi, ou blessée que tu restes aussi secret.

– Tu as entendu Sam : “Être et ne pas être.” »

Julia essuya les traces d'eau savonneuse sur le plan de travail et mit le torchon sur le robinet. « Et maintenant ?

– Ma foi, répondit Jacob en sortant son téléphone de sa poche pour regarder l'heure. Il est trois heures, trop tôt pour aller me coucher.

– Tu es fatigué ?

– Non. C'est juste que je suis habitué à être fatigué.

– Je ne sais pas ce que ça signifie, mais c'est pas grave.

– *Aqua seafoam shame.*

– Hein ?

– Ne va pas croire que ça ait forcément un sens. » Jacob posa la main sur le plan de travail et ajouta : « C'est toi, bien sûr. Ce que Sam a dit.

– À quel sujet ?

– Tu sais. Sur celui de nous deux qu'il choisirait.

– Oui, dit-elle avec un doux sourire. Bien sûr que c'est moi. La vraie question, c'est : qui est le dissident ?

– Il se peut très bien que ce soit une petite arme dans la guerre psychologique qui s'annonce.

– Tu as sans doute raison. »

Ils rirent une nouvelle fois.

« Pourquoi tu ne m'as pas demandé de ne pas partir en Israël ?

– Parce que au bout de seize ans, ça va sans dire.

– Regardez ! Un petit Hébreu qui pleure.

– Regardez ! La fille sourde d'un pharaon. »

Jacob glissa les mains dans ses poches et dit : « Je parle la langue des signes. »

Julia rit. « Quoi ?

– Je suis très sérieux.

– Oui, c'est ça.

– Je la parlais déjà quand on s'est connus.

– Tu racontes n'importe quoi.

– Pas du tout.

– Dis "Je raconte n'importe quoi" en langue des signes. »

Jacob se montra du doigt, fit glisser sa main droite ouverte au-dessus de son poing gauche, puis il tendit la main droite pouce levé, attrapa son pouce avec le poing serré de sa main gauche et lâcha le pouce en levant la main en l'air.

« Qu'est-ce qui me prouve que c'est vraiment ça ?

– C'est vraiment ça.

– Dis "La vie est longue". »

Jacob donna à ses mains la forme d'un pistolet, comme font les enfants, pointa les index sur son ventre, puis les fit remonter le long du torse jusqu'au cou. Puis il tendit son bras gauche, pointa l'index de la main droite vers son poing et fit remonter son doigt le long du bras jusqu'à l'épaule.

« Attends, tu pleures ? demanda Jacob.

– Non.

– Tu vas pleurer ?

– Non. Et toi ?

– Je suis toujours au bord des larmes.

– Dis "Regardez ! Un petit Hébreu qui pleure". »

Jacob leva la main droite près de son visage, à hauteur des yeux, leva l'index et le majeur et projeta son bras en avant – deux yeux qui s'avancent. Puis il passa l'index de chaque main sur ses joues, en alternance, comme s'il peignait des larmes. Puis, de la main droite, il caressa une barbe imaginaire. Puis il fit un berceau de ses bras, les mains l'une sur l'autre, paumes tournées vers le haut, à hauteur du ventre, et leur imprima un léger mouvement de balancement.

« Se caresser la barbe ? C'est ça le signe pour "Hébreu" ?

– Pour "Hébreu", pour "Juif". Oui.

– C'est à la fois antisémite et misogyne.

– Tu sais bien que la plupart des nazis étaient sourds.

– Oui, je le savais.

– Et aussi les Français, les Anglais, les Espagnols, les Italiens et les Scandinaves. À peu près tout le monde, à part nous.

– Voilà pourquoi ton père crie tout le temps.

– Oui, fit Jacob en riant. Et d'ailleurs, le signe pour "radin" est le même que celui pour "Juif", sauf qu'il faut serrer le poing à la fin.

– Doux Jésus. »

Jacob mit les bras en croix et pencha la tête à droite. Julia éclata de rire et pressa l'éponge si fort que ses phalanges blanchirent.

« Je ne sais vraiment pas quoi dire, Jacob. Je n'arrive pas à croire que tu aies gardé toute une langue secrète.

– Je ne l'ai pas gardée secrète. C'est juste que je n'en ai parlé à personne.

– Pourquoi ?

– Quand j'écrirai mes mémoires, je les intitulerai *Le Grand Livre des pourquoi.*

– Je croyais que tu l'appelais *La Bible.* »

Jacob éteignit la radio, qui était allumée sans le son depuis on ne sait combien de temps. « La langue des signes change selon les pays, c'est ça ?

– Oui.

– Et quel est le signe hébreu pour "Juif" ?

– Aucune idée », répondit Jacob. Il prit son téléphone et tapa dans Google : « Signe pour dire "Juif" en langue des signes hébraïque ». Il montra l'écran à Julia et dit : « C'est le même.

– C'est triste.

– Oui, hein ?

– Pour plein de raisons.

– Qu'est-ce que tu choisirais ? lui demanda Jacob.

– Une étoile de David, mais ça réclame des doigts sacrément articulés.

– Peut-être une main sur la tête ?

– Pas mal, dit Julia, mais ce n'est pas représentatif des femmes. Ni de l'écrasante majorité des hommes juifs, dont tu fais partie, qui ne portent pas la kippa. Peut-être des mains ouvertes comme un livre ?

– Très joli, mais il y a aussi des Juifs illettrés, non ? Et des bébés ?

– Je ne pensais pas à la lecture d'un livre, mais au livre lui-même. La Torah, peut-être. Ou le livre de la Vie. Comment dit-on "vie" en langue des signes ?

– Tu te souviens de “La vie est longue” ? » demanda-t-il, redonnant à ses mains la forme d’un pistolet, avant de faire remonter ses index le long de son torse.

– Comme ça, alors, fit Julia, mettant les mains devant elle, les ouvrant comme un livre, puis les posant à plat sur sa poitrine, comme si elle voulait enfoncer le livre dans ses poumons.

– Je lancerai l’idée la prochaine fois que les Sages de Sion se réunissent.

– Quel est le signe pour “goy” ?

– *Goy ?* Qu’est-ce qu’on en a à foutre ? »

Julia rit, et Jacob l’imita.

« Je n’arrive pas à croire que tu aies appris une langue tout seul. »

Éliézer Ben-Yehoudah fit vivre l’hébreu sans l’aide de personne. Contrairement à la plupart des sionistes, s’il était un fervent défenseur de la création de l’État d’Israël, ce n’était pas dans l’idée que son peuple ait une patrie. Ce qu’il souhaitait, c’est que sa langue ait une patrie. Il savait que sans un État – sans un lieu où les Juifs puissent marchander, jurer, créer des lois laïques, faire l’amour –, la langue ne survivrait pas. Et sans langue, il n’y aurait pas de peuple.

Le fils de Ben-Yehoudah, Itamar, fut la première personne depuis plus de mille ans à avoir l’hébreu pour langue maternelle. Il fut élevé avec l’interdiction d’écouter ou de parler une autre langue. (Un jour, son père réprimanda sa mère parce qu’elle lui avait chanté une berceuse russe.) Ses parents lui interdisaient de jouer avec d’autres enfants – aucun d’eux ne parlait l’hébreu –, mais lui offrirent, pour compenser sa solitude, un chien baptisé Maher, qui signifie « rapide » en hébreu. C’était une forme de maltraitance infantile. Et pourtant, c’est sans doute grâce à lui, plus encore qu’à son père, que des Juifs ont, pour la première fois de l’ère moderne, raconté une blague cochonne en hébreu, dit en hébreu à un autre Juif d’aller se faire foutre, pris en sténographie l’intégralité des débats d’une salle d’audience, crié des mots qui dépassaient leur pensée, gémi de plaisir, tout cela en hébreu.

Jacob posa, à l'envers sur l'étagère, les dernières tasses essuyées.

« Qu'est-ce que tu fais ? demanda Julia.

– Je les range à ta façon.

– Et tu ne vas pas te ronger les sangs à l'idée qu'elles ne sèchent pas sans que l'air circule comme il faut ?

– Non, mais je ne suis pas non plus subitement convaincu qu'elles vont se remplir de poussière, sinon. J'en ai simplement assez qu'on ne soit jamais d'accord. »

Dieu ordonna à Moïse de poser les tables intactes et les tables brisées dans l'arche. Les Juifs les portèrent – toutes – pendant les quarante ans que dura leur errance et les déposèrent dans le Temple de Jérusalem.

Pourquoi ? Pourquoi ne les ont-ils pas simplement enterrées, comme il sied à un texte sacré ? Ou ne les ont-ils pas abandonnées, comme il sied à un blasphème ?

Parce qu'elles nous appartenaient.

VII

LA BIBLE

COMMENT JOUER LA TRISTESSE

Elle n'existe pas, alors cachez-la comme une tumeur.

COMMENT JOUER LA PEUR

Comme si c'était pour rire.

COMMENT JOUER LES PLEURS

À l'enterrement de mon grand-père, le rabbin a raconté comment Moïse fut découvert par la fille de Pharaon. « Regardez ! dit-elle après avoir ouvert le panier. Un petit Hébreu qui pleure. » Il a demandé aux enfants de lui expliquer ce que la fille de Pharaon avait dit. Benjy a suggéré que Moïse « pleurait en juif ».

Le rabbin lui a demandé : « À quoi cela ressemblerait-il, de pleurer en juif ? »

Max a fait un pas en avant, vers la tombe vide, et a dit : « Peut-être à un rire ? »

J'ai fait un pas en arrière.

COMMENT JOUER LE RIRE À RETARDEMENT

Faites de votre sens de l'humour une arme aussi agressive qu'une chimio. Riez jusqu'à en perdre vos cheveux. Il n'y a rien qu'on ne puisse tourner en plaisanterie. Quand Julia dit : « Il n'y a que toi et moi. Toi et moi au téléphone », riez et répondez : « Et Dieu. Et la NSA. »

COMMENT JOUER LA MORT DES CHEVEUX

Personne ne sait vraiment quelle quantité de cheveux il a sur le crâne – d'abord parce qu'on ne peut pas tous les voir de ses propres yeux (même avec plusieurs miroirs, croyez-moi) et parce que justement on regarde avec ses yeux.

Parfois, quand ils étaient encore trop petits pour poser des questions sur la question que je leur posais – et que je pouvais leur faire confiance pour ne pas en parler aux deux autres –, je demandais aux garçons à quel point j'étais dégarni. Je me penchais devant eux, soulevais les cheveux là où je pensais en perdre, et leur demandais de me décrire ce qu'ils voyaient.

« Ça a l'air normal, me répondaient-ils habituellement.

– Et là ?

– Comme n'importe qui d'autre.

– Mais on ne dirait pas qu'il y en a moins, là ?

– Pas vraiment.

– Pas vraiment ? Ou non ?

– Non ?

– J'ai besoin que tu me rendes service, là. Tu pourrais regarder correctement et me donner une vraie réponse ? »

Ce que j'avais encore comme cheveux n'était plus qu'un accessoire, le produit d'une intervention pharmaceutique – les minuscules mains d'Aaron et Hur cramponnées à la racine de mes cheveux sous mon crâne. Je mettais ma calvitie sur le compte de la génétique et du stress. En ce sens, ce n'était guère différent de tout le reste.

Le Propecia éliminait la testostérone. L'un des effets secondaires les plus souvent rapportés et avérés est une perte de libido. C'est un fait, pas une opinion ni une justification. Je regrette de ne pas en avoir parlé à Julia. Mais c'était impossible, parce qu'il était impossible de lui parler du Propecia, parce qu'il était impossible d'admettre que mon apparence comptait à mes yeux. Mieux valait lui laisser croire qu'elle n'arrivait plus à me faire bander.

Je prenais un bain avec Benjy quelques mois après que les enfants eurent commencé à venir chez moi. Nous parlions de l'*Odyssée*, une version pour enfants que nous venions de terminer de lire, et du fait qu'Ulysse avait sans doute souffert d'avoir gardé son identité secrète après son retour chez lui, mais que c'était nécessaire.

« Ça ne suffit pas de rentrer chez soi, a-t-il dit. Il faut aussi pouvoir y rester. »

Je lui ai répondu : « Tu as absolument raison, Benjy. » Je l'appelais toujours par son prénom quand j'étais fier de lui.

« En fait, t'es un peu chauve, a-t-il dit.

– Quoi ?

– T'es un peu chauve.

– Ah bon ?

– Un peu, oui.

– Tu voulais éviter de me vexer jusqu'ici ?

– Je sais pas.

– Où est-ce que je suis chauve ?

– Je sais pas.

– Touche du doigt les endroits où je suis chauve. »

Je me suis penché devant lui, mais n'ai pas senti sa main.

« Benjy ? lui ai-je demandé, tête baissée au-dessus de l'eau.

– T'es pas chauve. »

J'ai levé la tête. « Alors pourquoi tu l'as dit ?

– Parce que je voulais te faire plaisir. »

COMMENT JOUER UNE VRAIE CALVITIE

Nous allions au restaurant chinois Great Wall Szechuan House chaque Noël, tous les cinq. Nous portions les enfants, petits, pour qu'ils voient l'aquarium, jusqu'à ce que nos bras se mettent à trembler, et commandions toutes les entrées chaudes qui ne contenaient pas de porc. Pour le dernier de ces Noël, le message de mon biscuit chinois disait : « Vous n'êtes pas un fantôme. » Quand nous avons chacun lu le nôtre à haute voix, selon le rituel établi, j'ai regardé « Vous n'êtes pas un fantôme » et dit : « Il y a toujours une voie ».

Une dizaine d'années plus tard, j'ai perdu tous mes cheveux en un mois. Benjy est arrivé à l'improviste le soir de Noël avec assez de nourriture chinoise pour une famille de cinq personnes.

« Tu as pris un plat de chaque ? lui ai-je demandé, proclamant dans un éclat de rire mon amour pour une abondance si merveilleusement absurde.

« Un de chaque quand il était treif[1], dit-il.

– Ça t'inquiète que je sois seul ?

– Ça t'inquiète que je m'inquiète ? »

Nous avons mangé sur le canapé, une assiette sur les genoux, la table basse couverte de boîtes en carton blanches et fumantes. Avant de se resservir, Benjy a posé son assiette vide sur la table encombrée, pris ma tête entre ses mains et l'a penchée en avant. Si ça ne m'avait pas autant pris au dépourvu, je me serais dégagé. Mais comme il était sur sa lancée, je me suis rendu : j'ai posé les mains sur les genoux et fermé les yeux.

« Tu n'as pas assez de mains, pas vrai ?

– Je n'en ai besoin d'aucune.

– Ah, Benjy.

– Je suis sérieux. Une tête pleine de cheveux.

1. Mot yiddish signifiant « non casher ».

– Le médecin m'a prévenu, il y a je ne sais combien d'années, que ça arriverait : dès qu'on arrête de prendre le médoc, on perd tous ses cheveux d'un coup. Je ne le croyais pas. Ou je me disais que je serais l'exception.

– Qu'est-ce que ça fait ?

– De pouvoir me couper une tranche de pain avec une érection ?

– Je mange, papa.

– De pouvoir faire des pompes avec les mains dans le dos ?

– Pardon d'avoir montré mon intérêt, fit-il, incapable de réprimer un sourire.

– Tu sais, j'avais besoin d'un œuf, un jour.

– Ah bon ? dit-il, jouant le jeu.

– Oui. Je faisais de la pâtisserie…

– Tu fais souvent de la pâtisserie.

– Tout le temps. Je m'étonne de ne pas en faire en te racontant cette blague. Bref, je faisais de la pâtisserie et je me suis aperçu qu'il me manquait un œuf. Le pire des cas, non ?

– Il n'y a absolument rien de pire.

– Oui, hein ? » Nous commencions tous deux à frémir d'impatience. « Alors, au lieu de me traîner jusqu'à l'épicerie dans la neige pour acheter onze œufs dont je ne voulais pas, je me suis dit que je pouvais voir si quelqu'un voulait bien me dépanner.

– Et voilà pourquoi le National Jewish Book Award 1998 est accroché au mur de ton bureau.

– *Yiddishe kop*[1], me suis-je exclamé en me tapotant le front.

– Je regrette que tu ne sois pas mon vrai père, dit Benjy qui se retenait tellement de rire qu'il en avait les larmes aux yeux.

– Alors j'ai ouvert la fenêtre… » Je n'étais pas sûr de tenir jusqu'à la chute qui prenait forme à mesure qu'elle approchait. « Alors j'ai ouvert la fenêtre, puis j'ai écrit, réalisé et tenu le premier rôle d'un fantasme de cinq secondes pour lequel il

1. Expression yiddish signifiant « tête juive », « très intelligent ».

n'existe pas assez de X, et mon gland tumescent a appuyé sur la sonnette de la maison d'en face. »

Presque pris de convulsions, Benjy a demandé : « Elle avait un œuf ?

– *Il.*

– Il !

– Et non, il n'en avait pas.

– Quel enfoiré.

– Et je l'ai accidentellement éborgné.

– Tu ajoutes la blessure physique à l'affront.

– Non, attends. Attends. Recommence. Demande-moi si elle avait un œuf.

– J'ai une question.

– Je vais tenter d'y répondre.

– Est-ce qu'elle avait un œuf ?

– Ta mère ? Oui.

– Merveille des merveilles !

– Et je l'ai accidentellement fertilisé. »

Le rire que nous réprimions n'est jamais sorti. Nous avons soupiré, souri, nous sommes renfoncés dans le canapé et avons hoché la tête sans raison. Benjy a dit : « Tu dois être soulagé.

– De quoi ?

– D'être enfin toi-même. »

J'ai regardé le message qui disait « Vous voyagerez dans de nombreux pays » et j'ai dit : « Je ne suis pas un fantôme. »

Benjy avait cinq ans quand nous avons commencé la lecture des contes tirés de l'*Odyssée*. J'avais lu ce livre à Sam et Max, et les deux fois, plus nous avancions, plus nous ralentissions le rythme, jusqu'à lire seulement une page chaque soir. Benjy et moi sommes allés jusqu'à la scène du Cyclope, ce premier soir. Pour une fois, je devinais ce qui se passait au moment où ça se passait – c'était mon dernier enfant et c'était la dernière fois que je lisais ce passage. Cela ne durerait pas. « Pourquoi ? ai-je lu. Pourquoi pousser de tristes clameurs pendant la nuit divine ? » Je marquais de longues pauses, étirant le silence le plus possible entre deux phrases. « Crains-tu que quelqu'un ne t'égorge ? » « Personne ! cria Polyphème, du fond de son antre. Personne me tue ! Personne m'a aveuglé ! »

COMMENT JOUER PERSONNE

J'ai dit à Julia que je ne voulais pas qu'elle nous accompagne à l'aéroport. Je monterais border les enfants comme un soir ordinaire, pas d'adieux dramatiques, je leur dirais qu'on se parlerait sur FaceTime le plus souvent possible et que je rentrerais dans une semaine ou deux avec une valise pleine de babioles. Puis je m'en irais après qu'ils se seraient endormis.

« Fais comme tu veux, a-t-elle répliqué. Mais j'aimerais savoir ce que tu attends – ou que tu te le demandes.

– Comment ça ?

– Rien n'est jamais important. Tu as élevé la voix une seule fois au cours de ta vie, pour me dire que j'étais un fléau pour toi.

– Ce n'est pas ce que je voulais dire.

– Je sais. Mais le silence, ce n'est pas non plus ce que tu veux. Si ça, ce n'est pas important – dire au revoir à tes enfants avant de partir faire la guerre –, qu'est-ce qui l'est ? Qu'est-ce qu'il te faut pour qu'un événement soit important ? »

Mon père nous a conduits à l'aéroport MacArthur d'Islip, à Long Island. J'étais assis sur le siège passager, et Barak somnolait, la tête contre la poitrine de Tamir à l'arrière. Cinq heures. À la radio, ils couvraient en direct la première journée de l'opération Bras de Moïse. Des correspondants se trouvaient dans les différents aérodromes retenus à travers le monde, mais comme il était encore tôt, les informations se limitaient à spéculer sur le nombre de volontaires qui allaient répondre à l'appel. C'était le trajet inverse que nous avions fait quelques semaines plus tôt, de Washington National à la maison.

Les conversations dans la voiture se tenaient de manière cloisonnée entre les sièges avant et arrière ; j'entendais à peine ce que Tamir et Barak se disaient, et mon père, qui était incapable de parler à voix basse, chuchotait à sa façon.

« Gabe Perelman sera là, a-t-il annoncé. J'ai parlé à Hersch hier soir. On va croiser beaucoup de connaissances.

– C'est probable.

– Glenn Mechling. Larry Moverman.

– Maman va bien, hein ? Elle était d'une nonchalance inquiétante, ce matin.

– C'est une mère. Mais ça ira.

– Et toi ?

– Qu'est-ce que je peux dire ? Il y a un prix à payer quand on clame des vérités impopulaires. J'ai coupé la sonnerie du téléphone à la maison. Et la police a posté une voiture au coin de la rue. Je leur ai dit que ce n'était pas la peine. Ils ont insisté, ils m'ont dit que je n'avais pas le choix. Ça passera.

– Non, je parlais du fait que je m'en aille.

– Tu as lu ce que j'ai écrit. Tout en moi préférerait que tu ne partes pas, mais je sais qu'il le faut.

– Je n'arrive pas à croire qu'on en soit arrivé là.

– C'est parce que ça fait vingt ans que tu ne m'écoutes pas.

– Plus longtemps que ça. »

Sans quitter la route des yeux, il a posé une main sur ma cuisse et dit : « Moi non plus, je n'arrive pas à y croire. »

Il s'est garé au bord du trottoir. L'aéroport était fermé, sauf pour les vols à destination d'Israël. Il y avait une vingtaine de voitures d'où sortaient des hommes, et personne n'agitait de petit sabre laser en disant : « Circulez, circulez », mais il y avait deux hommes en tenue militaire qui pressaient une mitrailleuse contre leur poitrine.

Nous avons pris notre sac de paquetage dans le coffre et avons attendu à côté de la voiture.

« Barak ne sort pas ? ai-je demandé.

– Il dort, a répondu Tamir. On s'est dit au revoir dans la voiture. C'est mieux comme ça. »

Mon père a mis une main sur l'épaule de Tamir et lui a dit : « Tu es courageux. »

Tamir a répliqué : « Ce n'est pas du courage, ça.

– J'adorais ton père.

– Il t'adorait aussi. »

Mon père a hoché la tête. Il a mis son autre main sur l'autre épaule de Tamir et dit : « Puisqu'il n'est plus parmi nous… » et il n'en a pas fallu plus. Comme s'il avait su depuis le jour de sa naissance ce qu'il devrait faire à cet instant, Tamir a lâché son sac, laissé tomber les bras le long du corps et s'est incliné légèrement. Mon père a posé ses mains sur la tête de Tamir et dit : « *Y'varech'cha Adonai v'yishm'recha.* Que Yahvé te bénisse et te garde. *Ya'ar Adonai panav ay'lecha viy'hunecha.* Que Yahvé fasse pour toi rayonner Son visage et te fasse grâce. *Yisa Adonai panav ay'lecha v'yasaym l'cha shalom.* Que Yahvé te découvre Sa face et t'apporte la paix. »

Tamir a remercié mon père et m'a dit qu'il allait faire un tour et qu'on se retrouvait à l'intérieur.

Une fois que nous avons été seuls, mon père a éclaté de rire.

« Quoi ? »

Il a dit : « Tu sais quels ont été les derniers mots de Lou Gehrig, non ?

– Je ne veux pas mourir ?

– "Merde, la maladie de Lou Gehrig, j'aurais dû le voir venir."

– C'est drôle.

– On aurait dû le voir venir, dit-il.

– C'est ce que tu as fait, toi.

– Non, j'ai seulement dit que je l'avais vu venir. »

Barak s'est réveillé, a regardé calmement autour de lui, puis, croyant peut-être rêver, a refermé les yeux en posant le front contre la vitre.

« Tu passeras tous les jours à la maison, hein ?

– Bien sûr, a répondu mon père.

– Et tu sortiras avec les enfants. Ça soulagera Julia de temps en temps.

– Bien sûr, Jacob.

– Assure-toi que maman mange bien.

– Vous avez échangé les rôles.

– Un ami du *Times* m'a dit que c'était loin d'être aussi désastreux qu'on veut nous le faire croire. Israël exagère volontairement la gravité de la situation pour obtenir un plus grand soutien des Américains. Il dit qu'ils font monter la pression pour obtenir le meilleur accord de paix possible.

– Le *Times* n'est qu'un frottis vaginal antisémite.

– Tout ce que je dis, c'est, n'aie pas peur. »

Comme si j'avais su depuis le jour de ma naissance ce que je devrais faire à cet instant, je me suis incliné. Mon père a posé ses mains sur ma tête. J'ai attendu. Comme s'il avait su depuis ma naissance ce qu'il devrait faire à cet instant, ses mains se sont refermées, serrant mes cheveux entre leurs doigts, m'empêchant de bouger. J'ai attendu une bénédiction qui n'est jamais venue.

COMMENT JOUER LE SILENCE

D'abord, se demander : « De quel genre de silence parle-t-on ? » Un SILENCE GÊNÉ est différent d'un SILENCE HONTEUX. Un SILENCE SANS PAROLE est différent d'un SILENCE SANS VOIX, ou d'un SILENCE TOUT EN RETENUE. Et ainsi de suite. C'est sans fin.

Puis, se demander : « De quel genre de suicide ou de sacrifice parle-t-on ? »

COMMENT JOUER EN ÉLEVANT LA VOIX

Je n'ai élevé la voix sur un être humain que deux fois dans ma vie. La première, quand Julia m'a mis face à l'échange de textos, que j'ai perdu mon sang-froid, acculé en moi-même, et que j'ai crié : « Tu es le fléau de ma vie ! » Elle ne se souvenait pas qu'elle était l'auteur de cette réplique. Pendant l'accouchement de Sam – le seul par voie naturelle qu'ait connu Julia –, elle était tombée pendant quarante heures dans une spirale de douleur toujours plus profonde et solitaire, jusqu'à ce que, entre les quatre même murs, nous ne soyons plus vraiment dans la même pièce. La doula avait proféré des inepties (auxquelles Julia, dans n'importe quel autre contexte, aurait réagi en roulant des yeux), et j'avais dit des mots d'amour (pour lesquels, dans n'importe quel autre contexte, Julia aurait pleuré et m'aurait dit merci), et elle s'était mise à gémir comme une créature qui n'avait rien d'humain ni de féminin, elle avait attrapé le rail du lit comme si c'était la barre de sécurité d'un wagonnet de montagnes russes, m'avait regardé avec des yeux plus sataniques que sur n'importe quelle photo où elle avait les pupilles rouges, et avait hurlé : « Tu es le fléau de ma vie ! » Je n'ai pas fait exprès de la citer treize ans plus tard, et ne m'en étais même pas aperçu avant de le raconter par écrit. Comme presque tout ce qui s'était produit pendant l'accouchement, Julia n'en avait gardé aucun souvenir.

La deuxième fois que j'ai élevé la voix contre un être humain, c'était aussi contre Julia, plusieurs années après. Je trouvais tellement plus facile de donner ce qu'on n'exigeait pas de moi ou dont je n'étais pas redevable. Je tiens peut-être ça d'Argos – la seule façon de lui faire lâcher la balle qu'il venait d'aller chercher était de feindre l'indifférence. Argos tenait peut-être ça de moi. Une fois que Julia et moi n'avons plus vécu ensemble, non seulement il m'a été possible de déballer ma vie intime par le canal que nous partagions encore, mais en plus j'en avais terriblement besoin. Parce que apparemment – ou bien était-ce réellement le cas –, ça lui était indifférent.

Julia et moi ne nous étions pas parlé depuis longtemps, mais c'est à elle que j'avais envie de parler. J'ai appelé, elle a répondu, et nous avons discuté, comme on ne le faisait jamais au bon vieux temps. J'ai dit : « Je crois que je voulais en avoir le cœur net. » Elle a dit : « C'est moi la bonne âme que tu as appelée, tu te souviens ? » J'ai répondu : « Tu te souviens de ce qu'on dit sur le monde qui est exceptionnellement ouvert ? » Elle a demandé : « Qu'est-ce qui t'est arrivé ? » Elle ne m'accusait pas, ne me provoquait pas. Elle le disait avec juste assez d'indifférence pour que je lâche tout.

J'ai élevé la voix sur un être humain seulement deux fois dans ma vie. Les deux fois sur la même personne. Autrement dit : je n'ai connu qu'un seul être humain dans ma vie. Autrement dit : je n'ai permis qu'à un seul être humain de me connaître.

Pris d'une tristesse qui dépassait la colère, la douleur et la peur, j'ai crié à Julia : « C'est pas juste ! C'est pas juste ! C'est pas juste ! »

COMMENT JOUER LA MORT DU LANGAGE

Dans la synagogue de ma jeunesse – que j'ai quittée pour aller à la fac et où je suis retourné quand Julia est tombée enceinte de Sam –, il y avait un mémorial où de petites ampoules étaient allumées à côté du nom des personnes qui étaient mortes chaque semaine de l'année. Quand j'étais petit, je changeais de place les lettres en plastique qui formaient leurs noms pour écrire d'autres mots. Mon père me répétait qu'il n'y avait pas de gros mots, uniquement des mots utilisés à mauvais escient. Et puis, quand je suis devenu père, j'ai dit la même chose à mes garçons.

Il y avait plus de mille quatre cents fidèles en âge de combattre. Sur les soixante-deux qui allèrent combattre en Israël, vingt-quatre moururent. Deux ampoules torsadées à vis de dix watts pour chaque nom. Seulement quatre cent quatre-vingts watts de lumière. Moins que sur le lustre de mon salon. Personne n'a touché à ces noms. Mais un jour, quelqu'un écrira d'autres mots avec leurs lettres. Du moins je l'espère.

J'ai l'impression que ça fait des siècles que je ne suis pas retourné dans ce bâtiment. Mais je m'en rappelle les odeurs : celle de fleurs fanées des siddours, l'odeur de moisi de la corbeille de kippas, l'odeur de voiture neuve de l'arche. Et je me rappelle les surfaces : les raccords du papier peint en toile de lin ; les plaques qu'on aurait dites gravées d'inscriptions en braille sur les accoudoirs de chaque siège en velours, immortalisant la générosité d'une personne qui avait fort peu de chances de s'y asseoir un jour ; la rampe d'acier froid de l'escalier couvert d'une épaisse moquette. Je me rappelle la chaleur qui se dégageait de ces ampoules et la rugosité des lettres. Assis à un bureau devant des milliers de pages, continuant à commenter le commentaire, je me demande comment on devrait juger l'usage des mots composés à partir du nom des morts. Et des vivants. De tous les vivants et les morts.

COMMENT JOUER PERSONNE

Il y avait plusieurs centaines d'hommes dans la zone d'embarquement. Plusieurs centaines d'hommes juifs. Nous étions des hommes circoncis, des hommes partageant des marqueurs génétiques juifs, des hommes fredonnant les mêmes vieux airs. Combien de fois, quand j'étais petit, m'avait-on dit qu'il importait peu que je me considère comme juif ou pas, que les Allemands s'en chargeaient à ma place ? Dans la zone d'embarquement de l'aéroport, peut-être pour la première fois de ma vie, j'ai cessé de me demander si je me sentais juif. Pas parce que j'avais trouvé la réponse, mais parce que la question n'avait plus la moindre importance.

J'ai vu quelques-unes de mes connaissances : de vieux amis, des visages familiers de la synagogue, quelques personnalités publiques. Je n'ai vu ni Gabe Perelman ni Larry Moverman, mais Glenn Mechling était là. Nous nous sommes salués d'un signe de tête à travers l'immense salle. Les gens se parlaient peu. Certains restaient assis en silence ou discutaient au téléphone – sans doute avec leur famille. Par moments, quelqu'un se mettait à chanter : « Yerushalayim Shel Zachav »… « Hatikva »… Je trouvais ça émouvant, mais qu'est-ce que j'entendais exactement par *ça* ? L'esprit de camaraderie ? La version la plus radicale du sentiment de reconnaissance mutuelle que j'avais éprouvé avec le père sourd lors de la convention ? L'engagement partagé ? La conscience soudaine du poids de l'histoire, de sa petitesse et de sa grandeur, de l'impuissance et de la toute-puissance d'un individu au cœur de l'histoire ? La peur ?

J'avais écrit des livres et des scénarios tout au long de ma vie d'adulte, mais pour la première fois, j'avais l'impression d'être un personnage de l'une de mes histoires – que l'échelle de ma vie de pacotille, que la tragédie de la vie, était enfin à la mesure du privilège d'être vivant.

Non, c'était la deuxième fois. La première, ç'avait été dans l'antre du lion.

Tamir avait raison : mes ennuis étaient dérisoires. J'avais passé une si grande partie du temps limité qui m'était octroyé sur terre à nourrir des idées étriquées, à éprouver des sentiments étriqués, à me faufiler dans des pièces inoccupées. Combien d'heures étais-je resté sur Internet à regarder en boucle des vidéos ineptes, à scruter des listes de maisons à vendre que je n'achèterais jamais, à cliquer pour ouvrir des mails rédigés à la va-vite par des personnes dont je n'avais rien à faire ? Quelle part de moi-même, combien de mots, de sentiments et d'actes m'étais-je forcé à réprimer ? Je m'étais éloigné de moi d'une fraction de degré, mais après tant d'années, retrouver mon vrai moi exigeait que je prenne l'avion.

Ils chantaient et je connaissais la chanson, mais je ne savais pas comment me joindre à eux.

COMMENT JOUER LA DÉMANGEAISON DE L'ESPOIR

J'ai toujours pensé que tout ce qu'il me faudrait pour changer radicalement de vie serait de changer radicalement la personne que je suis.

COMMENT JOUER LE SENTIMENT D'ÊTRE CHEZ SOI

Une fois finie la lecture des contes de l'*Odyssée,* Max s'est retrouvé désœuvré.

« Pourquoi ? a-t-il demandé en enfouissant le visage dans son oreiller. Pourquoi il fallait que ça finisse ? »

Je lui ai caressé le dos et je lui ai dit : « Mais tu ne voudrais pas qu'Ulysse erre à jamais, si ?

– Mais alors, pourquoi il est parti de chez lui la première fois ? »

Le lendemain matin, je l'ai emmené au marché bio en espérant le consoler avec des viennoiseries. Un dimanche sur deux, le refuge mobile d'une association de protection animale se garait près de l'entrée du marché, et nous nous arrêtions souvent pour admirer les animaux. Ce matin-là, Max a été attiré par un golden retriever qui s'appelait Stan. Nous n'avions jamais discuté de la possibilité de prendre un chien, et je n'avais absolument pas l'intention d'en prendre un, et je ne sais même pas si j'avais particulièrement envie de ce chien-là, mais je lui ai dit : « Si tu as envie de prendre Stan à la maison, c'est d'accord. »

Tout le monde à part moi s'est précipité dans la maison. Julia était furieuse, mais ne l'a pas montré avant que nous soyons seuls en haut de l'escalier. Elle m'a dit : « Tu me mets encore une fois au pied du mur. Soit j'accepte cette mauvaise idée, soit je passe pour la rabat-joie de service. »

En bas, les garçons criaient : « Stan ! Au pied, Stan ! Viens là ! »

J'avais demandé à la femme qui s'occupait du refuge d'où venait ce nom, Stan – je trouvais ça bizarre pour un chien. Elle m'a répondu qu'ils donnaient aux chiens les noms retirés d'ouragans du bassin Atlantique. Vu tous les chiens qui passaient par le refuge, ça simplifiait les choses d'utiliser une liste.

« Pardon, le nom retiré de quoi ?

– Vous savez comment on donne leur nom aux ouragans ? Il y en a une centaine qu'on recycle régulièrement. Mais si un ouragan provoque trop de dégâts ou fait trop de victimes, on retire son nom – par décence. Il n'y aura plus jamais d'autre Sandy. »

Comme il n'y aura plus jamais d'autre Isaac.

Personne ne sait comment s'appelait le grand-père de mon grand-père.

Quand mon grand-père est arrivé aux États-Unis, il a changé son nom, Blumenberg, en Bloch.

Mon père a été le premier membre de la famille à porter un « nom anglais » et un « nom hébreu ».

Quand je suis devenu écrivain, j'ai essayé toutes les configurations possibles de mon nom : usage divers de mes initiales, insertion de mon deuxième prénom, pseudonymes.

Plus nous nous éloignions de l'Europe, plus nous devions choisir entre différentes identités.

« *Personne m'a tué ! Personne m'a aveuglé !* »

C'est Max qui a eu l'idée de rebaptiser Stan. Je lui ai dit qu'il risquait d'être déboussolé. Max a répondu : « Mais il faut qu'on se l'approprie. »

COMMENT JOUER PERSONNE

On nous a distribué de simples formulaires à remplir, puis on nous annoncé que nous allions passer un par un devant un quadragénaire en blouse blanche. Il inspectait chacun d'un rapide coup d'œil et montrait du doigt l'une de la dizaine de files d'attente, qui semblaient vaguement correspondre à des catégories d'âge. La ressemblance avec la sélection qui s'opérait à l'entrée des camps de concentration était si flagrante et si indéniable qu'il était difficile de croire qu'elle n'était pas intentionnelle.

Quand mon tour est arrivé dans la file, une femme trapue, qui avait dans les soixante-dix ans, m'a invité à m'asseoir face à elle, à une table pliable en plastique. Elle a pris mes documents et s'est mise à remplir toute une série de formulaires.

« *Atah medaber ivrit ?* a-t-elle demandé sans lever les yeux.

– Pardon ?

– *Lo medaber ivrit,* a-t-elle dit en cochant une case.

– Pardon ?

– Juif ?

– Bien sûr.

– Récitez le Chema.

– *Chema Israël, Adonai…*

– Vous êtes membre d'une communauté juive ?

– Adas Israel.

– Vous allez souvent aux offices ?

– Peut-être deux fois par an, une fois tous les deux ans ?

– À quelle occasion ?

– Roch Hachana et Yom Kippour.

– Vous parlez d'autres langues que l'anglais ?

– L'espagnol, un peu.

– Je suis sûre que ce sera très utile. Avez-vous des problèmes de santé ?

– Non.

– Pas de problèmes d'asthme ? D'hypertension ? D'épilepsie ?

– Non. Je fais de l'eczéma. Sur la nuque.

– Vous avez essayé l'huile de coco ? a-t-elle demandé, toujours sans lever les yeux.

– Non.

– Alors essayez. Entraînement ou expérience militaire ?

– Non.

– Vous avez déjà utilisé une arme à feu ?

– Je n'en ai jamais eu une entre les mains. »

Elle a coché un certain nombre de cases, apparemment convaincue de l'inutilité de me poser la série de questions suivantes.

« Êtes-vous opérationnel sans vos lunettes ?

– Hautement opérationnel ? »

Elle a coché une case.

« Savez-vous nager ?

– Sans mes lunettes ?

– Savez-vous nager tout court ?

– Bien sûr.

– Avez-vous déjà fait de la natation en compétition ?

– Non.

– Avez-vous appris à faire des nœuds ?

– Comme tout le monde, non ? »

Elle a coché deux cases.

« Savez-vous lire une carte topographique ?

– Je crois que je sais reconnaître ce que je vois quand j'en ai une sous les yeux, mais de là à dire que je suis capable de la lire… »

Elle a coché une case.

« Avez-vous des compétences en électrotechnique ?

– Une fois, j'ai pris des…

– Vous ne savez pas comment neutraliser un engin explosif rudimentaire.

– Euh, rudimentaire, à quel point ?

– Vous ne savez pas comment neutraliser un engin explosif rudimentaire.

– Non.

– Quelle est la durée de jeûne la plus longue que vous ayez connue dans votre vie ?

– Yom Kippour, il y a longtemps.

– Quel est votre seuil de tolérance à la douleur ?

– Je ne sais même pas comment on peut répondre à cette question.

– Vous venez d'y répondre. Vous êtes-vous déjà retrouvé en état de choc ?

– Probablement. En fait, oui. Souvent.

– Êtes-vous claustrophobe ?

– Énormément.

– Quelle est la plus grosse charge que vous puissiez porter ?

– Physiquement ?

– Êtes-vous sensible aux températures extrêmes, chaudes ou froides ?

– Y a-t-il quelqu'un qui ne le soit pas ?

– Allergique à des médicaments ?

– Je suis intolérant au lactose, mais ce n'est pas le sens de votre question, je crois.

– La morphine ?

– Quoi, la morphine ?

– Avez-vous des notions de secourisme ?

– Je n'ai pas répondu à propos de la morphine.

– Êtes-vous allergique à la morphine ?

– Je n'en ai aucune idée. »

Elle a écrit quelque chose que j'ai tenté, sans succès, de déchiffrer.

« Je ne veux pas ne pas recevoir de morphine si j'en ai besoin.

– Il y a d'autres antidouleurs.

– Aussi efficaces ?

– Avez-vous des notions de secourisme ?

– Si on veut.

– Ça pourrait, si on veut, être utile à quelqu'un qui a besoin d'être secouru, si on veut. »

Tout en examinant les documents que j'avais remplis dans la file d'attente, elle a dit : « Personne à contacter en cas d'urgence…

– C'est là.

– Julia Bloch.

– Oui.

– Qui est-ce ?

– Quoi ?

– Vous n'avez pas précisé la nature de votre relation.

– Mais si.

– Alors vous l'avez fait à l'encre sympathique.

– C'est ma femme.

– La plupart des femmes préfèrent les marqueurs indélébiles.

– J'ai sans doute…

– Vous êtes donneur d'organes aux États-Unis.

– Oui.

– Si vous êtes tué en Israël, autorisez-vous que vos organes soient utilisés en Israël ?

– Oui, ai-je répondu en faisant durer le *i* final plus que de raison.

– Oui ?

– Oui, si je suis tué…

– Quel est votre groupe sanguin ?

– Mon groupe sanguin ?

– Vous avez du sang ?

– Oui.

– De quel groupe ? A ? B ? AB ? O ?

– Vous voulez dire pour en donner ou en recevoir ? »

Finalement, pour la première fois depuis le début de notre entretien, elle me regarda dans les yeux. « C'est le même sang dans les deux cas. »

COMMENT JOUER LES CERCLES DU SUICIDE

Pour qu'il y ait des gauchers, des jumeaux ou des roux dans une famille – comme on en trouve dans la mienne – il faut que cela se produise à plusieurs reprises. Pour qu'il y ait des suicides dans une famille, il suffit d'une fois.

Le bureau de l'état civil du Maryland m'a envoyé l'acte de décès de mon grand-père. Je voulais savoir que je savais ce que je savais déjà. L'écriture du médecin légiste était aussi régulière que des caractères d'imprimerie, tout l'inverse de celle d'un médecin : *asphyxie par pendaison.* Il s'était tué vers dix heures du matin. L'acte indiquait que c'était M. Kowalski, son voisin, qui avait signalé sa mort. Que mon grand-père s'appelait Isaac Bloch. Qu'il était né en Pologne. Qu'il s'était pendu en coinçant sa ceinture entre la porte de sa cuisine et le chambranle.

Mais quand j'ai imaginé la scène le soir, au lit, je me le suis représenté dehors, pendu à une corde accrochée à un arbre. L'herbe à l'ombre de ses pieds mourait lentement, jusqu'à ne plus se réduire qu'à un petit carré de terre dans un jardin par ailleurs sauvage et envahi de mauvaises herbes.

Plus tard dans la nuit, j'ai imaginé des plantes pousser jusqu'à ses pieds, comme si la terre tentait de compenser la pesanteur. J'ai imaginé des feuilles de palmier le soutenant comme des mains, la corde détendue.

Encore plus tard – j'ai à peine dormi –, j'ai imaginé que je me promenais avec mon grand-père dans une forêt de séquoias. Il avait la peau bleue et des ongles de trois centimètres de long, mais à part ça, il ressemblait à l'homme avec qui je mangeais du pain noir et du melon à la table de sa cuisine, l'homme qui, quand on lui avait demandé de ne pas enfiler son maillot de bain en public, avait demandé : « Pourquoi ça ? » Il s'arrêtait devant un énorme arbre déraciné dont il montrait les cercles de croissance.

« Ça, là, c'est le mariage de mes parents. C'était un mariage arrangé. Ça a marché. Et là, dit-il, montrant un autre cercle, c'est quand Iser est tombé d'un arbre et s'est cassé le bras.

– Iser ?

– Mon frère. C'est de lui que tu tiens ton prénom.

– Je croyais que c'était d'un certain Yakov.

– Non. Ça, c'est ce qu'on t'a dit.

– Quel rapport entre Iser et Jacob ?

– Iser est le diminutif d'Israël. Après avoir lutté contre Jacob toute la nuit, l'ange l'a rebaptisé Israël.

– Quel âge avait-il ?

– Et là, dit-il, montrant un autre cercle, c'est quand j'ai quitté la maison. Avec Benny. Tous les autres sont restés – mes grands-parents et mes parents, mes cinq autres frères –, moi je voulais rester, mais Benny m'a convaincu. Il m'a forcé. Et là, c'est quand Benny et moi avons embarqué sur deux bateaux différents, un pour l'Amérique, l'autre pour Israël. » Il toucha un cercle et fit glisser son ongle long vers l'écorce, tout en parlant. « Ça, là, c'est quand tu es né. Là, tu étais un petit garçon. Là, tu t'es marié. Là, c'est la naissance de Sam, là celle de Max, et là celle de Benjy. Et ça – il toucha le bord du tronc d'arbre avec son ongle, comme le saphir d'une platine sur un vinyle –, c'est maintenant. Et là – il désigna un point dans le vide, à trois centimètres environ du tronc –, c'est quand tu mourras, et là – il montra l'espace un peu plus près du tronc –, c'est le reste de ta vie, et là – il montra l'endroit juste à côté de l'arbre –, c'est ce qui suit le moment présent. »

Quelque part, j'ai compris que c'était le poids de son corps pendu qui avait déraciné l'arbre et rendu visible notre histoire.

COMMENT JOUER LES SEPT CERCLES

Je n'ai jamais su quels rituels religieux Julia trouvait beaux ou misogynes, moralement répugnants ou simplement idiots. J'ai donc été étonné quand elle a voulu tourner sept fois autour de moi sous la houppa.

Au cours de nos lectures préparatoires – *ses* lectures préparatoires, moi j'ai très vite laissé tomber –, elle avait appris que les sept cercles font référence au récit biblique de Josué menant le peuple hébreu en Canaan. À leur arrivée au pied de la citadelle de Jéricho, pour livrer leur première bataille en route vers la Terre promise, Dieu ordonna à Josué de faire faire sept fois le tour des fortifications aux Israélites. La septième fois qu'ils en firent le tour, les fortifications s'écroulèrent, et les Israélites conquirent la cité.

« Tu caches ton plus grand secret derrière un mur, avait-elle dit sur un ton suggérant à la fois l'ironie et le sérieux. Et je t'encerclerai de mon amour, et la muraille s'effondrera…

– Et tu m'auras conquis.

– Nous nous conquerrons mutuellement.

– Il suffit que je reste là, sans bouger ?

– Ne bouge pas et effondre-toi.

– Quel est mon plus grand secret ?

– Je ne sais pas. Ce n'est que le début. »

Ce n'est qu'à la fin qu'elle le découvrit.

COMMENT JOUER LE DERNIER MOMENT DE VRAI BONHEUR

« Faisons quelque chose d'unique, ai-je proposé un mois avant que Julia ne fête ses quarante ans. Quelque chose qui ne nous ressemble pas. Une fête. La totale : groupe, glacier ambulant, magicien.

– Un magicien ?

– Ou une danseuse de flamenco.

– Non, c'est la dernière chose que je voudrais.

– Même si c'est la dernière, elle est sur la liste. »

Elle a ri et dit : « C'est gentil d'y avoir pensé. Mais faisons simple. Un bon dîner à la maison.

– Allez. On va s'amuser.

– Ce qui m'amuserait le plus, c'est un dîner tout simple à la maison. »

J'ai tenté plusieurs fois de la convaincre, mais elle a insisté, avec toujours plus de fermeté, sur le fait qu'elle ne voulait pas « faire les choses en grand ».

« Tu es sûre que tu ne protestes pas trop pour être honnête ?

– Je ne proteste pas du tout. Ce qui me ferait le plus plaisir, c'est un bon dîner tranquille avec ma famille. »

Les garçons et moi lui avons servi le petit déjeuner au lit, ce matin-là : gaufres chaudes, smoothie poire et kale, huevos rancheros.

Nous avons murmuré des vœux à l'éléphant du zoo (un vieux rituel d'anniversaire, d'origine inconnue), ramassé des feuilles à Rock Creek Park pour les coller dans le livre des Ans (autre rituel), avons déjeuné en terrasse dans un de ses restaurants grecs préférés à Dupont Circle. Nous sommes allés à la Phillips Collection, où Sam et Max ont fait semblant d'être intéressés avec tant de sérieux et de maladresse que Julia a fini par leur dire : « Je sais que vous m'aimez. Vous avez le droit de vous ennuyer. »

Il commençait à faire sombre quand nous sommes rentrés à la maison, chargés d'une demi-douzaine de sacs de courses pour le dîner. (J'avais insisté pour que nous n'achetions rien pour les jours suivants, même si nous étions à court de certaines choses. « Rien d'utilitaire aujourd'hui », leur avais-je dit.) J'ai donné les clés à Sam, et les garçons ont couru à la maison. Julia et moi avons déchargé les sacs sur l'îlot de la cuisine et mis de côté les denrées périssables. Nos regards se sont croisés et j'ai vu qu'elle pleurait.

« Qu'est-ce qu'il y a ? lui ai-je demandé.

– Tu vas me détester si je te le dis.

– Pas du tout.

– Tu seras très contrarié.

– Je suis presque sûr qu'il y a un moratoire sur la contrariété, les jours d'anniversaire. »

Et puis, sans plus retenir ses larmes, elle a dit : « En fait, je voulais vraiment faire les choses en grand. »

J'ai éclaté de rire.

« C'est pas drôle.

– Si, c'est très drôle, Julia.

– Ce n'est pas que je savais ce que je voulais et que je te l'ai caché. Je n'essayais pas d'être déçue.

– Je sais.

– J'étais sincère sur le moment. Vraiment. Je viens de m'apercevoir – même pas en entrant dans la maison mais là, il y a une seconde – que je voulais vraiment faire les choses en grand. Vraiment. C'est trop bête. J'ai quel âge, huit ans ?

– Tu as quarante ans.

– Oui, ça se voit. Je suis une femme de quarante ans qui ne sait pas ce qu'elle veut avant qu'il soit trop tard. Et pour ne rien arranger, je me décharge de ce poids sur toi, comme si tu pouvais éprouver autre chose que de la culpabilité ou de la tristesse.

– Tiens, lui ai-je dit en lui tendant une boîte d'orecchiette. Range ça.

– Ce n'est pas la compassion qui t'étouffe.

– Qu'en est-il du moratoire sur la contrariété ?

– C'est à sens unique et tu le sais.

– Range-moi ces pâtes prétentieuses.

– Non. Non. Aujourd'hui, je refuse. »

J'ai éclaté de rire.

« C'est pas drôle, a-t-elle rétorqué en tapant sur le plan de travail.

– C'est hilarant. »

Elle a pris la boîte, arraché le rabat et déversé les pâtes par terre.

« Je fais n'importe quoi et je ne sais même pas pourquoi.

– Va ranger la boîte vide.

– La boîte ?

– Oui.

– Pourquoi ? a-t-elle demandé. Pour créer un symbole déprimant ?

– Non, parce qu'il n'est pas nécessaire de se comprendre soi-même pour être compris par autrui. »

Elle a inspiré, soupçonnant quelque chose qu'elle ne saisissait pas encore, et a ouvert la porte du cellier. Les garçons en ont surgi, et les grands-parents, et Mark et Jennifer, et David et Hannah, et Steve et Patty, et quelqu'un a mis de la musique, et c'était Stevie Wonder, et quelqu'un a libéré les ballons du placard de l'entrée, qui ont fait tinter le lustre, et Julia m'a regardé.

COMMENT JOUER LA HONTE EXISTENTIELLE

Ma rencontre avec Maggie Silliman chez IKEA m'a hanté pendant des années. Elle fut l'incarnation de ma honte. Je me réveillais souvent au milieu de la nuit et je lui écrivais des lettres. Elles commençaient toutes par la même phrase : « Vous avez tort. Je ne suis pas un mec bien. » Si j'avais pu être l'incarnation de ma honte, je me la serais peut-être épargnée. J'aurais peut-être même été un mec bien.

COMMENT JOUER
LE TOUR DES ANNEAUX MAGIQUES

Pour son premier tour, le magicien a demandé à Julia de tirer une carte dans un jeu invisible.

« Regardez-la, a-t-il dit, mais ne me la montrez pas. »

Elle a roulé des yeux, mais s'est exécutée.

« Vous vous souvenez de votre carte ? »

Elle a hoché la tête et dit : « Oui, je m'en souviens.

– Et maintenant, lancez-la à travers la pièce, s'il vous plaît. »

Elle a projeté ostensiblement son bras en arrière et lancé la carte invisible. Le geste était beau à voir : son côté artificiel, sa générosité, sa vivacité et son apparente lenteur, le mouvement de l'alliance de Julia fendant l'air.

« Max. C'est bien Max, hein ? Tu peux aller chercher la carte que ta mère vient de lancer ?

– Mais elle est invisible, a-t-il répliqué, regardant sa mère pour savoir quoi faire.

– Vas-y quand même », a dit le magicien, et Julia lui en a donné la permission d'un signe de tête.

Alors Max a traversé joyeusement la pièce.

« Voilà, je l'ai ! s'est-il exclamé.

– Et peux-tu nous dire ce que c'est ? »

Max a regardé sa mère et répondu : « Mais je ne la vois pas.

– Dis-nous quand même, a insisté le magicien.

– Je ne me souviens pas des différentes sortes de cartes.

– Pique, cœur, carreau et trèfle. N'importe quel chiffre de un à dix. Ou le joker, le valet, la dame, le roi, ou l'as.

– D'accord », a dit Max avant de regarder de nouveau sa mère, qui lui a de nouveau fait signe qu'il pouvait y aller. Il a examiné la carte invisible, l'a levée à hauteur de ses yeux plissés. « C'est le sept de carreau. »

Le magicien n'a pas eu besoin de demander à Julia si c'était sa carte, parce qu'elle pleurait. Elle hochait la tête et pleurait.

Nous avons mangé du gâteau, poussé les meubles de la salle à manger et dansé maladroitement, avons utilisé des assiettes en carton et des couverts jetables.

Le magicien est resté un moment, exécutant des tours à qui voulait bien lui prêter attention.

« C'était vraiment super, lui ai-je dit en lui donnant une tape dans le dos, surpris et rebuté par sa maigreur. Absolument parfait.

– Je suis ravi. N'hésitez pas à me recommander. C'est comme ça que j'ai du travail.

– Sans faute. »

Il m'a fait le tour classique des anneaux magiques. Je l'avais vu un nombre incalculable de fois, mais ça m'a tout de même enchanté.

« Mon père avait fait le magicien pour mes cinq ans, lui ai-je expliqué. Il avait commencé par ce tour.

– Alors vous connaissez le truc ?

– Les anneaux sont coupés. »

Il me les a tendus. J'ai dû chercher cinq bonnes minutes ce que j'étais convaincu de trouver.

« Que se passe-t-il quand le tour ne se déroule pas comme prévu ? lui ai-je demandé, toujours pas disposé à lui rendre les anneaux.

– Comment pourrait-il ne pas se passer comme prévu ?

– Quand quelqu'un prend la mauvaise carte, ou vous ment, ou que le jeu de cartes tombe par terre.

– Je ne fais jamais de tour. J'applique une procédure. Je n'attends aucun résultat particulier. »

Au lit, ce soir-là, j'ai dit à Julia : « Il n'attend aucun résultat particulier.

– Ça sonne oriental.

– En tout cas, pas européen de l'Est.

– Non. »

J'ai éteint la lampe de ma table de chevet.

« Pour son premier tour. Ou procédure. Max a vraiment trouvé ta carte ?

– Je n'en avais choisi aucune.

– Ah non ?

– Je voulais, mais je n'ai pas pu jouer le jeu.

– Alors pourquoi tu as pleuré ?
– Parce que Max, lui, il a pu le faire. »

COMMENT JOUER PERSONNE

Le soir où je suis rentré d'Islip, je suis tout de suite monté voir les enfants dans leur chambre. Il était trois heures du matin. Benjy était contorsionné dans une de ces positions incroyablement bizarres que prennent les enfants quand ils dorment : les fesses en l'air, les jambes raides, le poids de son corps lui enfonçant le menton dans l'oreiller. Il avait transpiré dans ses draps et ronflait comme un petit animal humain. J'ai tendu la main, mais avant même de le toucher, il a ouvert les yeux en grand : « Je dormais pas.

– Tout va bien, ai-je dit, recoiffant ses cheveux mouillés. Ferme les yeux.

– J'étais réveillé.

– Tu respirais profondément.

– Tu es rentré.

– Oui. Je ne suis pas parti. »

Il a souri. Ses yeux se sont refermés trop lentement pour que ce soit volontaire, et il m'a dit : « Raconte-moi.

– Te raconter quoi ? »

Il a rouvert les yeux, a vu que j'étais toujours là, a souri une nouvelle fois, et a dit : « Je sais pas. Raconte-moi quelque chose.

– Je suis rentré à la maison. »

Il a fermé les yeux et demandé : « Tu as gagné la guerre ?

– Tu dors. »

Il a rouvert les yeux et a dit : « Je suis juste en train de me dire que tu as fait la guerre.

– Je ne suis pas parti.

– Ah. Tant mieux. » Il a fermé les yeux et a dit : « Je sais ce que c'est.

– Quoi donc ?
– Le mot en “n”.
– Ah oui ?
– J’ai cherché sur Google.
– Ah. Très bien. »

Il a rouvert les yeux. Et même s’il ne souriait plus, j’ai entendu, au soupir qu’il poussait, qu’il était de nouveau soulagé par la permanence de ma présence.

« Je ne le dirai jamais, a-t-il ajouté. Jamais.
– Bonne nuit, mon chéri.
– Je dors pas.
– Tu t’endors. »

Ses yeux se sont refermés. Je l’ai embrassé. Il a souri.

« C’est une vraie couleur, a-t-il demandé ?
– Pardon ?
– Le mot en “n”. C’est une couleur qui existe ?
– Tu ne le diras jamais, de toute façon.
– Mais je veux quand même savoir.
– Pourquoi ?
– Tu vas pas repartir, hein ?
– Non », ai-je répondu, parce que je ne savais pas quoi répondre… à mon fils comme à moi-même.

COMMENT JOUER L’AMOUR

L’amour n’est pas une émotion positive. Ce n’est ni une bénédiction ni une malédiction. C’est à la fois une bénédiction et une malédiction, et rien de tout cela. L’AMOUR DE SES ENFANTS n’est pas L’AMOUR DES ENFANTS, n’est pas L’AMOUR DE SON CONJOINT, n’est pas L’AMOUR DE SES PARENTS, n’est pas L’AMOUR DE TOUTE SA FAMILLE, n’est pas L’AMOUR DE LA NOTION DE FAMILLE. L’AMOUR DU JUDAÏSME n’est pas L’AMOUR DE LA JUDÉITÉ, n'est pas L'AMOUR D'ISRAËL, n'est pas L'AMOUR DE DIEU. L'AMOUR DU TRAVAIL n'est pas L'AMOUR DE SOI. Même L'AMOUR DE SOI n'est pas L'AMOUR DE SOI. Le point de rencontre de L'AMOUR DE LA NATION, L'AMOUR DE LA PATRIE ET L'AMOUR DU CHEZ-SOI n'existe pas. L'AMOUR DES CHIENS est à L'AMOUR DU CORPS ENDORMI DE SON ENFANT ce que L'AMOUR DES CHIENS est à L'AMOUR DE SON PROPRE CHIEN. L'AMOUR DU PASSÉ a beaucoup de choses en commun avec L'AMOUR DE L'AVENIR, comme L'AMOUR DE L'AMOUR avec L'AMOUR DE LA TRISTESSE – autrement dit, tout. Néanmoins, L'AMOUR DE TOUT DIRE nous rend indignes de confiance.

Sans amour, on meurt. Avec de l'amour, on meurt aussi. Toutes les morts ne se valent pas.

COMMENT JOUER LA COLÈRE

« Tu es le fléau de ma vie ! »

COMMENT JOUER LA PEUR DE LA MORT

« C'est pas juste ! C'est pas juste ! C'est pas juste ! »

COMMENT JOUER LE POINT DE RENCONTRE ENTRE L'AMOUR, LA COLÈRE ET LA PEUR DE LA COLÈRE

Lors de ma visite chez le dentiste pour mon détartrage annuel, celui-ci a passé un moment inhabituellement long à examiner ma bouche – pas mes dents, mais plus profond –, ses instruments de torture, intacts, s'oxydant lentement sur le plateau. Il m'a demandé si j'avais mal quand je déglutissais.

« Pourquoi cette question ?

– Par curiosité.

– Un peu, je crois.

– Depuis combien de temps ?

– Un ou deux mois ?

– Vous en avez parlé à un médecin ? »

Il m'a envoyé chez un oncologue à Johns Hopkins.

J'ai été surpris par mon réflexe d'appeler Julia. On ne se parlait presque plus : elle était remariée depuis longtemps ; les enfants, désormais adultes, vivaient leur vie en toute autonomie ; et plus on vieillit, moins on a de nouvelles à partager, jusqu'à la dernière qui est transmise par une tierce personne. Le dialogue de la série est pratiquement conforme à ce qui s'est réellement passé, à une notable exception près : dans la vie, je n'ai pas pleuré. J'ai crié : « C'est pas juste ! C'est pas juste ! C'est pas juste ! »

JACOB
C'est moi.

JULIA
Je reconnais ta voix.

JACOB
Ça fait longtemps.

JULIA
Et ton numéro apparaît sur mon téléphone.

JACOB
Sous le nom de Jacob ?

JULIA
Sous quel autre nom, sinon ?

JACOB
Écoute…

JULIA
Tout va bien ?

JACOB
Je suis allé chez le dentiste ce matin…

JULIA
Mais je n'avais pas pris rendez-vous pour toi.

JACOB
Je suis devenu remarquablement débrouillard.

JULIA
La nécessité est l'ex-femme de la débrouillardise.

JACOB
Il a vu une grosseur dans ma gorge.

Julia se met à pleurer. Tous deux sont surpris par sa réaction à ce qui n'est (encore) rien, et cela dure plus qu'ils ne l'auraient imaginé ou cru supportable.

JULIA
Tu es condamné ?

JACOB
Le *dentiste*, Julia.

JULIA
Tu m'annonces qu'il a vu une grosseur et tu m'appelles.

JACOB
Une grosseur et un coup de fil peuvent très bien être bénins, tu sais.

JULIA
Et qu'est-ce qui va se passer, maintenant ?

JACOB
J'ai rendez-vous avec un oncologue à Hopkins.

JULIA
Dis-moi tout.

JACOB
Tu en sais autant que moi.

JULIA
Tu as eu d'autres symptômes ? Des raideurs dans la nuque ? Des difficultés à déglutir ?

JACOB
Tu as fait médecine depuis la dernière fois qu'on s'est parlé ?

JULIA
Je cherche sur Google, là.

JACOB
Oui, j'ai eu la nuque raide. Et oui, j'ai du mal à déglutir. Et maintenant, est-ce que tu veux bien m'accorder toute ton attention ?

JULIA
Est-ce que Lauren est là pour te soutenir ?

JACOB
Demande ça au type qu'elle fréquente en ce moment.

JULIA
Je suis triste de l'apprendre.

JACOB
Et tu es la première personne à qui j'en parle.

JULIA
Les garçons sont au courant ?

JACOB
Je viens de te le dire, tu es la première…

JULIA
Ah, c'est vrai.

JACOB
Pardon de t'embêter avec ça. Je sais que tu ne te sens plus responsable de moi depuis longtemps.

JULIA
Je ne me suis jamais sentie responsable de toi.
(*Un temps.*)
Et je me sens encore responsable de toi.

JACOB
Je ne dirai rien aux enfants jusqu'à ce qu'il y ait du solide.

JULIA
Bien. C'est bien.
(*Un temps.*)
Tu tiens le coup ?

JACOB
Ça va. Ce n'est qu'un dentiste.

JULIA
C'est normal d'avoir peur.

JACOB
S'il était si malin, il serait dermato.

JULIA
Tu as pleuré ?

JACOB
Le 18 novembre 1985, quand Lawrence Taylor a mis un terme à la carrière de Joe Theismann[1].

JULIA
Arrête, Jacob.

JACOB
Ce n'est qu'un dentiste.

JULIA
Tu sais, je crois que je ne t'ai jamais vu pleurer. En dehors de tes larmes de joie à la naissance des garçons. C'est possible ?

1. Joueurs de football américain.

JACOB
À l'enterrement de mon grand-père.

JULIA
C'est vrai. Tu as bramé.

JACOB
J'ai sangloté.

JULIA
Mais s'en souvenir comme d'une exception, ça prouve…

JACOB
Ça ne prouve rien.

JULIA
Toutes ces larmes réprimées ont métastasé.

JACOB
Oui, c'est exactement ce que le dentiste s'est dit que l'oncologue se dirait.

JULIA
Cancer de la gorge.

JACOB
Qui a parlé d'un cancer ?

JULIA
Malignité de la gorge.

JACOB
Merci.

JULIA
Est-ce qu'il est trop tôt pour souligner la poésie de la chose ?

JACOB
Beaucoup trop tôt. Je n'ai même pas encore de diagnostic, sans parler des joies de la chimio et de la rémission pour finir par apprendre qu'ils ne l'ont pas éradiqué.

JULIA
Tu vas enfin pouvoir être chauve.

JACOB
Je le suis déjà.

JULIA
Oui, c'est ça.

JACOB
Non, vraiment. J'ai arrêté le Propecia. Je ressemble à Monsieur Propre. Demande à Benjy.

JULIA
Tu l'as vu récemment ?

JACOB
Il est passé le soir de Noël avec du chinois à emporter.

JULIA
C'est mignon. De quoi il avait l'air ?

JACOB
Énorme. Et vieux.

JULIA
Je ne savais même pas que tu prenais du Propecia. Mais c'est logique que je ne sache plus quel genre de traitement tu prends.

JACOB
En fait, j'en prenais depuis très longtemps.

JULIA
Depuis combien de temps ?

JACOB
Quand Max est né ?

JULIA
Notre Max ?

JACOB
J'avais honte. Je gardais les cachets là où je rangeais ma ceinture de smoking.

JULIA
Ça me fait vraiment de la peine.

JACOB
À moi aussi.

JULIA
Pourquoi tu ne pleures pas, Jacob ?

JACOB
J'y songerai.

JULIA
Je suis sérieuse.

JACOB
On n'est pas dans *Des jours et des vies.* On est dans la *vraie* vie.

JULIA
Tu as peur que le fait de te livrer ne t'oblige à t'ouvrir aux choses. Je te connais. Mais il n'y a que toi et moi. Toi et moi au téléphone.

JACOB
Et Dieu. Et la NSA.

JULIA
Tu veux être ce genre de personne ? Qui prend tout à la rigolade ? Qui est tout le temps en train de dissimuler, de détourner l'attention, de se cacher ? Qui n'est jamais elle-même ?

JACOB
Tu sais, j'avais besoin de compassion quand j'ai appelé.

JULIA
Et tu l'as tuée sans coup férir. C'est ça, la vraie compassion.

JACOB
(*Après un long temps :*)
Non.

JULIA
Non, quoi ?

JACOB
Je ne suis pas celui que je veux être.

JULIA
Alors tu es en bonne compagnie.

JACOB
Avant de t'appeler, je me suis posé la question – littéralement, à haute voix : « Qui est une bonne âme ? Qui est une bonne âme ? »

JULIA
Pourquoi ?

JACOB
Je crois que je voulais une preuve.

JULIA
De l'existence de la bonté ?

JACOB
De la bonté à mon égard.

JULIA
Arrête, Jacob.

JACOB
Je suis sincère. Tu as Daniel. Les garçons ont leur vie. Je suis le genre de personne dont les voisins s'aperçoivent qu'elle est morte à l'odeur.

JULIA
Tu te souviens de ce poème ? « Preuve / de Ton existence ? Il n'y a / que » ?

JACOB
Bon sang… Oui. On a acheté ce livre chez Shakespeare and Company. On l'a lu au bord de la Seine en mangeant une baguette avec du fromage, sans couteau. Un pur bonheur. Ça fait si longtemps.

JULIA
Regarde autour de toi, Jacob. Il n'y a que ça, des preuves que tu es aimé. Les garçons t'idolâtrent. Tes amis se bousculent au portillon. Je parie que les femmes…

JACOB
Et toi ? Toi, alors ?

JULIA
Je suis la bonne âme que tu appelles, tu t'en souviens ?

JACOB
Pardon.

JULIA
Pardon pour quoi ?

JACOB
Ce sont les jours redoutables, en ce moment.

JULIA
Je sais que je sais ce que ça veut dire, mais j'ai oublié.

JACOB
Les dix jours qui séparent Roch Hachana de Yom Kippour. Le monde est exceptionnellement ouvert. Les oreilles de Dieu, Ses yeux, Son cœur. Les gens, aussi.

JULIA
Tu es devenu un vrai Juif, dis-moi.

JACOB
Je ne crois rien de tout ça, mais j'y crois.
(*Un temps.*)
Bref, c'est pendant ces dix jours qu'on est censé demander à nos êtres chers de nous pardonner nos fautes commises – « sciemment ou non ».
(*Un temps.*)
Julia…

JULIA
Ce n'est qu'un dentiste.

JACOB
Je regrette sincèrement toutes les fois où je t'ai fait du tort, sciemment ou pas.

JULIA
Tu ne m'as pas fait de tort.

JACOB
Si.

JULIA
On a fait des erreurs, tous les deux.

JACOB
Le mot « péché » en hébreu se traduit littéralement par « manquer la cible ». Je regrette les fois où j'ai péché contre toi de quelques degrés, et je regrette les fois où j'ai péché contre toi en fuyant ce vers quoi j'aurais dû courir.

JULIA
Il y avait une autre phrase dans ce livre : « Et tout ce qui fut jadis infiniment loin et indicible est désormais indicible et là, parmi nous. »

Le silence est si écrasant que ni l'un ni l'autre ne sait si la communication n'a pas été coupée.

JACOB
C'est toi qui as ouvert la porte, mais pas sciemment. Et moi je l'ai fermée, mais pas sciemment.

JULIA
Quelle porte ?

JACOB
La main de Sam.

Julia se met à pleurer, en silence.

JULIA
Je te pardonne, Jacob. Vraiment. Pour tout. Tout ce qu'on s'est caché et tout ce qu'on a laissé s'installer entre nous. La mesquinerie. La retenue et la réticence. Le jugement. Rien de tout ça ne compte plus.

JACOB
Rien de tout ça n'a jamais compté.

JULIA
Si, ça a compté. Mais pas autant qu'on le croyait.
(*Un temps.*)
Et j'espère que tu me pardonneras.

JACOB
Je te pardonne.
(*Après un long temps :*)
Je suis sûr que tu as raison. Ce serait bien que je laisse éclater ma tristesse.

JULIA
Ta colère.

JACOB
Je ne suis pas en colère.

JULIA
Si, tu l'es.

JACOB
Non, pas du tout.

JULIA
Pourquoi est-ce que tu es en colère, comme ça ?

JACOB
Julia, je suis…

JULIA
Qu'est-ce qui t'est arrivé ?

Ils se taisent. Mais leur silence est différent de celui qu'ils ont connu jusque-là. Ce n'est pas le silence de ceux qui plaisantent, dissimulent, détournent l'attention. Pas le silence des murs, mais le silence de ceux qui créent un espace à remplir.

À chaque seconde qui passe – et les secondes passent, deux par deux – l'espace créé s'agrandit. Il prend la forme de la maison dans laquelle ils auraient emménagé s'ils s'étaient donné une autre chance, s'ils avaient décidé de s'attacher profondément et pleinement à rebâtir leur bonheur ensemble. Jacob sent l'attraction de l'espace inoccupé, le désir douloureux de pénétrer dans celui qui s'ouvre devant lui.

Il pleure.

Quand a-t-il pleuré pour la dernière fois ? Quand il a fait piquer Argos ? Quand il a réveillé Max pour lui dire qu'il n'était pas parti en Israël et que Max lui a répondu : « Je savais que tu ne partirais pas » ? Quand il a tenté d'encourager l'intérêt naissant de Benjy pour l'astronomie et qu'il l'a emmené à Marfa, où ils ont visité l'observatoire et embrassé les galaxies du regard, comme des coquillages qui contiendraient l'océan, puis qu'ils se sont allongés, le soir, sur le toit du chalet qu'ils avaient loué sur Airbnb et que Benjy a demandé : « Pourquoi est-ce qu'on chuchote ? » et que Jacob a répondu : « Je ne m'en étais pas aperçu », et que Benjy a dit : « Quand on regarde les étoiles, on a tendance à chuchoter. Je me demande pourquoi » ?

COMMENT JOUER LES SOUVENIRS TARDIFS

Mon plus vieux souvenir est celui de mon père ramassant un écureuil mort.

Le dernier souvenir que j'ai de l'ancienne maison, c'est quand j'ai laissé la clé dans la boîte aux lettres dans une enveloppe timbrée sans adresse de destinataire ni d'expéditeur.

Le dernier souvenir que j'ai de ma mère, c'est quand je lui ai donné à manger son yaourt à la petite cuillère. Par réflexe, j'ai imité le bruit d'un avion, alors que je ne l'avais plus fait depuis quinze ans. J'ai été trop gêné pour m'excuser. Elle m'a fait un clin d'œil, j'en suis sûr.

Le dernier souvenir que j'ai d'Argos est celui de sa respiration se faisant plus profonde et son pouls plus lent, et de mon reflet dans ses yeux qui se révulsaient.

Malgré les textos et les mails que nous avons continué à échanger, le dernier souvenir que j'ai de Tamir remonte à Islip. Je lui ai dit : « Reste ici. » Il m'a demandé : « Mais alors qui partira ? » Et j'ai dit : « Personne. » Et il m'a demandé : « Mais alors qu'est-ce qui sauvera le pays ? » Et j'ai dit : « Rien. » « On va le laisser disparaître ? » il a demandé.

Le dernier souvenir que j'ai de ma famille avant le séisme, c'est quand nous étions devant la porte, mes parents allaient prendre Benjy chez eux pour la nuit, Sam et Julia allaient partir pour la simulation des Nations unies. Benjy a demandé : « Et si vous me manquez pas ? » Bien sûr, il ignorait ce qui allait se passer, mais comment pourrais-je m'en souvenir autrement que comme d'une prophétie ?

Le dernier souvenir que j'ai de mon père, c'est quand je l'ai déposé avec sa compagne à l'aéroport de Dulles pour le voyage qu'il s'était toujours juré de faire avant sa mort, une visite du ghetto de Varsovie, son Cooperstown, et que je lui ai dit : « Qui l'eût cru ? Inviter une *shiksa* au bal de promo de la diaspora ? » J'avais toujours l'impression qu'il s'interdisait de rigoler en ma présence, mais cette fois-ci, il m'a gratifié d'un bel éclat de rire. Il m'a tapoté la joue et a dit : « La vie est stupéfiante. » Bien sûr, il ignorait qu'il ne prendrait jamais cet avion, mais comment pourrais-je m'en souvenir autrement que comme d'un trait d'ironie ?

Le dernier souvenir que j'ai de moi, marié avec Julia : la poignée lustrée du placard à gâteaux ; le sillon où les plaques de stéatite se rejoignaient ; l'autocollant de la médaille du courage, sous le débord de l'îlot central, donné à Max quand sa dernière dent de lait (plus personne ne savait laquelle) était tombée, un autocollant qu'Argos voyait plusieurs fois par jour et qu'il était le seul à voir. Julia a dit : « Il est beaucoup trop tard pour t'engager sur ce terrain. »

COMMENT JOUER « QUEL EST TON NOM ? »

Max a demandé à faire sa bar-mitsva. Même si ce n'était que l'expression d'un désir caché, même si c'était un acte d'agression hypersophistiqué, cela nous a tout de même fait plaisir, à Julia et moi. L'année d'étude s'est déroulée sans accroc ni complainte, la cérémonie fut très belle (Julia et moi étions côte à côte devant l'arche, ce qui m'a paru parfaitement naturel), la fête, qui n'avait pas de thématique, était bon enfant, et il a empoché assez de bons d'épargne pour s'acheter quelque chose de vraiment énorme dès qu'ils arriveraient à échéance vingt ans plus tard, date à laquelle leur valeur, qui aurait doublé, ne lui permettrait de s'acheter que la moitié de ce qu'il aurait eu pour leur valeur nominale.

La section de Max était Vayishla'h, dans laquelle Jacob – dernier des patriarches – est attaqué par un inconnu au milieu de la nuit. Jacob le terrasse et refuse de le laisser partir avant qu'il ne l'ait béni. L'assaillant – un ange, ou Dieu lui-même – demande : « Quel est ton nom ? » Tout en tenant l'homme de toutes ses forces, Jacob répond : « Jacob. » (*Jacob* signifie « celui qui attrape le talon » – il avait attrapé le talon de son frère jumeau, Ésaü, au moment de naître, car il voulait être le premier à sortir.) Puis l'ange dit : « On ne t'appellera plus Jacob mais Israël – qui signifie "qui lutte avec Dieu". »

Depuis la bimah, avec une aisance rare pour son âge ou le mien, Max a dit : « Jacob a lutté avec Dieu pour recevoir la bénédiction. Il a lutté avec Ésaü pour recevoir la bénédiction. Il a lutté avec Isaac pour recevoir la bénédiction, avec Laban pour recevoir la bénédiction, et chaque fois, il a fini par l'emporter. Il a lutté parce qu'il reconnaissait que la bénédiction justifiait le combat. Il savait qu'on ne garde que ce dont on refuse de se séparer.

« *Israël,* la terre ancestrale des Juifs, signifie littéralement "qui lutte avec Dieu." Pas "qui loue Dieu", ni "qui révère Dieu", ni “qui aime Dieu,” pas même “qui obéit à Dieu”. En fait, c’est le contraire de “qui obéit à Dieu”. La lutte n’est pas seulement notre condition, c’est notre identité, notre nom. »

Il parlait comme Julia, dans cette dernière phrase.

« Mais qu’est-ce que la lutte ? »

Là, il parlait comme le Dr Silvers.

« Il y a la lutte gréco-romaine, le catch, le bras de fer, le sumo, la lucha libre, la lutte des idées, la lutte de la foi… Elles ont toutes un point commun : la proximité. »

Et me voilà, destinataire désigné de son discours, si près de mon ex-femme que nos vêtements se touchaient, assis sur un banc à côté d’enfants dont je manquais la moitié de la vie.

« On ne garde que ce dont on refuse de se séparer », dit Max.

« Un poing juif ne sert pas qu’à se masturber et à tenir un stylo », disait mon père, autrefois.

« Pour voir sa ligne de vie, il faut lâcher ce qu’on a dans la main. » Voilà le message que j’ai tiré d’un biscuit chinois, un soir de Noël.

Max devenait chaque jour plus intelligent. Julia et moi pensions depuis le début que c’était Sam, le cerveau de la bande – que Max était l’artiste et que Benjy serait perpétuellement adorable –, mais c’était Max qui prenait le jeu d’échecs au sérieux (il s’était classé troisième au tournoi de Washington des moins de seize ans), Max qui a choisi de prendre des cours de chinois deux fois par semaine (tant que son cerveau était encore « malléable »), et Max qui a intégré Harvard après sa deuxième année de lycée. (C’est seulement quand il a choisi de postuler avec un an d’avance que j’ai compris que tous ces cours facultatifs pour obtenir des points en plus – les cours particuliers, les cours d’été – étaient pour lui un moyen de s’éloigner de la maison plus souvent, et de la quitter plus tôt.)

« La proximité, dit-il, balayant l’assemblée du regard. Il est facile d’être proches, mais presque impossible de le rester. Regardez nos amis. Regardez nos loisirs. Même nos idées. Ils nous sont proches – parfois si proches qu'on croit qu'ils font partie de nous – et puis, un jour, ils ne le sont plus. Ils s'éloignent. La seule façon de les garder, c'est de les empêcher de bouger. De lutter avec eux. De les mettre à terre, comme l'a fait Jacob avec l'ange, et de refuser de s'en séparer. Ce pour quoi nous ne luttons pas nous échappe. L'amour n'est pas une absence de lutte. L'amour est la lutte même. »

Il parlait comme la personne que j'aurais voulu être, sans y parvenir. Il parlait comme Max.

COMMENT JOUER PERSONNE

J'ai entendu le bruit de l'obturateur avant de voir le photographe. Ce fut le premier et dernier cliché de ma guerre.

« Eh, me suis-je exclamé en m'approchant de lui d'un pas décidé. Qu'est-ce que vous fabriquez ? »

Pourquoi étais-je si énervé ?

« Je travaille pour le *Times*, a-t-il dit en me montrant la carte de presse qu'il portait autour du cou.

– Vous avez le droit d'être là ?

– J'ai une autorisation du consulat, si c'est ce que vous voulez savoir.

– Mais moi, je ne vous ai pas autorisé à me prendre en photo.

– Vous voulez que je l'efface ? a-t-il demandé sur un ton qui n'était ni brusque ni conciliant.

– C'est bon. Mais n'en prenez plus.

– Je ne veux pas d'ennuis. Ça ne me dérange pas de l'effacer.

– Gardez-la. Mais n'en faites pas d'autre. »

Il s'est éloigné pour photographier d'autres groupes. Certains posaient. D'autres ne l'avaient pas remarqué ou faisaient comme si. Ma colère irrépressible – si tant est que ce fût de la colère – m'a étonné. Mais ce que je ne m'explique pas du tout, c'est pourquoi j'ai accepté qu'il garde la photo qu'il avait prise, à condition qu'il n'en fasse pas d'autre. Est-ce que j'essayais de jouer sur deux tableaux ?

Le souvenir de toutes les photos scolaires prises au fil des ans m'est revenu à l'esprit : les coups de langue sur la paume de la main pour lisser les épis, sous prétexte d'une caresse affectueuse ; la permission accordée aux garçons de regarder un dessin animé pour mieux leur faire enfiler des vêtements chic et inconfortables ; les tentatives maladroites de leur faire comprendre de façon subliminale à quoi ressemble un sourire « naturel ». Les photos offraient toujours le même résultat : un grand sourire forcé, lèvres jointes, le regard brumeux perdu dans le lointain – comme tirées du rebut de planches-contacts de Diane Arbus. Mais je les adorais. J'adorais la vérité qu'elles exprimaient : que les enfants ne sont pas encore capables de faire semblant. Ou qu'ils ne sont pas encore capables de dissimuler leur hypocrisie. Ils sont très forts pour sourire, il n'y a pas meilleurs qu'eux ; mais il n'y a pas pires pour sourire sur commande. L'incapacité à sourire sur commande est caractéristique de l'enfance. Quand Sam m'a remercié pour sa nouvelle chambre dans ma nouvelle maison, il est devenu un homme.

Une année, Benjy a été profondément perturbé par son portrait à l'école, incapable de savoir si l'enfant qui figurait sur la photo était bien lui ou pas. Max a entrepris de titiller le trouble qu'il ressentait en lui expliquant que nous avons tous un moi vivant et un moi mort qui existent en parallèle – « une espèce de fantôme de toi-même » – et que la seule occasion qu'on a de voir notre moi mort, c'est sur les portraits d'école. Benjy a immédiatement éclaté en sanglots. Pour le calmer, j'ai sorti l'album photo de ma bar-mitsva. On avait déjà regardé des dizaines de clichés quand Benjy a dit : « Mais je croyais que la bar-mitsva de Sam était dans le futur. »

Lors de ma fête de bar-mitsva, la famille, les amis de mes parents ainsi que de parfaits inconnus m'ont tendu des enveloppes pleines de bons d'épargne. Quand les poches de ma veste ont commencé à déborder, j'ai donné les enveloppes à ma mère, qui les a mises dans son sac à main sous sa chaise. À la table de la cuisine ce soir-là, mon père et moi avons calculé « l'honorable butin » à l'aide d'un tableau. Je ne me souviens plus de la somme totale, mais je me souviens qu'elle était divisible par dix-huit.

Je me souviens de l'archipel d'albumine sur le saumon. Je me souviens que le chanteur a avalé le *ve-nismecha* du « Hava Nagila », comme un enfant qui chante la chanson de l'alphabet en étant persuadé que *l-m-n-o* forment une seule et même lettre. Je me souviens d'avoir été porté sur le fauteuil, bien au-dessus de l'assemblée de Juifs, pour le couronnement du Borgne. De retour sur le sol, mon père m'a demandé d'aller passer quelques minutes avec mon grand-père. Je le vénérais, comme on m'avait appris à le faire, mais c'était toujours un peu par obligation.

« Coucou grand-père, ai-je dit, lui présentant le haut de mon crâne pour qu'il y dépose un baiser.

– J'ai mis un peu d'argent sur ton compte épargne pour tes études, a-t-il annoncé en tapotant le fauteuil vide à côté du sien.

– Merci.

– Papa t'a dit combien ?

– Non. »

Il a jeté un œil à droite et à gauche, m'a fait signe d'approcher mon oreille de ses lèvres, et a murmuré : « Mille quatre cent quarante dollars.

– Ouah », me suis-je exclamé, m'écartant aussitôt à distance raisonnable. J'ignorais totalement si une telle somme d'argent justifiait tant d'emphase, mais je savais ce qu'on attendait de moi : « C'est tellement généreux, c'est incroyable. Merci.

– Et aussi ça », a-t-il ajouté, se penchant avec effort pour attraper un sac de courses par terre. Il l'a posé sur la table et en a sorti quelque chose enveloppé dans une serviette de table. J'en ai déduit que c'était un petit pain – il en enveloppait souvent dans une serviette avant de les fourrer dans un sac –, mais c'était trop lourd. « Vas-y », m'a-t-il encouragé. Dedans, il y avait un appareil photo, un Leica.

« Merci, ai-je dit en pensant que le cadeau était l'appareil photo.

– Benny et moi sommes rentrés après la guerre, en 1946. On s'est dit que notre famille avait peut-être réussi à survivre. Quelqu'un, en tout cas. Mais il n'y avait plus personne. Un voisin, un ami de mon père, nous a vus et nous a invités chez lui. Il avait gardé quelques-unes de nos affaires, au cas où on reviendrait un jour. Il nous a dit que même si la guerre était finie, on n'était pas en sécurité, et qu'il valait mieux qu'on parte. Alors on est partis. Je n'ai emporté que quelques bricoles, dont cet appareil.

– Merci.

– J'ai caché de l'argent et des photos dans la doublure de la veste que je portais sur le bateau. J'avais si peur qu'on me vole mes affaires. Je me suis promis de ne jamais la retirer, mais il faisait si chaud, trop chaud. Je dormais en la serrant dans mes bras, et un matin, à mon réveil, ma valise était toujours à côté de moi, mais ma veste avait disparu. Voilà pourquoi je n'en veux pas à celui qui l'a volée. S'il avait été un vrai voleur, il aurait pris la valise. Il avait froid, c'est tout.

– Mais tu as dit qu'il faisait chaud.

– Moi, je trouvais qu'il faisait chaud. » Il maintenait le doigt sur le déclencheur comme si c'était le détonateur d'une mine. « Il ne me reste qu'une seule photo d'Europe. C'est une photo de moi. Je m'en servais comme marque-page pour le journal intime rangé dans ma valise. Les photos de mes frères et de mes parents étaient dans la doublure de ma veste. Envolées. Mais je les avais prises avec cet appareil.

– Qu'est devenu ton journal ?

– Je m'en suis débarrassé. »

Qu'aurais-je vu sur ces photos perdues ? Qu'aurais-je vu dans le journal ? Benjy ne se reconnaissait pas sur son portrait d'école, mais que voyais-je quand je le regardais ? Et que voyais-je quand je regardais l'échographie de Sam ? Une idée ? Un être humain ? *Mon* être humain ? Moi-même ? Une idée de moi-même ? Il fallait que je croie en lui, et c'est ce que j'ai fait. Je n'ai jamais cessé de croire en lui, j'ai seulement cessé de croire en moi.

Dans son discours de bar-mitsva, Sam a dit : « Nous n'avions pas demandé à posséder l'arme nucléaire, et nous ne voulions pas de l'arme nucléaire, et l'arme nucléaire est, en tout point, horrible. Mais si certains pays la possèdent, c'est pour ne jamais avoir à l'utiliser. »

Billie a crié quelque chose que je n'ai pas compris, mais j'ai compris l'éclair de bonheur qui a traversé le regard de Sam. La tension qui baignait la pièce a reflué dans les coins ; le discours de Sam a fait naître d'innombrables conversations. Je lui ai apporté à manger et lui ai dit : « Tu es une bien plus belle personne que moi à ton âge. Ou que moi maintenant.

– Ce n'est pas un concours.

– Non, c'est le progrès. Viens par là une minute.

– Où ça ?

– Comment ça, où ? Sur le mont Moriah, bien sûr. »

Je l'ai emmené à l'étage, devant ma commode, d'où j'ai sorti le Leica du tiroir du bas.

« C'était à ton arrière-grand-père. Il l'a rapporté d'Europe. Il me l'a offert le jour de ma bar-mitsva et m'a dit qu'il ne lui restait plus aucune photo de ses frères ni de ses parents, mais qu'il les avait photographiés avec cet appareil. Je sais qu'il voulait que ce soit toi qui l'aies.

– Il te l'a dit ?

– Non. Mais je sais que…

– Donc c'est toi qui veux que je l'aie. »

Lequel menait l'autre ?

« Oui », ai-je admis.

Il l'a pris dans ses mains, l'a retourné plusieurs fois. « Il marche ?

– Ça, je n'en sais rien. Je ne crois pas que ce soit si important. »

Il a dit : « Ça devrait, pourtant, non ? »

Sam a fait remettre l'appareil en état ; il l'a introduit dans le monde réel, et l'appareil l'a fait sortir d'Other Life.

Il a étudié la philosophie à la fac, mais seulement là.

Il a oublié le Leica dans un train au Pérou pendant sa lune de miel avec sa première femme.

À trente-huit ans, il est devenu le plus jeune juge nommé à la cour d'appel fédérale des États-Unis pour le circuit du district de Columbia.

Les garçons m'ont invité au Great Wall Szechuan House pour mes soixante-cinq ans. Sam a levé sa bouteille de Tsingtao et porté un magnifique toast, qu'il a terminé par : « Papa, tu as toujours l'œil. » Je n'ai pas compris s'il voulait dire que j'ai le sens de l'observation ou que je fourre mon nez partout.

Tamir était assis par terre dans le terminal, adossé au mur, les yeux rivés sur le téléphone qu'il tenait à deux mains. Je suis allé m'asseoir à côté de lui.

« J'ai un doute », ai-je dit.

Il a souri, hoché la tête.

« Tamir ? »

Il a acquiescé de nouveau.

« Tu veux bien arrêter d'envoyer des textos et m'écouter une seconde ?

– Je n'envoie pas de textos », a-t-il répliqué avant de tourner l'écran de son téléphone dans ma direction : un mur de photos de famille.

« J'ai un doute.

– Ce ne serait pas plutôt une certitude ?

– Tu veux bien qu'on en parle ?

– De quoi veux-tu qu'on parle ?

– Tu pars retrouver ta famille. Moi, ça impliquerait que je quitte la mienne.

– Tu sais que tu viens d'employer le conditionnel ?

– Arrête. Je te demande un conseil.

– Je ne crois pas, non. Je crois plutôt que tu me demandes pardon.

– Pourquoi ? Je n'ai rien fait.

– Si tu as un doute, c'est que tu es sur le point de retourner à Newark Street.

– Pas forcément.

– Pas forcément ?

– Je suis là. J'ai dit au revoir à mes enfants.

– Tu n'as pas besoin de t'excuser. Ce n'est pas ton pays.

– Je me suis peut-être trompé à ce sujet.

– Apparemment, tu avais raison.

– Et comme tu l'as dit, même si ce n'est pas chez moi, c'est chez toi.

– Qui es-tu, Jacob ? »

Trois ans d'affilée, Max fermait les yeux sur son portrait d'école. La première fois, ç'a été une petite déception, mais plutôt drôle. La deuxième fois, il a eu plus de mal à expliquer que c'était un accident. Nous lui avons dit que ces photos étaient précieuses, que ses grands-parents et son arrière-grand-père y tenaient beaucoup, et que c'était de l'argent jeté par les fenêtres de les saboter. La troisième année, le matin de la photo, nous lui avons demandé de nous regarder dans les yeux et de nous promettre qu'il garderait les siens ouverts. « J'essaierai », a-t-il dit, clignant furieusement des yeux, comme pour chasser une mouche. « N'essaie pas, lui a intimé Julia. Fais-le. » Quand les photos sont arrivées, les trois garçons avaient les yeux fermés. Mais je n'ai jamais vu de sourires plus sincères.

« Je suis peut-être comme ça, ai-je répondu à Tamir.

– Tu dis ça comme si tu ne pouvais pas choisir d'être ce que tu es.

– J'ai peut-être choisi d'être comme ça.

– Peut-être ?

– Je ne sais pas ce que je devrais faire et je te demande d'en discuter avec moi.

– Alors discutons-en. Qui es-tu ?

– Quoi ?

– Tu as dit : "Je suis peut-être comme ça." Alors qui penses-tu "peut-être" être ?

– Allez, Tamir.

– Quoi ? Je te demande d'expliquer ce que tu voulais dire. Qui es-tu ?

– Ce n'est pas le genre de chose sur lequel on peut mettre des mots.

– Essaie toujours. Qui es-tu ?

– Bon. Laisse tomber. Pardon d'être venu jusqu'ici.

– Qui es-tu, Jacob ?

– Et toi, qui es-tu, Tamir ?

– Je suis un type prêt à tout pour rentrer chez lui.

– Eh ben, tu m'ôtes les mots de la bouche.

– Peut-être. Mais pas du cœur. Où que tu ailles, ce ne sera pas chez toi. »

Quand ma mère est tombée malade, elle m'a dit que mon père allait sur la tombe d'Isaac, une fois par mois. Quand j'en ai parlé à mon père, il a changé de sujet, comme si je lui reprochais d'être accro au jeu.

« Je fais pénitence pour avoir décidé de l'enterrer en Amérique, a-t-il déclaré.

– Et en quoi ça consiste exactement ?

– Je reste planté comme un idiot.

– Je peux t'accompagner la prochaine fois ? » j'ai demandé à mon père. À Tamir, j'ai dit : « Reste ici.

– Mais alors qui partira ? a répondu Tamir.

– Personne.

– Mais alors qu'est-ce qui sauvera le pays ?

– Rien.

– On va le laisser disparaître ?

– Oui. »

J'avais raison : mon père a nettoyé les brindilles, les feuilles et les mauvaises herbes ; il a essuyé la pierre tombale avec un vieux chiffon mouillé qu'il avait mis dans un sac Ziploc, dans la poche de sa veste ; et d'un autre sac Ziploc, il a tiré des photos.

« Les garçons », a-t-il dit, les tournant brièvement dans ma direction, puis les posant face contre terre, au-dessus des yeux de son père.

J'avais voulu ériger un érouv autour des suicidés pour emporter leur honte, mais comment pourrais-je vivre avec ma propre honte ? Comment, en rentrant d'Islip, pourrais-je affronter Julia et les garçons ?

« J'ai l'impression qu'on l'a enterré il y a cinq minutes », ai-je dit à mon père. À Tamir, j'ai dit : « J'ai l'impression d'être passé te prendre à l'aéroport il y a cinq minutes. »

Mon père a dit : « J'ai l'impression que tout est arrivé il y a cinq minutes. »

Tamir a approché ses lèvres de mon oreille et murmuré : « Tu es innocent.

– Quoi ? ai-je murmuré en retour, comme si je contemplais les étoiles.

– Tu es innocent.

– Merci. »

Il s'est écarté et a ajouté : « Non, je veux dire trop naïf. Trop enfantin.

– Quoi, candide ?

– Je ne connais pas ce mot.

– Qu'est-ce que tu essaies de me dire ?

– Ce n'était pas Steven Spielberg aux toilettes, évidemment.

– Tu as tout inventé ?

– Oui.

– Tu savais qui était Spielberg ?

– Tu crois qu'on n'a pas l'électricité en Israël ?

– Tu es très fort. »

« Je te vois », me disait mon grand-père de l'autre côté de la vitre.

« Tu es très innocent », a dit Tamir.

« Au revoir », me disait mon grand-père.

« Et pourtant, nous n'avons jamais été plus vieux », a dit mon père avant de réciter le kaddish des endeuillés.

COMMENT JOUER LA DERNIÈRE CHOSE QUE L'ON VOIT AVANT DE SE SUICIDER

Six yeux fermés, trois sourires sincères.

COMMENT JOUER LA DERNIÈRE CHOSE QUE L'ON VOIT AVANT D'ÊTRE RÉINCARNÉ

La sortie de SECOURS du terminal de l'aéroport MacArthur ; l'entrée de SECOURS du monde.

COMMENT JOUER LE SUICIDE

Débouclez votre ceinture. Retirez-la en la faisant glisser dans les cinq passants de votre pantalon. Enroulez-la autour de votre cou et serrez-la, bouclez-la sur votre nuque. Faites passer l'autre extrémité de la ceinture par-dessus la porte. Fermez la porte, de manière à ce que la ceinture soit fermement coincée entre le haut de la porte et le chambranle. Regardez le réfrigérateur. Laissez-vous tomber de tout votre poids. Huit yeux fermés.

COMMENT JOUER LA RÉINCARNATION

Quelques mois après le déménagement, un jour de plus sans lettre dans la boîte accrochée à la porte de ma chambre, je vidais les paniers à linge des garçons quand j'ai trouvé une crotte dans le slip de Max. Il avait onze ans. Cela s'est reproduit plusieurs fois au cours des semaines suivantes. Parfois, je retournais le slip au-dessus des toilettes, je grattais les taches qui restaient dessus et le mettais à la machine. Le plus souvent, il n'était pas récupérable.

Je n'en ai pas parlé au Dr Silvers pour la même raison que je n'ai pas parlé de mon mal de gorge à mon médecin traitant : je soupçonnais que c'était le symptôme d'un mal que je ne voulais pas connaître. Je n'en ai pas parlé à Julia parce que je ne voulais pas entendre que Max ne faisait jamais cela chez elle. Et je n'en ai pas parlé à Max parce que c'était une chose que je pouvais lui épargner. Nous épargner.

Quand j'étais petit, je déposais mes selles sur le tapis lilas de la salle de bains de mon grand-père, à quelques centimètres des toilettes. Je le faisais exprès. Pourquoi faisais-je une chose pareille ? Pourquoi Max le faisait-il ?

Je mourais d'envie d'avoir un chien quand j'étais petit, mais on me répétait qu'un chien, c'était sale. Quand j'étais petit, on me disait qu'il fallait se laver les mains avant d'aller aux toilettes, parce que le monde était sale. Mais on me disait aussi de me les laver après.

Mon grand-père ne m'a parlé qu'une seule fois des crottes sur le sol de la salle de bains. Il a souri, couvert un côté de ma tête de son énorme main, et dit : « C'est pas grave. C'est super. » Pourquoi m'a-t-il dit une chose pareille ?

Max n'a jamais parlé des crottes dans son panier à linge, mais il est apparu à un moment où j'accrochais un de ses slips lavés à la main sur l'étendoir et m'a dit : « Argos est mort le jour où on a commencé à venir dans cette maison. Tu crois qu'il se serait senti chez lui, ici ? »

COMMENT JOUER LE SUJET DE LA MORT ET DE LA RÉINCARNATION

Ne l'évoquez jamais.

COMMENT JOUER LA CROYANCE

Lors de la seconde échographie de Julia, nous avons vu les bras et les jambes de Sam. (Même s'il ne s'appelait pas encore « Sam », mais « la cacahuète. ») Ainsi a débuté l'exode de l'idée vers la chose. Ce à quoi l'on pense à longueur de journée, mais qu'on ne peut – sans aide – voir, entendre, sentir, goûter, ni toucher, demande qu'on y croie. À peine quelques semaines plus tard, quand Julia a senti la présence et les mouvements de la cacahuète, ça n'a plus seulement été une affaire de croyance, mais de connaissance. Au fil des mois – il tournait, donnait des coups de pied, avait le hoquet –, nous le connaissions de mieux en mieux, en appelions de moins en moins à notre croyance. Et puis Sam est arrivé, et la croyance s'est évaporée – elle n'était plus nécessaire.

Mais elle ne s'est pas évaporée complètement. Il en est resté un résidu. Et les émotions et le comportement inexplicables, déraisonnables, illogiques des parents peut s'expliquer, du moins en partie, par le fait qu'ils s'en soient remis à leur croyance pendant presque un an. Les parents ne peuvent pas se payer le luxe d'être raisonnables, pas plus que les personnes croyantes. Ce qui rend les croyants et les parents si insupportables est aussi ce qui fait que la religion et la parentalité sont deux choses infiniment belles : le tout ou rien. La foi.

J'ai assisté à la naissance de Sam à travers le viseur d'une caméra. Quand le docteur me l'a tendu, j'ai posé la caméra sur le lit et l'ai oubliée jusqu'à ce que l'infirmière vienne prendre Sam pour le mesurer, ou le réchauffer, ou toute autre chose absolument indispensable qu'on fait avec les nouveau-nés et qui justifie l'enseignement d'une leçon de vie fondamentale : tout le monde, même nos parents, consent à se séparer de nous.

Mais nous avions passé vingt minutes avec lui et nous avons donc une vidéo avec un plan de vingt minutes sur la nuit à travers la fenêtre, avec la bande-son d'une nouvelle vie – celle de Sam, la nôtre. J'ai dit à Sam qu'il était magnifique. J'ai dit à Julia que Sam était magnifique. Je lui ai dit qu'elle aussi était magnifique. Tout cela était en dessous de la vérité, tout cela était imprécis – j'ai utilisé le même mot inadéquat pour tenter d'exprimer trois idées essentielles, mais totalement différentes : *magnifique, magnifique, magnifique.*

On entend des pleurs – ceux de tout le monde.

On entend des rires – ceux de Julia et de moi.

On entend Julia m'appeler « papa » pour la première fois. On m'entend murmurer des bénédictions à Sam, des prières : *sois en bonne santé, sois heureux, vis en paix.* Je l'ai répété encore et encore – *sois en bonne santé, sois heureux, vis en paix.* Je n'avais pas pour habitude de dire ce genre de chose, pas plus que je n'avais l'intention de les dire ; ces mots étaient tirés d'un puits bien plus profond que ma vie, et les mains qui hissaient le seau n'étaient pas les miennes. La dernière chose qu'on entend dans la vidéo, tandis que l'infirmière frappe à la porte, c'est quand je dis à Julia : « On n'aura même pas le temps de s'en rendre compte, qu'il nous enterrera.

– Jacob…

– Bon, qu'on assistera à son mariage.

– Jacob !

– À sa bar-mitsva ?

– On a le temps de s'y faire, non ?

– De se faire à quoi ?

– Au moment de la séparation. »

J'avais tort sur presque toute la ligne. Mais j'avais raison pour ce qui concerne la rapidité avec laquelle tout tombe dans l'oubli.

Certains moments furent interminables – la cruelle première fois où nous avons tenté de lui faire faire sa nuit ; la fois où je l'ai cruellement (du moins est-ce ainsi que je l'ai ressenti) arraché à ma jambe, le premier jour d'école ; où je l'ai empêché de bouger pendant que l'un des deux médecins, celui qui ne lui recousait pas la main, me disait : « Ce n'est pas le moment de le ménager » –, mais les années ont passé si vite qu'il m'a fallu chercher des vidéos et des albums photo pour avoir la preuve de notre vie partagée. Ça s'est produit. Ça s'est forcément produit. Nous avons vécu tout cela. Et pourtant, cela réclamait une preuve, ou d'y croire.

Le soir où Sam s'est blessé, j'ai dit à Julia que ce trop-plein d'amour nous empêchait d'être heureux. J'ai aimé mon garçon au-delà de ce dont j'étais capable, mais je n'ai pas aimé l'amour. Parce qu'il a été débordant. Parce qu'il a été nécessairement cruel. Parce qu'il ne tenait pas dans mon corps et se distordait sous la forme d'une insoutenable hypervigilance qui a compliqué ce qui aurait dû être la chose la moins compliquée qui soit – élever un enfant et jouer avec lui. Parce que ce trop-plein d'amour nous empêchait d'être heureux. J'avais raison sur ce point aussi.

Quand nous sommes arrivés pour la première fois chez nous avec Sam, je me suis adjuré de graver dans ma mémoire les moindres sensations et détails. Un jour, j'aurais besoin de me rappeler à quoi ressemblait le jardin quand mon aîné l'avait vu pour la première fois. J'aurais besoin de me rappeler le bruit qu'avait fait l'attache du siège auto quand je l'avais désenclenchée. Ma vie allait dépendre de ma capacité à revoir ma vie – viendrait le jour où j'échangerais une année d'existence contre la possibilité de tenir mes enfants dans mes bras pendant une heure. J'avais raison pour ça aussi, sans même me douter que Julia et moi divorcerions un jour.

Je me suis souvenu. Je me suis souvenu de tout : la goutte de sang séché sur la gaze enveloppant la plaie de la circoncision ; l'odeur de sa nuque ; comment plier une poussette-canne d'une main ; comment lui maintenir les pieds au-dessus de la tête d'une seule main tout en lui essuyant l'intérieur des cuisses ; la viscosité du Bepanthen ; l'étrangeté du lait maternel congelé ; les parasites du babyphone réglé sur la mauvaise fréquence ; l'économie des sacs à langer ; la transparence des paupières de nourrisson ; les mains de Sam qui se levaient brusquement, comme celles de ses ancêtres singes, chaque fois qu'on le couchait sur le dos ; l'angoisse d'entendre sa respiration irrégulière ; mon incapacité à me pardonner ces moments où je détournais mon attention et où se produisait une chose totalement anodine, n'empêche qu'elle se produisait. Ça s'est vraiment produit. Tout cela. Et pourtant, je m'en suis remis à la croyance.

COMMENT JOUER LE TROP-PLEIN D'AMOUR

Murmurez à une oreille, guettez l'écho.

COMMENT JOUER LA PRIÈRE

Murmurez à une oreille, ne guettez pas l'écho.

COMMENT JOUER PERSONNE

La nuit où je suis rentré d'Islip est la dernière que j'ai passée dans le même lit que Julia. Elle a remué quand je me suis glissé sous les couvertures. Elle a marmonné : « Elle était brève, cette guerre. »

J'ai dit : « Je viens d'aller embrasser les enfants. »

Elle a demandé : « On a gagné ? »

J'ai dit : « En fait, il n'y a pas de "on". »

Elle a demandé : « J'ai gagné ?

– Gagné ? »

Elle s'est tournée sur le côté et a dit : « Survécu. »

COMMENT JOUER « ME VOICI »

Une clause, à la fin de notre convention de divorce, stipulait que si l'un d'entre nous devait avoir d'autres enfants, les enfants que nous avions ensemble ne seraient pas traités « moins favorablement » d'un point de vue financier, de notre vivant comme dans notre testament. Malgré les épines plus gênantes qui figuraient dans la convention, et elles étaient légion, celle-là a particulièrement piqué Julia. Mais au lieu de reconnaître ce qui me semblait alors être la source de son désarroi – qu'à cause de notre âge, la probabilité que nous ayons d'autres enfants ne concernait que moi –, elle a soulevé un sujet qui n'avait même pas lieu d'être.

« Même si je devais vivre un million d'années, je ne me remarierais jamais, a-t-elle dit au médiateur.

– Il ne s'agit pas de remariage, mais du fait d'avoir des enfants.

– Si je devais avoir d'autres enfants, ce qui ne sera pas le cas, ce serait dans le contexte d'un mariage, ce qui n'arrivera pas.

– La vie est longue, a-t-il observé.

– Et l'univers est immense, mais ce n'est pas pour ça que nous recevons des visites de formes de vie intelligentes.

– Seulement parce que nous ne sommes pas encore dans une maison de retraite juive, ai-je ajouté, tâchant à la fois de la calmer et d'instaurer un innocent rapport de camaraderie avec le médiateur, qui m'a lancé un regard perplexe.

– Et elle n'est pas si longue, a poursuivi Julia. Si elle l'était, je n'en serais pas déjà à la moitié.

– Nous n'en sommes pas à la moitié, ai-je protesté.

– Toi non, parce que tu es un homme.

– Les femmes vivent plus longtemps que les hommes.

– Seulement sur le plan biologique. »

Comme toujours, le médiateur n'a pas mordu à l'hameçon. Il s'est raclé la gorge, comme s'il agitait une machette pour se frayer un chemin dans les mauvaises herbes de notre histoire, et a dit : « Cette clause qui, je dois dire, est la norme dans les conventions comme la vôtre, ne changera rien si vous n'avez pas d'autres enfants. Mais elle vous protège, vous et vos enfants, si Jacob en a.

– Je ne veux pas de cette clause.

– Peut-on passer à des points réellement litigieux ? ai-je proposé.

– Non, a-t-elle insisté. Je ne veux pas de cette clause.

– Même si ça implique de renoncer à une protection juridique ? a demandé le médiateur.

– Je fais confiance à Jacob pour ne pas traiter d'autres enfants plus favorablement que les nôtres.

– La vie est longue, ai-je dit en adressant un clin d'œil imaginaire au médiateur.

– C'est une blague ? a fait Julia.

– Évidemment. »

Le médiateur s'est de nouveau raclé la gorge et a barré la clause.

Julia n'a pas lâché le morceau, pas même après que nous eûmes retiré de la convention ce qui n'y figurait même pas. Au milieu d'une discussion à propos de tout autre chose – de l'organisation de Thanksgiving, de Halloween et des anniversaires, de savoir s'il était vraiment nécessaire d'interdire légalement la présence d'un sapin de Noël chez l'un comme chez l'autre –, elle disait : « Le divorce a mauvaise presse, mais c'est injuste ; c'est à cause du mariage, tout ça. » Ce genre de déclaration totalement déplacée est devenu une habitude – à la fois impossible à prévoir et totalement attendue. Le médiateur a fait preuve d'une patience quasi autistique pour ces éruptions incontrôlées, jusqu'à ce qu'un jour, alors que nous ergotions au sujet des décisions à prendre en cas d'urgence médicale et que l'un des parents était injoignable, elle déclare : « Je mourrai avant de me remarier, et ce n'est pas une façon de parler », et que, sans se racler la gorge, il demande du tac au tac : « Souhaitez-vous que je formule cela en jargon juridique ? »

Elle s'est mise à fréquenter Daniel, environ trois ans après le divorce. À ma connaissance, mais je soupçonne les enfants d'avoir tenté de me protéger en m'en disant le moins possible, elle n'a pas fait beaucoup de rencontres avant lui. Elle semblait apprécier la tranquillité et la solitude, comme elle l'avait toujours dit sans que je le croie. Son activité d'architecte a prospéré : deux de ses maisons ont été construites (l'une à Bethesda, l'autre sur la côte), et elle a remporté l'appel d'offres concernant la transformation d'un somptueux manoir de Dupont Circle en musée d'art contemporain pour la collection personnelle d'un oligarque de la grande distribution locale. Benjy – qui n'était pas moins prévenant que ses frères, mais dont la psychologie était beaucoup moins sophistiquée – parlait de plus en plus souvent de Daniel, afin, en général, de vanter son talent pour le montage de films sur son ordinateur portable. Ce modeste savoir-faire, que le premier venu pouvait maîtriser en un après-midi, à condition qu'il veuille bien sacrifier un après-midi à cette entreprise, a radicalement changé la vie de Benjy. Tous les films « pour bébés » qu'il avait tournés avec la caméra numérique étanche que je lui avais offerte pour Hanouka, deux ans plus tôt, ont soudain pris vie sous la forme de « films pour adultes » dûment mis en scène. (Je n'ai jamais suggéré qu'il laisse la caméra chez moi, et nous n'avons jamais corrigé ses choix terminologiques.) Un jour que je ramenais les garçons chez Julia après un week-end d'aventures particulièrement amusantes, dont la préparation m'avait occupé les deux semaines précédentes, Benjy m'a attrapé par la jambe et a dit : « Il faut que tu partes ? » Je lui ai dit oui, mais qu'il allait se régaler et qu'on se reverrait dans quelques jours. Il s'est tourné vers Julia et lui a demandé : « Daniel est là ? » « Il est en réunion, a-t-elle répondu, mais il va rentrer d'une minute à l'autre. » « Encore une réunion ? Je veux faire un film pour adultes. » Quand j'ai tourné au coin de la rue en voiture, j'ai vu un homme d'à peu près mon âge, portant des vêtements que j'aurais pu porter, assis sur un banc ; il ne lisait pas, semblait seulement être là à attendre.

Je savais qu'il avait fait un safari avec eux.

Je savais qu'il avait emmené Max voir des matchs des Wizards.

Au bout d'un moment, il s'est installé à la maison. Je ne sais pas quand ; cela ne m'a jamais été annoncé officiellement.

« Que fait Daniel dans la vie ? » ai-je demandé aux garçons, un soir, dans un restaurant indien. Nous allions souvent au restaurant à l'époque, parce que je n'avais pas le temps de faire les courses et la cuisine, mais surtout parce que j'étais obsédé par l'idée de leur prouver qu'on pouvait encore « s'amuser » ensemble. Et aller au restaurant est amusant. Jusqu'à ce que quelqu'un demande : « Où est-ce qu'on mange ce soir ? » Après quoi, ça devient un peu déprimant.

« C'est un scientifique, a dit Sam.

– Mais pas un Prix Nobel ni rien, a précisé Max. Juste un scientifique.

– Quel genre de scientifique ?

– Chais pas », ont dit Sam et Max en même temps, mais cette fois personne n'a crié « Chips ! ».

« Il est astrophysicien », a répondu Benjy. Puis : « T'es triste ?

– Qu'il soit astrophysicien ?

– Oui. »

Julia m'a demandé à plusieurs reprises si je voulais bien aller boire un verre avec lui afin d'apprendre à le connaître. Elle disait que c'était important pour elle, et aussi pour Daniel, et que ce serait forcément une bonne chose pour les garçons. Je lui répondais : « Bien sûr. » Je lui répondais : « Formidable. » Et j'étais sincère en le disant. Mais ça ne s'est jamais fait.

Un jour qu'on se disait au revoir après une réunion parents-professeurs de Max, elle m'a annoncé que Daniel et elle allaient se marier.

« Ça veut dire que tu es morte ?

– Pardon ?

– Tu étais censée mourir avant de te remarier. »

Elle a éclaté de rire. « Non, pas morte. Réincarnée.

– En toi-même ?

– En moi-même avec des années de plus.

– Moi-même avec des années de plus, ça donne mon père. »

Elle a ri de plus belle. Riait-elle spontanément ou par générosité ? « Ce qu'il y a de bien avec la réincarnation, c'est que la vie devient un processus plutôt qu'un événement.

– Attends, tu es sérieuse ?

– C'est juste un truc qu'on apprend au yoga.

– Ben oui, mais c'est en contradiction totale avec les trucs qu'on apprend en science.

– Comme je le disais, la vie devient un processus plutôt qu'un événement. Comme ce que t'a raconté le magicien sur les tours et leur résultat. Pas besoin d'atteindre l'illumination, il suffit de s'en rapprocher. Mais il faut être plus ouvert.

– La plupart des choses ne méritent pas qu'on fasse preuve d'ouverture.

– Ouvert sur le monde.

– Oui, je vis dans le monde.

– Ton monde intime.

– Ça, c'est plus compliqué.

– On n'a qu'une vie, la pression est trop forte.

– Dans la fosse des Mariannes aussi, mais telle est la réalité. À propos, c'était quoi ces conneries, comme quoi Max serait trop consciencieux ?

– Parce qu'il reste en classe pendant la récré pour faire ses devoirs ?

– Il est appliqué.

– Il veut maîtriser tout ce qu'il est possible de maîtriser.

– Encore un truc de yoga ?

– En fait, je me suis trouvé un Dr Silvers. »

Pourquoi cela a-t-il attisé ma jalousie ? Parce que les sentiments que m'inspirait son remariage étaient trop forts pour que je les prenne pour ce qu'ils étaient ?

« Je crois en beaucoup de choses, ai-je dit. Mais tout en haut de ma liste des choses auxquelles je ne crois pas figure la réincarnation.

– Tu reviens constamment, Jacob. Toujours sous tes propres traits. »

Je ne lui ai pas demandé si elle avait annoncé la nouvelle aux garçons avant de m'en parler, et si oui, depuis combien de temps. Elle ne m'a pas dit quand aurait lieu la cérémonie, ni si je serais invité.

Je lui ai demandé : « Ça signifie que je serai moins bien traité ? » Elle a ri. Je l'ai prise dans mes bras, lui ai dit que j'étais ravi pour elle, je suis rentré chez moi et j'ai commandé une console de jeux, ce qui était contraire aux engagements que nous avions pris depuis toujours.

Le mariage a eu lieu trois mois plus tard et j'ai été invité, et les enfants avaient effectivement été mis au courant avant moi, mais seulement un jour avant. Je leur ai demandé de ne pas parler à leur mère de la console, et c'est ce dernier détail qui, au fond, a tout gâché.

Je n'ai pas pu m'empêcher de faire la comparaison avec notre mariage. Il y avait moins d'invités, mais il s'agissait en grande partie des mêmes personnes. Que se sont-ils dit en me voyant ? Ceux qui ont eu le cran de venir me voir ont fait comme si de rien n'était, comme si nous papotions tout simplement au mariage d'une amie commune, ou alors ils me posaient la main sur l'épaule.

Julia et moi avions toujours été doués pour nous croiser du regard, même après le divorce. Nous avions le chic pour nous repérer instantanément l'un l'autre. C'était un sujet de plaisanterie entre nous. « Comment je vais faire pour te trouver au théâtre ? » « En étant toi. » Mais cela n'est pas arrivé une seule fois de tout l'après-midi. Elle avait d'autres chats à fouetter, pourtant, elle avait aussi sans doute suivi mes allées et venues. J'ai songé à m'éclipser plusieurs fois, mais c'était une mauvaise idée.

Les garçons ont prononcé un joli discours à trois.

J'ai demandé un verre de rouge.

Daniel a eu des mots pleins de délicatesse et d'amour. Il m'a remercié d'être là et de l'avoir accepté. J'ai hoché la tête, j'ai souri. Il est passé à autre chose.

J'ai demandé un verre de rouge.

Je me suis souvenu du discours de ma mère à mon mariage : « Dans la maladie et dans la maladie. C'est ce que je vous souhaite. Ne cherchez pas et n'espérez pas de miracles. Il n'y a pas de miracles. Il n'y en a plus. Et il n'y a pas de remèdes pour les blessures qui font le plus mal. Le seul médicament consiste à croire dans nos douleurs réciproques et à être là pour y faire face. » Qui croira dans mes douleurs ? Qui sera là pour y faire face ?

J'ai regardé la hora depuis ma table, regardé les garçons soulever leur mère sur la chaise. Elle riait si fort, j'étais sûr qu'à cette hauteur nos regards se croiseraient, mais non.

On m'a servi une salade.

Julia et Daniel sont allés de table en table saluer chaque invité, et se faire photographier avec chacun. Je les ai vus approcher, comme la ola à un match des Nats, quand on n'a pas d'autre choix que d'y participer.

Je suis resté à l'écart. Le photographe a dit : « Dites *mocha* », ce que je n'ai pas fait. Il a pris trois photos par précaution. Julia a murmuré quelque chose à Daniel, l'a embrassé. Il s'est éloigné et elle s'est assise à côté de moi.

« Je suis contente que tu sois venu.

– C'est normal.

– Non, ce n'est pas normal. C'est un choix que tu as fait et je sais qu'il n'était pas simple.

– Je suis content que tu m'aies invité.

– Tu vas bien ?

– Parfaitement bien.

– Bon. »

J'ai parcouru la salle des yeux : les fleurs condamnées à faner, les perles de condensation sur les verres d'eau, le rouge à lèvres dans les sacs à main posés sur les chaises, les guitares qui se désaccordaient, appuyées contre les haut-parleurs, les couteaux qui avaient servi à des milliers de mariages.

« Tu veux que je te dise quelque chose de triste ? ai-je demandé. J'ai toujours cru que c'était moi qui étais heureux. Le plus heureux de nous deux, je devrais dire. Je ne me suis jamais vu comme quelqu'un d'heureux.

– Tu veux que je te dise quelque chose d'encore plus triste ? Je croyais que c'était moi, celle qui était malheureuse.

– Il faut croire qu'on s'est tous les deux trompés.

– Non, a-t-elle répondu, on avait tous les deux raison. Mais seulement dans le contexte de notre vie de couple. »

J'ai posé les mains sur mes genoux, comme pour mieux m'arrimer au sol.

« Tu étais là quand mon père a dit : "Sans contexte, on serait tous des monstres ?"

– Je ne crois pas. Ou alors je ne m'en souviens plus.

– Le contexte a fait de nous des monstres.

– Non, pas des monstres. On était des gens bien et on a élevé trois enfants merveilleux.

– Et maintenant tu es heureuse, et moi, je suis toujours le même.

– La vie est longue, a-t-elle dit, sûre que je comprendrais l'allusion.

– L'univers est immense, ai-je ajouté pour me montrer à la hauteur. »

On m'a servi une assiette de loup de mer.

J'ai pris ma fourchette, comme si je voulais toucher quelque chose, et j'ai dit : « Je peux te poser une question ?

– Bien sûr.

– Qu'est-ce que tu réponds quand on te demande pourquoi on a divorcé ?

– Ça fait longtemps qu'on ne me l'a plus demandé.

– Qu'est-ce que tu disais ?

– Qu'on s'était aperçus qu'on était simplement de très bons amis, de bon parents.

– Ce ne sont pas des raisons suffisantes pour éviter le divorce ? »

Elle a souri et dit : « J'ai eu du mal à l'expliquer.

– Moi aussi. Je donnais toujours l'impression de cacher quelque chose. Ou de me sentir coupable. Ou d'être capricieux.

– Ça ne les regarde pas vraiment.

– Et qu'est-ce que tu te dis à toi ?

– Ça fait longtemps que je ne me pose plus la question.

– Qu'est-ce que tu te disais ? »

Elle a pris ma cuillère et répondu : « On a divorcé parce que c'est ce qu'on a fait. Et ce n'est pas une tautologie. »

Tandis que le plat principal était encore servi aux tables du fond, on apportait déjà le dessert à celles de devant.

« Et les garçons ? ai-je demandé. Comment tu le leur as expliqué ?

– Ils ne m'ont jamais vraiment posé de questions. Parfois ils tournaient autour du pot, mais sans jamais entrer dans le détail. Et avec toi ?

– Pas une seule fois. C'est bizarre, non ?

– Non, a-t-elle affirmé, dans sa robe de mariée. Ça n'a rien de bizarre. »

J'ai regardé mes garçons faire les fous sur la piste de danse et dit : « Pourquoi est-ce qu'on les a mis en position de devoir poser la question ?

– Notre amour pour eux a été plus fort que le fait d'être de bons parents. »

J'ai passé le doigt sur le bord de mon verre, mais aucune musique n'a résonné.

« Je serais un bien meilleur père si je pouvais recommencer.

– Tu peux très bien recommencer.

– Je n'aurai pas d'autres enfants.

– Je sais.

– Et je n'ai pas de machine à remonter le temps.

– Je sais.

– Et je ne crois pas en la réincarnation.

– Je sais.

– Tu penses qu'on aurait pu y arriver ? Si on avait fait plus d'efforts ? Si on s'était réinvestis ?

– Arriver à quoi ?

– À vivre.

– On est arrivés à créer trois vies.

– Est-ce qu'on aurait pu arriver à en créer une seule ?

– C'est une question ?

– Pourquoi pas ?

– Arriver à. Ne pas échouer. Il y a des choses plus ambitieuses à faire dans la vie.

– Tu crois ?

– C'est l'espoir que j'ai, en tout cas. »

En venant à la fête, j'avais écouté dans la voiture un podcast sur les astéroïdes et notre impréparation en cas de collision annoncée. Le physicien interrogé expliquait pourquoi aucune des solutions envisagées ne fonctionnerait : pulvériser un astéroïde avec une bombe atomique ne ferait que transformer un boulet de canon cosmique en chevrotines cosmiques (et les débris se reformeraient probablement en quelques heures sous l'effet de la gravitation) ; des atterrisseurs robotisés pourraient dévier l'astéroïde de sa trajectoire grâce à des propulseurs embarqués, si de tels équipements existaient, ce qui n'est pas le cas et ne le sera jamais ; tout aussi invraisemblable, l'idée d'envoyer un immense vaisseau spatial en guise de « tracteur gravitationnel » qui utiliserait sa propre masse pour éloigner l'astéroïde de la Terre. « Que faire, alors ? » a demandé l'animateur. « Sans doute lui envoyer une bombe atomique », a répondu le physicien. « Mais vous disiez que ça ne ferait que le fragmenter en une multitude d'astéroïdes qui nous percuteraient. » « C'est exact. » « Donc, ça ne marcherait pas. » « Non, c'est presque sûr, a dit le physicien. Mais ce serait notre meilleur espoir. »

Notre meilleur espoir.

Cette expression ne m'avait pas marqué sur le moment. Il a fallu que le mot « espoir » qu'avait prononcé Julia se branche sur l'autre borne de mon esprit pour réveiller ma tristesse.

« Tu te souviens quand j'ai écrasé l'ampoule ? À notre mariage ?

– Tu me le demandes vraiment ?

– Ça t'avait plu ?

– C'est une drôle de question. Mais oui, ça m'avait plu.

– À moi aussi.

– Je ne sais même pas ce que c'est censé symboliser.

– Ça me fait plaisir que tu le demandes.

– Je savais que ça te ferait plaisir.

– Certains pensent que c'est pour se rappeler tout ce qu'il a fallu détruire pour atteindre le moment de notre plus grand bonheur, ai-je expliqué. D'autres pensent que c'est une sorte de prière : puissions-nous être heureux jusqu'à ce que les débris de cette ampoule se réassemblent. D'autres encore pensent que c'est un symbole de fragilité. Mais l'interprétation que je n'ai jamais entendue est la plus simple : c'est ce que nous sommes. Nous sommes des individus brisés, qui nous engageons dans une union qui finira par se briser dans un monde brisé.

– Ton interprétation est moins exaltante. »

Pas du tout, me suis-je dit. *Elle est plus exaltante.*

J'ai répondu : « Il n'y a rien de plus entier qu'un cœur brisé.

– Silvers ?

– Le Kotzker Rebbe[1], plutôt.

– Voyez-vous cela.

– J'étudie avec le rabbin qui s'est occupé de l'enterrement de mon grand-père.

– La curiosité aurait converti le chat ?

– Miaouzel Tov. »

Qu'est-ce que j'aimais son rire.

J'ai regardé Julia et j'ai su à cet instant que nous n'y serions jamais arrivés. Mais j'ai aussi su qu'elle avait été mon meilleur espoir.

« Tu ne trouves pas ça bizarre ? ai-je dit. On a passé seize ans ensemble. On avait l'impression que c'était toute notre vie, sur le moment, mais plus le temps va passer, et moins ces années prendront de place dans notre vie. Tout ça n'était que… quoi ? Un chapitre ?

– Ce n'est pas comme ça que je vois les choses. »

Elle s'est coincé les cheveux derrière l'oreille, comme je l'avais vue faire des dizaines de milliers de fois.

Je lui ai demandé : « Pourquoi tu pleures ?

– Pourquoi je pleure ? Pourquoi toi, tu ne pleures pas ? C'est la vie. Je pleure parce que c'est ma vie. »

Tout comme le bruit de la pelle doseuse dans le sac de croquettes d'Argos suffisait à le faire arriver en courant de n'importe quelle pièce de la maison, les garçons ont semblé, de manière presque télépathique, être attirés par les larmes de leur mère.

« Pourquoi tout le monde pleure ? a demandé Sam. Quelqu'un a gagné une médaille d'or ?

– Tu es triste ? m'a dit Benjy.

– Ne t'inquiète pas pour moi.

– Tout va bien, a répondu Julia. Faisons en sorte que tout aille bien. »

1. Rabbin polonais (1787-1859), fondateur de la dynastie hassidique de Kotzk.

Il n'y avait rien de pire que d'être le centre d'attention au mariage de ma femme, sauf si je continuais de penser qu'elle était ma femme.

« Euphorique ? a demandé Max, donnant à Benjy la cerise au marasquin de son gâteau Shirley Temple.

– Non.

– Estomaqué ? Chafouin ? Tourneboulé ? »

J'ai ri.

« Quoi, alors ? » a fait Sam.

Quoi ? Quel était le sentiment dominant ? Mon sentiment ?

« Tu te souviens du jour où on a parlé de valeur absolue ? C'était de la physique, je crois ?

– Des maths.

– Et tu te souviens de ce que c'est ?

– La distance à zéro.

– Je comprends rien à ce que vous dites », a râlé Benjy.

Julia l'a assis sur ses genoux et dit : « Moi non plus. »

J'ai poursuivi : « Parfois les sentiments ressemblent à ça – ni positifs ni négatifs, ils s'additionnent, c'est tout. »

Personne ne comprenait ce que je racontais. Même moi, je n'y comprenais rien. J'aurais voulu pouvoir appeler le Dr Silvers, activer le mode haut-parleur et lui demander d'expliquer qui j'étais à ma famille et à moi-même.

Après le divorce, j'ai enchaîné de brèves relations. J'ai eu de la chance de rencontrer ces femmes. Elles étaient intelligentes, fortes, drôles et généreuses. La seule explication que je trouvais au fait que ça ne marchait pas entre nous était mon incapacité à me conduire en toute sincérité avec elles. Le Dr Silvers m'a poussé à m'interroger sur ce que j'entendais par « en toute sincérité », mais il n'a jamais remis en question mon raisonnement, ne m'a jamais dit que je me sabordais ou que je me fondais sur des critères impossibles à satisfaire. Il me respectait tout en ayant pitié de moi. Ou bien était-ce ce que moi, je voulais qu'il ressente.

« Il serait très difficile de vivre ainsi, m'a-t-il dit. En toute sincérité.

– Je sais.

– Non seulement vous vous exposeriez à une grande souffrance, mais vous seriez aussi obligé de l'infliger aux autres.

– Je sais.

– Et je ne crois pas que cela vous rendrait plus heureux.

– Moi non plus. »

Il a fait pivoter sa chaise et a regardé par la fenêtre, comme souvent quand il réfléchissait, comme si seul l'horizon lointain laissait entrevoir la sagesse. Il a pivoté dans l'autre sens et dit : « Mais si vous pouviez vivre ainsi… » Puis il s'est tu. Il a retiré ses lunettes. Depuis vingt ans que je le connaissais, c'était la première fois que je le voyais retirer ses lunettes. Il a posé l'index et le pouce sur l'arête de son nez. « Si vous pouviez vivre ainsi, notre travail serait terminé. »

Je n'ai jamais pu vivre ainsi, mais notre travail s'est arrêté, un an plus tard, quand il a fait un infarctus fatal pendant son jogging. J'ai reçu l'appel d'une thérapeute qui avait son cabinet dans le même centre. Elle m'a proposé de passer en parler avec elle, mais ce n'était pas avec elle que je voulais en parler. Je voulais en parler avec lui. Je me suis senti trahi. C'était à lui de m'annoncer la nouvelle de sa mort.

Et c'était à moi d'annoncer la nouvelle de ma tristesse aux enfants. Mais tout comme la mort du Dr Silvers l'avait empêché de partager sa mort avec moi, ma tristesse m'a empêché de partager ma tristesse avec eux.

Les membres du groupe avaient pris place et, sans s'encombrer de préliminaires, ont attaqué par *Dancing on the Ceiling*. Le loup de mer que j'avais eu sous les yeux n'était plus là ; on l'avait sans doute desservi. Le verre de vin que j'avais eu sous les yeux n'était plus là ; je l'avais sans doute bu.

Les garçons se sont précipités sur la piste de danse.

« Je file, ai-je dit à Julia.

– Défile, a-t-elle rétorqué.

– Quoi ?

– Tu te défiles. » Puis : « Pardon, je ne… »

Quand nous avions visité Massada, mon père avait rempli ses poches de pierres, et sans comprendre ce qu'il faisait, seulement soucieux d'obtenir son approbation, j'en avais moi aussi rempli les miennes. Shlomo nous avait demandé de les remettre à leur place. C'était la première fois que je l'entendais dire non à l'un d'entre nous. Il avait expliqué que si tout le monde prenait une pierre, Massada serait disséminé sur des manteaux de cheminée, des étagères et des tables basses, et il n'y aurait plus de Massada. Même si je n'étais qu'un enfant, je savais que c'était ridicule – s'il y avait quelque chose d'éternel, c'étaient bien les montagnes.

Tu te défiles.

J'ai rejoint ma voiture sous un ciel encombré d'objets géo-croiseurs.

Quelque part dans le livre d'or du mariage, il y a la signature de mes enfants. Ils ont forgé eux-mêmes leur écriture. Mais c'est moi qui ai choisi leur nom.

Je me suis garé devant la maison, à moitié sur le trottoir. Il se peut même que je n'aie pas fermé la porte à clé derrière moi.

Me voici, écrivant dans mon bureau à moitié enterré pendant que ma famille danse.

Combien de synagogues Sam a-t-il fini par bâtir ? Y en a-t-il une qui a survécu ? Ne serait-ce qu'un mur ?

Ma synagogue à moi est faite de mots. Tous les espaces entre ces mots lui permettent de bouger si la terre tremble. Sur le seuil du sanctuaire se trouve la mézouza, un encadrement cloué à l'encadrement : les cercles de croissance de ma famille. À l'intérieur de l'arche se trouvent ce qui est brisé et ce qui est intact : la main broyée de Sam, à côté de la main qu'il tendait pour attraper son « Je sais » ; Argos allongé dans sa propre merde, à côté de la créature toujours haletante qui agitait perpétuellement la queue et pissait dès que Max rentrait à la maison ; le Tamir d'après la guerre, à côté du Noam d'avant la guerre ; les genoux que mon grand-père ne déplierait plus jamais, à côté du baiser que je déposais sur le bobo inexistant de son arrière-petit-fils ; le reflet de mon père dans un miroir drapé de tissu noir, à côté de celui, dans le rétroviseur, de mon fils en train de s'endormir, à côté de la personne qui ne cessera jamais d'écrire ces mots, qui a passé sa vie à se briser les poings contre la porte de sa synagogue, suppliant qu'on le laisse entrer, à côté du petit garçon qui voyait en rêve des gens s'enfuyant de l'immense abri anti-aérien pour se réfugier dans le monde, le petit garçon qui aurait fini par se rendre compte que la lourde, la très lourde porte s'ouvrait vers l'extérieur, que j'étais dans le saint des saints depuis le début.

VIII

CHEZ SOI

Durant la longue période de bouleversement qui suivit la destruction d'Israël, Jacob emménagea dans sa nouvelle maison. C'était une jolie variante – un tantinet moins jolie – de l'ancienne : des plafonds un tantinet plus bas ; des planchers un tantinet moins vieux aux lattes un tantinet moins larges ; une cuisine dont les meubles ne pouvaient être qualifiés de « sur mesure » que chez Home Depot ; une baignoire qui suintait probablement le bisphénol A et venait probablement de chez Home Depot, mais qui pouvait contenir de l'eau ; des placards en mélaminé plutôt corrects, aux étagères presque droites qui remplissaient leur fonction ; une odeur légèrement déplaisante de grenier, qui imprégnait la maison par ailleurs dépourvue de grenier ; des boutons de porte Home Depot ; des pseudo-fenêtres Marvin vieillissantes et vermoulues qui faisaient davantage office de séparation visuelle que de barrière contre les éléments ou le bruit ; des murs ondulant sous l'effet disgracieux de poches d'humidité ; des petites plaques menaçantes de plâtre écaillé dans les coins ; des murs aux couleurs subtilement sadiques ; des interrupteurs de plafonniers mal encastrés ; une coiffeuse en fausse porcelaine de chez Home Depot et ses tiroirs en mélaminé façon bois, dans une salle de bains couleur de sécrétions, où le rouleau de papier-toilette est inaccessible à toute personne qui n'aurait pas été importée d'Afrique pour sa capacité à dunker sans sauter ; d'inquiétantes séparations partout : entre les diverses moulures, entre les moulures et le plafond, entre les plinthes et le sol, entre l'évier et le mur, le manteau de la cheminée hors d'usage et le mur, les prises mal encastrées et le mur, l'encadrement des portes et le mur, les rosaces Home Depot plus toc que jamais et le plafond jauni, entre une latte du plancher et une autre. Sans être trop gênant, ça ne passait pas inaperçu. Il devait admettre qu'il était plus bourgeois qu'il voulait bien l'admettre, mais il savait ce qui comptait vraiment. De ce côté-là aussi, il était en pleine séparation.

Jacob avait du temps, il avait soudain tout le temps devant lui, et ses besoins prenaient la forme de ses besoins, et non de sa capacité à les assouvir. Il déclarait son indépendance, et tout cela – de l'interminable attente de l'eau chaude pareille à celle du Messie jusqu'aux interrupteurs mal encastrés dont les fils ne dépassaient pas assez des dominos – le remplissait d'espoir. Ou d'une forme d'espoir. Jacob lui avait peut-être forcé la main, mais c'était Julia qui avait choisi la séparation. Et si l'on pouvait voir dans son retour d'Islip une façon de revendiquer une identité, on pouvait aussi y voir une manière d'y renoncer. Alors ce n'était peut-être pas lui qui avait rédigé sa déclaration d'indépendance, mais il était ravi de la signer. C'était une forme de bonheur.

Quarante-deux ans, c'est jeune, se répétait-il comme un idiot. Il était parfaitement conscient de sa propre idiotie, mais ne pouvait s'empêcher de la proclamer. Il se rassurait en songeant aux progrès de la technologie médicale, à ses propres efforts pour manger plus sainement, à la salle de gym où il avait pris un abonnement (bien que sans engagement), et à une information que Sam lui avait un jour révélée : chaque année qui passe, l'espérance de vie augmente d'une année. Tout non-fumeur vivrait centenaire. Les adeptes du yoga vivraient plus longtemps que Moïse.

Avec le temps, cette maison ressemblerait à son chez-soi – quelques tapis, de meilleurs équipements, des couleurs de murs qui ne soient pas des violations de la convention de Genève, des tableaux, des photos et des lithos, des lampes à la lumière apaisante, des piles de livres d'art, des plaids qui ne soient pas jetés en boule, mais joliment pliés et posés sur des canapés et des fauteuils, peut-être un poêle à bois dans un coin. Et avec le temps, tous les possibles deviendraient réalité. Il aurait une petite amie, ou pas. Achèterait une voiture sur un coup de tête, ou pas. Finirait par faire quelque chose de la série télé dans laquelle il mettait toute son âme depuis plus de dix ans. (L'âme étant la seule chose qui réclame de se disperser pour capitaliser.) À présent qu'il n'était plus obligé de protéger son grand-père, il allait pouvoir cesser d'écrire la bible et se remettre à la série elle-même. Il la donnerait à lire à l'un des producteurs qui s'intéressaient à ce qu'il faisait à l'époque où il faisait encore des choses dignes d'être montrées. Malgré tout le temps qui s'était écoulé depuis, ils ne l'auraient pas oublié.

Il avait eu plus d'une raison de garder ces pages dans un tiroir – il ne s'était pas contenté de protéger les autres. Mais maintenant qu'il n'y avait plus rien à perdre, même Julia verrait que la série n'était pas un moyen d'échapper aux défis de la vie de famille, c'était une rédemption après la destruction de sa famille.

Israël n'était pas détruit – du moins pas au sens propre. Il restait un pays juif, doté d'une armée juive, aux frontières à peine différentes de celles d'avant le séisme. D'interminables débats avaient lieu quant à savoir si ces nouvelles frontières étaient « bonnes pour les Juifs ». Même si, de façon révélatrice, l'expression la plus fréquemment utilisée par les Juifs américains était « bonnes pour les Israéliens ». Et « ça », se disaient les Israéliens, c'était « mauvais pour les Juifs ».

Israël en était sorti affaibli, mais pas autant que ses ennemis. Il n'y a pas grand-chose de réconfortant, quand on déblaie ses propres gravats au bulldozer, dans l'idée que son ennemi déblaie les siens à la main. Mais c'est toujours mieux que rien. Comme l'aurait dit Isaac : « Ça pourrait être pire. » Non, il aurait dit : « C'est pire. »

Il avait peut-être raison. Il était peut-être pire d'avoir survécu si continuer à exister impliquait de détruire les raisons d'exister. Ce n'était pas comme si les Juifs américains n'en avaient plus rien à faire. Ils continuaient à partir en vacances, à faire leurs bar-mitsvas et à « se trouver » en Israël. Ils grimaçaient la première fois que leurs égratignures touchaient l'eau de la mer Morte, grimaçaient la première fois que « Hatikvah » les touchait au cœur, glissaient des vœux sur des papiers pliés dans les décombres du Mur des lamentations, racontaient leur découverte d'un petit bar à houmous dans quelque ruelle, racontaient le frisson qui les traversait quand retentissait le bruit lointain des roquettes, grimaçaient la première fois que le soleil de Massada frappait leurs yeux, racontaient le frisson qui les traversait toujours à la vue d'éboueurs juifs, de pompiers juifs, de SDF juifs. Mais le sentiment d'être arrivé, de se sentir enfin bien quelque part, d'être chez soi, disparaissait.

Certains étaient incapables de pardonner à Israël ses agissements pendant la guerre – même un ou deux massacres auraient été plus faciles à accepter que l'abdication totale et explicite de toute responsabilité envers les non-Juifs –, le retrait de l'armée et des services de secours, le non-partage des réserves de matériel médical dont d'autres régions avaient un besoin urgent, le refus de l'accès aux services d'utilité publique, le rationnement alimentaire même en cas d'excédents, le blocage des convois humanitaires vers Gaza et la Cisjordanie. Irv – dont le blog, jadis quotidiennement mis à jour et occasionnellement incendiaire, était devenu un flot continu de provocations – défendit Israël dans son escalade : « Si nous parlions d'une famille en situation d'urgence et non d'un pays, personne n'accablerait les parents qui rempliraient leur frigo de nourriture et leur armoire à pharmacie de pansements. Il peut s'en passer des choses, surtout quand vos voisins sanguinaires vous haïssent à mort, et il n'y a rien de moralement condamnable à faire passer vos enfants avant les autres. »

« Si la famille habitait sa propre maison, tu aurais peut-être raison, disait Jacob. Et tu aurais peut-être aussi raison si chaque famille avait la possibilité de réserver un traitement de faveur aux siens. Mais ce n'est pas le genre de monde dans lequel nous vivons, et tu le sais très bien.

– C'est le monde qu'ils ont créé.

– Quand tu regardes cette petite fille, Adia, ça ne provoque pas un élan du cœur chez toi ?

– Bien sûr que si. Mais comme tous les cœurs, le mien est de taille limitée, et si je devais choisir entre elle et Benjy, je lui arracherais la nourriture des mains pour la donner à mon petit-fils. Je n'essaie même pas de soutenir que c'est bien moralement. Tout ce que je dis, c'est que ça n'a rien de condamnable parce qu'il ne s'agit pas d'un choix. “La nécessité implique la capacité”, non ? Pour être moralement contraint à effectuer quelque chose, encore faut-il en être capable. J'aime Noam, Yael et Barak, mais je ne peux pas les aimer autant que Sam, Max et Benjy. C'est impossible. Et j'aime mes amis, mais je ne peux pas les aimer autant que ma famille. Et, crois-le ou pas, je suis tout à fait capable d'aimer les Arabes, mais pas autant que j'aime les Juifs. Ce n'est pas une question de choix. »

Irv défendit avec force et sincérité l'idée que tous les Juifs américains en âge de se battre devaient partir en Israël. Il était catégorique. À l'exception de celui qu'il ne pouvait pas ne pas aimer plus que les autres. C'était un hypocrite, un père.

« Et pourtant, certaines personnes en décident autrement, dit Jacob.

– Comme qui ?

– Le premier exemple qui me vient à l'esprit est celui du premier Juif : Abraham.

– Sénateur, j'ai servi avec Abraham. J'ai connu Abraham. Abraham était mon ami. Sénateur, vous n'avez rien à voir avec Abraham[1].

– Je ne dis pas que j'arriverais à en décider autrement. De toute évidence, j'en serais incapable. »

En quoi était-ce une évidence ? Irv avait resserré le cercle des préoccupations autour des plus jeunes membres de sa famille, mais le centre se situait-il là ? Qu'en était-il de chacun de nous-mêmes ? Julia avait demandé à Jacob s'il était triste qu'ils aiment les enfants plus qu'ils ne s'aimaient. Mais Jacob aimait-il plus ses enfants qu'il ne s'aimait lui-même ? C'était nécessaire, mais en était-il capable ?

Pour d'autres Juifs américains, ce ne furent pas les agissements d'Israël qui créèrent une distance affective, mais la façon dont ces agissements étaient perçus – ceux dont la loyauté envers Israël était inébranlable changeaient de camp ou gardaient le silence et donnaient davantage l'impression aux Juifs américains d'être isolés que dans leur bon droit.

D'autres encore étaient gênés par le fait qu'Israël ne soit ni une nation opprimée et querelleuse ni une mini-superpuissance capable de renvoyer, à coups de bombes, ses voisins moyenâgeux à l'âge de pierre. David était gentil. Goliath était gentil. Mais on ne pouvait pas être les deux à la fois.

Le Premier ministre s'était fixé l'objectif de faire venir un million de Juifs américains en Israël grâce à l'opération Bras de Moïse. Vingt mille prirent l'avion le premier jour – loin des cinquante mille escomptés, mais néanmoins un chiffre non négligeable. Cependant, au lieu d'atteindre le nombre de trois cent mille personnes après trois jours, les chiffres continuèrent

1. Phrase reprise de celle, devenue culte, lancée, au cours d'un débat pour la vice-présidence des États-Unis en 1988, par le sénateur démocrate Lloyd Bentsen au sénateur républicain Dan Quayle, le premier faisant référence à Jack Kennedy.

à chuter de moitié, comme des recettes du box-office. Le *Times* estima qu'au total, moins de trente-cinq mille Américains étaient partis, et que les trois quarts de ceux-là étaient âgés d'au moins quarante-cinq ans. Israël survécut sans eux – l'armée se rabattit sur ses frontières défendables et laissa aux épidémies le soin de tuer ; la tragédie dura le temps de cinq cents heures de retransmission télévisée. Mais ni les Israéliens ni les Juifs américains ne pouvaient nier ce qui fut mis au jour.

Jacob trouvait toujours Tel Aviv vibrante et culturelle, et Jérusalem irrésistiblement spirituelle. Il éprouvait toujours un frisson quasi érotique au souvenir de ces endroits où des choses presque fantasmées survenaient à des gens presque fantasmés. Les femmes armées lui procuraient toujours un véritable frisson érotique. Les ultra-orthodoxes le dégoûtaient toujours, et il ne parvenait toujours pas à réprimer le sentiment déplacé de gratitude qu'il ressentait à leur égard. Mais quelque chose avait changé.

Que représentait Israël pour lui ? Que représentaient les Israéliens ? Ils étaient ses frères les plus agressifs, les plus odieux, les plus fous, les plus poilus, les plus musclés… *là-bas*. Ils étaient ridicules et ils étaient *ses semblables*. Ils étaient plus courageux, plus beaux, plus grossiers et délirants, moins soucieux de leur image, plus téméraires, plus eux-mêmes. *Là-bas.* C'était là-bas qu'ils étaient ainsi. Et ils étaient *ses semblables.*

Après avoir échappé de peu à la destruction, ils étaient encore *là-bas*, mais n'étaient plus ses *semblables.*

À chaque nouvelle étape de cette escalade, Jacob avait fait des efforts pour rationaliser les agissements d'Israël – pour les défendre, ou du moins les excuser. Et à chaque étape, il était convaincu de ses opinions. Était-il juste de réguler les convois d'aide humanitaire si cela ralentissait leur acheminement ? C'était nécessaire afin d'assurer ordre et sécurité. Était-il juste de prendre le contrôle du mont du Temple ? C'était nécessaire afin de le protéger. Était-il juste d'empêcher la délivrance de soins médicaux à tous ceux qui en avaient besoin ? C'était nécessaire afin d'apporter les meilleurs soins aux citoyens d'Israël qui, contrairement à leurs voisins arabes, n'avaient personne d'autre vers qui se tourner. « La nécessité implique la capacité. » Et pourtant, cette escalade excusable, à défaut d'être défendable, avait mené Israël à empêcher l'acheminement de l'aide humanitaire, à conquérir le territoire musulman le plus disputé du monde et à forcer les mères d'enfants dont la vie pouvait très bien être épargnée à tambouriner à la porte close des hôpitaux. Même s'ils étaient incapables de faire autrement, il était nécessaire qu'ils fassent autrement.

Quelqu'un remarquerait-il, le lendemain matin, si l'océan s'était élargi d'un mètre pendant la nuit ? S'il s'était élargi d'un kilomètre ? De moitié ? L'horizon dissimule la distance, comme la distance se dissimule elle-même. Les Juifs américains n'avaient pas l'impression d'avoir pris leurs distances et n'auraient jamais décrit – aux autres comme à eux-mêmes – leur relation à Israël en ces termes. Mais même s'ils se disaient soulagés et heureux qu'Israël ait triomphé, même s'ils défilèrent et envoyèrent de gros chèques qui trahissaient leur embarras, afin de participer à l'effort de reconstruction, les vagues israéliennes mirent plus de temps à atteindre les rives américaines.

De manière surprenante, la distance entre Irv et Jacob diminua. Pendant un an, ils allèrent ensemble à la *shul* pour réciter le kaddish en mémoire d'Isaac, trois fois par jour, tous les jours – ou au moins une fois, presque tous les jours. Et ceux où ils n'y allaient pas, ils faisaient fi du minian et observaient leur deuil dans le salon d'Isaac, face à la bibliothèque, sans se soucier de savoir dans quelle direction se tourner. Ils se trouvèrent une nouvelle langue – qui n'était pas dépourvue de bons mots, d'ironie ni de disputes, mais ne reposait plus entièrement là-dessus. Peut-être était-ce une langue retrouvée.

Personne n'était moins qualifié qu'Irv pour aider Jacob à déménager – il était incapable de faire la différence entre un drap-housse et une écumoire –, mais personne ne l'aida davantage. Ils allèrent ensemble chez Ikea, Pottery Barn, Home Depot et Gap Kids. Ils achetèrent deux balais et discutèrent transitions, commencements et impermanence, tout en balayant ce qui leur semblait être une inépuisable couche de poussière. Ou bien ils balayaient en silence.

« Ce n'est pas bon de rester seul, dit Irv, tâchant de comprendre comment fonctionnait l'aspirateur.

– Je me remettrai en selle, affirma Jacob. Mais là, je ne suis pas encore prêt.

– Je parlais de moi.

– Il s'est passé quelque chose avec maman ?

– Non, ta mère est la meilleure de toutes. Je pense aux gens que j'ai rejetés. »

Emballer ses affaires avait été plus facile sur le plan émotionnel que ne l'aurait cru Jacob, mais la logistique fut étonnamment éprouvante. Ce n'était pas une question de volume – malgré seize années d'accumulation, il y avait curieusement peu de chose. La question – au bout du compte, au bout du bout de leur relation de couple – était de savoir ce qui fait qu'une chose vous appartient à vous et pas à quelqu'un d'autre. Comment pouvait-on parvenir à un stade de sa vie où l'on se demandait ce genre de chose ? Et pourquoi avait-il fallu attendre si longtemps pour en arriver là ?

S'il avait su qu'il finirait par divorcer, il aurait peut-être mieux préparé le terrain – il aurait acheté une de ces presses à gaufrer à l'ancienne pour laisser le sceau « Bibliothèque de Jacob Bloch » sur la page de titre de chacun de ses livres ; aurait peut-être caché de petites sommes d'argent impossibles à repérer ; aurait commencé à déplacer des objets dont l'absence n'aurait jamais été remarquée, mais dont la présence dans sa nouvelle maison ferait vraiment la différence.

C'était effrayant de voir à quelle vitesse il pouvait réécrire son passé de fond en comble. Toutes ces années lui avaient semblé précieuses sur le moment, mais à peine quelques mois après être passé de l'autre côté, elles n'étaient déjà plus qu'une immense perte de temps. La perte d'une vie. Il ne pouvait résister à l'instinct de voir le mauvais côté des choses. D'y voir un échec au lieu d'une réussite qui avait connu une fin. Se protégeait-il de la perte en niant avoir jamais réussi quoi que ce soit ? Ou se prévalait-il de quelque pitoyable victoire émotionnelle à la Pyrrhus en cultivant le détachement ?

Quand un ami lui témoignait de la compassion, pourquoi faisait-il tout pour s'y opposer ? Pourquoi se croyait-il obligé de tourner en dérision seize ans de vie en couple à grand renfort de calembours stupides et d'observations ironiques ? Pourquoi refusait-il d'admettre devant qui que ce soit – y compris lui-même – que même s'il savait que le divorce était la meilleure des choses à faire, même s'il était optimiste pour la suite, même si le bonheur allait lui sourire, c'était triste ? Tout peut aller simultanément pour le mieux et pour le pire.

Trois jours après son retour en Israël, Tamir envoya un mail à Jacob depuis un avant-poste dans le Néguev où son unité de chars attendait les ordres : « Aujourd'hui j'ai utilisé un fusil, et mon fils a utilisé un fusil. Je n'ai jamais douté du bien-fondé de l'usage d'une arme à feu pour défendre ma patrie, pour moi comme pour Noam. Mais le fait qu'on le fasse tous les deux, le même jour, n'est pas bien. Tu comprends ?

– C'est toi qui conduis le char ? demanda Jacob.

– Tu as lu ce que je viens d'écrire ?

– Pardon. Je ne sais pas quoi dire.

– Moi, je m'occupe des munitions. »

Cinq jours plus tard, en se tournant vers la bibliothèque pour réciter le kaddish, Irv dit : « Bon, écoute », et Jacob comprit qu'il s'était passé quelque chose. Et pire, il sut qu'il s'agissait de Noam. Il ne l'avait pas vu venir, mais comme quand on observe les rails défiler à l'arrière du train, il sut que c'était inévitable.

Noam avait été blessé. Il était dans un état grave, mais son pronostic vital n'était pas engagé. Rivka était à ses côtés. Tamir était en route.

« Comment tu l'as su ? s'enquit Jacob.

– Tamir m'a appelé hier soir.

– C'est lui qui t'a demandé de me le dire ?

– Je crois qu'il me voit comme une espèce de figure paternelle. »

Le premier réflexe de Jacob fut de proposer qu'ils partent en Israël. Il n'avait pas pris l'avion pour aller se battre avec son cousin, mais il le prendrait pour se rendre au chevet du fils de son cousin et offrir pour tout renfort de muscles, celui de son cœur.

Le premier réflexe de Tamir fut de s'accrocher à Rivka. Si on lui avait dit, un mois, un an ou dix ans plus tôt, que Noam serait blessé à la guerre, il aurait prédit la fin de son mariage. Et pourtant, quand l'impensable se produisit, ce fut tout le contraire de ce qu'il avait imaginé qui survint.

Quand la maison trembla sous les coups frappés à la porte en pleine nuit, Tamir était dans une base opérationnelle avancée près de Dimona ; son commandant le réveilla pour le mettre au courant. Plus tard, Rivka et lui tenteraient de déterminer le moment précis où chacun d'eux avait appris la nouvelle, comme s'il était crucial pour eux de savoir qui avait su le premier et durant combien de temps l'un avait su pendant que l'autre croyait encore que Noam allait bien. Durant ces cinq minutes ou cette demi-heure, il y avait eu entre eux une distance plus grande que celle qui les séparait quand ils ne se connaissaient pas encore. Si Tamir avait été à la maison, peut-être que cette expérience partagée les aurait séparés, que ça aurait été à qui souffrait le plus, qu'ils auraient nourri une haine aveugle l'un pour l'autre, se seraient accablés de reproches. Mais leur éloignement les rapprocha.

Combien de fois, ces premières semaines-là, entra-t-il dans la chambre et resta-t-il sur le seuil, incapable de dire un mot ?

Combien de fois demanda-t-elle : « Tu as besoin de quelque chose ? »

Et il répondait : « Non. »

Et elle disait : « Tu es sûr ? »

Et il disait : « Oui », mais pensait : *Redemande-le-moi.*

Et elle disait : « Je sais », mais pensait : *Viens près de moi.*

Et il disait : « Redemande-le-moi. »

Et elle disait : « Viens près de moi. »

Et sans un mot, il s'exécutait.

Ils étaient là, côte à côte, la main de Rivka sur la cuisse de Tamir, sa tête à lui contre sa poitrine à elle. S'ils avaient été des adolescents, cela aurait ressemblé aux premiers temps de l'amour, sauf qu'ils étaient mariés depuis vingt ans et qu'il s'agissait de l'exhumation de l'amour.

Après avoir appris la nouvelle de la blessure de Noam, Tamir s'était vu accorder une permission d'une semaine. Il retrouva Rivka à l'hôpital trois heures après, et quand la nuit tomba, on leur demanda de rentrer chez eux. L'instinct de Rivka lui dicta d'aller dormir dans la chambre d'amis. En pleine nuit, Tamir entra et resta sur le seuil.

« Tu as besoin de quelque chose ? demanda-t-elle.

Et il dit : « Non. »

Et elle dit : « Tu es sûr ? »

Et il dit : « Oui. »

Et elle dit : « Je sais. »

Et il dit : « Redemande-le-moi. »

Et elle dit : « Viens près de moi », et sans un mot, il s'exécuta.

Il fallait qu'il parcoure la distance. Alors elle la créait pour lui. Chaque soir, elle allait dans la chambre d'amis. Chaque soir, il venait la voir.

Quand Tamir s'asseyait au chevet de son fils, il repensait à ce que Jacob lui avait dit sur les jours passés à veiller Isaac et sur le désir de Max de s'approcher du corps. Le visage de Noam était déformé, des ombres violettes qui n'avaient rien de naturel, ses joues et son front si gonflés qu'ils ne faisaient plus qu'un. Pourquoi est-on moins frappé par la santé que par la maladie, pourquoi lui accorde-t-on moins de prières ? Tamir avait pu passer des semaines sans parler à son fils, mais il rechignait à s'éloigner de son corps inconscient.

Noam sortit du coma, la veille du cessez-le-feu. Il fallait attendre avant de connaître l'étendue des séquelles : ce que son corps ne pourrait plus jamais faire, les dégâts psychologiques. Il n'avait pas été enterré vivant, ni brûlé vif. Mais il était brisé.

La signature du cessez-le-feu ne donna lieu à aucune célébration dans la rue. Aucun feu d'artifice ne fut tiré, aucune bouteille ne circula, personne ne chanta aux fenêtres. Rivka se coucha dans sa chambre, ce soir-là. La distance amoureuse qu'ils avaient créée en temps de crise s'était réduite, une fois la paix revenue. Dans le pays et à travers le monde, des Juifs rédigeaient déjà des éditoriaux pour fustiger d'autres Juifs – à propos de leur manque de préparation, de sagesse, d'éthique, de force, de solidarité. La coalition du Premier ministre vola en éclats et il fut décidé de procéder à des élections anticipées. Incapable de trouver le sommeil, Tamir prit le téléphone sur la table de chevet et envoya un texto d'une phrase à Jacob : *On a gagné, mais on a perdu.*

Il était neuf heures du soir à Washington. Jacob était dans le deux-pièces qu'il louait à la semaine sur Airbnb, à trois rues de ses enfants endormis. Il partait après les avoir couchés et rentrait avant leur réveil. Ils savaient qu'il ne dormait plus à la maison, et il savait qu'ils savaient, mais cette comédie leur semblait nécessaire. Il n'y eut rien de plus difficile à vivre pour Jacob que cette période d'entre-deux qui dura six mois. Tout ce qui était nécessaire ressemblait à une punition : le simulacre, le réveil aux aurores, la solitude.

Le pouce de Jacob faisait toujours défiler sa liste de contacts, comme si une nouvelle personne allait se matérialiser, avec laquelle il pourrait partager la tristesse qu'il s'interdisait de montrer. Il voulait contacter Tamir, mais c'était impossible : pas après Islip, pas après la blessure de Noam. Alors quand il reçut son texto – *On a gagné, mais on a perdu* –, Jacob se sentit soulagé et reconnaissant, mais prit soin de ne pas aggraver son sentiment de honte en le révélant.

Gagné quoi ? Perdu quoi ?

Gagné la guerre. Perdu la paix.

Mais on dirait que tout le monde accepte
les conditions de l'armistice ?

La paix avec nous-mêmes.

Comment va Noam ?

Il va s'en sortir.

Je suis tellement soulagé de l'apprendre.

Quand on était à la table de la cuisine, défoncés,
tu m'as dit quelque chose à propos d'une trouée de
jour en pleine nuit. C'était quoi, déjà ?

À propos des dinosaures ?

Oui, voilà.

En fait, c'était une trouée de nuit en plein jour.

Et comment c'était possible ?

Imagine qu'on tire une balle dans l'eau.

N'en dis pas plus. Je me souviens maintenant.

Pourquoi tu penses à ça ?

Je n'arrive pas à dormir, du coup je pense.

Je ne dors pas des masses, moi non plus.
Pour des gens qui passent leur temps à dire qu'ils sont fatigués, on ne dort pas beaucoup.

On ne va pas déménager, finalement.

Je n'ai jamais pensé que vous le feriez.

On voulait le faire.
Rivka était en train de changer d'avis.
Mais plus maintenant.

Qu'est-ce qui a changé ?

Tout. Rien.

Je vois.

On est qui on est.
On a fini par l'admettre, voilà ce qui a changé.

Je travaille là-dessus, moi aussi.

Et s'il avait fait nuit ?

Quand ça ?

Quand l'astéroïde est tombé.

Alors ils auraient disparu de nuit.

Mais qu'est-ce qu'ils auraient vu ?

Une trouée de jour en pleine nuit ?

Ça ressemble à quoi, à ton avis ?

À rien, peut-être ?

Au cours des années suivantes, ils échangeraient de brefs textos et mails, simplement pour se donner des nouvelles, le plus souvent des enfants, sans sous-entendu ni digression. Tamir ne vint pas à la bar-mitsva de Max, ni à celle de Benjy, ni au mariage de Julia (malgré sa gentille invitation et l'insistance de Jacob), ni à l'enterrement de Deborah ou d'Irv.

Après la première visite des enfants dans sa nouvelle maison – le premier et le pire jour de sa vie à venir –, Jacob ferma la porte, resta allongé avec Argos pendant une demi-heure, lui disant quel bon chien il était, le meilleur, ensuite il s'assit avec une tasse de café qui réchauffa la pièce et il rédigea un long mail à Tamir qu'il n'enverrait jamais, puis il se leva, clés à la main, enfin prêt à aller chez le vétérinaire. Le mail commençait ainsi : « On a perdu, mais on a perdu. »

De ce qu'ils avaient perdu, ils avaient cédé une partie. Une autre leur avait été arrachée. Jacob s'étonnait souvent de la nature des choses auxquelles il s'accrochait, et de celle des choses qu'il délaissait – celles dont il estimait qu'elles lui appartenaient, celles dont il estimait avoir besoin.

Et cet exemplaire de *Disgrâce* ? C'est lui qui l'avait acheté – il se souvenait de l'avoir trouvé chez le bouquiniste de Great Barrington, un été ; il se souvenait même du beau coffret des pièces de Tennessee Williams qu'il n'avait pas acheté parce que Julia était présente et qu'il ne voulait pas être obligé de reconnaître qu'il aimait acheter des livres qu'il n'avait aucune intention de lire.

Julia avait pris *Disgrâce* sur la table de chevet de Jacob sous prétexte qu'il n'y avait pas touché en plus d'un an. (« Pas touché » étaient ses mots à elle. Lui aurait plutôt dit : « Pas lu. ») Le fait de l'avoir acheté lui donnait-il le droit de le garder ? Le fait qu'elle l'ait lu – touché – en donnait-il le droit à Julia ? Le fait qu'elle y ait touché et qu'elle l'ait lu retirait-il à Julia tout droit sur le livre, puisque c'était désormais son tour à lui de le toucher et de le lire ? De telles pensées paraissaient indignes. Le seul moyen d'y échapper était de tout céder, mais seul un sage ou un idiot se frotterait les mains en se disant : *Ce ne sont que des objets.*

Et le vase bleu sur la cheminée ? Les parents de Julia l'avaient offert à Jacob. Pas à Jacob et Julia, mais à lui seul. C'était un cadeau d'anniversaire. Ou de fête des pères. En tout cas, il se rappelait que le cadeau lui avait été remis à lui, avec une carte adressée à lui, qu'il avait soigneusement été choisi pour lui, parce qu'ils s'enorgueillissaient de bien le connaître, ce qui, il fallait l'admettre, était vrai.

Était-ce révélateur d'un manque de générosité de revendiquer la propriété d'un objet payé par les parents de Julia qui, même s'ils le lui avaient indiscutablement offert à lui, était de toute évidence destiné à décorer leur maison à tous les deux ? Et malgré la beauté du vase, voulait-il de cette énergie psychique dans son sanctuaire, symbole d'un nouveau départ ? Cela aiderait-il vraiment ses fleurs à s'épanouir ?

La plupart des choses, il pouvait s'en séparer :

Il adorait le grand fauteuil rouge, dans le velours côtelé duquel il s'était lové pour lire pratiquement tous les livres qu'il avait lus ces douze dernières années. Le fauteuil n'en avait-il pas absorbé quelque chose ? La tache de sueur sur le dossier était-elle le seul vestige de toute cette expérience ? Qu'y avait-il de pris au piège dans ses côtes ? *Sépare-t'en,* se dit-il.

Les couverts. Ils avaient servi à porter la nourriture à sa bouche, à la bouche de ses enfants. La plus fondamentale de toutes les activités humaines, sans laquelle on ne peut vivre. Il les avait passés sous l'eau avant de les mettre au lave-vaisselle. Il avait redressé les cuillères après le grossier numéro de psychokinésie de Sam ; utilisé des couteaux pour faire levier sur le couvercle des pots de peinture et gratter des aliments non identifiés qui avaient durci dans l'évier ; glissé des fourchettes le long du dos de sa chemise pour se gratter quand le prenait une démangeaison inaccessible autrement. *Sépare-t'en. Sépare-toi de tout jusqu'à ce qu'il ne reste rien.*

Les albums photo. Il aurait bien voulu en garder certains. Mais il ne fallait pas plus les séparer que les volumes de la *Grove Encyclopedia of Art.* Et il ne faisait aucun doute que presque toutes les photos avaient été prises par Julia : il suffisait d'observer qu'elle n'était pas dessus. Cette absence lui donnait-elle le droit d'en revendiquer la propriété ?

Les traits mesurant la croissance des enfants, tracés sur l'encadrement de la porte de la cuisine. Au nouvel an civil et au nouvel an juif, Jacob mettait un point d'honneur à appeler les garçons pour les mesurer. Ils se tenaient contre le chambranle, le dos droit comme une planche de surf, jamais sur la pointe des pieds, mais cherchant toujours à se grandir. Jacob leur appuyait un marqueur noir sur le haut du crâne et traçait un trait de cinq centimètres. Puis il notait les initiales et la date. La plus ancienne mesure était SB 01/01/05. La plus récente BB 01/01/16. Entre les deux, une vingtaine de traits. À quoi cela ressemblait-il ? À une petite échelle pour permettre à de petits anges de monter et descendre ? Les frettes sur l'instrument produisant le son de la vie qui passe ?

Il aurait très bien pu ne rien emporter du tout et repartir de zéro. *Ce ne sont que des objets.* Mais ça n'aurait pas été juste.

Ç'aurait même été injuste. Très vite, l'évaluation de ce qui était juste ou pas prit le pas sur les objets eux-mêmes. Le sentiment d'offense atteignit son paroxysme quand ils commencèrent à parler de sommes d'argent qui n'avaient aucune importance. Un jour de printemps, des fleurs de cerisier collées à la fenêtre, le Dr Silvers lui avait dit : « Quelles que soient les circonstances de votre vie, vous ne serez jamais heureux si vous prononcez le mot "injuste" aussi souvent. » Il essaya donc de se séparer de tout – des choses et du sens dont il les chargeait. Il prendrait un nouveau départ.

Son premier achat pour la nouvelle maison fut les lits des enfants. Comme la chambre de Benjy était petite, il lui en fallait un équipé de rangements. Soit c'était vraiment difficile à trouver, soit Jacob se compliqua la tâche. Il passa trois jours à en chercher un en ligne et à visiter des magasins, et finit par en acheter un beau (dans une boutique au nom si mal choisi que c'en était insultant : Le design à portée de tous), en chêne massif, qui coûtait plus de trois mille dollars. Hors taxes et frais de livraison.

Il fallait naturellement y ajouter un matelas – ça allait de soi – et il fallait naturellement qu'il soit bio – ça, ça n'allait pas de soi – parce que Julia lui poserait la question et ne manquerait pas, vu qu'elle ne lui faisait pas confiance, de soulever les draps pour vérifier. Cela le tuerait-il de lui dire : « J'ai pris quelque chose de simple » ? Oui, ça le tuerait. Mais pourquoi ? Par peur de la décevoir ? Parce qu'il la craignait ? Parce qu'elle avait raison et qu'il était important de savoir au contact de quels produits chimiques les enfants allaient passer près de la moitié de leur vie ? Mille dollars de plus.

Il fallait acheter des draps pour le matelas, évidemment, mais avant cela un protège-matelas parce que Benjy avait beau arriver à l'âge où l'on ne fait plus pipi au lit, il n'y était pas encore – Jacob se dit que le divorce risquait même d'entraîner une régression – et un accident pourrait totalement bousiller le matelas bio à mille dollars. Donc cent cinquante dollars de plus. Et puis les fameux draps. Au pluriel, non seulement parce qu'il en faut plusieurs différents pour avoir une parure complète, mais aussi parce qu'il faut une parure de rechange, parce que c'est comme ça et pas autrement. Il était souvent à la merci d'une telle logique, pensait-il : il faut faire telle ou telle chose de cette manière parce que c'est comme ça, parce que c'est ce que les gens font. On achète des couverts par deux alors qu'on n'aurait besoin que d'un seul service. On achète d'étranges vinaigres pour une salade qu'on pourrait préparer un jour, au cas où. Et pourquoi les fonctions potentielles de la fourchette étaient-elle si peu reconnues ? Une simple fourchette nous évite l'achat d'un fouet, d'une spatule, de pinces à salade (deux fourchettes font l'affaire), d'un presse-purée, et de presque tout autre accessoire de cuisine hautement spécialisé dont la véritable fonction est d'être achetée. Il trouva la paix en décidant que s'il devait acheter des choses dont il n'avait pas besoin, du moins les achèterait-il dans leur version la plus abordable.

Imaginez que vous arriviez dans l'au-delà sans savoir si vous êtes au paradis ou en enfer.

« Excusez-moi, demandez-vous à un ange qui passe par là. Où suis-je ?

– Faut qu'vous demandiez à l'accueil.

– Et c'est où ? »

Mais il est déjà parti.

Vous jetez un œil autour de vous. Il est fort probable que vous soyez au paradis. Il est fort probable que vous soyez en enfer. Voilà à quoi ressemble IKEA.

Quand la nouvelle maison fut prête à accueillir les garçons, Jacob avait fait une demi-douzaine d'expéditions chez IKEA, et malgré cela, il ne savait toujours pas si, au final, il adorait ou détestait ce magasin.

Il détestait l'aggloméré, les étagères instables tant qu'on n'a pas posé de livres dessus.

Il adorait imaginer le soin que réclamait le moindre détail – la plus petite longueur fonctionnelle d'une cheville de bois qui sera reproduite à quatre-vingt millions d'exemplaires – afin de réussir à vendre des meubles à un prix qui confine à la magie.

Il détestait passer devant quelqu'un dont le contenu du caddie était non seulement identique au sien, mais empilé à l'identique. Et il détestait leurs caddies : quatre ennemis mortels, dont un qui a la tremblote, en guise de roues, plus un rayon de braquage pareil à un arc-en-ciel – il n'en avait pas la forme, c'en était véritablement un.

Il adorait les objets inattendus – magnifiquement conçus, parfaitement nommés et vraiment fabriqués dans un matériau plus dense que la crème à raser. Le mortier et le pilon en marbre noir Ädelsten. Était-ce un article vendu à perte ? Un acte d'amour ?

Il détestait la machine qui n'arrêtait pas de taper sur une pauvre chaise à longueur de journée, tous les jours et sans doute même la nuit, prouvant à la fois la résistance de la chaise et l'existence du mal.

Jacob s'assit sur un canapé – dans un tissu imitation velours de couleur verte, et dont la garniture était tout sauf du varech et du crin de cheval –, puis il ferma les yeux. Il avait du mal à s'endormir. Et cela durait depuis un moment. Mais l'essai fut probant. Malgré le flot d'inconnus qui passaient devant lui et s'asseyaient parfois à côté de lui pour tester le confort du canapé, il se sentait bien. Il était dans son propre monde dans ce monde qui était lui-même dans son propre monde en ce monde. Tous les gens autour de lui cherchaient quelque chose, mais les stocks étaient illimités, donc chacun pouvait satisfaire ses désirs sans le faire au détriment d'autrui – nulle raison de se battre, ni même d'être en désaccord. Quelle importance si ce lieu était entièrement dépourvu d'âme ? Peut-être que le paradis, au lieu d'en être peuplé, était vidé de tout âme ? Peut-être était-ce une forme ultime d'équité ?

Il fut réveillé par ce qu'il crut d'abord être les coups de la machine infernale, comme si les limites de sa résistance étaient violemment testées, encore, et encore, et encore. Mais ce n'était que la main d'un ange bienveillant.

« On ferme dans dix minutes, dit-elle.

– Oh, je suis absolument désolé », fit-il.

Elle lui demanda : « Pourquoi ? »

Au moment du séisme, quand Jacob descendait le matin, il ne se demandait pas si Argos avait fait sa crotte quelque part, mais où et sous quelle forme. C'était une horrible façon de commencer la journée et il savait que ce n'était pas la faute d'Argos, mais lorsque le temps manquait et que les enfants n'obéissaient pas au doigt et à l'œil, trouver des crottes dans quatre endroits différents pouvait déclencher une crise de désespoir.

« Putain, Argos ! »

Et immanquablement, l'un des enfants volait à la rescousse d'Argos : « Il n'y peut rien. »

Et Jacob se sentait minable.

Argos transformait les tapis orientaux et persans en tests de Rorschach, emportait le rembourrage des sièges dans des placards, quand il ne l'avalait pas, et scratchait le parquet comme Grand Wizard Theodore. Mais c'était leur chien.

Tout eût été tellement plus simple si Argos avait vraiment souffert au lieu d'éprouver un simple inconfort. Ou si la vétérinaire lui avait diagnostiqué un cancer, ou une maladie cardiaque, voire une insuffisance rénale.

Lorsque Jacob annonça à Julia qu'il partait se battre en Israël, elle lui demanda de faire piquer Argos d'abord. Il n'en fit rien et elle n'en reparla plus. Mais lorsqu'il rentra après son faux départ, cela demeura entre eux comme une blessure ouverte, bien qu'invisible.

Au cours des mois suivants, l'état d'Argos s'aggrava en même temps que tout le reste. Il se mit à gémir sans raison apparente, à faire les cent pas avant de s'asseoir, à manger de moins en moins jusqu'à quasiment cesser de s'alimenter.

Julia et les garçons seraient là d'une minute à l'autre. Jacob arpenta la maison, relevant les imperfections, allongeant la liste infinie des petits travaux à faire : l'enduit craquelé de la douche qui fuyait ; la surcouche bâclée à l'intersection du mur du couloir et du sol ; la bouche d'aération cabossée au plafond du salon ; la fenêtre capricieuse de la chambre.

On sonna à la porte. Une deuxième fois. Une troisième.

« J'arrive ! J'arrive ! »

Il ouvrit la porte à quatre grands sourires.

« Ta sonnette fait un bruit bizarre », dit Max.

Ta sonnette.

« Elle fait un bruit bizarre. Mais agréable ou désagréable ?

– Je dirais agréable ? répondit Max, qui donnait peut-être sincèrement son avis ou cherchait seulement à être gentil.

– Entrez, dit Jacob. Venez. J'ai acheté plein de bonnes choses à grignoter – des crackers au cheddar ; le fromage à la truffe que tu aimes, Benjy ; tes tortillas au citron vert, Max. Et toute la gamme des sodas italiens : aranciata, limonata, pompelmo, clementine.

– Ça ira, fit Sam, souriant comme sur une photo de famille.

– C'est la première fois que j'entends parler de pompelmo, remarqua Max.

– Moi aussi, dit Jacob. Mais il y en a.

– J'adore cette maison », déclara Julia avec une sincérité convaincante, même si c'était une réplique écrite à l'avance. Ils avaient répété la visite, tout comme ils avaient répété l'annonce du divorce et la façon dont ils allaient partager le temps des enfants entre les deux maisons, ainsi que tant d'autres expériences trop douloureuses pour ne les vivre qu'une fois.

« Je vous fais faire le tour du propriétaire ? Ou vous préférez explorer tout seuls ?

– Peut-être explorer ? dit Sam.

– Alors, allez-y. Votre nom est inscrit sur la porte de votre chambre, vous ne pouvez donc pas vous tromper. »

Il s'entendit parler.

Les garçons montèrent l'escalier, lentement, sans se précipiter. Ils ne disaient mot, mais Jacob les entendit déplacer des choses.

Julia se tenait en retrait et attendit que les enfants soient parvenus au deuxième étage pour dire : « Jusqu'ici tout va bien.

– Tu crois ?

– Oui. Mais ça prendra du temps. »

Jacob se demanda ce que Tamir dirait de la maison s'il la voyait. Qu'aurait dit Isaac ? Il s'était épargné le déménagement en maison de retraite, sans savoir qu'il s'épargnait aussi le déménagement de Jacob – et qu'il épargnait Jacob.

Jacob conduisit Julia dans ce qui deviendrait le salon – encore plus vide maintenant que s'il n'avait jamais été ceint de murs. Ils s'assirent sur le seul meuble de la pièce, le canapé vert sur lequel Jacob s'était endormi quelques semaines auparavant. Pas celui-ci précisément, mais l'un de ses deux millions de frères.

« C'est plein de poussière », dit-elle. Puis : « Pardon.

– Non, c'est vrai. C'est horrible.

– Tu as un aspirateur ?

– Oui, le même que celui qu'on a. Qu'on avait ? Que tu as ? Et je passe la serpillère, aussi. Tout le temps, j'ai l'impression.

– C'est l'air qui est plein de poussière. À cause des travaux. Elle est en train de retomber.

– Comment est-ce qu'on peut débarrasser l'air de la poussière ?

– Continue de faire ce que tu fais.

– En espérant un autre résultat ? Ce n'est pas la définition de la folie ?

– Tu as un plumeau Swiffer ?

– Pardon ?

– Je t’en achèterai un. C’est super-pratique.

– Je peux l’acheter si tu m’envoies le lien.

– C’est plus simple pour moi de t’en trouver un.

– Merci.

– Tu n’es pas trop contrarié pour Argos ?

– Si.

– Tu ne devrais pas.

– Mes sentiments ne se sont jamais préoccupés de ce qu’ils devraient être.

– Tu es quelqu’un de bien, Jacob.

– Comparé à qui ?

– Aux autres hommes.

– J’ai l’impression d’écoper de l’eau avec une passoire.

– Si la vie était facile, tout le monde vivrait.

– C’est le cas.

– Pense aux quantités innombrables de personnes qui ne naissent jamais pour une qui voit le jour.

– Ou simplement à mon grand-père.

– Je pense souvent à lui. » Elle leva les yeux, examina la pièce. « Je ne sais pas si c’est agaçant ou utile que je remarque certains détails…

– Pourquoi être si binaire ?

– Oui. Bon. Les murs sont un peu sombres.

– Je sais. Ils le sont vraiment, hein ?

– Déprimants.

– J’avais engagé un coloriste.

– Tu plaisantes.

– J’ai utilisé la peinture que tu aimes bien. Farrow quelque chose.

– Farrow and Ball.

– Et ils offraient les services d’un coloriste, parce que je leur avais acheté une tonne de peinture hors de prix, j’imagine. Et ensuite j’ai reçu une facture de deux mille cinq cents dollars.

– C’est pas vrai.

– Si. Deux mille cinq cents. Et j'ai l'impression de vivre sous un képi de l'armée unioniste.

– Pardon ?

– Ces casquettes de la Guerre civile. J'ai écouté cette histoire de…

– Tu aurais dû me demander.

– Tu es trop chère pour moi.

– Je l'aurais fait gratuitement.

– Mon père ne t'a jamais dit qu'un coloriste gratuit, ça n'existe pas ?

– Il y a du papier partout », lança Benjy en descendant l'escalier. Il avait l'air joyeux, pas du tout désorienté.

« C'est pour protéger le sol pendant qu'ils finissent les travaux, expliqua Jacob.

– Je vais pas arrêter de me casser la figure.

– Il aura été enlevé depuis longtemps quand vous viendrez habiter ici. Le papier par terre, les échelles, la poussière. Il n'y aura plus rien de tout ça. »

Max et Sam redescendirent à leur tour.

« Je peux avoir un minifrigo dans ma chambre ? demanda Max.

– Bien sûr, répondit Jacob.

– Pour quoi faire ? demanda Julia.

– Vous trouvez pas qu'il y a un peu trop de papier par terre ? demanda Benjy à ses frères.

– Pour tous les sodas italiens.

– Je crois que papa les a achetés exceptionnellement, pour votre première visite.

– Papa ?

– Il n'y en aura pas tous les jours, c'est certain.

– Sam, tu trouves pas que le papier par terre, ça fait moche ?

– Pour conserver les rats morts, alors.

– Les rats morts ?

– J'ai dit oui pour un python, précisa Jacob. Et c'est ce qu'ils mangent.

– En fait, je crois qu'il faut qu'ils soient congelés, dit Max. Et il ne me semble pas qu'il y ait un congélateur dans les minifrigos.

– Pourquoi as-tu envie d'un python ? demanda Julia.

– Parce que j'en veux un depuis toujours, ils sont incroyables, et papa m'a dit que maintenant qu'on a une nouvelle maison, c'était enfin possible.

– Pourquoi tout le monde s'en fiche, si je me casse la figure tout le temps ? » demanda Benjy.

Et là, Sam, qui gardait le silence depuis un moment inhabituellement long, dit : « Ma chambre a l'air chouette. Merci, papa. »

Ce fut le plus dur à entendre pour Jacob. Voyant qu'il avait besoin d'aide, Julia intervint.

« Bon, fit-elle, tapant dans ses mains et soulevant involontairement de la poussière. Papa et moi, on se disait que ce serait bien de donner un nom à cette maison.

– Ce n'est pas tout simplement la Maison de Papa ?

– Si, répondit Jacob, tâchant de se donner une contenance en feignant l'optimisme. Mais on veut aussi tous qu'elle soit l'une des deux maisons de notre famille.

– Oui, celle où tu habites. Par opposition à celle où maman habite.

– J'aime pas cette maison, lança Benjy, sectionnant verbalement le câble des freins émotionnels de Jacob.

– Tu l'aimeras, dit Julia.

– J'aime pas cette maison.

– Je te promets que tu l'aimeras. »

Jacob se sentit perdre pied. C'était injuste que ce soit à lui de déménager, injuste qu'il soit perçu comme celui qui était parti ; que toute cette poussière soit la sienne était également injuste. Mais il se sentait aussi dépendant des efforts de Julia. Il n'y arriverait pas sans elle. Il ne pouvait pas vivre sans elle, sans elle.

« Ça va être super, reprit-elle, comme si elle pouvait continuer de souffler son optimisme dans le ballon percé du bonheur de

Benjy, et éviter ainsi qu'il ne se dégonfle. Papa dit qu'il y a même de la place pour une table de ping-pong à l'étage.

– Absolument, fit Jacob. Je trôle même sur eBay à la recherche d'un Skee-Ball.

– Tu veux dire *trolle*, rétorqua Max. Pas *trôle.*

– Au fait, intervint Sam, s'animant soudain, vous saviez qu'un troll sur Internet, ça vient vraiment de "trôler", qui signifie chasser ou pêcher, et pas d'un troll de Scandinavie ?

– Non, je ne savais pas, répondit Max, content d'avoir appris quelque chose. J'ai toujours cru que ça venait des trolls de la mythologie.

– C'est marrant, hein ? »

Ce moment de normalité ressemblait à la vie normale.

« C'est quoi un Skee-Ball ? demanda Benjy.

– C'est un jeu d'arcade, un mélange de bowling et de fléchettes, expliqua Sam.

– J'ai du mal à imaginer.

– Comme celui qu'il y a au Chuck E. Cheese's.

– Ah, d'accord. »

Une vie normale ? Cette ambition justifiait-elle tant de bouleversements ?

« Et pourquoi pas l'Arcade House ? suggéra Max.

– Ça sonne trop comme Arcade Fire, répliqua Sam.

– C'est vraiment plein de poussière, dit Benjy.

– Elle va finir par partir.

– Et la Maison de Davenport ?

– Pourquoi ?

– Parce qu'on est dans Davenport Street.

– Ça fait un peu maison de retraite.

– Je ne vois pas où est le problème avec la Maison de Papa, observa Sam. On peut faire semblant de croire que c'est autre chose, mais c'est quand même ça.

– La Maison du Papier, dit Benjy, s'adressant un peu à lui-même et en même temps à personne.

– Quoi ?

– Parce qu'il y a du papier partout.

– Mais le papier aura été retiré quand vous vous installerez, répéta Jacob.

– Et puis, c'est sur du papier qu'on écrit, et toi, tu es écrivain.

– Il écrit sur son ordinateur, rectifia Sam.

– Et le papier se déchire et brûle facilement.

– Pourquoi est-ce qu'on donnerait à une maison le nom de quelque chose qui se déchire et qui brûle ?

– Laisse-le tranquille, Max.

– Qu'est-ce que j'ai dit ?

– Laissez tomber, fit Jacob. On peut tout simplement l'appeler 2328, le numéro auquel elle est située dans la rue.

– Non, protesta Julia. Ne laissez pas tomber. C'est une jolie idée et nous sommes cinq personnes intelligentes. On peut y arriver. »

Les cinq personnes intelligentes réfléchirent. Elles utilisèrent leur intelligence pour ce qui n'était pas, au fond, une question d'intelligence, comme quelqu'un qui utiliserait un tournevis cruciforme pour remplir une grille de mots croisés.

Certaines religions mettent l'accent sur la paix intérieure, d'autres sur l'évitement du péché, d'autres sur la louange. Le judaïsme met l'accent sur l'intelligence – dans ses textes, ses rituels et sa culture. Tout relève de l'apprentissage, de la préparation, un remplissage perpétuel de notre boîte à outils mentale jusqu'à ce qu'elle nous permette de résoudre n'importe quel problème (et qu'elle soit trop lourde pour être portée). Les Juifs représentent 0,2 % de la population mondiale, mais ont reçu 22 % de tous les prix Nobel – 24 % si l'on exclut le prix Nobel de la paix. Et comme il n'existe pas de prix Nobel de l'extermination, il y a eu une dizaine d'années où les Juifs n'ont guère eu l'opportunité de remporter le moindre prix, de sorte que le pourcentage est encore plus élevé. Pourquoi ? Ce n'est pas que les Juifs soient plus intelligents que les autres ; c'est qu'ils mettent l'accent sur le genre de choses qui sont récompensées à Stockholm. Les Juifs se sont entraînés à remporter des prix Nobel pendant des milliers d'années. Mais s'il y avait un prix Nobel du contentement, de la tranquillité d'esprit ou de la capacité à lâcher prise, ces 22 % – 24 sans le prix Nobel de la paix – auraient besoin d'un parachute.

« Je continue de croire qu'on devrait l'appeler la Maison de Papa, dit Sam.

– Mais ce n'est pas que ma maison. C'est notre maison.

– On ne peut pas l'appeler Notre Maison, répliqua Sam. Parce que l'autre maison est aussi notre maison.

– La Maison de l'Horloge ?

– Pourquoi ?

– Je sais pas.

– La Maison du Pompelmo ?

– La Maison Anonyme ?

– La Maison de la Poussière ?

– Affaire à suivre, conclut Julia en consultant l'heure sur son téléphone. Je dois emmener ces petits messieurs chez le coiffeur.

– D'accord, fit Jacob, sachant que l'issue était inévitable et voulant la repousser, ne serait-ce que de quelques minutes. Quelqu'un veut-il grignoter ou boire quelque chose avant ?

– On va être en retard », dit Julia. Puis : « Dites tous au revoir à Argos.

– Salut, Argos.

– Ciao, Argos.

– Un vrai au revoir, insista-t-elle.

– Pourquoi ?

– C'est sa première nuit dans la nouvelle maison, expliqua Jacob.

– La Nouvelle Maison ? proposa Sam.

– Peut-être, dit Jacob. Même si elle ne l'est plus pour longtemps.

– On pourra toujours trouver autre chose plus tard, répondit Sam.

– Comme la synagogue Vieille-Nouvelle de Prague, observa Julia.

– On peut aussi déménager, hasarda Benjy.

– Finis, les déménagements, dit Jacob.

– Il faut qu'on y aille », répéta Julia aux enfants.

Les enfants dirent un vrai au revoir à Argos, puis Julia s'agenouilla devant lui. « Prends soin de toi, boule de poils. »

Elle ne laissa rien paraître, rien aux yeux de toute autre personne que Jacob. Mais lui voyait bien. Il ne pouvait pas décrire ce qui trahissait Julia – son visage ne révélait rien, sa gestuelle non plus, et il n'y avait rien de particulier dans sa voix –, et pourtant, quelque chose la trahissait complètement. Il n'avait jamais pu que s'efforcer de se contenir. Elle, elle était capable de sang-froid. Et il en était admiratif. Elle le faisait pour les enfants. Elle le faisait pour Argos. Mais comment faisait-elle ?

« Allez, dit Jacob.

– Allez, dit Julia.

– Je sais ce qu'on devrait faire, déclara Benjy.

– On devrait y aller, répondit Julia.

– Non. On devrait faire le tour de la maison, les yeux fermés. Comme avant, à shabbat.

– Et pourquoi pas plutôt la prochaine fois que vous viendrez ? » proposa Jacob.

Sam avança d'un pas pour entrer dans son nouveau rôle d'adulte : « Papa, on peut faire ça pour lui. »

Sur quoi, Julia posa son sac. Et Jacob sortit les mains de ses poches. Aucun d'eux ne vit les autres fermer les yeux, parce que ç'aurait été trahir l'esprit du rituel. Et aucun d'eux ne regarda à la dérobée, parce qu'il y avait un instinct plus fort que cet instinct-là.

Ce fut amusant au début ; ce fut drôle. La nostalgie était douce et inaltérée. Les enfants se rentrèrent dedans exprès, puis firent des bruits de garçons et ricanèrent beaucoup. Et puis, sans que personne le veuille ou remarque le changement, le silence se fit. Personne ne s'arrêta de parler, mais on n'entendit plus parler personne. Personne ne réprima de fou rire, mais on n'entendit plus rire personne. Cela dura longtemps – un temps qui ne fut pas perçu de la même manière par chacun –, tous les cinq semblables à des fantômes, des explorateurs ou des nouveau-nés. Aucun d'entre eux ne savait s'il y en avait un qui tendait les bras devant lui pour se protéger. Aucun ne savait si l'un d'eux marchait à quatre pattes, ou tâtonnait du pied pour éviter un obstacle, ou faisait glisser son doigt sur un mur en veillant à le garder sur sa droite. Le pied de Julia toucha celui d'une chaise pliante. Sam mit la main sur un interrupteur, le prit entre le pouce et l'index, chercha à le positionner entre *off* et *on*. Max sentit un frisson le traverser quand ses mains explorèrent les plaques de cuisson. Julia ouvrit les yeux ; elle croisa ceux, ouverts, de Jacob.

« J'ai trouvé, s'exclama Benjy, assez grand pour savoir que le monde ne disparaît pas sous prétexte qu'on cesse de le regarder.

– Qu'est-ce que tu as trouvé ? lui demanda Julia depuis l'autre bout de la pièce, refusant de le trahir en regardant dans sa direction.

– La Maison des Lamentations. »

Jacob n'avait plus besoin de rien la dernière fois qu'il alla chez IKEA. Il s'était tellement habitué à ce qu'IKEA satisfasse ses besoins – des essuie-mains pour la salle de bains du haut, une épiaire de Byzance en pot, des cadres photo à poser en plexiglas – qu'il en était venu à croire qu'IKEA savait mieux que lui ce dont il avait besoin, de la même façon qu'il planifiait des examens médicaux parce que le médecin savait mieux que lui s'il était malade.

Il prit un tabouret-escabeau rouge vif, un presse-ail, trois brosses de toilettes, un étendoir à linge, un égouttoir à vaisselle, une demi-douzaine de boîtes de rangement qui seraient parfaites pour un usage encore indéterminé, un niveau (même si pas une seule fois au cours de ces quarante-deux dernières années, il n'en avait eu besoin d'un), un paillasson, deux bacs à courrier, des maniques, plusieurs bocaux en verre à joint de caoutchouc pour stocker (et présenter joliment) des aliments tels que haricots, lentilles, pois cassés, pop-corn, quinoa et riz, davantage de cintres, des guirlandes lumineuses à LED pour en mettre tout autour de la chambre de Benjy, une poubelle à pédale pour chaque salle de bains, un parapluie de pacotille qui survivrait à un orage mais pas à deux. Il était au rayon textile, caressant une imitation de peau de mouton, quand il entendit qu'on l'appelait.

« Jacob ? »

Il se retourna et vit une très belle femme : de chaleureux yeux marron comme du vieux cuir ; un médaillon qui attira son regard tout en haut du décolleté ferme, sans taches de vieillesse ; des bracelets qui lui tombaient sur la main comme si elle avait rétréci. Qu'y avait-il dans ce médaillon ? Il la connaissait, ou l'avait connue.

« Maggie, dit-elle. Silliman.

– Salut, Maggie. »

Elle sourit d'un sourire qui ferait rentrer au port mille bateaux.

« Dylan et Sam étaient à la maternelle ensemble. La classe de Leah et Melissa.

– Oui. Bien sûr.

– Ça fait dix ans, dit-elle gentiment.

– Non, je me souviens.

– Je pensais bien vous avoir vu. Là-bas derrière, dans l'espace salon. Mais je vous ai perdu de vue. Et je n'étais pas sûre. Mais quand je vous ai vu ici, j'ai su que c'était vous.

– Ah.

– Je suis tellement contente que vous soyez rentré chez vous.

– Oh, je n'habite pas ici », plaisanta Jacob, son sens inné du flirt agitant l'idée que c'était peut-être elle dont le mari avait fait une rupture d'anévrisme au beau milieu de l'année scolaire. « J'achète seulement quelques bricoles pour ma vraie maison. »

Cela ne la fit pas rire. Elle était visiblement émue. Était-ce à elle que Julia avait apporté tous ces repas ?

« J'ai vu une liste de tous ceux qui sont partis.

– Partis ?

– En Israël. Ils l'ont affichée devant le sanctuaire, à la synagogue.

– Je l'ignorais.

– Je n'avais jamais prié de ma vie. Jamais. Mais j'ai commencé à le faire. Comme beaucoup d'autres. Le sanctuaire était plein presque tous les matins. Bref, je regardais la liste tous les jours. »

Il songea : *Il est encore temps de dire la vérité, mais il faut le faire tout de suite. Après, ce ne sera plus un malentendu gênant mais un mensonge pire que ce qu'il dissimule.*

« Je l'ignorais », répéta-t-il.

Et je peux toujours trouver d'autres mensonges, moins gros (que j'ai été refoulé à l'aéroport), voire à moitié vrais (qu'il y avait une crise à la maison qui réclamait ma présence encore plus urgemment que celle qui se jouait de l'autre côté de l'océan).

« Il y avait deux listes, en fait : l'une avec les noms de ceux partis au combat, et l'autre avec les noms de ceux qui sont morts là-bas. Tous les noms de la deuxième liste figuraient sur la première, évidemment.

– En tout cas, ça fait plaisir de vous revoir, dit Jacob, qui détestait la vérité, qui détestait le mensonge, mais qui ne connaissait rien entre les deux.

– Ils ne les ont jamais retirées. Elles font peut-être office de mémorial ? Ou bien peut-être que, même si la guerre est finie, elle continue encore d'une certaine façon ?

– Difficile à dire.

– Qu'est-ce que vous avez fait ? demanda-t-elle.

– Comment ça ?

– En Israël. Vous étiez dans l'intendance ? L'infanterie ? Je ne connais pas bien le jargon.

– J'étais dans une unité de chars. »

Elle écarquilla les yeux.

« Être dans un tank, ça doit être terrifiant.

– Pas aussi terrifiant que d'être à l'extérieur. »

Cela ne la fit pas rire. Elle mit ses doigts devant sa bouche et dit : « Ce n'est pas vous qui le conduisiez, j'espère ?

– Non. Ça demande beaucoup d'entraînement et d'expérience. Je m'occupais des munitions.

– Ça doit être très éprouvant.

– Un peu, oui.

– Et vous avez assisté à une bataille ? C'est comme ça qu'on dit ? Assister à une bataille ?

– Je ne sais pas comment on dit, moi non plus. Je n'étais qu'un corps. Mais oui, j'ai assisté à des batailles. J'imagine que ç'a été le cas pour nous tous. »

Il avait continué sa phrase, mais son esprit était resté fixé sur *Je n'étais qu'un corps.*

« Vous vous êtes senti en danger de mort parfois ?

– Je ne sais pas si j'ai senti grand-chose. Ça peut paraître cliché, mais on n'avait pas le temps d'avoir peur. »

Sans baisser les yeux, elle prit le médaillon entre son pouce et son index. Sa main savait exactement où il se trouvait.

« Pardon, dit-elle. Je pose trop de questions.

– Non, ce n'est pas ça du tout, dit-il, rebondissant sur ses regrets pour se sortir de là. C'est juste qu'il faut que j'aille récupérer Sam.

– Il va bien ?

– Il est en pleine forme, merci. Et… ?

– Dylan.

– Dylan, bien sûr.

– Dylan traverse une période difficile.

– Oh, non. Je suis navré de l'apprendre.

– Peut-être, commença-t-elle, avant de balayer cette idée.

– Quoi ?

– J'allais dire, peut-être, sans vouloir abuser, que vous pourriez passer un jour à la maison.

– Je suis sûr que Sam en serait ravi.

– Non, fit-elle, une veine de son cou soudain visible, ou soudain remarquée. « Vous. Je parlais de vous. »

Jacob était perdu. Se pouvait-il qu'elle soit aussi effrontée que ses paroles le laissaient croire ? Ou le confondait-elle avec un père qui était psychologue pour enfants, comme il l'avait confondue avec la femme d'une victime de rupture d'anévrisme ? Elle l'attirait, il la désirait, mais ça ne pouvait aller plus loin.

« Bien entendu. Je pourrais passer.

– Peut-être que si vous lui racontiez quelques-unes de vos expériences, ça rendrait les choses moins abstraites pour lui. Moins effrayantes. Je crois que le plus dur pour lui, c'est de ne pas avoir de détails.

– Ça se comprend. »

Même si lui ne comprenait rien.

« Ça ne vous prendrait pas trop de temps. Je ne vous demande pas de le prendre en charge, ni rien.

– J'avais bien compris.

– Vous êtes quelqu'un de bien.

– Oh non », dit-il.

Et puis, finalement, elle rit. « J'imagine que vous êtes le mieux placé pour le savoir. Mais vous avez l'air d'être quelqu'un de bien. »

Une fois, Benjy avait rappelé Jacob dans sa chambre, après qu'il l'eut bordé, et il lui avait demandé : « Est-ce qu'il y a des choses qui n'ont pas de nom ?

– Bien sûr. Plein.

– Comme quoi ?

– Comme cette tête de lit.

– Ça s'appelle une tête de lit.

– Une tête de lit, c'est ce que c'est. Mais celle-ci n'a pas de nom à elle.

– C'est vrai.

– Bonne nuit, mon chéri.

– Donnons-leur un nom.

– C'était la première tâche du premier homme, tu sais.

– Hein ?

– Adam. De Adam et Ève. Dieu lui a demandé de donner un nom aux animaux.

– On a donné un nom à Argos.

– C'est vrai.

– Mais le premier homme était un singe, pas vrai ? Alors il s'est donné un nom ?

– C'est possible.

– Je veux donner un nom à tout.

– Ça va t'en faire, du travail.

– Et alors ?

– OK. Mais à partir de demain.

– OK. »

Jacob regagna la porte et s'arrêta sur le seuil, comme toujours, et Benjy le rappela, comme toujours.

« Oui ?

– Est-ce qu'il y a des noms qui n'ont pas de chose ? »

Des noms comme ceux sur les pierres tombales dans le ghetto des suicidés. Des noms comme ceux du mémorial, que Jacob avait réagencés sous forme de mots. Des noms comme ceux de sa série qui ne serait jamais montrée à personne. Jacob avait écrit des milliers et des milliers de pages sur sa vie, mais jamais, avant ce moment, le pouls de Maggie visible sur son cou, son choix à lui enfin visible, il ne s'était demandé s'il était lui-même digne d'un seul mot.

« Très bien, dit-elle, puis elle sourit, hocha la tête et s'éloigna d'un demi-pas. Dites bonjour à Julia de ma part.

– Je n'y manquerai pas », répondit Jacob.

Il laissa le caddie plein à ras bord là où il était, rebroussa chemin et suivit les flèches SALON, BUREAU, CUISINE, SALLE À MANGER et CHAMBRE, jusqu'au parking. Il se rendit directement à la synagogue. En effet, les listes étaient toujours là. Mais son nom ne figurait pas sur celle de ceux qui étaient partis. Il vérifia une deuxième fois, puis une troisième.

Mais alors que venait-il de se passer ?

S'était-elle embrouillée dans ses souvenirs ?

Ou peut-être avait-elle vu la photo d'Islip dans le journal et s'était-elle souvenue de son image alors qu'elle croyait se souvenir de son nom ?

Peut-être accordait-elle à Jacob le bénéfice du doute ?

Peut-être était-elle au courant de tout et détruisait-elle la vie qu'il avait sauvée ?

De la main qui avait coupé trois cordons ombilicaux, il toucha le nom des morts.

« Vous êtes le mieux placé pour le savoir », lui avait-elle dit.

Il y avait des dizaines de vétérinaires bien plus près de Gaithersburg, dans le Maryland, qu'il n'avait pas consultés – il lui semblait essentiel d'aller chez quelqu'un qui ne les connaissait pas, dans l'intérêt d'Argos et dans son propre intérêt –, mais il avait besoin d'être à distance de chez lui.

En chemin, il emmena Argos dans un McDonald's situé sur une aire de repos. Il emporta la nourriture jusqu'à une colline verdoyante, à côté du parking, et essaya de donner des McNuggets à Argos, mais celui-ci détournait la tête. Jacob n'arrêtait pas de le caresser sous le menton, comme il aimait qu'on le fasse.

La vie est précieuse, se dit Jacob. *C'est la plus importante de toutes les réflexions, et aussi la plus évidente, et la plus difficile à cultiver.* Il se dit : *Que ma vie aurait été différente si je m'étais fait cette réflexion avant d'y être forcé.*

Ils roulèrent avec les vitres à moitié baissées, le podcast de Dan Carlin, « Hardcore History : Blueprint for Armageddon II », à plein volume. Dans le cadre d'une argumentation qu'il développait au sujet de la Première Guerre mondiale, Carlin parlait d'un concept appelé le Grand Filtre – le moment où une civilisation devient capable de se détruire. Beaucoup situent le Grand Filtre de l'humanité en 1945, avec le recours à la bombe atomique. Carlin soutenait qu'il remontait à 1914, avec la prolifération à l'échelon mondial d'engins de guerre mécanisés. Il faisait ensuite une petite digression – car là était son génie – pour évoquer le paradoxe de Fermi. Lors d'un déjeuner à Los Alamos en 1950, plusieurs des plus grands physiciens du monde s'amusaient d'une recrudescence de témoins ayant vu un OVNI. Prenant le sujet avec un sérieux teinté d'ironie, ils avaient déplié une serviette en papier et tenté de calculer la probabilité de l'existence d'une vie extraterrestre douée d'intelligence. En partant du principe qu'il y a 10^{24} étoiles dans l'Univers observable – dix mille étoiles pour chaque grain de sable présent sur Terre. D'après les estimations les plus prudentes, il y aurait approximativement cent milliards de milliards de planètes semblables à la Terre – cent pour chaque grain de sable sur Terre. Si, après des milliards d'années d'existence, un pour cent de celles-ci voyait se développer la vie, et qu'un pour cent de ce un pour cent développait une vie intelligente, il devrait y avoir dix millions de milliards de civilisations douées d'intelligence dans l'Univers – cent mille rien que dans notre galaxie. De toute évidence, nous ne sommes pas seuls.

Mais c'est alors qu'Enrico Fermi, l'un des physiciens les plus renommés et brillants présents à cette table, prit la parole pour la première fois : « Mais alors où sont-ils tous ? » S'ils étaient censés être là, et que ce n'était pas le cas, pourquoi donc n'y avait-il personne ? De toute évidence, nous sommes seuls.

Il y a plusieurs réponses à ce paradoxe : il existe de nombreuses formes de vie intelligente dans l'Univers, mais aucun moyen de les connaître car nous sommes trop éloignés les uns des autres pour nous faire parvenir des messages ; les humains n'écoutent pas comme il faut ; une vie extraterrestre est trop étrangère à la nôtre pour qu'on la reconnaisse ou qu'elle nous reconnaisse ; tout le monde écoute mais personne ne transmet de façon adéquate. Toutes ces possibilités semblaient éminemment poétiques à Jacob : *nous sommes trop loin pour nous faire parvenir des messages ; nous n'écoutons pas comme il faut ; personne ne transmet de façon adéquate.* Puis Carlin en revenait à la notion de Grand Filtre. À un certain moment, toute civilisation devient capable de s'autodétruire (volontairement ou par accident) et passe une espèce de crash-test – pour déterminer s'il est possible d'avoir la capacité de se suicider, et choisir de ne pas se suicider.

Quand Isaac avait-il atteint son Grand Filtre ?

Quand Israël l'avait-il atteint ?

Quand le mariage de Jacob et Julia l'avait-il atteint ?

Quand Jacob l'avait-il atteint ?

Il gara la voiture et fit marcher Argos jusqu'à l'entrée de la clinique. Plus besoin de laisse. Argos n'allait plus nulle part. Et pourtant, Jacob regretta de ne pas avoir pris de laisse pour éviter qu'Argos marche seul vers sa propre fin sans le savoir. Cela aurait été affreux de l'y mener, mais moins affreux.

L'endroit s'appelait La Clinique de l'espoir. Jacob avait oublié ce détail ou n'y avait pas prêté attention. Cela lui rappela une phrase de Kafka : « Oh ! Assez d'espoir, une quantité infinie d'espoir, mais pas pour nous. » Mais pas pour toi, Argos.

Ils se présentèrent à l'accueil.

« C'est pour une visite de contrôle ? demanda la secrétaire.

– Oui », répondit Jacob.

Il ne pouvait pas. Il n'était pas prêt. Il aurait une autre chance avec le vétérinaire.

Jacob feuilleta un magazine sans réussir à se concentrer. Il se souvint de la première fois qu'un de ses enfants lui avait reproché de regarder son téléphone au lieu de les regarder, eux.

« Tu es un bon garçon », dit-il à Argos, le grattant sous le menton. L'avait-il déjà appelé son *garçon* ?

L'assistant apparut et les conduisit dans une salle de consultation, au fond de la clinique. Le vétérinaire mit un temps fou à venir, et Jacob proposa à Argos des friandises piochées dans le bocal en verre sur la paillasse. Mais Argos tourna la tête.

« Bon chien, lui dit-il, tâchant de le calmer comme Max l'avait fait. Très bon chien. »

Nous vivons dans le monde, songea Jacob. Cette pensée semblait toujours s'imposer, en général en contrepoids du mot *idéalement.* Idéalement, nous ferions des sandwichs dans des foyers pour sans-abri chaque week-end, nous apprendrions à jouer d'un instrument à un âge avancé, et cesserions de considérer qu'être parvenu à la moitié de sa vie, c'est avoir un âge avancé, et nous utiliserions d'autres ressources mentales que Google, et d'autres ressources physiques qu'Amazon, et supprimerions définitivement les macaronis au cheddar de notre régime alimentaire, et consacrerions au moins un quart du temps et de l'attention qu'ils méritent à nos proches vieillissants, et ne mettrions jamais un enfant devant un écran. Mais nous vivons dans le monde, et dans le monde il y a l'entraînement de foot, l'orthophoniste, les courses, les devoirs, le maintien d'une maison dans un état à peu près propre, l'argent, les humeurs, la fatigue, et puis nous ne sommes que des êtres humains, et les êtres humains non seulement ont besoin de petits moments où ils lisent le journal en buvant leur café, voient leurs amis, font une pause, mais ils les méritent, ces petits moments, également, si bien que aussi belle que soit cette idée, nous n'avons aucune chance de la mettre en pratique. C'est nécessaire, mais nous n'en avons pas la capacité.

Encore et encore et encore : *nous vivons dans le monde.*

Le vétérinaire arriva enfin. C'était un vieil homme qui pouvait avoir quatre-vingts ans. Vieux et vieillot : une poche sur sa blouse blanche, un stéthoscope autour du cou. Sa poignée de main était déconcertante : tant de mollesse avant d'atteindre à l'os.

« Alors, qu'est-ce qui vous amène ?

– On ne vous l'a pas expliqué ?

– Qui ?

– J'ai appelé.

– Dites-le-moi vous-même. »

Était-ce un stratagème ? Comme quand on fait écouter le cœur d'un fœtus à une jeune femme qui vient se faire avorter ? Il n'était pas prêt.

« Bon, mon chien souffre depuis longtemps.

– Ah, je vois, dit le vétérinaire, qui referma le stylo avec lequel il s'apprêtait à remplir un formulaire. Et comment s'appelle votre chien ?

– Argos.

– "Hélas ! c'est le chien de ce héros qui est mort loin de nous !" proclama le vétérinaire.

– Impressionnant.

– J'ai été prof de lettres classiques dans une autre vie.

– Et vous avez une mémoire photographique ?

– Ça n'existe pas, en réalité. Mais j'aime Homère. » Il se baissa lentement sur un genou. « Bonjour, Argos. » Il prit la tête d'Argos entre ses mains et le regarda dans les yeux. « Ce n'est pas l'expression que je préfère, dit-il sans le quitter des yeux. "Faire piquer". Je préfère "laisser partir".

– Moi aussi, je préfère, approuva Jacob, profondément reconnaissant.

– Tu souffres, Argos ?

– Il gémit beaucoup, parfois toute la nuit. Et il a du mal à se lever et à se coucher.

– C'est mauvais signe.

– Ça fait longtemps que ça dure, mais ça n'a fait qu'empirer ces six derniers mois. Il ne mange presque plus. Et il est incontinent.

– Ce ne sont pas des nouvelles rassurantes. »

Nouvelles. C'était la première fois, depuis le séisme, qu'il entendait ce mot dans un autre contexte.

« Notre vétérinaire, à Washington, lui a donné deux ou trois mois, mais ça en fait bientôt six.

– Tu es un battant, toi, n'est-ce pas », dit le vétérinaire à Argos.

Jacob n'aimait pas cela. Il n'aimait pas penser qu'Argos se battait pour rester en vie, alors qu'on s'apprêtait à la lui ôter. Et alors même qu'il savait qu'Argos se battait surtout contre la vieillesse et la maladie, ils étaient là : Argos et Jacob, et un vétérinaire prêt à satisfaire la volonté de Jacob aux dépens d'Argos. Ce n'était pas si simple. Jacob le savait. Mais il savait aussi qu'en un sens, c'était aussi simple que cela. Il est impossible de faire comprendre à un chien que l'on est désolé de vivre dans le monde, mais que c'est le seul endroit où l'on puisse vivre. À moins qu'il ne soit impossible de ne pas le lui faire comprendre.

Le vétérinaire regarda de nouveau Argos dans les yeux, en silence, cette fois.

« Qu'en pensez-vous ? demanda Jacob.

– Ce que j'en pense ?

– De la situation ?

– Je pense que vous connaissez ce chien mieux que quiconque, et certainement mieux qu'un vieux vétérinaire qui n'a passé que cinq minutes avec lui en tout et pour tout.

– C'est vrai.

– D'après mon expérience, et j'en ai pas mal, les gens savent quand il est temps.

– Je ne crois pas qu'on puisse savoir ce genre de chose. Mais je crois que ça en dit plus sur moi que sur l'état d'Argos.

– C'est possible.

– Je *sens* qu'il est temps. Mais je ne le *sais* pas.

– Très bien, dit le vétérinaire en se relevant. Très bien. »

Il prit une seringue dans un bocal en verre sur la paillasse – juste à côté de celui des friandises – et une petite ampoule dans une armoire.

« C'est une procédure très simple, et je peux vous assurer qu'Argos ne comprendra pas ce qui se passe et qu'il ne ressentira aucune douleur, hormis le picotement de l'aiguille, même si j'ai un certain talent pour l'atténuer. En une seconde ou deux, ce sera fini. Je tiens seulement à vous prévenir que le moment de la mort peut être pénible. En général, c'est comme si l'animal s'endormait, et la plupart des maîtres ou maîtresses disent qu'il paraît soulagé. Mais chaque chien est différent. Il n'est pas rare qu'il défèque ou que ses yeux se révulsent. Parfois les muscles se contractent. Mais c'est parfaitement normal et ça ne signifierait pas qu'Argos sent quelque chose. Argos aura l'impression de s'endormir.

– Très bien », dit Jacob, mais il pensait : *Je ne veux pas faire ça. Je ne suis pas prêt. Je ne peux pas faire ça.* Il avait déjà ressenti cela deux autres fois : en tenant Sam quand il se faisait recoudre la main, et juste avant que Julia et lui n'annoncent aux enfants qu'ils se séparaient. L'impression de ne pas vouloir vivre dans le monde, même si l'on ne pouvait vivre nulle part ailleurs.

« Ce serait mieux si Argos s'allongeait par terre. Vous pouvez peut-être lui faire poser la tête sur vos genoux. Ça le rassurera. »

Tout en parlant, il remplissait la seringue, la gardant toujours hors de portée de vue d'Argos. Argos se coucha tout de suite, comme s'il savait ce qu'on attendait de lui, à défaut de savoir pourquoi. Tout se déroulait très vite, et Jacob, pris de panique, ne pouvait s'empêcher de penser qu'il n'était pas prêt. Il caressa le ventre d'Argos pour l'inciter à dormir, comme on le lui avait appris dans le seul cours de dressage auquel il ait assisté, mais Argos ne voulait pas dormir.

« Argos est vieux », déclara Jacob. Il n'avait aucune raison de dire cela, si ce n'était pour repousser le moment.

« Un vieux monsieur, dit le vétérinaire. C'est sans doute pour cela qu'on s'entend bien. Tâchez de faire en sorte qu'il vous regarde constamment.

– Un instant, fit Jacob en caressant le flanc d'Argos, ses doigts glissant sur ses côtes. Je ne savais pas que ce serait si rapide.

– Vous voulez quelques minutes de plus seul avec lui ?

– Que faites-vous du corps ?

– À moins que vous n'ayez prévu autre chose, nous l'incinérons.

– Et que peut-on prévoir d'autre ?

– Un enterrement.

– Non.

– Alors, c'est ce que nous ferons.

– Immédiatement ?

– Pardon ?

– L'incinération est immédiate ?

– Elle a lieu deux fois par semaine. Il y a un incinérateur à une vingtaine de minutes d'ici. »

Argos gémit légèrement et Jacob lui dit : « Bon chien. Bon chien. » Puis il demanda au vétérinaire : « Où en sommes-nous de ce cycle ?

– Je ne suis pas sûr de comprendre votre question.

– Je sais que ça n'est pas censé être important, mais je n'aime pas l'idée que le corps d'Argos reste là pendant quatre jours. »

Observait-on la *shmira* pour un chien ? Personne ne devrait rester tout seul.

« Nous sommes jeudi, répondit le vétérinaire. L'incinération a donc lieu cet après-midi.

– Bon. Je suis soulagé de l'entendre.

– Voulez-vous passer quelques minutes de plus avec lui ? Ça ne m'ennuie pas du tout.

– Non, ça ira.

– Je vais appuyer sur la veine d'Argos pour être sûr que l'aiguille pénètre bien. Vous pouvez le tenir. Au bout de quelques secondes, Argos prendra une grande inspiration, puis donnera l'impression de s'être endormi. »

Jacob était perturbé par l'usage répété que le vétérinaire faisait du nom d'Argos, son refus apparent de dire « il » ou « lui ». Il y avait quelque chose de cruel là-dedans, comme s'il voulait constamment rappeler qu'Argos était une personne à part entière, ou que c'était Jacob qui avait choisi ce nom.

« Même tout à fait inconscient, il se peut qu'Argos continue de respirer un peu. J'ai constaté, pour une raison que j'ignore, que plus le chien est âgé, plus il respire longtemps en état d'inconscience.

– C'est intéressant », dit Jacob, et aussitôt, à l'instant même où les *ss* d'« intéressant » glissaient sur la voûte de son palais, son malaise devant l'usage répété du nom d'Argos par le vétérinaire se changea en colère contre lui-même – une colère qui était souvent enfouie profondément, et souvent projetée, mais toujours présente. *C'est intéressant.* Quelle chose stupide à dire en un moment pareil. Quel commentaire dérisoire, dépréciateur, écœurant. *C'est intéressant.* Toute la journée, il avait éprouvé de la peur et de la tristesse, s'était senti coupable de ne pas donner à Argos plus de temps, et fier de lui en avoir accordé autant, mais maintenant que l'heure était venue, il éprouvait seulement de la colère.

« Vous êtes prêt à le laisser partir ? demanda le vétérinaire.

– Pardon. Pas encore.

– Bien sûr.

– Bon chien », dit Jacob, tirant sur l'excès de peau entre les épaules d'Argos, comme l'aimait celui-ci.

Jacob dut lancer au vétérinaire un regard éloquent, parce que celui-ci redemanda : « Vous êtes prêt ?

– Vous n'allez pas lui donner une espèce de sédatif ou, je ne sais pas, un antidouleur pour qu'il ne sente pas la piqûre ?

– Certains vétérinaires le font. Pas moi. Cela peut accentuer leur angoisse.

– Ah.

– Certaines personnes préfèrent qu'on les laisse seules un instant. »

Jacob montra l'ampoule dans la main du vétérinaire et lui dit : « Pourquoi ce liquide est-il si coloré ?

– Pour qu'on ne le confonde jamais avec autre chose.

– C'est logique. »

Il fallait qu'il lâche prise, qu'il se débarrasse de sa colère comme de tout le reste, mais il avait besoin d'aide pour y arriver, mais il avait besoin de le faire tout seul.

« Je pourrais rester avec le corps ? Jusqu'à l'incinération ?

– Je suis sûr qu'on peut s'arranger. »

Jacob dit : « Argos », le nommant pour la deuxième fois – une fois au début, une fois à la fin.

Argos leva les yeux vers Jacob. Il n'y avait aucune acceptation dans son regard. Aucun pardon. Aucune conscience qu'il ne connaîtrait rien de plus que ce qu'il avait connu. Que c'était ainsi et qu'il fallait qu'il en soit ainsi. Ce qui définissait leur relation, ce n'était pas ce qu'ils pouvaient, mais ce qu'ils ne pouvaient pas partager. Entre deux êtres quels qu'ils soient, il y a une distance unique, infranchissable, un sanctuaire inaccessible. Parfois, il prend la forme de la solitude. Parfois, il prend la forme de l'amour.

« Allez-y, fit Jacob sans quitter Argos des yeux.

– N'oubliez pas comment finit l'histoire, dit le vétérinaire en préparant l'aiguille. Argos meurt comblé. Son maître est enfin revenu.

– Mais après tant de souffrances.

– Il a trouvé la paix. »

Jacob ne dit pas à Argos : « Ça va aller. »

Il lui dit : « Regarde-moi. »

Il se dit : *La vie est précieuse, et je vis dans le monde.*

Il dit au vétérinaire : « Je suis prêt. »

Table

RÉALISATION : NORD COMPO À VILLENEUVE-D'ASCQ
IMPRESSION : NORMANDIE ROTO IMPRESSION S.A.S À LONRAI
DÉPÔT LÉGAL : SEPTEMBRE 2017. N° 1016 (1701572)
IMPRIMÉ EN FRANCE